現代フランス小説史

クロード・エドモンド・マニー

佐藤　朔・白井浩司
菅野昭正・望月芳郎
若林　真・高畠正明
清水　徹・渡辺一民
共訳

白水社

現代フランス小説史

Titre original:
HISTOIRE DU ROMAN FRANÇAIS DEPUIS 1918
Auteur:
Claude-Edmonde Magny
Date:
1950

序

アルベール・チボーデの『フランス文学史』（一九三六）は、文献的・実証的な文学史とちがった特色をもっていた。「世代」という観念をとりいれ、同時代の作家たちの相互関係を新しい観点からとらえ、また近代作家と古典作家とのあいだに思いがけない関連を見出して、われわれを驚かし、楽しませてくれた。遺稿のためか、記述に精粗まちまちなところもあるが、その方法と解釈の点で、啓発されるところの多い文学史であった。

クロード・エドモンド・マニーの本書は、チボーデの世代的な観点を取りいれているが、現代小説だけを扱い、その文学観もまったく異なっている。しかし、その方法と解釈の新しさということでは、やはり類書中群を抜いていると思われる。マニーもいわゆる講壇批評とちがって、作品を第一として、作品の奥深く潜んでいる意義を引き出すことを目ざし、作品の価値を、小説の未来の展開の中において決定しようとする。過去の作品を見るその眼が、回顧的、趣味的ではなく、前進的、革新的なのである。しかも、その分析はあくまでも周到であり、批判は峻厳である。

マニーの文学観は、たしかにサルトルの文学観に拠っているといえる。フランス文学で、一九三〇年を転換期とすることは、通説となっているが、マニーはサルトルと同じように、一九三〇年以前を「消費の文学」とし、それ以後を「生産の文学」と考えているらしい。つまり、前期は自由奔放なさまざまな文学を産み出したけれど、政治的には現状維持であり、後期は歴史的危機に敏感で、不安や絶望に陥り、それに抵抗し、行動と創造を主張した時期である。本書ではおよそ前期の文学だけを対象としているが、このことは作家によって区分されるものではなく、同一作家中にも見られる現象なので、作品の分析と解釈はあくまでも多角的で精密になされなければならない。多くの場合、読者（批評家）と作者は同一化して、作中人物の行動や思想や感情を追体験する。その作業は現象学的精神分析といってもいい。そこでマニーは、どの作家に対しても、その創作活動の根源的問題に触れ、作中人物の意識、無意識、深層心理、行動、夢想などに及んでいる。この点、彼女は最近の「新批評」の先駆的な仕事を試みたことになり、そこに作品の構造的批評、綜合的批評がすでに見られ、それによってある作家の（または作中人物の）存在論的な意味を明らかにし、それが文学史的にいかなる問題を提起するか、またサルトル以後の文学がなぜ政治から遠ざかり、実験的な小説に移るかも暗示している。本書は、時に形而上学的で難解な個所もあるが、ひろく現代文学を厳密正確に解明し、その将来までも見通した稀有の小説史といいうるであろう。

原書は一九五〇年に出版され、第一巻としてあるのに、いまだに第二巻が刊行されたとは聞かないが、サルトルの初期作品についてはすぐれた論文がすでに発表されているし（『エンペドクレスのサンダル』一九四五）、また『アメリカ小説時代』（一九四八）や『発見の五十年』（共著、一九五〇）を見ると、著者が英米各国の現代文学に極めて造詣が深く、さまざまの卓見を持っていることがわかる。第二巻以降の速かな刊行を切に期待して止まない。

本訳書は数年前から着手していたが、種々の事情で完成が非常に遅れたことは、訳者諸氏並びに白水社に対して誠に申し訳けないと思っている。訳者の分担は後記のごとくだが、最後に共同作業によって人名・書名の表記の統一を計った。また桜木泰行氏、永井旦氏、二宮正之氏から特別の協力を得たことに深く感謝の意を表するものである。

一九六五年八月

佐藤朔

目次

第一章　受身の時代

1　反省の時期

近視眼的であり、また生来会計係的な性質をあまりもっていないので、私はここではひとつの歴史、最後に起訴状や一括判決状となって終わることのないような歴史を、書いてみたいと思ったにすぎない。それは（歴史には往々そういうことが起こるように）けっして終わることのないものかもしれない。

それにしてもやはり、この歴史という語の意味を明確にしておく必要がある。サルトルは正当にも《文学の国営》に関する評論において、すべてを歴史的な角度から評価したがる現代の傾向を嘲笑している。すなわち、自分たちが姿を現わすことになる二十世紀の歴史概説を、自らの存命中に後世のために書いておこうと試みて、将来子孫の裁きがくだされる際に採られるはずの観点から、自己考察を行なおうとする現代人の傾向を嘲笑しているのだ。そして彼は、ポール・アザール*が一七一五年におけるヨーロッパ思想の危機を叙述したように、種々の思想の運命に心をひかれて、《一九四五年における小説の危機》を分析したいと考える批評家たちに懲罰を宣告し、こう戒告するのである。「たとえわれわれが、われわれの時代を裁こうとして自分たちをいかに高い位置に置いたところで、未来の歴史家はさらにいっそう高いところから、われわれの時代を裁くことになるだろう。われわれがわれわれ自身の歴史家になろうといくら努めてみたところで、所詮は無駄なことだろう。歴史家自身がそもそも歴史から生まれてくるものなのだから。われわれとしては、いっさいの方策のなかから、現在最良と思われるものを選択しながら、その日その日に、手探りで、われわれの歴史を《作る》だけで甘んじていなければならない。とはいうものの、歴史にたいし、テーヌやミシュレの成功のもととなったあの等角的視角を採用することは絶対に不可能だろう。われわれは歴史の内部にいるのだ。*」

しかしながら、その日その日に作られていく歴史、展開していくにつれて、あらゆる人間とまではいかなくても、少なくとも文学を愛好する者たちや文学の《実践的信者たち》が、別に批評を加えずに生きている歴史というものがある。それはある一冊の書物が読まれるたびにかならず精神の冒険が行なわれるからであり、この冒険は、読書を操っていく人間を、その出発点を提供した作家と少なくとも同程度に束縛してしまうものなのだ。われわれのおのおのが作者であると同時に登場人物でもあるこの読書という劇には、幾つかの幕がふくまれている。ある新しい作品に接触すると、まずたいてい、以前に類似の経験を感じたということが多いし、また今後も同じような経験がつづきそうな場合が多い。こうした冒険の総和が年代的な順序(あるいはほぼそれに近いもの)に置きかえられると、不可避的にひとつの方向が示されることになる。もちろん客観的な、普遍的なものではないけれども、反省によって引き出されうるような、そして他の善意の読者たちが到達した結論とくらべることができるような、そういうひとつの方向が。この反省の時期にとっては、特権的な瞬間というものはない。というのも、歴史の再創造の冒険は、読書と時を同じくするものであって、それと平行して繰り広げられていくことになると思われるからだ。あるいはまた、読者の側では、最初の印象の重みを計ったり、上澄みを移しとったりするために、何度でもその最初の印象へとたち戻っていき、いつまでも自分の経験の織物のなかに捕えこまれたままになり、いっかなそこから離れようとしないからなのだ。

われわれがここで試みたいと思ったのは、まさにその種の努力なのであるが、それはあるただひとつの作品ではなく、ひとつの時代、またその時代全般にわたって考察されたひとつのジャンルを対象としている。この読書の(あるいは再読書の)企ては、永続的な価値をもつことなど求めていない。それと気づかれるとおり、この企てはもう何年も前から続けられているのだけれども、葡萄酒の瓶詰のように、あるいは子供の誕生のように、バルザックを代父としてその後見の下に置かれ、一九四九年という日付が付けられることを、進んで承諾するのである。[*]もしもこれが時として、過去にたいする非難もしくは請求の様相を呈することがあるとしても、その非難なり請求なりは、それが述べられた年代のしるしをつけているのだ。ある種の批評はさまざまな価値の名の下に表明されるものだが、それはその時点において、鋭く欲求されているところの価値、おそらく当の文章の筆者以外の人々にとっても、激しい欲求の感じられている価値なのである。『文学とは何か』のなかで、サルトルは、これから生まれるべき作品の名において、近い過去の作品のかなり大部分をはでにやっつけている。彼はほとんどただひとつの、しかし根本的な観点からしか、すなわち作家たちが自分の出身階級にたいして保っている関係(マルクス主義的視点)、同時にまた彼らの求める読者とのあいだに結ばれている関係(実存主義的な、より適切にいえばサルトル的な視点)という観点からしか、それらの作品を検討しようとはしない。かくも断固とした断罪は、ある確固とした確信の上にしっかと立ちはだかり、自らの個人的な位置に自負をもち、同じ態度をとる信奉者たちに支えられている人間のみが、ひとりよくなしうることなのである。その上、とくにサルトルの特殊な立場においては、そういう断罪がどの場合にも作品の本質的な内容を、たとえば小説のロマネスクな面だとか、あるいは文学がもちうるとくに文学的なものなどを、無視するところにまで赴くのだ。

『存在と無』のそれのごときある明確な前提理論に基づくこともなく、また実存主義のそれのごときどっしりした司法官的言辞を行使しようともせずに、私たちは両次大戦間のフランス小説の冒険の跡を辿り、まさしく小説の作者が伝統的に彼らの登場人物たちのために要求するのとほぼ同じ共感の気持を、そこに見ていきたいと思うのである。もちろん、われわれはそれを内側から体験するわけではあるが、かといってわれわれの固有の存在を全的に放棄したりはすまい。裏切り者、不実な人間、あるいは落伍者にたいしては、その裏切り、不実さ、挫折がよく理解できる場合ですら、やはり非難を加えたいと思う。彼らのなかに溶けこみつつ、しかも一方ではわれわれ自身でありつづけたらと思うし、とりわけそれらの作品のさまざまな体験を、ほぼ実際に継続した順序にあわせて追体験したいと思う。しかもその際、どんな場合でもかならず、その作品を正しく評価するために、それぞれの意図とわれわれ自身の要請とを、二つながら参照していきながら。

過去の上に投げかけられた視線というものは、どのようなものであれ、必然的に参加《アンガジェ》した観察者のなす行為となる。それゆえたとえ現在にたいする関係において書かれたとしても、歴史というものは部分的なものでしかありえない。たぶん、三十年も経てば、たとえば幾つかの作品の真の独自性などもそのいきつく帰結によってもっとはっきりするだろうから、ある種の長もちのきく展望も現われはじめるだろう。いずれにせよ、ここに表明される諸々の意見については、失効の危険性は喜んで受諾されているわけなのである。

それよりも独断的だとか主観性が強いとかいった非難のほうが、ずっと重大なものである。その理由の本質は何よりもまずこういうところにある。すなわち、一見しごく単純で明白な確認事項ですら(何なら数学者たちの古典的な「2プラス2は4」でもよいが)、それが重きを置かれるためには、相手の同意(すなわち相手の注意と善意の双方)以外にも、さまざまな慣習的約束、定義、公理、公準等々、結局のところいま問題とされている命題とほとんど変わらぬくらい独断的なものをふくむひとつの体系全体が相手に理解され、容認されることを必要とするような世界においては、そうした非難にたいして何と答えたらよいものやらわからない、ということである。このような告発はたしかに反駁しがたい正当な権利を有するものであるが、著者としては、読者があまりにしばしばそうした告発を表明したいという気持に駆られないようにと、ひたすら努力したのである。まず第一に、考察の対象となった作品にできるだけ密着した分析を施し、分析の綿密細心さを心がけることによって。それから次には、必然的に個人的たらざるをえない反応を、同一の方向に向かう諸々の批評的な裁断で可能なかぎり支えるようにすることによって。そして、その裁断が特殊な個人的なものであり、しかもその範囲の広さと文学外的性質からして、裁断そのものよりもおそらくいっそう即座には受けいれがたい結論をたてるために用いられたものであるような場合には、それだけにますますそういうやりかたを採用したのである。リヴィエールについてシャルル・デュ・ボスと、マルタン＝デュ＝ガールについてジードと、アナトール・フランスについてアンドレ・ブルトンと、プルーストについてアルノー・ダンディユと、シュールレアリスムについてアントナン・アルトーと、カッフェ・ド・フロールについてサン＝テヴルモンと、モーリヤックについてモーリヤック自身と……というようにそれぞれわれわれが意見を同じくしえたたびごとに、そしてさらには、そういうぐあいにくだされた箇条評決が、評決者によってその全般を踏まえられ、そこに内包される矛盾の重大さをすっかり検討されたわけではない場合でさえも、われわれは喜ばしく思ったのである（それは、臆病さからというよりはむしろ公正さへの顧慮からだ）。そういうわけで、見かけは野心的な標題を持つにもかかわらず、この『一九一八年以降のフランス小説史』は、読書という行為をとおして、自分が精神を傾注している作品にふたたび生命をよみがえらせたいとのみ願う平凡な読者ならば、きっと到達するだろうと思われる諸々の観念の総和以上のものでもなければ、それ以下のものでもないのである。

2　聖イレネ*と聖ジャンヴィエ*

ヴァレリー・ラルボーは、その翻訳家としての作品を《聖ヒエロニュムス》に捧げたが、『ラテン語訳聖書』*にいっぱい詰めこまれているらしい（と文献学者たちが主張する）誤読のことを考えるならば、これは奇妙なものと思われかねない思いつきではある。はっきり見てとれるように、フランス文学は、十七世紀以来、まだ天上の答唱者を選んだことがないわけだから、私の知るところでは、不信心者のなす所業となっているのだ。サント＝ブーヴのあの——世俗的なる——保護は、この『愛欲』の作者が好んでとる僧会員然とした態度にもかかわらず——それはカナイユ神父を引きあいに出したところで（あるいはまさにそのために）、サン＝テヴルモンの保護がそうなるのとまったく同じように*——批評にとっては、単なる悪い洒落でしかありえないだろうが、私は批評のことに言及するつもりはない。

文学作品というものは、多くの場合、その使用者たちから、コップ一杯の水とか巻煙草とかいった種類の手軽な消費財と見なされている。また往々にして、所有者がページを開こうという気持を固める日まで、上手にしつらえられた図書室の書棚に、プレイヤード叢書の装幀を身にまとって、非常に長いこと手の届くところに置いておくことが可能な（よくできた鰯の罐詰といった種類の）、理論的には無限に保存のきく製品とさえ見なされることがある。所有者がページを開く時、文学作品の真の歴史がはじまり、文学作品がおそらく守護神にふさわしくなるような瞬間がはじまる。難解だとか晦渋だとかいう評判の高い作品については、私としては、自分を貪り喰おうと咆哮しているライオンを前にして、（おそらくフォークナーやマラルメにとっては、『サンクチュアリー』*や『何やら惹かれた寂しさが』*のおぞましい読者たちはこのライオンの役をするわけなのだろうが、）死の苦悶に襲われつつ、「私は主の小麦です。私はこの恐ろしい動物どもに嚙みくだかれねばならないのです……」と叫んで、実際にそこで斃死し、ライオンという死刑執行人どもの血となり肉となって化体させられたらしい、あの聖イレネ以上によい例はとても想像がつかない。

聖イレネのことばについてライオンがどう考えたか、またそれほど堅い食物を食べ嚥下することによって、ライオンの歯がどんなふうに欠けたか、あるいはどういう急性胃カタルが引き起こされたか、聖者伝は何も言っていない。けれども（そこが人間と違うのだが）、ライオンどもは貶しつけるような怒号の叫びをあげたり、軽蔑の冷笑を浮かべたりして聖イレネを迎えただろうとは思われない。いずれにしても、このライオンの例は、強い歯ごたえのある作品をわがものとするのに不可欠な咀嚼の努力を払うことを、往々にして拒みがちな普通の読者に、よき糧として与えられるにふさわしいものなのである。またライオンどもの糧であるとともに、聖イレネは当然作家にたいしても、よい模範として（幾分かはそれ以上のものとしてさえも）、与えられるだけの価値があるのだ。もしも自分が呼び求めている読者を発見し、その結果生ずるかもしれぬ自分の作品の風化作用を発見するならば、きっと彼自身の身にふりかかるものとなりかねぬ恐るべき犠牲の燔祭のことをろくろく考えたこともないのに、不充分な理解のされかたをしたと嘆く作家にたいしては。

だが、もっと穏やかな奇蹟もある。ラテン系の国々では、パンと葡萄酒は単に祭儀上の実体であるばかりでなく、地上の生活のための基本的な食物でもある。主の小麦には葡萄酒が、すなわちキリストの血が対応する。ちょうど作家には読者が対応するように。聖イレネが難解な作家たちの、やすやすと消費者の歯に嚙みくだかれたりもせず、消費者のものにされたりもしない、歯にこたえる厄介な食物である難解な作家たちの守護神であるとするなら、読者は（そして必要とあらば批評家は）、その奇蹟が現在でもなおナポリで壮厳に行なわれている、もっと民衆によく知られたひとりの仲介者の加護を祈ることもができる。私がいま呼びだしたのは聖ジャンヴィエであるが、聖瓶に凝結したこの聖者の血は、とくにその殉教の記念日には、信者たちの熱誠こめた祈りの力で、液体に返るのである。それと同じように、文学作品というものも、不動の形態のうちに固定したひとつの《意味》であるどころではなく、その作品を信仰し、自らの熱意でもってそれを暖めながら、ほんとうに自分のものにしようと努める人間の努力によって、たえず流動するものとなり、生命を持つものとなりつづけなければならないのだ。よしそれが世俗のものであれ、宗門のものであれ、一度表明され固定されたあらゆる真理とまったく同じように、福音書の寓話や教訓についても、おそらく事情は別ではあるまい……

以下のページにおいて、われわれは、ただひたすら過去の作品の再生を実現することだけしか望まないだろう——それらの作品が《清算される》にせよ、あるは（聖ジャンヴィエの血のように）ふたたび液化されて出てくるにせよ、その責任はひきうけ、その危険は承知の上で。作家にとっておぞましいものであるこういう試みは、同等の大きさとはいわないまでも、ともかくも作者のそれと同じ種類の、そしてほとんど同じくらい重い責任を負わされている読者にとってもまた、ほぼ同程度におぞましいものなのである。

ペギーは、最も素朴な読者でさえも、意識的であると否とを問わず、読書のたびごとにどれほど厄介な責任を負わされるかということを、はっきり感じとっていた。そして『クリオ』のなかで、彼は女主人公の口を借りて、あの時間性を構成するところの悪弊と不思議さをしきりに強調する。それあるがために、作品はけっして完成されることもなければ、けっして完全なものになることもなく、それが生きているかぎり、換言すればそれが読まれているかぎり、たえず改めて疑問視されつづけなければならないのであり、時間の終末がくるまで、正しいものであれ誤ったものであれ、貪欲なものであれ寛大なものであれ、啓発的なものであれ頑迷なものであれ、破壊的なものであれ建設的なものであれ、とにかく作品を理解しようとする行為の思いのままにされつづけていくのだ。そうして、ペギー独自の才能の標識は、これはまた『イヴ』の歌い手を特徴づける〈時間〉にたいするこの深いペシミスムの表徴でもあるのだが、それはまさしくこういうことにほかならない。すなわち、彼にとっては、その作品の蘇生ということは、ほとんどつねにひとつの堕落であり、よりよく考えてもひとつの復原であり、始原の状態への復帰であるように見える、ということである。ペギーにとっては、いっさいの歴史の過程は、たとえそれがキリスト降生ののちに起こったものであっても、ことごとく〈堕落〉の結果を盲目的に、執拗に展開させつづけることしかできない、とでもいうかのごとくである。あたかも、〈贖罪〉とともに動きだすあの歴史の方向の逆転などはなかったように。したがって、天才的な作品も、よい読者よりは悪い読者の思いのままにされることのほうが多くなり、またよい読者にしても、その作品の深さと輝きを積極的に増大させることはなく、せいぜいそれをその始原の光輝のなかにふたたび置き直すことくらいしかできないのだ。

ペギーが語るところを聞いてみよう——というよりはむしろ、彼の詩神《ミューズ》が語るのを。「たしかに私にはこういえるのです、歴史に他ならぬこの私には。それはまさしく悪弊なのです。それは不可思議なのです。まさしく地上の創造の最大の不可思議さなのです、(最も偉大なる) 天才の作品がこのようにして獣どもに*(私たちに、ということなのですよ) 委ねられてしまうというこのことは。これらの作品が現世での永遠性ゆえに、このようにして永久にかくも貧しい手のなかに、私たちの手のなかに、すなわち万人に引き渡され、投げこまれ、許可され、委ねられ、捨てられているということは。この大理石がいかに堅牢なものであろうとも、それで構築された建築物は、不断に私たちから、万人から、肉感的な太陽のもたらす錆とは違う錆を、つまりひとつの新しい錆を受けとっては、また失うのです。私たちの視線は眼に見えぬ錆をそこに不断に残していっては、また奪いとり、たえずそこにこすりつけては、また削りとっているのです。これこそまさしく歴史の錆なのです。私たちの悪しき視線、不肖の視線がこれらの宮殿から栄光を奪いとります。よき視線、似つかわしくない視線ならば、一時的に栄光を回復させられもするでしょうけれど。必須の補填や補修が行なわれもするでしょうけれど。必須の竣工が行なわれもするでしょうけれど。」ただし、「最も偉大な天才の最も偉大な作品*」が、「動かぬものではなく、野兎のようにいきいきと*」、われわれの掌中に裸のまま委ねられるという、この怖るべき(そして現実的な)不正を前にして不安に戦くとき、これまた同じように怖るべきもの、同じように不正であるものを彼は忘れてしまっている。それは一個人の読者としてのわれわれではなく、人類全体の集合体としてのわれわれは、たとえばホメロスにたいし（ちょうどヴィクトール・ベラール*と『ユリシーズ』のジョイスが、まったく異なる二つの方向でやってのけたように）なにかを付けくわえる権利を持っているし、『オデュッセイア』や『クレーヴの奥方』や『リア王』をいっそう豊かにし、その意味作用を変容する権利を持っている、ということである。こうして、作品の偉大さということさえも、後世の裁断よりはむしろ後世の同化作用によって結実し、承認され、あるいは風化される可能性以外の何ものをも指さぬほどになる。ミドルトン・マリ*が言ったごとく「シェークスピアその人も、彼が忘れさられなかったという事実にくらべたら、それほど驚嘆に値するわけではない」。ホメーロスについても、アイスキュロスについても、他の多くの作家たちについても、ことは同様である。クローデルの作品のある部分は、『供養する女たち*』をぬきにしては説明しがたい。というのも、十九世紀にいたるまで発展されることのなかったアイスキュロスの戯曲の帰結が、そこにあったからである。天才とはなかなか火のつきにくい燧石である（もっと現代的なことばのほうがよいとおっしゃるならば、時限爆弾である）。ことはここでは歴史による豊潤化ということに関している。ペギーがまったく信じようとしない歴史による豊潤化ということに。彼にとっては、モネーが『睡蓮』についてそうしたように、あるひとりの芸術家が同じ主題をどこまでも反覆するような場合には、最高のできばえを示すのは三十五回目の睡蓮ではなくて、最初のものなのである。しかしながら、それとは反対の試錬もまた存在する。作品が許容する誤解、作品がその対象とされる誤った読みかた、そしてそこからひきだされる忌まわしい結果などからもたらされる、作品の荒廃という試錬も。ブルトンは『第二シュールレアリスム宣言』のある注で、ランボーについて、「彼はクローデルふうの解釈、つまり彼の思想を害うようなある種の解釈を許容し、それらをまったく不可能なものたらしめなかったことによって、われわれの前で有罪となる」と書いているが、そのとき、ランボーは天上楽園《シャン・ゼリゼー》のどこかで（あるいは韃靼人のなかで）、クローデルにたいして（あるいはブルトンにたいして）名誉毀損の手続きをとる資格を認められてはいないのだ。ランボーにたいする告発は、まったく不正なものであると同時に、完全に適法なものでもある。リヴィエールやクローデルが『飾画《イリュミナシオン》』に発見した意味作用は、その詩集の作者の天才のなかに内包されている。さまざまの冒瀆的言辞や地獄の描写にたいしてそうであるように、ランボーは、この意味作用にたいしても責任を負うべきなのだ。（ここでブルトンが、擁護としてというよりはむしろ反撃として、おそらく自分自身でも負いきれぬ責任でランボーを圧しつぶしていることは、簡単に指摘できるであろう。）同じように、バレスがペギーの秩序への服従と愛とを賞讃するとき*、『われらの祖国』の著者は、《秀才》、勤勉な子供、そして規律正しい兵士としての面において、その賞讃を受けるに値するのである。そうして、作家たちの責任に関する一見不当なこの考えかたも、彼らの現世における成功や豊かさにたいする、きわめて合法的、かつ必然的な対部をなすのである。もし作家が責任をもたぬならば、彼はなにものでもない。そして、責任は客観的なものでしかありえない。ひとたび創造された作品は、時間のなかに位置づけられ、歴史に浸される。それは時の持続によって作りあげられたり、解体されたりするだろう。そして作品を刊行し、光のもとに産みだす行為が、作品を万人の手に糧として引き渡すのだ。そのとき以後、作品は、作品や作者とは無関係なる社会から、および無関係なる社会的発展、さらには宇宙的な発展から、その洗礼と叙任とを授けられることになる。それがつまり競技のルールなのである。

3　賢猫、賢鼠

この競技のルールは文学者の責任を少しも軽くするものではないけれども、また読者の責任をもいささかも軽減したりもしない。それは逆に重くするのだ。読者にたいして、作家は二つのことを期待する権利があるだろうが、それをこう名づけてもよいかもしれない。すなわち、ひとつは作家のそれと（正確に）相関関係にたつまじめな態度であり、他のひとつな積極的で怠惰でない読み方である。というのも、生産者の創造の努力が消費者の側においては、精神の緊張とエネルギーの消費に即応するようになるためなのであり、この緊張や消費を通して、読者ははじめて与えられた糧にふさわしいものになるのである。

《まじめな態度》、これはまず第一に作品に直面する際の善意のことであり、提出されているがままのものとして作品を受けとり、それが形式の点でもつかもしれぬとっぴなところだとか、根底的な点での破壊的なところなどにも眉をひそめたりせず、あるがままに受けいれようとする欲求のことである。要するに、まじめな態度で読むというのは、作品に直面する際、その創造者がそうであったと同じくらいに真実でありたい、同じくらいに先入観から解き放たれていたいと欲することなのである。「美はつねに奇妙なものである」、とボードレールは言った。真の読者はあの特権的な瞬間をとり逃そうとはしないだろう、著作の斬新さがまだ習慣に擦りへらされてもいなければ、また、単に持続しているという事実だけでもって、作品にあまりにもあっけなく与えられてしまう親しみやすい風貌を著作がまだ帯びてもいないあの特権的な瞬間を。『スワン家の方へ』をめぐって公表された初期の書評のひとつにおいて、アンリ・ゲオンの筆によって、*プルーストは執拗に「芸術作品と正反対のものを、すなわち自分の感覚の財産目録、自分の認識の調書を作りあげようと努めていた、次々に変貌するさまざまな風景と魂との画面、けっして《全体》のではなくけっして完全なものでもない、相連続する画面を作製しようと努めていた」、と書かれているのを読むとき、そしてまた、「ひとりの子供の最初の夢想の幾つか」と、「プルースト氏が幼年時を過ぎてからずっとのちにはじめて知ったに違いないのに、さしたる理由もなく、コンブレーの夏の散歩とシャンゼリゼーでの遊びのあいだに挿みこんでいる、あのスワン氏とオデット・ド・クレシの情事」*とがなんの脈絡もなく並置されているのを前にして、この批評家が驚くありさまを見るとき、(作者プルーストのためにというよりはむしろ彼ゲオンのために)、ゲオンがもっと理解力に恵まれていなかったこと、ほんとうの意味でもっと好奇心に富んでいなかったこと、端的にいえばもっと大胆でなかったことが、すこぶる遺憾に思われるのだ。あまりにも遅くそのもとにやってきたわれわれには、プルーストの作品のあの崇高なる奇妙さは、いまやもうかろうじて認められるにすぎないのだが、作品が世に出たばかりでその崇高な奇妙さがまだ保たれていたころの時期を、ゲオンがとり逃がしてしまったということが、遺憾に思われるのである。伝統から離れて創造し、言語、あるいは形式を革新するという困難な仕事にたちむかい、その時代に適応する文体と作品とを時代に付与するためには、芸術家には大いなる勇気が必要とされる。公衆(つまり読者または批評家)の側の努力だとか、冒険への、いいかえれば危険を冒すことへの欲求などが、作者の側での大胆果敢さに即応することや、読書という企てのなかに公衆がエネルギーのばかにならぬ部分を投げこむことが期待されるくらいは、まずは当然のことなのである。

まじめであること、これは次には衣服、娯楽、家具を扱うような具合に、つまり流行や移り気の角度から、精神の作品を裁断しないということを承認することである。フランスにおいては、しばしば、単にそれが先行するものに変化をもたらし、感覚の鈍磨した人々の嗜好を呼びさますというただそれだけの理由から、一見新しいように見えるものが歓迎されることがある。だが、これは作品の最もよいところを取り逃がし、作品の評価と名声に極端な不安定をもたらす浮薄な態度である。気分がいっさいを規制し、変化のための変化にたいする幼稚な礼讃がいっさいを規制する。「もしも」とサン=テヴルモンは言った、「コルネイユが彼の名声を失うようなことがありうるものだとすれば、その最良の芝居のひとつが上演される際に、私は彼がそれを失うところを目撃した」。そしてロンドンの流謫先から、その時代のパリの観客にたいして、ちょうど『ラシーヌとシェークスピア』におけるスタンダールの類似の指摘と同じように、今日なお少しも現代性を失ってない非難の矢を向けている。フランスに欠けているのは作家ではなく、むしろ首尾一貫していて、かつりっぱな動機に基づく批評的な意見なのだ、とサン=テヴルモンは言う。「たとえフランス人のありふれた才能こそかなり凡庸なものに見えるとはいえ、われわれのあいだで頭角を現わしている者が、最も美しい作品を産みだせるということも確実なのである。しかし、彼らが美しい作品をつくりだすことができても、われわれがそれを評価することはできないし、またもしわれわれが幾つかの優れた作品を承認したとしても、われわれの軽薄さのために、その作品は、われわれが与えた名誉を長期にわたって享受することを許されないのである。……驚くべきことには、最もみごとに洗練された宮廷においてすら、よい趣味と悪い趣味が、真の精神と偽りの精神が、まるで衣裳のように代わるがわる流行するのが見られるのである。……斬新さというものがわれわれには魅力なのであって、われわれの精神はそれに抗しがたいのだ、ということも付けくわえておかねばならぬ。われわれの慣れ親しんできた長所は、時の経つとともに、ひとつの退屈な習慣と化するがままにされてしまい、われわれが以前に見たことがないものにおいては、欠点すらわれわれを快く驚かす力を持つようになるのである。」そして彼はこういう忠告でことばを結ぶ。「われわれが何かあるものの完成に到達した場合には、われわれは、われわれの繊細さを、その完成が認識できるように固定させなければならないだろうし、また、その完成のおかげでかち得られたわれわれの正しさを、それを永久に尊重できるように固定させねばならないだろう。さもなければ、われわれの作品にたいして、われわれよりも外国人のほうが、長所をずっと正当に評価するというしごくもっともな非難を蒙るのも、どうにも致しかたないということになるだろう。*」

だが、こうしたフランス的な趣味の絶えまのない変わりやすさも、それ自体としては、単にひとつの兆候であるにすぎない。というのは、それは文学にたいする精神の態度、恒久的につづく悪しき態度を露呈しているからである。たしかに、恋人にたいして、もう愛してくれなくなったなどと不平を言ってみてもはじまるまい。しかし、一時の恋は真の恋ではない（ちょうど《想像妊娠》が妊娠ではないのと同じように）、そして飽きる人間はけっして心底から恋に陥ったことがないのだ、と言うだけの根拠はあるはずである。『アドルフ』はたぶんこの真理のめざましい一例だろう。あるいは、それを逆刷りにした場合としてはあまりにも誠実すぎるスタンダールの例。なぜなら、自分は恋をしているのだ、と考えるそのたびごとに、彼はほんとうに恋をしていたわけなのだから。人は自分で深く味わったことのないものにたいしてのみ、無感覚になれるものなのである。

なぜなら、鈍化した感覚にとっては舌を刺激する胡椒入りシチューのようなものである〈奇妙さ〉――この〈奇妙さ〉の背後に、〈美〉という真正の価値を把握しようとするあの心情と精神との創造的な粘着力がなければ、つまり全的な躍動がなければ、人は対象を受動的に享受することに甘んずるほかはないのだから。サン＝テヴルモンの時代のフランス人がコルネイユにはもう倦きはてたと称していたのは、『オラース』や『ポリュウクト』のなかに現存していたと同じく、『ロドギューヌ』や『シュレナ』のなかにもはっきり現存していたあのコルネイユの真価を、彼らがまるで見ぬくことができなかったからなのである。りっぱな価値を認められるべき作品の意味作用が、二度や三度読んだだけで汲みつくせるという考え自体が、そもそも浮薄な考えなのだ。いや、浮薄よりもまだ悪い。それは怠惰な考えである。速かに消滅していくもの、それはただ斬新なものによって得られる気晴らしだけに限られている。残るのはなにかといえば、斬新なものが永続的にもたらしてくれる価値である。けれども、そういう価値は、皮相な享受にやすやすと引き渡されはしないのである。

ベルグソン以来――プルーストと、ならびにペギーにさえ踏襲されているのだが――習慣はわれわれの快楽を鈍化させるものであり、世界を垢だらけにしてしまうものであると非難を加え、しかも垢だらけにしたそのあげくの果てに、われわれの感覚にたいし、あらかじめ知られ尽くしていて、今後は興味を惹かぬ硬化した物体の単調な羅列しか提供できないという破目に世界を追いこむものだとこきおろすことが、ひとつの常套句になってしまった。しかしながら、ここで真の罪人であるのは習慣ではなく、往々にして習慣がひきずってくるものなのである。すなわち、ある受動的な態度、そしてあまりに馴染み深いと判断した事物を前にした際の、いわば放心したごとき態度がそれである。それどころか、習慣というものは、それが積極的な再認として存続しうる場合には、この上なく強烈であり、さらにまた悲痛であると同時にこの上なく深い喜悦の源泉になることがある。そもそも即座の死滅性というものが冷厳に持続していて、われわれのかけがえのない体験もいつもその持続に襲われているのだけれども、われわれの喜悦は反覆によってそういう死滅性を免れることができるわけであり、それだからこそ、悲痛であると同時に深いものにもなりうるわけなのだ。確固としていて、しかも同時に反響にみち、それ自体に還元されることのない愉悦、瞬間のはかなさにかろうじてひっかかって、すぐに消滅させられるようなこともなく、豊かにされ確実なものとされるために、背後には厚みのある過去を、前途には未来のありとあらゆる約束をもっているあの愉悦、ひとり習慣のみがそういう愉悦をわれわれに与えることができる。とはいうものの、習慣的な感覚がそういう深さと安定性を、そういう堂々としてしかも断固たる確実性を具えるようになるのは、まるでその習慣的な感覚が斬新なものであるかのごとくに、いつも同様に心を躍動させ好奇心を抱きながら、われわれがそこに近づいていく場合だけに限られている。要するに、感覚がいつもいきいきとした状態でありつづけるためには、われわれが当の感覚にたいしていつも積極的でありつづけることが必要であり、われわれがその感覚の突飛さにたいして、最初に寛容にふるまい、情熱的に関心を抱いたときと同じようにして、その感覚を承認することが必要なのである。われわれがあまりにも頻繁に訪れる喜悦を前にして、しかもなお迂闊に過ごしているならば、またわれわれの意欲が、最初の日と同じ強靱な粘着力によってその喜悦を再創造しようとしないならば、おそらく、それは陳腐なもの、新鮮さのないものとして、われわれの眼に映ずることになるだろう。ただし、老化するのはその喜悦（あるいは〈世界〉）ではなく、疲労と怠惰のために以前よりも幾分か死に近づいたわれわれ自身なのだ。

　ルイ十四世の宮廷人たちは、『ロドギューヌ』はコルネイユの悪作に属すると考えていた。それというのも、彼らはほんとにはこの芝居を聞きとれなかったからである――もっとも、彼らは『ル・シッド』もよく聞きとれなかったのだけれども。最近、大部分の批評家が『ウイーヌ氏』はベルナノスのひどい悪作に属するときめつけたが、それは彼らがこの作品を熱心に読もうとしなかったからだ。いや、まるで読まなかったと言ってもさしつかえないだろう。プルーストの《マルセル》はアルベルチーヌに嫌気がさすようになる。それというのも、彼は彼女をまるで愛したことがないからなのだ。彼女のことをよく見たことさえないくらいだったからなのだ。ペギーが習慣ということについて、それは「人間の自由を覆いかくす塗料である」と書くとき、そこには、おそらく〈悪魔〉に吹きこまれたものである錯乱の論理がありはしまいか、と私は怖れる。いずれにせよ、彼のことばは無意味に近づく危険を冒している。なんとなれば、自由というものは、その本質からして破棄できぬものである以上、自由それ自体から生ずるものではないなにかによって、自由が覆われることなどありえないはずなのだから。自由が屈服することがあるにしても、それはマネス教的な対立者――これがすなわちあのベルグソン主義の贖罪の山羊である〈習慣〉のことになるわけだが――そういう対立者の前で屈服するわけではない。それは自らの機能を放棄することによって、自らの衰弱によって、屈服するのである。なぜならば、自由が自らの緊張を弛めたままにしたからであり、自己自身になりきること、つまり行動を断念したからである。スタンダール、ランボー、マラルメは、かつて一度彼らの作品を真に味わったことのある人（ということは、彼らの作品を再創造しつつ味わったということであるが）、そして単に彼らが流行していたがゆえに、あるいは彼らが一瞬の気晴らしをしてくれたがゆえに愛したわけではないような人にとっては、つねに新しいものでありつづけるだろう。そして、自分たちの時代には新しい才能が欠けていると嘆くような人びとは、いま自分の前に提出されている美の新しい形式を、新しいものとして認識することはできないだろう。彼らは青年時代に、まあ無難に褒められるようなものを他人が教えてくれないかぎり、その時代の支配的な作品の長所を識別することはおそらくできなかったことだろうが、ちょうどそれと同じことなのである。社交界の人びとのあいだで、ベルグソン哲学が収めたあれほどめざましい成功の一部は、日一日と彼らの世界を少しずつ煤けさせていた老化の塗料についての、暗く苦痛にみちた意識——はっきり言えば、悪しき意識——ということでもって、おそらく説明がつけられるのである。だが、この塗料をそこにかぶせていたのは（もしなんなら、たとえば文学作品の上に広がる細かい塵という形で、と言ってもよいだろうが）、なにも〈悪魔〉の手先である〈習慣〉の仕業ではなかった。それは彼ら自身の怠惰、意志の弛緩のせいであり、ひたすら受動的な態度は、つまり彼らにとって純粋の消費物となった文学にたいする、軽薄なとか、画一的なとかいうよりも、受動的といったほうがずっとふさわしい態度のせいだったのである。人びとは相続権のおかげでこの純粋消費物となった文学を享受することだけはしたけれども、わずかたりとも再創造の努力を払って、文学を所有するにふさわしい資格を得ようなどとはしなかったのだ。

4
《国家的遺産》から《国家的物置部屋》へ

「ルイ十四世治下の文学にとって幸運だったことは何かといえば、それは当時、文学があまり重要視されていなかったことである。」

スタンダール

聖イレネと聖ジャンヴィエの例は、当節、いささかも考慮の対象とはならないらしいし、ましてや、手本として見習われることなどもなくなったようである。それは、当代が本質的にブルジョワ的であるためなのだ。周知のように、家庭料理《キュイジーヌ・ブルジョワーズ》とは残りのものを利用する技術のことをいい、《女房《ラ・ブルジョワーズ》》とは、亭主が働きに（あるいは悪所に）出かけているあいだ家庭に居残っている女を指す。また、《住《アビテ・ブルジョワーズマン》》宅は意味的に《商》店と対置され、前者はそこに人が居住するが、後者においては売買や交換が行なわれ、金が使われたり儲けられたりして（時にはその両方）、要するに、財貨がそこに静止していることはないわけである。ブルジョワジーとは、安定性や停滞のことをいうのだ。彼らの蓄財癖は、次の代か、あるいは何代か後に、早晩、どこかの戸棚を永久に役にもたたぬ安ぴかものでうずめるのがおちである。それらは衣魚《しみ》に食われ埃だらけになって、子供たちにカーニヴァルの仮装に使わせるのさえはばかられるだろう。

だが、さいわいにして、子供たちは（ブルジョワ階級の子供でも）つねに大人たちの許しを待っているとはかぎらない。断わられはしないかとビクビクしながら大人どもに許可を求めるほど、たいていの子供は馬鹿ではないのだ。しばしば彼らは、彼らのために先代がつつしんで集めた財宝を、無断で浪費する。かくて、ラ・ファイエット夫人の納戸は、一九一八年以後に世に出た小説のうちで最も無邪気な人たち（はっきり言えば、ジャック・リヴィエールとか『ドルジェル伯の舞踏会』のラディゲ）が仮装するのに役だつだろうし、他の作家たちは、ラ・ブリュイエールやラ・ロシュフコーふうのモラリストの仮面を選ぶだろう。――一方、最も背徳的な（あるいは最も果敢な）作家たちは、シュールレアリアムの収穫祭で、曾祖父母伝来の聖なるお下がりをもの笑いの種にするだろう。このような観点に立てば、『モーヌの大将』における《子供たちの舞踏会》の挿話は、きたるべき文学の状況全般についての象徴的、予言的なエピソードとして考えることができるだろう。なぜなら、この時期を境にして、小説は定かならぬ夢に与えられた神話的充足となるべく、その体験的現実性に由来する魅力を失うからである。すなわち、小学校教師の息子、スーレル少年は、ブルジョワの子供たちのカーニヴァルを、あまりにも羨望の念をこめて見つめすぎたために、彼の分身、彼の力の権化であるオーギュスタン・モーヌを失う。モーヌは不可能な夢を追って世界中を遍歴することになる。

一九一四年から一九一八年の大戦を《夏休みの四年間》と定義したラディゲのことばは、よく知られている。文学共和国においては、このような雰囲気が、そのままひき続き数十年間の雰囲気ともなるだろう。《減圧》とか《弛緩》という単語は、同時代人であるチボーデが、この時代を特徴づけるために用いることばである。気狂いじみた思想の旋風が文学をも巻きこみ、文学を大規模なカーニヴァルとし、時には魔女の饗宴に変えてしまう。（モーリス・サックス*を見よ。）コクトーの『山師トマ』や『怖るべき子供たち』、また、ポール・モーランの中篇小説（『夜ひらく』『夜とざす』『恋のヨーロッパ』）、『ジークフリート』と『ベラ』、ドリュ〔ラ・ロシェル〕の初期の作品（『空っぽのトランク』『シャルルロワの喜劇』）、そしていうまでもなくラディゲの二つの小説は、この解放、放蕩、狂気の時期を代表する著作である。その間、両親たちは、浜辺ではしゃぎまわる子供らを、「たんとお遊び、ぼうやたち」と、おうように眺め、他に比して安定もよく、崩れそうにも見えないなかなか良くできた砂のお城の構造を、もっともらしく点検する。そしてこのように才能豊かな世代を生み出したことを秘かに誇りに感じながら、知らぬまに、あるいは彼らに関係なく崩れたり建て直されたりしている世界のただ中で、自分たちが両親から受け継いだ家財道具を旧態依然として守り続ける。構成の巧みな遁走曲《フーガ》には、苦しいまでに狭まった隘路に入ったように、各《音声部》がぴったりと重なり高まり合う終節《ストレッタ》があり、その直前には《嬉遊曲《ディヴェルティスマン》》と呼ばれる部分がある。一九一八年以降、一九二九年の世界的経済恐慌を端緒とする終節《ストレッタ》に至るまで、ブルジョワ階級にお品のいい楽しみを与えるという役目は、文学、とくに小説作品に帰属していたように思われる。その楽しみとは、本質的なことを問題とせずに、人を驚かしたり、目を覚させたり、また、傲慢であったり（しかし侮蔑的にまではならず）、非妥協的であったり（といっても反抗にまでは至らず）、必要とあらばニヒリストとなることも（ダイナマイトや自殺は慎重に除外しておいて）あえて辞さない楽しみ、要するに、無作法な（語源的には、重要なこととは無関係に、という意味）気晴らし《ディヴェルティスマン》であり、この遊びの首唱者たちは、彼らの跳躍が想像力や幻想の枠からはみ出さえしなければ尊敬されるだろう。（晩餐に招かれることさえあるだろう。）

　この《休暇と無償》の文学（チボーデの定義による）は、重大で緊迫した、解決困難な問題を提起することを入念に避ける。この文学に人びとが寛容であった理由は、そこにあるのだ。また、叛逆さえ好感をもって迎えいれられたということも、この文学を骨抜きにするのに役だった。けっきょくはくたびれきって幕となるのがおちの、この果てしない大騒ぎを演ずる公認の道化師のかたわらには、好意のまなざしで彼らを眺めることをブルジョワジーに許すもの、（アナトール・フランスを葬るのに役だちそうなことばを使うならば）《現状維持》を身にひき受けた——つまり、読書階級（本を買う金や暇つぶしをする時間を持っている階級）に、おのれの姿かたちが眺められるような鏡をさし出そうとする作家たちがいた。「モーロワとモーリヤック、前者のほうが文士としての広汎な天分に恵まれ、それにくらべ後者は小説家としての特殊な天分を備えていたが、共に彼らの時代のために富裕なブルジョワジーの小説を書いた。このブルジョワジーは、大ブルジョワと小ブルジョワの間に挟まれ、通常の小説的風土にふさわしく地方色豊かな階級である。彼らはこのような階級に属し、同属の読者をもって、この時代における最も広く読まれた（二重の意味の）階級小説家となった。*」十八世紀末に、小説が《偉大なるジャンル》として飛躍的発展を遂げて以来、小説形態とブルジョワジーの運命との間に結ばれてきた親密な関係に思いいたれば、当時の小説の準指導的立場も十二分に理解される。したがって、ろくに虚構とか物語的要素をもたぬ多くの著作が、この時代に《小説》と銘うたれることがあったとしても驚くにはあたらない。このレッテルは、（不当に貼られたように見えれば見えるだけ）悪代官ゲスラー*の帽子に向かってなされる敬礼と同じ価値をもつのだ。

　たしかに、このレッテルを用いる作家たちは、そのことによって自分たちの自由が損われるなどとは、つゆほども考えていない。その点、彼らはまちがっている。読者に対する芸術家の従属は、彼らが思っている以上に、つねに重大な事がらなのである。故意にした譲歩ならそれほど決定的な害悪とはならないが、無意識のうちに知らず知らずになされた時、それはいっそうたちが悪くなる。自分たちの属している階級を描くのではなく、作品の構造そのものを通じて、最も有害な慣習、とくに、精神の怠惰*や画一主義、〈過去のための過去〉への好み*、また、本質的な問題をはぐらかす、ほとんど本能的な慣習*の中に、その階級や彼らの読者を深入りさせた、と言って、(たとえば)モーロワやモーリヤックを非難することもできる。同様に、文学の《怖るべき子供たち》は、指導者階級にとってさほど怖るるに足らない。なぜなら、心の底では彼らも伝統に執着しているからである。そして、無分別にふるまえばふるまうほど、彼らはそのことに気づかなくなる。国家的遺産を浪費するのに、彼らをあてにしてはならないだろう。——この浪費は、新しい芸術的財産を築きあげるために欠くことのできない条件ではあるのだが。コクトーが、『ポトマック』の中で、「文学の最大傑作は、無秩序な辞典をおいて他にない」と書いた時、彼は知らぬ間に、詩人としての、創作者としての自らの職分を放擲しているのだ。なにも私は、詩は無から有を生む創造《エックス・ニヒロ》でなければならない、とか、作者は彼の用いる語彙までもすべて発明するように義務づけられている、とか主張するつもりは毛頭ない。しかし、このような才知の閃きにまかせて、コクトーがあまりにもないがしろにしているものがある。それは行為としての詩であり、単に、ある秩序の範囲内で自由にふるまったり、トランプの札をきるように、既存の辞書の索引カードを混ぜかえしたりすることに甘んじない詩なのだ。文学の革新は、彼によって、伝統に混乱をもたらすという否定的側面にだけ片寄せられた。彼は、文学改革のはたす明確で肯定的な建設的役割に対しては(批評家や世の文学史家がつねづねするように)目をつぶる。

かくしてチボーデは、プルーストを定義したいと思う時、この作家におけるサン・シモンの流れをひく部分とか、バルザックに類似した要素をとりあげるだろう。ここで、サルトルが『嘔吐』の中で、歴史家について語ったことばが思いだされる。歴史家は、レーニンを説明するのにロベスピエールをもちだし、グラックス*を使ってロベスピエールを説明し、以下同様のことを繰り返す。ほとんどの場合、チボーデの批評は、未来に向かった豊かな展望となるかわりに、完全に過去をふりかえっており、最も現代的で、明らかに革新的な作品の鍵や意義を求めるのはそちらの方角だとでもいうように回顧的になっている。彼は考察の対象となる作品自体がなんであるかを分析せずにすませようとして、彼の地理的分類癖までも動員する。彼は、それらの作品を他の既存現在の作品との関係によって標定し、位置づけた時に、それらの作品に対する自分の義務、つとめを充分に果たしたと考え、また、(たとえば)ジード、プルースト、クローデル、ヴァレリーを、その多様な影響力を仔細に述べていては面倒とばかりに、いずれも《在郷軍人》という共通のレッテルをはって、十把一からげにまとめてしまえたことで、大いに満悦するのである。周知のように、晩年になって彼は（ガブリエル・マルセル*の表明したはなはだ適切な批判の結果）、いままで自分は《個性的なものに対する注意力》に欠けていたのではないか、と、当然のことながら気に病むことになる。さらに厳密に言うならば、よく耳を澄まして聞くと、彼のことばからときどき、ふっと注意力が消え去ることがあるようにも思える。その注意力とは、精神のまなざしのもとに、明確な対象を確固として捕え続けることから成りたつ精神的行為であり、その精神のまなざしは、精神の志向した実現を再生し、甦らせようとする意志の動きによって、デカルトのことばを借りるならば、精神の視察の中に、その対象を同化しようと努めるものである。この批評家は、精神の産物に対して、《豪華本》集めの蔵書家のようにふるまう。蔵書家は、けっして本のページを開くことはなく、蒐集品の中にそれを並べるだけでこと足れりとするのだ。真の読書によって成りたつ生産的行為が、単なる吸収、純粋な消費となって堕落すると、こんどは、消費的活動性がたちまち理論的、表面的な把握の線にまで下がる。そこには、もはや、過大な努力を要する楽しみなどの伴う余地はない。チボーデの時代に、文学が重大な問題を巧みに避けてきたのとまったく同様に、批評は批評本来の務めであるはずの、理解させ楽しませるための仕事を回避する。その好例として、『カトリック小説』と題されたあの時評（『小説論II』所収）ほどふさわしいものを、私は知らない。その中で、『新フランス評論』誌のこのエッセイストは、当月の文学的できごととおぼしき『悪魔の太陽の下で』を論じねばならないと気づきながら、ベルナノスの作品については一言も触れずに、公然とそれをだしに使い、二十ページにもわたって巧みに主題の周りを旋回する。

　文学が十九世紀末に失った威信や、ほとんど神聖なまでの性格を、われわれの時代がとり戻したということは、たしかに文学にとって喜ばしいことであるかもしれない。しかし、回帰したこの栄光が、もし、追従や、作家と読者間の互譲によって購われたとしたら、それはあまりにも高くつくことになるだろう。偶像崇拝者よりも、けっきょくは率直な偶像破壊論者のほうがましである。「それらは神聖である。なぜなら、それに触れる者が誰もいないから」と、ボワローはある論敵の詩について語っている。

　自分の創作物について、このような形での神聖化を望む作家が、いったいどこにいるだろうか。最悪のことは、おそらく、取り戻されたこの尊敬の代価が、最も偉大で最も孤高の、最も勇気のある作家たちさえも加わった集団的責任回避によって前払いされているということである。プルーストは、彼が現代的な感受性について作成した一種の財産目録の中で、過度の気取り、なくもがなの粉飾、現実に対するひたすら受動的な態度、そして、過去に関する一種の催眠状態などによって、彼の企ての真の性格を覆いかくし、ほとんどそれを変質するほどになる。ジードは三十冊もの作品を通じて、――つねに狂おしく、空しく――彼の作品の啓示を大衆に期待し、彼のいわんとしたことの説明を読者に求める。ヴァレリーは彼の詩句を、過去四半世紀のフランス詩の剽窃詩たらしめようと努める。ジロドゥーは、結局は聞くものを苛立たせるものであった彼のレトリックとは別の方法で、人間性を神格化する企てを遂行したり、スタンダールあるいはバルザックの衣鉢を継ぐに足るほど、自分をまじめに考えることはついにできない。(彼のある芝居に対するジューヴェの場合をのぞけば、誰も、そして、とりわけ時代の風潮は、そのことについて彼を励まそうとはしなかった)。他の作家たちは、ブルジョワジーの前で香を焚き(シャルドンヌ『バルブジュの幸福』)、自分たちの価値を強固なものにする。――あるいは、たとえば、いながらにしてブルジョワジーを旅に連れ出して楽しませ*、彼らが作家に期待しているご馳走を、とにかくまちがいなく与える。

もし、文学の使命が、個人を、そのさまざまな閉鎖状態(社会的階級とか性格、気質、私生活、職業など)からうまく抜け出させ、絶えず脅かされている人類共同体に活を入れることにあるならば、奇妙にも、文学は両大戦間にこの職務を失念し、自ら打ち破らねばならないはずのあらゆる形態の閉鎖性を、決定的なものとして《維持する》ことを甘受したのだ、と認めざるをえない。――その閉鎖性には、ブルジョワジーの文学的指導権、また、《伝統》や《文化》に対する盲目的信頼などが含まれる。《伝統》や《文化》は、いわば遺産として受け取った財産のように考えられて、後生大事に保管され、徐々に利子が生みだされ(一例をあげるなら、その生みだされた利子は、博物館の管理人、バレスとフランスの作品によって、いみじくも象徴されている)、たとえ体質改善の若がえりのためとはいえ、それらを厄介ばらいすることなど、ぜんぜん問題にはならないだろう。むろん、文豪を国葬にするのはよいことではない。(たとえユゴーの場合であっても。)しかし、文学が必然的に文明の《呪われた部分》*を描くからではなく(作家が、司祭や死刑執行人と同じく、聖なるもの《ル・サクレ》独特のアンビヴァランスという性向を帯びているのは明らかである)、――過去の幾多の経験にしたがえば、文学が時の権力とつながりを持ち、妥協し、契約を結ぶことによって、多くの利益を得たためしはけっしてなかったようにみえるからである。作品というものは、公認の制度となることによっては何も得られない――たとえそのために、作者はアカデミー・フランセーズに入り、レジョン・ドヌール大十字章をもらい、その上、英国の場合のように上院議員となったりすることがあるにしても。偽りの価値、効力を失った価値、したがって、あらゆる死物と同様、生身にとって毒となるこの価値を取り除く仕事を敢然とひき受けた作家は、一九一四年以前のフランスに、ただひとりしかいなかった。それがペギーである。彼は高等師範学校《エコール・ノルマル》に学び、ギリシア語に長じていたが、彼の母親は、オルレアンで椅子の藁をつめ替える職人をしていた。そこで彼はこの仕事をひき受けたのだ。だが、それはアイスキュロスを教科書として読んだためでも、彼が庶民階級の出であったためでもなく、何かを為したり何ものかであろうとするためには、敢然と前方に身を投ずる必要があり、この勇気は、それを望む者すべてに与えられ、建設するためには、まず老残物を破壊することから始めなければならないと、(特にデカルトに)教えられたためである。

以上の考察が、階級的権利の請求とか、ブルジョワ的価値に対する統括的非難のようにみられるとしたら、それは私の望むところではない。今、ここで問題となっているのは、文学に対するある態度であり、そのような態度をとる社会集団や個人がいかなるものであろうと、その態度はそれ自体において有害なものなのである。もし、庶民階級や貴族のほうが、ブルジョワジーよりも、受動的であるという非難を向けられる度合が少ないとしたら、それは、両大戦間のフランスにおいては、ブルジョワジー自らが、事実上、文学的芸術的価値の保護を委ねられていると信じ、彼らが管理する他の分野ですでに支配的であった精神を、芸術管理の面にもちこんだためである。経済的にも不明確で捕えがたく、あらゆる形態の所有についての執着を基に初めて識別されるこの不安定な階級は、その伸縮自在性、環境に対する適応のほとんど際限のない能力によって性格づけられる。彼らは、かつて宗教とそうしたように、文化とうまを合わすことができた。手に入ったもの、価値を産みそうものは、なにものをも手放すまいと心にきめた彼らは、文学的遺産を保存し、後世に受け継がせようと企てる。たとえば、洗礼を受けさせるように、無理やり息子たちにラテン語とギリシア語をかじらせ、深夜のミサに行くように、木曜日にはコメディ・フランセーズにコルネイユやラシーヌの芝居を観に行かせる。そして、(読んだこともない)ラシーヌやパスカルに向かって、カトリック教の儀式に対するのと同じ盲目的崇敬の念を抱く——自分たちはカトリックの儀礼など少しも守ったことがないくせに。同時に、彼らは、あまりショッキングなものでさえなければ、新しいものに対しても親切で、愛嬌さえふりまく。ミュッセ、ヴェルレーヌ、フランス、バレスを受けいれ、フローベールやスタンダール、それにプルーストやボードレールに対しても寛大さを示す。

ドラマが始まったのは、精神の産物に永らく恩恵を施したこの歓迎や適応の能力が、衰退の兆を示した時であり、もはや伸縮自在の受動的な面でしかその能力が発揮されず、新しい建物を建築し、請負うためではなく、逆に、産業装備や社会構造やイデオロギーの分野におけるごとく、文学の分野において生起するかもしれない破壊的なものを、骨抜きにするためにその能力が使われるようになってからである。すべての新しいものを公式主義的方向に向け、自分の利益のために転じるようにとしつけられすぎたブルジョワジーは、どのような爆弾であれ、すべての爆弾から雷管を抜きとるために専門家を傭っている大きな作業場のようなものとなった。名士ゴーディサール*は、いったん小金をためると金利生活者となった。文化、詩、小説、その他あらゆる種類のものから利子を得る。彼は、元金の生む収入だけで食べていけると信じた。そして、新しい事業を始めたり、創造したり、活動したりすることを考えなかった。

しかし、もはや発展しない企業というものは、危険な状態に陥っているのだ。どんなに安全な投資が生む収益でも、それを殖やすことをやめたらさいご、太陽に照らされた雪のように溶けてしまう。生体が貯蔵栄養分だけで食いつないでいけないように、文化も既成の作品だけを頼りに受動的に生きていくことはできない。もし、現在に対するように、過去に対してもぜひ果たさねばならぬ義務があるとしたら、それは、芸術的な価値を絶えず日々新たに再生してゆくことに他ならない。もし伝統を育み富まし更新せずに、維持するだけだとしたら、伝統は危殆に瀕する。異端者たちさえ、彼らが脅かしている正統派の存続のために必要なのである。異端は必須なり《オポルテト・ハエレセス・エッセ》。もし、真摯で素直な熱のこもったまなざしが暖めかえしに来てくれなかったらたとえ嫌悪の硫酸塩を用いてでも時間の錆を洗い落としに来てくれなかったら、多くの傑作は、ちょうどパンテオン*で偉人たちが凍えているように、博物館の中で凍えてしまう。英国では騒動好きな下院議員は上院に送りこんでしまうが、それと同じく、人びとは、永久に彼らの無害を確かめるために、偉人たちをパンテオンに閉じこめたのだ。大理石の石棺に幽閉された彼らは、人付き合いをすることができない。読書について、批評についてのある種の考え方が、それが偶像崇拝を産むほどに崇高なものとなったときも同断である。ボードレールは、バルザックの中に幻視家の姿を認めることができた。そして今度は、ランボーがこのコレスポンダンスの詩人を聖別して、見者《ヴォワイヤン》の王子とするだろう。これがおそらく、真の歴史の書き方である。天才は、永いあいだ、被説明者と考えられてきたが、説明者として定義したほうがはるかにふさわしい。すでにヴィニーは、彼の先祖はいつの日か彼から生まれるだろう、と昂然と公言している。

芸術においては、最も公式主義的でない孫たちが祖父たちを正当化し、時には、最も尊敬すべき批評家たちの意に反して、彼らをよみがえらせる。かくして（少し文学の領域から離れるが）、アルベルト・シュヴァイツァーはバッハについて書いた著書の冒頭で、バッハは純然たる帰結であり、なにものもそこから発しない、と宣言する。しかし、たとえばモーリス・エマニュエル*を読んだり、あるいは単に、自分で少しでも注意深く考えた者には、シュヴァイツァーとはぜんぜん別のパイプ・オルガンの音が聞こえてくるだろう。私はなにも、ある個々の作曲家に対するバッハの明白な影響について語るつもりはない。たとえばモーツァルトは、バッハのあるモテットを偶然耳にしたとき以後、そのしかじかの作品で、たとえば『魔笛』序曲とかジュピター交響曲の終楽章で対位法の技法を援用する（と彼の伝記作家ロッホリッツ*は語っている）が、そんな影響のことを言いたいのではない。そういうことは、歴史的に明確にするのはたやすいことかもしれないが、重要なのはもっと広い意味でのこと、——旋法組織による調性の破壊においてバッハの果たした役割、音階《スケール》の組織的単純化である。それゆえに彼をドビュッシーの全音音階の、更にはシェーンベルクの無調性の先駆者と呼んでも言いすぎではないだろう、彼は、音程の均等性を原理的に確立した最初の作曲家であり、その均等性のみが、六音音階を、ついで十二音音階を可能ならしめる唯一のものだったからである。ドビュッシーやシェーンベルクの革新は、伝統との訣別のように思われたが、実際は伝統にたち戻り、バッハの作品の意義をより豊かなものとしながら、伝統から生み出されてくるのだ。

もっと多くの例証をあげることもできるだろう。たとえば、今日の《抽象絵画》は、一見したところ最も具象的な絵さえ、純粋に形と色の遊びとして見ることを教えてくれたし、また、マルロー流の美術批評は、どれほど、かのシュメール人の彫刻を新しい感覚で満たし、従来、自然の神格化（すなわち人格化）とされていたギリシアのアカンサス葉飾りに、真の意味を取り戻させたことだろう。かんじんなのは、芸術的過去の上に種々の考察の根拠を置くという一般的態度なのである。この態度は、その作品がもし現存していたら払われるかもしれない敬意以上でもなく（また以下でもない）敬意をもってそれを扱うこと、つまり、現代の作品に接するように過去の作品と真正面から相対し、敏捷で果敢、傲然として細心、偶像破壊的でかつ相手を征服、もしくは吸収しようと努めることによって成り立つのである。

かくして、爛熟期の文明を脅かす由々しき危険、（特に）アーノルド・トインビーが彼の歴史哲学の中で明らかに示した自己崇拝という危険を免れることができるだろう。《絶頂に行きつき》自己に信頼しきった社会は、みずからを礼拝する。巨万の富の上に胡坐をかき、征服する気力も進歩や完成の欲望も失う満ち足りたあげく停滞したこのふるまいには、ある重大な意味が含まれている。過去を物神《フェティッシュ》のように崇拝する一民族、人類学者たちが使うような意味での一《文化》は、ただ単に自己を、世界のそれ以外のものより好むばかりではない。時間の停止を望むことにより、その民族は、自分の未来は選ばずに自分の過去を選ぶばかりか、延音記号で恣意的に延ばした一瞬間からあたえられるかりそめの満足感のために、永遠に到達するという、抱きうるはずの唯一の希望を棄て去るのである。

ゆえに、アテネ人は、彼らの不易の古典主義と《ペリクレス時代》*への偶像崇拝の中で、凍結してしまった。ユダヤ民族は、《神に選ばれた》民族という時間的な、そして時間のなかに組み込まれた役割の中で、永遠に停止する。——救世主により選民と定められたこの民族は、救世主がすでに降誕し、つまり（人間のことばに直すなら）イスラエルがすでに歴史的使命を果たしてしまうと、もうそれ以上前進し、他の宿命に向かって更に櫂を進めねばならないということを認めようとしない。ここ五十年ほどのフランス文学についても、これと同じことがいえるのではないだろうか。自己満足に耽り、おのれの不動の過去崇拝にしがみつき、その言語や文化の指導性がとうの昔に消え失せているのに、いまだ十八世紀におけるごとく世界に君臨していると信じ、他の世界や、そこに感じられる新しい思想の流れを故意に切り捨て、ヘーゲルやキルケゴールを知らず、ニーチェにせよマルクスにせよフロイドにせよしぶしぶ受けいれるだけで、ロシアやアメリカの小説家については一言も語らない。レトルトの中に入れられ、(ラルボー、モーランの努力にもかかわらず)* 全世界へと向かうその窓は細々と開かれているにすぎぬ文学。そして、北京にいるクローデルを、ロシアから退却する軍隊に食糧を補給し、チヴィタ・ヴェキアで旅券に判をおすスタンダールを、ロンドンのサン＝テヴルモンを、アメリカのシャトーブリアンを、生まれ故郷のダブリンよりもチューリッヒの好きなジョイスを、ドゥイノやミュゾットに滞在することはあってもプラーハにはけっして留まらないリルケを、なつかしく思い起こさせる文学。

まさしくこれが、両大戦間、ポアンカレ治下のフランスにおいて、われわれの内に構築しようとした文学の《マジノ線》である。このマジノ線は、やがて歴史の侵略の前に、ありのままの、じつは、とるに足らないその姿を曝けだすことになるだろう。防備一辺倒の戦術は前もって死を宣告されているに等しいという、あの経験によって学んだ戦術上の真理を、一般に適用することもできるだろう。何事においても、勝利は進んで行なわんとするものの側にある。——むろん、必然的な勝利というものはありえない。ただし、この古典的命題を次のように換位しても正しい。すなわち、大胆な人間はまちがいなく勝つという宿命《さだめ》はないが(もっとも、勝たなければ彼らは真に大胆ではないということになるだろう)、いかなる危険も冒さない者は、何物をも得られないと断言することはできる。征服するためには、少なくとも進んで戦闘に参加しなければならない。それは、賭に勝つためには金をはり、賭に同意し、何らかの冒険を試みねばならぬのと同じである。同様に、行き着くためには出かけなければならない。こういう形で述べられた格言は、自明の理のようにみえるだろう。——しかし経験は、この格言を実行に移すのが思ったほどた易くないことを示している。当代のフランス文学は、デカルトを評したペギーの次のような力強いことばを充分に反芻してみたことがなかったらしい。「偉大な哲学とは、けっして論難されない哲学をいうのではない。一方、群小哲学とは、論争することのない哲学をつねに指している。デカルトの方法が高くかわれているのも、それが秀れているからではなく、ひとつの方法体系をなしているからである。歴史上、永劫に名を刻まれるのもそのためである。論駁の余地がないからではなく、論戦を行なうからであり、行き着いたところにはいず、これから出発しようとしているからなのだ……」

論戦を避けてきたフランス文学は、過去の著作で食いつなぎ、うわべはどんなに反逆的に見える場合でも、重要な問題は巧みにかわしてしまう。いわゆる《思想史》と呼ばれているものにも、容易にこのことを指適できるだろう。たとえ、完全にみかけだおしの『聖職者の背任*』のごとき書物は、うわべは道徳破壊的でも、『ビザンチンふうのフランス』に更に明瞭に現われているように、この上なく《反動的》なものなのである。そして、シュールレアリスムの冒険が展開していったその過程においてほど、この沈滞が鮮かに露呈されている例は他にないだろう。

5　シュールレアリストのお祭り騒ぎ

個々の作家たちが、自分個人としては敢えて企てなかった過去の文学の清算という仕事を、集団的運動であるシュールレアリスムがひき受けんとしているかにみえた一時期があった。それは、鳴物入りで幾つかの葬式を出すことから始まった。——まず、一九二四年早々、アナトール・フランスの公式の葬儀が行なわれたが、その翌日、まだ盛んにパチパチと燃えさかる火葬の火の中に、フランスのふたりの共犯者、ロチとバレスを加えたのである。「もし、生存中にアナトール・フランスについて語ることがすでに遅すぎるならば、彼の死を告げる新聞、彼を冥土に連れ去った三流新聞に、感謝の一瞥を投げるにとどめよう。同じく、ロチ、バレス、フランス、このいまわしい三老人、馬鹿と裏切者と刑事《デカ》を眠らせたこの年に、白く美しい印をつけよう。三人目の者に対して、特に軽蔑の一言を加えるのに異存はない。フランスと共に地上から消え去ったのは、人間のいくばくかの奴隷根性である。姦計と伝統主義と愛国心と日和見主義と懐疑主義と現実主義と腰抜け根性を、葬り去ったこの日が祝われんことを！　この時代の最も卑しい道化役者たちが、アナトール・フランスを相棒にしたことを思いだそう。そして、彼の無気力な微笑を大革命の三色旗で飾ることは許すまい……」これはアンドレ・ブルトンのことばである。* だが、アラゴンは、「貘のように夢を喰らいつくすモーラスと、子供に甘いモスクワが、共に今日、敬意を表しているこの文士に」次のようなことばで汚点をつける。「まったくの平凡人、偏狭な小心者、盲目的仲裁者、下手くそな投機家、負けても笑顔を忘れぬ満ち足りた種族、お人好し、考える葦、——あのベルジュレ氏*の中には、以上のような人物の揉み手をしている姿が見える、ベルジュレ氏は温厚な人格の持主だといくら褒め言葉を聞かされても私にはすこしも偉いとは思えぬ……*」そしてフィリップ・スーポーは、同じパンフレットの彼の担当欄で、「故フランスに捧げられた讃辞の貧しさ」を、さらに狡猾な手付きで指摘する。彼によれば、これらの讃辞は「どうやらセルロイド製らしい安っぽい冠」であり、そのほとんどすべてに同じことば、バレスの《そは維持者なりき》ということばが刻まれているのだ。シュールレアリストたちは嬉々として死体にむさぼりつき、かかる裁決を行なう点において、未来の批評よりも一歩進んでいたように思われる。たしかにそのときの批評は偏見にとらえられていたし、また同様に、死んだばかりの死者たちには当然敬意を表すべきだとしか考えられなかったのである。十二年ばかり後に、公正なるチボーデは、『文学史』（一九三六年、彼の没後まもなく刊行された）の中で、アナトール・フランスが実際に《高踏派の亜流の世代》に属していたことを喚起し（われわれならば、フランスが、《編集した私たちが笑いものになる》と言いながら、『現代高踏派詩集』からマラルメの『牧神の午後』を締め出したことを思い出すだろう）、次いで、「フランスへの回帰が想像力をかきたて、人びとの役にたつような時期がやってきたとはとても思えない」、と書くことになる。これら偶像破壊者たちは悪しき予言者ではなかったし、むろん、無用な仕事をしたわけでもない。まさしくそれは、彼らが久しく死者とみなしていたある人物を排撃することだったのである。

『ポール・クローデルへの手紙*』から多くの破門に至る彼らのなした他の破壊の企ては、さして有効適切なものではなかった。（『ポール・クローデルへの手紙』のなかでは、著者たちはこの詩人に向かって多くの不満の種を爆発させているが、そのなかで効き目のあったものとして記憶に残っているのは、ただ、彼が外交官でありカトリック信者であること、そして第一次大戦中、フランス本国へ豚肉を調達するために労をとったということぐらいである。）反動的でないにしても、少なくとも時代遅れで*、しかも《反革命的*》であると彼らに判断されたバルビュスや、《ガンジーの擁護者*》ロマン・ロランはもとより、このグループ内で異端を宣告された種々のメンバーたちは、次次に破門をうけた。出帆のときのシュールレアリスムの姿は、あの《祭の理論》の実践、——やがてのちに、カイヨワやジョルジュ・バタイユが、人類学的観察の結果、理論として構築するはずの《祭の理論》の実践と見える。それは、かの《目録記載済の財産》に対する広範囲の共同的破壊となりえたかもしれなかった。その時代のブルジョワ階級は、最も道徳破壊的な文学作品をも、彼らのもっぱら消費的蓄財的な習慣によって、おのれの財産に変質しつつあったのだ。また、シュールレアリスムの暴力は、これら相続によって得られた価値＝有価証券類の聖なる浪費となるべきでもあった。その価値から利益を受けるのは、それをつくりあげたことがない（やろうと思ってもできない）ばかりでなく、もてあましてさえいる階級である。使いみちもわからないようなあぶく銭。どこかで空しく黴が生えていても、誰もそれに手を触れる権利を持たず、使うことも口だしすることも許されない銀行券。

しかし、この破壊の仕事の大きさをはっきりと認識しなかった《シュールレアリスム革命》は、それをなし遂げるに必要な包容力や組織力に欠けていた。もしこの革命が、時の流れとともにみるみる砂にのまれ涸渇することになるならば、それは単に対人的葛藤によって精力を消耗し尽くしたせいばかりではない。この革命の主な足どりが、ほとんどつねに衝動や気分によって定められ（その実現の断片的性格もそこに由来する）、なおかつ、革命が、もっぱら破壊的行為として止まっているからなのだ。ひとたび積極的綱領を制定しようと試みるやいなや、たとえそれがどれほど一般的抽象的なものであっても、たちまちグループのメンバー間に不和が生じる。《シュールレアリスム》と《革命》という二つのことばによってさえ、ひどく結束が乱され、何を破壊すべきかということをめぐり、衆議がまとまらなくなるほどである。「一九二五年四月二日、『シュールレアリスム革命』誌に署名した会員たちが、シュールレアリスムの原理と革命の原理のどちらが彼らの行動を律するにふさわしいかと決めるために、会合を開いた。しかし、この問題については双方了解点に達するに至らず、次の点に関して意見の一致をみた。一、シュールレアリスム的関心にしろ革命への関心にしろ、とにかくそれ以前に彼らの精神を支配しているものは、ある憤怒の状態である。二、シュールレアリスム的照明とでもいうべきものに彼らが最も容易に達せられるのは、この憤怒の道を通じてであろうと思われる……*」この声明によってわかることは、シュールレアリストたちの《憤怒》さえも、破壊すべき明確な対象を自らのために選びだせなかったこと、そしてまた、破壊は、それ自体が目的とはみなされず、（効果のほどは疑わしいが）めいめいがそれぞれ勝手に考えている〈絶対〉を、いわば直接的に把握する絶対への《照明》ための手段としてとり扱われていることである。サルトルは、シュールレアリストたちの要求の背後にひそむ静寂主義的《キュイエティスト》渇望を、いみじくも指摘した。彼らの暴力趣味には、何事かを瞬間的にのみ実現しようとする意図が隠されている。彼らは、持続することに対して怠惰なのである。*ブルトンと彼の仲間たちは、人間の企てが持つ通常の時間、忍耐と計画の時間を拒絶する。彼らには、その時間がブルジョワ的に思えたのだ。だが、それを拒むことによって、ブルジョワ階級の精神的無気力さ、消費的受動性を、全力をあげて延命し支えることになるのは、ほかならぬ彼ら自身なのだ。そのうえ、彼らの大部分はブルジョワ階級の出身である。「これら良家の子弟が浪費しようと望んだのは、家の世襲財産ではない。それは世界である。彼らはしめし合わせて、勉学も職業もすべてを放擲し、より小さな悪に逃れるごとく寄生生活にまい戻った。しかし、ブルジョワジーの寄生者となるだけではけっして充分ではなかった。彼らは人類の寄生者たらんと熱望した。*」

　彼らが、物質的かつ社会的に寄生者であるか否かは、目下のところ、たいして重要な問題ではない。よりかんじんなのは、精神的寄生者のことである。私がここで告発しているのは、彼らの創作物の建設的価値ではなく、彼らの批評の効果なのだ。彼らの批評が、理論上の憤激の相手であるブルジョワジーの緩慢な消化癖と絶縁するための基盤とはならなかったゆえに、彼らの革命は、たとえ否定を通じてにしろ真に未来を準備することもなく、未来の誕生の有効な手助けともなりえなかったのである。

　したがって、シュールレアリストたちが勝利をおさめたと信ずるやいな、たちまちそれは古い公式主義に対して新しい公式主義を置き換えるための行為となる。私は、単にブルトンの《法王学》について述べているのではないし、また、教養を持たず感情的否定的な信者団体しか有しない教会を設立しようとするこの運動の絶えざる傾向について語っているのでもない。どのように些細な決議にしろ、積極的決議がとられそうな羽目になると、たちまち異論続出し、貝殻追放が威力をふるう。貝殻追放は、政治活動や政治情勢にのみ基づくべきものであろう。しかるに、それが文学の領域においても同様に行なわれるのだ。『マルドロールの歌』を再刊したために』すこし前にグループから除名されたスーポーは、破門の憂き目をみた。明らかにロートレアモンは、当の彼らに残された《世襲財産》の一部分であり、正統的シュールレアリストが当然相続の権利を持ち、彼ら以外の誰もそれを使いこなすことはできないものなのである。*また、シュールレアリストたちの大いなる貢献により点火された高まりゆくランボー熱は、彼らには勝利とは正反対のもののように思われる。それは彼らが、ジャン＝アルチュールの言ったように、《人生を変える》ことに失敗したばかりでなく、同時代人の精神習慣を変えることにも失敗したからである。人びとは、ペトリュス・ボレル*やネルヴァルを読まずにすますためにランボーに敬服するのだ。「というわけは、彼らが物事をあまりにもきちんと整理しすぎたために、ランボーの一生が、今日では詩そのものに対立する証人として受けとられているからである。……ついには、それらの詩を読む必要がぜんぜんなくなる。無知が大手をふってまかり通る……」とアラゴンは言明する。そして、「ランボーは詩人たちの脳みそを空っぽにするための機械ではない*」と、抗議のことばで結んでいる。

だが、もし、この人間の《白痴化》が、シュールレアリストたちによって《売り出された》詩人や思想家のためにいちだんと促進されたのだとしたら、いったい、その罪は誰にあるのか。『放縦』の著者は、苦い喜びを感じながら、さらに先のほうで次のように認めている。「堂々たる詭弁の時代である。ランボーの序文を書くワシントン駐在大使*、トミスムに装われたボードレール、ドーデによって野犬抑留所に拘引されたユゴー、シャセ*とやらいう人物の懐中にあるジャリ、アメリカで断罪されたダーウィン、フランスで泥まみにされたフロイド、アカデミー会員のポール・ヴァレリー、さよう、それも悪くないだろう。*」

その前年、グループの別のひとりのメンバーは（たしか彼は一九二六年十一月以来、除名されていた。しかし、このような除名のやりとり、それに続く和解、証明書つき保証等々はすべて、少なくとも政治が賭けられていない時はいつも、その子供っぽい幼稚さのために、寄宿生たちの退屈な喧嘩以上のものを考えさせない）、次のごとき教訓を引き出した。――こんどは積極的で、かつ、挫折を前にした自虐的快楽もなく、逆に、未来を残し、建設可能なものとして自らの誓いを立てる教訓である。「シュールレアリスムのいかなる冒険が残っているだろうか？　裏切られた大いなる希望以外、ほとんど何も残ってはいまい。しかし、文学自体の領域には、実際に何かをもたらしたはずである。この怒り、作品に注がれた燃え立つような憎悪は、ある実り豊かな態度の基盤となる。やがてそれは、いつの日かきっと役にたつこともあろう。文学は洗い清められ、頭脳の本質的真理にまで迫った。しかしそれがすべてである。文学や心象《イマージュ》の埒外における積極的征服、そのようなものは存在しなかった。しかし、重要な唯一の行為がそれだったのである。*」

新しいほとんど文学外的なこれら心象《イマージュ》の戦利品は、詩の形式でしか存在しない。それもたいていは、かなり時が経ってからである。おまけに、それらはつねにあやしげで、信用がおけない。私は、永いあいだ（むろん、その本を読むまでだが）、ジョルジュ・アルマン・フーレ*の『卵生のゼラニューム』をシュールレアリスムの詩集だと思いこんでいた。シュールレアリスム的《併合》、あの未知なる領土の占領が行なわれた時、それにつきまとう衒いが、しばしば、この領土併合のもつ真の新しさ、深いまじめさを覆い隠してきたのだ。今われわれの論じている分野、小説の領域には、当時、シュールレアリストたちの影響は少しも及ばなかった。いうまでもなくその理由は、小説という様式が、ブルトンのいわゆる《人生の無用な瞬間》の再現を特技としているために、シュールレアリストたちから、特別、頭ごなしに軽蔑されていたからである。（アラゴンおよびクノーが、上述の《無用な瞬間》に対するグループの借財を、後に気まえよく支払い、多くの小説を書くことに同意した事実を認めねばならない。）散文の分野におけるシュールレアリスムの最も輝かしい成功作、『放縦』『パリの農民』『ナジャ』『処女懐胎』*などは、それらの最も熱烈な讃美者（私も含めて）によっても、小説とはみなされがたいものである。むろん、当時、小説は最もブルジョワ的な、最もブルジョワ化された様式のように思われたので、この人びとは小説を軽蔑にも値しないものとして蔑んでいた。小説は彼らにとって、事物の斬新な結合が行なわれる運動場とか練習場の役割さえ、果たしえなかった。地方人であり、また、国際人でもある秀才ジロドゥーが現われて、はじめて控え目ながら小説が詩的演習のための練兵場となるのだ。かえりみれば、そのいくつかは、かつてエリュアール、アラゴン、ブルトンたちが大騒ぎをして追い求めていた探しものに、かなり近い形態や発想をもっているようにみえる。以上が、一般の風潮となったいかにもパリらしい軽薄さに対して、シュールレアリストの支払った代価である。この軽薄さは、彼らの小娘じみた論争の中に歴然と入りこんでいる。

今から思えば、彼らの最も目だった特徴は、その無責任さにある。義務を負おうとするあらゆる誘惑にうち勝ち、彼らの中でも筋金入りのものたちによって、故意に、巧みに唱えられた無責任さである。――しかも、歴史的状況にかんがみれば、それには、うなずける部分もある。あれほど大げさなジェスチャーが理論の域に留まっていたとはいえ、彼らが、自分たちの階級に対するあらゆる連帯責任から免れたのは、当然のことであった。しかし彼らは、単にブルジョワジーやフランス国家に対してばかりでなく、（彼らによって、ランボー、ニーチェ、またはジャリに還元されはしたが、彼らを生み育てた）過去に対して、それからまた、いかなるものにせよ価値と名のつくすべてのもの、《価値》の概念そのものに対して無責任であることを望んだ。批判的検討は彼らをうんざりさせたが、それでもとにかく彼らは生きていたのだし、《道徳的》ということばが、その名のもとに彼らの教わった観念によって汚されているならば、やはりそれを純化しようと試みねばならなかったのだ。かくて、彼らの大部分のものにとって事実が証明しているように、彼らは、自分たちの存在と適性と職業の中軸でさえある文学に対して、ついに忘恩の徒となる。吟味したり論じたりすることを潔しとしないすねた子供のように、依怙地なまでに拒み続ける不当に長びかされた思春期。また、最も悪い意味での気のふれそうなほど象徴的な性格と特に結びついた広大な抗議。これらが、《プラトニック》な性格、と言ってさしつかえがあるなら、シュールレアリストたちの残した、彼ら自身に関するイメージである。

したがって、しかるべき適用場所がなかったため、彼らの解釈法の強引さが、不毛のままで終わったとしても驚くにはあたらない。そのときどきの思いつきで気紛れに注がれた彼らの濃硫酸は、充分奥まで達せず、焼かねばならぬものをも腐蝕せずにすます。アルトーは『演劇とその分身』を書く時、現在演じられているごとき芝居を破壊するために、シュールレアリストの毒薬を用いるだろう。彼は、破壊ののち、演劇にふたたび真の意味を与えることをめざし、彼の心に抱いた考えを、将来実行に移しうるような創作家たちが輩出することを希望していた。シュールレアリストたちによって、いささか軽率にも投げつけられた、芸術に対する、特に文学作品に対する不信の念は、アルトーにおいて（アルトーにおいてのみ）ある建設的な意義を持っている。すなわち、現代の読者にとって今後は順応しにくいと思われる前世紀的様式をもつ伝統的傑作を敬わない、という意義であり、また、もはや言語的要素が支配しない見世物《スペクタクル》を夢みる、という意義でもある。一方、正統派に属し、文士気質を留めているものたちにとって、諸原理を純粋に否定的な面で検討し直すことは、彼らが技を磨くさいに彼ら自身を麻痺させ、文学の大道が、一九三二年頃まで、シュールレアリスム運動の埒外を通ることにしか役だたないだろう。（その間、プルーストやジロドゥーらは、小説の内部で《細胞活動》を行ない、小説を彼らの陣営に併合してから内部からそれを変革することに成功するだろう。）したがって、（昔の仲間たちの反対をおして、コミュニストであることをきっぱりと選んだ時のアラゴンのように）彼らの内の幾人かが所期の野心を捨てた時に、はじめて彼らはブルジョワ文化のただ中にたち帰ることができ、『オーレリアン』や『屋上席の旅行者』のごとく魅力的だとはいえ通俗的《ミドル・ブラウ》な、大衆向きの小説が書けるのである。

「サトゥルヌス祭の翌日になると、祭りのあいだにわか仕立ての王様であった奴隷たちは、またもとの奴隷にかえり、詩人たちは道化師に、主人たちはトリマルキオ*に戻る。」

第二章 小説の暦

1 眼覚めの遅い世紀

「ある作品が時代に先んじているように思われるのは、その時代がその作品よりも遅れているからにすぎない。」
ジャン・コクトー
『雄鶏とアルルカン』

西欧文明においては、その発展にしたがって、個人の成人年齢はだんだんと遅くはじまるようになっている。ルイ十三世の時代には、四十歳という年齢はすでに老いぼれであったが、現今では、成人であるかどうかはかならずしも確実ではない。世紀というこの法人についても、事情はたぶん同じである。すでに十八世紀は十五年遅れて、一七一五年にはじまっている。十九世紀もまた、もしお望みならば、その百年後、ワーテルローの戦いとともにはじまったと言えそうであり、遅れはべつに増さなかったように思われる。だが、文学の上でいえば、ロマン主義の開始そのものは一八二〇年頃に位置しており、そしてナポレオン時代とともに幕を切って落とした発育の危機が清算されるには、ほとんどルイ・フィリップの治世まで待たねばならないであろう。ユゴーは『瞑想詩集』(一八五六年)まで《成年》に達しないだろうし、ヴィニーの『宿命詩集』は、一八六四年、遺作として世に現われるだろう。そして『ゴリオ爺さん』と『赤と黒』の刊行の年は、それぞれ一八三五年と一八三〇年である。それ以前には、『オーベルマン』(一八〇四年)や『アドルフ』(一八一六年)のような作品は、まだ十八世紀と十九世紀の境界に位置していたのである。そこで、おそらくこう考えることも許されるだろうと思われる(これはともかくも将来への希望を鼓舞してくれる考察である)。たぶん二十世紀はやっとはじまろうとしているのだ、(もしくは一九四五年のVデー*とともにはじまったのだ)と。

それにしても、二十世紀がこんなにも遅く起きだすのは、やはりそれ相応の理由があることだろう。ひどく乱雑な家で眼を覚ましたたら、そのまま寝床にとどまることを選ばぬ人が誰かいるだろうか？　ここで私が暗示しようとしているのは、政治的事件、あるいは社会的混乱などの無秩序のことではなく——もっとも、それらは作家の意識や彼らの立場に多大な影響をもたらすものではあるけれども——さしあたり芸術を別個の機能と考えた上で、もし二十世紀が一九一八年頃にはじまったとするならば（先行の世紀の例にならうためには、二十世紀はそうしなければならないわけだったろうが）、世紀の地平線を埋めていたありとあらゆる種類の文学的残存物のことを言っているのである。象徴主義の遺物、時代遅れの自然主義者たち、悔い改めぬ新古典主義者やロマン主義者たち、これが、文学の大海の水面に浮かび、なお長いこと生き残ることになる最もひろく知れわたった漂流物である。十九世紀は往生際が悪くてなかなか死のうとはしないし、ゲームの親の役を譲ろうともしない。そして新しい世紀の子供たち、尊敬の念をもちすぎている息子たちは、一九一八年になっても、まだ父親の遺産の最も借財の多い部分すら否認したいという気持にはならないであろう。議会制度、《世俗の道徳》、レアリスム小説、象徴主義の詩、民族自決主義、リットレやアカデミー*の独裁権などを、彼らは雑然と、しかも限定条件なしに受けいれようとするだろう。

最も独創的な気質の作家たちでさえ、すぐ前代の過去ときっぱりと袂を分かとうなどとはしないだろう。アンドレ・ジードは、初期の作品を通して隅々まで象徴主義のなかに捲きこまれていたのだが、それにごくわずかな変改を加えたり、彼自身が長いあいだ生きのびることは期待したりしながらも、自分がまずそれを延長することからはじめたこの伝統を、けっして捨てようとはしないだろう。ヴァレリーのような、さらにはシュランベルジェのような友人たちの、たとえば世間一般の生活にたいする孤高な態度とか、または美学をもって代置できると考えられている倫理への嫌悪などを、彼は保持しておこうとするだろう。不可知論と唯物論が、さらには反教権主義があれほど深く浸みこんだマルタン＝デュ＝ガールは、自然主義の伝統に忠実でありつづけるだろう。というよりはむしろ、彼はその軛を受動的に耐え忍ぶだろう。彼にとっては、フローベールに倣って書くか、あるいはゾラに倣って書く以外に、小説を書く方法はないという感じがするのだ。彼らの弟分にあたるジュール・ロマンですら、やがて『善意の人々』という大作を企てる際に、小説の構想のなかにも、また同時にその構想を実現するために用いる技法のなかにも、バルザックやゾラの影響（そしてさらにはデュルケム*の影響）を示すことになるだろう。このような時期に改革者の役割を勤めることになる小説家というのは、すぐ前代の過去を飛び越えて、もっと遠い時代のなかに自分たちの模範と先祖を探し求める人々であり、『クレーヴの奥方』を作り直そうとしたり、ラ・ロシュフコー、シャンフォール、コルネイユ、またはラ・ブリュイエールなどを、小説的に置き代えようと試みる人々なのである。

一九一八年に、当然行なわれるべきであった変革が遂に起こらなかったのは、誰ひとりその緊急の必要を認める者もなく、また誰ひとりそれを企てる勇気をもつ者もなかったからだと思われる。前の世紀にあっては、ロマン派の建設者たち、あるいはバルザックは、地ならしをするにあたって、自分たちの前に二つの批評作品におけるスタール夫人、および『ラシーヌとシェークスピア』を書いた論争家スタンダールというふたりの怖るべき破壊者を、発見したのであった。このふたりの破壊者は、趣味と感受性の完全な変容がいま起こりつつあるさなかだという観念に読者をなじませ、この変容から生まれる新しい作品を、正当に承認できるものとして、文学的なものとして、読者に受けいれさせることに成功したのである(最初は抵抗がないわけではなかったけれども)。この変革は最初はゆっくりと、おずおずと行なわれ、その扇動者となった人々の側においてさえ、混乱が見られないでもなかった。なにしろ、『社会制度との関係において考察した文学について』のなかで、スタール夫人は、ボワロー以来の古典美学の大原則であった普遍的な美の理想、歴史や社会形態に依存することなく、ある特殊能力(趣味)によって直接に知覚される《美》の理想を破棄することからはじめたわけだが、彼女はなかばことさらに意識しながら、そしてあたかも嫌々ながらやるかのような態度で、それを行なったくらいなのだから。とはいえ、それでもやはり攻撃の幕は切って落とされる。彼女は多くの戦陣に立たされるようになり、『ドイツ論』においては今度は、申しぶんのない決然とした態度でことに当たるようになるだろう。たぶんこの「コッペの貴夫人」よりあとに現われたがために、またなによりもまず気分に任せて書く人であったがために、彼女ほど小心ではなかったスタンダールは、すべての人が漠然と考えていたことを、『ラシーヌとシェークスピア』のなかに大胆に書きこんだとして、ラマルチーヌの賞讃にあずかることになるだろう。もっとも、同時に非難も蒙るであろうが。それというのも、唯一の理想的な美(正確に前世代の人々が考えたとおりのものとみなされた美)こそ精神の仕事の真の目的だということを、彼が忘れていたからなのである——このように、新しい文学の代表者たちにとってさえ、彼ら自身の内部において、またあらゆる問題について、必要な変革を実行するのはかくも困難なことなのである。(もっとも、そのことについては、スタンダールはなんら困惑することもなく次のように答えている。さまざまな鼻の形や、さまざまな性格があるのと同じように、じつに数多くの理想的な美が存在するのであって、ドミニカ島の黒人たちは、スウェーデン人のみずみずしい肌の色をあまり尊重しようとしないだろう。千差万別の感受性をもつ人々がつねにいるのであるから、ある人々はボシュエを愛するかと思うと、他の人人はフェヌロンを愛するだろうし、またモーツァルトを愛する人もあれば、チマローザ*を愛する人もいるだろう、と。)

おそらく、第一次世界大戦後にはじまる文学的時代には、前世紀の境界において（『社会制度との関係において考察した文学について……』は一八〇〇年のものである）、時代遅れと判断した美学にたいする弔鐘をあれほど軽やかに鳴らした一群の清算者が欠けていたのである。《思想文学》が十五年から二十年のあいだほとんど消滅していたことは、チボーデがその意味には気づかないにせよ、とにかくその事実を指摘しているところであるが、これも同じ現象の裏返しなのだ。感受性が変わらなかったわけでもなく、世界が変化しなかったわけでもない。というのも、モーロワの『風土』、マルク・シャドゥルヌの『ヴァスコ』、モーランの短篇小説集、モーリヤックやモンテルランの初期の物語《レシ》のような書物は、あるいはまたプルーストの作品にもたらされた成功は、文学以外のいたるところに見られるのと同じく、文学にも新しいなにものかがあることを十二分に証明しているのだから。しかし、このような変化は、作者たちが自分自身の姿を間接的に現わしだして作られている作品のなかに、ほとんど無意識のうちに映しだされているにすぎない。誰ひとりその変化について明確な意識をもつ者もなく、その責任を引き受ける者もなく、その舵を取ることを承諾する者もいないまま、それは作者たちに受動的に受けいれられ、《領収された》のである。文学的価値の転換は、ほとんど作家たちの意志に反して、彼らの背後で行なわれる。もっとも、読者の側もそのことに責任をもってはいる。娯楽のためか、あるいはまた、ただ晩餐の食卓の話題にするために、ジードを、ピエール・ブノアを、バルビュスを、モーロワを、ヴァレリーを、ポール・シャックを、ブレーズ・サンドラルスを、アンリ・ベローを、（いや、もう止めなければなるまい、）乱雑に読み散らして、『恋の悩み』*に決まったとか、もしくは『花咲く乙女たちの蔭に』に決まったとか知らされさえすれば、その年のゴンクール賞を機械的に買いこむわけなのだから。読書はしだいしだいに暇つぶしの仕事となり、サロンでの会話のためのたんなる口実にすぎなくなっていく。小説の格が昇進したのはこうした情勢の結果であり、しかもその昇進のために、情勢はいっそう悪化することになるだろう。それというのも、小説とはなによりもまず、いったん作者が（もし作者が成功したら、読者がそうなるのと同じように）自分の書く話に心を奪われてしまいさえすれば、自分が語りたいと望んだことに立ちもどってそれをはっきり自覚しないで済ますには、いちばん都合のよいジャンルだからである。かつて宗教は民衆の阿片であったが、いまや文学がブルジョワジーの阿片になってしまった。どちらの阿片にとっても気の毒なことではあるけれども——さらにまた、両方の阿片の中毒患者にとっても気の毒なことではあるけれども。

2　文学的世代がキリストと同じ年齢をもつことが証明される場所

二十世紀がずっと以前からはじまっていたかどうかは確実ではないにせよ、それでも、一九一三年から一九一八年*までのある部分を、任意に取って開幕の端緒とすることには、尊重すべき理由を見つけることができる。それはロレンツ*の《三世代の法則》に当然払うべき敬意なのだ。この巧妙きわまる不滅の功績によれば、あらゆる歴史的事件の客観的な尺度は世紀である。したがって、一五一五年は、やがて西ローマ帝国を争奪しあうことになるふたりの競争者である、フランソワ一世とシャルル＝カン〔カルロス五世〕との時期を同じくする即位や、近代の開始や、印刷機の発明とアメリカ大陸の発見とを現実の舞台に移行させることになる、あの宗教改革の世代の出現などの時期を画することになる。一六一五年は、ルイ十三世の即位と三十年戦争の開始の時期を画する。一七一五年はルイ十四世の死と十八世紀の黎明を。一八一五年はナポレオンの没落を。一九一四―一九一五年は、真に世界的なものである第一次大戦とともにはじまるひとつの時期を。トインビー教授*ならば、おそらくこの時期に、唯一の文明の制覇に直接先だつところの世界的な動乱期を認めることであろう。一方また、各世紀には、それぞれ三十三年にわたる三つの世代が含まれている。この三十三年という期間は、コントによれば（キリストの生存の時間が計られてから以後）有用な社会生活というもののちょうど平均値をなしているのである。そこで一五四八年、一六四八年、一七四八年、一八四八年という周期が考えられることになり、その周期にもとづいて、われわれは、一九一五年―一九四八年という時期を、一個の総体をかたちづくるものとしてとりあげることができるだろう。

チボーデはその『文学史』において、歴史的持続というきわめてベルグソン的な意味によって、その適用法を緩めながらではあるけれども、とにかくこのロレンツの法則を利用することを忘れなかった。十八世紀の末から二十世紀の初頭にいたる文学史を書くために、彼がなぜ世代の観念を分割の原則として選んだかということは、大部分ロレンツの法則によって説明がつくのである。この概念の使用にたいする主要な反対意見は、連鎖推理という尊重すべき論法を、つまり典型についての難問を蘇えらせることになる。「三本しか髪の毛のない男は禿げているのか？」、あるいはまた、「幾粒を越えれば、小麦ひと山はほんとうにひと山とみなされるようになるのか？」という論法が、ここでは次のようになる。「ひとつの世代を形成するのに必要なのは三十年だろうか、三二年だろうか、三四年だろうか、それともまた三五年だろうか？」あるいはまた、「ひとつの世代の最後の年と、その次の世代の最初の年とは、どういうふうに区別するのだろうか？」たしかにアポリアには違いないがチボーデはいとも正当にも、生の持続と歴史的生成とに関する直観の名において、こうしたアポリアを手の甲で遠ざけながら、その出所であるメガラ学派*式思弁のもとへ送り返してもまうのだ。*

　しかしながら、実際に適用するにあたっては、チボーデ自身、この世代という観念を、あまりに相互心理学的に偏りすぎた見地から考察していはしないか、ベルグソンの弟子というよりは無意識のうちにタルド*の弟子となり、ケーラー*およびその門弟たちが用いたような方法によって定義すれば、社会的性質の現実をそこに認めていないのではないか、と疑問を抱いてもさしつかえないはずである。ひとつの世代を描きだすということは、個人から個人へと及んでいくようないくつかの衆知の弁証法（たとえば、文学においては、影響、模倣、同じ流派への参加などという弁証法）を、単に枚挙するだけでは済まないものだろう。ひとつの世代とは（文学的世代か、または他の種類の世代かというようなことは、どうでもよいことだ）、一個の集団であって、その集団の現実とは、それを構成する個人たちの生存の単純な総和ではなく、デュルケム的な意味というよりは、むしろ《形態心理学者たち》の唱える意味において、個人たちを超越する総和のことなのである。ひとつの世代は年代的な境界によって、量的に決定されるのではなく、ある特殊な質的構造によって決定される。したがって、ひとりの作家がある世代に属するようになるのは、彼がある年からある年までのあいだに生まれたとか、その主要作品がしかじかの時期よりも以前に、またはそれ以後に出版されたからという理由にもとづくわけではない。そうではなくて、彼の作品が、さらには彼の個性が、しかじかの性格を表わしている、ということによるのである。影響とか前世代の反動などという相互心理学的概念にたいして、チボーデがしばしば犯したように、*過度の重要性を与える愚はこうして避けられることになるだろう。たとえば次のように書くとき、チボーデはそれを犯しているのだ。「あるひとつの社会的世代というものは、何代にもわたって無数につづいてきた家族的世代そのものであるところの無数の些細な事実、無数の偶発事の累積と運動によって創りだされる。そして、あらゆる家族的世代につきものの内面的な悲劇は、ひとつのかなり単純な要素に帰結することになるのであるが、この要素とは、他人の経験、または社会的経験からひきだされる教訓と、個人的な生体験からひきだされる教訓とのあいだに起こる、必然的な食い違いのことなのである。」

　相互心理学ふうの誤謬は、世代というものを、それを構成する諸々の存在の単なる算術的総和として、個人から個人に及ぶ反応の寄せ算として扱うところに存するのだが、ここにはそうした誤謬がふんだんに現われている。文学においては、往々にして、直接の影響、あるいは意識的な影響について語ることは不可能であるけれども、それにもかかわらず、書斎の静寂のなかで孤立して分泌された作品だとか、ときには異なる国で生み落とされた作品相互のあいだに、ひとつの否定できない近似現象があるという事実を証明するのはむずかしいことではあるまい。あるいはまたあるひとつの感受性の形式をとおして——いきなり爆発して、ラマルチーヌ、バイロン、バルザック、またはプルーストに、彼らの作品の啓示を待望していた熱烈な読者を恵んでくれたり、ロマン派の人々や、シュールレアリストたちや、実存主義者たちのまわりに、思いもかけなかった未知の熱烈な弟子たちをいっぱいに溢れさせたりするような、ある種の感受性の形式をとおして、同じひとつの時代のすべての個人に共通する滲透現象をあかるみにひきだすのは、さほどむずかしいことではないだろう。

　さらにまた、チボーデが影響ということばを用いている個所では、じつは往々にして、それを最も統計学的な、最も社会学的な意味において理解した上で、滲透現象について語らなければならなかったはずなのである。あるとき、ジロドゥーの『シュザンヌと太平洋』について、「現代文学の尖端に、マラルメとランボーの影響を認めることができた」*と、彼は書いたことがある。シュザンヌの島には「ランボーという岩があり」、そして一時間か二時間泳いでいさえすれば、「この島からほど遠からぬところに、デゼッサントのための散文の国*を発見できるかもしれない」、チボーデにはそんなふうに思われたのである。彼は、そのために、数多くの批評家たちから手厳しい叱責を蒙った。それはだいたいにおいて保守的な考え方をもつ連中であって、彼らはチボーデにたいして、「ウプサラの天文台から、アンドレ・ジードが磨きあげたレンズを通してフランス文学を見ている」*、と非難していたのであった。しかしながら、この巧妙きわまる比較によって惹起された異口同音の非難も、その比較の価値を保証するには足りない。それに、じつを言えば、新聞紙上での叱責にもかかわらず、シュザンヌと『飾画《イリュミナシオン》』および『牧神の午後』との類似に、べつだん驚かされもしなかったことを私は告白しておこう。ジロドゥーは、プレシオジテの文学の大きな潮流、つまりマラルメの詩をただ付随的に暖めるにすぎず、ランボーの詩をまったく暖めようともしないこのメキシコ湾流のなかに置き代えるほうが、はるかによく説明がつくと私には思われる。私としては、ジロドゥーのランボーふうの思考よりも、むしろそのプラトニスムを信じたいと思う。しかし、これこそまさに批評というものに不可避な偏見でしかない。私の偏見をそっとしておいてくれるならば、私もよろこんでチボーデの偏見を容認することにしよう。いま問題としている文章のなかで、そんなことよりはるかに注目に値することがらは、あの予言者的な感覚であり、チボーデはその感覚によって、実際にはそういう影響をほとんど受けていないひとりの作家のなかに、そして、それがまだ微弱で高いうねりを見せず、現在われわれの眼の前で砕け散っているごとき大波にまで達していなかった時期に、早くもマラルメとランボーの影響を看破していたのだ。たしかに、彼は、たぶんそれがまだ存在していない場所に、その影響を指摘しているかもしれない。だが、それというのも、そのような影響が精神の圏内にすでに現存しており、正確にジロドゥーのなかではないにせよ、どこかある場所で、慎ましやかに、黙々と育ちつつあったからこそなのだ。

さらにまた、そうした影響がどんな様相を帯びるかということを明確にしようと努めるとき、チボーデは慣用的に認められている影響とはなにかという概念から遠ざかりはするけれども、その見解はきわめて正当なものとなっている。マラルメは模倣できない、彼はそう簡にして要を得た宣告を発する。したがって、より適切に言えば、誰ひとりマラルメを模倣する者はいないのだ。しかし、近代詩の全体にとっては、彼は完璧なるものの磁化作用を受けて活動しつつ、引力の極のような役割を果たしているのである。それはいくぶんか、アリストテレスの世界における《第一の不動の動者》、《思惟の思惟》に似ている。つまりあらゆる運動の原型であり、不動の源泉であり、それ自身は動くことなく、ただただその完全無欠さの景観だけでもって、宇宙のいっさいの事物を動かすものに似通っている。彼は詩人たちの型を決めるというよりは、むしろ詩人たちを魅惑するのだが、それもひとえに、彼がフランス詩のイペルボール*であり、精髄であるからにほかならない。「小さく薄いマラルメの詩集は、マラルメの詩の愛好者にとって貴重であるというよりもむしろ、フランスの詩の愛好者にとってより貴重なものであり、しかもそのほうがより筋道がたっていると言ったとしても、私はべつに逆説を書いているとは思わない。*」同じように、ランボーもその沈黙の謎によって、さらにまた韻律上のある革新のおかげで、ひとつのとりわけ模範的な価値を有していた。チボーデはクローデル、とくに『東方の認識』のクローデルと、リュック・デュルタンの数多くの文章とを、ランボーの後継者として指定している。このことは、いささか人を驚かさずにはおかない。種々の精神的系統と模倣を微細にわたって究めつくし、その詳細を明確にしようと試みるやいなや、量子物理学におけるいわゆる《不定》関係と類似のものにぶつかるという事実を主張するためとあれば、この影響という観念のまったく統計学的な適用だけでとどめておいたほうが、おそらくずっと賢明であっただろう。われわれは、ただ大ざっぱに、こんなふうに言うことしかできない、「ある世代、ある作家は、もしもXなり、Yなりの予備的な存在がなかったならば、おそらくいまの姿と同じものではなかったであろう」と。しかし、作者から作者への、作品から作品への明確な関係を定めうるのは、ごく稀なことである。それは、プルーストの例が立証してくれるはずのことがらであり、そして、それが現代文学に及ぼした巨大な影響については、すべての人びとが一致して認めているところであり、アングロ・サクソンの国々におけるジョイスの影響、またここ数年来のカフカの影響を除けば、おそらくプルーストの影響に匹敵できるものはないだろう。ところが、この異論の余地のない影響の跡は、ほとんどどこにも発見しえないのだ。重要な、そして成功した小説作品で、その起源がプルーストに帰せられる形式上、ないしは内容上の革新を指摘できるような作品を、私はほとんど見たことがない。ただし、多数の小説家たちのなかにひろがっている意図、すなわち主人公たちの転変ただならぬ体験にひとつの意味を与え、主人公のさまざまな冒険を、あるひとつの精神的探究の数々の段階として、われわれに提示しようとする意図だけは別にしなければならないけれど。こうした野心は、すでにプルースト以前にも存在してはいたけれども、当時はまだ潜在的なものであり、プルーストにおけるほど明瞭に意識されていたわけではなかった。

この著作の本論の部分において、私は、リブモン゠デッセーニュ*、クノー、さらにギユー*の小説を、（軽率なことかもしれないが）『法王庁の抜穴』に結びつけることになるだろう。このことは、『泥土の子供たち』の作者、または『黒い血』の作者が、プロトスの姿やフルリッソワールの運命について、長いあいだ考察していたことを意味するわけではまったくない――そうではなく、『抜穴』という《ソチ》が、文学的な雰囲気を変化させたということ、そしてもしもジードの手本と成功で力づけられることがなかったならば、おそらく受けるのをためらったであろうようないくつかの許可事項を小説家に与えたという事実を意味しているのである。

このようなわけで、ひとつの世代というものは、一個の包括的な現実である。ある質的構造によって決定され、多様な特徴の総体――その世代に属するいかなる個人といえども、おそらく全体を所有することがないような、そしてまた、それぞれ互いに孤立しあうのではなく、いくぶんか医学におけるある病気の並行症候か、もしくは生物学におけるあるひとつの種に特有の種々の特性のごとく、相互に連結しあうことになるような、そんな多様な特徴の総体によって特色づけられる一個の包括的な現実なのである。かくかくの作家が、《同一世代に属する》かどうかは、彼らの伝記上の特別な日付とか、表面上の類似によって決められるのではなく、あるもっと深い親近関係によって決められることになるだろう。この親近関係とは、種々の自然科学の便宜のために、《潜在的類似》と呼ぼうと提案されたものを範として考えられたものなのである。すなわち、それにもとづいて、たとえばある具体的な病気が、たとえその病気に最も特徴的と考えるような兆候のあるものが欠けてはいても、ある病理学的本質に結びつけられたり、咽喉の痛みがなくても猩紅熱はやはり猩紅熱とされたり、《異型の》腸チフスについて語ることができるようになったりするような、そういう《潜在的類似》を範として考えられたものなのである。

このような方法を適用すれば、われわれの関心の対象となっているほぼ三十三年にわたる期間のなかから、ひとつの世代ではなく、二つの世代をひときわはっきりと見わけられることになるであろう。

3　二組の行列

「……登場してくる世代の諸々の共通なる特徴を研究すること、かつ回顧的な年代記を編みつつ、去りゆく世代の諸々の特徴をより詳細にわたって明確にすること、これこそ批評の主要なる仕事のひとつである。」
チボーデ『文学についての考察』（一二六ページ）

両次大戦間のフランス文学の性格を最もよく表わしている特徴は、まさしく、その内部に二つの作家の世代が継続していること、ほとんど共存しているといってもよいことなのであるが、この二つの世代は瓦を並べたようにぴったり密接しているけれども、しかしそれぞれ年代とほぼ一致するような別々の性格によって捉えられるから、二つに分割することも可能なのである。ここで、文学史家たちがいつも犯す誤謬を指摘しておかなければなるまい。それはもっぱらある作品の出版の日付だけしか考慮にいれないという誤謬であるが、出版の日付というものが、作品が集団的な意識のなかに登場した瞬間を示すものである以上、これはたしかに正当な観点であるかもしれないけれども、しかし完全であますところないものというわけのものではないのだ――なぜならば、執筆当時の日付を（たとえそれが概略しかわからぬものであり、再構成するのが困難なものであるにせよ）頑として無視しているのだから。ロジェ・マルタン＝デュ＝ガールのような作家の場合、『チボー家の人々』は幾年かににおよぶ沈黙によって二つに分割されているのであり、しかもこの中断は作品の深部の構成になんらかの影響を与えていないはずはないのだから、そういう観点を切り捨ててしまうことは重大な結果をもたらすことになるだろう。

この時期の《サン＝ゴタール》*とでもいうべき点、あるものは第一の世代に、あるものは第二の世代に属するものとして諸々の作品が裁決される点は、独断的にそうするわけでもないし、また常識的にそうするわけでもないが、一九三〇年という年に選ぶことができよう。チボーデでさえ、といっても彼はわれわれ以上に事件の渦中に首を突っこんではいたけれども、その『文学史』のなかで、たいへん厳密に定義づけたとはいえないにしても、この年の重要さを認めているのである。彼にとっては、この年は一四年―一八年の大戦の結果として起こった文学のインフレーションが終息し、デフレーションがはじまり、窮乏の時代がはじまる時期なのである。それにまた、なによりもまず、彼は量という観点に立脚している。つまり、一九三〇年という年は、大量かつ安易な文学的生産の一時期、質の点からすると、誠実ではあるけれども例外的なものはなにひとつなく、その時代にのみ固有の天才的なものもない凡庸な一時期が終わりを告げ、目につく作品といえば、すでに老齢の作家たちであるとか、あるいはかなり以前の文学的伝統に結びついている作家たちの仕事ばかりあるような、そんな年なのである。一九一八年以来、「世界の他の部分と同じように、他の種々の共和国と同じように、文学の共和国も前の数世代の貯え、有価証券、名声、契約、安易さなどのおかげで、その安易さがなおも持続するだろうという信仰のおかげで生きているのだ。この時期についての回想録を書くべき時がきたら、その回想録はたぶん《安易生活情景》と名づけられるようなものになるだろう」*。

そして、おそらく、チボーデはこの文章を書きながら、文学生活と経済生活とのあいだの表面的な類似にひきずられてしまっているのだろう。が、それにもかかわらず、一九三〇年頃、文学の風土のなかには、チボーデが考えているのよりももっと深い原因に基づく、ある根本的な変化が生じていることは事実なのである。チボーデの最も示唆に富んだ考察は、一八年—三〇年の世代が前の数世代の《貯えによって暮らしている》という事実に向けられている。コレット、プルースト、ジード、ヴァレリー、ジロドゥー、マルタン＝デュ＝ガールなど、この第一巻で引きあいに出すことになる偉大な名のほとんどすべては、第一次世界大戦以前に創作をはじめた作家たちのものなのである。だいたいのところ、彼らは、すでに自分たちよりも以前に文学が踏みこみはじめていた方向を継続していく。彼らの改革者めいた外貌は、彼ら各自が自らのものとして選んだ方向をそれぞれに徹底的に追求した一種の頑固さから（同時にまたアンリ・マシスが侮蔑的に《礼拝堂》と呼んだものに関して、多くの読者が無智であったということから）生まれでてくるのである。フランスの集団意識のなかに突発した諸々の変化は、たしかに重要なものではあるけれども、それが文学のなかに否定しえない明白さで反映するようになるまでは、なおしばらくの時間を要することであろう。

4　象牙の塔は爆発する

一九一八年—一九三〇年という年月は、安易な生活の時期である以上に、むしろ拡大の時期、膨張の時期である。ポワンカレーのフランスの支配権は、ヨーロッパの上にひろがっていく(もしくは、ひろがっていくように思われる)。したがって、フランス小説もその歴史においてはじめて、世界を自らの掌中に収めることになる。(それまでは、ロチからクロード・ファレールにいたる幾人かの海軍将校が出店を出すにとどまっていたわけだが。)モーランとジロドゥーは、外交官用の旅券を最大限に利用する。ドリュ・ラ・ロシェルはヨーロッパについて考えはじめる。ヴァレリー・ラルボーがすごろくの《あがり》に着くのもこの時期である。モーロワがイギリスを併合する一方で、モーリス・ブデルはノールウェーを征服し、ピエール・マッコルランは《成りあがり貴族たち》の功業を復活させ、そして、『寝台車のマドンナ』*はお針子たちや旅商人たちにさえお馴染みの神話となる。われわれは戦争に勝利を占め、われわれの領土はナポレオンの帝国だけに限られなくなる。いま掲げた名のかたわらに、マルク・シャドゥルヌ、サンドラルス、リュック・デュルタンらの名前を挙げれば十分であろう。またそれに関連して、小説は束となって展開されるようになり、一見したところまったく個々別々と見える一連の探究となって開花されるようになる。* ジャンルの伝統的な法則の突然の解体は、あの狂乱の一九二五年、モーリス・サックスが——他の誰にもまして——最近『魔女の饗宴《サバト》』(コレア版)においてその史料編集をまんまとやってのけたあの《狂乱の一九二五年》という年に、道徳上の規準が蒙った解体とまんざら類似性がないわけでもない。あらゆる分野において、突如として前代未聞の展望が開ける。まるでありとあらゆる自由奔放ぶりが、一時的に差し許されたとでもいったふうである——少なくとも、文学をも含めて伝統的にもっぱら娯楽として扱われていた分野においては。

それに反して、第二の時期にあっては、収縮と退却である。第一の世代の作家たちの熱狂のあとには、第二の世代の作家たちのなかに見られるある共通の感情的な調音がつづくことになるわけだが、その調音とはすなわち、三八年—三九年の挫折と四〇年の敗戦の予感によって芽ばえたかのようなあの不安であり、さらにはあの苦悶である。

ほとんどあらゆる小説家が社会的なペシミスムの、もしくは形而上的なペシミスムの基調を帯びており、(奇妙なことには)想像力の王国へ逃避している小説家たちまでがそうなのである。たとえば『泥棒かささぎ』(ガリマール版)のジョルジュ・ランブールの場合のように、さらにジュリアン・グリーンにおけるように。グリーンの『幻を追う人』(プロン版)は二つの宇宙の対決ということに、すなわち夢想の世界と現実の世界との対決ということに基礎を置いているが——その二つのどちらがより陰惨であるかはよくわからないのだ。小説家たちを結びつける共通の根本的な感情は精神の孤独感であり、また自分が異邦人であり、見捨てられていると感ぜざるをえない世界に投げだされた人間にかならず付きまとう感情である。的確な言いかたをすれば、これに先だつ十年間の作家たちは誰ひとりとしてペシミストではなかった――おそらく、ロジェ・マルタン＝デュ＝ガールだけは例外であるが、彼のペシミスムにしても、これとは非常に異なった性質のもの（ほとんど産地や土壌や年度が違うと言ってもいいようなもの）であった。もちろん、彼らは心安らかにオプティミストであったわけではないかもしれぬ。しかしながら、彼らと広やかな規模で考えられた《世界》とのあいだに、とまではかならずしも言えないにしても、少なくとも彼らと存在しているという事実とのあいだには、ある好ましい協和がゆきわたっているという印象が、彼らによって与えられていたのである。つまり、彼らが生きることに不満を抱いている、などとは感じられなかったのだ。いずれにせよ、彼らは事態を受けいれ、それを成心なしにありのままに表現したのである。シュランベルジェのような謹厳な作家、またプルーストのように神経衰弱に陥るほど不安にさいなまれた作家でさえ、そうなのである。そこにいかなる痛ましいドラマが繰り広げられているにせよ、ジロドゥーの世界は、あきらかに幸福で晴れやかな世界である。『贋金つかい』には軽やかな内的リズムがあり、このリズムのおかげで、作者と読者とは、この上なく陰惨な話（たとえばボリス少年の死の話）の上にも、たぶんジードの基本的な美点であるあの軽快さを保ちながら跳びついてゆけるのだし、また絶えず近づいてくる深淵にしたところで、そのリズムのおかげで、結局最後には回避されることになるのだ。ジュール・ロマンのディナミスムは、また生と人間にたいする彼の信頼の念は、彼を見捨てたりはしない。ましてや『肉体の神』、『船が……』におけるがごとき超自然的な領域だとか、実存とその無限の可能性とにたいする信条などをわれわれの前に繰り広げてみせ、われわれにも《実践可能》なものにしようと努力しているときには、なおさらのことである。彼にとっては、われわれは《前進しつつある存在》なのであり、彼はひたすら自己神格化の提要をわれわれ向きに編集したいと願っているのだ。マルタン＝デュ＝ガールのペシミスムでさえも、悲嘆の声をあげたり憤りをほとばしらせたりはしない。それはあるひとつの態度だとか、あるひとつの断罪だとか、またあるひとつの倫理などの裏づけで補われることなしに、存在するものについての公正な認定として提出されているにすぎない。たとえこの確認が禁欲的なものであるにしても。

それにひきかえ、第二の世代の小説家たちは、一挙に世界に直面するような姿勢をとるだろう。もっとも、そうはしながらも、彼らにしても、第一の世代の内部で下方に隠されていた諸諸の傾向、客観的な事件の進行によって、同時にまた文学の内的な弁証法によって、しだいに白日の下に曝されるに到った諸々の傾向を、いっそう大きく展開していくにすぎないのである。

私はここまで、この戦後の第一の世代を論ずるにあたって、あたかもこの世代は世界とほとんど繋がりをもっていなかったかのように、地理的な現実としての世界の存在を認めている場合ですら、そうであったかのように書きすすめてきた。そして事実、全体として見れば、また表面的には、この第一の世代は、人間がかならずしも生活の場所に結びついているわけではないのとほぼ同じように、自分たちはほとんど世界に結びついてはいないのだと感じていた。* しかしながら、ひとりの作家が（あるいは作家たちの全体が）、自己の歴史的状況についてはっきりした意識をもっているように見えるにせよ、あるいはまた一見無意識と見えるにせよ、それは別にその歴史的状況が実在して彼の存在に働きかけることや、たとえ密かにではあれ、彼の作品の形成に影響を与えることを妨げるわけではないのだ。

一四年—一八年の大戦はありとあらゆる組織におよぶ巨大な顚倒を現出させた。百五十万人の死者という人口統計学的な意味や、局地戦という観念に終止符をうったという地政学的意味においてそうなったばかりでなく、より深刻な顚倒が行なわれて、文学においても他のすべての分野と同じように、それまで確実なものと考えられてきた諸々の価値を揺るがし、再検討を迫ったのである。それを認めること、それを考慮にいれること、そしてそれに直面する姿勢を取ることを選ぶと否とにかかわらず、戦後の作家たちのすべてが、暗黙のうちにであるにせよ、あるいはまた、はっきり自認した上であるにせよ、とにかく《出発の状況》として所有した事態はこのようなものなのである。ある作家たちは、バレスのように、この崩壊を否定し（政治の面では、国民連合政府と《軍人議会》* とが対応する態度）、これまでと同様の価値にしがみつき、純粋に《詩的》な土台の上で諸々の既成の価値を再建する。こうして、『兵士に告ぐ』につづくものとして、『オロント河畔の庭』が生まれてくる。あるひとつの態度のこれほど《文学的》な、これほど懐旧的な延長を想像することは困難であり、現実に直面し、事件を受けいれることにたいしてこれほど明瞭な拒絶を表明している作品を想像することはむずかしい。また他の作家たちは（しばしば熱情あまって形式的な完全さには欠けることがあるのだが）、それまで自分たちがその内部で生きてきた諸々の組織の、突如としてあばきだされた体質的な虚偽を告発する。たとえばバルビュスのように。さらにまた、他の作家たちは、同時代の現実と詩に脊を向け、文学を贅沢品に、つまりパリ製の製品に仕立てる。コクトーやモンテルランのように。

しかしそれにもかかわらず、作家たちのうち最も優れた人びと、最も意識的な人びとのなかにおいては、直接にであれ、あるいは間接にであれ、やがて世界の道徳的秩序および社会的秩序が懐疑の的に曝されることになったり、そうかと思うとまた、いっそう強固なものにされたりすることになるだろう。そして攻撃の方法、攻撃の場所がどのようなものであれ、たとえば宗教であれ、祖国であれ、財産であれ、性道徳であれ、事態はそうなっていくだろう。偉大なる偽瞞の摘発者たるジードは、すでに『爾も亦』において、啓示ということに根拠を置くキリスト教の信仰を問題にしたことがあった。『コリドン』はプルーストの作品と同じように、同性愛の問題を白日のもとに曝けだす。コクトーは公然と阿片について書くだろう。ラディゲでさえも、やりかたはまったく異なってはいるけれども、バルビュスのように、また『シャルルロワの喜劇』のドリュ・ラ・ロシェルのように、さらに『マルス、または裁かれた戦争』におけるアランのように、戦争は重要かつ神聖なものだという思想を批判するだろう。もちろん、だからといって《ここにもあそこにもない》ような文学、歴史の真の《所有者なき荒地《ノー・マンズ・ランド》》に位置する文学が締めだされてしまうわけではない（モーロワや、シュランベルジェや、シャルドンヌや、ラクルテルや、アルランや、またジュアンドーなどは、そして『シェリー』の女流作家については言うまでもないが、一九一四年という年代以降に発表したような作品を、それ以前でも書こうとすればりっぱに書けたであろう）。こういう文学は、単に気晴らしをさせてやるばかりではなく、慰めてやったり、恍惚とさせてやったり、また安心させてやったりする必要のあるブルジョワジーの隠れ家となるべき文学であり――そしてまた、ある側面からすれば、以上に引用したような作品の大部分、すなわちその種々の局面のなかのただひとつの局面によって破壊的なものとなる作品、ただしそれが必ずしも最も思慮を凝らした局面によってとはかぎらないけれども、とにかく破壊的なものとなるような作品もまた、こうした文学と似た面をもっているのである。

それにもかかわらず、作家たちが生きている時代の現実は、作家たちにたいして、各自が自分自身でもって、自分の固有の形式でもって、その時代を拒否するか引き受けるかを自分の職務において意志表示することを強制し、すでに死んだ過去に賭けるか、あるいは未知の未来に賭けることを強いるようなものなのである。世界との関係における人間の《財産》とは、もはやあらかじめ決定されたなにものかなのでもなく、両親からそのまま相続したり、教育または伝統から受けとったりする既定のものでもなくなってしまったのだ。今後、ひとつの文学作品は、それがどこまでこの財産についての解明をなしえているかという程度に応じて意味をもつようになるだろう。財産に関する古い概念を攻撃することによって批判的にそうするにせよ、もしくはまた、世界に結びつけられたその新しい真理とはいかなるものであるか、そして人間とはなんであるかを意識することによって建設的にそうするにせよ、とにかく、文学は果たして人間が真理のなかで生きていくのを援助しているか否かを知ること、問題はひとえにそこにかかっているのである。

これらのいっさいのこと、それはあまりにも新しかったし、とくにまたそれまで文学に要求されてきたもの、もしくは期待されてきたものとはあまりにも異なっていたので、まだ漠然と感じとられていたにすぎなかったし、それを明晰に理解することを職務とする人びとでありながら、作家たちにとっては、とりわけてそうであった。大戦後の十五年間を通じて、（さまざまの形式上の革新や感受性の変化が行なわれたにもかかわらず）自らの惰性の力で生きつづけようとするような文学と、このおぼろげに予感されていた新しい課題とのあいだには、ある食い違いがある。シュールレアリストたちが文学に呪咀のことばを吐きかけた（それには理由がないわけではない）所以は、まさにそこからくるのだ。（とりわけ）シュールレアリスムによって表現されたあの不安、あの嫌悪感もまたそこから生ずるのだ。そして、その不安や嫌悪感は未来の文学史家たち（かりにそういうものがあると仮定して）によって、二十世紀における人間の感受性のひとつの楽しげな、しかも気紛れな《現代的なる》変容として、レトルトのなかで研究されるべき新しい《世紀病》などではない。それはまさしく、ひとつの客観的な歴史的状況の表現なのだ。なにもシュールレアリストのグループのメンバーにのみ固有なものではなく、ただ単に彼らが他の人びとより幾分かは大きな鋭敏さでもって、かつまたより意識的に、より良心的に生きぬいた状況——先輩のジード、ヴァレリー、プルーストより深く《かかりあいになって》いたがために、しておそらくは、彼らシュールレアリストと同時代のものであるこの時代によって、先輩たちよりいっそう大きく傷つけられたがために、彼らが青春の一徹さ（と言っておくことにしよう）をもって、生きぬいた歴史的状況の表現なのである。前の節においては、私は彼らにたいして手厳しいように見えたかもしれないが、それというのも、そうした不安は、往々にしてふしぎな魅力をたたえていることすらある言い逃れの形を別にすれば、ただ単に嘔吐、もしくは嘲弄の形でもって、*辛うじて文学的な創造として表現されたにすぎないからなのである。

それにしても、同時代の人びとが《時代》と厳しく対決し、それを作品のなかに含有せしめるのに最大の困難を嘗めていたまさにその時期に、バンダが作家たちにたいしてあまりに歴史のなかに生きすぎていると責め、そうしてバンダにとっては、永遠のものでしかありえない諸々の真実の価値に背を向けていると非難したという事実が確かめられるのは、皮肉なことである。この時代はすでに時代錯誤的性格をもつものとして、われわれを驚かしているというのに。十九世紀は歴史を発見し、歴史に中毒していた。一四—一八年の大戦で人びとは四年間にわたって歴史を浴びたわけだが、それを済ませてしまうと性急に戦争を否定して、可能なかぎり時代と無関係な雰囲気のなかにふたたび浸ろうとしたかのようであった。*しかし、彼らは大戦から無限に逃れたいと希望するわけにはいかなかった。時間が経つにしたがって、作品はより意味深いものとなり、より剝きだしのものとなってゆく。したがって、さきほど二つの世代のあいだに設定したあの断絶を、あまり強調しすぎてはならない。単に文学の新しい機能についての意識のもちかたが、第二の世代においては、より完全になったというだけのことなのだ。第一の世代の人びとが間接的に行なったこと、まるで知らず知らずのうちに、もしくは遊び半分みたいにして行なったことを、第二の世代の人びとは、熟慮した上で、まじめに行なうようになるだろう。彼らは世界と時代に直面しつつ自分たちの状況を引き受ける。必要とあらば、攻撃的になったり厳しい要求を発したりしうるようなやり方でもって、彼らは、世界にたいしてまっこうから自己を主張することに固執する。彼らとともに、われわれは戦闘的な文学――はっきりと闘士たちの文学ではない場合でさえも、そう呼んで差しつかえないのだ――とかかわりあうことになるのであるが、それに反して、その前の世代は、誠実な良心と観想的な超脱的態度とによって、しばしば《凱旋教会》*を連想させたのであった。第二の世代の人びとにとっては、世界というものは、その面前で無為、無気力にとどまることのできないようなものなのである。ただ単に世界を描きだすことのみならず、それを変革することも問題なのだ。あるいは少なくとも、人びとの心のうちに、変革したいという熱烈な欲望を生じさせるような方法でもって、世界を描きだすことが問題なのである。だから、この時代の小説家たちは、マルローからセリーヌまでが、ベルナノスから『お屋敷町』のアラゴンまでが、さらにダビやギユーも忘れてはならないが、マルクスが哲学者たちにむかって差しだしたあの有名な誘いのことばをモットーに採用したと言うことができよう。* ほとんどすべての小説家たちが、なんらかのおりに、多少なりとも持続的に政治の魅惑に心を動かされている。年齢や作品の量からすると前の世代に属する人たちですら、こうした《世俗化》をまぬがれてはいない。だから、ジードは共産党に入党することになるだろう。そして、彼は『新しき糧』のあとで、『ソヴィエトより帰りて』を書くことになるだろう。マルロー、アラゴン、ニザンの活動はあらためて説明するまでもない。一九三七年以降、ベルナノスは、彼自身がそういうレッテルを拒否しているのだから、論争家とまでは言わないにしても、少なくとも政治的作家としての道を、小説に並行させながら辿りつづけている。『正統派思想家の大いなる怖れ』によって、ひとたび《右翼人》(彼の好まなかったもうひとつのレッテル)としての過去を清算するや、スペイン戦争にはじまり、あのすばらしい『英国人への手紙』と『ロボットどもに抗するフランス』に終わる一連の著作がつづくことになるだろう。同じように、セリーヌも『夜の果てへの旅』、『なしくずしの死』、『人形劇団』などを、『死骸の学校』や『虐殺のためのよしなし事』(大戦中の『晒台』という忘れがたい論説も含めて)によって補うことになるだろう。『にせ旅券』のプリニエは、共産党とのいざこざをぬきにしたら、おそらく理解されないだろう。いわゆる《ポピュリスト》文学は、ギユーの『黒い血』とダビのいくつかの小説によって、民衆のかたわらにおいて、つまりかつてもうひとつの戦前に無垢の人シャルル＝ルイ・フィリップがいた場所において、好首尾を収めるばかりでなく、大成功を博すことにすらなるだろう。ジオノにいたるまで、マノスク*の孤独のなかで、彼のいわゆる《平和主義》の側に激しい勢いで参加することになるのだ（その結果は衆知のとおりであるが）。モンテルランやドリュ〔ラ・ロシェル〕の政治への参加については、誰もが精通している。初めはこの上なく純粋に形而上的な形で反抗が現われているように見えた作家たち、『嘔吐』のサルトルや『異邦人』のカミュにいたるまで、ついにはことの成りゆきから政治に参加するようになってしまう。カミュは『コンバ』紙によって。サルトルは『現代《レ・タン・モデルヌ》』誌と、ついでR・D・R（民主革命連合）を機関とする思想運動によって。文学を全体として、つまり作家ひとりひとりにあたるのでなく、ひとまとめにして検討してみても結果は同じことである。それについては、『新フランス評論』誌の巻頭の編集綱領《プログラム》――多様な協力者たちをつなぐ唯一の（事実上の、そして表面上の）絆が、《文学的名誉》とでも呼びうるものに関しての、ある一定の類似した理解の仕方に置かれている『新フランス評論』誌の編集綱領《プログラム》を、第二期における文学共和国の諸々のめざましい事件、すなわち《革命に奉仕するシュールレアリスム*》、革命的作家美術家協会（A・E・A・R*）、そして最近では『現代』誌の序言のマニフェスト*等々と比較するだけで十分である。その上また、『新フランス評論』誌それ自体も、新しい精神に浸透されやすくなった。そのことを確信するためには、一四―一八年の大戦の翌日に再刊されて以来一九三九年にいたるまでの、この雑誌の全バックナンバーを再読するだけで十分である。第一の時期における雰囲気がいかに時代と無関係なものであるかを目のあたりにすると、驚きに打たれる。時代的な関心は映画や絵画展の批評による以外、ほとんど現われてはいない。たとえばジャン・プレヴォーは『肉体が屈するとき』のなかで、エミール・ヤニングス*について語り、コクトーはメドラノ・サーカス*の道化芝居について書く。だが、三〇年―三二年以後になると、政治的な報道が《今月の風向》という穏やかな見出しのもとにそっと忍びこんでくる。《文芸消息欄《クロニック》》のなかにも、なにかしら神経質なものがはいりこんでくる。時代精神《ツァイトガイスト》がいっぱいに吹きまくり、聖職者たちはふたたび裏切りはじめるのだ――バンダがまず先頭をきって。

自らの意に反して政治に参加せざるをえない歴史家は、どんなに公平でありたいと願ったとしても、またたとえ第二の世代の態度よりは第一の世代のそれを好ましく思うことを拒んだとしても、第二の世代の立場のなかにひそむある曖昧なもの、この世代を形成するなかで最も優れた人びとと、最も慧眼な人びとを別にすれば、ほとんど（しかも今もってなお）一掃されていないある曖昧なものを、やはり告発しないわけにはいかないのだ。彼らのなかにおいて、問題となっているのは、不条理だとか、人間の条件だとか、《ものごとの秩序》だとか、「悪」（それにどんな名称をつけることを選ぼうとも）などに向けられた形而上的な反抗なのであろうか、それともまたある形態の社会への反逆——なんなら資本主義への反逆と言ってもよいが——なのであろうか？　しかも、最も偉大な作家たちでさえ、論文のなかにそういう曖昧さを含んでいることがある。ベルナノスやセリーヌがそうであり、さらに小説のなかの論争ふうの個所におけるマルロー、執筆された当時の状勢の反映を示す論争ふうの個所におけるマルローもまたそうである。いずれにせよ、第二の世代の文学は、一九一八年—三〇年のあいだの一見平穏で超然としているかに見える風土といちじるしく異なった、緊迫感と苦悩の調子を帯びている。時間が経過するにつれて、作品はしだいに暗いものになってくるのだ。あたかもナチスのオーストリヤ併合、ライン左岸の占領、エチオピア戦争、ついでスペイン戦争、ミュンヘン会談、宣戦布告、四〇年五月—六月の敗戦などに直面した集団的意識の印象を反映するかのように。マルローのような人にあっては、不幸のどん底においてさえ、希望のラッパがつねに鳴りつづけている（ときとしていささか理にかなわぬ場合もあるのだが）。しかし、サルトル、カミュ、ブランショに関しては、《絶望の文学》について語ったとしても、ひどく不当だということにはならなかった。なぜならば、地球は新しい世界を創造中であり、したがってこの暗黒はある人びとにとっては新しいルネッサンスへの序曲であるが、また他の人びとによれば新しい中世への序曲であるからだ。とにかく、われわれは一八年—三〇年という幸福な年々の風土であるところの閑暇の風土、ほとんどディレッタンティスムのと言ってもよい風土から遠く離れている。一八年—三〇年という年々は、イデオロギーの上では、その時代において（《思想の文学》の見地からすると、つまり哲学的な特殊用語を専門家めかして使うのをさしひかえて言えば、広汎な大衆を感動させうるなにかよくわからないものという見地からすると）、バレス、ベルグソン、モーラスのそれに比較しうる反響を呼んだ唯一の本、すなわちバンダの『聖職者の背任』によって、さらにその跡を追った何冊かの本によって支配されていたという事実を、忘れてはならないのだ。第一の世代の《船首像》がバンダであったこと、バレスの後継者にしてかつ反対者でもあり、『兵士に告ぐ』の国家主義に抗して奉仕しない権利を——少なくとも、思想以外のものには奉仕しない権利を公然と主張したあのバンダであったことは、意味深いことである。一九一八年から（ほぼ）一九三〇年にいたるまで、フランス文学は観想家たちや正規修道者たちの手に（いずれにせよ、そういうふうになりたいと望む作家たちの手に）握られているのだ。ユイスマンスのような作家が、よき象徴主義として、修道生活の幻影につきまとわれていたのにひきかえ、ベルナノスの聖者たちがもっぱら俗人のなかから募られ、けっして修道士のなかから募られることがないという事実は、十分に注目してしかるべきことである（同時にまた、それはたぶんきわめて当然のことでもあるだろう）。一九三〇年以後、文学はふたたび時代の俗世のなかにもどっていく。文学は党派的なものとなる。

5　正規修道者たちと俗人たち*

第一の世代の作家たちは、（外見的には）その後継者たちほど《生まれながらの小説家》でもなければ《真の小説家》でもなく、《純粋な小説家》でもなければ《小説家らしい小説家》でもない――要するに、普通、人びとが抱く小説の作者についての観念、およびその作品についての観念とはほとんど合致しないのである。彼らが全員ほぼ一致してわれわれに与える印象、すなわち世のなかから隠退して暮らしているという印象は、彼らの作品のいわゆる小説的《ロマネスク》な価値についてしばしば留保が付けられることと、おそらく無関係ではないであろう。

彼らのうちで最も《世俗的》な人たちでさえ、われわれにとっては奇妙なほど《時代ばなれ》しているように見える。すなわち、ガイヤ*のように、あるいはキュベレー*のように永遠なるコレット、ラディゲ（公爵夫人たちのことやシャンゼリゼーのバーのことなどを書いてはいるけれども）、プルースト（《コルク張りの部屋》のなかで筆を取るだけで、しかも一度は世間を捨てた人間である彼）、しばらくキュベルヴィルに立てこもったことのあるシュランベルジェ、ジード、マルタン＝デュ＝ガール（このトリオが《キュヴェルヴィル・グループ*》と命名されればいいと、チボーデが望まなかったであろうか?）、テスト氏の住む名づけようもない非現世的な部屋に《位置づけられている》（他のどんなことばを用いたところで、十分に意を尽くさぬ抽象的なものと思われるだろう）ヴァレリー等々。

したがって、前にもはっきり指摘しておいたように、金銭や物質的なこまごましたことがらが、以下の文章に見られるほど彼らの本のなかから欠如しているとしても、それは別に驚くにはあたらない。「王政復古の時代のパリや地方における人びとの生活ぶりがどんなふうであったかを知るためには、『幻滅』を読むだけで十分こと足りる。それにたいして、ジードの作品、モーリヤックの作品、さらにはプルーストの作品*を隅々まで細かく探してみたとしても、家具の描写とか、一九二〇年における三ツ揃の背広の値段など見つけることはできないであろう。とくに、物価がそうである。一九二五年の文学全体を読むと、なにかの物価など口にしようものなら、作家はきっと名誉を失墜しただろうという気がしてくる。それにまた、金銭に関する文学作品はひとつもない*。しかしながら、金銭はこの時代の主要な関心事のひとつだったのである。が、フランスの小説には、その形跡はまるで残されていない*。」

このような現象は、注に示したいくつかの例外があるにせよ、統計的には紛れもない事実であって、問題とされている主要な作家たちの財政状態や彼らの社会階級を援用すれば、この現象については容易に説明がつけられるであろう。しかし、その説明がもたらす主なる利点は、ひとつの徴候を示すという利点なのである。第一の世代の作家たちに共通する最も顕著な性格のひとつは、彼らの芸術の極端な超俗性、イペルボリックな超俗性である。無償性の断固たる擁護者であるジードに関しては、この特徴はまさに明々白々である。あらゆる領域における純粋性の第一人者たるヴァレリーも（というのは、彼は理論的にも実践的にも純粋性を沈黙にまで、書くことへの拒否にまで押しすすめてゆくからである）――またジロドゥーがわれわれに提出する本質的にプラトン的な世界についても、*同じように明白である。ラシーヌの文学の十七世紀か、ないしはマリヴォーやラクロの十八世紀に属するとでも言えそうな文体までをふくめて、ラディゲからジャック・リヴィエールを経てラクルテルにいたる《モラリスト小説家》たちの芸術ほど、現実から超然としているように見え、肉体を奪いとられたように見える芸術はない。ロジェ・マルタン＝デュ＝ガールにとっては、肉体の苦痛や種々の相続財産という現実世界の構成要素は実在しているわけなのだが、その彼でさえも、《問題小説》まがいのものは絶対に書くまいという細心な配慮を、できるだけ遠くまで保ちぬこうとする。あたかも自分の芸術のなかのあまりにも《地上的な》もの、あまりにも《肉体化された》ものを、ほとんど人間離れさえした公正さによって――マルタン＝デュ＝ガールの作中人物たちのうち、われわれに著者の心をはっきり感じとらせるような人物（たとえばアントワーヌとジャック）にたいして、彼マルタン＝デュ＝ガールを峻厳かつ過酷たらしめる公正さによって、相殺しようと努めているかのごとくに見える。そしてまた、プルーストの一見それらしき超俗ぶりが、最初のうち、中傷者たちからどれほど非難されたかは衆知のとおりである。ところが、プルーストの世俗性そのものすら、チボーデが指摘したように、*ほぼベルグソンの《超然》と等しい意味に解される超俗的態度のイペルボールに他ならないのである。

　このような極度の無償性は、ただ単に小説にとってばかりではなく、文学全体にとっての重大な危機を、つまり不毛性の危機を包蔵している。現実にたいする超然とした態度のために、やがて《純粋文学》への歩みが進められるようになり、モーリス・ブランショの著書、とくにその小説にはこの《純粋文学》の形態がかなりよく描きだされており、これが現在のところでは、両次大戦間のフランス文学の内的な弁証法によって要求されたものと見えるのである。歴史のなかに嵌めこまれる小説と並んで、もはや現実世界とはいかなる関係ももたぬばかりか（『謎の男トマ』のような書物のなかに、われわれの日常的世界の親しみぶかい対象がなにか見出されるだろうか?）、断固としてなにものをも表現すまいとする作品、もしくは虚無を表現しようとする作品が出現することになるだろう。それと関連して、作家たちが美しくも素朴なる熱望を失っていくにつれて、つまり自分の心のなかにある熱烈な使命感を抱いている人間にたいして、方法などに顧慮することなく、どんなふうにであれ、とにかくその使命を表現することを強いる熱望を失っていくにつれて、文学はしだいに修辞学的となり、技巧にたいする偏執に付きまとわれるようになるだろう（ジャン・ポーランの『タルブの花々』、この修辞学にたいする弁護——といっても曖昧なものだが——が出版されたことは意義ぶかい）。たとえばモーリス・ブランショをして『トマ』のなかでジロドゥーの文体の、『アミナダブ』のなかでカフカの方法の助けを借りさせた無意識の、ないしは故意の模作《バスティシュ》の出現はそこから起こってくるのだ。他の作家たちは、あたかも株式取引所の破産の翌日に、突如貧困のどん底に落ちた百万長者が手もとの確実な株券の価格を勘定するかのように、伝統が彼らの処分に委ねてくれたまだ効力のある技巧を、ことごとく詳細に再検討しようとするだろう。そこでレーモン・クノーは、叙事詩的な調子（『ピエールの面《つら》』の第三部）から、映画ふうのカット割りの方法（『わが友ピエロ』の冒頭）にいたるまで、物語を語るのに用いうるすべての方法を、小説のなかで体系的に使用することからはじめて、最後にはあの驚くべき『文体の練習』、ひとつの同じ逸話が九十いくつかの異なったやりかたでわれわれに語られており、クノーの芸術のイペルボールそのものである『文体の練習』に到達することになるだろう。

したがって、第二の世代の作家たちが示している政治的活動への依存、《現実に参加する》という欲求は、自動的に生まれた特徴というよりも、むしろ意識的に求められたひとつの結果として現われることになる。それは文学者にとっては、自らの内部に感じとられる空白、そしてそれに耐えることのできない空白を埋めるひとつの方法（しかも、おそらくは人工的なものである方法）となるだろう。自己の芸術の価値に関して、第一の時期の作家たちがもっていたあの立派な意識はすでに終焉した——かの有名なアンケート《あなたはなぜ書くのですか？》を発した際には、シュールレアリスムがその立派な意識に不安を与える唯一のものとなったのだが、この時限爆弾は一九三〇年以降になってから、ようやく文学共和国を恒常的に動揺させることになるはずである。哲学体系の歴史においては、伝統的に、素朴な独断論の時代のあとには、批評過多の時期である極端な懐疑論が続くという事実はよく知られている。人間の意識は、いったん眼を覚ましたが最後、もはやそれを鎮めるいかなる確信をも見出さぬまま、慢性の不眠症の状態で生きていくものなのである。こうした極端から極端への急激な移行は、一見矛盾しているように見えるものを産みださずにはおかない。一九一八年—一九三〇年という十年間が、批判ぬきで迎えられた《純粋詩》の観念に支配されているということ、そして実際には神秘神学と詩との混同にひとしいブレモン師の論文*を、当時、あらゆる人びとが眩惑されたような感謝の念で受けいれていたということは、十分注目してしかるべきことなのである——詩人がほとんどおらず、また詩が《売物にならぬ》時代であっただけに、それはますます驚くべき暗黙の同意であったわけだ（暗黙のものではなく、正当なものとして現われないかぎり、これは驚くべき同意である)。それにひきかえ、第二の世代は、この論文に対して(まだある種の混乱を伴ってはいるものの)激しく反発しようとするだろう。この反発はすでにマリタンの『詩の境界』によって予告されていたものであり、その反発のさまざまな段階は《詩的体験》に関するロラン・ド・ルネヴィルの著書の出版や、『フォンテーヌ』誌が「宗教的な勧めとしての詩」に捧げた特集号などによって、(ことさらに)はっきり画されることになるだろう。

　文学に関する疑惑についても同様であって、詩にたいする疑惑より遅れて表明されはするものの、それもついにはあらゆる限界を越えてしまうだろう。その点について、ジャン・ポーランはいみじくもこう書いている。「要するに、文学にたいして嫌悪を感ずるのでなければ、誠実な文学者たりえないように思われる……そして、どの若い作家たちも、人びとがよくも作家であることに耐えていられるものだと驚いているのである……」* 古典主義者にとっては自明と思われていたこと、すなわち「私がものを書くのは、貴君子たちに満足してもらうためであり、彼らを楽しませるためである」などということを、もはや誰ひとりとして謙虚に認めようとする者はいないし、またロマン主義者たちのように、「私がものを書くのは、人類を啓蒙して世人を救うためであり、魔術師となり、燈台となり、光明となるためである」、と誇らしげに宣言する者も誰ひとりとしていない。

　ブランショの評論集『踏みはずし』の序文は、文学が追いこまれているこの出口のない状況、部分的には前の世代における批評の欠如に起因するものであり、あたかも前世代の臨終に際しての良心の検討が、結局はニヒリズムと絶望という結果にしかいきつかなかったとでもいうかのように、文学が追いこまれていくことになった出口のない状況を、かなり正確に描写している。この書物のイペルボリックな性格そのものが、示唆に富んでいるのだ。なにものも存在しないと述べること、虚無を前にしての不毛性と苦悶の光景をただ描きだすだけにしておくこと、それだけでさえすでに明確すぎるものがあるということ――そのために著者としては、読者を巧みに誘いこんでこの状況に気づくようにさせ、かつまた最も貶下的な意味での文学しかそこに認めぬように仕向ける、意識的に誇張した表現を使うという手段を取りつつ、自らの提言を取り消さざるをえなくなるのだが、(つまりハイデッガーの翻訳者たちの作りだした新造語を借りて言うならば)、それらの提言を虚無化(ネアンティール)せざるをえなくなるのだが、そういうあまりにも明確すぎるものがあるということは、じつに意味深いことなのである。とはいえ、ブランショが語っているドラマはやはり現実的なものであり、しかもそれはひとり彼だけに限られた個人的なものですらないのだ。ひとつの世代全体が、多かれ少なかれ強烈にそのドラマを生きている。そして、このドラマの特徴は、苦悩が(ハイデッガーやサルトルが望んでいるように)誰か不特定の人間の根源的な体験としてではなく、ものを書く人間のそれとして——すなわち作家の受ける劫罰が装うところの特殊な形態として、そこに現われているということなのである。

闘士になることが、作家にとっていかなる慰撫となりうるものかはよく理解される。奉仕すべき大義名分は、彼の内部に巣くっているあの虚無を忘れさせてくれると同時に、彼の仕事の実行にさまざまな正当化の理由を提供してくれるだろう。責任感に打ちひしがれている人間にとって、自分を一個の単なる宣伝者と見なしうることは、なんという慰撫になることであろうか！　第一の世代の作家たちは《正規修道者》であったから、修道士が瞑想生活の価値について疑問をさしはさむことがないのと同じように、自分たちの職能については、ほとんど自らに問いかけることはなかった。なにしろ、その本質的な撰択は、再検討を加える余地などのありえないものだったのだから。だが、瞑想が空しい虚妄のものたることが暴露される瞬間がくると、聖職者はたえず時代の俗界へと立ちもどりつづけるだろう。一九一八年から一九三〇年のあいだ、バンダはバレスを打ち破った。国家主義者《ナショナリスト》としてのバレスではなく、《裏切った聖職者》としてのバレスを。一九三〇年以後になると、人びとは新しい《聖職者の背任》を目撃することになる。作家たちはアクション・フランセーズ*に、あるいはまた共産党に加盟していく。ラシーヌについて語るためにすら、なんらかの党派に加わる必要があるかのように見える。したがって、『ビザンチンふうのフランス』において、ジード、プルースト、ヴァレリー、アランにたいして投げかけられた最近のバンダの数々の非難は、それらがいかに不当なものであろうとも、隅々まで不当とされるわけにもいかないのだ——もっとも、彼が欲しているようにではないけれども。ジード、ヴァレリー以下すべての作家たちが、一九三〇年以降人びとが目撃している抽象的諸価値の敗北の重荷に耐えている理由は、おそらく彼らが聖職者の職務に不忠実であったからというより、むしろ彼らがあまりにも純粋に《正規修道者》でありすぎたからなのである。第一の世代は、相殺のメカニスムによって第二の世代を招来したわけだが、それは第一の世代が、純粋さそのもののためについには生命を保てなくなるはずの一種の稀薄化された文学観を、あまりにも極限まで押し進め、あまりにも純粋に発展させ、あまりにも純粋に生きぬいたためなのである。そういうわけで、歴史の峻厳な弁証法は、その広大さと普遍性とによって、ある特定の一作家が蒙ったかもしれぬ価値の失墜をはるかに凌駕するような反動を、文学の上に惹起することになるはずなのである。

6　素人小説家の世代

最初の十年間の作家たちのなかに見られる、それぞれの独特の方向を《徹底的に極める》という傾向を（これはたぶん時代から幾分か隠退した人々にのみ可能なことなのだろうが）、チボーデはすでに次のように指摘したことがあった。「戦前および戦後の多数の文学流派（それらはきわめて種々雑多であるけれども、あるなにごとかを極限まで追究し、絶頂を表示するという共通の特徴をもっている）はまだ財宝を発見するにはいたらず、畑を掘りかえしつづけていた……。*」「才能とは長い忍耐のことに他ならない*」という古典的な定義に代えるに、才能を一種の片意地と定義づけて、「才能とは徹底的に極めることである」というより明確な定義をくだしたくなるかもしれない。さらにまたアルベール・カミュも、ある注目すべき評論のなかで*、こうしたかたくなで、ほとんど偏狭なまでの自己への誠実さとでもいうべきものでもって、ラ・ファイエット夫人からスタンダールまでの《フランス小説》を特徴づけたことがある。したがって、拙著が対象としている第一の世代の作家たちは、それぞれに、個別的研究《モノグラフィー》の対象になりうるだろう。彼らはそれぞれ、たいていの場合はそれ以前にすでに着手されていたものであるにせよ、とにかく小説のあるひとつの方向をその極限の結果まで押し進めたということを、本質的な功績とするようになるだろうから。それぞれの作家の才能は、その作品の絶対的な新しさではなく、そのイペルボリックな性格のうちに存することになるだろう。こうして、ラディゲは《モラリスト小説》の（カミュの定義したところでは《フランス小説》の）イペルボール、つまり精神の冒険のイペルボールになるだろう。『失われた時を求めて』は、小説そのもののイペルボールとなるだろう。ジロドゥーとともに、気取りが多く、プラトンふうで、かつ詩的な小説が完全に実現されるだろう。ジードとヴァレリーは、私が《超小説《シュール・ロマン》》および《非小説《ノン・ロマン》》と名づけた小説ジャンルの二つの極を産みだすことになるだろう。そうして、ロジェ・マルタン＝デュ＝ガールは、客観的で唯物論的で特別の使命観念のない小説を、いかなる自然主義作家よりも純粋に書きあげることになるだろう。が、第二の世代の作家たちは、それほど自己自身を整然と一貫させてはいないので、ある傾向とか集団の統率者などを中心にして統轄することがむずかしくなるだろう。この第二の世代がはっきりした姿を現わすたびごとに、彼らの作品の内的な統一は（アラゴンにおいても、モンテルランにおいても、ベルナノスにおいても、マルローにおいても、あるいはセリーヌにおいても）、彼らが没頭したジャンルに転身して出てくるというよりは、むしろ彼らの個性に由来するということになるだろう。

第一の世代の作家たちはひとつの文学的伝統に支えられているだけに、ますますそのような亀鑑としての価値を容易に身につけやすくなっている。過去を、つまり十九世紀から受けついだ文学的な負債を清算する役目を負わされているにもかかわらず、彼らはそれを延長していく。チボーデならば、たぶん彼らを相続者と呼んだことだろう。それに反して第二の世代の闘士たちは、第一の世代の作家たちのまっこうに、相場師として姿を現わしてくるのだ。たとえ彼らがギユーやダビのように庶民の出身であろうとも。またブルジョワ的環境の出で、環境によっても教育によっても高度の教養を恵まれながらも、シュールレアリスム、ついでマルクス主義という二つのすさまじい《地ならしローラー》にかけられて、まるでめちゃめちゃに荒らされたようになった者――つまり夫婦共有財産制度というレンズ豆のまずいスープのために、相続財産をあえて断念した者であろうとも(たとえばアラゴンやニザンがこの場合に該当する)。

　最初の十年間の著名な作者たちは、ことごとく誰かの相続者であるか、もしくはなにかの相続者である。われわれが《モラリスト小説家》と呼ぶ人たちの背後には、厳密な意味でのモラリストたちの偉大な伝統と――シャンフォール、ラ・ロシュフコー、ヴォーヴナルグ等――コンスタン、ラ・ファイエット夫人、フロマンタンといったことさらフランス的と目されている小説家たちの伝統とがある。ジードとヴァレリーは象徴主義を延長していく。ジードは象徴主義を清算しようと試み、それを批判し、またその諸限界を明晰に見ぬいてはいるけれども、心ならずもそのなかにしっかと捕えこまれたままでいる。ヴァレリーは象徴主義から解放されようと試みることすらなく、『テスト氏』や詩によって、それを窮極の帰結にまで押しすすめることしかしない。プルーストは一九一四年以前に(ときとしてそれよりはるか以前に)、絵画で、哲学で、舞台で成功を収めたすべてのものの、すなわち印象主義、ベルグソン哲学、ロシア・バレーの、文学への降臨と移植をしるしづける。マルタン゠デュ゠ガールの作品の背後にわれわれが認めるものは、第三共和国の哲学そのものであり、さまざまの限界、さまざまの卓越性をそなえ、そしてさらにはその偉大さの特徴をことさらに燻《くす》んだものに仕立ててある《世俗の道徳》なのである。彼は十九世紀末のあらゆる獲得物、すなわち科学主義や、唯物論や、平和主義や、内的なものさえ含めていっさいの超越を拒否する態度などに、文学的表現を与えるのだ。彼がわれわれに提示する世界においては、医者が司祭に代わって聖者の役割を演ずることになり(今度は世俗の聖者というわけだが)、ときには、それがエゴイストでもなく閑居を好む人間でもないアナトール・フランス、とでもいった人物を連想させるほどにまでなるのである。これこそグレヴィやコンブ*の共和国が文学に与えた最上のものなのである。ところで、私はあやうくジロドゥーのことを忘れるところだった。もっとも、それというのも、彼がその相続人となった詩的伝統は、もっぱらフランスだけのものというわけではないからだ。それはプレシオジテの伝統であり、この伝統は祖国というものをもたないし――『シュザンヌと太平洋』の作者と同じ資格において、ゴンゴラ*を、あるいはジャン＝パウル・リヒター*をも出現せしめる国際的な現象である――さらにまた、プレシオジテと秘密契約を結んだドイツ・ロマン主義から発生したもうひとつの別の流れが、この伝統に混じりあってくるのである。だからジロドゥーの初期の作品が、リルケ、アラン・フルニエ、ジャン・カスーなどの出版元であるエミール＝ポール書店で出版されたことを忘れないようにしよう。

　そんなわけで、これらの《相続者》たちが、いともたやすく古典主義作家めいた顔つきをすることに驚いてはならない。まず第一に、彼らは専門小説家たちも及ばぬほど《文学者》であり、完全な作家であるという点において、古典主義者である。すでに引用した作品において、二つの世代のあいだのあの裂け目をこじ開けてみせてくれたカレットが、いみじくも述べているように、「それはヴォルテールふうの作家たちとディドロふうの作家たちの、モラリストたちと理論家たちの世代であって、幾人かの詩人たちにしても、美しく語りはするけれども発明の力はもっていない……コクトーとジロドゥーは演劇人である。シャルドンヌ、シュランベルジェ、ポーランはバルザックの後継者であるというよりはむしろ、ヴォーヴナルグの後継者なのである」*。この時期に君臨している三人の大作家、ジード、プルースト、ヴァレリーのうち――彼らははからずも三という数になったわけだが、もしそうでなければ、チボーデはたぶん《三銃士》ではなく、《四分隊長》と命名したことだろう――ただひたすらに、そして本質的に小説家であるのはひとりだけであり、しかもその上、彼の光の放射とその作品の意義にしても、小説形式のはるか彼方に位置しているのだ。彼ら三人の《亜流》と名づけてもさしつかえない人びとのなかで、ラクルテルとジャック・シャルドンヌは《モラリスト》であるし、ジャック・リヴィエールはなによりもまず分析家、批評家であるし、モーロワはたぶん小説よりも伝記によって（とくに『ディスレリー伝』によって）生きのびる幸運をつかむだろうし、ヴァレリー・ラルボーは、幾つかの新機軸の《ジャンル》を創造して成功を収めたが、これはエッセーと詩と中篇小説《ヌーヴェル》の中間物であって*、とにかくそのどれひとつとして小説《ロマン》に近似しているものはない*。それに反して、第二期の十年間はモンテルラン、あるいはアラゴンのような作家たちが《小説《ロマン》に到達する》時期であるのは意味ぶかいことである。

　第一の世代の作家たちの大多数は、この小説《ロマン》というジャンルで自らの力を試そうとすると、幾分か道に迷っているという印象を与える。彼らがそこにもちこんでいる才能は、エッセー、箴言集、短篇小説ならば、おそらく、より所を得ることになったであろう。それはたとえば、極度に無飾化されたある種の文体である。シュランベルジェの幾つかの小説、『幸福な男』や『サン・サチュルナン』などが優れた実例を差しだしてくれる文体、ジードやリヴィエールの影響が否定しがたく漂い、《N・

R・F式文体》と呼んでもたぶん不正確ではないような文体である。この文体の危険なところは、ラクルテルやシャルドンヌの場合に起こったように貧血したものになるとか、過度に堅苦しいものになるとか（私はここであのジードのレシ『イザベル』のことを、私にはどうしても愛着をもてなかった『イザベル』のことを思い浮かべているのだ）、のちに『女の学校』のジードに起こるようにあまりにも推敲しすぎたものになるとか、結局はそんなところに落ちこむという点に存するのだ。要するに、まずたいていの場合、熱気や生気が欠け、さらにしばしば自然らしさが欠けることになるのである。が、酷薄なほど明晰な一作家の掌中にかかると、この文体も反対にすばらしく鋭利な道具にもなりうる。この道具にたいするボーヌ街式の扱いかた*を学んだというよりもむしろ、道具そのものを作り直したというほうが正しい『肉体の悪魔』のラディゲを思いだしていただきたい。それからまた、過度の自己満足に損われてもおらず、サド＝マゾヒズムと《地獄の神秘学》*との深みに迷いこんでいるにしても、まだ穏当な程度にとどまっている場合のジュアンドーのことも（彼はあの異様なエリーズ*を書いたとき、そのあとを受けて書かれた『夫の年代記』における以上の成功を収めたのだ）。あるいはまた、アルランの幾つかの中篇小説《ヌーヴェル》、『恩寵』と題する中篇集を形づくっている中篇小説のことも。それに反して、第二の世代の作家たちは、より《果汁に富んだ》文体を探し求めることになるだろう。ジオノにおいては叙事詩ふうの文体を用いることによって、セリーヌにおいては隠語を止めどなく使うことによって、アラゴンやクノーにおいては紋切型の文句などを故意に挿入することによって、より味わいの深いものになっている文体――これらの方法を全体として見ると、小説の文体をより文章語ふうでなくすることによって、またそれを口頭での叙述に、つまり古代ギリシアの吟唱詩人、もしくは中世南仏の吟遊詩人の語りくちに接近させることによって、それまで小説の文体が遠ざかっていた自然らしさを回復することが共通の目的とされていたのである。

それにふさわしい才能を決定的に欠いていたにもかかわらず、第一の世代の作家たちに、ある一ジャンルの実作を行なわしめた理由については（もっともそれは各人各様であるかもしれないが）、際限なく考察を繰り広げることができるだろう。その理由はまず一種の集団的催眠状態、すなわち一九二五年頃、いかなる作家も少なくとも小説の一冊ぐらい書かなければ、真に《創作家》だと自覚できないような気分を作りだした一種の集団的催眠状態からはじまって（この状態が現出したために、ジャンルの支配権の確立ということではなく、単なる文学におけるジャンルの市民権の認知ということでさえ、いかに最近のことであるかをわれわれに思いださせてくれる文学史家の教訓も、ほとんど役にたたぬようなありさまだった）――出版者たちの一種の巧妙な圧力とか契約という理由、結局は多額の金銭という理由にまで及ぶことになろうと思われる。そこにはまた、小説は単に《金になる》ばかりでなく、優れて《現代的な》ジャンルであるという、ほとんどあらゆる作家の心に潜在する確信をも付け加える必要があるだろう。そしてまた、小説はまだ固有の法則も一定の規則もそなえるに至ってないので、ありとあらゆる方向にすぐ引き伸ばされてしまうという考えかた――その結果として現われてくる個々の小説家がそれぞれ、自分自身の才能の諸々の要求（もしくはその限界）に小説を適応させることができるという考えかたも。そして最後に、前の数世代によってもたらされた小説ジャンルの輝かしい光、十九世紀のフランス小説の有していた全ヨーロッパ的な威信という理由を付け加える必要があるだろう。ドイツ、イギリス、ロシアにおけるバルザックの名声、フローベールにたいするカフカの讃美、サマセット・モームのような作家へのモーパッサンの影響などを思いだしていただきたい。またもっと一般的に考えて、自然主義の国際的な光輝、ドイツにおいてはゲルハルト・ハウプトマンに、アメリカにおいてはドライザーとフランク・ノリスに、イギリスにおいては『ダブリン市民』のジョイスにそれぞれ影響を与えていることを思いだしていただきたい。この影響はすこぶる膨大であったので、ジョージ・ムーアは『公言集』のなかで（自らの断言がいかに明白な事実だと思われたにせよ、こともあろうにほとんどそれを証明することさえせずに）、イギリスが詩にその道を見出したのと軌を一にして、小説こそフランスがその精髄のほどを完全に示したジャンルだ、と見なしているほどなのである。故国において予言者的だと認められる以前に、すでに外国で著名になったバルザックと同じように、プルーストという実例が、フランス人には叙事詩的な頭脳はないにしても、少なくとも小説的な腸《はらわた》はあるのだという観念をいっそう強化したのである。このジャンルの一見さも容易そうに見えるところが、じつに多くの人々をけしかけた。誰もがエドモン・アブーのことばを真にうけて、すべての人間は腹のなかに少なくとも一篇の小説を、すなわち彼自身の小説をもっているのだ、あまりにも安易にそう信じこむ気分になっていたのだから。《フランス小説》の方向全体が、虚構と（擬似）自叙伝との混淆に置かれているだけに、（『オーベルマン』、『コリーヌ』、『アドルフ』、『愛欲』、『ドミニック』、『モーヌの大将』、『肉体の悪魔』）これはいっそう食指をそそる信念なのである。

それにしてもやはり、多くの第一の世代の作家たちが小説家特有の才能を、つまり小説家というものを定義するときにもちだされる精神のある種の豁達さを欠いていることに変わりはない。次の十年間は、作中人物たちが食べ、飲み、恋愛し（ときには子供たちさえ恋愛する）、隠語をしゃべり、遂には革命への関心や形而上的な憧憬を抱くようにさえなる書物、要するに、作中人物たちがある一定の時代と場所に生きているような書物で溢れかえるのにひきかえて、彼らの物語の大部分のものは、いわば異様なほど肉体を奪いとられたものとなっているので、われわれを驚嘆せしめるのである。『エヴァ』、『ジャン・エルムランの不安な生活』、『エーメ』、『サン・サチュルナン』などが正確にはどんな時代に展開している物語なのかを述べることは、たやすく手に負えるようなことがらではあるまい。『ジルベルマン』はドレーフュス事件によって否応なしに日付が付されることになるわけだが、それはほんとは作者の誤りではないのだろうか、作者はこの作品をもっと別なふうに組みたてることができたのではないだろうか、読者はそういう印象をそそられることになる……（長さからして、あるいは筋立てに不可欠な細部からして）必然的に時間上のある明確な一時期に位置する作品にたいしてさえ、『チボー家の人々』や『贋金つかい』の場合がそれにあたるわけだが、まずたいていの読者の心のなかには、それらの日付に関する躊躇が依然として残っている（この点については、のちほどまた述べるつもりである）。しかし、このような時代からの超越ということは、それ自体としてはさほど重要なものではない。それはただ、他の幾つかの同じ意味あいの標識とひとつに収斂しあうところから、徴候として値打ちをもつというだけのことなのである。

作中人物たちの肉体的な外貌についても、たまさかある細部が仄めかされるだけである。物語の展開に、というよりはむしろ小説の主題に（なぜならば、たいした事件の起こらぬことがしばしばなのだから）不可欠な与件である場合を除けば、作中人物が一定の職業、所得、家族、政治的もしくは社会的な信念などをもつのは例外的なことなのだ。職業もなく、子供もなく、かろうじて一個の肉体を与えられたにすぎないこれらの作中人物たちは、彼らのなかの物語が存在するためにぜひとも必要な部分を通して、われわれに認識されるだけなのである。彼らの作者たちは、あの豊かで挿話のおもしろさに満ちた無償の《詰めもの》、小説の《第三次元》とでもいうべきものたるあの厚みを（まさに人生の厚みそのものたる厚みを）作中人物に付与するために、たとえばバルザックのような作家がじつに巧妙に利用する術を心得ていたところの、あの一見二次的とも思われるさまざまな情報の《詰めもの》を、彼らから剝ぎとってしまったのである。

さらにまた、こういう事実もある。すなわち、性、社会階級、閑暇、教養、知性の程度、諸々の関心事などの点で、とりわけ彼らはその作者に似ている。シュランベルジェの、ラクルテルの、あるいはシャルドンヌの内省的な主人公たちは、往々にして単にものを書かぬ作者（あるいは、卑怯にも作家だと名のりでることをしなかった作家）にすぎないではないか、という印象をわれわれに与えることがある。そんなわけで、これらの物語《レシ》はことごとく、ジードが『贋金つかい』によってモデルを与えてくれたあの《作家の小説》をめざして——その変形物がいかに巧妙であろうとも、たくさんの類型を作って繰り返すうちにはかならず単調さに陥るので、たぶんあまり何度も繰り返しのきかない原型をめざして——（いささか大胆不敵に）規則的に進んでいくことになるに違いない。

　ルイ・カレットはこの世代の小説家たちにたいして、彼らは彼ら自身と確実に異なる作中人物を創造できなかった、とすこぶる適切な非難を加えてこう言っている。「たとえば、ジードは愚かしい人間になりきることができない。だから、彼の作品には愚かしい人間はひとりもいない。それがどんなに大きく彼を限界づけているかは、ただちに了解される。たったひとりの愚かしい人間とていないのだ。さらにジロドゥーの作品にも愚かしい人間はいないし、モーリヤックにしても同じである。こういうふうになるのも、自己自身と非常に異なる人物の身になりきるのに必要な最小限の想像力、最小限の創意が彼らに欠けているからである。」*このような命題にたいしては、普遍的な適用範囲をそなえた断定というものの大部分にたいするのと同じく、次のような幾つかの留保条件を付けることができよう。まず第一に、ジードの作品に現われる幾人かの天下周知の《愚かしい人間》、たとえばブラファファスやフルリッソワールだとか、あるいはまた『抜穴』に登場するその他多くの人物で、かならずしも知性によって傑出していない連中を思いだすことである（ヴデル牧師を、さらにはフェリックス・ドゥーヴィエを忘れないようにして）。そしてとくに——これらの例を根拠にして——もしもジード自身がそう望んでいたのならば、すなわち、愚かしい人物を描くことが彼の意図にともかくも適っていたのならば、たぶんジードはそういう才能を所有しただろうという主張を述べたてることである。それを確信するには、旅行中にふと耳にした馬鹿馬鹿しい意見、あるいはとっぴな意見の数々を、彼がいかに巧みに『日記』に書きとめているかを見さえすれば十分だろう——たとえば、キュヴェルヴィルからパリへの汽車のなかで、彼と向かいあわせに坐った一組の夫婦の会話だとか、あるいはまた「当節マッチはこんな値段になったくせに、てんでつこうともしねえんだから、おもしろいことになるもんだよな」という、フローベールやクノーを喜ばせそうなある労働者のことば等々。だがそれにもかかわらず、この世代の作家の大部分について、カレットの意見が統計的に正しいことに変わりはない。フォルスタッフとか、名士ゴーディサールとか、ブヴァールとペキュシェ*（引きはなしてしまうと結局は気がひけることになりそうなこの一対の人物）などという人物に匹敵する者を、彼ら第一の世代の作家たちのなかに探しても無駄だろう。ギユーや、アラゴンや、あるいはクノーが喜び勇んで描写するような凡庸な人間や愚かしい人間、ジードがその作品をそういう人間たちでみたすことを選ばなかったという事実そのものが、すでにひとつの徴候を示している。サルトルとその実存主義的精神分析いらい、能力があるということと欲求するということとのあいだには、もはや根本的な差異はないのだということを、われわれは知っている……

　それゆえ、プルーストの抜群の功績は、たぶんこの十年間の唯一の本物の小説家であるマルタン＝デュ＝ガールと並んで、ますます際だって見えるばかりなのだ。カレットがさらにこう述べているとおりに。「小説家というものはただ単に作中人物を理解しなければならぬだけではなく、また彼らの身になりきることもできなければならない。さよう、優れた小説家とは、模倣の才能、模作の才能、パロディーの才能をかならず伴っているものなのだ。プルーストは、この世代唯一の真の小説家であるように思われる。彼はまた模作を熱心に実行した唯一の小説家でもある。これは単なる偶然の一致ではない。彼のサン＝シモンの《方法に倣って》と、彼がシャルリュス男爵に語らせた演説とをつづけて読んでみられるがよい。構造はまったく同じなのである……」ここで、『模作と雑文』、および『見出された時』第一巻のはじめにある偽作「ゴンクールの日記」の抜萃のかたわらに、それだけで『チボー家の人々』第一巻の主要部分を形づくっている中篇小説《ヌーヴェル》『ラ・ソレリーナ』を置いて考えてみるのは当を得たことだろう。『ラ・ソレリーナ』において、マルタン＝デュ＝ガールは、並みはずれた正確さと驚くべき没個性化の才能とを駆使して、その主人公のひとりのために（作者自身の文体とはまったく異なった）文体をつくりだすことができたし、またこの同じ『チボー家の人々』において、総入歯とか、《余分の通知状》とか、四角い卵とか、総じて知られざる発明家としての個性を通して、プルーストまたはバルザックにもふさわしい戯画的人物たる《シャール氏》の人柄を、いきいきと喚起することもできたのである。作者自身とはまったく異なる人物、つまり笑いが産みだされるには不可欠な距離を置いて、作者の個性から引きはなされている人物を創造するという天与の能力を通して、あらゆる偉大な小説家は、ことごとく潜在的に偉大なる喜劇作家となるのである。プルーストが（彼らにたいして必要なだけの距離を保ちながら）、ルグランダンの話、ブロックの話、さらにまたヴェルデュラン家のサロンの会話を記述していくやり方を思いだしていただきたい。天性の小説家というものは（他のさまざまな才能のなかでも）、なかんずく人間の愚かしさを認知してそれをわれわれのためにすばやく書きとめ、そしてその虚ろなる天真爛漫ぶりを、すっかりわれわれの前に復原してみせてくれる先天的な資質を所有しているものなのだ。第二の世代の作家のなかでは、クノーがそういう才能を最高度に所有している。ギューとアラゴンは、読者にむかって愚かしさというものを非情にあばきだしながら、それを忠実に書き写すことができる特殊な技法を発明した。また、サルトルにおける喜劇的な才能を確信するためには、あの忘れがたい独学者の会話は言うにおよばず、ブーヴィルの博物館を訪れる紳士と婦人の話を読みかえせば十分だろう。

　このような才能は、俳優のそれに近似した擬態に他ならないのであって、それは往々にして、ある一瞬、普段の自分の文体とは完全に異なる文体のうちになにごとかをまとめあげる小説家の能力として現われてくる。私はすでに、『ラ・ソレリーナ』とプルーストの種々の模作のことは挙げておいた。その上とくに付け加えねばならないと思われるのは、バルザックがリュシアン・ド・リュバンプレの筆になるものとして書いたあの「入る、出る……」という驚くべき劇評であり、*また第一帝政趣味にのっとった模作小説『ボエームの王様』だとか、その書き損いが（スターンやホフマンのそれを改良した方法で書かれつつ）『田舎才媛』の冒頭に挿入されているあの「オリンピア、あるいはローマ人の復讐」などに見られるサント＝ブーヴの文体の戯画化である。さらにまた、サルトルが《下司ども》のことばをいとも巧妙に模倣している『嘔吐』や『一指導者の幼年時代』のなかの数々のページであり、あの『危険な関係』の数多くの書簡である。マルローがいとも適切に、「ある書簡がラクロの普段の筆づかいによることが明白すぎるほど明白である以上、その他の書簡（たとえばセシル・ド・ヴォーランジュのそれ）は、自分自身と無限に異なる人間にすら同化しうる小説家の能力を証拠だてているのである」、と書いたあの書簡である。

ジードもまた、少なくとも潜在的にはこうした擬態を所有している。必要なたびに、ということはすなわちそれが自分の構想に役だちうるたびに、ジードはこうした擬態を意のままに見つけだしてくる。だが、ラフカディオの独白がはたしてアリサの日記や、もしくはアメデとジュリアンの会話のインキと同じインキで書かれているのかどうか、私には判断がつかない。フルリッソワールの滑稽さがルグランダンのそれほど強烈なものではなく、またその愚かしさがオメーのそれほど途轍もないものでもないのは、もし彼にそのような比重を与えようものなら、『抜穴』の比重を狂わせてしまうからである。この書物は（叙事詩の誘惑に屈することなく）、あくまでもソチであらねばならなかったのだ。ほんのちょっぴり滑稽で、馬鹿げたところにいたるまで凡庸な作中人物たちに、いかにもふさわしいジャンルであるソチ。

しかし、まさにそのこと自体が、その慎重な構えかた、その自己を手離さぬ自制のしかた自体が、《天性の小説家》にたいしてわれわれが期待する自然なのびやかさを妨げてしまうのである。この第一の時期の小説作品は、貧血したものでもなく、（リヴィエールの『エーメ』と違って）ナルシシスムと過度の分析の下で窒息したものでもなく、また退屈なまでに静的なものでもない場合には、今度はあまりにも整いすぎたものになってしまうように見える。『贋金つかい』のジード、『テスト氏』のヴァレリー、『チボー家の人々』のマルタン＝デュ＝ガールは、自分がなにをしたいと望んでいるかをあまりにもはっきり知りすぎていた。彼らはただそのことしかやらなかったのだから。したがって、ジードが《神々の為す部分》と呼ぶもの（そしてさらに悪魔の為す部分とさえ呼ぶもの）が、彼らの書物には悲劇的なほど欠如することになる。これらの物語のいっさいには、単に自然なのびやかさが欠けているばかりでなく、あの悠揚さも欠けているのだ。バルザックのごとき作家の描写を、ときとして過度に引きのばすことはあるにしても、その描写に密度、幻視力、説得力などを付与したり、あるいはまた『パルムの僧院』の次々に膨れあがる挿話の群れを、ひとつの同じ軽快なリズムのなかに引きこむあの悠揚さも。ここではフローベールの教訓は有用だというより、むしろ不吉なものであったように思われる。プルースト、あるいはジロドゥーが自分たちの才能の手綱をゆるめて、詩想や霊感に駆られるがままになっているようなときでも、かならずしもいつも彼らが正しいというわけではない。それはときとして、われわれがよい霊の声よりもむしろ、悪い霊の声に耳を傾けることもあるからなのだが、それでもやはり、そこから生じてくる動きの自由は、結局のところ、フローベールふうの凝りに凝った文章の計算づくの単調さとか、N・R・F派の亜流たちのあまりにも気を配りすぎた文体にくらべると、はるかに好ましいものだと思われるようになるのである。次の世代において、小説がふたたび生命にみちたものとなるためには、まず小説が詩の諸々の獲得物を自らのなかに包含することに成功し、シュールレアリスムの解放の諸の成果を掌中に収めることが必要であろう。

第三章　モラリストの小説家

1　案内人のあとにつづく人びと

十七世紀以来のフランスにおける小説技法の歴史は、抽象的なものから具体的なものへの、永遠的なものから時間的なものへの、本質的なものから逸話的なものへの漸次的な下降の歴史である。要するに、プルーストの作品において同時にその讃仰とその贖いとをみることになるあの《体験された持続》を、叙述によって、漸次に征服した歴史である。

最初、あるひとりの人物にわれわれの関心をひこうとする作家は、まずその肖像を描いてみせるであろう（まるでさる王女を縁づかせるみたいに）。彼はその人物の《性格》を、われわれにたいして数行に要約してみせるであろう。レス（彼の物語の流れをせきとめる余裕があるときの）や、サン・シモンや、ラ・ブリュイエール……がしたことはそれである。これらの名は、こんにち小説と呼ばれる文学ジャンルによって満たされる人びとの興味や好奇心や要求がかなりの部分まで、十七世紀の回想録とか性格論、箴言集などという当時は現在よりも尊重されていたジャンルに、その糧を求めていることを考えるならば、なんら驚くにはあたるまい。そこで、古典派の小説家はわれわれに向かって、次のように語りはじめるであろう。「多血質なので、バルブジウ伯爵はかっと怒りやすかった」と。しかし、しだいに小説家はこうした味気ない要約をやめ、伯爵の人並み外れた怒りっぷりを、できれば絵画的に物語るようになる。スタンダール、あるいはバルザックがよく用いている方法がそれだが、もっとも、それはまだ作中人物の紹介に、しばしば肖像《ポルトレー》の描写を前奏とする。最後に、《アメリカ趣味》の現代小説では、もはや怒りという語は発せられることさえなく、われわれはただ、「伯爵……は、手にしていた吸いさしのタバコを踵の下でいくども繰り返し踏みつぶした」と読むだけだろう。これらの非常に大まかで図式的な例は、もちろん架空のものである。しかしながら最後の例で、客観的で逸話的な叙述の方法は、作者と読者とのあいだに一種の先在的な共犯を容易に想定させるに至っていることがわかる。怒りはただ表示されるべきであって、もはや名づけられてはならぬとなれば、文学のごときその本質が描写的でない芸術にあっては、人間の諸行動は、急速に、一連の様式化され、型にはめられた表象文字——踏みつけられたタバコのような——に還元されることになるであろう。このタバコは、以後、(作者によって) 怒りのしるしとして用いられ、(読者からは) その等価物として理解される。この象徴的な仕草は、一種の代数学によって、複雑な場景や、性格の特質に代わる。小説家はもはやそういう場景や性格が小説の素材になるとは考えず、したがって彼は、諸感覚で知覚しうる現実の瞬間的・客観的諸要素を、紙上に《転写する》ことに専念する。具体的なものへの道をこれ以上進むことが困難であることはわかる。もちろん、大半の小説家にあっては、三つの方法がしばしば共存する。十九世紀の場合、ほとんどつねにそうであって、第二の方法が優位を占め、啓示的場面よりも客観的な細部描写が漸次優勢になった。かくて、フローベールは『ボヴァリー夫人』の冒頭で、シャルルの肖像の代わりに、また、この男の経歴よりも先に、彼の帽子の描写をしている。バルザックのうちにまだ見出されるような《肖像》は、現代小説からはほとんど完全に消え去った。

　したがって、おそらくは自然主義の美学とその細部描写の堆積にたいする反動として、『クレーヴの奥方』よりは、むしろ『人さまざま』もしくは『箴言集』の技法におそらくいっそう近い技法を、自らの小説のために(しかもかなり意識的に)利用しながら、後方へ逆戻りをしようとした一群の作家——大半は『新フランス評論《エヌ・エル・エフ》』の周辺に集まっていた——が、フランスにいたとしても不思議ではない。彼らは好んで『クレーヴの奥方』をひきあいにだすのだが。ジャック・ド・ラクルテル、リヴィエール、シャルドンヌ、シュランベルジェ、なにもこれらの人に限られたわけではないが、さまざまな資格でこのグループに属し、ときにひとつの《流派《エコール》》と呼べぬこともない。ラディゲは、その著書が赤と黒のふちどりのクラシックな白表紙*で出版されたわけではないけれども、正当な権利でこのグループに属する。これらの小説家には、共通して、文体にある種の乾きが認められ、これはしばしば明らかな抽象にまで押し進められており、バルザックやゾラ、さらにブールジェといった作家よりは、かえってラクロもしくはコンスタンを思い起こさせる。彼らにはまた、心理分析の趣味があり、この分析は、たしかに共通する(あるいはそのように想定された)感情、つまり夫婦愛とか父性愛、またはただ単に愛といったもの、しかし、きわめて繊細で、高雅な魂によって感じられたために、洗練されているあまりほとんどそれとわからないような感情にたいして特に行なわれる。さらにまた、彼らには小説のくだらない仕事——こまごました事物の描写、多数の登場人物の描写、同じように比較的複雑な筋の細密な組立——かつて自然主義が、あれほど喜んで、ときにはあれほど盲従的に受けいれた仕事に従うことにたいする軽蔑、または無能力が認められる。最後に、雰囲気には稀薄な、また、物語の運びには余計な枝を切り払った線状のなにものかがあって、そのためにたいてい、物語は話者と主要人物とが同一人である一人称で展開されている。『幸福な男』、『肉体の悪魔』、『エーメ』、『ジルベルマン』、『エヴァ』の場合がそうで、諸事件はいつも、ただひとつの視点、すなわち主人公の視点から眺められている。(『失われた時を求めて』は一人称ではじまり、この小説の大部分でそれが守られているのであるが、それでもなお、スワンの恋愛の回顧的な物語によって構成されているあの尨大な挿話は、伝統的な客観的話法に依っていることに注意しよう。)『サン・サチュルナン』、『ドルジェル伯の舞踏会』、『レ・オー＝ポン』、『祝婚歌』といった見たところもっと複雑な作品でさえ、三人称の物語であるにもかかわらず、非常に古典的な技法を相変わらず利用しており、たとえばラ・ファイエット夫人の技法と著しく異なっているわけではない。そこには、『贋金つかい』の発明による画面(この語の映画的意味で)の変化も見られなければ、マルタン＝デュ＝ガールが『ラ・ソレリーナ』で用いている古い手法(小説中にひとつ、またはいくつかの物語を組み入れるという手法)への巧妙な復帰も見られず、また、プルーストの作品の建築学的な緻密さも見られなければ、次の世代――モンテルランが彼の『若き娘たち』で行なった古風な《書簡体小説》の巧みな活用についてはなにもいわないとして――アラゴン、クノー、あるいはサルトルが使用することになるいっそう明白な技法上の革新も見られない。

すべてこれらの特徴――なかんずく、小説技法、およびその完成への無関心――は同一の結論を暗示している、すなわち先に挙げた作家は、ほとんどたまたま小説家であったにすぎないということである。このことをチボーデが非常にうまく語っている。「……かつて文学が大衆の要求にこれほど応じることを、すなわち成功をもたらす条件にこれほど従うことを強いられたことは一度もなかった。ところで大衆の要求するものは小説だったのである……。一九一四年の世代では、あらゆる人びとが兵隊になるのに適していたと同様に、また小説を書くのに適していた。」緊急された歩兵(あるいは徴用軍人)であったリヴィエールとその他の人びとは、おそらく、大衆と成功への配慮に直接導かれたというよりも、むしろものを書こうとする人にとって小説が彼らの時代では自然な表現手段であったという理由で、小説を書いたのである。同様にして、一八三〇年代であれば彼らは詩を書いたであろうし(サント・ブーヴはほぼリヴィエールが『エーメ』を書いたと同じように『愛の書』を書いた)、また十七世紀であれば『箴言集』と『肖像集』を、そしておそらく十八世紀であれば野蛮人の登場する書簡体小説を書いたであろう……(私は十二音綴句格《アレクサンドラン》による五幕古典悲劇とまではいわないが)。彼らは根底的にモラリストであって、彼らの一見最も小説的に見える小説でさえが、あのシャンフォールとかラ・ロシュフコー、あるいはヴォーヴナルグが著名ならしめた形式へ向かおうとする危険な傾向を持っているのだ。

2　あまりにも甘ったれのジャック・リヴィエール

シャルル・デュ・ボスは一九二四年から一九二五年の『日記』のなかで、*ラディゲの二番目の小説について、ジャック・リヴィエールの熱烈な賛辞にたいする反発から、『ヨーロッパ評論』に載った断片は『クレーヴの奥方』から着想を得た焼き直しのうちでも最も水っぽいもの」に思われると書いている。彼は更につけ加えて、リヴィエールの偏愛も、『ドルジェル伯の舞踏会』が『エーメ』のうちに在るラ・ファイエット夫人の用量を正確に示しており、それがこの作者をひたすら悦ばすことになる」ことを考えれば説明がつくといっている。ラディゲの著作と同時に、リヴィエール自身とその作品に向けられたこの厳しい判決を前にすると、その二年前にジードが『日記』のなかで次のように書いていたのを思いだす。「J・リヴィエールはたえず他人のなかに自分を見つけて愛撫することを求めている。自分との類似性にたいする彼の異常な探求心と、自分に似ているものにたいする偏愛。彼の感嘆には、いつもなにか媚びを含んだような、歓心を求めるようなところがある。*」リヴィエールがラディゲにおいて「自分を愛撫する」のと同じく、ラディゲは、『エーメ』の作者のように、第二の『クレーヴの奥方』を書いたのだという思いで、自分を愛撫したように思われる。* そして、彼が書きとめることのできた極度に洗練された感情や、この感情をいだきえた高貴な唯一の魂や、かくも稀有な分析がなされた以上、当然予想されるそれに劣らぬ鋭敏な精神を前にして、彼は、各章句ごとに喉を鳴らして喜ぶのだ。「愛とはなんと微妙なエチュードか！」とラディゲはどこかで述べている。「私の不満は」とデュ・ボスはことばをつづける。「じつをいうと、とりわけ作者があのように自己満足しているのが、どの行にも感じられるということなのだ。まるで彼はいつもわれわれにこういっているみたいだ。ほらね、そいつはほとんどとるに足りないようにみえる。ところが、このほとんどとるに足りないもののうちに、すべてがあるのだよ。」

話を『エーメ』にもどそう、あのナルシス的な愛の小説に。リヴィエールがやがてラディゲのうちに自分を見出すのを好むのと同じように、また、かつてラ・ファイエット夫人のうちに自分を見出すのを好んだのと同じように、彼の主人公は、『エーメ』(愛されている女、という意味のこの優しい名前は、分詞形によってその受動性のもついっさいのしとやかさを、ほとんど過度なまでに取戻している）のなかに、彼が見出す自分を、自分に似ていると信ずるものを愛するのである。「してみると、私をとらえたのはおそらくまたも私の魂のなかにある彼女の魂の幻影にすぎなかったのではなかろうか？ 私のかってな要求と執念によって補われ、重くされ、変形され、私とすっかりまじり合った彼女を私は愛していたのだった。」それからもっとさきで、「するとたちまち私の喜びは高まり、ひとつの問いに、ひとつの希望に、ひとつの確信になった。彼女が私を愛している、私を愛してくれるだろう、私たちは恐ろしいほど似通っているので彼女の愛が私の愛に応じないはずはない……」この類似が罠にすぎないということ、だからすぐにフランソワにとってエーメがはるかかなたの、「絶望的に孤独で近寄りがたい」女に見えてくるのだと知っても、おそらくそれほどひどく驚くにはあたるまい。彼女が時として彼に似ているように思われるとすれば、それは彼女が、それ自体では、なにものでもないということだ。このもっぱら受動的な存在は、他人の目によって認識されると同時に創造されるのを待っているのである。彼女は、フランソワ（もしくは他の誰か）が彼女に向かって彼女自身のことを話すときしか自分が存在すると感じない。「彼女のうちのすべてが待つことであった。彼女にあってはいっさいが捧げもの、放棄でさえあった。」また彼のほうはといえば、彼女を前にして、彼女が彼の前にいるときと同じように受動性にとらえられ、彼女を征服するためにはまず彼女を知らねばならないという考えに気をとられて、彼女を存在させるまでには至らない。あまりにも従順で、同じように消極的なこのふたりは、互いに相手の眼のなかに自分を探し求めるだけなので、自分たちが似すぎていることを腹だたしく思う場合にしか、相手を見出すことがないのである。ときにこの腹だたしさは彼らをあわれみに誘う。「私は、愛撫しつくす波のように、エーメのところへやってきたのだった……」と主人公はいう——しかし彼は、自分の失敗の調書をこのように記しながらも、一度ならずその思い出で自分を愛撫する——「私は、自分の欲望が選んだ対象をとらえることも、自分に従わせることもできなかった。私は対象の回りをさまよい、精神的な数知れぬ愛撫でそっと触れるのであった。しかし同時に、私は対象の輪郭のすべてに順応し、そして、自分の形を対象に与える代わりに、私が対象の形を受け入れるのであった。」彼がついに、これからはいつも自分よりも彼女のほうを好きになろう、彼女のなかで自分とは異なった存在、つまり《他人》を好きになろうと決めたとき、彼はその決意を自ら褒めたたえずには、つまり、彼女によって一度ならず自分を愛撫せずにはいられないのである。ちょうどまだ、エーメが自分に似ていると信じていたとき、いつも彼女によって自分にそっと触れるのが彼の常であったように。*「私がエーメにしてやることのできたすべての心づかい、すべてのいたわりが、私にははっきりと見えた。私は、それらを複雑にし、いっそう微妙なものにするような数多くのこまやかな気づかいを思い浮かべてみた。」

「私は思った、〈このような天職を見すててしまうのは断じて惜しい!〉と」

受動的な主人公によって感じられ、同じように受動的な作者によって語られた感情というものが、読者にとって重みと現実性を欠くとしても不思議ではない。われわれはそうした感情の開花と分析に接して、一種礼儀的な驚きを感じる。つまりそういう感情は全面的に説得的とは思えないのだ。書物の終わりになっても、われわれは充分理解したと確信するわけではない。それは、叙述された感動の根底的な多義性のためではなく、それよりもそれらの感動のうちにある一種のぼかしによって、同様にまた、ある必然性の欠如によってそうなのである。こうした文章の満足げな喉を鳴らす音の前では、われわれは、重大な場面におけるラ・ファイエット夫人の文体のあの凍結した燃焼からは遠くはなれている。あの冷酷さはラディゲが(特に『肉体の悪魔』で)それを取戻すことになるのだが。クレーヴの奥方は、全篇を通じて行動している。彼女は、隠退をしても、告白をしても、ついでまた隠退をしても、行動するのを止めない。『エーメ』の受動的な主人公に比べると、彼女のほうが男性的な存在に見えるのである。

叙述のために採用している時称そのものも、やはりなにか停滞しているような印象、なにものかに向かうのでもなく、変化はあっても真に進展することはないといった印象を強めている。「これを読み終えて」とジードは『エーメ』の校正刷について書いている、「もうけっして半過去では書くまいと、もう少しで決心するところだった」。*これに反して、ラ・ファイエット夫人の小説はファンファーレで開幕する。「絢爛と色道がフランスにおいてかくも華々しかったことは、アンリー二世在位の末期の数年をおいてほかにはいまだかつてなかった。」軽快なリズムに《複合過去》（周知のようにこの時称は《過去の現在化》である）が用いられ、これがたちまちいきいきとした速度を物語に与え、つまり物語を（歴史的な仮面にもかかわらず）現在のなかに位置づけ、そして、アンリー二世の優美な宮中に、あの太陽王の宮廷を認めるようにわれわれをうながすのである。こうした運動は、単純過去を思いがけず用いることがあっても、叙述がそれを引き続き保ってゆく。われわれは、賭が前もって終わっているような死んだ記録を読むのではなく、われわれの眼前でまさに起こりつつある事件を読むのである。物語は最初から時間の流れのなかへ置かれ、事象の自然な流れにしたがい、前向きに未来へと進んでいく。

　これに反して、リヴィエールでは、最初からすべてが過去に押しやられる。「幼年時代から、女性は私にとってまことの崇拝の対象であった……」だから物語は、あとになっても、こうした回顧的で記録的な（しかも主人公の性格にぴったり合った）性格を保っている。この性格は、半過去の無節制な使用（これがジードを疲れさせた）のために、また、ただでさえ少ない有為変転の突発が欠如しているために、最後に、ふたりの主役の性格に在る根底的に静的なもののためにいっそう強められている。実際、フランソワは女主人公の精神像を完全にするために、これから起こる事件をときどき先回りせずにはいられないほどであり、そのあとでこういわざるをえないのもしかたがないことだ。「だが私は急ぎすぎた。私がエーメを愛していることを意識したとき、私はまだ彼女についてこうしたことをどれも知っていたわけではなく、だから彼女に夢中になっていたわけでもなかったのだ……」と。いったい、どうして作家が自分の読者に不意打ちの楽しみを拒み、その後その楽しみを禁じてしまうなどということをするのであろうか？　過ぎ去ってしまい、断じて終わってしまったことのすべてが、読者に及ぼす魅惑のせいでないとしたらなぜであろうか？

『エーメ』におけるリヴィエールの美学は、『クレーヴの奥方』よりもむしろラ・ブリュイエールが『人さまざま』で描いている静的な肖像の美学に属するものであろう。かくてこの美学は、ヴァレリーが『プルースト頌』で、小説という彼にとっては《ほとんど想像もつかない》ジャンルにたいして、次のように厳命したときに課した要請に、みじめにも背いているのである。「ただひとつの法則、しかも死の重罰を掟として立てられている法則、すなわち連鎖がひとつの目的に向かってわれわれを引っぱってゆき、われわれを吸い寄せられさえしなければならないのだが、この目的はある事件を強烈に、もしくは深刻に体験したという幻覚、または創りだされた人物たちを正確に識ったという幻覚でもよい。これだけが必要であり、かつまたそれだけで充分である」という法則のみを認めること、これである。われわれは、『エーメ』においてはひとつの事件を強烈に体験したと主張することがほとんどできず、その事件はふたりの参加者までもなまぬるい状態に捨てておいているように思える。このふたりにたいする描写は、小説的な浮彫りに欠けるとともに、それとほとんど同じだけ、正確さを欠いている。しかしこの書の最も重大な欠陥は、われわれがひとつの目的に向かって引っぱられ、吸い寄せられているとけっして感じないことである。リヴィエールの技法は、三重の無能力によって、小説の技法よりもはるかにラ・ブリュイエールの技法に類似している。この無能力とは彼らにとってはまず、語り、歩行し、活動する行動中の人間をわれわれに提示することの無能力である。また、実際に変化し進展する人間を提示することの無能力、さらにまた、この人間をわれわれにじかに見せること、すなわち、われわれと、彼が現わすか、喚起せしめる現実とのあいだになんらの説明も加えずに、彼をわれわれの眼前に置くことの無能力である。あの全般的な受動性さえこの二作家に共通していて、ふたりとも、読者を説得することをあらかじめ断念したらしいのだ。ラ・ブリュイエールが「ひたすら、正しく考え、語ることのみを努めるべきであって、他人をわれわれの好みや感情に従わせようと望むべきではない、それはあまりに大きな企てというものだ」と書くとき、彼はべつだん読者にたいして、あのあまりにも速くエーメを自分の愛の情熱で溶解することを諦めてしまうフランソワと違ったふうにふるまっているわけではないからだ。結局、ふたりとも、ひとりの受動的な観察者――自分の感情や他人の感情を変化させようと望んだり、または事件《アヴァンチュール》が可能であると信じたりせずに、それらの感情を受けいれる傍観者――の立場からこの世界と対するだけで満足しているのである。リヴィエールの文体が、箴言《マクシム》の方向へこれ以上顕著なしかたで滑っていかないとすれば、また彼の分析がアフォリスムの傾斜上で留まっているとすれば、それはおそらく過度の無気力によるものである。同時にまた、主人公が自分自身の特異性に深い喜びを感じ、それを意識しているからでもある。もう少し乾いた感じで、もう少しナルシス的でない他のふたりの作家は、小説家をしてモラリストになる気を起こさせるような道を最後までつき進むであろう。

3　小説を破壊する小説家たち——ラクルテルとシャルドンヌ

ジャック・ド・ラクルテルが、数年前に出版された『十七・十八世紀におけるフランス文学一覧』*のなかで、ラ・ロシュフコーを小説家に仕立てているばかりでなく、この作家の二、三の省察によってしつらえたカンヴァスの上に、小話を縫どりして楽しんでさえいるのは意味のあることだ。ラ・ロシュフコーの省察のことを、ヴォーヴナルグがかなり軽蔑的に《小説的箴言《マクシム》》といったことがすでにあった。これを引きとってラクルテルはこうやりこめている、「おそらくそうだ。しかしそれなら彼の箴言は概論的箴言である」。（同感、とこんどは私がいおう、この《概論》がエピクテートスのそれであり、初心の哲学者たちに親しまれるあのキュヴィリエ教授の概論でないならば。）このヴォーヴナルグ＝ラ・ロシュフコーという対立は、二種属の《モラリストたち》、あるいはむしろこの語の二様の意味におけるモラリストたちのあいだにたちはだかる必然的な無理解（この無理解はわれわれの現在の問題にとって見かけほど無関係ではない）を明示している。ところでこの二様のモラリストとは、『恋愛論』につづく諸断片におけるスタンダールのごとき、また『自省録《パンセ》』のマルクス・アウレリウス、あるいは『省察と箴言』のヴォーヴナルグのごとき、《箴言》をもって省察し実践すべき行動規準であると考え、風俗習慣の正確な観察によるよりも、むしろひとつの倫理の確立に努めてモラリストたらんとする人びとが一方にあると、*しかし他方、ラ・ロシュフコーや『人さまざま』の作者（そしてしばしばパスカル）のごとき小説家になりそこねた人びとがあることである。この後者の人たちにとっては《箴言》は、個人的体験を、簡潔で、見かけは一般的な方式に凝縮する手段であり、この錯覚的な普遍性は、時代の慣習が要求するように、体験の主観的起源に仮面をかぶせ、かつはまたその調子に伴う過度の親密性を減殺し、そのために個人的体験を読者にいっそう強く押しつけることが可能になるのだ。

ド・ラクルテル氏は、もし時代が、陰謀や英雄的行為が無く、また幻覚やさらには大団円を欠いている小説を書くことを許してくれたら、彼がきっと書いたにちがいない小説を想像して楽しんでさえいる。彼はその小説が『感情教育』、またはバンダの『叙品式』にかなり似たものになると見ている。いずれにしろそれは『クレーヴの奥方』という彼にとって《ぼろくず》にひとしいものとはひどく違っている。（この『一覧』の最もおもしろい特徴のひとつは、執筆者のほとんどすべてがいわば彼らの好きな作家と《競争している》作家たちにたいして感じている憎しみである。このことはたまたま——ラ・ロシュフコーとラ・ファイエット夫人の場合におけるように——お互いにいつも最大の尊敬と友情を持っていて、自分たちが実際に張り合っているとはけっして考えたこともないときにさえそうなのである。まるで、ルソーとヴォルテールを、デカルトとパスカルを、ゴンディとマルシヤックを、ラシーヌとコルネイユを、フエヌロンとボシュエを――これらはまだわかるとしても――さらにはあの『箴言集』と『クレーヴの奥方』をさえ、同時に愛しえないほどフランス文学のすべてが敵対同士の一対で構成されているみたいである。要するにどの作品にしろ、どの作家にしろ、一方に逆らってでなければけっして愛することができないかのようである。)

ジャック・ド・ラクルテルが想像している三つの台本は釣合いがとれていない。が、それは台本自体がそうであるよりも、台本とその母型である箴言との関係がそうなのである。第一のものは最も母型の箴言に忠実だが、ほとんど小説ふうの詰めものにすぎず、「お互いにもう愛さなくなったとき、愛し合ったことを恥じないような人は、ほとんどいないものだ」というのにたいしたことをつけ加えてはいない。第二のものは、その動機となっているおそらく完全に当世ふうな叙述から、持ち前の決然たる悲壮感のためにひどくはみだし、* しかもそのためますます教訓的になっている。第三のもの、すなわち「われわれはときどき他人と異なるのと同程度に、自分自身と違っているものだ」というすでにプルースト的な箴言を注解しようとしている台本に関しては、おそらく「心の間歇」の作者のほうが『レ・オー＝ポン』の作者よりもいっそうこれを書くのにふさわしかったであろう。

しかしそれにもかかわらず、ラクルテルの試みは、彼らモラリスト小説家における小説と箴言のあいだに維持されている曖昧な関係をあらわにしてくれる。ことにもうひとりの別の小説家が、こんどは自分自身の著作にもとづいて、まさに正反対の操作に従っただけ、このことはいえるのである。すなわち、ジャック・シャルドンヌは、一度発表された小説を、もういちど《随想録《パンセ》》に変形した。彼は自分の二、三の小説から、特に小説的要素をしかるべく切り捨てて、『愛、愛をはるかに越えるもの』と題する愛に関する一連のアフォリスムをぬきだした。このように小説から箴言へはわずか一歩のへだたりしかなく、ラクルテルとシャルドンヌによってそれは二つの方向へ楽々と踏み越えられた。もし人が具体的なものを純化して抽象なものをつくりだすことを好むのでなければ、自分でふくらましたり、うすめたりする抽象的なものから出発して、まったく同じしかたで、こんどは具体的なものへ進んでいくことになるように思われる。

モーリス・ブランショは、シャルドンヌの奇妙な意図を強調し、* その実際の意味を力説している。それというのもこの作家が、あのよこしまな行為――自己の使命を自覚し、その使命を表明するために、自己の創造した人物たちなしですまそうとついに決意して、その人物たちを無にしてしまう行為――によって自らの小説を破壊すること以外になにも求めてはいないように見えるからなのだ。「この小説家が最初に構想した虚構の人物たちは、彼らがそうであったところのものを彼らから奪ってしまうこの行為の前で、消失するように思える……。彼らは彼らの名で語ることを止める。なぜなら人が彼らのことばから意味を見出すために彼らを信じることを彼らは必要としていないからである。」* ジャック・シャルドンヌは、したがって、自己のモラリストの天職のために、おそらくは単に時代に妥協して、最初なりたいと思った小説家を犠牲にしてしまうほど、この天職に魅せられたものと思われる。

ブランショはまず、この犠牲について思いやりのある説明をしている。当然のことながらレアリスム小説の敵である彼は、もし作家が人生の具体的再現よりも抽象的イメージのほうを好むとすれば、それは、この再現も現実そのものも、彼の想像力を満足させないからだと考える。「……小説家が真の神話を創造することができず、かといって心理学の要求によって把握されるような人生にも満足できぬかぎり、彼はモラルに関する純粋な抽象的観念に心をひかれるということができる。彼は想像力の作家であるがゆえに、モラリストなのだ。」* しかし、不能の夫は妻を不感症にする、* だから小説家が箴言のほうへ逃れるとすれば、たぶん現実を責めるのと同じだけ彼の想像力の不足を責めねばならぬ。その想像力が充分に強力でないため、（結局バルザックが、さらにはボードレールがやったように）、現実を変貌させることも、また、スタンダール、あるいはジロドゥーのように、それ自体で存在する世界を再創造することもなしえないからである。ラ・ロシュフコーは、たとえば『感情教育』におけるフローベール、または『黒い血』のギューが、彼らが世界についていだいている怪奇なヴィジョンのためにやったように、世界についての自らの悲痛な直観をわれわれに押しつけるにはあまりに無力であるため、アフォリスムというこのデミウルゴス（造化の神）的な代用品で満足しなければならない。偉大な小説家というものがすべてわれわれを魅了する（あるいは、われわれをあっといわせる、といってもよいだろうが）のにたいして、モラリストは説得することをいさぎよしとせず（おそらくできないからだろうが）、かくて彼は、自らが解明することも張り合うこともできぬこの現実を鞭打つために、裁判官的権威の高みから尊大な判決を下す人間のあの下等なおどしに落ち込んでしまうのである。

悲劇は、シャルドンヌにとって、『愛、愛をはるかに越えるもの』のなかの箴言がありきたりのものである（少なくともそのように見える）という事実とともにはじまる。これにたいして『エヴァ』は、ことに最後の山場のおかげで、また、エヴァの夫である話者の日記をとおしてこれまでわれわれが立会ってきた、そして（彼と同じように）完全に明快であると信じてきたすべての場面のなかに突然暴露された多義性のおかげで、すぐれた小説だった。われわれはこの書の全体にわたって、ひとりの男の愛を考え、それを生きるための悲壮な努力のあとを追った。彼は自らの企てに基いて多くの非常に教化的な省察をつくりあげた（その大部分が『愛、……』のなかに再録されている）が、われわれは突然、彼の妻が一度も彼を愛したことがないということ、だから彼が感じ、試み、または理解したと信じえたものがすべて幻影にすぎず、まやかしでしかなかったことを理解する。そこで、愛に関する観念《パンセ》はただちにこんどはそれらの真の展望のなかに置き換えられ、いまやそれはこの曖昧な光に照らされて、まったく別な深みをおびてくる。それはもはや愛の作法に関する衒学的で、断固とした、独断的なアフォリスムとして提示されるのではない。いいかえると、小説『エヴァ』の存在が、『愛、……』のような書物の刊行にたいしてなしうる最良の批評なのである。ちょうど『エヴァ』の作中人物のひとりがどこかですでに語っていたことがそうなっているように。「小説はけっして風俗描写ではない。作家は人間を知らないし、読者もまた知らない。読者に好きなことをなんでも語ることができる。」* ジャック・シャルドンヌの小説作品はそれ自体で、《心理学》——モラリストがかくも愛着するこの客観的な、精密科学——の有罪宣告になっているのだ。このことをブランショ氏は非常にうまく注釈している。「小説家であるかぎり、シャルドンヌ氏は彼の作中人物を描くために心理学を用いはしなかった、そうではなく作中人物たちが自らを描写したり、思いちがいをしたり、万事を彼らの情念にしたがって混乱させるために、どのように心理学を用いたかを証明したのである。こうして彼は心理学の世界よりも無限に深い世界に到達した。」*

しかしじつをいうと、彼がそのような世界へあれほど完全に、あれほど確実に到達したのは、ほとんど『エヴァ』のなかだけであるし、同時にまた、あとあとまでも彼を誘惑し、そしてしまいには彼のほうが屈することになる誘惑にたいして、無意識のうちにあらかじめ有罪宣告をなしたのも、ほとんど『エヴァ』のなかだけである。この誘惑とは、箴言というものが、これを生みだした具体的な諸事情とは関係のない抽象的・普遍的価値をもつことができると信じることであり、これは心情のことがらに関する一種のカント説のようなものを信じることである。（ここにもまた、いつも、心理学のものとも、倫理学のものとも区別のつかない《箴言》——「つねに汝の箴言にしたがって行動せよ、など」——という語そのものの多義性を見出す。）

しかし箴言に普遍性があるという自負は誤りであり、それどころか詐欺である。シャルル・ミュレルとポール・ルブーとがいかにも楽しそうにラ・ロシュフコーの最も著名な箴言のいくつかを、裏返しにしたり、さかさにしたりしながら、例の『……流に』によって提示した、箴言というこの文学様式のカリカチュアをわれわれは知っている。しかしいずれにせよ、このように勝手な取り扱いをうけても、ラ・ロシュフコーの箴言は、前と同じようにまことしやかで、説得的で（あるいは、説得的ではなしに）、同じように普遍的な価値を持っている。彼らの諷刺は、この際、教訓的である。つまり、どんな思想でも《心理》でも、それだけをとりだして普遍的価値を持ちうるようなものは、疑いもなく存在しないということである。なぜなら、すべての思想は、参加《アンガジェ》した人間の思想であり、すべての心理は、特殊な状況と展望に関係するものであるからである。特殊な、というのは、それが、このような心理をいだき、形づくった被造物のものだからである。

われわれが次の一文を『愛、愛をはるかに越えるもの』のなかで（あるいは、寄宿舎住まいの女生徒――勉強の余暇をこのようなひまつぶしに当てる女の子がいまでもいるとしてであるが――がたまたま寄せ集めたなんらかの《随想録》のなかで）読むと仮定しよう。「女性のひとつの特徴は、男性に触れられることへの嫌悪である。ただちょっと男性の手がさわっただけで不快な戦慄を覚えないような女は、堕落した女（世間にはざらにある）である。同様に、男性は女性のからだに嫌悪をいだいている、しかし男性は心地よい肉体に惹きつけられるので、相手を征服したときになってはじめて、その餌食にたいする反感を覚えるにすぎない。これは女道楽の人間によくある話であるが、彼らは嫌悪の情しか思いだすことがない。

結局、両性は互いに憎み合うものであって、そうでないのは愛が仲立ちする場合だけだ。これはひとつの例外、ひとつの変則、悟性を超えたひとつの奇蹟である。*」

このような判決を構成する諸命題のうちで、その逆を同じようなほんとうらしさをもってつくりえぬようなものは、ただのひとつとしてない。たとえば（最後のものからはじめると）、愛が仲立ちしないかぎり、両性は日常生活で逆に非常によく理解し合うものだという考えも、そして、憎しみや争いや相互の無理解が両性のあいだではじまるのは、肉体的な誘惑をともなう場合だけだという考えも、同じようにもっともらしいであろう（たとえば、男を前にした薄幸な娼婦たちの死にもの狂いの逃避が、その確証として援用されよう）。また、同じように、嫌悪の情よりも嘆賞の念をよけいに思いだす《女道楽の人間》だっているはずだ。同時に、偏見をさほどそこねることなしに、男の手に触られることが正常な女性によって深く感動的であると主張することも、また、それがたまたま不快に思われることがあるとしても、それはまさに接触が惹き起こす気持の顚倒のためなのだ、と主張することもできるであろう……。したがってラ・ロシュフコーは、同じように断固とした意味や深みがあるようにみせかけて、平然と、こういいえたであろう。「良い結婚というものはない、あるのは楽しい結婚だけだ」、それとも「楽しい結婚というものはない、あるのは良い結婚だけだ」と。

モラリストのあやふやさがここに完全に露呈されている。ところが、さきに引用した一節をもとの文脈へ戻すと、異論の余地があるように見えることなど絶対になくなってしまう。それというのも、あのような省察を、「いったい夫婦間にどういう誤解があるのか?」と問いかけながら日記のなかへ書きとめてゆくのは、他ならぬ『エヴァ』の主人公だから(そして、けっしてはるかかなたの遊星から人間の日頃の言動を裁いてみせるような、なにか全知の観察者といったものではないから)だ。ここでは、省察のあのような一見抽象的な表示は、主人公が残した唯一の痕跡であり、小説家が読者にゆだねた痕跡であろう。こうしてわれわれに与えられるものは、もはや《女性》に関する(箴言の作者としてのエヴァの夫が素朴に考えているような)一般的な真理ではなく、それは偏った、暗澹たるほど苦々しく、必然的に誤った注釈で、つまりひとりの不感症の女、一度も本気になって夫を愛さなかった女と結婚した男が、両性の肉体的関係について行なう注釈なのである——しかもこの男は、盲目的に、まったく無邪気に、悲壮でない場合には滑稽なまでに、自己の体験を一般化し、(カント流に)それを普遍的な箴言にしようとしているのだ。こうして非常に特殊な小説の仕組のなかへ改めて挿入された《箴言》は、真実性というものを全部とりもどす。それはもはや箴言の作者が仮定していた一般的な想像上の真理ではなく、作者の知らぬまに到達した特殊ではあるがきわめてありうべき真理なのであり、彼にとってこの真理は、《男》と《女》の関係についての抽象的な省察ではなく、つい先ほどまで、特定の夫婦の特異な関係についての曖昧な注解だったのである。箴言の語り手は、ここではそれが小説の作者であるにせよ、作中人物であるにせよ、自らのアフォリスムに欺かれた夫なのである。

例はもっとふやすことができよう。したがって、『エヴァ』の次の章句(実際に、独立した思想として『愛、……』のなかに再録された)も本質的な価値を持たない——「人は、愛されてはじめて相手にうちとける。愛されていても、人を愛せない女は、しょせん不可解である。」この章句の唯一の意味は、それが精神分析による告白のように話者のペンから滑り落ちたものだからこそ、いわば予言的であるということである。つまり、エヴァと相対しての彼自身の悲劇的な状況の記述と、この状況を真実の光のもとで直視することの拒否を、同時に含んでいるということだ。悲劇は(このとき)彼にとっては、自分を愛していない女を愛しているということよりも、むしろ彼が少しも愛されていないのに愛されていると信じていることにあり、これが彼の衒学的な考察を誤らせている。この《箴言》は、小説のなかでは、逆に主人公がちょうど「エヴァをこれほどよく知らなったら彼女をおそらくもっと幸せにできるだろう。なぜなら私は彼女の些細な感情的反発をあまり本気にせず、それをあおるようなことも避けただろうから」というかなり独りよがりなテーマを展開したばかりの章節の終わりに、思いがけず現われるのである。これが、物語のなかに加えられて真の重みを獲得しているのは、このような無意識に洩らされた真価のおかげなのだ。もしもそうではなくて、それ自体考察するならば、この箴言はすべての箴言と同様、平板さ(ただ単に、愛されている女はみな事実上寄りつきにくいということを意味するにすぎないものとして受けとるなら）と逆説（なぜというに、どうしてすべての人間の本質的な神秘が、単に報いられない愛という事実だけでことさら深まるというのか？）のあいだを揺れ動くのである。

最も有利な例においてさえ、モラリストにたいする小説家の優位は明白であると思われる。だから、われわれは『愛、……』のなかにこう読むのである——「愛において警戒しなければならないのは、時間でも、飽満でも、またいかなる倦怠でもない。私がとくに恐れるのは、幸福がもたらす安心感であり、放心状態である。あの美しい女性が、うつろい易いことを、つい忘れてしまう。人がそれを楽しむことをほとんどしないのは、美しい日々をいくらもむだにして、めぐりくる夏を楽しむようなものだ。」

ここでは箴言は、誤ってもいないし、平板でもない。性質そのものからいってそうはなりえないのである。なぜなら、これは描写的である以上に倫理的だからであり、現実の判断ではなく価値の判断だからである。しかしながらこの箴言（『エヴァ』のなかに現われている）は、そのすぐ前に先行し、これを具体的状況のなかへ加えている語句*、つまり「私は家を出るときエヴァをいつも眺めることにしていた。すぐにも引き返して、もう一度彼女と会いたくなるのだ」という語句のおかげで『エヴァ』のなかで持ちえたような意味は、ここでは持っていない。承認しようとしまいとどちらでもかまわず、ただ読者の善意次第というような普遍的記述として提示される代わりに（この場合、読者は箴言の作者の任意性に最も正しく答える）、この箴言は恋する繊細な男の洗練された態度として現われている。この際はそれをそのようなものとして承認すべきであり、つまり、彼が自己のものとして選び、小説の主人公が厳格にまもるべき義務としてわれわれに伝えようと努力する感情のニュアンスとして承認すべきであろう。実際、これはラクルテルが、おそらくわざと痩せ細らしたとみている作品に、小説的内容をつめこんで、ラ・ロシュフコーにたいして行なった奉仕なのである。

逆に、これは本当のことだが、モラリストの志願者であるジャック・シャルドンヌは、彼の『クレーヴの奥方』についての研究のなかで、ラ・ファイエット夫人が自作について「これは小説ではない」という宣言をしたことを思いだしている*。なるほどそうかもしれない。だからといって、あれは『箴言集』でもない。したがってシャルドンヌはそれ以上語りはしない、彼には困難なのであろう。自分自身の虚構作品にたいして平気でおこないえた切りきざみを、他人の作品にやるとなると、かならずしも容易ではないからである。じつをいうと、彼はすでに、小説家としての自分の技法を意識的に切りつめるよりもずっと前に、彼がかつて自分の小説に課した切断手術を『エヴァ』のなかで後悔している。エヴァの主人公即ち話者は、これまでの自分の日記を読み返してこう書きつける。「いくつかの章句のあいだに、三年の歳月が過ぎ去ったとは思えない。同じ調子であり、まるで同じ瞬間に同じ人間が、一気に書いたみたいだ。」そして、この現象を彼はゲーテとミュラー首相の往復書簡から受ける類似の印象に比較し、続けていう。「これらの書簡には、小説家が時間観念を暗示するために使う外的な目じるしが欠けているのだ。私がこうつけ加えるだけで充分であろう。《日曜日の朝、バンジャマン・コンスタンの『日記』を読んでいたとき、彼はパリの赤い壁紙の張ってある事務室にいた。窓は中庭に向かって開け放たれていた、一頭の馬が脚を洗われるのをいやがって、前足で地面を蹴りつけていた。三年間の中断ののち、彼は日記を続けた。彼はパリの近くのエポーヌに家を建てた。テラスに立つと、河岸に植えたポプラのあいだに、セーヌ河が見えた、等々……取りつけたばかりの鏡で自分をのぞくと、顔は前よりも血色がよく、まだ子供っぽい感じが残っているけれど、顔つきがすっかり変わり、どこかからだのかげんでも悪いみたいであった。自分が老いたということがまだわかっていないのだ、等々……》」と。

「歳月がこの物語のなかにはさまっていることをしめすには、これだけ書けば充分であろう。だが、私の内部ではどんな時間も流れていない。」

　これらの省察は、モラリストの小説家の美学がめざすあまりにも痩せ細った小説に対するすぐれた批評を含んでいる。ヴァレリーの『テスト氏』のように、この種の小説で日常的・逸話的諸要素がとりのぞかれすぎると、時間性のなかに入りこむことも、それを表現することもできない――この時間性の表現こそは、おそらく小説の本質的機能のひとつであり、さらに、小説をことさらキリスト教的なジャンル、歴史を歴史として引き受け、これを顕示することのできる唯一のジャンルとする機能である。しかしこの批評自体は、小説一般（たとえモラリストたちの小説にせよ）に対してというよりも、シャルドンヌがいま書きつつある非常に特殊な物語に対して向けられているのである。シャルドンヌの物語のうちに実際にわれわれが時間の流れを感ぜず、また感じることができないとしても、それはいっさいの偶然的なものの排除、つまり主題にとって外的な諸要素が排除されていることによるよりもむしろ、この主題の性質そのものによるのである。この主題は、主人公と妻との間の根本的な誤解、ふたりの関係にどんな進展も許さず（なぜならこの関係はなにもかも誤っているからだ）、また、物語の最後のやま以外にどんな変化をも許さない誤解にある。エポーヌに家を建ててやったことや、話者の額に現われた皺は、時間の経過を感じさせるにはもちろん充分ではない。なぜなら彼とエヴァの間ではなにものもほんとうには生成しないからである。想像上のものであるがゆえに不変な、彼らの関係の調書が、やすやすと箴言に結晶するということがかくて理解される。

　さらに、これらの箴言に対しては、一種の曲言法《リトート》――話者の側からして自分が自分に対してする曲言法——の価値以外の価値を与えるべきではないであろう。話者は、自分が肉体的に妻に気にいられていないことを認める勇気がないので、女性の貞潔に関するひとつの理論をつくりあげているということもできよう。しかしそのこと自体が、つまり、自分の観察が自分自身を傷つけないように、その観察に対して行なう一般化自体が、誤解の一部をなしているのである。彼は、エヴァの性格のうちにも、彼女につながる彼自身の位置のうちにも同時に存在する特異な、例外的なものを見ないし、また見ることもできない。したがって『エヴァ』の箴言は、(またしばしばラ・ブリュイエールの箴言、たとえば「心情」の章の最後を飾る箴言がそうであるように、) なににもまして、あの暗示的で、無意識のうちにいつわりになる打ち明け話、ふたりの人間が完全にうちとけようとする直前に交わすあの打ち明け話を彷彿させるのである。それは謎のようなものである。なぜならそれぞれの暗示が、実際は別のことを目ざしていて、それが完全な意味を持つようになるのは親密さが成立してからのことである。またそれは、見かけは非人称的で、ほとんど匿名である。なぜなら一般的形式をとったそれぞれの陳述は、じっさいには、非常に個人的で、悲痛なものなので、まだ思いきってありのままを打ち明けることのできないような体験によって保証されているからである。さらにまた、それは、慎みのない第三者にはもとより無意味なものとうつるであろうが、そのなかの最もあたりさわりのないことばでさえ、ちょうど大詰めにならないと姿を現わさない『エヴァ』における省察の多義性のように、あとでしかあらわにならぬ驚くべき意味を、すべて含んでいる打ち明け話なのである。ラ・ブリュイエール、またはラ・ロシュフコーの多くの警句はおそらくそのように解さるべきである。つまり自己の体験から受けいれ態勢ができているので理解できる人か、または、自分がまだ体験したこともなければ、作者が詳細に語ったのでもないようなものを、共感によって見抜くために理解できるような人に向けた一種のつつましやかな打ち明け話として解さるべきなのである。あのエミールの物語や、あるいはあの有名な「女というものは、もう自分が愛していない男のこととなると、男が女から受けた愛情のしるしまでも忘れてしまう」ということばに、どうしてそれを聞くにふさわしい人びとにだけ、いわば通人にだけ向けられた、仮面の告白以外のものを読みとることができるといえようか。だから箴言の表面上の普遍性は、いわば十七世紀特有の修辞学上の慣習であったと思われる。この慣習はつまり、のちにルソーとロマン派の人びとによって見せつけられることになるあの自我というものが、良き趣味に反するというよりは、むしろ礼儀にもとるものとして憤慨をかった時代にどうしても欠くことのできなかったものなのであろう。しかし、やはりそれはそれとして解されねばならぬ。だからシャルドンヌが羞恥の隠れ簑というその真の意味を箴言に返しながら、『エヴァ』のなかで非常に巧妙で、非常に伝統にかなったしかたでそれを利用することを心得ていたにもかかわらず、彼がのちになってその罠にやすやすとかかってしまったことを、また、特異であると同時に曖昧な文脈のなかでしか真実性と深みをもちえないような幾多の断言を小説の土壌から根こぎにしてしまったことを、なにものも正当化してはくれないのである。結局、自己に対して正当であるのはラクルテルである——あるいは少なくとも彼が自己の作家精神のもっと近くにふみとどまりうるならば、彼は正当になれるだろう。箴言の作者になろうとする欲求は、もうひとつ別の『クレーヴの奥方』を書こう、という野心と同様、まさしくモラリスト的小説家の悪しき天性である。

第四章　モラリストの小説家（つづき）

1　峻厳なシュランベルジェ

一八八〇年以後、ブールジェ、モーパッサン、あるいはオクターヴ・フイエの小説（『赤い百合』はさておいて）のなかで犯されたすべての姦通は次の世代で――わずかに――実を結ぶように思われる。つまり、姦通は文学に《合法的私生児》というテーマをあたえたわけで、それこそ、家族法やら、（ときには）自然がたんに所有するのみならず、社会にその保存を強制する遺産といったものを、無邪気にも略奪するものにほかならない。ラフカディオ、『贋金つかい』のベルナール、『不安な父性愛』の例のレミ、みなそうだ。生物学的、および社会的という根本的な二つの面への分裂とともに、家族の概念そのものがふたたび検討され、批判に委ねられることになる。シャルドンヌの『リモージュの陶器』、ラクルテルの『レ・オー＝ポン』、マルタン＝デュ＝ガールの『チボー家の人々』のなかで、これらが中心的主題をなしているのは、なんら驚くべきことではない。とはいえジャン・シュランベルジェは、以上の作家たちほど派手ではないという意味で、このテーマの真の小説家としての位置を保っている。なぜなら彼は、家族を自然もしくは社会的現実としてよりも、倫理学の側面から考察しているからである。一見、他の多くのモラリスト（たとえばリヴィエールやラディゲ）ほどモラリストではなく、『箴言集』に夢中ではない。しかし、彼は彼らよりいっそう深く道徳的問題に没頭している。

シュランベルジェの作品を支配しているテーマは、ジャン・ランベールが彼に捧げた研究のなかできわめて適確に解明しているように、『不安な父性愛』から最近の『栄光の人ステファーヌ』にいたるまで一貫した、父と息子との関係にたいする執念である。この父性愛はかならずしも生物学的なものではない。むしろ上述の二作品においては純粋に精神的でさえある。父性愛の関係は、教育者がその弟子との間に持ちうる関係に帰せられるものでもない。それは永い時間を通して、自己そのものとの間に維持される関係、つまり、実際においては、現在あるところのものの父であり、かつて存在し、故人となった自我との間に維持される関係である。ここでは、かつて自分の息子であった老人がりっぱであるか否かを判断するのは、今度は父となった子供である。中篇『十八歳の眼』で歴然と取り扱われているテーマは、以上のようなものだ。それは『年老いたライオン』にも見出される。このようにして肉体のみに依存する父性愛の概念は、ただちに豊かになり、深まってくる。師匠がなによりもまずその弟子の中に自己を求めるとまではいわないにしても、彼らの関係は、《精神的な父》が、子供あるいは青年のために、その年齢にふさわしかるべき友人や案内人となることを望むと同時に、彼自身が自分にたいしてあまりにも不実でなかったということを自己証明したいと望む事実によってますます複雑になっている。

ここでシュランベルジェの偉大なテーマがあらわれる。それはスパルタ的ないしはコルネイユ的なすべてのモラルを支配するもので、人が自分自身にたいして持つ最も確実な、最も強制的な義務のモラルであり、他のすべての義務はその義務に規制される。シュランベルジェにおいては、愛はできるかぎりロマネスクでなくなり、ラ・ファイエット夫人の作中人物で、少なくともその感情の発生のさいに愛が持つ、あのラシーヌ的宿命さえほうりだしてしまう。ジャン・ランベールはこの作品には「愛の場面が含まれていない」と指摘している。『不実な仲間』でさえ、その例外ではない。ヴェルノワとクリメーヌとの間で問題となるのは、感傷的な冗談や官能的な気晴し以外のすべてであり、筋の中心は別個に自己の自己にたいする誠実さの問題にあることがわかる。シュランベルジェの他の物語の作中人物は恋人たちである以上に、既婚者や一家の父となるだろう。制度的なものを枠にしたほうが個人的な感情を枠にするよりも決定的にすぐれている。そしてそこから、作品の深いプロテスタント的雰囲気が生まれる。それは、熟考され、再生され、筋の構造や作中人物の実体に統合されたプロテスタント的雰囲気である。『コルネイユのたのしみ』の作者は、ラシーヌが彼のイポリットの人生をだいなしにしたことを非難する。彼の主人公たちは、ときには焦燥にかられながら、いくらか意識的に男らしさの探求へと向かうであろう。こうして彼は一連の意志の小説を書いたのであって、この意志は、物質界を支配したいという欲求や、外的な障害物に打ち勝つ自己の力を確認したいという欲求としてよりも、機首が向けられたある種の方向を追求する執拗さ、内的傾きとして理解されるものなのである。ブレーズ・エデュー、あるいは、ジルベール・ド・サンニといった冒険家たちでさえ奇妙にも欲得を離れている。というのも彼らがこの世界を通じて求めているのは、力であるよりも、おのれ自身であるからである。

なぜなら自己にたいする誠実さは、はじめに予想されるよりもはるかに容易でも、明晰でもない、義務であるからだ。特にそれは、一時的だが、明白な自己に対する不誠実さをも往々含んでいる。最もすぐれた父とは、その子供たちがすべての点において、彼に似ることを欲する人ではない。この困難さが『幸福な男』が物語るドラマの根底となっている。この物語は当時無償の行為についてのジード流の弁明のごときものとして、いずれにしても『地の糧』や『放蕩息子の帰宅』の続篇として現われたことを考えると、それがある時代、またはある作品との関連において読まれるとき、次の書物の中に展開される奇妙なずれが測定されるだろう。* しかし現在この作品を『十八歳の眼』と『サン・サチュルナン』との間に置いて読み返してみると、シュランベルジェの全作品につきまとっている二面性を持つテーマに支配されていることがわかる。まず現実の父性愛のテーマ。なぜならば、それは部分的には告白として、また部分的には息子あてのブレーズ・エデューの遺言書として書かれ、話者の冒険すら、話者の父の真の人格が突然に啓示されたことによって、始められるからである。次に自己の自己にたいする父性愛のテーマ。創造した青年にたいして、自分自身がその裁判官となるために自分の生活を描くこと、それは、かつての自己の青年時代と対決することである。すなわち、自己のうちに感じていた絶対的で曖昧なあの義務を怠ったかどうかを観察することである。しかもこの義務の真の性格は、話者の生涯の晩年においても、またわれわれにたいしては、その物語の終わりにおいても明瞭にされていない。

なぜなら——そこにこそシュランベルジェの優秀さがあるのだが——彼がその分析のなかに導入する一種の抽象的な純粋性は、その分析が曖昧になるほど複雑化することを妨げないからである。他方、(たとえば)父と子の関係は、それが感傷的性格も卑俗さもなく表現されうるという程度に、生物学的なものから脱却しているのである。古典的な《血族関係》からこれ以上遠いものは、ひとつもありえないであろう。しかしこの関係がそのように洗練されている(このことばの持つあらゆる意味で)としても、けっして図式的になることはない——必然的に自分の父の肩をもつ年上の息子たちに関する、『サン・サチュルナン』の鋭くこまかい注意がその証拠である。この注意は正確で具体的な文脈から抽出されれば、きわめて容易に《マクシム》となりうるものであって、必然的に限定された体験の任意の擬似普遍化である。どんなに考えてもブレーズ・エデューの冒険にその真の意味を与えることは容易なことではない。疑いもなく彼は自分のなかに持っている命令に従っているのだろうが、しかしいかなる種類の命令だろうか? 彼の家出の機会(口実にすぎない)となるもの、つまり妾腹の兄弟を捜そうとする、ほとんど神話的な捜索をのぞくと——彼の脱出のいろいろな理由は、幸福のうちに埋没することにたいする怖れ、いつも他人にえらんでもらう人が自分の自由を自分に証明しようと試みる欲求*、彼には拒否され、しかも反対なしには許されえない、唯一のものとしての貧窮しか求めぬ、あまりにも満ちたりたひとりの男の反逆、シャルル・デュ・ボスがきわめて正確に指摘している他のすべてを越えての《自己への偏愛》であり、孤独への月並みではあるが生来的な渇望*、あるいはまた、自己と個人の間、家族と親しい人たちの間に必然的に介在する遮幕なしに、一対一ではなく、世間に面と向かってひとりでありたいという欲求として、つぎつぎとあらわれてくるのである。* 肝心なことは、これの動機が、たがいに知的にさえ分離されえないということだ。いましがた、私はそれらを別個に考察しようとしたけれど果たせなかった。それらはたがいに重複し、たとえば自己と一対一でいたいという欲求から世間と対峙した孤独への欲求へ、あるいは貧窮にたいするあくなき趣味から自己の自由を自分自身にたいして証明したいと欲する男の建設的な禁欲主義へと、止まることなく進んでいく。心理学的なものとモラルはたがいに浸透しあう。ブレーズ・エデューが教育と縁をきろうとするとき、自分の受けた教育にどれほど制約されているか、あるいは、彼が父と異なりたいと努めるとき、より以上父と似ていないと、誰が確言することができるだろうか？ こうしたことのすべては文体にも反映し、シュランベルジェの一見きわめて乾燥した分析に極度の繊細さを与えている。主人公は、じつに少しずつ自己を意識していくのである。たとえば世間と《裸の》交流を持ちたいという欲求は、ひとたび脱出が行なわれ、すでに経験がはじまった旅行の最中においてのみ理解される。したがって彼は、われわれの眼にも、彼自身の眼にも、昆虫学者の標本室の蝶のようにわれわれの眼の下で固定して変わらぬ《性格》としてではなく、彼自身にとっても大部分は未知な、時間に制約された、形成されつつある存在として映るのである。

　峻厳を避け、厳格主義に陥ることなく、真剣さを保持しようとする同じ心がまえは、シュランベルジェのかくもきびしい作品のなかにみられる、慣例主義に服従しないというある種の側面を説明するものである。そのほとんどすべての主人公に共通している執念は、反作用の執念である。彼らの受けた教育にたいする反作用、安定した家庭生活のごとく、妻や母によってしばしば具象化される周囲の慣例的生き方にたいする反作用。ブレーズ・エデューの場合と同様、『不安な父性愛』の例のレミの場合においても、教育は母親にまかされ、彼女によって既成の秩序に屈服する方向へ向けられている。したがって父親は最後に現われ、父性愛を主張し、眠りに陥った冒険精神を目覚めさせねばならなくなる。シリルはレミに向かっていう。「お前はこの人生において、自分の義務を充分に果たしさえすればよい賢明な少年として育ててあげられた。私なら他の方法をとっただろう。でも万事終わってしまった。もうなにもいうべきことはない。」ところでブレーズは、物の考え方が、「生まれつき結晶体の規則的な面みたいな」母親にまかされてきた。そこで彼は自分が受けた教えの意味を定義する。「私は《りっぱにしつけられ》ました。ただたんに《りっぱに教育された》というのでも、《むり強いされた》というのでもないのです」と。またもっとあとで父親はいう。「お前の お母さんは、お前の教育を見てやるのは、自分なんだといい張った……。いいかい、お母さんが締めだそうとしたのは私ではなく、私の不安な精神なのだ。お母さんはそれを私のなかに見つけ、それが私のいろいろな誤りの原因だと思ったのだ。私の主義がお母さんのそれよりも堅実でなく、逡巡や試練のうちに魂を維持していくのにふさわしくないということを、私は否定しえただろうか？ あの愛情がなかったら、穏やかな、傷つかない人生を送れたかもしれない。だがその愛情を得たのは、私の旅の間や、長い不安定な人生の間ではなかったか？」しかしながらこの二つの場合において、精神的な父性愛は、混乱した外的事件に助けられてはじめて、《母》によって確立された秩序のなかにはいり、この秩序と重複することができるのであるが、その事件によって秩序のない生活が、規制されすぎたこれらの人生に乱入するのである。たとえばレミはシリルの息子ではなく、彼の親友の息子であるという事実。ブレーズの父とサギューヌ夫人との関係をブレーズが発見する事実、父が愛している女の息子にたいするブレーズの愛情。シリルはレミを導くために、彼の父の思い出をたよりにすることになろう。* 同様にブレーズの父は、自分の嫡出子を取り返し、サギューヌ夫人の息子が示したお手本から彼を解放するために夫人を必要とする。家族というものは、過剰な秩序や堅実さ、つまりこういった女性的美徳が惹起する硬化症から救われるためには、私生児を必要とするかのごとき観を呈する。『サン・サチュルナン』の終わりにおいて、家族は母の死後、瓦解の危機に瀕するが、他のすべての子供たちがわが家にとどまり、呆然としている前て、この状態を立て直すことになるのは冒険家ジルベール・ド・サンニなのである。

この世界が因襲的で安定した女性的世界と、冒険や不測事が権利を回復している男性的世界とに二分されているのを見ると、ある種のイヴ、その品性に議論の余地があり、秩序だちすぎた生き方にほとんどとらわれなかったように思われる女性の例を持ちだすまでもなかろう。* むしろ私はシュランベルジェの公平さを讃えよう。彼はその公平な態度で——これこそ彼の作品の常数である——この両世界のいずれをも拒むことなく、それらの権利と価値を保護し、またさまざまな作中人物がその相互関係において示し、どんなに理解されない場合でも、断じて捨てさることのなかった高潔さを、描写につけ加えることによって、相補うこの両世界に立ち向かうのである。この点において、シュランベルジェは小説家としての義務に少しも欠けるところはなかった。しかし彼はわれわれにひとつの倫理学を約束しているように思われる。とはいえ私は、その小説のなかにも、コルネイユの注解のなかにも、倫理学を見出すことができないことを告白する。だが少なくともそこには、かつてコルネイユ

(あるいはデカルト) のなかになかったものを何ひとつ見出すことはできないし、たとえあってもごくわずかでしかない。

シュランベルジェは二つの義務の概念を対立させる。順応主義の義務(母がブレーズに教えた)と、自己にたいする誠実さという義務(ブレーズが全生涯を通じて求める)の二つである。別な言い方をするなら、慣例の延長としての家族と、革新と発展の能力としての家族の対立である。しかしこれらの概念を互いに混同することはない。同様に彼は、世代の問題を提起したが、解決を下さなかった。彼はこの問題を、ブレーズ・エデューが考えたように、単なる二つのリズムの交替としてしか考えなかったのではないか、と疑われる。* つまり、子供たちは父たちのまねをしないように気づかい、* それだけになおさら孫たちは祖父たちを蘇らせるようにはっきりと宿命づけられている、といった二つのリズムであり、社会構造が偶然、変わりうるということは考慮されていないのだ。安定と冒険のまったく内面的な対立などを、空しく、幼稚なものに思わしめる、外部の影響によって起きる家庭の崩壊さえ、知ったことではないのだ。シュランベルジェの倫理学は、その努力にもかかわらず、充分に建設的であるとはいえない。その理由としては、彼の倫理学が世界にたいして充分に開かれていないからであろう。つまりそれは、〈家族〉がその計画、仕事、結合、浮沈といったものをつうじて、そのなかに浸っているところの、〈人間〉の世界にたいしてはほとんど開かれていない。そればかりではない、それは精神の世界にたいしても開かれてはいない——コルネイユの道徳は『ポリュウクト』の出現とともに開花し、〈神の恩寵〉とともにその絶頂に達したわけであるが、コルネイユ以後に見られた価値低下がここにははっきりと現われている。《自己にたいする義務》の概念そのものも、ほとんど満足すべきものではなく、たえず個人主義という非難に狙われている。それに超越というものによって花も咲かせず、基礎も与えられない誠実さとはいったいなんであろう? したがってシュランベルジェの世界は、未来の方へ下降してゆく子孫と、ちょうど木の年輪のように過去へさかのぼってゆく祖先という、二重の世俗的な行列以外なんら永遠のイマージュを提示せぬ、形而上的方向には閉ざされた、まったく人間的な世界として現われる。

彼は厳格主義に陥らぬほどに真剣であり、放縦主義に堕することなく自由であり(彼の作品においては、姦通さえもつねに前の世代において犯されていた)、分析の厳格性をロマネスクな柔軟性に結合することができた。それでもなお、彼の文体はなにか堅苦しさをとどめており、細部においてよりも全体の印象としてそのような特徴がある。それは彼の緊張自身が(作中人物の緊張も同様だが)バルザック流、デカルト流、コルネイユ流の噴出というより、先在するあるモデルを努めて模倣しようとするからであろう。結局、彼の倫理学さえ模作なのである。最近私は、『幸福な男』や『サン・サチュルナン』を再読したが、十年前のときのような新鮮な喜びは感じられなかった。自分の感受性が衰えたのではないと思うけれども、単に、このきわめてよくできている優れた二つの小説がすでに過去のものとなってしまったからだと思う。シュランベルジェの全作品は回顧的な特徴を帯びている。したがって彼の作品は模作『年老いたライオン』によって生き残るだろう。この作品は少しも時代遅れにならないだろうから。

2 残酷なラディゲ

あまりにも消極的な称讃が引き起こすかもしれぬ弊害の最も適切な例はおそらく『ドルジェル伯の舞踏会』であろう、それというよりむしろ、ラディゲの死後に刊行されたこの第二の小説を、『肉体の悪魔』のような傑作から区別する、その相違だといえよう。

ラディゲは『舞踏会』を書くにあたって、新しい『クレーヴの奥方』を創りだそうと決心していたことはほとんど疑いの余地がない。この野心ははじめから彼の友人たちに公然と告白されていたのであるが、この二作品の間に存在する偶然ではない類似、特に小説の構造の一致のなかに充分に現われている。この二つの物語には、ともに激しく、両立しえない二つの愛の間で引き裂かれる偉大な魂が描かれている——しかし次の点は異なっている。つまり、ラディゲの場合にははじめマオ——は情熱的に夫を愛している。ところがこの愛は『舞踏会』においてはしだいに衰えを示し、因襲的になってしまうが、これに反し、ラ・ファイエット夫人の場合には、この愛は最後まで神秘的な姿をとどめており、事件の展開とともにいよいよ高まってゆき、愛の対象であった人の死後においてはじめて勝利を得るにいたる。ラディゲは、ラ・ファイエット夫人がその外観をアンリ二世の宮廷から借りた、少しばかり空虚な社交界のできごとや、情熱に欠ける、《色事》を同じように背景として、作中人物の残酷な激しい情熱をシルエットにして浮かびあがらせたのだが、あの有名な告白までもまねをしたのである。

しかし流星のようだったラディゲの短い生涯を内面から熟考すると、彼が第二の企てのために、モデルや外的な助けを必要としたことは容易に理解される。と同時に彼の、この熱心な探求は、彼独自の使命を、あらぬ気まぐれなほうへおいやったことが判明する。一世紀前すでに、他の作家がラ・ファイエット伯爵夫人を後盾として、小説家の第一歩をしるした。というのは『アルマンス』のスタンダールを指しているのだが、周知のごとく、彼の言によれば不当にも軽んぜられたこの最初の物語と『クレーヴの奥方』との対決を、彼は一生涯要求して止まなかった。* しかし結局、『恋愛論』の作者は、『肉体の悪魔』の作者と同様、ラ・ファイエット夫人の書物を、模倣すべき文学作品としてよりも、むしろ、愛の現実がどのページにも溢れている《模範的生活》の物語、つまり倫理的モデルとして参照したことは興味深いことである。まさにこの小説のなかで、クレーヴの奥方が自分のための案内者、人生の教師を求めてやめないのと同様である（奥方がヌムール公の中にこの案内者を見出しえないのではないかという怖れが、おそらくふたりの間の最終的な不和のひとつの理由であろう）。奥方の案内者は初めは彼女の母であったが、母が死ぬと、途方にくれた彼女のそばにはクレーヴ殿があらわれる。クレーヴ殿はまず告白の後、ついで死にさいしての感嘆すべき態度によって彼女の案内者たりえた。その死は、彼が彼女に捧げえた理想的な愛を、すべての失墜から守り、情熱の殉教者として死んだあの英雄的な夫、彼女が一生を通じて熱望した形而上学的な師という姿の中に、永久に凝結するのである。

しかし『アルマンス』を三十四歳のとき書いたスタンダールは、すでに書く技術においても、生活する技術においても、もはや初心者ではなく、さまざまな書物から授かった教訓を自分自身の体験という坩堝《るつぼ》のなかですでに鋳直していた。その彼が自分の尊敬するモデルに助けを求めたのは、偉大な作品に敬意を表しようという欲求と同時に、まだ未経験な小説家のためらいを持ったからにすぎない。『アルマンス』以後、彼は自分自身の翼で天翔けることになろう。反対にラディゲは、一世一代の傑作、『肉体の悪魔』という作品において、『飾画《イリュミナシヨン》』のランボーを思わせるような速いリズムで、まず第一に長い愛欲生活の全階梯を燃焼させたのであるが、そのあとは監禁の身になってしまい、そこから抜けでることはできなかった。それはちょうど、『地獄の季節』のランボーが、否応なくカトリック教のなかにおしこめられたのと同じである。なぜなら、彼はひとりであまりにも遠くへ前進してしまい、その土地（詩人の唯一の土地とは語彙であると思ってほしい）は彼の歩みの下でくずれ、伝統という不可欠の救い（ここではキリスト教的文章構造）は、彼がすでに踏破し、背後に残したものからしかやってはこなかったからである。早熟なひとり立ちの危機とはこのようなものである。たちまち、またなにかの保護に委ねられてしまうわけだ。

ラディゲがラ・ファイエット夫人の庇護の下に逃げこんだことは、それ自体、ほとんど重要なことではなかろう。だが結果的には、このモデルと比較した場合、彼が極力モデルに似させようと努めた諸点において、あきらかに劣っていることが、作品のなかで表明されてしまった。私がすでに指摘したように、クレーヴの奥方の夫への愛は、女主人公の意識に明瞭に浮かび上がることなく、物語の進展につれて徐々に作りだされ、あきらかにされていくが、一方マオのアンヌ・ドルジェルへの愛は、すでにこの小説の発端から述べられているのに、かえってだんだんと不明確になっていく。物語が進めば進むほど、この愛は解体し、各ページごとにマオにとってもわれわれにとっても、先細りの状態で存続するのみだ。いいかえればラディゲの小説は伯爵夫人の物語がデリケートで、変化に富んだ生成であるのに反し、ほとんど前進していないということだ。ラディゲは冒頭から三人の登場人物を、ある状況のなかの単一で動かない存在として定着させる——おそらくそれは、リヴィエールの物語とほとんど同様に、半過去が支配的であるこの物語の叙述をはじめる以前に、彼がこの状況を思いついていたためであろう。ところがラ・ファイエット夫人は(彼女とともにわれわれも)、登場人物の諸感情を、物語の発展とともに発見していくのである。しかもこの感情については、ほとんど極端に曖昧な兆候しか示されていない。したがってラ・ファイエット夫人は物語を開始するにあたって、公爵夫人の肖像を描写するかわりに、一見つまらないように見受けられるが、よく考えると、いかなる分析よりもずっと説明的ないろいろの要素を、巧妙に提示する。それは宮廷の描写である。女主人公がはいってゆく、社交の場であるこの腐敗した環境は、半ば情事に、半ば政治的策謀にみたされた万華鏡の感を呈しており、クレーヴの奥方が(われわれもそうだが)その策謀を見いだすとき、呆然としてしまうほど複雑であり、彼女の無経験をおびえさせ、彼女の純粋さを裏切るために巧妙に作られているのである。小説の展開につれて、続いて起こる幾つかのできごとは、心理的反響をまきおこし、冒頭においてはなんらの必然性も持たなかったひとつの決断へと女主人公を最後に導くことになる。つまり母の死は、打ち明ける女友だちも、一時の支えもなく、しかも自分が範としなければならぬきわめて高い道徳的理想の手本を前にして、彼女を、途方にくれさせてしまうのである。ド・トゥールノン夫人の真の性質についてのクレーヴ公爵の打ち明け話は、彼女の心のなかに、社交界にたいする畏怖や、人間の偽善とか移り気にたいする恐怖や、愛への不安を増大させるのである。これと反対にラディゲの作品においては、この不安は、冒頭からマオ・ドルジェルの心のうちに、彼女の安逸や消極性とともに示されている。彼女は、フランソワにたいして永遠に定められた愛情を前進させも、発展させもしないであろう。また、この小説が砂中に没し、どこに向かってゆくのでもない印象を与えるのは、単にこの作品が未完であるせいに帰せられない。コクトーも、その序文において、作品の未完が作者の死に帰せられるということを否定している。周知のごとく、ラディゲは自分の作品について、心理をのぞけば、この小説にロマネスクなものはなにもないだろうと、誇らしげに言った。――その意味は《想像力の唯一の努力は、外的な事件にでなく、感情の分析にたいしてなされる》ということである。しかしそれらの感情は、彼が分析を行なう以前に存在し、前もって与えられたなにかと見なされることに、人びとはもっと気がつくことができるのではあるまいか？

『ドルジェル伯の舞踏会』の非常に静的な性格は、語句の細部、副次的な作中人物、あるいは彼らの感情の描写においてまで、普遍的断言法が極端に多用されていることによってあきらかになる。この断言法は、読者が期待しているような独特な観察のかわりに、またその観察をロマネスクな明断さのみによって押しつけるかわりに、その観察を正当化させるため、作者が用いたものである。どのページにもこの方法の実例がいくつも見出される。私は任意に引用する。まず一般から出発して特殊に至る、適例というべき二つの演繹法。「遠く離れていると、みなよく似て見える。そのため誰、彼の区別がつかない。別離はへだてをつくるとはいうものの、それはまた別なへだてを除きもする。というわけで、セリユーズ夫人とその息子は、顔をあわせながら、それぞれ自分の領分にとどまっていて、たがいに希望をあたえるような情のこもった手紙をやりとりした。」また、「あらゆる器官はその活動に応じて進化したり、衰弱したりする。自分の心情を警戒しすぎた結果、彼はもうそういったものをあまり持たなくなった。」さらにまた、「われわれが危険だと思うときは、災難がわれわれの中に入るときである……。」あるいは、「出発はわれわれにある種のやさしさをゆるしてくれる……。ドルジェル夫人は少しの恥じらいもなしに、ごく自然に、友情をあらわした……。」往々にしてこの特殊な断言法の正当化は、比較の形や、またこの比較と小説家がすべての人によって認容されていると推測している、より一般的な説得とのあいだに確立された類推の形式をとる。「……こうして羞恥心や尊敬のために自分の愛人を母にかくしていた青年は、いよいよ結婚を思いたつ日になって、はじめてそれをうちあける。」さらにまた「……中流階級のある種の婦人たちが、すべてを負っている男にたいして抱くあの羞じらい。」

ここに認められるのは箴言作家によってすでに分析された方法である。この作者は、小説家として、われわれによく理解してもらうため、独得な浮き彫りのみを必要とする具体的な実例を用いるかわりに、たとえば、あまねく知られている明白な真理（「遠く離れている誰、彼の区別がつかない……」）また「ある種の婦人たちが抱くあの羞じらい……」）として、あるいは無数の体験の要約（「あらゆる器官は進化したり、衰弱したりする……」）として、一般的なアフォリズムを使用する。ところでこの方法は『肉体の悪魔』においてはほとんど絶対に、そしてラ・ファイエット夫人においては絶対に用いられなかったことに注目しなければならない。

『悪魔』においては、『舞踏会』におけるような箴言ふうな調子はどこにもなく、普遍的表現が用いられる場合にも、それはあるためらいをもって、たとえば疑問の形式によって表現される。「……愛とはエゴイスムの最も激しい形式であるというが、それはほんとうであろうか？」あるいは、『舞踏会』の方法とは正反対の方法、つまり具体的体験の叙述に従ったりする。この場合、普遍的表現はこの体験の意味を広げるより、むしろそのなかから意味を引き出すのであり、普遍化というよりむしろ抽象化のようなものである。「最初の接吻の味ははじめて味あう果物に似て、私を失望させた。最も大きな歓びが見出されるのは新しさの中ではなく、習慣の中においてである……。」これに反し、先に引用した実例においては普遍的叙述こそ特殊な結論に最も深い関係がある。この特殊な結論は普遍的叙述からひきだされるのであるし、普遍的叙述こそ特殊な結論を支えるのに役だっているのだ。* これらの箴言はかなりしばしば（ラ・ブリュイエールやラ・ロシュフコーの最も鋭い考察のように）、仮装された告白である。その非人称的な外観は、あまりにも内面的な性格に仮面をつけるために用いられているのにすぎない。それはたとえば次のようなケースだ。これはじつに感動的だし、ラディゲの死によって、数年後もなお感動的なものになった非人称的な外観である。コクトーは序文で、作者による、作者自身の運命の無意識な予言として、その一節を引用している。「真の予感はわれわれの知性の達しえない深みにおいてつくられる。そこで、予感はときおりわれわれに、われわれが正反対に解釈するような行為をさせるものだ……。死期が近づいた、だらしない人間が、それに気づかずに、突然自分のまわりをきちんと整頓しはじめる。彼の生活は一変し、書類を分類する。朝早く起き、早く寝る。今までの悪習をやめる。周囲の者はそれを大いによろこぶ。そこで急激な死が襲うと、不当なことだと思われるだろう。彼はこれから幸福に生きようとしていたのに。

同様に、私の生活の新しい静寂は受刑者の化粧であった…………」

ここにおいて普遍的表現は、表現されると直ちに、異なった二つの要素によって支持されていることに気づくであろう。それは、生活されるとただちに、その基礎をつくるというより、それに照明を与える一般的真理との照合によって、明晰に、澄明にされる体験である。

要するに『悪魔』において、横柄な調子、無意味さ、安易なシニズムを持つ、つまり「狡猾な様子」をし、やがて『舞踏会』に侵入する箴言を予告する箴言に出会うとき、それは欠点以外のものでなく、われわれに早速、「それはラディゲにふさわしくない」と反撥を感じさせるのである。たとえば、私が引用する次の一節で終わる、箴言にたいする場合などがそうだ。「いまやマルトはぼくにとって、愛人たちのなかで、最もはげしく愛している者となった。それは最もよく愛している者という意味ではないが、なにものにもかえがたいものになったということだ。ぼくは友だちのことなど考えもしなかった。それどころか、彼らがわざわざ、ぼくの生活を変えさせようとしているのを知っているので避けていた。幸いにも彼らは情婦なんてやりきれないもの、ぼくたちにふさわしくないものと思っている。それでぼくたちは救われたというものだ。でなかったら、彼女たちは、それぞれ友だちの想い者にならぬともかぎらぬからだ。」

このように『舞踏会』における《箴言》の増加は憂慮すべき兆候として現われている。つまりこの二作品においては、筋の急変に関連はなく、感情の諸様相に関連する創意の噴出が凝固し、硬化しはじめるという兆候が現われるのである。心理だけがロマネスクであるという小説に関する名句は『舞踏会』よりも『悪魔』に関してのほうが真実である。なぜなら、ラディゲは最初の小説において、同時に次のすべてを創案しているからだ。すなわち作中人物が物語の進行につれて体験する諸感情、そのニュアンスの分析、またそれらを描写するのに用いる叙述方法。これに反し、次の作品においてはラディゲは、いまやあまりにも意識的となった一手法を用いているような印象を与える。小説の冒頭とか、彼が最初、主題としてとりあげたが、まったくその手法と同様に、ただ利用するだけにとどめているある場面を除けば、その手法は、たえず彼の意表をつくことを止めてしまったのである。そこからこの物語の停滞ばかりでなく、『舞踏会』の箴言ふうの調子も生まれてくる。さらに『悪魔』においては、作者は作中人物とほとんど一体となっているが、『舞踏会』では、作者は作中人物を高所から眺め（かつ処理し）ているという際限ない印象も生まれる。たとえば最後の場面において、それぞれの立場に閉じこもった作中人物が描かれるときがそうである。「彼女は夫をじっと見た。が、ドルジェル伯は自分の前にいる女が、今までとは別の女性であることをさとらなかった。マオは、別世界に坐って、夫のアーヌを眺めていた。伯爵のほうは、自分の遊星から、なにも見ていなかった。」しかしこの場面を描いた作者は、永遠に伯爵がおかれた惑星より、はるか高い位置にある星からすべてを見ていたのである。

たとえば、スタンダールはその主人公にたいして、「お前は私を見たか」式の態度をけっしてとらない。それは完成された三つの小説（おそらく『リュシヤン・ルーヴェン』の結末が『パルムの僧院』や『赤と黒』のそれと同様、明晰に彼に見えていたならば、彼はこの作品を完成していたであろう）におけるように、あらかじめその悲劇の結末を知っているときにさえそうであった。彼はジュリアンにもファブリスにも（同時にわれわれにも）彼らのものとなるはずの運命を、予告や前兆によって前もって知らせるという、主人公や読者にたいする小説家の優越性を放棄するまでに至ったのである。彼の物語はいつも停滞などせず、その運命の引力によって前方に屈曲している。『アルマンス』においては、主人公が自己のうちに持ち、その行動の動機となる秘密の重荷によって、未来へと引きずられている。

このスタンダールの自発性、たえざる泉の噴出は『舞踏会』や『エーメ』には非常に欠けているのであるが、『クレーヴの奥方』はそれをすでに所有している。ラ・ファイエット夫人には《箴言》が存在していないということは注目すべきことである。一見マクシムふうに見られる句は、実際は女主人公が自らに与える自分の行為の釈明であり、現在では《内的独白》と呼ばれるものの要約である。これはつねに特定の状況と関係を持つが、現実にたいする断言としてはなにものをも示していない。読者のために、女主人公が自分自身との間に行なう（しばしば解決のない）長い熟考を凝縮しているもので、これは明晰さを回復する（あるいは見出す）ために行なう絶望的な努力を示しているのだ――またこの句は、『ユリシーズ』（小説の極の一つにおいて）を完結しているブルーム夫人の独白や、ジャック・シャルドンヌの女性に関する考察よりも、ロドリーグやポリュウクトの詩節にいっそう似ているから、ほとんどつねに、釣合いがとれ、両義的であって、真の《割台詞《わりぜりふ》》として考えることもできるくらいである。要するにこの句は本質的に演劇的なのであって、なんら箴言的ではないのである。

流麗な、起伏に富んだ散文のあるページに、小説家のペンから滴り落ちたインクの雫ともいうべきこの《箴言》は、そこに染みをつけるのだが、時のたつにつれて純化され、情熱の鎮静によって冷却されもする。上澄みを移しとられた体験の証拠である。さて、ラ・ファイエット伯爵夫人の物語は、そこに述べられている諸事件とともにたえず現代に生きており、けっしてあの冷えきった溶岩（あるいは灰燼）に帰することはない。小説のなかにみられるクレーヴの奥方の感動は、それが固定し、結晶できるような休息の状態を知らないのである。すなわち、手紙のエピソードの後には告白がつづき、ついでクレーヴ大公の病気と死、ヌムールとの予期せぬ出会い、等々の事件が起きる。女主人公はたえず事件にまきこまれ、止まることなく不安から諦念へ、そして嫉妬へ、また悔恨へと移ってゆく。このあわれな魂は最後に隠棲によって鎮静を知るにいたるまで、あらゆる面において悩まされ、引きずりまわされる。――しかしこの最後の時は小説の終わりでもある。ここで作者はその作中人物に関する、われわれのいかなる回顧的な批判をも許さず、思いやりぶかく女主人公に平安な休息を享受させるためにそっと身をひく。小説のなかにみられる道徳的苦悩の分析は、たとえ女主人公がヌムールと別れる場面でのように自分自身で行なうにせよ、作者が彼女の名のもとに引き受けるにせよ、まさに公平無私で普遍的である。そしてどのページにおいても、決意がためらわれているように見えるにせよ、これらの分析は解決に達することを目的とした論争に通じている。結末にいたるまで、この分析は引き裂かれた意識のいたましい現実と直接の関係がある。この意識は二次的な力のもとにおいてさえ引き裂かれており、単に相対立する二つの部分の間においてばかりでなく、同一の行為にたいする二つの動機(「義務」と「休息」)の間においても八つ裂きにされている。——要するにこの分析は、おのれを知り、時にはいくらか意固地にそうであることを欲する独自な体験の描写である。たとえばいったん文脈からとりだしてみると、この書の鍵となる有名な一節が、いかなる興味を与えうるだろうか。「わたくしの企てていることほど難しいものはないことを、よく存じております。……理性にとりかこまれたわたしの力など頼りないものです。クレーヴ殿の思い出に負うていることも、もしわたくしが自分の平穏な生活というものを考えているのでなければ弱いものでしょう。そしてその平穏を求める心は義務に支えられていなければならないのです。でもどんなに自分の力を信じていなくても、わたくしのいろいろな気遣いをなくしてしまうこともできませんし、わたくしがあなたにいだいている気持を乗りこえたいとは思っておりません」——この描写ほど、まさに公爵夫人の魂や立場にふさわしいものというべきだろう。

3 『クレーヴの奥方』の子供たち

それでもやはりラ・ファイエット夫人の最もすぐれたものが、ラディゲに移されているということも事実である。それは、おそらくラディゲが意識的にラ・ファイエット夫人の模倣をしまいとした点においてであるし、またそれ以上に第一の書物『肉体の悪魔』におけるようにあえて自分自身であろうとした点においてでもある。彼の作品の根底をなすもの、彼が表現しなければならなかった疑いもなく唯一のものは、現世では実現され得ないほど高度な、人間の愛の概念なのである。この概念は、あの情熱がもたらしうる満足や幸福に関しては完全な絶望を伴うのである——要するに愛の全体的、非合理的ペシミスムがあり、そこに愛の偉大さが由来するのである。

『舞踏会』で、マオが激しく夫を愛しているといわれてから、われわれは彼女に憐憫の情をいだきはじめる。別に確たる理由があるわけではない。この愛が社交界をおびやかすからではなく、愛の対象であるアンヌが事実は、浮薄で、平凡な俗人であるからでもなく、彼がほんとうは妻を愛していないからでもない。彼女も、社交界も、彼自身もそれについてなにも気づいていないのである。事実は、この愛がそれ自体、持続したり、積極的に人を幸福にすることができない悲劇的なものだからである。(同様に、クレーヴの奥方はスムールに言うだろう。「クレーヴ殿はたしかにこの世の中で、結婚生活に愛情を失わないでいられる唯一の人だったと思います。わたくしがそういう幸福を充分味わわなかったのは、わたくしの運命だったのでしょう。それに夫にしても、わたくしのほうに愛情がないと思ったからこそ、そういう恋のような気持をいつまでも持ち続けていたのだろうと思われます……。」）さてラディゲの世界では、ふたりの恋人の最初の接吻は次のようにして起こる（アンヌ・ドルジェルは妻とフランソワ・セリユーズがいとこ同士であることを知り、この血縁関係を祝福するため、ふたりが接吻することを強いる）。「ドルジェル夫人はあとずさった。彼女もセリユーズも、生きたまま火中に飛びこむとも、接吻などしたくなかったのだ。が、どちらもそういう気持を相手に見せてはいけないと考えた。だから、ふたりは笑いながら接吻した。フランソワは、マオの頰の上に大きな音をたてた。彼女の顔はいじわるな表情をしていた。彼女はこんなことを強いたことで夫をうらみ、またセリユーズには彼が笑ったことで腹をたてた。なぜなら彼女は、自分の笑った意味は知っていたが、フランソワの笑った意味を知らなかったからだ。」

この一節の叙述の中には、ラディゲにとって、愛とはそれ自体一つの呪いであることを示す理由の一つが認められる。というのは、愛がたがいに求め合っている二つの存在を接近させるかわりに、それぞれの孤独のうちに彼らを幽閉するものであるからであり、本質的には誤解の源泉であるからである。人は他人を愛するかぎり、愛する人について思い違いをするものだ。このアフォリスム（『舞踏会』には述べられてない）は、かなり適確に愛のモラルを要約している。チボーデはこの書物を《誤りの喜劇》と呼んだ。だがその誤りの結果が客観的に重要であるというより、誤解のもつ本質的な取り返しのつかない性質のために、《誤りの悲劇》と呼ぶほうがいっそう正しいであろう。ラディゲが描く恋人は愛する人の面前では孤独である。彼らの情熱は報われるといわれるがゆえに、特にそうなのである。そして、恋人たちはたがいの孤独を理解さえしない。彼らの類似さえ、あるいは共通の感情も、ふたりを孤立させる。フランソワはマオとまさしく同じ理由で笑ったから、マオは彼の笑いの理由を絶対に推測することができないのである。かくして、ふたりのあいだに横たわる誤解は、彼ら自身との、ないしは彼ら自身の感情とのほとんど決定的な誤解によって倍加される——彼ら自身の感情に無意識であることは、誤解というものの極度のあり方以外のなにものでもない。

このことは『肉体の悪魔』のマルトと主人公との間にたえず起こるものである。ふたりはいわば「同じ地点にはけっしていない」ばかりでなく、めいめいは、自分がいると信じている地点にいないのである。少年は真実マルトを求めはじめるその瞬間に、もはや友情によってしか彼女を愛していないと思う。自分が彼女にいっそうひきつけられると、彼女に倦きてしまうような気がする。最高に明晰な幻想によってそうなるのだ。「ぼくの心は彼女のそばでだんだん鈍くなっていった。ぼくには彼女が変わったのがわかった。彼女を愛していないことが確かになった今になって、ぼくは彼女を愛し始めたのだ。」彼が彼女にたいして残酷であると思いこむことにこそ、事実は誤解の岐路なのである。作者は主人公と異なるとしても、作者がはたして、誤解の岐路について完全なヴィジョンを持っていたかどうか疑わしい。彼女が彼の思いものになってしまうと、「いま、ぼくたちはいっしょに泣く。これは幸福の欠陥だ。」彼は彼女につらくあたる。彼女は彼に哀願する。「わたしはあなたに意地悪なことでもしたの？　ねえ、わたしたちの幸福の第一日をこんなふうにしてしまわないで。——今日を、お前の幸福の第一日にするなら、もっと少なくぼくを愛さなければいけないよ。」『悪魔』において、結末に至るまで、彼がほんとうにマルトを愛していず、またけっして愛さなかったと、われわれも（主人公同様）信じたくなるぐらいである。そこで彼女は死ぬ。彼は気を失ってしまう。ある一定の期間は毎日、同じ時刻に、彼が彼女の死を知った瞬間に偶然聞こえた物音を耳にすると、彼は気を失うことであろう。この世界は一連の単子《モナド》により、またどれも（ラディゲでさえ）鍵を持っていない、ぴたりと閉じられた世界によって作られているという結論以外、どんな結論を下せばよいのだろうか？　彼はときおり自分の無知を告白している（しかし「口にだして言う以上に物事に精通しているお方」のふりをせざるをえないだろうが）。「恋というものは、なんと微妙な心づかいをさせるものであろう！　アンヌに近づかねばならぬという気もなかったマオは、決然と彼に近づいていった。しかし、彼女が夫にむかってすすみよったこの二歩は、アンヌのほうで二歩後ずさったので、単に夫の行為に自分を合わせただけではなかったろうか？」

作中人物のこの一般化された誤解は、それが彼らの間で起こるにせよ、彼ら自身の感情との間で起こるにせよ、等しく『舞踏会』の深い主題である。（この小説の題名がわれわれが絶対に参加はしない仮面舞踏会という計画からきていることは等閑に付せられるべきではない。この仮面舞踏会は、いろいろな仮装をまとって《舞踏》する主人公たちや、その意識の状態をかなり適確に象徴している。）作中人物は、愛していても、自分たちが愛しているかどうかをはじめは知らず、またそれを告白しあうことにも同意せず、次に愛が報いられることも考えない。マオは自分がウィーン女にたいして嫉妬を燃やしていることを知らず、アンヌもフランソワを嫉妬することを知らないのである。

しかし、このさまざまな閉鎖性の描写は、『肉体の悪魔』のそれと比較した場合、真に感動的と呼ぶにはあまりにも希薄であるように思われる。そのためこの小説は、衰弱しているといいたいほど、粗末なものになっている。マオが、雄々しくもフランソワにたいする愛を犠牲にするとき、彼女の自己放棄は、夫にチロル帽をかぶらせるという嘲弄的な態度となって現われる。たしかにこの衰弱は、ラディゲにとって意識的なものであり、つまりは故意の上である。彼はその点を強調する。「劇《ドラマ》はしばしば最もつまらない事柄を中心に生じたがるものだ。そういうとき、一個の帽子にさえなんという力づよい意味が加わることだろうか？　伯爵夫人はフランソワの心の中をちゃんと読みとった。一方、フランソワが自分の心の中を読みとっていることも、彼女は知っていた。そこで彼女は、その偉大さが誰にも気づかれないだけいっそう悲壮な行為のひとつをやってのけた。われわれはとかく偏見をもって考えるし、一個のチロル帽が悲劇の中心になるなどということは承認しがたいから、それに気がつかないのだ！」だがこの主張は、帽子のエピソードを、読者に、いっそう悲劇的なものとして感じさせることはない。作者はもはや『悪魔』におけるように、主人公のひとりと一体となっていないし、また、たまたま作中で、自分の声を貸しているアンヌ・ドルジェルとほとんど同じような道学者になっているだけに、それは、作者の存在を不愉快なものに感じさせるばかりか、わずらわしくも思わせるのである。

『舞踏会』の登場人物もまた、反駁できない断言法のごときものとして表明される、非個性的な陳述から話をはじめる。アンヌは言う。「こんなにはやく夕食をしてしまうと、誰だって手持ちぶさたにきまっている。なにをしたらいいかなあ。」この物語全体の故意の軽妙さは、作者が物語の悲劇性をコントラストによって高めようと願ったのに反し、かえってその趣きを失わせ、作者の企図を裏切ってしまった。短い句や接続法半過去の過剰は、生まれるべき感動を妨げる結果になった。なぜなら、すべてこうした洗練は、われわれと、ラディゲがわれわれに伝えようと欲しているものとの間に置かれた樹皮であり、フィルターだからである。あるときわれわれは、作者自身がこの微細なるものの迷路のなかに自分を見失ってしまったのではないかと反問するぐらいである。われわれは『悪魔』の話者を信じた以上に容易に、『舞踏会』の作者を信じることはできない。豊富な格言ふうの一般的表現さえ、われわれには確信の欠如のしるしと思われる。それはまた、多くを知らないだけ余計に野放図に断言し、大人っぽい感じを与える体験を考えだして、われわれを感動させようと努める、臆病な青年のロマネスクな《落ち着き》のなさに似ている。ラディゲは、隠遁した作中人物をわれわれに提示しようと努めるあまり、ついに彼自身をも、『悪魔』においてはまだ身近にあった霊感の深い源泉をも捨ててしまったようだ。

最初の小説においては、ときどき最良のランボーを思わせる愛の静寂主義《キュイエティスム》さえ、第二作においては姿を消し、ペシミスムしかとどめていない。そのペシミスムも再確認されるにしてはおざなりであり、根拠がないように思われる。『舞踏会』のなかのどの挿話も、『悪魔』の次の場面の偉大さには及ばない。主人公とその子をはらんだマルトは家具つき安ホテルを求めてパリをさまよい歩く。少年は、目に見えるほど大きくなった恋人の腹と、自分の青っぽさとに心のなかで恥じいりながら、ホテルが見つからないことを強く願う。冷たい雨に濡れていつまでもさまよったあげく、ふたりは惨めな心を抱いて、汽車で郊外の自分たちの村へと帰って行く。はじめから空をおおっていた暗雲が裂ける。ふたりは、けっして倖せではなかった。けっしていっしょではなかった。ふたりいっしょに倖せではなかった、絶対に。「ホテルをあてどなく捜しまわったこの夜こそ、運命を決するものだった。それにしても、これまでにいろいろとっぴなことをしてきたぼくにも、それがよくわからなかった。しかしぼくは、一生のうちにはこんなへまをすることもあるのだと思いもしたが、帰りの客車の片隅に、疲れきり、がっかりしたからだをもたせかけ、歯をがたがたいわせていた彼女には、すべてがわかっていた。おそらく彼女は、一年間もこのような気ちがい車に乗せられていたら、しょせんは死ぬより道がないということを思い浮かべたのにちがいない。」ここに、シニシスムの外観の裏にひそむ、ラディゲの真の偉大さがある。この青年が事物や感情の真実を直視するまなざしのきびしさ。いささかの譲歩もなく、自分が見ているもの、つまり、人が当てにするものと実在するものとの間や実際に体験された感情と因襲的に作られたイマージュとの間にある怖るべき距離を描こうとするときの抽象的な残酷さ（ある意味においてはアルトーのそれとまったく近いように解される）。彼の書物のなかの道徳的な美はここに由来する。この点についてはマシスのような人もまちがうようなことはなかった。気短な天使長であった彼は、すべていいかげんなものや、感情と、対象あるいは存在と、期待を裏切られた観念との間に、ぽっかり口を開けた割れ目を許容することを拒否する。ほかの人たちは避難所を作り、あるいは目を半ば閉じてしまうことだろう。だが彼は目をしばだたくことすらできない。ひるむことのないまなざしで、彼は愛のおそろしい相貌を凝視し、情け容赦なく描くであろう。

ボードレールが肉体的な愛について語り、そのサディスムの一面を暴露した有名なページは衆知のことである。それはラディゲが『肉体の悪魔』において、ロマネスクな愛にたいして行なったのと同じ操作である。『舞踏会』におけると同じく、ラ・ファイエット伯爵夫人の場合には、愛の怖るべき様相は、クレーヴの奥方の諦念によってヴェールをかけられたままになっている。彼女は愛の地獄のなかへ一歩も足を踏みいれていない。彼女にとっては、宮廷における恋愛の駆け引きから夫の情熱と死に至るまで、彼女の周囲では愛の地獄が直観によって認められたが、彼女は自分自身の体験によってそれを確かめることを拒み単に予測をしたにすぎない。『悪魔』の主人公は（はじめはたしかに無意識だったが）やがて苦盃を底まで呑むにいたるのだ。彼の感情は、同情自体のイマージュをつねに追い求めていく。しかしそれが実際にどんな感情であるかということについては、その感情を経験する人間によっても、また他の人間によっても、理解されることは不可能なのである。この感情は、官能、怠惰、偽瞞、倦怠、そして、なりたいと思っているもの、すなわち、真の恋愛であるという誤解によって、認められることをたえず妨げられる。真の愛情とは神話にしか存在しないか、『悪魔』において表現されているように、深淵への競争にすぎない。愛が共有される（あるいはそう思われる）ことなど問題にならない。この点において、ラディゲは、ラシーヌよりいっそう冷酷な態度を示している。ラシーヌはほとんど、愛されていない人たちの愛の悲劇しか描かなかった。たとえば、オレストの苦悩に対するエルミオーヌのつれなさとか、アンティオキュスおよびティテュスに対するベレニスのつれなさ、またバジャゼに対するロクサーヌのつれなさなどである。それは、愛されている者にも、愛している男や女に対してさえ、孤独のなかに閉じこもっているような報いられぬ（あるいは充分に報いられぬ）愛なのである。ラディゲにとって、すべての愛は地獄である。あるいは、その真の性質が発見されることにより、遅かれ早かれ地獄と化すであろう。そこで『舞踏会』のふたりの恋人、マオとフランソワは、抱擁するようすすめられても、むしろ「生きたまま火のなかに飛びこむ」ほうがよいと思ったことが理解されるのである。ふたりは彼らを待ちうけている運命を、ふたりが愛しあうようになってからすでに彼らのものとなっている運命を、予感している。ラディゲのシニスムの効力を弱めるには、その峻厳さを和らげることによる以外に途はない。つまりそのシニスムを、実存の本質についての明晰な啓示としてあらわすのではなく、官能的なプチブル女性にすぎない彼の最初の恋人によって欺かれたあまりにも早熟な不良少年の心の反応として描くという方法である（映画化された『悪魔』は、ほとんどこのような解釈のもとになされた。この映画においては、たとえば原作における社交界に対する根本的反抗といったものは、一般社会にたいする漠然とした反軍国主義的抗議にすりかえられている）。

『舞踏会』におけるラ・ファイエット夫人へのあまりにも意識的な模倣は、つねに同じ方向においてなされている。小説家の眼は過去へ向かわざるをえず、この小説は（『エーメ』同様）、鋳造物のように乾燥し、静的で、要するに倦怠にとざされた外観を帯びる。また彼はその結果、（前作と《同じようにうまく書こう》という考えのため）自分自身の真実を、ただ冷酷に写そうという配慮を思いとどまってしまう。つまり社交界が無垢な魂に与える恐怖とか、本質と存在との間、思想とその世俗的な具象化との間に大きく口を開いている乗りこえがたい距離に甘んじることの不可能さ、要するにランボー同様、なにものも彼や彼の愛する者を《太陽の子》の原初状態にもどすことはできぬと知る少年の態度を、冷たく写すことはできなくなった。

ラディゲは文壇に登場した作品以外を書かず、二十歳で死んだ。したがって彼の沈黙は、ランボーのそれに比べると、まったく消極的であるように思われる。ラ・ファイエット夫人は『モンパンシエ公爵夫人』や『タンド伯爵夫人』を書いたが、複雑な筋のなかに、彼女の才能同様、『クレーヴの奥方』の根本思想が、希薄ではあるがその底を流れている。しかしラディゲが、ラ・ファイエット夫人が抑制しえた以上に、『舞踏会』にあらわれているきわめて重大な欠陥を、抑制しえたかどうかは疑問である。つまり自己満足とか、書いたものにたいする満足とか、また、受動的で自己自身に対してえらんだ非創造的な態度とか、要するに、あまりにも甘ったれのリヴィエールを誤らせたすべてのものを抑制しえたかどうかは疑わしい。だが『クレーヴの奥方』にしても、この欠陥を免れてはいない。この小説はたしかに、きわめて高く評価すべきではあるが、作者や女主人公を偶像崇拝してはならないのである。

　周知のごとくすでに、その同時代人はこの作品を心から歓迎したわけではなかった。次のように意地悪く、しかしそれも当たっていないことはないような考えかたをしたのは、ビュシイ＝ラビュタン〔フランスの小説家一六一八—九三〕ひとりだけではなかった。「クレーヴの奥方の夫にたいする告白はとっぴすぎる……。作者はそうすることによって、良識に従うというより、他の小説に似ないように努めたのだ。」しかし《とっぴ》なのは、この告白よりもむしろ、女主人公の最後の決心であろうし、あるいは、物語がすすむにつれて明確になってゆく女主人公の態度全体だろう。いや態度というより、こういう態度をとらせ、作中人物もしくは作者の口から洩れる、あまりにも賞讃的な、一言でいえば《自己満足な》注釈によって強調される激しすぎるほどの緊張や自意識かもしれないのだ。「わたくしはいままで誰も夫にしたことのない告白をあなたにこれからいたします……」――「こんなことをするには、今まで持ったこともないような友情や尊敬を夫に持って、はじめてできることだということをお考えになってくださいませ……。」クレーヴ公は答える。「あなたはこの世のどんな女より尊敬され賞讃されるべき人のようです。」さらに妻はそれ以上のことを述べる。「わたくしがあなたにいたしました告白は、けっして弱気からでたものではありません。ああいうことは、かくそうとするより真実を言おうとするほうがよけいに勇気がいるものです。」むろん隠れていて、すべてを聞いてしまうヌムールはいっそう深い感銘を受ける。一方奥方は自分のしたことをふりかえり、「他に例のない告白の風変わりさ」にびっくりする。ヌムールは満足し、「ほかの女性とはまったくちがった女性に愛される誇り」を感ずる。だがこの女主人公がどんなに感動的であっても、われわれは作者によって称讃され、強調されているこの女主人公の意志にいくらかうんざりする。彼女は他のどんな女性とも異なり、彼女たちよりはすぐれ、別格の存在でありたいと欲するのだ。最後に恋人に対して釈明するときでさえ、彼女はまず次のように宣言せずにはいられない。「わたくしに話をせよとおっしゃるのですし、わたくしもその決心をいたしました以上」と、クレーヴの奥方は腰をかけながら答える。「それでは、女の方などにはめったにお見うけなさらないようなまごころをもってお話をいたしましょう。」さて彼女とラディゲとの相違点は、ふたりのうちにともどもに認められる、この自己満足や、他人よりすぐれたものになろうとする意志にあるのではない。クレーヴの奥方が、夫の思い出*に対してよりも、もっと忠実であろうと努める思想そのものが、彼女にとっては、想像界や過去にあるのではなく、未来に、そして現実に置かれているという点に、その相違点があるのだ。その思想は、小説のなかに見出されるモデルのように、空想の産物ではなく、未来において、自分自身の生活のなかに実在させ、具体的に実現させようと努め、そしてそれに成功したものなのである。とはいえ結局、真の意味での《とっぴ》なそして偉大な魂であるという確信によって彼女が得た満足のほうが、その苦悩よりも、いっそう強くわれわれを説得するのである。この事実は、告白の際ばかりでなく、その前後の彼女の全行為にあてはまるのである。スタンダールは愛の神秘的理想に、多くの良識と、ときには現実主義を結びつけたのであるが、『恋愛論』のなかで、愛の行為をきわめて高慢で、自己本位であると宣告していることはまちがっていない。ラ・ファイエット夫人や『舞踏会』のラディゲよりも道学者ぶらないスタンダールは、ジュリアンとファブリスを死なせるであろう。もちろんその死を彼は、ふたりに、現世においてありうるかぎりの幸福（いや、それ以上でさえある幸福）を前もって、最も官能的な方法で許し、ふたりに最高の悦びを与えたうえで、宣告するのである。『クレーヴの奥方』を読むと、誰でもコルネイユに思いをいたさぬわけにはいかない。むろんすでに二十五年前にあらわれた『ポリュウクト』のなかに見出される告白まで含めるというのではない。だがそれは、戸口にとどまっている《恩寵》が、幕がおろされたときにしかあらわれない『ポリュウクト』なのである。*

私はこの小説の本質的に演劇的な性格についてはすでに語った。《わたくしの義務》と《わたくしの平安》、この二つの本質は、奥方がたえず口にするものであるが、これらはその意図にもとづいて、一種の舞踏もしくは《仮面劇》を演ずる副次的な登場人物に化するのである。それはシャルトル夫人や王太子妃同様に全体の筋に重要であり——またついにはヌムールにもまさるがゆえに、ほとんどヌムールよりも重要な人物なのである。コルネイユがすべての韻に固有名詞を置くことを好むように、《名誉《オヌール》》という語を置くのを喜び、名誉は事実彼にとって、一種の固有名詞、人の名前であり、しかもたいへんよく知られている人の名前だったということを、ペギーはすでに指摘している。ポリュウクトはポーリーヌの救いのために一生けんめいに、しっかりと祈る。ところが死んだクレーヴ公は妻のために祈らなかった。われわれにとっては、彼が彼女の支えであるか、あるいは避難所であるか、知る由はないが、ともかくその思い出に祈るのは彼女である。しかもこの和解は消極的であり、つまり曖昧である。だから『クレーヴの奥方』は、最後においてしか取りなしのきかない、愛徳の失われた『ポリュウクト』というべきように思われ、この作品の真の主人公は、その守護神《エポニウム》を除けば、《彼女の栄光》《彼女の平安》および《彼女の愛》であろう。そしてもしも作者が、女主人公の美徳や、作者が描きえたもろもろの魂の偉大さにすっかり満足しているとするならば、かならずしも自らすべてを創りだしたとはいえない理想を模倣しているという事実と、無縁ではないのである。

4　自己満足した小説家たち、あるいは亭主学校

以上のように、ここにはコルネイユ以後（ここにシュランベルジェも関係するが）、『クレーヴの奥方』を通り、模倣に模倣を重ねながら、ついに『エーメ』や『ドルジェル伯の舞踏会』や『愛、愛をはるかに越えるもの』に達する一変遷がある。だが私は、ジードの注意によって示唆されたもう一つの可能な親子関係を蔑ろにした。ジードは『舞踏会』を前にして、なによりも、ラディゲの愛読書であったらしい『レ・プレイヤード』〔十九世紀フランスの小説家ゴビノーの作品、一八七四〕のことを考えている。しかし彼は「ある書物から他の書物への移行は、ほとんど感知されない」と主張している。三人の托鉢僧〔『レ・プレイヤード』のなかの仏・独・英、三人の青年の主人公たちを指す。彼らは旅の途中、恋愛談義をする〕が『パルムの僧院』を引用し、愛の倫理学のモデルとして照合していることから見ても、ゴビノーはスタンダールを模倣していることを少しも隠してはいないわけで、ラディゲとラ・ファイエット夫人との間にふたりの仲介者がいることで新しい親子関係が確立したと考えることはたしかに最も魅力的な判断というべきである。だが私はこの判断に、説得されるよりも、むしろ当惑させられることを白状する。

重要なことは、この模倣への傾向が暴露するものである。以上に引用した作家たちは、共感できる美徳を持った尊ばれるあ

るモデルを模倣することによってか、あるいはモラリスト的傾向によってかして、なお往々にこの二つは結びついているのだが、彼らは自己の作品に対して、極端な自己満足を抱く一群の小説家の例を示している。クレーヴの奥方が自分の行ないを自讃するように、ラ・ファイエット夫人は生来のペシミスムに由来する真の峻厳さを持つにもかかわらず、たいへん賢く、操正しく自分の生涯に身を処したことに満足し、またそのようにきわめて高貴な感情を描いたことを自慢している。ラディゲは、ちょうどラ・ロシュフコーがきわめてわずかのことにしかだまされなかったのを喜んでいるのと同じように、多くの明晰さと繊細さとを結合させたことを喜んでいる。夫婦愛の作家、ジャック・シャルドンヌは、ラ・ファイエット夫人の小説について語らねばならないとき、クレーヴ大公を中心に、この作品を考察した。* 父たちがなによりもその子供たちのなかに、彼らがかつてそうであった青年を求めているかの厳粛なシュランベルジェはいわずもがなである。これらの人びとはすべて自分をかわいがる。賞讃された作品において、創造された虚構の作中人物において、取り乱した自己探究《ゼルプストトズクト》において、可能なかぎり消極的な叙法によって探索がなされている。

　かかるナルシシスム以上に重要なのは、そのような態度の根源に存在する消極性と《過去主義》である。『クレーヴの奥方』を作り直そうと欲すること、あるいはもっと一般的に言って、後世から感嘆されている過去の作品から、十二分の霊感をえようと欲することは、むろん罪なんかではない。私が『アルマンス』のスタンダールを引き合いにだしたのは、そういう理由からである。また私は、『ユリシーズ』によって、現代に、そのオディッセーを与えようとしたジョイスを思いだすこともできたであろう。非常に偉大で、独創的な作家ですら、まず伝統のなかに自分の名を書きこむことからはじめるのは普通のことである。彼らのデビューのときの模倣にみられる逡巡や卑屈は、彼らの未来の偉大さや独創性に比例し、それらを予言していると言ってもさしつかえあるまい。プルーストは模作からはじめたし、ランボーの初期の詩のいくつかはコペーあるいはシュリー＝プリュドムと署名されえたであろうし、T・S・エリオットは（フランス語で）ラフォルグやコルビエールを模倣している。マラルメの初期の詩篇はボードレール、あるいはちょっと気取ったヴェルレーヌのものでありえただろう。バルザックは（そして版元も同様に）、りっぱな小説家としてのデビュー当時、フランスのウォルター・スコットたりうるならば、すべてを投げだしたであろう。しかし、これらの作者は、自分の翼で飛ぶことができるようになるやつねに、模倣した作家を一新する意図（意識的にせよ無意識にせよ）を持つのである。これに反して、モラリストの小説家たちが、箴言式の作家たち、ラ・ファイエット夫人やコルネイユの保護を求めるのは、まるで避難所を求めているような印象を感ずるのを禁じえない。

　ここで単なる模倣と、創造的かつ建設的な模作とを区別する必要があろう。後者のおかげで作家は、あるがままの自分を発見するとともに、自分の職業のさまざまな《技術》と資源を自覚するにいたる。プルーストの『模作と雑録』は、古代フランスの同業組合において使われたような意味においての《傑作》である。私は以前、一般の意見に故意にさからおうというつもりはなく、創造者のみが真の批評家であると主張した。シャルドンヌが『クレーヴの奥方』について、マルセル・アルランが『危険な関係』について語り、そのうえシュランベルジェがコルネイユについて書いたことは、私の主張に間接的な証明を与えてくれたことになろう。これらの小説家は、自分から逸脱しまいという欲求のみを持っているようである。彼らが読書するのも、読書のなかに、彼らがすでにそうであるもの、あるいはそうでありたいと欲したり、知っていたりする自己を再び見出すためなのである。まだ知らなかった自己のある面を、たとえ半分でも、そこに発見したり、明確にしたりするためではぜんぜんない。すでに幾度も引用した『文学一覧』のなかで、彼らが語らねばならぬ作家の競争相手や敵である別の作家に、大部分の者が嫌悪を抱くのは、作家とその主題とを、絶対的に、しかも導入的ではあるが導出的ではなく同一視することに基づく、批評のナルシシムス的概念に由来するのであり、他の原因によるものではない。グレアム・グリーンは、最近ヘンリー・ジェイムズの『一婦人の肖像』の序文を書いたが、彼はこの小説のなかに、彼の世界観とよく似た要素（たとえば、悪を前にしての無垢性の恐怖）を発見したが、けっしてそのために文学以前のグレアム・グリーンになることはなかった。ジロドゥーにしてもラシーヌを自分の姿に似せて描きはしなかった（モーリヤックについては、おそらく同じことはいえないだろう）。もちろん真の創造者、能動的な人、（同意するとき）他人を理解しうる人たちのみが、真の模作、真の批評を可能にするだろう。したがって私が《モラリスト》と呼んだ小説家たちの主な欠点は、彼らの受動性や、模倣からつねに消えない臆病な寒々したもののなかにあるのだ。彼らは彼ら固有の価値を鋳造したり、倫理学を敢然として作ったり、彼ら特有の世界観を創造したりすることをせず、すっかりできあがったそれらのものを外部に見出しうるのをつねに喜び、三世紀間の称讃によって認められた諸作品のなかに、すでに強化され、具象化された真理を拝受するだけである。真理はそれらの遺産、いわゆる《文化遺産》の一部をなしている。その結果、彼らにとって、真理を表現することは非常に容易になる。なぜなら彼らは、その真理を《現代の好みにあわせ》たり《最も現代的な色合の感受性》にやきなおしたりして、少しばかり新しい方法を使いさえすればよいからである。しかし彼らが同意するこの容易さは、結局はその作者にとって、作家たることを悲劇的にやめることになるのである。十八世紀の作家たちにせよ、おそらく彼らが軽蔑するロマン派の作家たちにせよ、それにはきっと顔を赤らめたであろう。ランボーは『見者の手紙』のなかで、「未知の発明は新しい形式を要求する」、詩人は「発明したものを感じさせ、手に触れさせ、耳を傾けさせねばならぬでしょう。もしも彼が彼方から持ち来るものが形のあるものであれば、彼は形を与えます。もしそれが無形であれば、無形のものを与えるのです。ことばを見出さなければなりません……」と、誇らしく宣言した後、すべての責任を引き受けて、彼が必要とした詩語を創りだすことをためらわなかった。

おそらくここに、作家が他の作家から期待し、受けうる唯一の教訓——ほとんど職業的モラルの上での——がある。それは中世の職人のように、多少とも世襲的な職業となった文学の神秘を、伝統をゆがめて汲みとることではえられない。またその職業の遺産を父から子につたえ、ラ・ファイエット夫人からマリヴォ、スタンダール、ゴビノーを通って、様式や細部や付属物の面しか刷新せずに、レイモン・ラディゲやジャック・リヴィエールに移すこと、簡単に言えば、仕立屋の文学を作りながらではえられないのだ。

第五章　静寂主義《キュイエティスム》*の小説家――フランソワ・モーリヤック

1　怖るべき親たち――2《悪魔、あるいは根拠のない仮定》――3　愛されなかった人びと

1　怖るべき親たち

モーリヤックは読者にあまり気をつかっていないとか、少なくとも読者をぜんぜん意識していない、とだれも言いきることはできないだろう。彼ほど、作中人物に説明を加え、作家と作中人物の関係を明らかにし、作家の仕事や技法の正当性を弁護しようと気を配っている小説家は珍しい。『キリスト教徒の苦悩と幸福』、『神とマンモン』、何巻かの『日記』、最近の『小説家と作中人物』などの著作は、いずれもあの手この手の自己弁護のようなものであり、作家の内心にたえず湧き起こる欲求、自分の創作について釈明したいという欲求を表わしている。(間接的な釈明の書として、パスカルやラシーヌ、またルネ・バザンについて書かれた著書をこれに加えることもできるだろう。)たしかに、カトリック教徒としてモーリヤックの占めてきた位置は微妙なものだった。いつの時代でも、教会は、人びとの魂を惑わすおそれのありそうな、罪を描いた作品には疑惑の目を向けてきたのだ。しかし、ベルナノスやグレアム・グリーンは、罪を犯した魂を描いたからといって、その釈明をしようなどと考えただろうか？　ところで、モーリヤックが用いている釈明の方法自体も曖昧なものだ。(フローベールは臆することなく、例の有名な《ボヴァリー夫人は私だ》という宣言をし、りっぱに責任をとっているのだが。)ある時のモーリヤックは、作中人物はまるっきり自分と縁のない人間であり、それどころか犯罪に向かいがちなあらゆる性向から創りあげられていて、その性向こそ自分が拒みつづけて、ただの一度も満足させようとしたことのないものだ、と主張している。かと思うと一方では、結局、作中人物たちは、どんな貪欲な人間でも絶望した者でも、特別の悪人ではなく、われわれの誰もが、もし自らを省みるならば、その程度の悪さに思い当たるはずだ、とも明言している。絶えず主張され、またすぐに翻されるこのきりのない流れを眺めていると、《あの婦人は少し誓いがくどすぎるように思えるが*》というシェークスピアのことばや、失礼ながら、法学者たち独特の、くどくどしい煩瑣な議論を思い浮かべずにはいら

れなくなる。

このような《うしろめたさ》は、小説家につきものというわけではないし、むろん不可避のものでもない。プルーストは自分自身については語らずに、ドストエフスキーやトーマス・ハーディ、あるいは音楽家のヴァントゥイユ、画家のエルスティルについて語っている。同じく、彼の語る作中人物のベルゴットは他でもなく文学者である。ジロドゥーはシャルル・ルイ・フィリップやラ・フォンテーヌを話題にし、ラクロが『危険な関係』を書いたことを擁護しようとはするが、彼自身が『エグランティーヌ』や『ベラ』を書いたことの言い訳をしようとはしない。自分の生みだした作中人物について、作家たちがきわめて素直に、いわば《責任をとる》場合もあるし（スタンダールはファブリスの生みの親であることも、サンセヴェリーナ夫人に対していささか寛大であり過ぎたこともほとんど隠そうとはしない）、まったく公平無私な態度で臨む場合もある。たとえば、ジョイスは、彼とそっくりのあのスティーヴン・ディーダラスが、目の前を通る女盛りの未亡人のスカートの裾をもう少しまくり上げてくれるように悪魔に頼んだ日のことを恥ずかしく思いだすくだりを、フランク・バッジェン*といっしょに読み返しながら、「私はあの青年を簡単に許しはしなかったね？」と言い添えている。モーリヤックにとっては、小説家という職業自体が、大道芸人とか娼婦と同じような何か恥ずべき仕事に思えるのではないだろうか。だからなおさら彼の生みだした作中人物とさっぱりした関係を持つことができず、彼らの生みの親であることを自然なものと考えることができなくなるのだ。

それも当然のことである。なぜなら、彼は作中人物の作者であり父親であると同時に、なによりもその共犯者であるからだ。彼の言うように、《彼自身の内の最も混沌とした部分》から創られている作中人物と彼とを結ぶ絆は、元来、曖昧なものであって、作中人物たちの全責任を支えられるほど確かなものではない。他のすべての小説家にもまして（ひとり、ふたりの女性は例外として）、彼は自分の語っている物語の中にひきこまれ、ぐるになり、それに荷担してしまう。彼と彼の創りだした者たちとを結んでいる臍の緒を断ち切ることができないかのようだ。彼の主人公たちは、たとえばロジェ・マルタン＝デュ＝ガールの作中人物ほど完全に作者と分離されてはいないし、かといって、スタンダールとファブリス、バルザックとリュバンプレまたはフェリックス・ド・ヴァンドネス、ジョイスとディーダラスを結びつけている親子の絆のごとき公然とした結びつきがあるわけでもない。彼らは私生児もどうぜんで、父親は彼らにある責任を感じてはいるのだが、それを認めたり公言したりすることを憚り、密かに彼らと似ていることによってつながりを意識している。その類似は、はじめは判然としていないがしだいに際立ってきて、やがて父親はやり場のないとまどいや、誇らしさのいり混じった感情を味わうことになる。

彼が間接的にわれわれの内に引き起こす不快感も、むろんそこに起因している。この不快感は、新聞の三面記事に目を通す時われわれを襲うあの感情によく似たもので、自然主義の小説がこしらえ上げた人工的な《人生の断片》からはとても得ることができない。あたかもそれは、子供と肉を分ち、まだ血のしたたっているなまなましい絆で結ばれながら、それを断ち切ることができない創作者の困惑が読者に伝わるかのようである。モーリヤックは不法分娩につきまとう甘ったるい匂いを彼の小説から発散させるために、ゾラやサルトルのように病院や堕胎の場面を描く必要はなかった。彼が、ジャン・ペルエイルやフェルナン・カズナーヴ*を、完全にとはいかないまでも処理しようと試みるのはこの不法分娩によってなのである。これらの作中人物たちを前にして、われわれはたしかに心を動かされるが、しかし、それはシャム双生児やダルマ娘によって喚起されるのと同じ半生理的な感情からなのである。彼がおおかたの読者に与える湿った感触ややもやもやした魅力は、たぶん（彼が言うように）彼を含めて誰でもが、実行こそしないけれども心の中に持っている悪徳の姿を、客観的に読者に示すところからきているし、またそれ以上に、個々の作中人物に対して読者のひとりひとりをモーリヤック自身と同じような共犯者、すっかり呪縛されながらも何か胸のおさまらない共犯者に仕立ててしまうことに由来している。

かくして、かつてマリタン*は小説の技法ぜんたいに《なれあい》の嫌疑をかけたが、モーリヤックがその嫌疑をまともに受け取ったことも納得されるし、作家が悪を描く場合に、たとえ彼が道徳的立場から悪をきめつけているように見える時でさえ、無意識的に他人の顔色を窺っている理由も了解されるのである。

このなれあいに罪の意識を感じるのは、もっぱら彼が《カトリック作家》であるせいだけでなく、彼が小説家であるからなのだ。彼は語られている罪の共犯者というより、むしろ作中人物の悪の行為によって共犯者となる。われわれはここで彼の良心の潔白さを吟味せず、彼の技法の明快さや、その技法がわれわれ読者に及ぼす効果の健康上の良否を測らねばならない。ベルナノスはセナブルやムーシェット、あるいはウィーヌ氏を描いたことに口実をもうける必要はなかった。フヌイユ村の腐敗も、ジェルメーヌ・マロシーの絶望も、デュフレティの道徳的苦悩も、田舎司祭の還俗も、われわれに累を及ぼすようには感じられない。村の腐敗は作者やわれわれの外部にあるものとしてわれわれの凝視に曝されている。ところが逆に、『海への道』のルイ・ランダン、クーチュール氏、またテレーズ・デスケールーに接すると、われわれは、とり立てて道徳的な利益を得ることもなく、ただ薄ぎたなく汚されるままになってしまう。というのも、小説家が主張するように、彼がわれわれに自らの十字架を背負うべく立ち返れとすすめているのがわれわれの内心などではなく、いわば、すべての人間性の中に撒かれている汚点——肉欲、吝嗇、冷酷、それに近親相姦、同性愛、サディスム、殺人——が盲めっぽうにはねかえってきて、われわれにひっかかり、われわれは、一方的にそれを受けとめるばかりで、はねをあげているのが自分ではないためにその汚れを落とすことさえできないのだ。否応なく、われわれは、原罪のように消しがたく、それ以上に明確で多様な罪にかかわり合っている自分に気づくのである。

2　《悪魔、あるいは根拠のない仮定》

「どこへ行こうと君は神にしか出会わない」　ジード『地の糧』

「どうして私を怖れることなどあろうか？　私が存在しないことを君はよく知っている」ジード『悪魔との対話』

モーリヤックにとって、罪は、つねに純粋に受動的なものである。この受動的な性格は、他のものに比して、テレーズの中により顕著に表われている。いうまでもなく、テレーズは、モーリヤックが身を分けた（不完全にではあるが）作中人物中、もっとも多く彼と《血肉を分ち》、どこまでも彼につきまとい、彼の心を惹いて離さない女性である。ちょうど、ひとつの同じ錘を引きずっているふたりの徒刑囚や、動物的な愛を貶すために禁欲主義者がもちだす極端な例にたとえるならば、骨に執着する犬のように互いにふたりは離れがたいのだ。彼自身、『夜の終わり』の序文で、十年の間、彼女を手離しがたく思っていたことを告白している。このテレーズの最後の愛の物語は、とにかく書き上げられはしたが、彼女の告解を受ける司祭の姿が目に浮かんでこなかったために、モーリヤックは彼女に望んでいたようなキリスト教徒としての死を与えることができなかった。その結果、この女性は二つの長篇と*二つの短篇に登場し、

『失われたもの』の巻末でも、アランがベンチに座った彼女を見つけるところでちらりと姿を現わすが、今日にいたってもまだ救われず、またモーリヤックも彼女をつき放すことができず、したがって、われわれも、モーリヤック的地獄のダナイデス*やシシュフォス*の苦しみから解放されないのだ。

この一連の《テレーズもの》は、たぶんモーリヤックの快心の作とはいえないだろう。(芸術的完成度からみれば『宿命』や『三つの物語』のほうが上ではないだろうか。) また、それらの作品群はさほど感動的なものとも思えないのである。(『失われたもの』のほうが遙かにすばらしい。これは未然に終わったあらゆる罪、近親相姦や同性愛の集大成であり、この作品の中では、罪は意図されるのみでほとんど実行されない。小説自体も、夢みられたそれらの罪と同じく、未完成のまま流産させられていて、内部には幼虫状態の人間性がそれを孕んだ作家ととりわけ濃い繋りを持ったまま蠢いている。) しかし、これは女主人公の性格そのものからしても、また、彼女と手を切ることのできない創作者とのはなはだ曖昧な関係からしても、最も典型的な作品であることはまちがいない。《テレーズもの》の第二部にあたる『夜の終わり』が、サルトル*の眼にモーリヤック小説の致命的な限界と映ったのも無理はない。その限界とは、モーリヤックが作中人物たちに真の自由を与えていないこと、そして、与えていると彼が主張している時でも、一滴一滴スポイトで計りながら自由を注いでいることである。それは自由の侵害であり、作中人物たちを奴隷の位置に置くことなのだ。テレーズに自由が与えられていないのは、精神上の父親である彼が彼女に抱いていた愛着の直接の結果である。モーリヤックは、彼の作中人物にたいして、その主人公を愛する作中の恋人や夫や母親たちと同じようにふるまう。愛するものを閉じこめ、窒息しそうな空気で圧しつつみ、少しも自治を認めようとはしないのだ。彼は、これら想像上の人物たちの上に、彼が絶えず見ていたにちがいない夢、テレーズ自身もジョルジュにたいしてもう一度抱き直した夢、愛する者を絶対的な支配下に置くという夢を満たしいるのではなかろうか。(サドの四人の修道僧も彼らの情婦を修道院に囲っていたが、彼らの場合はエロチシズムだけが問題だった。) それは牢獄の愛、徒刑場の愛、捕虜収容所のような愛を望む残酷な夢である。

モーリヤックの主題説明にもあるように、物語の真相が明らかになるにつれて、テレーズはモーリヤック的な罪の概念の化身として姿を現わしてくる。それは受身の無意識な罪であり、罪となるようなことを何もしないのに知らぬ間に犯してしまう罪である。この罪のことでテレーズがいつまでも作者の念頭を去らないのは、人を毒し害うために彼女に与えられたあの力のゆえなのだ、とモーリヤックは『夜の終わり』の序文で述べている。その力は、いわば宿命のように、願望や意志に反して彼女の上にのしかかってくる。その呪いは強大なので、彼女は人生から抜け出すことによってしか夜を逃れることができない種属のひとりとなり、死によってはじめてその害を免れるのである。したがって、その種属の人びとが、運命と闘うことや、ましてそこから逃れることなど、とうてい期待できるものではない。（かりにそのような不可能な企てをしたにしても）彼らにはただ夜の闇に忍従しないことだけが求められるのだ。そうしていれば臨終の時に神が必要な司祭をお遣わしになり、教会に復帰させてくださる――《悪魔を祓ってくださる》というべきかもしれないが――と望むことができる。ここで注目すべきことは、『黒い天使たち』のガブリエル・グラデールとか『蝮のからみあい』の主人公の中断した日記に見られるように、モーリヤックが彼の作中人物たちに、ふつう気まえよく与えている十一時間目の救済*を、彼ととりわけつながりの深いテレーズには、たぶん彼女を救うのにもっと慎重でありたいと思ったためであろう、結局、最後まで与えるのを拒んだことである。

人間に残された自由の唯一の余白は、罪を犯さないことに当てることが許されている。しかし、その余白にもやがてはしみがつけられるだろう。人間はほんの些細な気のゆるみや、ちょっとした不注意から過ちに落ちてしまうのだ。最初のテレーズの物語で、彼女が夫を毒殺しようとしたやり方自体、意味深いものである。とにかく事件は夫の手落ちに端を発したことにはちがいない。だが彼女は、夫が処方の倍量の薬を呑んだことを彼に告げなかった。そして夫は病気になった。彼女はなるがままにしていた。いわば殺人が行なわれるのを放っておいたのだ。だいぶ前に『新フランス評論』誌に掲載された優れた試論*の中で、ジャン・プレヴォは次のように指摘している。モーリヤックにおいては、肉欲はつねに横たわった快楽という形をとる。と同様にボルドー地方の社会に対する彼の反抗も内攻的で抑制されたものであり、行動的なきっぱりした絶縁として表わされることはなく、たとえば『プレセアンス』に見られるように、辛辣な《高みの見物》という趣を呈する。

これらの指摘は他のすべてに当てはめることができる。モーリヤックの主人公たちはめったに行動せず、悪をなす場合でも率先して何かを行ないはしない。彼らが夢みた種々の罪、近親相姦、姦通、あるいは殺人が、実行に移されることがどれほどまれであるかはすでに述べたとおりである。*彼らはどんなに簡単で平凡な行為でも、自力で処理することができないらしい。ジャン・ペルエイルやフェルナン・カズナーヴの《お膳立てされた》結婚はいうに及ばず、『蝮のからみあい』の主人公も、ある娘を愛し、手に入れたいと思っているにせよ、事の経緯もつゆ知らず、ほとんど心ならずも、彼女と婚約させられてしまう。「私たちの婚約のことをいまさら思い出してもはじまらない。それはある夜結ばれた。私が望んでもいないのにとりきめられたのだ。君は、私の言ったことばをぜんぜん別の意味にとったのだろう。私は、君と結ばれている自分にふと気がついて、われながら驚いた、といいたかったのだ……」ここには、ジュリヤン・ソレルやラスティニャック*の征服的な愛とはひどくかけ離れたものが見られる。『癩者への接吻』でもわかるとおり、ひとりの司祭が何度も裁き導く神《デウス・エクス・マキナ》の役を務め、すべてに命令を下し事を運んでゆく。作中人物たちの行為を規制する役割は俗界から身を引いた者たちに帰属し、他の作中人物たちは、すべての人間に与えられているはずの、事態を変革する力や運命の主導権を握る能力を返上してしまっているかのようである。

　まだいくらでも例をあげることはできる。『火の河』のジゼール・ド・プレーリは、（ボードレールが、男まさりの率先力、決断力を認めたあのボヴァリー夫人に比べて何とおしとやかなことか！）肉欲に身を投げかけるというより、むしろ、そこにずり落ちるままになっている。『愛の砂漠』で、マリア・クロスが秘めていたすべての悪は、怠惰である。しかしこの怠惰こそ、まさに彼女がドクトル・クーレージュ、その息子のレイモン、ヴィクトール・ラルッセルなどに与えた、息をのむほどの魅力、いわば《金縛り》の源泉なのだ。日ごと夜ごと彼女は文字どおり《横たわった快楽》に身をゆだね、寝椅子に寝そべりながら夢想の虜になる。夢見ることが現実のレイモンに会う妨げとなるのだが、*彼女は夢うつつに本を開いたまま読み進もうともしない。彼女はほんとうに、つまり行動的にひとりの人間を愛することができないのだ。一生涯、彼女は自分の死んだ子供と、後年できた侵しがたい義理の息子以外にはつながりを持たないだろう。モーリヤックの作品において、このような受動的様相を示しているのは愛だけではない。憎悪という最も能動的な感情についても同様である。『蝮のからみあい』の全篇を貫く、あまりにも激烈なためにかえって慢性化した憎悪から、走るクーペの中で父親と向かい合わせに坐り、「黙りこんでいることの残酷な喜びに浸っている」と述べられたレイモン・クーレージュの憎悪に至るまで、憎悪はつねに消極的なものとして書かれているようだ。

　官能の快楽にしろ破壊の喜びにしろ、それぞれ横たわった快楽に耽っているモーリヤックの作中人物たちの中で、すべての点で最も受動的な人物は、むろんテレーズである。彼女の夢見る愛は、『アティスとシベール』*の詩人の娘にふさわしく、ふたりでする長い午睡のごときものである。*絶望でさえ彼女に対しては最も消極的な面、不眠症の様相しか示さない。そのような時、「彼女は闇の中に身を横たえ、荒れ狂う想像力やあらゆる心のまどいに力なく身を委せている自分に気づくのだ。」彼女は娘の許婚の気を惹こうとはしない。彼のほうが勝手になびいてくる。テレーズにできるすべては、誘惑する力を自分の中から払いのけようとする空しい試みだけなのである。最初から悪に屈服しているこの忍従（この他人への心遣いからくる受動性は彼女が思わず犯してしまう行為に比べればまだ快い）を前にすると、せめて魂に救済の可能性を残していたルターの「堂々《ペカ・フ》と罪を犯せ《オルティテール》*」ということばが、なつかしく思いだされる。しかし、罪が犯されたこともなく、行動によって罪を逃れることもないとすれば、どのようにしてその罪を自分から引き剝がすことがでるだろうか。ただ悪に屈服しただけなら、その悪について真の痛恨をどうして持つことができるだろうか。そして、受動性がこれほど快いものであるならば、魂はその受動性から無力さの感情とともに、自らの潔白さについての確信を密かに汲みとるのではないだろうか。ここから、モーリヤックの作品に満ちているあのすべての曖昧な魂が生まれるのだ。モーリヤックはラシーヌのフェードル*を楯にとってこれらの魂を擁護しようとする。情欲に蝕まれた清純な魂、無辜の毒殺者、有徳な殺人者、善意のパリサイ女、そして特に―特に―守銭奴のことを強調して、彼らは金銭を愛していない、あるいは少なくとも(アヴィラの*聖テレサの聖句に拠れば)彼らのほんとうに愛しているのは金銭でなく、彼らはわれわれすべての哀れな罪人と同様、自分の欲望を思い違いしているのだ……というわけである。作者は、罪が誰の目にも明らかになった場合には、作中人物たちのために彼岸に隠れ家を見つけてやる覚悟で、(ガブリエル・グラデールや『蝮のからみあい』の主人公にしてやったように)どこまでもどっちつかずの筆を弄し、結局は作中人物に神の恩寵を下そうとする。その恩寵は、かつて過ちに服した際に劣らぬほど諾々と受けいれられることだろう。あまりにも巧妙な語り口のこの名説教を聞いていると、「神について考えるということは行動することである」というジュベール*のあのすばらしいことばが思いだされるし、また、ベルナノスの雄々しい聖人たちや彼らの活動的な慈善行為を、要するに、とにかく現世において、教会は戦闘的なものとされていることを思いだしたくなる。

3　愛されなかった人びと*

モーリヤックの作品に時どき見られる胸を打つような力は、はなはだもっともらしく保たれているあの曖昧さ、あの手管、あの、何となく濁っている、というより濁らされた雰囲気から生まれるものではないと思う。それはある秘密から発しているのだ。その秘密は、たしかにテレーズの秘密であるが、また同時に作者の秘密でもあり、たびたび洩らされることもあるが、いつも通り一ぺんで、作品の曖昧さがそれを守るのに役だっている。テレーズの内にある真の呪いとは、堕落や死を誘う無意識的な能力ではなくて(これは伝説であり偽装である)、むしろ、けっして誰からも愛されなかった——少なくとも継続して、彼女が望むように誰も愛してくれなかった、という事実である。(この願望もたぶん伝説だろう。)テレーズにとっては、モーリヤックの他のすべての作中人物と同じように、(『心の痛手』や『蝮のからみあい』の主人公、またジャン・ペルエイルやマリア・クロス、あるいは『宿命』のエリザベートにとってのごとく)愛の本質は愛することではなく愛されることにあるのだ。罪についても同様で、それはひとつの行為ではなく広義の受難なのである。さらにそこでは、どれほど愛されるかということより、他のすべての人にもまして、世界中の誰よりも、そして永遠に愛されるということのほうが問題となる。ちょうど、われわれが恋人から贈り物を受ける場合に、贈り物自体、それだけでは何の価値もないが、贈られなかったり除け者にされたりした場合に照らし合わせるとはじめてそれが現実的な意味あいを帯びてくるようなものであり、また、われわれの幸福は、他人の蒙っている不幸や苦難と対比しないとなかなか実感されえないのと同じである。ついには愛も、恋をする人間の苦しみややるせなさとの対比によってしか感じられなくなる。それは愛の牢獄、愛の拷問であり、そこに見出される安心感は、他人の不安感や嫉妬の中でのみ得られるのだ。だからテレーズは、友だちといちゃついていると彼女を疑ぐるジョルジュの前で、「愛されていることの唯一の証拠、嫉妬にひきつった口もと、苦悩と非難に満ちた眼差しを手に入れたのは何年ぶりのことだろう」と喜ぶ。モーリヤックの地獄は、ここでプルーストの主人公たちの徒刑場と一致する。その徒刑場には、恵みも真の寛容さをも受けつけない生来恩知らずの人びとが送りこまれる。そのような性質の人びとは、恩寵の水が与えられても拒絶するだろうし、あるいはそれに気づきさえしないかもしれない。さもなければ、恩寵の水があれほどかたくなに彼らを避けて通る理由がないからである。《マルセル》*は彼が与えることのできない真の愛の代わりとして、アルベルチーヌに山のような贈り物をした、そして彼女を自宅に囲った。と同様にテレーズも愛する人を囲い者にしたかった。《テレーズの夫がしたように》とはいうまい。しかしこの懲罰には、たしかに象徴的な要素が入っている。だが今回に限りこの罰は、モーリヤックの砂漠におけるいわゆる《愛》によって引きおこされたものではない。)また、テレーズは他の人びとを金銭で購おうと試みる。娘を買うか、召使いを買うか、金を使うかあるいは共犯によるかは、たいして問題ではない。それは『蝮のからみあい』の主人公が、愛し合うことができない不義の息子を買収しようとするのに似ている。モーリヤックの世界における金銭の重要性は単に逸話的なものではない。ボルドー地方のブルジョワに特有な習性の一端として受けとってはならないのだ。金銭は、心が与えることのできぬ贈り物の代用品なのである。

むろん、大部分の小説文学は、マルロー*がフォークナーを論じた際、いみじくも名づけた《妄執》の領域に属している。作家は根強くつきまとうある妄想をただ耐える一方でなく、それを生み出したのは自分であり、したがって、自分がそれを支配しているのだと思いこむためにその妄想を他の素材に混ぜ合わせ、一時的にふりはらおうとする。それを自分から引き剝がすために、世界の織り目の中に織りこんでしまうのだ。(対象化することによりその現実性がどれほど強まろうともかまわない。)モーリヤック自身、自分の作品の特色と言っているあの《硫黄色》に染めあげられた妄想を作品に投影し、さらに、自分ひとりでそれを支えずに、われわれと共有することによってそこから逃れようとする。フォークナーは彼の宿命の観念をそのように扱ったし、マルローも彼の苦悩によって選り抜かれた、いわば人間たちの譲渡できぬものを、作品を通してわれわれに負わせている。

モーリヤックが、彼の抱いている完全に受動的な世界のヴィジョンをわれわれに伝えるために用いる呪縛の方式が、まさにそのヴィジョンの性質と一致していることは注目に値する。つまり彼は、読者の積極的な参加を最も要さないジャンル——小説や勧告——を選んだだけでは足りず、読者の仕事の下ごしらえをすることに懸命なのである。彼は、作中人物について考えねばならぬことを、あらかじめわれわれに語って聞かせる。(たとえば、瞬時もわれわれが思い違いをするおそれがないよう、また、判断の自由を行使する機会——誘惑——を持たぬよう、作中人物のひとりにパリサイ女*というレッテルを貼って知らせてくれる。)そしてついには、彼の作品全体について考えねばならぬことを告知するまでになるのだ。彼が作中人物を支えているこれらの引き紐、芸術上の過ちとしてサルトルに非難された(たしかにそれは当たっているが、われわれは今、単に文学的な功罪の一面で語っているのではない)作中人物に与える評価や(テレーズは《悪臭を放つ動物》、あるいは《用心深い絶望した女》)、また、彼が作中人物を生みだした方法や作中人物の道徳的価値についてする長談義など、今やそれらのものの真の意味が理解できる。その狙いは、われわれ読者を受身の状態に置き、そこで有無をいわさず催眠術にかけ、モーリヤックが示す世界を《真実》のものとして受けとらせることなのだ。

小説に示された世界の姿を、反証をあげて否定することはできないが、しかし、目隠しされるままになることを拒み、見ることを要求し、世界がそのように示されることの動機や秘かな意図を解明することは可能であるし、またそうしなければならない。真に偉大な作品は、この検証を怖れるようなものは何も含んではいない。われわれはからくりをいくら熟知していても、バルザックやフォークナーのかける罠に性懲りもなくひっかかってしまう。それは、水の中に棒をさし込むと折れ曲がって見えたり、地平線近くでは月がふだんより大きく見える錯覚の如きものである。そのような時、もはやわれわれはバルザックやフォークナーの提出した世界の前で、たあいなく呪文にかけられた人間と化してしまう。これに反して、モーリヤックのかける罠は、われわれの受動性や、彼がわれわれから得ようと求めている共犯性だけが頼りなのだ。自分の肉を捏ね上げて造った作中人物たちを示すことによって、彼は時々、少なくとも初めての読者からは首尾よくその共犯性を獲得する。彼は、自分と作中人物を結んでいるのと同じ紐でわれわれを繋ぎ止めようと奸策をめぐらし、その作中人物の中にわれわれが自分の姿を見出すのを期待しているのだ。そのために、彼は、妹にはけっして欲情を抱かない躾のよい兄や、妻に慕われている夫、情婦の幸福（および快楽）を求める恋人たち、嫁に思いやりのある姑（そういう人もたまにはいる）、青年に気に入られようとのぼせてはいない下り坂の作家たち、それらの人びとの心を何とか動揺させようと図るのである。

ここでモーリヤックは、自分はただわれわれを啓発することしか望んではいなかったのだ、と主張するかもしれない。そして次のようなテレーズのことばに彼の代弁をさせるだろう。「私にはいつも目隠しを取ろうとする癖があった。回りの人びとがはっきりと見えてくるまでそれがやめられない。」（さらに彼女はこう続けている。「私は絶望の中で人と落ち合う必要がある。人が絶望していないのが私にはわからない」。）しからば、われわれは物ごとの裏側を見ようとする人びとに対して、《表》の名において抗弁し、受動性に対して能動性の権利を回復するよう要求したい。《日盛りの長い午睡、果てしない休息、獣のやすらぎ》に似た愛のかたわらには、同じもの（太陽にしろ音楽にしろ快楽にしろ）を共に享受することから成り立つ愛ではなしに、たとえば『人間の条件』のキヨとメイにおけるような、同じものを望み共通の仕事を行ない、つまり、共に行動することから生まれる愛があるはずだ。嫉妬し苦しんでいるジョルジュを見て自分が愛されていることに気づいた時、テレーズを襲ったあの激しい歓喜の嵐に対して、最も単純で穏やかな姿をした愛を対置してみたくなる。そのような形のおとなの愛は、畸型でなく正常なものであるかぎりは、かならず何かを護ろうとするにちがいない。子供たち、この未熟な小さな生きものに寄せる母親の愛は、ミルクや気苦労の代償として、日ましに育ち美しくなることやほほえむこと、幸福そうなようすをしバラ色の頬を持つこと以外に何を求めることができるだろう。要するに、愛とは相手の自由と幸福の状態の中で彼らを愛おしむことに在るのだ。たとえその自由や幸福が、一時的にわれわれの意に逆らってかちとられ、いつかは愛するものに背を向けることになるにしても。

　たしかに、ごく近寄って見れば、人間は二重にも三重にも四重にもなっている。自分の欲望を思い違えることもありうるわけだ。（しかし一生涯同じ欲望を持ち続けることはむずかしいだろう。そこで私としては、誰のためにつくしているかが究極にはその人の望んでいたことを明らかにする、というアランの力強い格言に従いたい。）また同じく、愛や欲望が、愛している人を苦しめたいという本質的な欲求で表現されることもありうる（まさにサドがいみじくもそれを描いている）――それはモーリヤックの自然に対するほとんど汎神論的な現実の愛が、その裏がわに、狩人や異教徒の粗野な残忍さを帯びているのに似ている。*

　しかし、違った方角に向けられた視線に映ずる正反対の世界のヴィジョンというものは、ただ世界のほんの部分的な展望にすぎず、それこそ《真実》であるともないともいえない。結局、そのヴィジョンはモーリヤックの深い否定性を表わすだけなのだ。もし、ある行為、人間、もの、経験――要するに、何でもよいある現実に対して、その本質の肯定的な面、特異性をなしているものを見ずに、そのある現実が外にほったらかしにしているもの、閉め出しているすべてのもの、現実の単純な姿がわれわれから取り上げたもの、つまり現実でないものを見ることによって成り立つ非常に根深い態度を否定性と呼ぶならばこのようなやり方の顕著な例は『神とマンモン』の中に見られるだろう。そこで彼は、幼時からあまり身近に宗教を与えすぎるためにそれを新鮮に評価することの妨げとなっている宗教教育について遺憾の意を述べてる。「生まれながらの労働者であり長男であることの病い。どうあがいてもこの家の外へ出ることもできず、したがって帰ることもままならず、父祖伝来の家屋敷を外側から眺めたことも絶えてない。この家がこの世で占めている位置も堅固さも計れない。すでに父なる神の愛を感受したために、もうけっして神の慰めを受けることもないのではないかと怖れ、あまりにたびたび据膳についていたのでパンやブドウ酒の味が判別できない。*」同様に、モーリヤックが『イエスの生涯』の中で山上の垂訓について語る際、《至福》の否定的様相ばかりを強調しているのは意味深いことである。「われわれはキリストのことばを選り分けはしないだろう。われわれを脅かすことばでも闇の中に捨て置きはしないだろう*」と彼は言う。したがって彼の解釈では、キリストのなしたすべての肯定的な約束は呪いと同じものになる。「ただ、すべての至福は呪咀を含んでいる。《幸いなるかな、心の貧しき者。天国はその人のものなり》ということばは、精神の解脱を経ていないものは天国から追放されることを意味し、《幸いなるかな、心のモーリヤックの技巧は、すべての小説家の場合と同様、われわれを催眠術にかけ、彼が描いたひからびて醜悪な世界の様相のみがこの世で唯一の現実なのだ、とわれわれに思いこませたいところから生まれる。しかし小説というものは、あるいは小説的な作品のすべては、現実の忠実な複写ではなく、むしろ現実の鳥瞰図である。作家の専横に対して（これは作家の最も厳正な権利であるが）、読者は批評や呪いの拒否や自由の奪回によって答える権利を持つ。しかも、作家が読者の共犯性を絶対その手中に収めたと信ずる個所においてそれを行なうのだ。要するに、読者には、この世とは別の小説の世界に（心地よく）浸る権利、たとえばジロドゥーが彼の作中人物たちの回りにあのように巧みに立ちのぼらせた、恩寵の雰囲気に浴する権利があるのだ。

モーリヤックの使う魔術の中には、何か本質的に不純なものがある。彼自身、いくどか繰り返してそのことを告白している。（むろん、それは他人の発する何倍も手痛い非難を封ずるためになされているのだが。）「私の諸作品に対するカトリックの批評は真に不当なものであったろうか。カトリックの批評が私の作品の中に腐敗したものを嗅ぎつけたとしたら、果たして私にはそれが見えないと言い切ることができるだろうか。墓を踏まえて立つ十字架のように、それは私の作品の上をさまよっている。*」またさらに、「過ぎ越しかたを見はるかす年齢に達した今になって私にはわかった。これまで多くの絶望した魂と相

清き者。その人は神を見ん》は、不純な心の持主は神を見ないだろう、ととることができる。*」カナの奇蹟の裏返しになった呪いによって、モーリヤックのペンの下で、希望の酒は酢に変質し、硬化し石と化したパンは選ばれた者たちを養うかわりに、神に見放された者たちに投げつける礫の役にしか立たないようだ。たしかにすべての至福は呪咀を《含んで》いるにはちがいないが、だからと言って、寛容な聖句を否定したり穴を穿つことばかり強調する解釈が許されていいものだろうか。

否定するだけが知的な態度ではない。享受した恩寵や賦与されたすべての幸運に辛辣な解釈を加えるのは、まさに分け与えられた神の恵みに対する不敬忘恩である。モーリヤックが、キリスト教徒の幸福よりもその煩悶について、いっそう悲痛な、しかも雄弁な調子で語るのもこの忘恩により説明される。（彼が愛の苦しみしか書くことができず、愛の喜びに触れたことがないのも同列である。）つい今しがた、他人を完全にわがものにしようと望む憎悪に近いような愛に対して、愛するものがのびのびとふるまうこと以外何も求めない無私の愛を対置したい思いに駆られたが、今度は、人間の完全さについての根っからの忘恩に対し、クローデルのごとき態度（ジロドゥーが『文学論』の中で詳しく述べている）や、身に受けた恩寵を喜び、いくら身近かにパンやブドウ酒が与えられても無感覚になってはいけないことを知っている長男の、長男であることの喜悦を対置したくなる。

識ってきたのは、私のごとき、好んで不安の中に迷いこむ動揺した意識が、つねに自分に似たものを探し求め、惹き寄せようとするからであり、ある密かな本能が、聖なる歓びの面影を宿す人びとを私から遠ざけるためなのだ。密かな本能……あるいは私の内の堕落した意志と呼ぶべきかもしれない。なぜなら、穢れた心は聖人の印した魂を嫌って、聖人に出会うのを何よりも怖れるからである。*」このような作家の告白に接すると（その中に後悔は含まれていないにしても）、読者は作家の要求する共犯性や従順さを拒否するのが自分の権利なのだと自覚するようになる。モーリヤックは、自分の不安を人に伝えようとすることによってそれをまぎらしているにちがいない。たぶん彼は他人の魂の中の口にすることのできない欲望をゆさぶることで、自分が不安から清められはしないかと期待しているのだ。しかし、人間の魂には、そう易々と罪の型に嵌められるがままにならない権限が与えられているのはたしかである。

モーリヤックが、それをわがものにするために複雑な誘惑の武器をあれこれ持ち出せば持ち出すほど、批評によって自らを護ろうとする読者の権利はしっかりと確保されねばならない。その武器の多様さは、彼の作品がある種の読者に与える大きな影響力や、絶えず作品の中に示される曖昧なイマージュの由来を説明している。まず彼の小説はわれわれ一人一人の心に、静寂主義《キュイエティスム》的な誘惑を蘇らせる。むろんその誘惑は無神論者の意識の中にあっても教会の只中にあるような永続性を持っている。しかもこの静寂主義《キュイエティスム》は、しばしばジャンセニストに近いような仮面をかぶった精神上のペシミスム、ピューリタニスム（たとえば作中人物の肉体愛とか、あるいはもっと広く愛全般に関してそう言うのだが）と和解や統合も経ずに重なりあうと、いちだんとそれだけ厚みを増して現われてくる。

彼の小説はある社会階級を描いているのだから、ブルジョワ的価値の批判、あるいは少なくともそれに注意を喚起するもの、その価値についての問題提起としてみることもできるはずだが、批判といってもそれはあまりに手ぬるく、ブルジョワ的価値をいかめしい手つきで示すにとどまり、実際にはぜんぜん何も問題の対象としてはいないのだ。モーリヤックは、金銭の世界や（けちで貪欲な人間たちの肖像を描いてはいるが）、遺産の上にしっかりと支えられている一族の現実には手を触れず、それどころかそれらをちょっとゆさぶったふりをしてから、『フロントナック家の秘密』に見られるように、子供騙しの魔術を用いてその上に神話詩とでも呼ぶようなメッキをふたたびかぶせてしまう。したがって、結局彼の作品は他の誰の作品よりも心安いものとなり、個人や集団の過去の価値へまい戻ることになる。ブルジョワジーはランド地方の森の中を逍遥した青春時代を思い出し、優しい父の家で過ごした幸福な日々を蘇らせて、精神的に自分が正当化されていると感じるのだ。

しかし、これらすべてのものの背後には、現実的な人間のドラマが動いている。そのドラマの驚くほどの真正さは、作品の不誠実さをほとんど消し去るほどの説得力を持ち、嘘と紙一重の作品の中に、非常に具体的な牡牛の角を生えさせる。ミシェル・レーリス*によれば、その角がなければ文学は何の価値もなく、闘牛にさえ劣るだろう。モーリヤックの小説に、特別悲痛な調子を与えているこの圧し殺されてはいるけれども真実である叫びは、愛されたことのない人間の嘆きの声なのだ。テレーズ、ジャン・ペルエイル、『蝮のからみあい』や『心の痛手』の主人公、その他おおぜいの作中人物の唇から洩れるこの嘆声は、どんなにつつましやかなかたちにしろけっして恩寵の露にうるおされたことのない魂が抱くひからびた怨恨であり、作中人物のひとりが他のひとりに向かって突然捧げる動機のない気紛れな愛、愛する者からいつの間にかいちばんたいせつなものを取り上げてしまうことになる呪いのような愛の嘆声なのだ。その呪いの尽きざる苦しみは、モーリヤックのどの作品にも倦くことなく繰り返され、おそらく呪いを免れた唯一の作中人物である愛されすぎた男ボブ・ラガーヴも、そのためにかくべつ幸福だったというわけでもなく、『宿命』の巻末で頓死してしまう。しかし、この煩悶の持つある真正さは、あまりにもありふれたきらいはあるが、読者に作家と同じ従順さでそれを甘受するように強いはしない。逆に、モーリヤックの世界の限界をしるす義務を読者に課すのだ。そして、生存の純粋に受動的な、つまり絶望したヴィジョンに対して、果敢な能動的態度、未来へ向いた建設的態度を対置するよう、読者に呼びかけるのである。

第六章　小説のニジンスキー*——ジャン・ジロドゥー

1　レアリスムの小説家

ジロドゥーの随員者はとても多数にのぼるので、そのほとんどすべてが、意識的であるにせよないにせよ、彼の追従者だと思いたくなってしまう。あるいはこう説明してもよいだろう。つまり彼の仲間の数が多いのは、彼らが、《レトリック》という名のあの月並みで無尽蔵な貯蔵庫から万遍なく提供される、ことばの綾や表現手段の共有財産から、彼同様に着想をえているからだ、と。

事実『プロヴァンシアル』のなかで、ジロドゥーがはじめから終わりまでたえず文章の支えとしている三つか四つの主要な譬喩を調べることは、いかに浅薄な読者にとっても容易なことだ。繰り返されすぎて無意識の癖のようになり予見されすぎて（逸脱ばかりする）自律運動のようになり、あからさまなあまり俗悪なものとなるこうした譬喩は、彼にあってはその乱用ぶりと、見透かされないどころかまるで網ですくうかのようにかき集め収穫とする、その無造作さにしか独自性がないようにまず思われるのだ。だが、もとより彼自身は比較を絶するふてぶてしさで、自己の芸術の最終的秘義を明かそうとはしなかった。たとえば『男の国のジュリエット』のなかで、ひとりの幸福な男を想起させようとしながら、彼はその国の作家を次のように定義している。

「彼はけっして言いよどむことがなかった。彼のことばは常に適切だった……。彼は術語の辞書を熱心に愛読した。そして詩人たちなら脚韻の辞書を読みながら霊感にうたれるところなのに、彼は、柱廊の曲線や、基壇の格縁《こうぶち》や、粗雑に木を切るとできるギザギザなどといったいちいちの描線に、名前をつけようとするのだった……こうして、ラシーヌやボシュエが自分たちの世界を示すのに五百から千のことばしか使わなかったのに、彼は六万語を費して自分の世界を提示するのだから、まるで彼は秩序だった世界や大いなるあの安らぎについての感覚をもっており、平和に死んでゆけるだろうと思うのだった……したがってまた、誰よりも彼にとっては、世界はカオスの深淵をかくすことばの堅固な殻で覆われているのであり、だからこそまた彼はオプチミストだったのだ。」

こうした語彙の博学で巧みな使用に加え、修辞的文彩の諸用例のやはり意識的で理論的な使用をつけ加えるべきだろう。フォントランジュが生まれて初めてある隠喩を使い、また突然直喩を発見するのはベラの墓の上でだ。*だが、作者自身についてこれと同じことがいえるわけではない。

とはいえ、この例証自体は意味深いものだ。ジロドゥーの世界では、すべてがはじめて起こるか、あるいは最後に起こるかであり、*またしばしばそれが同時に訪れることがある。神のような時計師が時間の大部分を調節してしまい、そのため（前記のヒロイン、ベラの埋葬のときのように）ある絶対の始まりが、なにか別の現実のぎりぎりの結末にまさに一致することになる。*「偉大な聖人たちはいまでもいる。しかし、たったいま創造されたばかりの人間なんかもういない」と『ラ・フォンテーヌの五つの誘惑』の著者は言った。だが彼はそうした人間を発見できなかったにせよ、それを創造するために、少なくともなんとか工夫を凝らすことはできた。彼の小説は純潔な娘や青年たちでみちあふれているばかりか、すべてを新鮮な眼で見る能力を生まれつきそなえている人たちでいっぱいなのだ。あるいはまた、『無関心な人たちの学校』のベルナールのように、（「ベルナールよ、ジークフリートのように、いままで一度も女たちに出会ったことがないと想像してごらん……」）そうした能力を身につける方法を注意深くつくりあげる術《すべ》を知っている人たちもいた。『悲痛な男シモン』にとっては、父親に送りこまれた高等中学校《リセ》（「レンガとセメントでできているぼくのリセは、まったく新しかった……」）から、そこを去ってパリに行くときに着た洋服（「それで、生まれてはじめて、ぼくは制服を着ずに出発した……」）に至るまで、すべては果てしない始まりなのだ。《歴史》との出会いさえ、《時間》という分割できない横糸のはるか頭上に彼を持ちあげる、ある絶対的性格をまとうこともできるらしい。「ぼくはビスマルクに会った最後のフランス人だ。」というように。それで、この書物の最後の文句はこうなるだろう。「明日、すべてがまたはじまる。」このことばはジロドゥーの小説のひとつひとつに、また各ページの終わりごとに記されることも可能であろう。そのなかで展開する事件が、いかに数多く、重大であり、またそこで経過する時間がいかに長かろうと、われわれが眼前に見るのは、序章においても終章においても、いつも永遠に新しい同一の宇宙、利子もつかず資本の蓄積も行なわれない世界で、そこでは、まるでエデンの園のように、あるいはケンブリッジの芝生の手入れのように、毎朝人びとが姿をあらわす前に、目に見えぬ植木屋が真空掃除機で綿密な清掃をしてしまうのだ。

疑うことを商売としている人たちでも、事物や人間のこの純潔な処女性を前にしては、疑うことをあきらめてしまうに違いない。たとえばエグランチーヌは、モーゼの送ったひそかな査察官であるシャルチエが彼女の過去をせんさくしてもなにひとつ発見できずに終わってしまうくらい、過去と絶縁されている。「はじめてモーゼは、はからずも若者が人生にふみこんでゆくその出発点となった。」文明の残骸でまったく活力を失い、いかにも疲れきったような街のなかにまで、とうてい信じられない純粋のオアシスが命脈を保っている。『選りぬきの女たち』のなかで、結婚生活を解消したエドメが娘を連れてハリウッドに居を定めに行くが、彼女はそこですぐに一軒の玩具のような家をみつける。それは、「鵜の住処にさえある思い出も、基礎工事もない……」、「家に固有な罪のにおいを少しも持たない家」なのである。(ということは、まさにあまりにも重い過去を持っているということだが。) そこには、「ほんのわずかな怒りも、病気も、たった一羽の死んだ鳥さえ存在せず、しかも大きな鳥籠の小鳥たちといったら、それはみな蜂雀だった。死者が横たわる場所などどこにもなかった。子供のような家に住むことは楽しいことだ。それはまだなにも汚れを知らなかった……」

しかし無垢な事物はそれに値する人びと、エデンの園そのままの、あるいは生まれながらの魂をいだきえた人びとにこそ似つかわしい。無力なベルナールは、自分でそうなる方法を見つけだした。(それなくしては彼の生活は、ほとんど楽しいものではなかっただろう。) 彼は、「朝起きてからずっと陽気な気分を意のままにできたので、自分でも驚いていた。彼はごくあたりまえの感情のなかに、人生を謳歌する多くの理由を見つけていた。ごくあたりまえのことばをじっとみつめていると、それらは風化し、いつか見分けがつかなくなり、一瞬の間、それらの祖先であるヘブライやサクソンの姿をとりもどす。ベルナールは、まったくどうでもいいような自分の身ぶりやしぐさを虫眼鏡で眺めた。それらの基盤は黄金でできていたのだ……」われわれは彼と同じことをするだけで、つまりベルナールと同様な激しさと熱意をもって、とるに足らぬ些細なできごとをせんさくするだけで充分だろう。われわれには彼と同様の報酬をうけとる権利がある。「子供のように彼は遊戯にふけっていた。彼は両の眼をとじていた。三千年の昔に帰ろうと眼をとじていたのだ。その世界は新鮮で驚異的であった……」私はさきほど神のような時計師について語った。彼はジロドゥーの世界で事物の推移を規制している。悲痛な男シモンのように、われわれが確信をもってただ次のようにいいさえすれば、われわれは、われわれ自身の人生の内部で、この学識豊かな時計の細工師になることができるのだ。「汽車に乗り遅れたり、劇場で座席が見つからぬ人びとから憎まれている私は、世界の真の歩みに歩調を合わせて、はじめから自分の歩みを規制していたのだ。」

ジロドゥーの小説のなかでは、時計はいつも正確な時刻を示している。(時として人びとは、時計がいささかその正確さを誇張し過ぎるのではないかと思わざるをえない。) こうしてアンヌとシモンは、その友だちの幾人かを紹介しようとしてシュザンヌを晩餐に招くのだが、それは時あたかも七月十四日のことである。そのうえその晩餐には、「ずんぐりむっくりな友だちに配するやせぎすな長身の男」といった、トゥーレ＝キュルノンスキーの一組がつくる数学的に計算された正確な取り合わせの妙がある。しかも、もし万が一、偶然会話にちぐはぐが生じるようなことがあれば、会食者の誰かひとりがその場にいてそれに心を配るのだ。「歯車の上にかがみこむように、いつも背中をまるめている魂の時計師トゥーレと十分でも話をしていると、二十四時間の間、自分も時計の針のように正確に動いているのだと思うようになる。もはや冗語法も語法上の誤りも犯しはしないし、誤った三段論法に従いもしない……」『選りぬきの女たち』の不幸なピエールは、娘のクローディが完全な熟睡とはいわぬまでも、無邪気な眠りに入ったときしか夫婦の安らぎを感じなかった。彼がいかに理工科学校出身《ポリテクニシアン》であるにせよ、できごとの数学的な正確さが彼をいらだたせずにはおかぬのだ。「彼は、クローディが確実に眠ってしまった唯一の時、つまり真夜中だけしか妻を所有できぬことにがまんできなかった……」若い娘たちも時間の正確さに凝りすぎている。シュザンヌとその友人たちは、寄宿舎で二重生活を送っているのだろうか？　「私たちは十五年のスパイ行為と経験の結果、上級生たちに人生の疲労が感じられ、彼女たちの監視に隙が生じるのは、三時二十分から四時十分までの間であることを発見した。三時二十一分になると私たちは一壜のエーテルを嗅いだものだ……」計算はよくゆきとどき、時計はゼンマイが巻かれ、女たちは几帳面で、戸棚はよく整頓された、――つまりすべてが秩序だった――こうした世界では、時としてその正確さは、倹約の域にまで達しているようだ。(それこそまさしく《田舎ふうの》守銭奴根性の域にまで、とはいわないにしても。)シュザンヌと《マドモワゼル》*とがパリにいるときがちょうどそれだ。「毎朝私たちはラスパイユ大通りのホテルをいっしょに出、ホテルには晩になるまで帰らなかった。(こうして門番は、私たちふたりにたいしては、一日に二度の挨拶で済んだわけだ。)」

したがって、非常にしばしば表面上の対比が、最初それが破壊したようにみえる平衡をとりもどすひそかな機能を持っていたり、あるいはまたもっと微妙なぐあいに、その対比が、いわば「事物をもとどおりにすること」に役だっていることがあっても、なにも驚くにはおよばない。修辞上《対照法《アンチテーゼ》》といわれている言回しが最もしばしば役にたつのは、実にこうした場合だ。モーゼはエグランチーヌの指に重い指輪をそっとさしこむ。だが、あまりに大きなその指輪の宝石は、飾りのないもう一方の手と平衡を保ち、かくして予期されていた効果とは反対の効果を生むのである。「両手の間に不釣合いを生みだすかわりに、この真珠はそれらにこの上ない釣合いを与えていた。」同様に、一見したところでは、エグランチーヌとモーゼの妻のサラほど異なっているものはないように思われる。だが、彼女たちの間の一から十までの対照を過度に重視してはならない。古代哲学で敵同士の兄弟であるエピクロス学派とストア学派のように彼女たちは、しまいには彼女たちの差異そのもののなかで互いに似通ってしまう。「これらふたりの女たちの間には、まったく正反対の資質の堆積によって、逆に一種の相似性さえあったのだ……」それは、この相似性に最高の文学ジャンルと存在の至上の法則*とを同時に発見したと信じたあの哀れなモーゼが、罪を犯したとして罰せられる憂き目にあったほどである。罰せられたといっても、もちろんそれは修辞上の罰である。「あらゆる点でエグランチーヌはサラに釣合っていた。モーゼは不眠に悩まされながら、この対照を至上の瞬間まで、彼女らの死の瞬間まで押し進めざるをえなかった。」

しかしながら、エグランチーヌにとってもわれわれにとっても幸いなことに、サラが、当然であるかのように死というこの最後のバレーを踊るのは、彼女の恋仇のエグランチーヌとではなく、彼女の夫のモーゼとなのだ。《バレー》は今日まで、修辞上の表象とは考えられてはいない。私の知るかぎりでは、『リトレ辞典』(あるいはジャン・ポーランの『タルブの花』)にこのような名目で記載されてはいないし、そこではただ(お望みとあれば)、誤った転用のひどく特殊な場合、あるいは隠喩《メタフォール》のひどく曖昧な場合としてしかでていない。だがジロドゥーがここで使っているその用法は、アカデミーの辞書はともかく、普通の辞書には引用されて然るべき権利を与えるに違いなかろう。

サラは瀕死の床にある。そして当然のことながら、「死はこの慎ましやかな人間から、もっぱら威厳だけをひきだした。」——このひとことから次の事実を理解すべきだ。つまり、事件というものは、いろいろの人から、彼らと正反対だと思われはするが、実際においてはかえって逆にその人の本質をあきらかにする属性をひきだす能力を持っているということだ。(これこそ、事件の唯一の意義であろう。)さて、モーゼは、サラの枕頭に駆けつける。

「これでやっと君に会えた」と彼はいった。

「あたしはしょっちゅうあなたに会っていてよ」と彼女が答えた。

「彼らはふたりとも、気持とはうらはらなことばを口にしていた。モーゼはいざとなればサラに会わずにいられたが、その面影はいつも胸にたたんでいた。サラは彼がそばにいてくれることを激しく望んでいた。彼らの心と心、口と口とを交叉するこの優しい対角線のおかげで、ふたりの誠実で清らかな愛が物語られていた。」

この《優しい対角線》を、われわれはジロドゥーのいたるところに見いだすだろう。それは、秩序と均斉をこわしていると思えるときでさえ、ふたたびそれらを世界に導入する最上の方法のようだ。(それはまるで垂線を引きそこなった幾何の初心者が、いざとなったら二等分線でがまんすることを覚悟の上で中線を引くようなものである。)特に《バレー小説》と定義しうる『エグランチーヌ』*においては、さまざまな主役が、外見上は最も本質的な互いの特質を交換しながら、かつてダビデ王が〈方舟〉の前で舞ったときのように、*入れかわりたちかわり踊りつづける。はじめのシーンでは、エグランチーヌとフォンランジュが互い違いの形で交互に踊り、*相手のじゃまをせずしかも目の前の相手の存在を楽しむため、めいめいかわるがわるに眠ったふりをする。それにエグランチーヌが、近東行急行列車にモーゼを送りにくるとき（それは西洋と東洋の間にかわされるあの優しい気取った会話の象徴なのだが）、旅装に身を固めているのは彼女のほうだし、また彼は彼で、（モード雑誌やエヴィアンの壜などといった）目にとまった婦人向きの品物ならなんでも買ってしまう。そしてついに、フォンランジュに象徴される西洋が勝ちを制するのは、エグランチーヌがサラダをつくっているフォンランジュの姿を眺めているときである。そのとき彼女は、知らぬまにモーゼを愛するのをやめ、真実で決定的な愛を自覚するのだ。かくて、ひとつの世界の他の世界に対する媚態は終わる。

だがそれは、この世界で踊られるシャッセ・クロワゼ*の遊戯ではない。それは『エグランチーヌ』の構想が生まれるずっと以前にはじまっていた。たとえばシモンの出発に際し、彼の先生たちはリセを去ってゆくシモンを抱擁しにやってきてカドリールを踊るのだが、彼の父親がいるのでおどおどしてしまい、生徒である当のシモンにではなく、父親に別れを告げてしまう。ずっとのちにはたいへんうまく（というよりあまりにうまく）世間と折り合うベルナールも、はじめは間の悪さと思い違いの世界に生きていた。「彼が生まれた家は、ベルナールを途方にくれさせる唯一の場所だったし、両親は、その前にいると絶えず居心地の悪さを感じてしまう唯一の人間だった。」だが彼が、一瞬ごとに世界をまったく新しいすばらしいものにしてしまう、かの有名な方法を発明するにいたったのは、疑いもなくこの疎外感と生まれつきの居心地の悪さなのだ。しばしば事物は、仮装を試みることで、はからずもすっかり忘れていたその真の本質を最もよく啓示するのである。ある日シュザンヌは、ひとりの少女とともに恋人のシモンをふいに訪れるのだが、その少女はまるで自分の肉体の外見と隠れん坊をしているように見えた。「……彼女は、しゃくれた鼻、金髪、それに円い口といったギリシアタイプの女性だった。彼女は、ごてごてとした装飾、たとえば、すべての縫目に沿ってある小さな飾り結び、靴についている黄金の留め金《がね》、ペチコート型にひろがったドレスなどといったようにしきりに粋をこらしていたが、それでもなおさっぱりとしていた。しかも指には大きなトルコ玉の飾りを十もつけていたのに、彼女の顔や手は淫らな裸身を思わせるのだった。」こういう次第なので、もっと威厳を身につけようとして、母親の（あるいは祖母の）黒ずくめのドレスを着た非常に年若い娘は、そのためにいっそう自分の年齢を目だたせてしまう。仮象の世界において自己を見失い、本質と実存の間で八つ裂きにされたわれわれは、もはや自分たちが何者であるかを知らず、またわれわれを取りまく事物も同様にそれを忘れてしまった。シュザンヌは船出する。「オセアニアに向かって出発したダマスカス帰りの旅行者たちは、わたしと一緒に、サン・ナゼール号の舷側をいっかな離れなかった放浪生活の象徴である鷗たちを、感動して眺めていた。」『リムーザン人、ジークフリート』に対してなされたように、*ある魔法によって（それはジロドゥーが行使するのだが）記憶がわれわれにふたたび与えられ、事物に真の意味が与えられることが必要だろう。その魔法とは、白内障の開眼、あるいは記憶回復*であり、ことばの最も厳密な、最もプラトン的な意味での過去の記憶の再生である。それは、ベルナールがするように、ただ単に世界を新しくしてみせるばかりか、世界が示していた古い外観を損ねることなく世界を変貌させることなのだ。

　なぜなら、鷗たちはけっしてサン・ナゼール号のそばを離れなかったが、それでもなお放浪生活の象徴なのだ。アンヌはギリシアタイプの女性だが、「同時」にしゃくれた鼻の持主であり、宝石でけばけばしく飾りながらしかも着こなしは開放的で淫らなほどだ。コンスタンチノープルに向かって出発するのはモーゼであるが、実はエグランチーヌこそほんとうの旅行者であり、動いている存在であり、バレー・ダンサーなのだ。リムーザンに生まれた贋ジークフリートは、その生まれにもかかわらず、ドイツ人の典型、国民的英雄である。仮面と素顔、いったいどちらがほんとうなのだ？

　だから、このふたつのどちらかを選択することは問題にならない。だが、二重写しのようにそれらふたつがいっしょに知覚できるためには、ふたつの間を揺れ動くことが問題となる。《シャッセ・クロワゼ》や《優しい対角線》、また時として書物相互の間にみられる照応は、このようにしてそれぞれの真の意味を把握する。シモンはリセに出かけるために自分の身のまわりの仕度を整える。「ぼくは要らなくなったジャムの壺や、要らなくなったジャージーのセーターや、歯車のない古時計を取りだすために、もう一度トランクをあけてみた……。ぼくはコンパスと羅針盤と極地探険や赤道探険に必要欠くべからざる衣服――一言でいえば、リセの会計係から要求された寄宿生の衣類しか持っていなかった。」もっとも、絶海の孤島に遭遇するのは彼ではなく、彼がまだ会ったこともないシュザンヌなのだ。が、それにしても、その島がシュザンヌにとってエデンの園であるように、（それはほとんどぴったりし過ぎるくらいなのだが。）リセが彼にとってエデンの園であることに変わりはない。リセの会計係に要求された羅針盤も、その使用は、実用的というより象徴的であるにとどまってはいたが、だが、それほど突飛なものではなかったのだ。

　ジロドゥーの文体に玉虫色や虹色の光彩を添えるこの存在と外見のたえ間ない舞踏《ダンス》は、古典的修辞の分野でひとつの名前を持っている。それは、通常隠喩と呼ばれているものにほかならない。ジロドゥーにおける隠喩は（極端になるとそれは駄洒落に堕してしまうのだが）、かかる等価性、つまり事物の本質と外見の間で突然確認される同一性にほかならず、しかも本質と外見のいずれにも特に形而上的優位性が認められているわけではない。換言すれば、ジロドゥーの隠喩は現実からの超脱ではなく、それに内在するものなのだ。それらは、われわれの知覚がわれわれに提示する存在の日常的な様相を破壊しはしない。それらは単に現象の上に積み重なるだけだ。だからそれは、隠喩である以上に変貌なのだ。シュザンヌの島が「楽園」あるいは「植物園」になるのも変貌のひとつであるが、こうした変貌は、ヒロインに喜んで花々を提供する。それは「香料であることがわかった小さな灌木の茂みや、野菜であることがわかった草木のなかで、本能に強いられて味わった花々であり、小豚の味がした栄養たっぷりな花々」なのだ。だが、小豚の味がしたといっても花は花だし、香辛料のまじったその香りは、灌木としての本質を灌木から奪い去りはしない。隠喩は、世界を構成する諸事物の間に、それら個々の事物の特質を失わせることなく、ある連関性をつくりだす。プルーストにおけると同様、彼の隠喩は、事物を不正な隠遁状態から解放することをその本質的機能としている。そうした隠遁状態に事物を閉じこめるのは、言語や、われわれの知覚や、またたぶん事物の側からすれば、孤立した状態のなかで辛抱しようとする頑固さのようなものであろう。「片方の眼に指をあてがうと、すべてのものは金色の縁飾りがついて見える。ブドウ酒は水差しのなかで桃色になり、ナフキンは銀の食器やサクランボの下に置かれると真白だ……」つまり人は、実際あるがままに物を見ている。詩は、世界にその真実を返還する。詩のおかげでジロドゥーの世界は、われわれが現実だと信じている世界以上にずっと真実なのだ。われわれはヘーゲルのことばを考える。存在は現にそれがそうある以上によりよく現われるものではない、ということばを。あらゆる仮象は真実だ。そして片方の眼を指で押える者に事物が金色の縁飾りをつけて見えるとしても、それは少しも偽りではない。『エグランチーヌ』のなかで、過去の歴史的大事件のすべてがアメリカ人で繰り広げられたとモーゼが想像するその空想、シカゴでのソクラテスの死がかもし出す恐怖のあの独特なニュアンス、ニューヨークでキリストが磔にされたときの深い恥辱感……そうした夢想以上にアメリカについての正確なイメージを私はほとんど知らない。彼自身がいっているように、〈種も仕掛もない手品師〉であるジロドゥーは、同時代のレアリスム小説家のなかでも最大の作家なのだ。

2　勝ち誇るロマン主義

いかにジロドゥーが楽園にとり憑かれていようと、いかに彼が純潔を礼拝し、あるいは最上級の存在を礼拝しようと（ベラの双生児であり、彼女の単なる引き立て役に過ぎぬまったく装飾的な人物のベリタでさえ、ローマ教皇だけにしか懺悔をしない。——もっともこれは予期されていたことだが——）、あるいはまた、汽車がきちんと時間表どおりに着き、金髪の肌を焼いた女たちが、なおそれだけにいっそう断固として肌を焼いた女としての本質を主張しようと——つまりひとことで言えばジロドゥーの世界においてすべてがこの世における最上のものである（したがってそれに直接先だつ最上級の存在は、その最も絶対的な価値において捕えられるべきだ）としても——こうした記述では、われわれは単なる文学的描写の水準にとどまるだけだ。私は（残念ながら）、もう切手類を収集していないし（少なくとも自分のためには）、いまだにちょうちょう取りに夢中になってもいない。（それは、偶然の私の読者にしたところで同じだろうと思うのだ。）したがって、こうしたすべてがいったい何を意味しているかを知ることが問題なのだ。つまり、われわれの世界とは外見上あまりに違うこの世界が、地下鉄《メトロ》の利用者たち（あるいはタクシーのとはいわぬまでも、せめてバスの利用者たち）にとって、どんな効用がありうるか、そして、われわれにいかなる解放感をもたらし、あるいはわれわれにいかなる解放を実現させうるかを知ることが問題なのだ。

　ここで（一度だけ）背後に視線を投げることもたぶん無駄ではないだろう。いずれにせよ、なんの効果もないということはあるまい。なぜなら、ジロドゥーに（子孫のほかに）祖先があるとしても、あの「にんじん」*がしみじみといったように、だれも孤児にはなれないからだ。自分が孫であり、さらに曽孫であることを発見することさえある。そして彼が、もし祖先のかわりに自分の先駆者を探さねばならぬとしたら、それこそ彼を（歴史的に）育てあげたドイツ・ロマン主義のなかなのだ。

　そこでまっ先に思いつくドイツの作家はもちろんあのジャン・パウル・リヒター*だが、この作家についてエドモン・ジャルー*は、「彼は世界について、楽園の直観以外のいかなる感覚もけっして持ちあわせていなかった」と書いている。*ジロドゥーにひとしく向けられる非難（たとえば楽天主義といったそれ）までジャン・パウルにあてはまろうし、またこのジャン・パウルの限られた成功は、ふたたびジャルーのことばを借りれば、人類が《楽園》の味覚をいままでに味わったことがなかったばかりか、いつも「こうした考えに耐えがたいほどの恐怖を覚えた」ことに由来しているのだ。「人類は、それを知りもせぬのに、幸福という考え自体に恐怖を覚える。人類にとって幸福とは、まじめにいって——つまり利害にからんだ、あるいは悪どい要求を別とすれば――倦怠のまったく耐えがたい一形式のようにしか思えないのだ。」『五年級教師・フィクスライン*』の著者のように、『シュザンヌ』の著者もまた《世界》から脱出しようとはせず、断固としてそこにとどまりながら、しかも世界の限界を可能なかぎり遠くまで押し拡げること、「そこでさまざまな感情や感動や法悦を感じると主張すること、さらには、その限界を越えたところで起こりうる行為をそこで達成しようとすること」*以外に、なんの野心もいだかなかった。ささやかな日々の現実を傲慢にも軽蔑するどころか、ふたりとも世界のあらゆる事物に同じように普遍的な愛情を及ぼし、その結果それらの事物を変貌せしめるのだった。彼らは、その世界から立ち去ることを、外見はともかく心の底では望まなかったし、またその世界は、彼らが、彼らの芸術の本質的手術を行ないうる場所として充分であったばかりか、それこそ彼らを満足させてもいたのだ。

バイロイト近郊の野原で、あらゆる種類の廃品、つまり、古針、廃物のヒモの切れっ端、こわれたつるはしの鉄の部分などをひろい集め、それらを大きな木箱に積みかさねているジャン・パウルを想起するのは愉快なことだ。これはジロドゥーのことばの使い方にいくらか似ている。そしてこのジロドゥーについては、世界のどこからか波のまにまにただよってくる人間や物質の漂流物をうやうやしくひろいあげ、そのために私立病院を建ててやる心優しいエドメの姿がすぐさま想像されるだろう。

同様に次のことがらを指摘するのは容易だろう。すなわち、一般に人びとがノヴァーリス*の《魔術的レアリスム》と呼んでいるもの、ノヴァーリス自身には、ほとんど全く神話的な希望としてしか感じられなかったものを、ジロドゥーが実際に実現し、ノヴァーリスのために、また他の人びとのために、彼の作品中に存在せしめたということである。ハインリッヒ・ドフターディンゲン*は、マチルドに宣言する。「優位の世界は、われわれが普通考えている以上にわれわれに近い。すでにこの世で、われわれは優位の世界に生きており、それが地上の自然の織りなす網目と密接に入り混じっていることに気がつく」と。この敬虔な断言には根拠がなく理屈だけにとどまっているとき、一方『シュザンヌ』の著者は、われわれをすでにこの世で《優位の世界》に連れて行くことに成功する。彼がそのヒロインを生かしめる楽園は、ことばの上に堅固に築かれ、ことばのおかげで、その夢の織りかたさえもわれわれに伝えることが可能なのだ。彼の隠喩は非常にしばしば慎ましくわれわれに示されるが、われわれはそれが慎ましいからといって、その極端な野心や、それに負わされている形而上的、宇宙的役割に気づかずにいるべきではない。彼が『無関心な人たちの学校』で、「大いなる類似が世界に切り傷をつけ、あちらこちらにその光を印している。この類似は、小さなものと大きなものを近づけ、組み合わせる。この類似だけから、すべての郷愁、すべての機知、すべての感動が生まれるのだ」と書くとき、彼はロマン派のひとりとして語っている。その彼にとって《約束の地》*は、この世にしてすでにわれわれのものであったが、このとき彼は、ほとんど全部のロマン派の人びとにいやでも応でもつきまとうあの取り返しのつかぬ喪失感、あるいは償いきれぬ失墜感を抱いてはいない。「われわれを取りまくすべてのものは、ある程度までしか真実でない」と、たとえばティーク*はいう。これとは逆にジロドゥーにとっては、シャトールゥのリセの中庭も、ベラックの大通りも、コンコルド広場も、少なくともそれらを見る術を知っている人びとにとっては完全に《真実》であり、絶対的真理なのだ。楽園はついそこに、われわれの手の届くところにある。きわめて魔訶不思議なわれわれの夢は、現実世界ですでに実現されている。

それはジロドゥーが、ティークの短篇小説の登場人物にしじゅうつきまとった罪悪感、当の作者をも悩ましたに違いないあの罪悪感を持っていないからだ。ベラの死でさえ美しい。そしてマレーナが闘うのは、いつもひとりの天使（失墜した天使ではない）とだ。したがって、彼が生んだ輝かしい登場人物たちは、『友人たち』の不幸な主人公のルドウィッヒのように妖精たちの国から追放され、迷夢から醒め、ある日、急に眼をあけて、「おまえは地上から逃れられぬだろう」と呼ぶ声（それはまさしく彼らの最良の友の声なのだ）を聞いたりはしないだろう。だがそれは、こうした登場人物たちが、けっしてこの地球から去ろうとはしなかったからなのだ。

彼の言語の使いかたさえ、ドイツロマン派の場合に比べてずっと素朴であり、（ことばのあらゆる意味において、ずっと巧妙にいっている。たとえばフレデリック・シュレーゲル*にとって言語の本質的機能とは、意味の牢獄からそこにつながれている事物を解放し、それらに生命と精神性とを付与することである。そこから隠喩の自発的な曖昧さが生じるのだが、この隠喩は、正確で感受性の鋭い直観を喚起しようとするのではなく、反対に直観を麻痺させ、それによって事物を分解しようとする。こうした作用を持っているという意味で、この隠喩は、ほんとうの魔術的文例と比較できる。同様にジロドゥーの隠喩も、喚起的というよりむしろ魔術的だ。だがロマン派の心象《イマージュ》とは反対に、そこではどんなものでも、たとえ事物の外面ですら、分解し破壊することを注意深く避けている。隠喩は変貌させる。しかし変貌させた対象の本来の性格は依然としてもとのままなのだ。そのうえ彼の隠喩は、まじめに受けとられまいとし、たとえば『ベラ』の媚薬の場合のような、まったく厚かましい洒落を前にしても少しもたじろがない。ジロドゥーは、完全に不敬な態度で、（といってもそれは、彼が隠喩に与えている信頼感の裏返しにすぎないのだが）ことばとあえて戯れたりしている。この態度から思いつくのは、『ルツィンデ』*の著者シュレーゲルより、ここでもまたジャン・パウルのほうなのだ。ジロドゥーのように、ジャン・パウルはことばをあらゆる角度から検討し、ことばの語源的意味や二重の意味や形やひびきを使って軽業を演じる。しかし、ジャン・パウルのことばに対する信頼は受身にとどまる。彼の信頼感とは言語に対する謙虚な態度のことであり、この作家は言語を前にすると際限なくあなたまかせになって影が薄くなる。それはちょうど、海に対する小舟のようだ。彼が言語と戯れるのではなく、むしろ言語のほうに彼がもてあそばれている。彼は、言語のなかに潜んでいる宇宙的な力を愛している。これに反してジロドゥーが愛しているのは、その人間的な力なのだ。それ故にジロドゥーのロマン主義は、断固としてユマニスト的なロマン主義であるだろう。

同時にそれは、ネルヴァルのそれのように勝ち誇るロマン主義だ。それは、ジロドゥーが『文学』のなかで軽侮のことばをあびせたヴィニーや、ミュッセのごとき詩人たちの戦闘的で苦悩するロマン主義とは対立する。《郷愁》（語源的な意味、すなわち回帰の欲求と苦悩の意味に解しての）とは、《時》によって刻まれた不治の傷のことだ。そしてロマン派の多くのメルヘンは、事物を本来の位置にもどそうとする強迫観念をもって、この傷を和らげようと試みているが、ジロドゥーの小説では、傷が意識によって知覚され傷として感じられる以前に、それはすでに充たされているのだ。『シメール』のソネ*（ここにも、変化を否定する同じ方式、《記憶の再生》についての同じ気づかいが見出されよう）の場合と同様に、時の破壊的様相に対する勝利は一挙に確立される。事物と人間は、ほんの微かに変化する許ししかあたえられないだろうが、それはその永続性をよりよく立証するためなのだ。「星たちは一ミリメートルだけ回った。天空が一新されるにはそれで充分だった」とシモンはいう。物事の絶対的はじまり、あるいはぎりぎりの結着に置かれたジロドゥーの作中人物たちは、あらかじめ勝利を得ているのだ。年若いエグランチーヌも、こうして自分の私生活上の問題を解決してしまう。彼女は、老人たちにしか夢中にならぬことによって時の破壊からまぬかれている。「他の女なら男の力や美貌に参ってしまうのだが、彼女には、中年を過ぎていることがたまらない魅力だった……。変化に対する恐怖、恒久不変に対する渇望、それが彼女をして、老人たちの不易で決定的なもの、つまりその老年を愛させたのだ。それこそ、自然あるいは神が人間に対してまもった唯一の約束ごとであった。人間たちは年老いていく。少なくともそれだけは確実だった。」さらにまた次の文章。「幸福への確信、ひとつの現実をしっかり手にしたいという欲望、それが彼女を、きわめて自然に、その幼年時代からずっと変わらなかった人たち、つまり老人たちのほうへ押しやったのだ。彼女には、彼らだけがこの世界で時の流れに抗し、不易のものであるように見えた。彼女自身は知らないが死への深刻なあの恐怖、こうした人生の過酷な法則から彼女を解放してくれたのは、たしかに飛行士でも産褥の床にいる女たちでもなく、フォンランジュとモーゼであった。彼らに対しては、六十年の歳月といえどもなんらなすところがなかった。」フォンランジュの白髪やモーゼの肥満こそ、《時》からかちとった勝利の物的証拠であり、勝利の代価であったが、シュザンヌは、マラルメ島に彼女を打ちあげたあの幸運な難破のおかげで、それをさらにより完全な形で獲得するだろう。そこでは彼女は、持続の外に宙ぶらりんとなっており、もし彼女の生活がいますこし単調でなくなれば、自分の知らぬまに、日常的で、変化があって、時間的な生活に一挙に舞いもどったような気がするほど、まったく似たような瞬間の識別しがたい連続のなかにはまりこんでしまっているのだ。「私が帰ってゆくのはやはり人生のなかだろう。なぜなら、明日の私の一日は交換可能な時間で作られるかわりに、あたかもヨーロッパさながらに、いくつものエピソードに細分されるだろうから……」彼女にとっては、ジロドゥーがほとんど尊敬しなかったある詩人の希求が(というのは、きっとその人間の憧れがあまり真剣ではなかったからだが)、別段これといった努力もなしに実現されるだろうし、《時》は、その飛翔を停止するだろう……

　これとはまた別のやり方で、ジークフリートも、《時》と名づけられた《竜《ドラゴン》》のはからざる征服者だろう。彼の名がそのまま題名となったこの小説は、本源への遡行、つまり健忘症という歴史の霧を通して、ひとりの人間が自己の真の本質――ここでは自己の真の国籍を、やっと発見する物語だ。(枕頭にエヴァがつきそっている病院での)第二の誕生で、理性のくもりと手を切った彼は、最も厳密にプラトン的な意味での「記憶回復*」を実現し、自分がなにものであるかを認識して、世間でよくいわれるように《我《われ》にかえる》。新プラトン主義者*の説によれば、神によって世界が生みだされたのは、つまり永遠を失ったのは、《流出*》という運動によるのであるが、ジークフリートは、この《流出》とは正反対の運動によって自己を見出したのだ。『オンディーヌ』(周知のように、このテーマは、ドイツ・ロマン派のひとりから借用されたものだが)*もまた、死すべき条件にみずから進んで失墜し、すぐそのあとで、忘却の深い闇を通って腐敗を知らぬ世界に帰ってくる物語だ。しかしこれは戯曲で、《時》の悲劇が、五幕(マニーの誤りで、事実は三幕)にわたって展開され、舞台の上ですべての人の前に散漫にさらされている。ジロドゥーに固有の詩的手術が、そこではひきのばされ、だらだらとし、水で薄めたようになっている。これとは反対に、小説の各ページでは、詩的手術は、気どった隠喩のおかげで、その効果が数倍にも強められ、しかもそれらの隠喩は、ティーク、ノヴァーリス、あるいはホフマンなどのように、《メルヘン》という回り道をすることもなく、直接ロマン主義の郷愁を充たしてくれるのだ。そして『ハインリッヒ・ドフターディンゲン』におけるノヴァーリス、それとも『ルツィンデ』におけるシュレーゲルが、否応なくわれわれを果てなき期待へ誘いこむそれとはちがい、すぐにわれわれを《失楽の園》にともなって行くのである。

3 痴情沙汰の一形而上学

「女を探せ……」
『完全な探偵になるために』
アフォリスムス第三番

エデンの園でリンゴを食べようと思いついたのがアダムでないこと、イヴがいなければ、アダムはまだ楽園にいるだろうし、あのすばらしい世界では、《歴史》のない、至上の幸福に満ちあふれた歳月が流れていたろうことはだれでも知っている。(さらに私は「そしてわれわれは、いまでもアダムといっしょに暮らしていただろう」と書き足そうとした。だが知りうるかぎりでは、われわれの母なるイヴが存在せず——それにまたリンゴがなかったら、われわれはたぶん生まれてもいなかっただろう。)

いずれにせよ、もし女人がいなかったら、ジロドゥーは小説を書きはじめることさえできなかったろう。(彼の小説も——それに、エデンの園も好きでない人びとは、よしんば彼が女人の助けをかりたにせよ小説を書くのにたいへん苦労した、ときまってほのめかすにちがいない。) ここから、彼の作品の表紙(あるいは同じことだが、同じ著者による既刊作品のリスト)に刻まれた一連の魅力的な名前の花飾りが生まれた。すなわち、ジュリエット、シュザンヌ、ベラ、エグランチーヌ……人が本を読んできかせるあの《亡霊》、素敵なクリオ、あるいは女友だちのアメリカも忘れてはならない。彼女たちをかたわらにしては、《悲痛な男》シモンも、《勝利者》ジークフリートも影の薄い端役でしかないし、それにまた、アンヌやシュザンヌやジュヌヴィエーヴやエヴァがいなかったなら、彼らは苦悩をもって生まれさえしなかっただろうし、あるいは現在であれ過去であれ*人生に立ち帰りもしなかっただろう。『創世記』の物語のなかでのように、ジロドゥーにおける女人は、それによってすべてが生起し、人の生死にとって、さらには《人生》や幸福にとって必要欠くべからざる存在なのだ。それはまた、どんなにすばらしい、どんなに完全な男性でもやはり足もとにも及ばぬ存在で、マレーナのように天使と肩をならべ、リアのようにエホバに挑戦する存在なのだ。

『選りぬきの女たち』は平和で満ちたりた家庭に、女の常軌を逸した行動が闖入する典型小説である。この小説の内気で控え目なヒロイン、エドメによって、われわれは史上有名なヴァンプたち、つまり、クレオパトラやメッサリーナ*、トロイア*のヘレネーや女王ドラガ*、スウェーデンのクリスチーナ*やマリー・ワレウスカ*などといった女たちを理解することができる。エドメはエリザベス女王のように純潔な、ウェルテルのロッテのように世帯持ちのよい主婦であり、ジョルジュ・サンドのようにやさしく、デスデモーナのように貞節な女であるが、一方では、彼女のためには、理工科学校《ポリテクニシャン》出身の夫たちでさえ人殺しを犯したり死んだりし、また弱々しい青年たちが恋い焦がれて自殺したり、死んだりする女なのだ。つまり、彼女がいなかったならば、痴情沙汰も、地震も、戦争も、決闘も、自殺も、一言にしていえば、死も生も起こらない。女の原理は無秩序と際限のなさにあり、そのあばら骨はアダムから取り外されて自由奔放にふるまい、要素は世界のなかで余計なものだ。その形而上的機能はあらゆるものの調子を狂わせることであり、その結果、何かが起こり、世界は安んじて深い眠りにつくことができないのだ。

ジロドゥーがこれらのヒロインの周囲に楽園のごとき世界を配置し、模範的な夫の両腕にエドメを閉じこめ、エデンのような島にシュザンヌを封じ込み、モーゼの閨房に囲ったり、街頭にまでお伴をする彼の富で囲ったりというように、二重にエグランチーヌを囲ってしまうのは、なにも、彼女たちを一生囚われの女としてそこにとどめておくためではない。反対にそれは、彼女たちが最初の女性イヴの仕ぐさをあらためてくり返しながら、音の聞こえぬ大きな雷の鳴るなかを逃れてゆくためだ。一方彼女たちの背後では、天使が目に見えぬ火の刃をまたもや振りかざしている。ジロドゥーの作品のなかで脱出するただひとりの男性は、ジェローム・バルディーニ*である。がしかし、それも心理的思いちがいであって、それを彼はけっして二度と繰り返しはしなかった。（それに、ジェロームはやさしいステフィーに出会うだろうが、「苦痛に満ちた牢獄から脱出するように」幸福から脱け出し、彼を見捨てて逃亡するのは、今度は彼女のほうである。）ジロドゥーは彼自身について、「私はどんな呪いも受けずにすんだ」と語った。もし彼のヒロインたちがいなかったら、彼は、怪物じみた様相を帯びたあの驚くべき潔白さによって庇護されすぎたことだろう。彼には、苦悩や罪や反抗を引き受けてくれる勇気のある女たちを創造することが必要だった。その女たちは、シュザンヌのように幸福を捨てることができ、ベラのようにひたかくしでなければ幸福にとびこむことを肯んぜず、マレーナのように、次第によっては避けえたかもしれない人間的苦悩に真正面からぶつかってゆく人間である。――彼女たちは、悪の入りこむ余地のない、陰のないこの世界の呪われた部分のようである。（しかもこの呪いは、断固としてえらばれ、要求されたものであるのだ。）

全国のリセ対抗競争試験の受賞者である《悲痛な男シモン》が、アンヌという人物によってはじめて女人に出会うとき、つまり神も人間も考えつかなかった、あるいは（同じことになるのだが）予見しえなかった唯ひとつの現実にぶつかるとき、世間を前にしたおのれの無力をはじめて測り知るのだ。「以前なら私は、女の原形を自分の手で作りあげることを承知しただろう。各自の美意識に従って世界を再創造することがフランスの全生徒に課せられた競争試験で、選ばれたのは私の世界だった。私は受賞した。そして私は、本物のナイル河よりも、水源地も沿岸も河口もない私のナイルのほうがいまでも好きだし、本物の黄海や黒海よりも、ほんとうに黄色い私の大洋、ほんとうに黒い私の大洋のほうが好きなのだ。だが、アンヌのことを想いはじめてからというもの、男よりも先に創造することに決めていた私のイヴは、なんとただのマネキンでしかなかったことか！」善良な生徒で順応主義者である男を前にしては、女人は《反逆者》であり、想像力など問題にしない存在だ。シュザンヌとシモンの比較はこの点でたいへん教訓的である。（なぜ批評家たちには、同じように、こうした比較を要求する権利がないのだろう？）シュザンヌはベラックで成長した。そこではすべてがきちんと整頓され、それこそ少女に見せてやるにはまたとない模範的世界である。「ベラックでは、美徳も世界の運行も、すべて秩序立っているとしかみえなかったし、それらはまったく明白であって、害を及ぼす怖れはなかった。一月はそこではいつも寒く、八月はいつも酷い暑さで、隣人はだれでもいっぺんにただひとつの長所、あるいは短所しか持たなかった。そして私たちは、そこの季節や感情とは別のもので判読しながら、この世界を申し分なく知る術《すべ》を学んだ。」したがって、このようなきまりきった生活のまっただなかで退屈してしまった彼女は、まずはじめに寄宿舎で女友だちとエーテルを嗅ぐ。ついで、毎晩三時二十分から四時十分までのあいだしか起こりえないこのいたずらが、一応禁じられてはいたがそれでもなおあまりに単調すぎることに気づいて、彼女はコンクールで勝ち、世界漫遊にでかける。運命のいたずらか、事実、ある不運なめぐりあわせが、いち早く彼女をマラルメ島に閉じこめてしまう。しかし、彼女の冒険精神は屈しえない。これに反し、彼女とほとんど似かよった教育をうけたシモンは、そこから脱出しようという気を少しも起こさない。大きくなっても彼は、家庭教師から授かった完璧な世界にすがりついたままである。この世界では、たとえ真理を犠牲にしてまですべてが正当な重みを持ち、厳密な本質を所有していた。「……歴史の時間、彼は、アレキサンダー大王が酒飲みだったとか、ジャン・バール*はやっとこさっとこ自分の名前を署名することができた、しかもそれがほんとうの名前ではなかった、などということを、ぼくにいわぬように気をつけていた……。彼は、ブルボン王朝の宮内大臣や、グルーシィ*、あるいはバゼーヌ*などを許せたかもしれぬことがらのすべてを、嫉妬心からぼくに隠していた。だからぼくは、新たに磨きのかけられた英雄たちの鎧や、黒いエナメルを塗られた裏切者たちの鎧を持ってリセにでかけたのだ。シモンにこうした安楽な幻影を断念させるには、ひとりの女、つまりアンヌが次のように申し渡して彼を奮起させねばならないだろう。「彼女は、ぼくがいつも満足していることにもう耐えられない、いつに変わらぬ満足などというものは、それに触れるものすべてを、苦しみ以上にいびつにしてしまう。彼女は情熱や欲望を抱くだけでなく、無我夢中になって苦しみたい、ぼくが自分の考えのひとつひとつを、その最も小さなものまで、まるで目ざまし時計か地球儀の下にでも置くように、なにか大きな思想の下におく癖がやりきれない」と言明するのだった。つまり、ときおりわれわれがジロドゥーに浴びせたくなるようなそれと同じ非難を、アンヌはシモンに浴びせるのである。常軌を逸することと反抗がその原理である《女人》がいなかったら、男たちはいまでもエデンの園にいるだろうし、魔法使いのジロドゥーが、自分の秘術をふるう機会もなかっただろう。

　男たちは自発的に自らを閉じこめた者であり、故意に、おのれの条件のなかに隠遁した者である。さまざまな種類の人間たちを、動物園の鉄格子よりもなおしっかりと仕切っているあの神秘な境界をとび越えることができるのは、そして、（シュザンヌと彼女の友人たちがベラックにおいてさえ送ることに成功した）いわゆる《二重生活》を持つことが許されるのは、ただ女たちだけである。たとえば二重の顔を持つベラは、ルバンダール家とデュバルドー家の間を仮面を代えて行き来し、あげくの果てには恋人にまで誤認される始末だ。またモーゼのため、生まれ故郷から遠く誘いだされたエグランチーヌは、フォンランジュのもとに立ち帰るまでは、東洋と西洋の掛け橋であり、シュザンヌはまた、南十字星を目指して遍歴を続ける。八歳にしかならない幼いクローディにしたところで、こうした気がかりな二重性をすでに示している。たとえ彼女が害にならないようなことしかいわなくても無駄である。彼女の父は、彼女が悪の象徴であることを充分に感じている。「彼女は、八歳の少女にふさわしいことしかしゃべらなかった。しかし、ときおりピエールには、彼女が約束ごとによってあのようにしゃべっており、たちまち化けの皮が剝がれてしまうかもしれず、彼女に対しては、最も恥知らずな、最もひどいありとあらゆることばを使ってもいいように思われた。」「エドメが母親と連れだって外出すると」と、あわれなその夫は内心つぶやく、「おれは彼女が、彼女を誘惑する男といっしょに外出したような気になる。」その上、この女性という存在は、肉体を持った、明確な個人によってつくられてもいなければ、性を持った者でもない。それは明確な形をなすどころか、多岐多様の形而上的原理が、自己表明するために借りた一時的なる一連の仮象としてあらわれたものといえよう。クローディは、「性別のない者、辛うじて人間といえる者で、もしも誰かが、戦争とか、ポリッジ〔水や牛乳でどろどろに煮たオートミール〕とか、祖国、クレマンソーなどといった人間の話で彼女をうんざりさせようものなら、おのれの属する領域あるいは義務を変え、植物あるいは水の精になってしまいそうである。」ドイツ・ロマン主義の実在のヒロインたち、すなわち、カロリーネ・シュレーゲル、*ベッティーナ、*そしてこれらの女たちのように、いかなる試練にも耐えうる健康にめぐまれた人びとと、不可思議にも似通ったジロドゥーの女たちは、絶対的《他者》として、補足的原理（つまりシモーヌ・ド・ボーヴォワールがいみじくもいったように《第二の性》）として、神秘と、権力と、人類のドラマを貯蔵する者として立ちあらわれるのだ。

4 《美酒はけっして渇きを癒さなかった。》ラブレー（第六の書*）

不幸なことは彼女たちの反抗がすべて失敗に帰し、世界に個有な停滞性とも、男性の無力さとも衝突して挫折することだ。これらの脱獄囚たちはみな、（ほっとした気がなくもなく）しまいにはわが家に帰ってゆく。シュザンヌがこう語るように。「……あのボルネオ旅行、あのすばらしい漂流。だが、わたしたちが生まれた土地ベラックでの滞在も、幸福でゆるぎのないものだった……」と。人間たちの条件を味うために、自分の条件の外に飛びだす冒険をあえてしたオンディーヌでさえ、その戯曲の終わりでは彼女が生をうけた水の王国に呼びもどされる。人びとはジロドゥーの小説を読み終えると、結局はなにごとも起こらなかった——マラルメにおけるように星座のひとつさえ生じなかった、という失望した印象をいつも抱いてしまうのだ。これほど完全なこの芸術にわれわれが最後に感じることになるいらだたしさや、単調で無意味で空虚であるといった、彼にしばしば浴びせられる非難はここから生まれる。

それにかなりしばしば、彼に対する批評は、明確さに欠けている。曖昧な用語で表現された批評は、ジロドゥー芸術に向けられた根拠のある決然とした拒否であるよりも、むしろ読者の側の定義しがたいある種の不快感と、はっきりしない不満の感情を洩らしているものだ*。あるものは率直にいって不当でさえある。たとえば、描写のほんとうらしからぬことや、断言のひとりよがりの点などでジロドゥーを非難する批評は正しくない。バルザックを小説家と呼ぶことを誰も否定しなかったと私は信じるが、このバルザックに同じ非難がいくたびも浴びせられたことを想起するのは無駄ではあるまい。ナタリー・エヴァンジェリスタ*は、すべてのわがままな人間同様に、ずんぐりした体軀の持主であった、とか、フェリシテ・デ・トゥーシュ*のやや肥った顎は、恋をすると気むずかしくなる気質を物語っている、などとバルザックが断定的に書くとき、彼はジロドゥーが次のように平然と描写するのと違ったことをしているわけではないのだ。つまり、「救われたシャムの双生児のひとりは百年は生きる」*とか、「人間の場合でも動物の場合でも、最も利口なものはまた最も優しい」*とか、教授たちはいつも夏休み中には死んでいる、とか、さらにはまた、「たとえフランスでひとりひとりがそれぞれ異なっていようと、毎日毎日や、個々の消費量は似たりよったりである」*などといった文章がそれだ。これらはあきらかに一般的真理だから、あらゆる想像的体験を越え、また証明不能であるとともに、真偽のほどが確認できないものである。そしていらいらさせられぬまでも、強い印象を受け、呆気にとられてしまう読者は、「どうして彼は、こうしたことのすべてを知りうるのだろう？」とたずねざるをえないのだ。

　答は簡単だ。たとえジロドゥーがこれほど断定的で、これほど普遍的な確認をあえてするのは、シャムの双生児の長命や、教授たちの避暑時の死亡率や、あるいは、エナン＝リエタール*からバルセロネット*にいたる各地のフランス人がアペリチフに飲むものの同一性をなにも綿密に調べた結果ではない。バルザックが、ずんぐりした体軀をわがままな性格との相関関係を確信しているのとまさしく同じように、ジロドゥーは自分が描くすべてを知っている。それは彼の造物主的権利によるのであるが、彼は彼の小説世界での一家の主人であり、話はかくあるべきだ、と彼が決めたからである。（それこそシモンが水源地のないナイル河を描き、実際に黄土色の黄海を描くことに決めたのとまったく同じことだ。）彼は自然科学の方法に似た、経験的方法によってやっとの思いで獲得した知識をわれわれに伝えたりはしない。彼は、「まるで彼自身がそれをつくったかのようだ」とよくいわれるあの完璧な確実さで、一挙に知った世界を創造する。しかもこの世界を彼はまことに効果的にこしらえあげた。彼の記述は、一見ひとりよがりで許しがたいもののように見えるが、それは小説家としての彼自身の堂々とした特権を行使したにすぎない。つまり、われわれに彼のヴィジョンを伝えるため、自分の小屋では大将気どりの炭焼きの完全に落ち着いた態度で、ぎりぎりの方法を行使するのである。

　しかしながらバルザックとの比較は、そのすべてがジロドゥーに有利になるわけではない。彼は、『人間喜劇』の著者のように、時間を越えた本質の世界、プラトン的な原型の世界の上に堅固に支えられた一宇宙を構築した。彼は、実生活にふくまれる永遠の要素、実生活の現実性に基礎を与える永遠の要素を裸にすることで、実生活を変貌させようとした。だが結局彼が出現させるものは、単に原型であり、木の梢でしかない。バルザックの物語に錘をつけているあの不透明で泥にまみれた現実をすっかり切り捨ててしまった彼の小説は、ほとんど小説であることをやめる。彼の作品には、罪や《悪》や取り返しのつかぬことや、腐敗や欠陥についての感覚が欠けている。文体のあまりに軽快な足どりでさえ、こうした天使的思想を反映しているのだ。ときとしてわれわれは、バルザックの作中人物をいつも下界のほうにひっぱっている鉛の靴底や愚劣という重さが、ジロドゥーの作中人物にもほしくなる。ジロドゥーの世界では、すばらしく知的ではない人間などただのひとりも存在しない。エグランチーヌあるいはシュザンヌのような天真爛漫な人物さえ、博学な人びとを恥じいらせるだろう。しかし、思想の名に値する思想はすべて愚劣さを土台にして育つものであり、われわれは努力をし、恥ずかしい思いをして辛うじてその愚劣さを捨てようとする。だがそれでも残滓のような、根源的なあの愚劣さは相変わらず残る。この愚劣さは、最も軽やかなわれわれの思想に重みをつけ、《軽妙なる人ジロドゥー》の戯れには欠けているあの濃密さを与えるものだ。ジロドゥーにあっては、すべてはあまりにもすみやかに、また、あまりにも容易に、知的で光り輝くものになる。そして、結局それは、人生の道案内にも、あるいは世界の歩みにもなんの役にもたちはしない。

《時間》についても同様だ。ジロドゥーは（かつてドイツ・ロマン派の人びとがそうしたように）腐敗を知らぬ世界のイメージをわれわれに提供しながら、時への隷属からわれわれを解放しようとした。だが、そうしながら彼は、その本質において時間に制約されない質的な《生成》まで除去してしまった。こうした質的な《生成》とは、人間の意識が、持続を構成する各瞬間の一種の相互的外在性のもとに把握するものなのだ。ここから彼の芸術の単調さ、ひとつの小説から別の小説に移るとき目新しさのないこと、作中人物や筋を入れ換えることもほぼ可能なこと、そして遂には、それぞれの物語の終わりで、その物語の最初の行と最後の行との間で起こったすべてのことが、結局は無効になる現象が生じるのである。ところで、おそらく、小説のあり方のひとつは、生成発展を描くことだ。幼年期から成年期へ、あるいは成年期から老衰と失権への、逆行を許さぬ経過を描いたり、現実世界との対決によって、小児的幻想や、愚行や、過誤の世界からの漸進的脱却を描いたりすることだ。これには人びとも賛成してくれるだろう。思いつくままに例をあげるなら、『失われた時を求めて』でプルーストが、『幻滅』でバルザックが、『赤と黒』と『パルムの僧院』でスタンダールが、『リチャード・カート』*でスティーヴン・ハドソン*がしたことがまさしくそれである。ダブリンの市をブルーム氏とスティーヴンがあちらこちらと歩き回るときでも、彼らが朝と同じ姿で夕方まで放っておかれるようなことはけっしてない。たしかになにごとかが起こったのだし、もはやそれを取り消すわけにはゆかない。これに反して、ジロドゥーにおいてはなにごとも起こらない。シュザンヌの旅も、ベラやエグランチーヌの恋も、ジェロームやマレーナの逃避も彼らを変えはしない。だから彼らは幻影だったのだ。《時間》はほんとうに克服されたのではなく、ただ、ごまかされたのであり、われわれが彼の本を読んでいる間だけ括弧のなかに入れておかれたのだ。彼の本を読み終えると、もとどおりの《時間》にふたたびお目にかかる。われわれが《時間》から逃れることはないだろう。

軽薄だとか、ほとんど勇気に欠けているといった非難は、それこそ疑いもなく、ジロドゥーに浴びせられうるいちばんひどい非難である。彼は、自分をほんとうにこの世界にいる者として受け入れることをしなかった。『エッフェル塔での祈り』のなかで彼はこういっている、「天地創造と原罪をへだてるこの合間《あいま》に、いまでも私はアダムのように生きている……。私の思想はひとつとして罪過も責任も自由も背負わされていない」と。だがそれというのも、彼がそれらを背負うことを望まぬからだ。なんびとも（ランボーでさえ）無垢ではない。選ばれた者だけは無垢かもしれぬが、選ばれるとはこの際、強いて偽善といわぬとすれば、選ばれたふりを装うことでしかありえない。ジロドゥーは（きっと感受性が鋭すぎたからだろうが）、あまりに早くから不幸に対して策略を弄する習慣を身につけてしまった。それゆえ、ほんとうにわれわれを不幸から解放する手助けをしてくれる代わりに、ただ不幸をごまかすにすぎず、彼と同じことをするようにわれわれに勧めている（彼は新しい《誘惑者》だ）、といった印象を抱かされる。したがって彼の作品は、なにか不毛な、最後には人を失望させるものを蔵している。彼の作品は、《恩寵》のイメージそのものの如く人を爽快にさせるが、《恩寵》そのものの代わりをすることはできないし、われわれにとって正真正銘の自由の鍵ともなりえない。われわれに示される蜃気楼は、われわれの渇きをいつまでも癒してはくれないのだ。

第七章　プルーストあるいは閉鎖性の小説家

1　精神の冒険としての小説

　プルーストの作品は、たちまち、異常なまでにふしぎな魅力を備えたものとなった。たくさんの分析がなされているのだけれど、その魅力の根源にあるものは、こんにちに至るまではっきりと示しだされていない。たぶん、それは、歴史的本質に属するものだろう。『失われた時を求めて』は、小説という文学ジャンルの発展のなかで、ひとつの転回点を表現している。半世紀以上前から、*ボードレール、ランボー、マラルメとともに、詩《ポエジー》が引き受けてきた文学の神秘主義的な機能、——プルーストのこの書物をきっかけとして、小説は、はじめて、そういう神秘主義的な機能をはっきりと獲得した。この書物とともに、小説は、明白にいわば魂の修練*となったのだ。魂の修練——それは、十九世紀初頭以来、文学が暗々のうちに志向していたものであり、こんにちのわれわれにとって、文学は、日ましにはっきりと、そういうものとなってきている。『嘔吐』や『謎の男トマ』や『異邦人』の探求するところは、時間をふたたび見出そうと努力するプルーストの探求とはたいへんことなっているが、たぶん、それらの作品は、プルーストなしではありえなかっただろう。

　来るべき世紀のポール・アザール*にとっては、われわれの時代の思想史の主要な現象とは、たぶん、これまでひとつは科学に、他のひとつは宗教に帰属していた二つの精神機能《フォンクシオン》が、文学によって併合されたという事実だろう。それらふたつのうち、第一の科学的な機能は、現実界についていくらかの知識をわれわれに供給し、ものの新しい姿をわれわれに啓示し、われわれの自我の未知の領域を探索すること、*要するに、科学と同じようにわれわれの知識を富ませることを本分とする。第二の宗教的な機能によって、文学は、われわれを〈絶対〉と交渉させようと努め、（《神秘主義的体験》という言い方ほど曖昧でなく、それよりももっとつつましい言い方をジョルジュ・バタイユから借りて言えば）文学は、われわれにひとつの《内的体験》（これはバタイユの著書の名である）を得させようと努めている。プルーストの作品は、その科学的な、ほとんど考証的とさえ言える面で、まず人びとの注意を惹いたのではあったが、*外部の現実の探索と、内《ア》的苦行《セーズ》というこのふたつの機能が、この作品によって、同じようにみごとに果たされているということは、注目すべきである。文学は、とくにエッセーと詩というふたつの道によって、宗教にとってかわろうと努めてきた。こんにちにおいて《実存哲学》が流行し、また、ネルヴァル、ランボー、マラルメのような長い間真価を認められなかった詩人たちが、近代になってからは、崇拝の対象になっているという現象が、こうして説明される。これらの詩人たちは、それぞれの場合により、あるいは神とともにあり、あるいは神に反逆したという差はあっても、ともに、神と肩をならべて創造することをのぞんだ。それゆえに、彼らの作品を解読することは、われわれにとって、一種の祈りとなった。これまで、小説は、とくに自然主義作家たちのつくりあげたような小説は、詩とくらべては、このような企てには、適合しにくいものと思われていた。しかし、プルーストは、小説の本質を変えずに、小説を内的苦行の場とその報告書たらしめることに成功するだろう。彼は、詩が宗教から取りあげていた富を、詩から奪還する。彼とともに、小説の運命はあらたな屈折をとげる。この屈折の重要さにくらべられるものは、ルソーが『新エロイーズ』によって、小説を思想の媒介、宣伝の手段としたとき、小説に与えられた衝撃しかない。プルーストは、だれよりも多くのことを、一気に敢行した。彼の後をうけて、さまざまの大胆きわまる試みがあらわれる——ギユーやセリーヌの宇宙的抗議の小説、サルトルの現象学的実験の小説、クノーの『交錯した時』のような神話的小説あるいはシュールレアリスム的叙事詩。だがこれらの小説も、それらを可能にしたプルーストの企図とくらべては、ほとんど臆病なものにさえ見える。この新しい使命を起因として、さまざまな問題が小説に提起されてゆくのだが、プルーストの作品は、それらの問題を、ほかにくらべるものもないほど鋭く提出している。プルースト以後、小説はやがて袋小路に突入してしまうであろう。その袋小路は、詩の神秘神学との拮抗、またそれとの融合が原因となって、現代詩が直面させられている袋小路と類似しているが、プルーストの作品は、そのような袋小路を予見させてくれる。小説の発展を研究しようとするものにとって、彼の作品が、社会学的関心の対象にもなり、また同時に、小説技法をめぐる関心の対象ともなるのは、このような理由によるのである。

2　洗礼者スワン

『失われた時を求めて』を、『悪の華』や『神曲』と同じような神秘主義的上昇の物語と称することができるだろう。神秘主義的上昇の物語とは、かずかずの経験を経て、魂が、〈聖なる瞬間〉のおかげで、自らを救い、ついに永遠を獲得するにいたる旅の物語である。だが、ほかの見方からすれば、それは、《タウテゴリー的》*な物語、つまり、カフカの『城』のように、それ自体の示すものだけの意味しかない物語であり、『薔薇物語』やバンヤンの『天路歴程』のように寓意的《アレゴリック》な物語ではない。だから、旅という主題によってプルーストのこの作品を解釈するのも、ただ単にそういう解釈も可能だというだけであり、それ以外のあらゆる解釈と比較して、この解釈にとくに価値があるというわけではない。この物語には、話者《マルセル》のほかに、*もうひとりの主役、ちょうど洗礼者ヨハネがイエスを《予言する》ように、話者マルセルに先行して姿をあらわし、その前ぶれをする人物がいる。スワンのことだ。スワンは秘法を不充分にしか伝授されていない。怠惰と社交生活とスノビスムが、さらにそこに疲労感までが加わって、彼が真理探求の果てにまでゆくことを妨げてしまった。オデットへの愛からえた教訓も、ヴァントゥイユの小楽節の神秘的な価値も忘れはててしまったスワンは、最後の愚行として、この恋の終わりに、こう叫ぶ。「俺の気にもいらなければ、肌にもあわなかった女を、俺はいったいどのようにして、こんなに長く愛することができたのだろうか。」こうした人物であるスワンは、いわば、マルセルの裏地あるいは衰弱した模倣である。魂の救いのないマルセルともいえよう。この書物をとおして、およそ精神的遍歴というものに必要なさまざまの段階が見出される。すなわち、ベルゴット、エルスチール、ヴァントゥイユのような先導者や仲介者との、魂の救いへと導いてくれるさまざまな出会い。あるいはまた、(『ゲルマント』における)浮薄な社交生活、(『ソドム』における)性的倒錯、(『囚われの女』における)他者の現実《レアリテ》に到達することをはばむ、嫉妬という形をとった愛情、(『見出された時』の冒頭のゴンクールの模作の示す)それ自体が目的と考えられた文学といった魂を虜にしてしまういろいろな誘惑や罠。そして、結局、主人公はこれらのさまざまな牢獄から脱出することに成功して、旅の終わりに、『見出された時』という恩寵の港に到着するのだ。この書物の、きわめて微妙で複雑な小説的構造は、要するに、このような神秘主義的探索という観点で説明される。ヴェルデュラン夫人がゲルマント大公夫人となり、フォーブール・サン・ジェルマンを支配するに至るためには、また、時間の破壊的な力と時間の無関心な永続という、たがいに切りはなすことのできぬ、そして同じようにつらい〈時〉の相反する二つの面を、マルセルが痛ましくもさらにもういちど体験するためには、ドレーフュス擁護論と第一次大戦というものがなければならなかった。同じように、ジルベルト Gilberte とアルベルチーヌ Albertine というふうに、ふたりの女性の名前に共通の部分をもたせるように、はじめから仕組んであったことは、「『消え去ったアルベルチーヌ』において」アルベルチーヌの偽りの復活がマルセルの心のなかで、彼女を決定的に死なせてしまうために、なくてはならぬ伏線だった。* これがあってはじめて、《マルセル》は自分の愛情からほんとうに解放され、真の生は心理的次元を越えたところに求められねばならぬということを、ようやく理解するのである。同様にスワンという人物は、その最も些細な特性にいたるまで、彼の果たすべき《形而上学的役割》によって、すっかり限定されている。つまり、救いの機会がいくたびも呈示されたにもかかわらず、ひとつの魂が身を滅ぼしてゆくその過程を示すために、スワンは、蒐集家で、社交人で、オデットの不幸な愛人でなければならない。芸術愛好家という形で、彼は、『失われた時を求めて』の作者の戯画、いわばその偽造物であることができるだろう。芸術家ではないため、彼は、芸術創造者たちの創造するものをつくりだそうと試みるが、芸術を手段として卑俗な生存の事物を変貌させる芸術創造者とはちがって、スワンのそうした試みは、ぎこちなく不器用である。そこでたとえば、有名な絵のなかに自分の友人や知人の肖像を認めたり、馭者のレミのなかに統領《ドージェ》ロレダーノの容貌を認めたりする癖が、彼に与えられることになる。* 彼がはじめにオデットに愛着を感じるのは、彼女にボッティチェリのある画像と似たところがあるからである。とはいっても、彼が特別にボッティチェリを愛していたわけではない。その画像がオデットと似ていることから、波及的に、ボッティチェリは彼に親しいものになってゆく。それは、まるで、芸術と人生とが、彼に愛好されるためには、おたがいに支えあうことを必要とするかのようだ。真の芸術家とはちがって、芸術と人生のうちどちらかを選ぶことが彼にはできなかったという事実からして、この二者が切りはなされ、それぞれ自身に還元されてしまったあとのどちらかひとつだけでは、彼には不充分だったのである。ヴァントゥイユのソナタがブーローニュの森でヴェルデュラン家の人びとともにした晩餐のことを彼に想い起こさせるとき、そして、そのソナタのなかに、「新聞の読めそうな明るさだ」* と言うだれかの声が聞こえるように思うとき、彼は、マルタンヴィルの鐘塔を前にして「チェッ」と叫ぶ少年マルセルと、同じ行動をしているのだ。そのとき彼は、その《小楽節》、さらにひろく一般に音楽というものが自分にもたらす啓示を、日常的経験の用語に翻訳しようと努めている。だがじつは、芸術の啓示とは、日常生活の世界とは別の世界に属するものだということに気がついていない。それゆえ、彼の行なった翻訳は取るにたらぬものにとどまる。マルセルと同じく彼にも、啓示されたものの正確な内容を綿密に分析するしんぼうづよさがなかったからである。どのような恩寵が下されようと、彼はそれをすべてまちがって利用してしまう、――というか、むしろ、それをまったく利用しない。それゆえに、彼のこれまでの生活がぶざまであったのと同じように、彼はぶざまに死ぬだろう。彼の死は、物語のなかでは、付随的なものとして、まるで恥ずかしいものでもあるかのように、数行で語られるだろう。その記述のすこし前にあるベルゴットの死の記述とはまさに対称的だ。作家ベルゴットと等しい名誉ある葬儀をうける権利は彼にはない。彼の人生からの退場は、勝利でも死の変容でもなく、単なるひとつの消滅にすぎず、いくつもあった挫折の最後のものにすぎないのだから。スワンは、苦悩のなかから教訓を引きだすことができなかった。同じように、なまぬるく、受動的な態度で愛した芸術によって救われる資格も、彼にはなかった。「埋葬はすんだ。しかし、葬送の夜をとおして、明かりのついた飾窓に、三冊ずつならべた彼の書物が翼をひろげた天使たちのように寝もやらず、いまは亡き人のために、その復活の象徴のように見えるのであった。*」――ベルゴットについてこのように書くことはできた。しかし、スワンについてはそのように書くことはできないだろう。これまで見てきたように、この作品の構成、すなわち、さまざまの挿話の配分とそれへの照明の当て方は、作品全体の持つ形而上学的意味によって厳密に支配されているのである。

　さらに、このような形而上学的意味を、『失われた時を求めて』のどの断章も、密かに含んでいる。どの断章ひとつをとっても、それは、ちょうどライプニッツ哲学のモナドが宇宙を表現するように、作品の総体を反映する小宇宙《ミクロコスモス》なのだ。プルーストは体験を追求し、彼の章句のひとつひとつの上で、それを捕捉している。そのため、作品の結末まで、時間を見出す地点にまで、行きつく余裕のなかった人びとでさえ、彼の追求する体験をわかちもつことができる。それは作品と一体をなしているのだ。作品のはじめの数行から、すでに、作者がなしとげようとのぞんだ現実の変貌が、最も単純な手法によって、読者にも作者にもほとんど気づかれないうちに実現されている。これまでわれわれは、プルーストは難解な作家だと聞かされてきた。だが、『スワン家の方へ』を開くとき、その冒頭からわれわれの眼に映ってくるものは、短い文章――単純さ、完全な透明さ、泉のような明澄さをもった短い文章である。たとえば、「長いあいだ、私は早く床につくことにしてきた。ときどき、蠟燭を消すとすぐに眼がふさがり、〈眠るんだな……〉と思う余裕もないことがあった。」

　それゆえ、彼の作品からただちに受ける魅力は、文学的な臭さのない書物の魅力である。つまり、われわれがだれでも自分自身にささやきかけている内面のことばを一挙にわれわれに復原してくれる書物であり、われわれのもっとひそやかな夢想のリズムを見出して、そのリズムをわれわれに送り返すのに、修辞《レトリック》に――最も力強い作品のなかでさえ、われわれの邪魔をして、その小説的幻覚がすべてじつはつくりものにすぎぬということを忘れさせてくれないあの修辞に――助けを求めることを必要としていない書物なのだ。ひとりの作家の姿を期待して読んでみると、そこに見出されるのはひとりの子供である。すこし前に引用した冒頭から数行あとで、文体が日常的な話の調子からはなれ、独特の律動を見出したときの文章の息の長さでさえ、十七世紀の《偉大なフランス的散文》たとえばボシュエの散文の使用する朗唱向きの文章の息の長さではない。この長さは、むしろ、われわれが思考の統御を一瞬止めたときわれわれの所有するところとなるあの意識下の夢想――それのたどる気まぐれな紆余曲折を想わせる。この息の長さは、ヴァレリーのような作家の人工的に単純な文章とは正反対に位置するものだ。ヴァレリーの語法は、彼がとくに愛して保っている古風な言い回しやわざとらしさに充ちており、彼の文体においては、媒介的な観念があまりに綿密に排除されているので、外観は澄明だとしても、作者の苦心の彫琢の跡がやはり眼についてしまう。ところが、プルーストが作品を書きはじめたとき、彼のペンを導いたものは、読者の上に生じるべきある種の効果の表現ではなかった。周知のように、発表当初における『スワン家』の失敗の理由のひとつは、この種の配慮のあまりにも完全な欠如が、文章の息の長さ、改行もなくぎっしりつまったページの外観というような些細な点にいたるまで歴然としていたことであった。これは、ひとりの偶然の聴衆も想定せず、スタンダールのようにはるか未来の読者を想定することすらしないで、紙と向かいあった孤独の人間の書いた書物である。この書物は《読者のうけを考慮している》という印象をまったく与えない。彼はわれわれになまのままの自分の思想を誠実に委ねる。ヴァレリーが、（いくらか誇張がなかったわけではないが）自分の教父スタンダールのうちに告発したような誠実さの喜劇を、* われわれのまえで演じてみせるのではない。プルーストの誠実さは他者を必要としない誠実さである。自分の作品が人を感動させることができず、コルク張りの部屋の壁の間で永遠に眠りつづけるように定められている、かりにそう考えたとしても、彼は自分の作品になんら変更を施しはしなかっただろうと感じられる。クローデルの寓意詩のなかで、アニマ〔魂〕が自らにささやきかける歌のように、プルーストの作品は完全に自分自身のために書かれたものであり、他者のために書かれたものではない。そこには、スタンダールやヴァレリーが読者に向かって好んでしてみせるあの狡猾な顔付《スライ・ルックス》も、劇場の一等席に、（あるいは桟敷の観客に）好んで投げかける色目も、まったく見当たらない。（スタンダールやヴァレリーは、そういう色目をつかうついでに、ときの権力者たちをあてこするような台詞を観客に力をこめて語りかけて、観客が自分と共謀していることをいっそうはっきりと確認しようと、いつでもそのきっかけをうかがっているのだ。）プルーストのこうした絶対的誠実さを深く理由づけているものは、芸術が彼の場合はひとつの手段にすぎないという考え方である。「ヴェネツィアの宮殿に吹き込む風やストに固有の光学をこんなふうに描いて、世界が現われでてくるものではなく、すでに眼前にあるものとして存在するような才能のない小説家と、プルーストを、はっきりと対置している。*このような世界の漸進的発見は、われわれ個人の生長の歴史の主要な、しかし忘れ去られてしまった事件であるが、プルーストはそれを、自分にもっとも親しいものと思っていた。プルーストを読む人は、そうした事件が眼前にくりひろげられてゆくのを、驚嘆の念をもって眺め、いまにも叫びだしそうになる、《飛翔する思想》よ、というのではなく、《飛翔する記憶》よ、と。われわれはだれでも『失われた時を求めて』のなかに、彼自身の日常生活を見出す。だが、その日常生活は、変貌せる日常生活であり、いわばミダス王の奇蹟の手*によって、黄金へと変えられている。

射し入る陽の光、いやそれどころか、海辺に立つただの人家に吹き込む風や射し入る陽の光ほどの値打ちもない芸術の、無味乾燥さ、無用さの感じ*」を、ときおり、はげしく感じてしまう人にとって、書くということは至上目的とはなりえない。プルーストにとって問題だったのは、(良いものであれ悪いものであれ) 小説を書くことではなく、創造することでさえなく、むしろ、たしかに〈時〉を見出すことであり、――結局はそれと同じことだが――読者に〈時〉を見出させることだったのだ。彼はスタンダールやヴァレリーのように、読者を自分の共犯者に仕立てることを必要としないだろう。彼にとっては、読者は前もって完全に獲得されている。読者は彼自身なのだから。『スワン家』のはじめの数ページを読めば、われわれがだれでもすぐに見出すものは、彼自身の人生、少なくとも、その人生のうちで彼が最も個性的だと判断した部分――彼のさまざまな夢想や少年時代の想い出など――である。「……ところでここに、けっして生まれ終わらぬ子供がいる。カンガルーの子供のように、彼はいつでも、母親のお腹の袋に舞い戻ってゆく。愛する両親という着物にすっぽりとつつまれた彼は、窓の上に影絵となってうつる人びとやものごとを眺めている。幼年期の掟に従って、彼はまず、ことばについて瞑想にふけり、家の守り神に従って思考する。この身近かな世界のすべてを彼は信じているが、それ以外はなにごとも信じないだろう。彼はいっさいをこの流動する環境をとおして発見する。」――アランは、プルー

3　文学とはなんと空しいわざか……

プルーストの芸術の困難さは、すべて、こうした《変貌》が成功するかどうかという点にかかっている。つまり、変貌作用がうまく行なわれないか（そのとき作品は不成功に終わり、著者は賭に敗れたのだ）、それともまた、彼ののぞむように、《現実》と自分自身とを同時に救いだし、そして、彼自身とともにわれわれをも救いだす、そのどちらかだ。文章のひとつひとつでプルーストはいちかばちかの賭をする。――そして彼は勝利を収めている。

自分の右側に深淵がたえず大きく口をあけているのが彼に見える。それは、ふと気がついてみると、自分が、『失われた時を求めて』ではなく、『ゴンクールの日記』か『ボーセルジャン夫人の覚え書』*を書いてしまったのではないか、ということだ。それゆえ、そうした主題が、彼の作品のなかに繰り返し現われる。この繰り返しは、彼の心に取り憑いてはなれない挫折への恐怖を語っている。「年代記作者以外の者にぼくはなれるのだろうか」という疑問を、彼はたえず、われとわが身につきつけている。この疑問を、もっと一般で抽象的なことばでいいかえればこうだ。――「われわれにとって、時間は、相互にまったく連関のない一連のできごと、われわれの個性までが、そうしたできごとのなかでは、つねに同一のものとは認められないような、そんな一連のできごとだと見えるが、じつは、時間とはそれとはちがうものではなのいだろうか。だが、そういう時間を、芸術作品が時間に課するあの変貌によって、固定化し、不動のものと化することができるだろうか。」

このような不安を移調して表現したものが、『見出された時』の冒頭で、『ゴンクールの日記』の断片（ただしこれはプルーストの模作である）を読んで惹き起こされた絶望の発作である。ゴンクール兄弟が、ヴェルデュラン氏のなかに趣味のいい個性的な人物を認め、古いヴェルデュラン邸のなかに快適な場所を見出しているのは誤りだろうか。これは、プルーストが自分の作品に関して自分につきつけていた疑問を移調して表現したものでもある。プルーストの疑問とは――「私がバルベックのホテルに賦与した魅力のかずかずのすべてを、あのホテルはほんとうに持っていたのだろうか。私の知り合いだった、そして私の描いたサン＝ルーは、ほんとうのサン＝ルーだったろうか」。もっとつきつめて言えば（というわけは、この場合、科学の客観性に比較しうるような《客観性》は問題になりえないだろう）、プルーストの疑問とはじつはこうなのだ。――「私はこうしたことがらを詩的に変貌させようと試みた。だが、その試みは、ゴンクール兄弟が努力して行なった変貌より成功しているだろうか。いったい私は、そういうことがらに内在していると感じていた詩《ポエジー》を、はっきりと表現し、そうすることで、そういうものごとの失われゆく外観を確実に贖うことができたのだろうか。」

こうしたことは、けっして、パスカルのあの有名で皮相なことば「絵画とはなんと空しいわざか……」の平凡な異文《ヴァリアント》ではない。いやむしろ、もしもパスカルがなによりもまず気のきいたことを言おうなどと思わなかったら、きっと垣間見たにちがいないドラマ、――プルーストには、自分がじっさいにそのドラマを生きているのがわかっている。ここで彼が自分自身に向かって提出することを強いられている問題は、芸術家にとって、ひとつのものに固有の本質をとらえ、それを永遠に定着することが可能だろうか、という問題である。ものの固有の本質をとらえ、それを永遠に定着することは、ものに価値と重要性と客観性とを与えるただひとつの手段である。もし芸術家がそれに成功すれば、彼のあとにくる人びとは、もはや、彼の眼をとおしてしかものを見ることができないだろう。したがって芸術家は、自分の特殊な視像《ヴィジョン》を他者に強制することに、また、自分みずからが永遠性に到達することに成功したことになるだろう。ラファエルロのフォルナリーナが、じつは、ありふれたパン屋の娘にすぎない*、といってみたところで、あるいはまた、マネの絵の右の隅にいる燕尾服を着た紳士が、前節でわれわれが日常生活に関心をよせなかった男と判断したスワンである、といってみたところで、なんの意味もありはしない。*《マルセル》がわれとわが身につきつける疑問に対しては、彼がそれを解決する以前に、カルクチュイの港を描いたエルスチールが、いや『ピアノとヴァイオリンのためのソナタ』を作曲したときのヴァントゥイユでさえもが、また『デルフト光景』を描いたフェルメールがすでに、解答を与えてしまった。とすれば文学はいつになっても他の芸術に劣っているのだろうか。いや、文学は、いつかは、実在の本質を、つまりある事象、ある人物の美を、われわれに啓示することができるのではないだろうか。

なにごとが起ころうと、プルーストは、あらゆる芸術の使命と同じく、彼の使命もまたそのようなものであることを、一瞬たりとも疑わない。このような観点からすれば、十九世紀全体をとおして絵画においては印象派の画家たちとともに、小説においてはフローベールや自然主義とともに続けられてきた発展、そして詩のためにはボードレールが口火を切った発展――芸術には《特権的主題》というものがあるという信仰に終止符を打った発展*――の当然の帰結が、プルーストの美学なのである。《特権的主題》とは、いいかえれば、ほかの主題は必然的に芸術の領域外にとどまらねばならなかったのに対して、それ自身だけの力で、ある美的価値を所有していて、それだけが〈美〉の素材となることを許されているような主題のことである。すでにボワローが、「醜悪な蛇や怪物といえども、たくみに再現されたとき、人はそれを見てかならず悦びを感じることができる*」と宣言したことがあったが、おそらくそのときの彼は、伝統的叙事詩の小道具倉庫にしまってある張り子の怪物のことしか考えていなかっただろう。古典主義美学の全体は、ある種のもの、ある種の主題の持つ客観的な美への信仰に基礎を置くものなのである。しかし、古典主義作家たちの威信それ自体が、二世紀にわたって、その崇拝者たちの眼をつむらせてしまい、古典主義作家たち自身の扱った以外の主題でも文学を産む出発点となりうるということを、崇拝者たちに見せなかった。クールベの『浴みする女』やボードレールの『腐肉』は、それらの自称する背徳性ゆえではなく、その主題の《俗悪さ》、つまりそうした主題がこれまでは絵画や詩の題材だとは見なされていなかったという事実ゆえに、両者とも同じような「やっつけろ」という排斥の怒号を惹き起こしたのだ。『ボヴァリー夫人』やルノワールの『シャルパンチエ書店主のサロン』*が現われたとき、人びとが眉をひそめたのも、同じ原因による。こんにちにおいて、われわれは、この長期にわたる偏見の代償を支払っている。こうした偏見に対する反対が行きすぎると、『なしくずしの死』の泥まみれの六百ページという結果になる。それのもうすこしおとなしいのが、モンパルナスの売絵市の日にずらりと並べられている、あの味もそっけもない静物画や郊外の運河を描いた風景画だ。しかし、プルーストはまさに適正な音階内にいる。いや、むしろ、彼の主題が美しいか醜いか、われわれにはもうよくわからなくなってしまうほどに、彼は現実の変貌に成功しているのだ。ところで、これこそまさに、芸術の本質的責務のひとつなのである。なぜなら、われわれは世界から醜さを完全に排除しつくすことを期待できないのだから。どんなにわれわれ個人個人の宇宙の隙間をふさいでみたところで、どんなに念入りにそれを整頓してみたところで、そこから醜さを永遠に追放することさえできないのだから。醜さを巧みに逃れ、因習的な死んだ〈美〉をそのかわりにもってくるのではなくて、醜さを高貴にし、照り輝かさせ、それを未聞の〈美〉へと変貌させること、——芸術家はそれをわれわれに教えてくれるだろう。ちょうど、真の叡智は、苦しみを存在させないことではなく、苦しみに耐えることを教えてくれるように。苦しみに耐える——それは、苦しみを存在させぬための企てより軽蔑すべき、あるいは空想的な企てであるのかもしれないが。ヴァン・ゴッホが陰欝な郊外風景を対象として、ボードレールが『盲人』や『小さい老婆たち』(いずれも『悪の華』中の詩の題である)を対象としてなしたと同じことを、プルーストは、嫉妬の苦悩(あるいは召使たちの不機嫌)を対象としてなした。彼は、そうした苦悩の偉大さをわれわれに示し、われわれが人生の途上でそれらの苦悩に出会ったとしても(じつはそれは、いつかはかならずあることなのだ)、その俗悪さに圧しひしがれないように、われわれを助けてくれるのだ。彼のおかげで、われわれの日常の悲惨は復権される。それと同じように、われわれも本質の地平へと高められ、真に救われるのだ。瀕死のベルゴットが、自分の著書に与えることができなかったと残念に思うあの神秘な〈マチエールの古びたつや〉*を、プルーストは、どんな些細な章句のうえにも、どんなに従属的な登場人物にも帯びさせることに成功している。たとえば、マルセルが身をかがめてアルベルチーヌの頬に接吻したとき、その前まではすばらしい実体が彼女の頬を形成しているように彼は思っていたのだったが、実際は接吻してみると、そうした実体を直接的に享受する悦びは感じられなくて、彼は期待を裏切られる。しかし、読者のほうでは、そのような失望を感じない。そして、『失われた時を求めて』の作者は、事物をつくっている比類ない実質を、われわれに（われわれ不肖の読者に）所有させてくれるのだが、その実質は、彼の主人公には長い間拒まれているように思えるのである。作者がどれほど文学への絶望を語ろうと、彼の作品を読むとき、われわれは真に文学に絶望するまでにはいたらないのだ。

4　ミダス王の奇蹟の手

こうした救いをもたらすための芸術的方法のひとつが隠喩《メタフォール》である。隠喩は、ある事物を別の事物と比較することによって、その両者に共通してしかも両者の外に位置する本質、写真技師が現像《レヴェレ》するのと同じような意味で、詩人や画家がわれわれに啓示《レヴェレ》してくれるあの神秘な透かし模様を、われわれにあらわに見せてくれるのであり、そうした作用をとおして、隠喩は、その個々の事物の変貌を、ただちに、のぞみどおりに、実現する。詩人たちの作品においてプルーストがとくに好んでいる隠喩は、ふたつの現実を外在的に関係づけて、それらを屋根瓦のようにならべるだけの操作であることをやめた隠喩であり、たとえ論理や常識を犠牲にすることはあっても、対象と比喩として使われた映像とが完全に密着し、対象の描き方と対象そのものがもはやひとつものにほかならぬような隠喩である。つまり、純粋に内在的な隠喩だ。彼は、ノワイユ夫人が大胆にも「私の燃える喉の鳥たちの歌を聞きたまえ」と書いたことを賞讃する。彼のことばによれば、この詩句に、「映像のおよそ常套的でないことが、ある美しさを与えている。それはまったく、ボードレールの《そして、あなたの大きな心をみたす愛の甕》という詩句の場合と同じだ。ただよい作家だというだけの作家ならば、心を愛にみちた甕にたとえただろうし、この春の喉を一羽の鳥の喉にたとえたでもあろう。あえて心を甕でみたし、喉を鳥でみたすのは、ひとり偉大な詩人のみなのである。*」ヴァレリーがほんとうに海を「ひかり輝く牝犬」とし、墓石を羊として知覚し、そしてまさにそのことによって、海や墓石をわれわれに牝犬や羊と見せるのに成功しているあの詩句を、*プルーストはきっと愛したことだろう。ヴァレリーのこの詩句の場合とまったく同じように、エルスチールは、海から借りてきた《名辞《テルム》》や要素で描くことによってカルクチュイ港を変貌させている。*プルーストにとって、隠喩は、習慣と功利主義的な配慮によって硬化してしまっているわれわれの世界像をいきいきとよみがえらせるのに役だつばかりではない。*それは、対象の永遠の構造、現代のある詩人の表現を借りれば「ものたちの暗号」を、真にわれわれにあばき見せてくれる。このことは、隠喩が完璧であれば、それは必然的にかけがえのないものだということ、ものの本質を表わすためには、ただひとつの（決定的な）表わし方しかない以上、「ひとつのものを描写する仕方はたったひとつしかない*」ということ——こうした事情を説明している。こうして、隠喩は、世界における永遠的なものに到達する手段である。それは真の形而上学的呪文を構成するものなのだ。

ところで、こうした魔法作用がわれわれに復原してみせてくれるものが、本質的状態における永遠性ではなく、永遠性のさまざまな瞬間や映像（ヴァレリーならば偶像というだろう）にすぎない以上、その魔法作用は、一時的なもの、それゆえ錯覚を起こさせるだけの空しいものにとどまるということが、プルーストの企図の矛盾である。プルーストには、表面にはあらわれないプラトン的な熱望がある。*しかしそれはいつも充たされぬままである。エルスチールが画面という隠喩で獲得したものは、時間を定着することの成功である。確かに彼は時間を描くことに成功する。だがそれは、時間の最もうつろいやすい点において時間を描くことだった。「さてこの画家は、婦人が暑くなってダンスをやすみ、樹が蔭でまわりをふちどられ、舟の帆が金色のワニスの上をすべるように見える——そういうひかり輝く瞬間において、時の動きを永遠に停めてしまうことができた。しかし、まさしくこの瞬間がわれわれ絵を見るものの上に大きな力でのしかかり、この不動に固定した画面が、この上なくうつろいやすい印象を与えるので、そこでまた婦人はまもなく家にもどり、舟はまもなく姿を消し、蔭はまもなく移動し、夜がまさに来ようとしているように感じられてしまうのだった。快楽は終わり、人生は過ぎ去り、その画面にならべられたおびただしい光によって示された瞬間が、もはや二度と帰ってこないように感じられてしまうのだった。*」この芸術家は、自分の真の目的である永遠性に合体するために、遠回りをして時間という道をとおらねばならない。そして『失われた時を求めて』十六冊のぶあつさの象徴するものこそ、この遠回りなのである。*この遠回りの必然性は、おそらく、隠喩という選ばれた道具の性質と深くむすびついている。どれほど完璧な隠喩であろうと、それが接近させる二つの名辞の間には――その名辞がどれほど強く接合されようと――かならず、ある外在性が残存してしまうだろう。たとえばさきに引用したヴァレリーの場合、羊の映像《イマージュ》は墓石の視像《ヴィジョン》の上に二重写しになって焼きつけられる。たとえその映像のほうがまずはじめにわれわれの知覚に出現するとしても、その映像の背後に、習慣的で実用的な現実の事物が依然として垣間見えているのであり、このことがなければ、およそ理解可能性というものは、まったく、この詩から消えてしまうだろう。つまり、二つの名辞の間に、真の一致、完全な融合はけっして存在しないのだ。プラトン哲学のことばを使って言えば、隠喩は認識の手段であるかもしれぬが、この場合の認識とは低次な認識、エイカシアの認識（エイカゾという語は「比較する」の意味）である。エイカシアの認識は、ノエシスつまり永遠の本質の直観を準備するが、それを構成するものではなく、また、かならずしもそこへと至るものでもない。*われわれが認める〈洞窟〉の壁の上に動く影は、たしかに、われわれが真の実在へと遡行するための手段である。しかし、ほんとうに真の実在へと至るためには、われわれは〈洞窟〉の外に出なければならぬ。――つまり、おそらくは〈芸術〉の外に出なければならぬのだ。*

5　隠喩に充ちた洞窟

このことが、プルーストの隠喩の比類ない成功を説明している。すなわち、彼のどんなに些細な章句にも、彼の探求だけは――かならずしも、探求の果ての発見があるとはかぎらないが――あらわれているのだ。彼の作品のなかには、はじめのページから終わりのページへと至る真の前進がある。足踏みはしていない。芸術は彼にとって至高の体験ではない。ちょうどプラトンにおいて〈愛〉や〈美〉がそうであるように、芸術は、たとえ絶対に必要なものであるにせよ、やはり中間的存在なのだ。時間を瞬間的に消滅させるある種の音楽や絵画がマルセルに快い感覚を味わせたとしても、それはまだ、『見出された時』に描かれるはずの、ゲルマント大公邸で経験する特権的瞬間の言うに言われぬ幸福感を予告しているにすぎない。冒頭のプチット・マドレーヌから、ゲルマント大公邸の不揃いな二つの足場や金属性の音(鈴の音)に至るまでの、*さまざまな特権的状態の間で、ひとつの積極的な精神の進展が行なわれた。作品のはじめでは、それらの特権的状態は、はっきりとわかれた二つのカテゴリーを形成している。すなわち、マルタンヴィルの三つの鐘塔の体験あるいはさんざしの体験*においては、問題なのは、対象それ自体に内在する伝言《メッセージ》、つまり、対象を知覚する人間の過去とは独立してその対象内に含まれている伝言を解読することである。これは、ダンディユが《聖なる行動》*と呼ぶものについての体験であり、そこでは、まるで未開人の宗教儀式としての食事かキリスト教の聖体拝受のときのように、なかば象徴でありなかば物神《フェティシュ》であるような魔術的物体のおかげで、絶対との交渉が獲得される。ところで、この種のものとは反対に、プチット・マドレーヌの啓示においては、神秘な伝言が、知覚そのものから送られてくるのだ。その伝言は、対象のなかには存在しない。現在時と過去時とを一瞬のうちに感情的に融合させるような、現在の感覚と過去の感覚との間のある種の関係——そのような関係のなかに、その伝言は全的に存在している。啓示は受動的であり、そのときの幸福感を分析しようとする努力のすべてが挫折してしまおうと、やはり、その幸福感は、束の間とはいえ、直接的なのである。『見出された時』で、それら二つの体験の次元は合致する。そのとき、啓示という面のほうが、《聖なる行動》という面よりはっきりと前面に押しだされるが、それらの間にむすばれた関連は明瞭である。「……いつか耳にしたことのある響き、むかし吸ったことのある香りを、現在時のものではないがそれでいて現実的な、抽象的ではないがそれでいて観念的なものとして、同時に現在と過去とのなかで、もういちど耳にし吸ってみると、ただちに、ふだんは隠されている事物の恒久的な本質が解放される……」*こうした現在時と過去時の主観的融合は、個人差のある伝記的偶発事によって限定されているものなのだが、それは、事物の秘められた永遠の本質を「解放する」力を、いったい、どのような点に持っているのだろうか。こう考えてくると、プルーストが芸術の方向へと進んでいたときに見出されるのと同じ意図——時間をとおして永遠に接近しようとする意図が、いつでも見出されるということになる。それに、事物の客観的本質の洞察が本質的なことではない。マルセルは、かつてマルタンヴィルの鐘塔についてしたように、金属性の音（鈴の音）や不揃いな二つの足場がそれ自身のうちに持っている伝言を認識しようとはつとめない。というわけは、少年時から長い年月を経てゲルマント大公邸での啓示へと至るその間で、マルセルは、「すべてを対象のなかに置いてしまっているのは、ただ粗雑で誤った知覚のためなのであり、じつは、反対に、すべては精神のなかにある*」ということを確信したからである。すなわち、特権的対象はほとんど無益なものとなってしまったのだ。それはいかなる場合も付随的で偶然的なものである。主観主義が祭式に勝利を収める。プルーストの《フェティシスム》は、秘蹟《サクラメント》を必要とせずただ祈りしか認めないひとつのまったく内的な宗教へと進化したのだ。祈り——いやむしろ〈聖寵《グラース》〉と言ったほうがよいかもしれぬ。なぜなら、これらの体験は外部から来る受動的なものだということが、残存するただひとつの条件なのだから。「フォークの音やマドレーヌの味といった種類の無意識的記憶にしても、あるいはまた、複雑に咲き絡んだ謎の文章をもやもやと私の頭のなかにつくりあげている、鐘塔とか雑草といった表象——私がその意味を模索している表象——そうした表象の助けを借りて描かれるあの真実にしても、その第一の特徴は、それらを自由に選択することは私にできなくて、それらのほうからやってきたのを私がそのまま迎えるということだった。それがまた、それらの真正性を証明する印鑑にちがいないと私は感じていた。*」

6 コルク張りの部屋

ここではプルーストの伝言《メッセージ》の形而上学的価値は検討しない。ただ単に、彼の作品を小説として鑑賞しようと努めるだけである。小説が単にひとつの物語であるばかりでなく、魂の修練でもありたいとのぞむとき、小説の遭遇するあらゆる困難を代表するものとして、プルーストの作品を考えて、この作品の持つそのような価値を以下に考察してみよう。

究極のところ、プルーストは二つの野望を抱いた。彼はそれを、一時は同一のものだと思ったこともあったが、作品が展開するにつれて、それらはしだいに分岐して、ついには、その一方が他方の背後にすっかり姿を隠してしまった。『見出された時』のなかで大きく前面に出ている野望は、時間が消滅し永遠へと変化するための場となるような特権的体験を獲得したいとのぞむ本質的に神秘主義的な欲求である。背後に隠れてしまったもうひとつの野望、プルーストをして一篇の小説——『失われた時を求めて』というきわめて特殊なタイプの小説——を書くに至らせた野望とは、自分自身のなかに、ある内的状態を実現しようとする意志ではなく、事物や人間たちの社会的表皮を《剝ぎとり》その客観的本質を洞察しようとする意志である。この第二の野望が、プルーストをして、内的体験に関する試論の著者ではなく、まさにひとりの小説家たらしめた。だがこの野望は、《聖なる行動》が受動的啓示へとかわるにつれて、しだいしだいに、恩寵的状態の期待と分析との背後に消えてゆく。彼が期待に充ちた不安なまなざしで自分の少年期へと身をかがめるとき、彼は、少年期だけが特権的に所有しているように思われるあの視像《ヴィジョン》の秘密を見破りたいという希望を抱いている。この視像の秘密とは、それ自体においてあるがままの事物についての、そしてまた、天地創造の第五日目、つまり人間が生まれる前の、まだいかなるまなざしも触れていないような事物についての、新鮮で素直な知覚のことである。しかし、この秘密は意識が介入するやいなや失われる。意識はわれわれと〈それ自体においてあるがままの事物〉との間に、ただちに、一枚の幕を介在させてしまうのだ。マルタンヴィルの鐘塔がその背後にある秘密をマルセルにあかすことを拒んだとき、マルセルはもはやこの少年期の視像の秘密を所有していない。そして、コンブレのさんざしをどれほど詳細に描写してみても、その描写がついに、意識の介入しない認識という――われわれの精神がそこではじめて事物に触れることができるような――あの〈失われた楽園〉のなかに、われわれをふたたび導き入れてくれることはない。そのためには、ただそう願う以外に方法はないのだ。おそらくこれは、この〈楽園〉がひとつの神話でしかないからだろう。

　それゆえ、話者であり主人公であるマルセルは、聖寵《グラース》にすがる前に小説家プルーストに助けを求める。事物の根底に触れることができないので、彼はせめて事物の表面よりは深く進もうとつとめ、事物の外観を増加させることに努力するのだ。まるで事物のさまざまな外観を総計すれば、究極的現実と等価なものになりうるとでもいうように。ここから生まれるものが、プルーストがわれわれの眼前に描きだしてくれる、あの、一見しただけではどんなに親しい事物や人間たちでさえそれと見きわめがつかないような、彼の世界の奇妙さである。この奇妙さは、なんど繰り返して読んでみても残る。彼の作品は《難解》という評判だが、おそらくその評判はこの奇妙さのせいだと言わなければなるまい。フォークナーのような作家の難解さも、部分的には、原因は同じである。――この芸術家は、われわれにはなんの予告もしておかないで、通常の撮影距離とはちがう距離をおきながら対象に向けてカメラを据えつけ、同時にまた、対象を常ならぬ角度《アングル》からわれわれに見せるのだ。プルーストの難解さはフォークナーほどではないが、ひとえに、ふつうは用いられぬ撮影距離に由来する。彼の描写は、彼の美学を形成した印象派の絵画にもまして、生物学者が生体組織をいろいろな深さで切ってみた解剖学的断面を思いださせる。あるいはまた、じつはありふれた対象を撮した写真なのだが、あまりの高倍率のレンズで拡大してしまったので、書物の縁が、白と黒に塗られた階段か、なにかの檻の鉄柵のように見えてしまったり、健康な皮膚が月の表面以上にもぶつぶつと火口があいているように見えてしまう写真を思いださせる。こうしてこの小説家は、ヴェルデュラン家のサロンについて、そのあるときどきの断面図や、そのある一瞬間をさまざまの深さの面で切り取った断面図を、いろいろとわれわれに見せてくれる。だが、そうやってみても、ヴェルデュラン家のサロンの奥深い現実性を再構成することはけっしてできない。同じように、登場人物の大部分も、その本質に関して言えば、謎めいた存在のままである。たとえば、オデット・ド・クレシは、（エルスチールの描いた水彩の肖像画に見られる「ミス・サクリパン」のような）* 官能的でたぶん利己的な浮気な娼婦なのか、それとも、はじめはスワンを、次にマルセルを魅了し、ついにパリの女王のひとりとなる、あのすこしもの憂げだが繊細さに充ちた高雅な女性なのだろうか。われわれはひとつの判断からもうひとつの判断へと振り子のように揺れ動くばかりで、作中人物の発展とか客観的変化などは問題にさえされない。また、物語が繰りひろげられるにつれて、アルベルチーヌとかシャルリュス氏についてわれわれの理解が深まるわけでもない。それどころか、反対に、まるで彼らの人物像はますますわれわれを当惑させるものとなってゆくようだ。万華鏡《カレイドスコープ》がぐるりと回ると、それまでわれわれの知っていた外観に、多くの場合それと相容れない新しい外観が加わる。病み衰えた不幸なスワンを置きざりにして晩餐会に出かけてしまうゲルマント公爵夫人と、サン＝ルーの死を深く悲しむ、のちの彼女とを、どうやって一致させたらよいのだろう。ヴァントゥイユ氏のことを「老いぼれ猿」呼ばわりしてその写真の上に唾を吐きかけるヴァントゥイユ嬢の女友だち* と、忍耐づよく敬愛の念をもちつづけてヴァントゥイユ氏の遺作を整理刊行した女性とを、どうやって一致させたらよいのだろうか。このようなたがいに矛盾する人間像の間に、いかなる脈絡をつけるべきなのだろうか。われわれがもしこれらの人物たちと実人生で出会っていたら、われわれはたぶん彼らについて、ある親愛感に充ちた像を抱くことだろう、――だが、このように矛盾した人間像から、どうやって、その親愛感に充ちた像へと逆行できるのか。プルーストは作中人物のなかに充分にはつき進まない。彼は、社会的外貌と奥深い現実との間の中ほどの地点、――作者自身、主人公マルセルの仮面のかげにかくれて、その奇妙さを指摘している中間的な位置*――にとどまっている。もし彼が作中人物たちの本質をつきとめていたら、彼らの行動が外見的にはどんなに意外なものであったとしても、もうその行動が彼を驚かせることはないだろうし、また、彼とともに、われわれを驚かせることもないだろう。そのときには、シャルリュス氏の暴力やアルベルチーヌの親切さを見ても、もはやわれわれは意外とは思わないだろう。ちょうど、スタヴローギンやキリーロフやイワン・カラマーゾフの言行がどんなに常軌を逸したものであっても、結局のところ、われわれに不愉快な感じをあたえないのと同じように。われわれは、心の底深くひそむやさしさと偶発的な意地悪さとを、苦もなく識別するだろう。アルベルチーヌは官能的な女なのか、それとも慈愛の心ふかい女性なのか、結局のところどっちなのかを、われわれはついに知るだろう。まるでプルーストは、作中人物たちの存在についての直接的で不可分の直観を彼にゆるしてくれる、ベルグソン的な意味における《共感》を、作中人物に注ぐことを拒んでしまったかのようだ。しかしそれは、そのような共感の努力を払ってみたところで、彼の求めているものが得られはしないからなのである。《肖像を描くこと》にも、他人を理解することにも、彼は関心がない。彼の求める救いは、まったく彼独特のものである。やがて彼の小説の世界のなかに、《聖徒の交わり》*は実現されるだろう。しかしそれは、共感をとおしてではないのだ。

作中人物たちのなかに、自分の探求に関係し、自分のねがう魂の救済へと自分をすこしでも近づけてくれるような面しか見ようとしない極端な偏向を、彼は作中人物たちに示していたが、彼はしばしば、それを意識していたようである。彼は、自分の内部の神秘主義者が、ともすれば、みごとな小説家という一面の息の根を停めかねなかったことを、たぶんときどきは残念に思ったにちがいない。彼の作品中のそこここには、アルベルチーヌとかフランソワーズとかヴェルデュラン夫人に言及して、いわば筆が滑って書かれたような、作品全体の構想にとっては余計な部分が見うけられる。そうした言及を集めて考察してみれば、おそらく読者は、それらの人物の神秘な核に至ることができよう。要するに、それらは、主人公マルセルには必要でなかったので、小説家プルーストが未整理のままわれわれに委ねた資料なのだ。その資料のおかげで、われわれは小説家プルースト以上に作中人物たちを深く理解することができるだろう、――彼ら自身のために、つまり彼らの創造者が彼らに関心を払う以上に、彼らに注目しさえすれば。プルーストのような生まれながらの小説家は、ときにはそんなふうにして、二、三の作中人物の名誉を恢復させるような粗描を自制することさえできなかった。だが、作品の全体的構成から、その役目をマルセルにふりあてるわけにいかなかったので、彼はそれを偽名で行なった。おそらくこれが、『見出された時』の冒頭に置かれたゴンクール兄弟の日記の模作の存在理由のひとつだろう。（もちろんこのほかに、このゴンクールの日記の模作は、作品全体に一貫してある絶対へ到達するための内的苦行《アセーズ》というもののなかで考えれば、それ自体が至高目的と見なされた芸術の誘惑を、主人公に拒絶させるという機能を果たしている。*）この日記のなかに、妻とはおよそ異なった人格の持主である、芸術家気質の鋭敏な美術批評家ヴェルデュラン氏の姿を垣間見て、われわれも話者と同じように驚く。*なるほど、モルヒネの常用のため彼の人格が一変してしまうという不測の事態が起こったのだとほのめかされてはいるが、プルーストの世界では因果律があまり価値を持たぬ以上、そういう説明も逃げ口上にすぎない。ヴェルデュラン夫人は、よい趣味と善意と繊細さに充ちた上品な女性、流行を指図する能力が充分にあり、しかも、スノッブだと言って非難すればかえって非難したほうが滑稽に見えてしまうような女性、いわばフロマンタンの『ドミニック』の女主人公マドレーヌである、——これもありえないことではないが、やはり唐突だ。コタール、《スキー》、《ティッシュさん》*、それにスワンまでが、ゴンクールのおかげで名誉を恢復している。しかし、マルセルの視点との差はあまりにも大きいので、このゴンクールの日記を読み終わっても、ヴェルデュラン氏あるいはヴェルデュラン夫人の真の性格はわれわれに明らかにされないし、われわれが、マルセルの見方によってよりもゴンクールの筆によって説得されるということもない。われわれはただ混乱するばかりで、文学の魔力に関する話者の懐疑を、われわれもまたともにしかねない。プルーストの作品内で通則となっている外観の不連続は、ここで頂点に達している。もうすこしのところで、われわれも、ゴンクールの日記を読み終わったときのマルセルのように——理由はちがうが——「文学とはなんと空しいわざか！」と叫んでしまいそうである。

人びとはプルーストのきわめてリアルな効果を産む擬態的人物描写を称讃してきた。*大小説家であるために欠くことのできぬこの才能のおかげで、ちょうどディケンズがミコーバーを、バルザックが『名士ゴーディサール』の主人公を産んだように、プルーストは、ブロック、ルグランダン、フランソワーズのような、彼自身とはきわめて異なった作中人物を創造することができた。彼のパロディーと人物創造の才能は、彼を偉大な喜劇作家とした。しかしながら、これらの作中人物の立体感、彼らがわれわれの眼前に喚び起こされるときの生動感は、根本的には、彼らの話しぶりが忠実に記録されていることに由来しているという事実に注目しなければならない。プルーストは、われわれの眼前に彼らをいきいきと躍動させるというよりも、むしろ、彼らのことばを速記する。マルローの表現を借りれば、「盲人のやり方で」彼らの話を書き写すのだ。しかし彼は、われわれを、彼らの内部にはいり込ませてはくれない。彼らはつねに外側から示される。彼らを感じるのは、視覚によってよりも、むしろ聴覚によってだ。

したがって、プルーストの世界の特徴といわれるものは、しばしば、単に首尾一貫性の欠如ばかりではない。小説的《ロマネスク》な立体感の不在もまたそうである。たとえば、ある作中人物の行為を解釈することが問題になるとき、彼は、その行為を誘発できるような想像しうるかぎりのすべての理由を、——ときには彼のいつもの理論とは相反する理由までも*——ごたまぜに列挙する。それらの理由を、それぞれに異なったその成立次元に結びつけ直すことをしない。まるで、それらのうちどれが深く正しい理由であり、どれが皮相的であり、あるいは完全に紋切形の理由なのか、彼には判別できないかのようである。こうしたわけで、いわば光線の過剰から生まれたまったく奇妙な《失明状態》が、突然、話者を襲う。*ちょうど、白内障《そこひ》を手術して生まれながらの盲目の癒った人の眼にはじめて映った世界のように、彼には、あらゆるものが、同じ地平の上にあるように見える。こうしたパースペクティヴの、つまり《深さ》や《第三次元》の欠如は、多くの人びとの指摘するところだが、そういう人びとのなかには、この点を賞讃する人もいる。たとえばシャルル・デュ・ボスがそのひとりである。デュ・ボスの見解からすれば、「三つの次元を持つこの現実の世界は……、プルーストの眼にとっては、可能ないくつかの世界のなかのひとつ――もちろん《最もすぐれた世界》ではない――にすぎないのだ。」*プルーストが、作品中のどのような偶発的事件においてもかならず垣間見せてくれる、あのさまざまの《二次元的》世界の奇妙なほど抽象的な性格を、これ以上みごとに示唆することはできないだろう。それらの世界は、まさしくライプニッツの語るようなピラミッド形に積み重ねられ、*そのひとつひとつの世界は、『弁神論』においてのように、微細なしかし重要な細部においてのみ、先行する世界と異なっている。こうして、アルベルチーヌがマルセルの接吻を拒絶したのが、媚態を示すためのように思われる世界があるかと思うと、それが臆病さゆえだと思われるような別の世界があり、また、次の世界では拒絶はしないで、彼女のほうで親しさをあらわしてマルセルに接吻するかと思うと、その次の世界では官能の衝動から接吻する、というしだいなのだ。そして、これらの閉ざされた球体のひとつひとつのなかに、われわれの知っているこの少女の、――いや、彼女の奥深い存在がわれわれの認識から逃れ去り、われわれにはいかんともしがたい以上、われわれのよく知らぬ少女というべきかもしれぬ――そういう彼女のひとつの反映が、閉じこめられている。

プルーストが自分の小説家としての資質を充分に発揮しきらなかったのは、彼の企図の神秘主義的性質に起因するものなのだが、またそれと同程度に、彼の性格のある特殊性にも由来している。いやむしろ、この二つはむすびついているのであって、そういう彼の心理的特徴のために、作品の小説としての卓抜さに害をあたえるものであることにちがいないのに、神秘主義的探求が彼には不可欠のものとなったのだ。彼が苦しんだ病気は、まず、事物と交渉を持つことのができぬという一種の無能力性によって、つまり事物の彼に対する外在性についてのつらい意識によって、あらわにされる。「私が外界のある事象を見るとき、それを見ているという意識が私自身とその事象との間に残っていて、薄い心的な縁で対象のまわりをふちどってしまい、そのために私は、対象の実質に直接触れることをつねにさまたげられていた。いわば、その実質は、私がそれに接触する前に気化してしまうのだ。ちょうど、白熱した物体を濡れた物体に近づけてみても、つねに蒸気の層が前にあるため、湿気には触れないように……」*こうした不快感は少年時代にはもっと少なかった。ここに、コンブレの世界がプルーストの眼にふしぎな魅力をいつまでも保っていたことの理由がある。「メゼグリーズの方とゲルマントの方というこの両方の散歩道が私に教えてくれたものや人びとだけが、いまなお私がまじめに考えているものであり、いまなお私に喜びをあたえてくれるものであるわけは、その二つの散歩道を歩きまわっていたころに、私がそうしたものやそうした人びとを信じきっていたからなのだ。創造する信念が私のなかで涸れはてているためか、それとも、そもそも現実というものは、記憶のなかでしか形成されぬためか、今日はじめて眼にするような花は、私には真実の花ではないような気がする……」*さらにまた、「……いまでも旅に出ると、平野のなかで偶然眼にすることのある矢車草や、さんざしや、りんごの樹は、それらが私の過去の地平において同じ深みに位置づけられているために、ただちに私の心と交流しあうのである。」*だから彼は絶望的に少年時代にかじりつく。彼に関して《小児性》*ということがいわれているが、この小児性は決意した上のものだ。彼は少年時代のなかから、とくに、おそらく最も危険性の大きい、そして最も尊重すべきでないものを保ちつづける。魔術への信仰のことである。彼は、幸福への約束がある種の事物にちょうど神秘なエッセンスのように内蔵されていて、それを単純な接触で自分のものにできると考えている。だがじつは、この内在的な富は、完全に空想的なものではないとしても、ゆっくりと、つらい思いを重ねて獲得してゆかねばならぬものなのだ。ベルゴットの書物から、バルベックの教会から、アルベルチーヌの頰から、あるいはまたヴェネツィアから、彼は、それまでに経験したどんなことともちがう幸福感と、言い表わしようのないひとつの秘密の啓示とを期待する。そしてそのたびに期待を裏切られる。美的な享受とか単純な官能的快楽とか愛とかに含まれる創造としての面、積極的に入念につくりあげるという面を、彼がまったく無視していたからである。したがって彼は、自分の接触する人びとについても、子供が知ること、つまり人びとの外観以外はけっして所有しないだろう。ただ意志のみが、ある現実についての深い認識へとわれわれを導くものなのだから。現実とは、われわれがそれを創造するにつれて、われわれにはっきりと意識されてゆくものなのだ。だが、それにしても、モデルたちを前にして、自然主義作家のように客観的であろうとはしないまでも、少なくとも謙虚で控え目で受動的であることをのぞんだ小説家にとって、これは奇妙な状況ではないか。

プルーストの作品に向けられた形而上学的道徳的なさまざまの非難は、こうした自我中心主義、《小児的ナルシスム》、《自閉性》に関係づけることができる。たとえば、サルトルがプルーストのうちに告発している極端な主観主義がまさにそれで、その極端な主観主義のために、プルーストは、アルベルチーヌやオデットの持っている、客観的に見て「愛すべき」点を認めることを妨げられてしまい、*その結果、マルセルやスワンの彼女たちに対する愛着が読者にはどうにも理解できぬものとなってしまうのである。また、ガブリエル・マルセルが「おまえ」と呼んでいるもの、愛する存在のなかにある私以外のものでありながら、しかも私が交渉を持つことのできるもの、自我が自分自身と結んで絶対的形而上学的孤独の閉ざされた円環をつくりあげてしまうのを、それが存在するという事実で妨げるところのもの、——そうしたものが、物語の進展するにつれて、しだいに排除されてゆき、ついには、この小説家は、他者の内的現実を、永久に把握できぬものと見なすに至らざるをえないというガブリエル・マルセルの非難も、そのひとつに数えられる*。生活者マルセル・プルーストの心理的欠陥と、彼の作品の形而上学的欠落と、小説家プルーストの無能力とが、どれほど緊密に相互に結びついているかがここに認められる。同様に、アンリ・マシスが『マルセル・プルーストの悲劇』で、人格を組織的に解体せしめたと非難するとき、彼は全面的に誤っていたわけではない。プルーストの人格解体が、アナーキーな精神による無償の行為だという点だけがまちがいなのだ。ダンディユがきわめて正当に注目しているように、プルーストは、マシスの裁断とは反対に、有効な現実性をあたえられた新しい基盤の上に、人格の観念を構築しようとのぞんでいる。人格の伝統的な基盤は、彼には、嘲弄すべきほど抽象的なものに思えたのである。しかし、そうした新しい基盤、つまり特権的状態も、ただ彼にとってしか価値を持たない。すでにわれわれが指摘したように、彼の世界には、（カトリックの用語を借りていえば）芸術による以外には——これとて疑わしいものだが——《善行の転換性*》というものはないのだ。ダンディユのように、こうした特徴のすべてのなかに、なにかなかば病理学的なものを見ることさえできる。すなわち、『失われた時を求めて』の作者は、ミンコフスキーの述べているような《分裂性》のあらゆる性格を示している。現実との感情的体験的接触の破棄ということが、そのまま、そうした接触を、特権的体験のなかに、しかも小説家としての資質の訓練によって、狂おしく求める姿勢を説明するものなのである。無関心から（ある種の刺激が口火となる）異常な感動し易さへの急激な変動は、『失われた時を求めて』の主人公のきわめて特徴的な性質であり、また、マルセル・プルーストの友人のすべてが彼のうちにひとしく指摘しているものだが、それは、分裂性性格者における感覚過敏か感覚消失への不連続な移行と正確に照応する。マルセルがいくたびもわが身に咎めたところの、そして、どのような愛の上にもかならず不幸の宿命がかすめるはずだとかってに信じこんでいた、ただそれだけの理由で、自分がジルベルトに愛されていると思うのを妨げたペシミスム。アルベルチーヌが自分を苦しめたときでなければ、彼女が自分にとって現実的な存在とはならないと考えさせてしまう苦悩礼賛主義《ドロリスム》*。——苦悩は、自我が自分自身と結んでつくりあげる地獄の円環を断ち切るために欠くことのできぬ衝撃《トロマチスム》であるのに、まるで他者体験は苦悩のなかでしか行なわれないとでもいうような苦悩至上主義。こうしたことのどれもが、彼を分裂性性格者に結びつけている。このような点にまで批判的判断を押し進めると、『失われた時を求めて』の主人公の奇妙な性格と小説家プルーストの限られた視野《ヴィジョン》に対して、生活者マルセル・プルーストのなかば病的な体質という同じただひとつの原因を想定しないわけにはいかなくなる。

しかし、著者のこのほとんど病理学的な特徴がなかったら、おそらく『失われた時を求めて』は書かれなかっただろうということを忘れてはならない。プルーストを神秘主義的探索へとかりたてたのも、小説家としての天賦の才能を完全に発揮することを妨げたのも、彼に小説を書かせたのも、同じひとつの衝動なのだ。もしも彼が、事物とのあの直接的接触をなんの苦もなくただちに所有してしまっていたならば、おそらく、彼はひそかにその幸福感を享受したことだろう。そしてなにも書かなかっただろう。事物との直接的接触をはじめから所有していなくても、もしも彼が、主観的な恍惚状態においてではなく、個個の具体的な事物のなかに実際にはいりこんで、それをしばしば、豊かに見出したことがあれば、彼の選んだ芸術形式はおそらくちがっていただろう。しかし、リルケやロダンやキーツのたどったような内在性の道は、彼には禁じられている。永遠性に合一することをのぞむ者にとっては逆説的な回り道だが、彼は遠回りをして小説的持続という道を通らねばならない。事物をわが身に併合するために、事物の上に、隠喩の網をたえずより主観的に織りあげてそれを投げかけねばならない。事物の本質と直接合一することができぬという事情が、彼をして、たえず詩にノスタルジーを抱きつづける意に反した小説家たらしめるであろう。真の神秘家とは反対に、彼は、見出すことができないからこそ探求するのだ。*

ここでわれわれは、作品のまさに頂点に、作品の限界と美とがともに発する源泉に、位置している。だから、プルーストのいろいろな欠陥を容赦しないわけにはいかなくなる。そうでなければ、論理的であろうとして、まったく別人のプルーストをのぞまねばならなくなるだろう。彼は、自分の視野の偏向を、神秘家としての成功とひとつの世界の創造との両者にまたがる彼の企図が成就されるために欠くことのできぬ条件として——すでに見たように、幾らかの後悔の念とともにではあるが——受け入れることができたのだ。ここにおいて、あのコルク張りの部屋は象徴的である。彼の世界は閉ざされていなければならなかった。——閉ざされていなければ、それは存在を止めるだろう。彼は、その生涯によってと同じくまたその作品によって、小説が形而上学的冒険に突入する前に必要とするもの——『神秘主義的文学として姿を現わすことをのぞむであろうあらゆる未来の文学のための序論』を、フローベール以上にみごとに提出したのだ。しかしながら、彼がわが身に課した、不滲透性でかるい物質からなる四つの壁のなかへの意志的自己閉鎖がどれほど模範的なものであっても、それはけっして、彼の作品から引き出されるべき教訓のすべてを覆いつくしはしない。隔壁（コルク栓のかたちとなって）である前に、コルクは生きた樹皮であったし、男性的で力強いコルク樫を甲殻のように覆っていた。とすればいまは、この原初の森《シルウア》を想起せねばならない。

7　樹なければ森なし

プルーストは、生前、批評家たちの無理解に苦しんだ。『ゲルマント』や『ソドム』の稠密に生い茂る雑木林が、この作品のもつ大きな樹枝状尖頭アーチを、批評家の眼に隠していたのである。彼はこのことを、『書簡集』のなかで、いくたびも繰り返してなげいている。* いまでは、綿密な読書と忍耐づよい注釈のおかげで、『失われた時を求めて』全体の構造がわれわれの眼にほとんど明らかになっているので、かえって、逆の方向から作品に接近して、時のたつにつれて全体としての森の姿がそこにある樹々を隠すに至ってしまったということを理由に、密生した茂みのような文章や膨大な巻数のなかに、おそらく気のつかぬまま放っておかれてある多くの《燃える茨》を照らし出してみたい気持にそそられるのだ。

プルーストの作品は、《失われた時間を見出す》ための大規模な企図であると見える。失われた時間を見出す――つまり時間を救い出すのだ。われわれの生きているような時間は、その本質により、生きられるやいなやただちに失われてしまうものだから。瞬間はひとつまたひとつと過去の虚無のなかに沈み込み、また別の、同様にうつろいやすい瞬間にとってかわられる。そしてついには、まるでどの瞬間もほんとうには存在しなかったとでもいうように、すべては過ぎさる。実際、われわれがこの無情な掟を実感するやいなや、われわれがまさに生きつつある瞬間がどれほど激しくどれほど輝かしいものに思われようと、時間の無情な掟はこの瞬間自体に、存在しないという刻印を打ってしまう。愛する人びとをほんとうに忘れはじめるよりも前から、いつか、彼らが死んでいようと生きていようと、彼らのことを忘れてしまう日の来ることを、われわれは知っている。「われわれが、まだ自分では愛している人びとについて、それでも忘却は避けがたいものなのだと予見したということは、もはや愛していない人びとからわれわれの心を切り離してしまう、あの、墓地に漂う忘却のような、じつに完璧で平和な忘却に対する報いとしてわれわれの受ける、最も正当で最も残酷な罰なのである……*」もはや心の痛まぬものであるだけに裏切りが、それだけに一層悪いものとなる。過去の影が現在と未来とを前もって凍らせてしまう。現在の瞬間は、けっして、われわれが以前から夢みていたような瞬間ではない。*われわれと現在時の現実との間に、われわれの死んだかずかずの夢想が、たえず介入してくる。だが、われわれが、著者のあとにしたがって《時》という名の逃れゆく幻影を追い求めてゆくこの果てしもない迷宮のまっただなかで、ただ一度だけ、とある二ページが、実人生のいろいろな企てにおいて感じられるような、引き止めるなにものもない、夢中になった、楽しい探索の印象を、われわれにあたえてくれる。その二ページとは、未来のなかに完全に身を投げ入れたマルセル、あらかじめいろいろと楽しんだアルベルチーヌとの接吻の感覚に事前に呑みこまれ、このときだけは、ふだんはひきずっている夢想に充ちた少年時代という重荷をおろしたマルセルが、バルベックのホテルの廊下を、アルベルチーヌとの最初の接吻の期待につつまれて、われわれ読者の意識をひきつけながら、《駈けてゆく》ページである。このときだけは、世界はわれわれと一致しているように思われる。世界はわれわれの欲望と同じリズムで鼓動し、《われわれと同じ立場に》立ち、われわれの同盟者、われわれの共犯者となっている。(「アルベルチーヌが取っていた丘のはざまに面する部屋に上がろうとして、私はエレヴェーターのベルを押した。昇降機内の腰掛に坐るといったような些細な動作でさえ、私の心と直接に関係があるので楽しかった。昇降機を引き上げてゆく綱のなかにも、あとまだのぼらなければならぬ数段のなかにも、私は、私の歓喜の歯車装置や階段が具体的な形となってあらわれたものしか見なかった……」*〈時〉は、はじめは歩みを遅らせる、*と、次には速度をはやめ、*そして、われわれは永遠に到達するような気がする――「たとえ死がこのとき私を襲おうとしていたとしても、それは私にはどうでもいいことに、いやむしろありえないことに思われただろう。なぜなら、生は私のそとにではなく、私のなかにあったのだから……」この陶酔境がどんなふうに急激に終わるか――ご存知のとおりだ――「《およしなさい。ベルを鳴らすわよ》とアルベルチーヌは叫んだ。」――だが、マルセルは頑としてたじろがぬ。

――「と、突然、けたたましく、長く鳴りひびく音を聞いた。アルベルチーヌが力のかぎりベルを鳴らしたのだった。*」

このベルの鋭いひびきは、マルセルの一時的な、官能の欲望にそそられた厚かましさを吹きとばすとともに、日常生活の内部で〈時〉を変貌させるというより厳粛な希望を埋葬してしまう。この希望がふたたびよみがえり具体的な形をとるためには、そして、物語をつうじて各瞬間ごとに認知される、われわれが以前にそうあったところのものと現にそうあるところのものとの間の、われわれが期待するものと獲得するものとの間の、われわれがそうであり、そう望み、そう感じていると思っているところのものとわれわれの真の現実との間の、越えがたいへだたり*がなくなるためには、『見出された時』の魔術的体験を待たねばならない。単なる《錯誤の喜劇*》であるばかりか、むしろ、想像の駿馬にうちまたがった夢の騎士たちが、空しい槍で、けっして存在しなかった環を柱に吊るしてあるものとして突き刺そうとする幻影の馬上試合、――プルーストのこの作品は、最後の二冊『見出された時』の前までは、われわれにこんなふうに見える。悪ふざけを言う人たちは、かならずこういったものだ。――『スワン』の巻から結末までの間に流れさった期間のすべてを踏査しようとして、著者は自分の時間もわれわれの時間もむだに失ってしまった。十二冊余計である……と。*

だがそうではないのだ。まず第一に、主人公の《錯誤》のどれひとつとして、けっして空しいものではない(それどころか、空しいとはっきり表現されていることもない)のだから。彼の錯誤のひとつひとつは、著者が時間から脱出する唯一のやり方と考えている霊的前進の――ついには、過去と現在の融合のうちに絶頂に達するあの霊的前進の――ひとつひとつの段階なのである。また著者は、この十字架の道の途上で足を停めた所のすべてを、われわれに巡礼させる。なぜなら、著者自身はっきりと語っているように、彼はひとりの仲介者にすぎず、読者のひとりひとりが、時間と永遠性の婚姻のドラマを、自分自身のために書き直さねばならないのだから。*さらに、問題とされているのは、時間を救い出すことができるということを知的に証明することではなくて、確実な解放感という体験を他者にはっきりと伝達することである。これは、その体験を抽象的な形に要約し図式化することによっては、なしとげられぬものだ。こうして、この作品のなかの、呪われた都市ソドムとゴモラについての叙述にはじまる長い挿入部分は、情欲を〈美〉またはは異性愛にむすびつける偏見を徹底的に一掃し、(それ自体では過渡的なものだが、欠くべからざる段階として)あらゆる愛情はひとしく主観的なものだということをわれわれに認めさせるために、ぜひとも必要なのである。シャルリュスを前にして恍惚とするジュピヤン、乗合バスの車掌にうつつを抜かすシャルリュスは、(ラシェルに熱中する)サン=ルー、あるいは、見ちがえるほど痩せてしまったアルベルチーヌに日ましに狂おしく情熱を燃やすマルセルと対照をなしている。* 同様に見かけの上では脱線して夢や眠りについて述べている部分も、その場かぎりでは消極的ではあるがじつは予備教育的な価値を持っている。たとえば、作品の冒頭に、眠りというあらゆる人に共通の体験があるので、作品ののちの部分にあらわれるより現実的な解放感をあらかじめ示すことができる。クレリアと『パルムの僧院』の主人公との交す最初のまなざしのように、あるいは、コモ湖上のファブリスの歓喜のように、夢は時間のそとへとひらく突破口を実現するものなのだから、いわば、希望の伝言であり、可能な幸福の予感なのだ。夢は、われわれの意志に反してわれわれを現実とは異なる場に置くことによって、『見出された時』においてはじめて実現されるような、さまざまな瞬間の普遍的な混淆のための準備をととのえる。だがまた、プルーストは、『見出された時』のなかで、夢というものが、心理的持続を構成する各瞬間の相互的外在性を昇華させ、あるいは超越することをわれわれに許さずに、われわれを心理的持続の内部に——それに服従した姿のままに——残しおくものであるかぎりは、夢は「失われた時を見出すための方法のひとつ」ではないと、断固とした語調でわれわれに語るだろう。* 要するに、夢と眠りは、われわれの内部に幸福へのノスタルジーを喚び醒すが、それらはそのノスタルジーを充足させることができぬままにとどまるのだ。夢と眠りは、〈時〉を相手にたわむれることが理論的には可能であると証明しているのだが、そのための方法をわれわれの手に渡してはくれない。しかし、こうした予言的価値は、この作品の第一巻から夢や眠りに賦与されている重要な地位を意味あるものとし正当化しているのである。

しかしながら、プルーストを綿密に読みすすめてゆくことに対する報償は、その読書行為が、著者の死によって——まるで著者の意志もそうであったように——作品にあたえられた終止符までつづけられたときに、はじめて得られるものだと考えるのは誤っていよう。われわれがこの作品中に判別した二つの企図、つまり、〈時〉を救い出すことと、ことばのふつうの意味で《小説《ロマン》》を書くことの二つは、ときにはまったく別々の方向に向かうものと見えるかもしれないが、じつは、ある本質的な絆でむすばれている。ついには〈持続〉を〈瞬間〉のなかへとたかめることによって決定的に変貌させるにいたる、さまざまな体験をとおして、またそうした体験と平行して、主人公の内的成熟がつづけられる。だが、この場合、彼の内的成熟が実現されるのは、自分をつつむ〈時〉という衣を剝ぎとり、〈時〉から脱出することによってではなく、自分の前に差しだされたさまざまの感覚的外観、結局のところはそのいずれもけっして空しいものではなく、決定的に拒絶してしまうこともなかったさまざまの感覚的外観を、ただひとつの現実へと統合し融合させることによってなのだ。別のことばでいえばこうだ。——プルーストが意識を〈時〉から解放しようと企てるとき、彼の試みは、二つの次元で、それぞれに異なった二つのスケールで行なわれる。つまり、プルーストの試みは、まずはじめに、『スワン家の方に』の小児的な眠りから『見出された時』の恍惚境へと、作品の挿話のひとつひとつを厳密にむすびあわせながら進んでゆく、長い総体的冒険である。が、また同時に、それは、ほかの道をとおってつづけられる。——さまざまな運命の急変、一見したところは物語の本筋から脱線した部分、いわば《技巧を示す華麗な曲》ともいえるような個所、さらには、ひとつずつよく考えられ、それぞれ一個の特異な宇宙を形成している独特な章句というような、たがいにむすびつき、ライプニッツ哲学の用語を借りていえば相互に《符合し合う》多数の小宇宙《ミクロコスモス》の内部でも、プルーストの試みは、一歩一歩とつづけられてゆくのだ。彼は意識的な解放をめざしている、それがひとたび獲得されれば、彼はそれをなかば知的な用語で分析するだろう、——そのような解放へとわれわれを連れてゆくのと平行して、彼は、瞬間ごとに、またべつな解放——ある事象またはある人間についての現在時の知覚に、それ以前に経験したその事象や人間のいろいろな相貌を合体させるという、なかば意志的な、そして本来詩的な解放を実現して行く。すでに少年時代から、読書の印象が付随的な状況の想い出によって強められ、ゆたかにされてきたのと同じように、ゲルマント公爵夫人はジルベール・ル・モーヴェ〔ゲルマント家の祖先のひとり〕の描かれたステンド・グラスから降り立った伝説の妃であり、また同時に、そうしたメロヴィンガ王朝時代の神秘のほかに、「ヴィヴォーヌ川の流れを、その睡蓮や背の高い木立を、そしてたくさんのよく晴れた午後を」*のこらず自分のうちに包みこんでいる夫人なのだ。主人公マルセルの不幸な愛の対象であるこのパリの優雅と社交生活の女王オリアーヌ・マリーは、その晩年にはついに、かつてスワン夫人だった女性とぐるになった自分の夫に裏切られる《マリー＝ソステーヌ》となってしまう。あるいはまた、一九一七年のゴータ爆撃機下のパリは、突然、イスタンブールのような豪奢な都会、話者が回教王ハルーン・アル・ラシッドの魂をわが身に感じる『千一夜物語』の町に変わってしまう。*『見出された時』の冒頭でタンソンヴィルにマルセルを迎えるジルベルトは、単に彼の親友サン＝ルーの妻であるばかりではない。オデット・ド・クレシの娘、コンブレのさんざしの背後にちらりと姿を見せ、それ以来さんざしの花と分かちがたくむすびついている金髪の少女、ベルゴットと親しげに雑談をかわすというほかのだれにも与えられたことのない特権をもっていたスワン嬢、シャン＝ゼリゼで人取り遊びをして遊んでいた少女（彼女の冷淡さがマルセルをひどく苦しめたものだった。たぶんその冷淡さもマルセルのほうでかってに想像したものなのだが）——タンソンヴィルにマルセルを迎えるジルベルトは、同時にこれらのすべてなのである。たとえ、彼女の全存在を構成しているこうしたさまざまの側面のうちのあるものが、その瞬間には、すっかり忘れさられ、無のなかにおちこんでしまっているように思われようとも。たとえ、彼女のそうした姿は、もはやほんのときたま、まるで痙攣的に、話者の意識にとらえられるだけで、それも、そういう姿の不在、完全な消滅を確認する行為においてそれがとらえられるのが、いちばん多いとしても。このような事情を、たとえば次の文章が証明している。この文章は、ある展開部の中途に——現在のサン＝ルー夫人がもはやかつてのジルベルトではないことを示すためのものと表面的には読める展開部の中途に挿入されたものだが、この文章が在るというまさにそれだけのことによって、そうした表面的な意味とは正反対の意味を証拠だてている文章である。「こういうわけで、ジルベルトの影は、私がかつて彼女に想いをはせていたとき、その背景となったあのイール・ド・フランスの教会堂の前のみならず、メゼグリーズの方の庭園の小径の上にも延びていたし、ゲルマント夫人の影は、紫や赤の花房が紡錘形にはいあがっている湿っぽい道や、朝日をうけたパリの歩道の金色の輝きの上にも延びていた。*」この《高めることによって《トレンド・》定立しつつ《ポネンス》》進んでゆく思考の歩み方は、プルーストに非常にしばしば見うけられる。*ほとんどこんなふうにもいえるだろう、——嘘つきの人によくある連鎖式論理を構成する各命題のように、プルーストの文章のどれもこれもが、ほとんどつねに、それ自身のなかにそれ自身への否定を内包していて、その否定が、文章に全的な意味をあたえることにより、文章を補足し、完璧なものとしてゆく。一見したところ、その文章が否定的で悲観的なものに思えるので、それだけ建設的なもの、約束するところゆたかなものとなるのだ、と。

それゆえ、マルセルがたとえば『囚われの女』のなかで自分と同棲生活をいとなんでいるアルベルチーヌは、バルベックの少女ともはやなんの共通点もないと言明するとき、彼のことばをあまり信じてはならない。彼がそう語る瞬間に、彼がそのことを意識しているというまさにそのことによって、それは真実であることをやめるからである。作品の本質的な発条《バネ》であり、未来を準備するのに役だつこうした否定的弁証法によって作品が前進してゆくというばかりではなく、まさにその瞬間に、その否定的弁証法が確実な実りを産むものであることが明らかにされるのだ。たとえば、個人の愛について《その虚妄をあばくこと》は、まず第一に、失われてしまったと信じていたことのすべてをのちになってふたたび見出すために、ぜひとも必要なひとつの段階である。だがまた、それと同時に、虚妄をあばこうとする心の動きは、すでにそのこと自体が、そうした心の動きをなしとげる人の考える以上に、幅ひろく激しい体験なのだ。「われわれの愛する人びとの内部には、かならずしも見定めることのできぬままにわれわれの追求しているある種の夢が内在している。私にジルベルトを愛させたのは、ベルゴットやスワンによせる私の信頼であり、ジルベール・ル・モーヴェによせる私の信頼が、私にゲルマント夫人を愛させたのだった。アルベルチーヌへの愛が、かぎりなく苦しく、かぎりなく嫉妬深く、まったく自分だけに関係するものと思えたとしても、そこには海のようなひろがりが含まれていたのではなかったか。それにまた、そうした自分だけに関係するものに熱中するというまさにそのことのために、他人への愛は、すでに、いささか錯乱なのである。*」しかしながら、こうした錯乱は、究極の救いのためにぜひとも必要なものであるばかりか、さらに、その錯乱の瞬間において、錯乱自体のなかに、それへの代償を含んでいる。若いマルセルが、むかしはまったく虫の好かぬ人物に思えていたティッシュさんとエルスチールとを同一人物だと認めざるをえなくなってひどく傷つけられたとき、エルスチールが彼に言ったように、「どんな賢人でも、その若い頃のある時期に、あとで想い出しても不愉快な、できることなら自分の人生から消し去ってしまいたいと思うような、そんなことばを口にしたり、そんな生活を送ったりしなかったような人は、ひとりもいないのです。しかし、それは別に、ひどく後悔すべき事柄ではありません。なぜなら、聖人になることが可能だとした上での話ですが、聖人という最終的な姿に化身する以前に、まず自分があらゆる笑うべきもの、厭うべきものに化身するという段階をふんでからでなければ、聖人になったと確信することができないからです。*」だが、さらに突っこんでいえば、われわれが犯すかもしれぬ誤謬や愚行は、そうした行為の持つ否定的な側面、そうした行為の外部に残されてゆくものによってのみ、誤謬であり、愚行なのだ。アルベルチーヌによせる愛が、マルセル一個人にしか関係のないものであり、どれほど嫉妬深く、どれほど苦しいものであったとしても、その愛のなかには、この少女の死ののち、作品の終結部になってはじめて総体的に把握されるあの宇宙的真実の一部分が、すでに含まれている。その愛には、たとえば、バルベック、海の世界、*サン・タンドレ・デ・シャンがすでに合体している。パリの街から立ちのぼる朝の物音、*むかしゲルマント公爵夫人やジルベルトによせた愛情、ヴァントゥイユの音楽なども、その愛に合体していることはいうまでもあるまい。（ゲルマント公爵夫人への愛が、アルベルチーヌへの愛に混じり合うのは、フォルトゥニー（ヴェネツィアに住み、パリに支店をもっていた一流染織家、室内装飾家、デザイナー）作のヴェネツィアふうのドレスを媒介としてだった。『囚われの女』のころ、アルベルチーヌがとりわけ好んだのは、フォルトゥニー作のドレスにかぎっていた。そして、フォルトゥニー作のドレスは、ゲルマント公爵夫人によく似合った。*そのドレスのまわりには、サン・マルコ寺院とそこの丸天井に書かれた永劫回帰の約束、カルパッチオと潟《ラグーヌ》の青い水がただよっていた。第二のジルベルトとのつながりは、アルベルチーヌとジルベルトという名前の部分的相似や、むかしスワン嬢がシモネ嬢についてほのめかしたことに由来している。ヴァントゥイユの音楽をここに数えあげたのは、アルベルチーヌが彼の七重奏曲をピアノで弾くこと、また、この音楽家の娘と彼女との関係がその理由である。）このような事情を、ことばを変えていえばこうだ。――表面的にはまったく閉鎖された体験（それはいわば錬金術の体験である、——『囚われの女』のなかで、アルベルチーヌが強制的に送らされた蟄居生活が、錬金術を象徴している）そういう体験をとおして、『失われた時を求めて』の話者は、彼自身の過去と人類の共通財産を——彼がいわば意に反して、それもほとんど知らぬうちに、自分の愛情と作品の内部に保ちとどめた《海のようなひろがり》を——構成している文化的あるいは心理的なさまざまな地平を有機的全体へと積分するという異常な行為に、すでに、成功していたのだ。

8 《巨匠たちのワニス》

作者がどう言おうと、またどう考えようと、〈時を求めること〉がプルーストの作品の唯一の主題ではない。同様に、永遠が見出されるのは、ただ単に、終結部の特権的体験によってではない。プルーストのこの小説は、作者が自らすすんで意識的にあたえた意味よりも、ずっとひろい、ずっと《カトリック的な》〔普遍的な〕意味を持っている。ジード流にいえば、この小説には、《神々の為す部分が》*、ちょうど聖体拝受のとき、パンとブドウ酒のなかにキリストの肉と血が臨在するように、現実に存在している。そして、その《神々の為す部分》が、われわれを、きわめて広大な苦悩から——地上の苦しみなどはその一部分、激しい一形式にすぎぬような広大な苦悩から、解放してくれる。ここでいう広大な苦悩とは、人間存存の閉鎖性、事物の閉鎖性、持続のいろいろな部分の閉鎖性という三重の面における、閉鎖性の苦悩である。それゆえに、作品の意味を、作者が意識してこの作品に委託した伝言《メッセージ》に要約したり、作品全体の重みをすべて『見出された時』の二冊にかけるあまり、たとえば、その二冊をすみずみまで読破すれば、それが、その二冊に先行する《錯誤》の十四冊の全実質を消化吸収したことと等しいと思いこんでしまったり、——そんなことをしないよう注意しなければならない。（プルースト自身は、あまりにもわれわれをそういう方向へとそのかすのだが。) 次のような洗練された食通の物語が知られている。すなわち、オリーヴの実をひとつ腹につめたいちじく喰いの料理なのだが、そのいちじく喰い自体はやまうずらの腹のなかに入れて焼いてあり、そのやまうずらはあひるの腹のなかにはいっていて、そのあひるもまた雌七面鳥の詰物になっていて、その七面鳥がまた生まれたての豚につめて焼いてあるというしろものなのだ。しかもこの食通たるや、この料理を前にして彼が自分で食べるのは、まんなかのオリーヴの実だけなのである。プルーストの場合、あひるの肉のうす切れ《フィレ》でさえも、(いちじく喰いや生まれたての豚はいうまでもない) その味はすばらしく、すっかり平らげるに値する。しかもそうしたところで、読者は、著者が時を失ったほどには、時を失うことはないのだ。いやそれどころか、〈時〉という主題の外側にあるこうしたいろいろな要素のほうが、中心となる〈追求〉よりずっと重大だということさえできるだろう。なぜなら、そういう外側の要素のほうが、もっと多くの人びとに近づきやすいし、著者のなかば病的な特異体質に侵されている度合がはるかに少ないからだ。そしてまた、作品のさまざまな部分のなかで、理知によって変質させられることのなかった部分においてこそ、プルーストが作品にあたえようとのぞんだ模範としての価値を、最高度に所有しているからでもある。

　これまで、彼の主観的傾向、自己中心主義、《自閉性》に対して、多くの非難が浴せかけられてきたので、――それも理由のないことではなかったが――そのため、このきわめてゆたかな作品が、少なくとも意図においては、《精神連盟》*(これはプルースト自身使っていることばだ)に向かってひろくひらかれているということを、ひとは忘れやすい。しかし彼は、その綿密な分析において、ただ自分だけのことを語っているとはけっして思わなかった。それどころ、反対に、彼がなそうとのぞんだのは、あらゆる人びとに共通する、もっとも普遍的な形式における人間の感受性の財産目録を作製することだった。彼は『見出された時』のなかで、次のように書いている。「われわれが引き出すべきもの、明るみに連れ出さなければならぬものは、われわれの感情、われわれの熱情、いいかえれば、万人の情熱、万人の感情である。*」彼に憑きまとう〈時〉という問題それ自体も、彼個人だけの固定観念ではなく、人類の一般的なドラマなのだ。「われわれが〈時〉のなかに、たえず膨張する場所を占めているということは、もとより、だれでも感じている。そして、こうした普遍性は、私が解明しようと努めていたものが、真理――だれにもうすうすと感じられている真理であるだけに、ひたすら私を喜ばせたのだった……*」そして、芸術作品は、最も個人的なものを内包するゆえにこそ有益であるというわけは、芸術作品が、人びとの意識にそれぞれの閉鎖性を啓示することによって、また、事物がわれわれひとりひとりの意識に映じるときには、それぞれに質的に異なった現われ方をするという事情を明らかにすることによって、人びとの意識の間に伝達の可能性を回復させるからである。このとき明るみにだされる「差違というものは、もしも芸術が存在しなかったら、各人の永遠の秘密として残るであろう。*」だが、ひとたびその差違が、いわば普遍的な現象だと理解されるとき、そうした普遍性を知覚する行為そのもののなかで、その差違は、ただちに超越されるのだ。劇場へ行くことをまだ両親から許してもらえなかったころ、《マルセル》は劇場を、「観客のひとりひとりが、まるで立体鏡をのぞくようにひとつの舞台を見ていて、その舞台は、もとより他の観客がめいめいひとりで見ている数多くの舞台と似通ってはいるが、じつのところ、まったくそのひとりひとりだけのためのものである*」ような場所だと想像していた。だが、彼が実際に劇場内に入ったとき、劇を見る楽しさは孤独な幸福感とはまったく反対で、あるひとりの喜びは、他の人びとの喜びを害したり、その犠牲において獲得されたりするものであるどころか、反対に、他の人びとの喜びを強めるものなのだということを、彼は発見して恍惚とする。「あれほど長らく私の子供じみた想像力が私に描きだしていたものとは反対に、すべての観客にとってひとつの舞台があるだけだと知って以来、私はこんなことを考えていた。——これでは群衆のなかにいるのも同然で、他の観客に妨げられて充分によく見ることができないに違いない、と。ところが私は悟った、——いや、いわば知覚ということの象徴であるような席の配置ぐあいのおかげで、だれもが自分は劇場の中央にいると感じてしまう……*」そして、その結果、フランソワーズを（四階の立見席メロドラマを見に行かせたとき彼女が感じたように、だれもが、自分の席が最上の席だ、劇を見るのに最もよい位置にある席だと信じてしまう。これは、孤独の苦しみを癒してくれる幻覚である。なぜなら、外見的にはそれぞれ障壁に仕切られている状態をとおして、それぞれに異なる個人の視像《ヴィジョン》を回復させ、それを一点へと収斂させることによって、この世界の観客のひとりひとりが、実際に「もっともすばらしい」位置に、いいかえれば、まさにふさわしい場所に、位置させられるのだから。〈劇場〉の比喩は、この作品のさまざまな《段階》で、なんども繰り返しあらわれるが、それの意味するものは、はじめは伝達不能のものと思いこんでしまったかもしれぬさまざまの独特な体験について、（本質的に芸術の力のおかげで）その相互的滲透性がついに見出される、ということにほかならぬ。

　プルーストの世界とはじめて接触したとき、そのおもな印象は、人物たちがおたがいに他者との関係においては自分の内部に閉鎖され、各自の特殊性のなかにこもって、まわりを壁でかこんでしまっている世界と接触したという印象である。ジルベルト、ゲルマント夫人、サン＝ルー、シャルリュス、アルベルチーヌ……が、かわるがわる、接近不能、理解不能の人物として《マルセル》の前に姿をあらわす。といってまた、これらさまざまの主役たちの神秘の雲が、作者の理知と共感とによって、みごとに晴らされるということもついになかった、ということもできない。作者自身でさえ、自分の企図の成功を疑ったり、たとえばアルベルチーヌの生活やオデットのふるまいのなかに残る影の部分について徹底的に追及してみたりするかもしれないが、それもむだなことだろう。というわけは、明らかにされぬままの細部がいくらか残っているとはいえ、それらの作中人物たちは、われわれに親しい存在となり、作者が彼らに示した関心の度合に正確に対応して、（たとえば、アルベルチーヌはアンドレ以上に、スワンはブロック以上に、シャルリュスはルグランダン以上によく）われわれの知るところとなったのだから。そしてまた、彼らの異常さがはじめはひどく大きなものに思えるとはいえ、彼らが、われわれの周囲の人びとの大部分よりも、確実にわれわれの理解力の滲透をゆるす存在となったのだから。

そして、〈芸術〉の偉大な教訓は、（これは、はじめはヴァントゥイユの音楽から、ついでエルスチールの絵からひきだされた教訓だが）人間の意識の相互的閉鎖性というものは、人びとが、それぞれの質的特殊性の下に、人間の体験に共通の奥底を見出そうとして、意識の相互的閉鎖性をさらに深め、自分たちのそれぞれの意識に特有の差異を深く掘り下げることに同意すれば、すみやかに消滅するものだ、ということである。「真の芸術の偉大さとは、〔……〕われわれがそこから遠くはなれたところで生きてはいるが、〔……〕じつはまったく端的にわれわれの生そのものにほかならぬ現実を、ふたたび見出し、取り戻し、われわれに認識させることにあった。真の生、ついに覆いをひき剝がされ明らかにされる生、したがって現実に生きられた唯一の生、——それが文学である。そうした生は、ある意味では、芸術家においてと同じようにあらゆる人間のうちにもあらゆる瞬間に住んでいる。〔……〕われわれの生とともに、他の人びとの生もまた問題なのだ。なぜなら、作家にとって文体とは、画家にとっての色彩と同じように、技術の問題ではなく、ヴィジョンの問題なのだから。文体とは、この世界がわれわれに現われるその現われ方のなかにある質的な差異——もしも芸術が存在しなかったら、各人の永遠の秘密として残るであろうあの差異——を現像する行為《レヴェラシオン》にほかならないが、このことは、直接的で意識的な方法によっては不可能であろう。ただ芸術によってのみ、われわれはわれわれ自身から脱出することができるのだし、他の人が、われわれの見る世界とは同一ではない世界について、その風景が月世界の風景さながらにわれわれには未知のままに終わるかもしれぬ世界について、いったいなにを見ているのかを、われわれは芸術によってはじめて知ることができるのだ。[*]」

プルーストの描く体験の大部分のものが持っている、あまりに特殊で、なかば病的な性格について、人びとはともすれば非難したい気持にかられるし、また事実、かならずといってよいほど、これまでしばしばそれについての非難がプルーストに浴びせられてきたものだった。だが、この引用文を読むとき、そのような非難は崩れ落ちてゆく。

サルトルは、そのきわめて才気渙発なページのなかで、プルーストの恋愛描写に対して、普遍的価値をまったく拒否している。《アルベルチーヌ》を描く場合でも、この小説家が、実際には男性から受けたとする以外には理解できぬ感情を、マルセルがひとりの少女から受けたというように、単純に作中に置き換えているという点を、サルトルは楯に取るのだ*。しかし、異性にしか愛情を感じない人でも、『囚われの女』を読めば、そこに分析されたさまざまな心のゆらめきのなかに、プルーストにくらべてははるかに弱い程度においてであれ、とにかく自分で感じた感情、プルーストほど拡大もせず、プルーストの場合とはまったくちがって挿話的な形で知覚した感情を、かならずだれでも見出すことだろう。プルーストの作品の素材となったさまざまな体験が強烈なものだったというまさにそのことが、そしてまた、この作家がそこに熱狂的な視線を注いだということが、その体験をしばしばアブノーマルなものにしてしまっている、——このことには、だれも異論をさしはさまないかもしれぬ。しかし、極度の関心の集中による、きわめて微細な事実の拡大ということは、科学的観察においては通例となっているのではなかろうか。そしてまた、母親がお休みを言いにきてくれないだろうと感じたときの子供の苦悩、見知らぬ部屋のなかで、敵意を見せているような家具にかこまれて眠らねばならぬときの恐怖感、自分の愛する女性をむなしく待ったり、彼女がほかの男性の腕に抱かれているのではないかと想像したりするときの絶望、——それらはたしかに、陳腐なまでにありふれた苦しみであり、苦しみの激しさの度合やそれを意識する度合はさまざまにせよ、おそらくほとんどだれでも、そのような苦しみを味わったことがあるだろう。子供があまりに神経質で、更に上層中産階級に生まれたということ、恋する男を苦しませるのが若い女性であるか、それとも若い男性であるかということ、そのようなことは第二義的な事情であり、それ自体としてはだれにでも理解できるある体験が、具体化するために、つまり実在し伝達可能なものとなるために冠らねばならぬ仮面なのである。しかも、この作品における小説形式は、そのような体験から普遍性を奪い取ろうとする傾きがあるが、分析の鋭さそのもののおかげで、体験はたえず普遍性を取り戻しているのである。

プルーストが破壊しようとつとめた人間の閉鎖性に隣りあって、事物それ自体の閉鎖性というものがある。これは別の方法によって消滅されねばならぬだろう。プルーストは、作中人物たちのさまざまに異なる視点の間に橋をかけわたすことによって、また、ルグランダンをとおしてスノビスムを、シャルリュスの力を借りて同性愛を、フランソワーズによって召使の主人に対するきわめて曖昧な関係をわれわれに理解させることによって、これらの伝達不可能なさまざまの宇宙の間に、流通作用のようなものを回復させるだろう。ものに面しては、彼は詩《ポエジー》に援助を求める。最も伝統的形式、——隠喩《メタフォール》という形式——における詩である。

一見すると事物は、どれもこれも他のものに背を向け、事物に特有の存在形式である不透明さそのもののために他への伝達を奪われて、一種の尊大な孤立のなかに閉じこもっているように見える。たとえば自然主義流の描写は、この閉鎖性をさらに強めるばかりだ。しかし、ものはまたなにかを意味している。つまり、ものはものそれ自体とは別のものである。ときには、まるで、われわれに目くばせを送り、われわれをそそのかしてわれわれ宛の伝言を発見させようとしているかのようだ。麦の穂に麦の粒が重くみのり、密蜂の巣箱に蜜が甘くみち、大使が公的使命を帯び、電報配達夫が一枚のささやかな《電報《プチ・ブルー》》を配達する役目をうけもつ、——それと同じように、ものにはわれわれ宛の伝言が託されているのだ。*この小説の冒頭において、マルタンヴィルの鐘塔がそうである。*《マルセル》は素直に鐘塔の呼びかけに応じるが、二ページの上手な散文のほかにはさして明白な結果も得られなかったようである。その二ページの散文も、だれも、かれ自身さえも満足させない。（たぶん鐘塔も、と付け加えたくなるところだ。）しかしそれは、少なくとも、義務を果たしたという満足感をあたえて、彼に課せられた神秘的な任務の重圧を一瞬軽減するのに役だっている。しかしそのほかのときでは、彼は、たえず自分に覆いかかり、感覚に印象をきざむ事物から、そうたやすく免除されない。彼はそういう事物を自分の記憶力にゆだねることで、——しかし問題を回避したというつよい印象をいだきながら——一時的にそれと縁を切る。「すると、かたちや香りに包まれているあの未知なものが、もう私にはそんなに気がかりではなくなった。そうした未知のものを、心像のころもに包んでそのまま家へもって帰るのだから、帰ってからもぴちぴちしているだろうと考えて安心していられたのだ。ちょうどひとりで釣りに行かせてもらった日、生きがいいように草のしとねで蔽った魚籠《びく》に入れて持って帰ったように。*」

この引用の最後の文章に、筆者がすでになんどもその例証となるものを取りあげてみたプルーストにおいては通例となっている方法の一例に読者は気づかれるだろう。つまり、彼の挫折を表明した文章自体に、きたるべき勝利の原則がすでに含まれているのである。独房に幽閉されていると思っている囚人に解放をもたらしてくれる鍵が、まさに独房の内部にあるのだ。そして、事物の閉鎖性に終止符を打ち、事物が互いにその性質の一部を共有することを許す方法は、マルセルが考えているように、また、プルーストがおそらくたえず望みつづけたように、記憶による防腐処置を施して保存することではない。（これはまったく別種の解放のための原則である。もっとも、異論の余地ある原則だが。）そうではなくて比較——この引用の場合では、ゆたかな約束を含む印象と、釣りに行った話者が草で蔽って生きのいいように保っておく魚との比較——これがその方法なのだ。エルスチールの絵画は、この比較ということから、画面の意味するものの最も明瞭な部分を引きだして*いる。（時のうつろいゆく姿を感覚でとらえうるものへと化すること、これは造型芸術には禁じられているように思えるが、これに成功したということが、エルスチールの絵の意味するもののもう一方の面である。）比較（隠喩的技法）*は、作品全体をとおして、一ページに十回というほども使用されるのだが、『見出された時』の有名なくだりで、次のように褒めたたえられるだろう。「描写の対象となる場所に姿を見せていた事物を、ひとつの描写のうちに、次々と際限もなく連続させることもできよう。しかし、真理があらわれはじめるのは、作家が二つの異なった事物をとりあげ、科学の世界にある因果律という唯一の関係に、芸術の世界でまさに類比されるような関係をそれらの事物の間に設定し、それらの事物を美しい文体の必然的な連環のなかに閉じこめる場合のみである。いや、さらに、人生と同様、二つの感覚に共通する特質をそれぞれ比較することによって、作家が、これらの感覚を時間の偶然性から脱出させるため、それらを互いにひとつの隠喩のなかに結びあわせてその本質を引きだし、こうして撞着語法といういいあらわしがたい絆によって、それらの感覚を連結する場合だけだ。*」このような美学は自然主義の作家たちの（さらにはフローベールの）事物の列挙という方法と正反対のものだが、プルーストはこの美学をこのように明白に定式化するより以前に、それについて作品の各所で多数の実例を挙げている。もっとも、それらの例は、ボードレール以後の象徴主義の詩人たちがそこに自然の秘密を探っていたあの《交感の状態《コレスポンダンス》》と類似したものであるが。それらの実例のなかから、きわめてささやかで付随的なものだが、それだけにまた意味深いものをひとつ取りあげてみよう。カルクヴィルの教会の描写である。この教会は、常春藤《きづた》に蔽われていて、その緑の覆いの下に、教会という性質を可能なかぎり隠している。*（これは教会自体のほうでもたらした事実であり、事物が、自らの本性とはちがったように自分を見せようとするための努力、変貌するとまではいかなくても、少なくとも変装するための努力である。）だが話者はさらに一歩をすすめて、この教会をまるで海の波か湖の満ち引きのように描写しはじめるだろう。するとここに真の変貌がはじまる。もっとも、真の変貌といっても、シビル・ド・スーザ*が指摘したように、「渦巻」という名詞、「砕け散る」という動詞、「波打つ」「愛撫された」「逃れ去る」という形容詞など、普通、葉の茂みを吹きぬける風の戯れではなく、砂浜によせる波の戯れを描くために使用されるような用語で変貌が暗示されるだけであるのだが。*プルーストの用いる技法は、この個所からすこしさきで、彼がエルスチールの絵を語りながら定義する技法と正確に等しい。「いま、このアトリエで、エルスチールが自分のかたわらに置いている海の絵のなかで最も頻繁に用いられている隠喩的技法《メタフォール》のひとつは、まさに、陸と海とを比較しながら、その間のどのような区別も消し去ってしまうものだった。……たとえば——カルクチュイ港を描いたあるひとつの画面のなかで――エルスチールは、小さい町を描くためには海のための名辞しか用いず、海を描くためには町のための名辞しか用いないことで、鑑賞者の精神に、こういった種類の隠喩的技法を受け入れる準備をさせてあったのだ。」* ここでは、時間の侵入にせよ、時間の排除にせよ、およそ〈時〉というものが介入していないということに気がつかれるだろう。ここで企図されているのは、あるひとつのものが海と名づけられ、ほかのひとつのものが陸と名づけられて、その二つの間に共通するところがまったくない、――そんなものは存在しないのだという事情を、感覚機能という、知性による啓示と少なくとも同程度に価値ある啓示をあたえてくれる手段に向かって証明すること、ひたすらこのことなのだ。(そして、美的認識ということばの語るものはまさしくこのことなのである。) あるいはまたこういう事情――教会のかたちに築きあげられた鉱物の一部分があり、ついで植物の世界があり、ついで流動的な要素がある……というのではなくて、われわれが、相互間に交渉もないべつべつのものだと思っているこれらの形状が、じつは、すべてひとつの同じ宇宙に所属していて、その宇宙の内部では、それらの形状は、われわれのほうには委細かまわず、その最も特徴的で、最も独特な面をたえず交換し、それゆえにまた、そういった面を非難しつつ、いつまでも互いに溶けあっている――そんな事情を感覚機能に向かって証明することが企図されている。要するに、われわれが誤って自分がそうだと思いこんでいるものに反対して、われわれの知覚の否定できぬ明証性、われわれの外部に、まるでわれわれの意に反してのように、客観的に存在している世界の統一性《ユニテ》の、ありのままの姿を再確認すること、そして、もののうわべから、その奥に埋没してしまっている世界の統一性をふたたび出現させることによって、それをあらためてわれわれに明らかにし、それを存在論的真理としてふたたび確立すること、これが問題なのだ。ものが閉ざされているのは、ものに固有の性質によって、ものそれ自体として閉ざされているのではなくて、われわれの盲目さという事実によってなのだ、ということをわれわれに示すことが問題なのである。というわけは、ものを利用しようとするとき、われわれは、われわれの要求のほうでつくりだした劈開面にしたがって、ものを恣意的に解体し区別してしまい、そうして、ものの側にある協力と融合への特殊な意志――大多数の人びとが、ものはひとつの同じ宇宙の溶かすことのできぬ部分ではなく、それぞれべつのいくつかのものであるというあり方をものに強いているのに対して、ただ詩人たちだけが、ものに、協力と融合への特殊な意志を認めてきた――それを無視してきたからである。こんなわけだからこそ、マルタンヴィルの三つの鐘塔や、ついでバルベックの三本の樹が空に向かって無言の抗議をつきつけるのであり、その上、それらのものの伝言はついに明らかにされないということになるのだ。*

ひとつひとつのものの上にのしかかっている、他から切りはなされ、それ自身でしかないという呪咀を払いのける芸術、それが偉大な芸術なのである。「というわけはこうなのです。ラ・フォンテーヌの寓話だとか、モリエールの喜劇だとか、そういういくつかの作品の絶対的な美をなしているのはなにかと探してみると、それは深さとか、あるいはぬきんでて見えるなにかべつの性質ではない、ということがわかります。そうではなくて、(絵画の用語を借りていえば)一種のぼかし《フォンデュ》のようなものなのです。――すべてのものが、ものとしての最初の輪郭を失って、ある一種の秩序のうちに、互いに隣合って並べられて、同じひとつの光線に射しつらぬかれ、あるひとつのものの姿はべつのもののなかに見られるというふうに重なり合い、その結果こういう同化作用に逆らってその外部にひとつだけ残っているようなことばは、ただのひとつも存在しない――そんな一種のぼかしのようなもの、透明な統一性《ユニテ》のようなものが、それらの作品の絶対的な美をなしているのです。〔……〕あのいわゆる《巨匠たちのワニス》というものは、まさにこういうものだと私は思っています……」* このぼかし《フォンデュ》、ものを統一し和解させるこの光線のなかに、あの神秘な〈マチエールの古びたつや〉*を、瀕死のベルゴットがフェルメールの『デルフト風景』のなかに見出し、自分の作品にあたえることができなかったと残念がったものを人は認めてきた。プルーストは、おそらく、臨終の床で、ベルゴットのように自分を咎める必要はなかっただろう。なぜなら、どんなにささやかな事物であっても、それがほかの事物と秘密の約束をむすぶやいなや、そのまわりを飾るあの詩的な背光(象徴という語はまさにこのことを意味している)――プルーストは、その小説のどのページにおいても、この詩的な背光を事物に惜しみなく配りあたえたからである。どこでもいい、あてもなくこの作品のページを開いてみよう。

「……私たちが昼食をしながら、革張りのひょうたんとでもいったレモンから、金の液を数滴、二枚のしたびらめの上にしたたらせ、やがてそのしたびらめが私たちの皿の上に、羽毛のようにちぢれ、古代の竪琴のように鳴りひびく骨の羽飾りを残した、そんな間……」* プルーストの作品は、まさにエルスチールの絵のように、ものにはたらきかけ、二つの互いに垂直に交叉する次元において、解放をもたらす。すなわち、ひとつには、この作品は、隠喩によって、空間におけるものの孤立に終止符を打つ。(ちょうど、エルスチールの海の絵がそうするように。)また、他方、この作品は、(回想、記憶の二重焼き、特権的瞬間によって)〈時〉がものに課した外在性、べつべつの瞬間に把握され、それぞれべつべつの前後関係《コンテクスト》のなかに入れられてしまったという事実から、ものにあたえられてしまう外在性を消し去るのだ。ちょうど、「神話の時期」といわれるエルスチールのある一時期の絵が、寓話の象徴を瞬間においてとらえて描くことによって、それを具体的なものとしているように。*

9 現在時あるいは永遠の不在

さて、残るのは閉鎖性の第三の様相、作者をはじめとして『失われた時を求めて』の全読者にとって最も明白な閉鎖性の様相である。――われわれが〈時〉という名の流動体のなかに浸っていて、そこから逃れることができず、その掟を堪え忍ばねばならないという事実に由来する閉鎖性のことだ。時間とは流れ去ってゆくものであるから、われわれの生きるどの瞬間も、それに先行した、あるいはそれにつづくほかの瞬間から孤立してしまい、それどころかさらに隔壁で仕切られ*、生まれたかと思うともう死におびやかされている。どの瞬間も、終わると虚無のなかに没してゆく。その瞬間を救うために、われわれにはなにひとつできない。われわれがいま生きたばかりの経験が、ただちに、忘却の深淵に落ちこんでいこうとしているからといっても、いやそれどころか、その経験が、知恵によって、実用的な生活のために利用されたものだったとしても、その経験を随意に呼び起こしてよみがえらせる能力は、われわれにはないのだ。毎秒ごとに、われわれは、われわれ自身から遠ざけられて、さらに、未来の方に、――つまり死の方へと――抵抗できぬ破壊的な流れによってつれてゆかれる。その流れをさかのぼることはできない。作品の終結部において、話者が、〈時〉から脱出し、その外に位置する手段を見出して、〈時〉を制御する権利を獲得したと思ったときでさえ、そのすぐあとで、彼は、自分のまわりのかつて知り合いだった人びとが、老人へと変貌し、流れ去った年月のため、いわば霧氷に蔽われてしまっているのを見て、老いという、自分の現実についてのほとんど物質的なまでに明瞭な新たな事実に直面するだろう。

こうした経験はすべて、おのぞみなら、ありふれたものだともいえる。プルーストの独自性のよってくるところは、まず、そうした経験がどれほど耐えがたいものであろうと、彼は、多くの人のようにそれを回避しようとはせず、全的な勇気をもってそのつらい経験をわが身に引き受けているということであり、ついで、彼がそれの克服につとめ、そして、ほかの人びとにも役にたちうるような手段で、ある程度は克服に成功したということである。〈時〉によって惹き起こされた苦しみを直視すること、それはすでに、ある意味では、〈時〉から逃れることである。「……これもまた、私が理解していたことだが、私が最初ジルベルトをめぐって知ったあの苦しみ、すなわち、われわれの愛はそれを芽生えさせた人間とは無関係であるというあの苦しみは、手段として、第二次的には有益なのである。……という理由は、主としてこうなのだ。すなわち、われわれの愛がジルベルトただひとりに対するだけのものではないというのは、(その事実はわれわれをあれほど苦しめたのだが、)その愛がまたアルベルチーヌへの愛でもあるからだというためではなくて、われわれのなかで次々に死んでゆくあのかずかずの自我

――できるものなら自分本位にそのような愛を引きとどめておこうとするあのかずかずの自我――よりも、いっそう持続的なわれわれの魂の一部分であるがためなのだ。このわれわれの魂の持続的な一部分は――われわれを苦しませる結果になろうと(といっても、ためになる苦しみなのだが)――愛の対象である人間からはなれていなければならないのだ。そうしてはじめて、われわれは〔その愛を理解し〕その普遍性を恢復して、この愛、この愛の理解を、あらゆる人びとに、普遍的精神にあたえることができるだろう。*」したがって、われわれの愛がうつろいやすいものであるということは、ありがたいことなのである。いいかえれば、〈時〉の毎秒毎秒が、われわれを自分自身から残酷に遠ざけてゆくからこそ、われわれは、結果として、超時間的な、真の自我に到達できるのであり、またそれだからこそ、いろいろな経験の閉鎖性のなかに閉じこめられず、有限の個体性から脱出して、普遍的精神と交流することができるのだ。うつろい逃れゆく時間と人間たちのおかげで、ついにはわれわれは、ひとつの全的な意識を抱かずにはいられなくなるだろう。その全的な意識は、すべての事物を、バルベックとコンブレを、ヴェネツィアとタンソンヴィルをひとつに包含するだろう。その全的な意識において、すべての愛はもはやただひとつの愛へと融けこんでしまうだろう。ジルベルトはアルベルチーヌと混じりあうだろう。(Gilberte と Albertine いう彼女らふたりの名前の共通する部分が象徴する深い意味がここに見出される。)いやさらに、オデットとゲルマント公爵夫人さえ混じりあうだろう。(かつてのスワン夫人が、ゲルマント公爵の情婦、いわば非公式のゲルマント公爵夫人となることも、また、偶然ではないのだ。)

まえに、プルーストの作品におけるその重要性を指摘したあの《高めることによって定立してゆく《トレンド・ボネンス》》弁証法的なリズムが、ここでふたたび見出される。われわれが、変化や忘却など、およそわれわれのさまざまな習慣における断絶に苦しむのはよいことだ。なぜなら、このようなことを契機にして、われわれの苦しみは、〈時〉の破壊作用に抵抗するわれわれの誠実さという城壁を築きあげてゆくのだから。習慣それ自体は、われわれの自我の恒久性の肯定であり、死と虚無とに反抗して立っている。*同様に、繰り返しの法則、同じ体験の永遠の回帰が、*心の間歇の否定的な力を無力なものとする。われわれの知覚と愛が主観的なものであるならば、そのこと自体が、われわれの存在の恒久性を証明し、さまざまな体験のそとに、それから独立して、われわれの存在のほんとうの姿《レアリテ》があるということを証言している。*われわれが〈時〉から苦しめられる、まさにそのかぎりにおいて、われわれは一種の永遠に、〈時〉への抗議という永遠に達するのだ。生き終わり、死んだものと思っている多くの瞬間が、自分の内部で、「平行したさまざまの系列*」となって整理されるのを見て、たとえわれわれがどれほど苦しもうと、それらの瞬間は、知らずのうちに、われわれの内部で合流して、死の力から護られたひとすじの連続した横糸を織りあげてゆく。その横糸の存在は、われわれの意識の眼にはとどかないのだが、終結部の《特権的瞬間》において、まさしく啓示されるだろう。もちろんそのための条件として、われわれは、その啓示を解読できるように準備されていなければならない。

ところで、ひどい苦しみの重圧にも耐えさせてくれる、なにか鎮痛剤のようなものを、われわれが、たまたま、人生の途上に見出すということも、一時的にはありうるだろう。たとえば、瞬間の感覚に——とくにアルコールか快楽の助けを借りて——熱中することである。それは、現在〈時〉のなかに埋没してしまい、〈過去〉と〈未来〉という、時間の残るふたつの恐ろしい次元も、しばし見えなくなった存在に、〈時〉から脱出したという幻覚を一瞬の間あたえてくれる。これが、マルセルがリヴベルで晩餐の席に向かっていたときに起こったことだった。「……私は、現在時のなかに、英雄のように、酔いどれのように、閉じこめられていた。私の過去は、天体の蝕のように一時姿をかくしてしまい、われわれが未来と名づけている、過去それ自身の影を、もはや私の前に投げかけてはいなかった。生涯の目的を、そうした過去のさまざまな夢の実現のなかには置かず、この現在の瞬間の至福のなかに置いて、私は、この瞬間より遠くには眼を向けなかった……」[*]だから、いわば〈時〉から脱走するたびごとに、[*]死は恐ろしいものであることをやめるのである。「……もしだれかが私を殺すつもりでこの場にはいりこんでいたとしても、そのときの私は、祖母や、未来の生活や、書きあげるべき書物を、現実性を持たぬはるか遠いところに見ていただけだったし、隣の食卓にいる女の匂い、給仕長の礼儀正しさ、演奏されているワルツの輪郭といったものにすっかり心を奪われていて、そんなふうに、現在時の感覚に密着して、その感覚以上のひろがりを持たず、その感覚からはなれないという以外の目的を持っていなかったのであるから、私はその感覚によりかかったまま死んだことだろうし、身を守ることもせず、体を動かすこともなく惨殺されるがままになったことだろう。煙草のけむりに麻痺した蜂さながらに……」[*]しかし、酒による酔いにせよ、快楽にせよ、ここでは一時抑えの鎮静剤でしかない。そんなやり方では、〈時〉が持続的に見出されるということはない。前日と同じ問題が、その翌日、酔いのさめた酒飲みにふたたび提出されるだろう。浴びるほどシャンペンを飲んでみても、われわれは、ひとつの牢獄をもうひとつの牢獄へ取り替えてみるだけであり、たえず感じている、瞬間相互のつらい孤立を、現在の瞬間のなかにわれわれ自身の自我が閉じこもることと交換しただけなのだ。

未来が偶然にもわれわれの敵ではなかったときでも、それは同じように空しいものだ。(未来は、実際にはプルーストにとって、〈時〉の破壊的側面を具象化したものだった。なぜなら、われわれの死がわれわれを待ちうけているのは未来のなかにおいてなのだから。）せいぜいのところ、未来は過去の影でしかない。（すぐ前に引用したくだりを参照されたい。）すでに見たところだが、* ただいちどだけ、マルセルが楽天的な予想を抱いて未来の方へと走りより、アルベルチーヌとの最初の接吻というかたちで、未来を歓喜とともに迎えいれようとしていたときでも、事態は破局となって終わる。未来の引き起こす懸念が現在時さえだいなしにしてしまうこともある。「晴れてはいるが、愛する人に裏切られたとか、愛する人がいまにも死にそうだとかいう知らせを受け取ったばかりであるような朝――ちょうど、そんな朝のように、世界がいわば傷ついてみるみる遠ざかっていくように見えるとき、いったいどうやって世界を享受できるでしょう。*」未来が、どんな不安も抱かせず、確実なものと思われるとき、未来はかえっていっそう耐えがたいものとなってしまう。ステルマリア夫人との約束の晩餐を前にひかえた日々に（その晩餐はお流れになってしまうのだが）、マルセルはこのことを経験する。「不安な疑惑とほとんど同じように、疑惑のかげもないことが、かならずえられるはずの快楽への期待を耐えがたいものにしてしまう。なぜなら、疑惑のかげもないために、この期待が、無数の欲望の成就を想像することへと変わってしまい、さらに前もって、なんども繰り返してそれを心に描いてしまうために、不安の苦悩がそうするのと同じように、時が切れ切れに小さく細分されてしまうからである。*」未来は確実なものかもしれぬ。不確実なものかもしれぬ。そのどっちであっても、未来は一瞬たりと脅迫であることをやめず、ひたすら責苦へと変わってしまう、とでもいうようだ。過去、現在、未来という〈時〉の古典的な三つの次元が、相互に断絶した、外在的なものにとどまっているために、そういう三つの次元のどれもこれもが、時間のなかに自分の存在と行為を書き記さねばならぬ人間にとっては牢獄以外のなにものでもなくなってしまう。

それゆえに、《見出された時》の教訓は、これら三つの次元のうちのふたつが、融け合ってただひとつのものとなる可能性の突然の発見というかたちで示される。二つの次元のそれぞれが、その閉鎖性から脱出し、そのこと自体によって、われわれを、その閉鎖性から解放してくれるのだ。これがあの特権的瞬間――二つの敷石の不揃いさ、皿にふれるスプーンの音、糊をつけてかちかちに仕上げられたナプキン、そういった現在時の感覚のそれぞれが、もう永遠に死んでしまったと思っていた、あるいは少なくとも遠くはなれてしまったと思っていた過去の一部分をよみがえらせるあの特権的瞬間である。さらにそれらの感覚は、どれもこれも、先行する感覚からはなれた別のものにはならずに、先行する感覚を継承して、それをさらに明確にする。そして、そのすべてが、奇蹟的な歓喜と解放の感情をよびさましながら、同時に、かつて昔に感じたほかのいろいろな印象を引きつれてくる。それらの印象も同様に奇蹟的なものだったが、その真の意味が、いまや、この現在の体験とむすびあわされて、あらわにされる。マルタンヴィルの鐘塔、バルベックで三本の樹からうけた「見覚えのあるような感覚《パラムネジー》」、プチット・マドレーヌ、そして最後にはヴァントゥイユの七重奏曲が、この現在の感覚のまわりに整然と集まってきて、いわばひとつの薔薇窓へと《結晶する》。バルベックでおこったアルベルチーヌへの嫉妬の発作のときのように、周囲の背景はゆらめき、突然に非現実性を帯びる。しかしそれは、より高次の現実へと道をひらくのだ。バルベック、コンブレ、ヴェネツィアが、マルセルの眼にしているゲルマント邸の書庫と同じように現存している。いったい、正確にはこの奇蹟はどういう点に存するのか。――プルーストは、こんどこそは、自分がいま生きつつある驚異の秘密を逃すまいとして、不安げに自問する。そしてただちに、彼は、自分がうけたばかりの啓示を、〈時〉に帰する。かつての日々が、いま、真に見出されている、記憶の助けを借りでも、理知の力によっても、見出すことのできなかった日々が。「類推の奇蹟」が、彼を「現在時から脱け出させた」ところなのだ。いま、彼のなかで解放されて、奇蹟を味わっている存在とは、彼の 真の自我、時に無関係な、永遠の自我、「現在と過去の間のあの同一性のひとつによって、彼が、ものの本質《エッセンス》を糧として生き、それを享受することのできるような唯一の環境、すなわち〈時〉のそとに身を置くことができたときにだけ、はじめて姿をあらわす存在」*なのである。時間の日常的な三つの次元のどれによっても満足を得られなかった存在が、いまや満たされているのだ。*ところで、ここでこのような考え方とはべつの、しかしそれとすっかり混じりあった、もうひとつの考え方が導入される。〈美〉とは、ただ想像力によってしか捉えられないもの、いいかえれば、〈美〉は、あのマラルメに親しかった「すべての花束に不在の」（『詩の危機』中のことば）薔薇のように、あたえられるのではなく、喚起されるものだ、という考え方が導入されるのだ。そして、いまや、もともと現在時の贈りものである感覚の与件がその力を貸したために、現実を知覚するときに感じるなまなましさが、美に与えられたのだという事態がここにおこる。「現在時《プレザン》のものであるという語――それはここではほとんど「贈りもの《プレザン》」という意味も感じさせる酒落となっているが――その語の持つ曖昧さにもかかわらず、ここで問題となっているのは、もはや、時間そのものでもなく、時間の三つの次元でもない。マラルメのみごとな表現を借りていえば、「死という誹謗するような名前で呼ばれている、あまり深くない流れ」（《ヴェルレーヌの墓》の一句）――いつの日か、それを渡らねばならぬという考えが、そのとき以後は、もはや、恐怖をひそめたものではなくなったのは、時間的な意味での未来が、恐るべきものであることをやめたからというよりは、むしろ、マルセルが、日常的存在の地平を脱けだして、本質の地平においてはもはやなんの意味も持たぬさまざまな配慮からさしあたって解放されていたからである。そして、芸術作品の創造が、至高の命令として彼に呈示されるのは、サルトルが『嘔吐』の最後の三ページにおいてはっきりと認めたように、芸術作品によって、はじめて、われわれは、いかにわずかであれ、本質の地平に持続的に参加することができるからではないだろうか。プルーストの死の観念を考えたとき、私の記憶がマラルメの一句に出会ったのは、単なる偶然ではない。マラルメの場合と同じく、プルーストの神秘神学は、不在《アプサンス》と非在《ノンエートル》の神秘神学である。それ以上ではまったくない。

〈芸術〉は、〈存在《エートル》〉を出現させ、つくりだす必要はない。〈存在《エートル》〉は、すでに、もう充分にある。それは、われわれを待つことなく、すでに存在している。マラルメが言ったように、「〈自然〉は生起してしまっている。人はそこになにもつけ加えないだろう。」*それどころか、世界には、すでにありあまるほどの〈存《エー》在《トル》〉がある。そして、その巨大な重さそれ自体が、その過剰さが、われわれを圧迫し、牢獄に閉じこめてしまう。（サルトルが、『嘔吐』と、『存在と無』の冒頭とにおいて驚くほどみごとに展開した主題が、ここに認められる。）人間にとっては、〈創造主〉と競争することが問題ではない。（この〈創造主〉ということばを〈神による創造〉と置きかえてもいい。それは同じひとつものであり、スピノーザ哲学の用語を借りていえば、ときには構成的自然 natura naturans として見られ、またときには被構成的自然 natura naturata として見られる。）反対に、人間にとって問題なのは、あらゆる方面からわれわれを取りかこみ、われわれをうんざりさせているこの過剰な作品の一部分を破壊することである。感覚へのあらわれとしての〈存在〉は、充実性をもってわれわれを圧しつぶす。そのような充実性のいくらかを、その〈あらわれ〉から取り上げることが、芸術家の真の責務だ、ということになるだろう。ここから、回想と想像力の二重の機能が生まれる。すなわち、回想と想像力のなかにあっては、事物は、その実体性をマイナスしたものとしてあらわれることを余儀なくされ、少なくとも部分的に、《無化した》ものとなるのだ。

伝統的な形式におけるオルペウスの神話は、おそらく、まさにこのことを意味している。すなわち、詩人にとって、自分のエウリュディケをよみがえらせる真の方法は、彼女を、自分の眼前に、肉体を持ったものとして、質料として出現させることではなく、反対に、彼女を、その不在それ自体のなかにおいて現前させることなのだ。プルーストは、まさにこの方法を実行している——アルベルチーヌの生前には、彼女を所有したという印象はただのいちども持ったことがなかったのに、そのアルベルチーヌをなつかしむ心が、一瞬の間、彼女を彼に返してくれた、そのときに。「ああ！　もしアルベルチーヌが生きていたら、こんな宵に、そとで夕食をしたあと、暗いアーケードのかげなどで、会う約束をするのは、どんなに快いことだろう。最初は私になんにも見えない、私は、彼女が約束をすっぽかしたと思ってどきりとする、と、そのとき、突然、黒い壁に、彼女のなつかしいグレーのドレスとおぼしいものが浮かびあがり、私を認めて彼女の眼がほほえんでいるのを見るだろう。それから私たちふたりは、だれの眼にもつかず、だれにも邪魔されずに、抱き合って散歩することができただろう。そして、やがてふたりで家に帰ってくることができただろう……」* この文のなかにアルベルチーヌが真に現前している、そして彼女とともに、過去の全体が、『囚われの女』のころとはとても比較にならぬほど、はっきりと現前しているということを、だれが感じないだろうか。

ただし、これ以上のことをのぞんではならない、——そして、さらにそのさきをのぞまざるをえないのが人間である。ここに、芸術家のドラマがある。オルペウスのドラマ、プルーストの、高踏派の人びとの、あるいはゴーチェのドラマが、そして、初期のマラルメ——『イジチュール』の破局以前の、まだ秘密を理解していなかったころのマラルメのドラマが、いつの日か、小説の主人公のような、本質的で幻覚的なあり方で存在することができると希望していたころのアントワーヌ・ロカンタンのドラマがここにある。われわれは、たえず繰り返して、このつらい、苦しい真理に思いをこらさねばならぬだろう。詩は、事物や感覚を、ただ喚起することができるだけだ、それを創造すること、それを真にはっきりとした明るみへと産みだすことは、できはしないという真理に。詩は、不在の人びとを、われわれのために呼び戻すことができるようなふりをする。詩はきっとそのことをやり遂げるだろうと、人びとはほとんど信じこんでしまう。亡き人たち、死んでしまった瞬間が、すでに、墓からなかば脱け出しているように思える。しかし、われわれが、このなかばよみがえったエウリュディケの顔を眺めようとするやいなや、彼女は無に帰してしまうのだ。プルーストのさまざまな特権的体験に関しても事情は同じである。もうひとつの世界から発してきた、それらの特権的体験は、われわれの世界のあまりにも明るい白昼の光に持続的に耐えることができない。そして、それでよいのだ。なぜなら、それらの逃れ去るエウリュディケたちは、彼女たちの消滅それ自体によって、彼女たちの有限性から、決定的に、解放され、救いだされたのだから。死の手で行なわれるこのような解放を廃棄しようと試みるどのような降神術も、すべて、有罪である。降神術の呪文が、かりに力あるものだとしたら、それ自体であるという呪咀から自由の身となって、幸いにも〈世界〉へと返還された人びとや、事物や、瞬間が、その呪文によって、ふたたびそれぞれのなかに閉じこめられてしまうだろう。それゆえに、リルケの詩に歌われたエウリュディケは、オルペウスから顔を見られても、彼がだれだかわからない。* すでに、「長い髪の毛のように解き放たれ、地に降った雨のようにゆだねられ」、ものの根それ自体となってしまった彼女は、宇宙の実質へとふたたび合体して、個人の愛を忘れてしまったのだ。

10　時への偶像崇拝

われわれがプルーストの作品に沿って指摘してきた否定的弁証法の真の意味が、こうして、明らかにされる。〈名前〉の魔術、世界と欲望と愛のふしぎな魅力、いや（ある意味では）芸術のふしぎな魅力までが、ひとつひとつその魔法めいた力を失い、空しいものと認められてしまったとしても、それは、（根本的には）マゾヒスムでも絶望でもない。自殺者の足が椅子を押しやるようにそれらを拒否したのではなく、ちょうど跳躍者の踏切り板のようにそれを蹴って、敏捷で本質的な動きのうちに――たとえ、その動きそれ自体は苦しく感じられたとしても――それらからはなれたのである。*

嫉妬という感情は、まさにそれが「主人公の運命の急変をもたらすのです」*という著者自身の証言があることからもわかるように、きわめて重要なものだが、ただその外見だけが陰鬱であるにすぎない。まず、嫉妬の感情だけが、（われわれすべてと同じように）〈話者〉が閉じこめられてしまっているこの限られた、自己閉鎖的な世界のなかで、われわれを、障害と苦悩としての〈他者〉に遭遇させる。障害と苦悩として――そうだ、その遭遇の仕方は、まったく否定的なものであるように思える。（膝をぶっつけてみて、気持のいいわけがない。）しかし、それにもかかわらず、突然、計り知ることも、解決することもできぬものとして垣間見えた自分の愛する人の神秘が、そのひとにひとつの絶対的な実体性をあたえるのである、――じつはその瞬間までは、愛する人も、もはや、なにものでもないように思われていたのだし、ものの表面は風化をつづけてぼろぼろに崩れ落ち、精神生活は涸渇し、過ぎ去った体験のどれもこれもが決定的にそれ自体として閉鎖されたものとなってしまったよう思われていたのだったが。

『ソドムとゴモラ』の終結部で〈マルセル〉が生きる世界は、*およそ最も絶望的な世界である。たしかに、習慣の力でその世界からは苦悩は除かれた。だが、それとともに、詩も、魔術も、つまり〈話者〉にとっては生の価値をなすすべてのものが、消えてしまった。ものごとは、もはや、それ自身でしかない。ちょうど潮の引いたあとの砂浜のように、ものごとは乾いてしまった。欲望のあまりにも完全な充足のあとにつづくこの特殊な乾燥状態から、ものごとは、ほぐれ、ぼろぼろになってゆく。不安と苦悩という、生気をもたらしてくれる上げ潮も、いまや世界から引いてしまったのだ。そしてそれとともに、〈聖寵〉の可能性もまた。マルセルはうすうす感じる――、あまりにも親しいものとなったこのバルベックの持つ「人を堕落させる影響力」のもとで、自分が自分自身に対して不誠実になってしまっていると。*ことばの最も卑俗な意味で、自分は時を失ってしまった（無駄にしてしまった）と。そして、アルベルチーヌと連れだって散歩をするよりは、たとえばヴァントゥイユの音楽を聞くほうが、自分にはずっとよかっただろうと。しかし、突然、涙が湧きあがってこの砂漠をうるおす。（アルベルチーヌは女性を愛するゴモラの女かもしれぬという考えから生まれた）苦悩のまわりに、すべてがふたたび結晶する。世界はその味をとりもどす。未来もまた、ふたたび、現実的な堅牢なもの、さまざまな計画の場、いまから感じられるさまざまな苦悩の貯蔵所、（アルベルチーヌとの結婚という）決意の対象となる。あんなになんども、なんの感動もなくしていた接吻、ほんの一瞬前までは、単なる感覚的悦びでしかなくなっていて、意味も価値もすっかり失っていた接吻が、にわかに、（接吻という以上のもの、およそそれとは異なるものとなり）あのはるかなコンブレ時代に母がしてくれた接吻にあった、唯一の、比類ない味わいをとりもどす。苦悩のうちに、失われた時はいちどに見出される。そしてそれが、主人公のまわりに、奇蹟の雨のように降りそそぐ。（アルベルチーヌのまわりには、ちょうどあのザルツブルクの小枝のように、むかしのかずかずの想い出が、ジルベルトの、ゲルマント夫人の、スワンの情熱の想い出までが美しく《結晶》して光り輝き、彼女は急に高貴な姿を示す。）――そのような彼女の急激な変貌も、その奇蹟の雨の中心にある現象にすぎない。ドアが開き、なかにはいってきた母を祖母かと見まちがえる。うかつに気がつかなかったのだが、ずいぶん前から、母は祖母に似てきていた。懊悩をかきたてず、鎮静をあたえてくれるものとなっていたバルベックの部屋が、たちまちのうちに、かつてその部屋が次々と持ったさまざまな意味、その想い出もすでに壊疽にかかって死にかかっていたさまざまの意味を、見出す。朝日ののぼってゆく空は、「まるで描かれた風景のように非現実的なもの」に変わり、芸術の魔術とほとんど等価な観念の魔術――「回想と夢想の、詩的な、そして空しい心像」に輝く。*要するに、（マチルドへの愛のなかで無感覚に眠り、まやかしの財産に熱中しているときのジュリヤン・ソレルのように）道に迷っていた主人公は、嫉妬の苦悩によって、正しい道に引きもどされる。ただ単に、〈愛〉に関することがらのなかにだけ引きもどされるのではない。このような奇蹟的な立ち直りをもたらすのが喜びではなく苦しみだという事実に、たぶん人はなにか倒錯したものを見るだろう。《マゾヒスム》とか苦悩礼讃主義《ドロリスム》とかの非難のことばが、これまで、かならずプルーストに浴びせられてきた理由もここにある。しかし、この苦しみのなかに、ある種の喜びがなかったわけではない。*いや、そればかりではなく、さらに、次のことに注目しなければならぬ。（あの、だれからも、苦悩の愛好家だという非難を受けたことのない）スタンダールにおいてさえ、ファブリスにせよジュリヤンにせよ、主人公たちの精神の解放は、いつでも、（たとえば剝奪の体験）のような体験をとおして行なわれる。その体験を意識は、その瞬間には、苦痛として感じていたが、にもかかわらず、その体験は、より高い喜び、ただひとつの真の喜び、愛の神秘主義的な成就の喜びを準備するものなのだ。

さらに、『見出された時』のさまざまな体験についていえば、それらは心理的にいってさえ楽しい体験である。たしかに、それらの体験に対して、ほとんど静寂主義《キュイエティスム》のような受動性を咎めることはできるだろう。それらの体験を自ら意志して獲得することはできない。それは、まるで恩寵のように、選ばれた人間の上に襲いかかり、ついで、その到来のときと同じように消えてゆく。それをひきとめることも、ひきのばすこともできず、それがふたたび訪れるかどうかも、それをもういちど誘発するにはどうしたらよいかも、さだかではない。しかし、このことは、はじめに感じられるほどには重要ではない。プルーストのあれほどねがった解放は、ただ単に、『見出された時』のさまざまな体験をとおしてばかりではなく、『失われた時を求めて』というこの作品全体の流れのなか、またその十六冊の一冊一冊のなかで、じつにさまざまなやり方で、実現される。――この解放はそのようにして実現されたのだし、また、真の読者であればだれにとっても、この作品を読み直すたびごとに、かならずそのようにして実現されるのだ。『見出された時』の体験は、この解放の明白なあらわれのただひとつの様相ではない。

最後にただひとつの非難をプルーストに浴びせることができる。彼がついに偶像崇拝に屈したということである、――理解しうる、あまりにも無理もない偶像崇拝ではあるが。ほかのどのような人にもまして、彼は〈時〉に苦しめられた。年を取るにつれて、彼は、最も親しい友人たちとでさえ会うことを拒むようになっていった、ということをひとは知っている。それは、会ったその瞬間に、もう彼にとっては、別離の瞬間が前もって感じられてしまうからだったといえる。* ガラスのコップの底に落ちた昆虫のように、彼はもはや――その個人生活では――ひとつの瞬間を次の瞬間からへだてる切り立った絶壁をよじのぼることはできなかった。だから、この生きながら〈時〉に幽閉された男が、〈時〉によって催眠術にかけられ、ついには、投獄された人類の〈看守どの〉――まずなによりもその権力を打倒することが重大であるような人物――を、〈時〉のなかに見るに至ってしまい、そうして、普遍的な閉鎖状態のほかの面――時間に関する閉鎖状態と劣らず根源的であり、彼があらかじめ明るみにだした、さまざまなほかの面――を忘れてしまったということに驚いてはならない。（多くの小説家や理論家は、資本主義の帰結である経済的混乱のなかに、閉鎖状態の唯一の原因を見ることで、プルーストの場合と似た誤ちを犯した。）それにまた、〈時〉に対するフェティシスムは、ほかの多くのものに抵抗して勝利を収めたプルーストが、ついにその力に負けてしまったただひとつの誘惑なのである。それゆえに、彼は、魔に憑かれた人に特徴的な、どこかわずかに偏執狂的《マニアック》な口調で、作品の最後の二巻のなかで〈時〉について語る。まるで、自分ひとりだけにとってのモロク神（むかしフェニキア人が子供を人身御供にして祭った神。）

比喩的に、すべてのものを犠牲にすることを必要とする恐るべき力をいう〕か、自分ひとりだけを拷問する人について語るかのように。あるいはまた、それゆえに、彼は、時間の持つ辛い破壊的な面ばかりを、もっぱら強調する。時の流れがものに高貴な金泥の背光をつけてゆく――そういう、むかしの絵の古びたつやに似た高貴さや〈金泥〉を表現するすべを、彼はあれほどよく心得ていたのであるが。*

それに、このわずかな衰弱を彼に咎めることはできない。この衰弱は、『見出された時』二冊の死後出版という性格からすれば、たぶん充分に説明のつくものだし、それにまた、もしかりに彼にもっと多くの生命があたえられたなら、きっと彼はこの衰弱を正したことだろう。われわれにできることは、ただ、この衰弱を指摘する許可を求めるだけである。それを指摘することで、いわばそれを犠牲にささげ、作品全体を自由なものとし、作品全体をよみがえらせる儀式をとり行なうのだ。その犠牲の儀式は、彼がはっきりと読者に呼びかけてとり行なわせようとした儀式と同じ秩序に属するが、そのときプルーストは、自分の作品が、秘蹟をもたらすとともに作品を冒瀆するような全燔祭のいけにえに捧げられるだろうと考えて、あのライオンの前で震えおののいた聖女イレネさながらに、次のように叫ぶのである。「私があれほど執着していた私の愛も、私の書物のなかでは、実際の恋人とはまったくはなれてしまっているので、さまざまな読者は自分たちが女に抱いている感情に、私の愛をそのままに当てはめてしまうのではないかと考えると、私には悲しかった。しかし、こうした後世の不実さに対し、そしてまた、だれかが、私の知らぬ女を私の感情の対象として持ちだしてくるかもしれないことに対して、私は憤激すべきなのだろうか、――こうした不実、こういうふうに私の愛を多くの女に分割すること、そうしたことは、すでに、私の生きている間に、私がペンを取る以前に始まっていたことなのに。〔……〕未知の読者のために私の想い出のひとつが冒瀆されること、そういう冒瀆行為もすでに私が読者に先んじて犯していたことなのだ。*」だから、われわれはわれわれ自身の体験をプルーストの分析の鋳型に流し入れる権利を持っている。いや、単にそればかりではない。プルーストがいろいろと気をくばったにもかかわらず、彼の心理学的、生理学的、伝記的特殊性のために、あるいは彼自身が知的な意識をもって制御してしまったために、ときには不当なまでにせばめられている伝言《メッセージ》に、そのカトリック的性質〔普遍性〕のすべてを回復させることは、われわれの義務なのである。

彼は無意志的記憶の力をほめたたえた。それのもつ自発的性格が、彼には、真正さの保証と見えたからである。*しかし、一方芸術家が自分の苦悩の偶発性のために身動きもならず牢獄に閉じこめられてしまうのを妨げ、その壁に穴をうがってくれる力として、理知をほめたたえる、思いもかけず反ベルグソン的なことばが、『見出された時』のまっただなかで、彼のペンの下から流れだすのを、ひとは見出す。「たしかにわれわれは、危険な注射を自分の体にやり直してみる医者のような勇敢さで、われわれ自身の個人的な苦悩をふたたび生きなければならない。しかし同時に、その苦悩を普遍的なかたちで考察しなければならない。そうすれば、その重圧からある程度脱けだすこともできるし、われわれの苦しみを分ちもってくれる人びとをつくれるばかりか、ある喜びすら感じられるのだ。生がわれわれを壁のなかに閉じこめてしまっても、理知がその壁に出口をうがつ。〔……〕理知は出口をもたぬ生というような、閉ざされた状況を認めないのだ。[*]」プルーストは、自分の個人的体験に忍耐づよくはたらきかけてそれを深め、瞑想をつうじてそれの個人的な枠をはいらのけて、それを解放されたもの、また彼に解放をもたらすものたらしめようとした、――そのような忍耐強い作業を、プルーストの作品自体の上でつづけることが読者に許されているのだ。これほど寛大な許可を想像することはほとんど不可能だろう。作品を、読者の立場という第二の段階で、綿密に掘り下げることに専念する許可が、読者にあたえられているのだ。どれほど完璧な作品であろうと、それがひとりの個人という特殊な存在、したがって、その有限性のなかに閉鎖されている存在を、著者とするものであるからには、けっして、さまざまな限界から完全に逃れることはできない。しかし、そのように読者が作品を掘り下げてゆくことによって、この作品は、限界から解放されるだろう。このような許可のもとに、プルーストが着手した工事を継続してトンネルを掘りすすめるとき、いつの日かそのトンネルは――まったく予想外かもしれぬが――たとえばマラルメが掘り、その上さらにサルトルが掘った抗道に通じることだろう。こうして、プルーストの夢みたあの《精神連盟》が、一瞬のあいだ、ほんとうに存在する、ということになるだろう。おそらく芸術のなかでも最も完璧な芸術である音楽でさえ、ただわれわれに予感させることしかできぬあの《精神連盟》が。音楽ですら、これをわれわれに所有させることは絶対にできない、――なぜなら、この王国については所有ということはありえないからだ。所有できるのは、ただ地上のものだけである。

第八章　小説の行きづまりと野望——意図

1　プレリュード—眠れるものの眼覚め——2　遠方から帰ってきた人——3　芸術家としての批評家について

「明らかにエドゥアールは、頭のなかに二つの相入れない要求をひそめ、しかもその両者の和合に汲々としていた。」

ジード『贋金つかい』

1　プレリュード——眠れるものの眼覚め

「侯爵夫人は車を呼び、五時に出かけた」*というふうな文章は、もう自分には書けないとヴァレリーが言い放った日に、小説は文学におけるおのれの恥ずべき在り方を意識しはじめた。それまで小説は、平穏無事と同時に新たな野望をも獲得した。それまで小説は、平穏無事に、批評家や美学者から遠くはなれ、十七世紀の古典主義批評家ボワローから忘れられたまま、いまだ公式の存在とは認められぬ文学ジャンルとして、無知なるものの幸福を味わいつつ、成長してきたのである。だが、この安閑とした状態がいつまでも続くわけはなかった。侮蔑の一言によって、小説はとうてい脱けられそうもない虚無のなかに投げこまれ、小説家たちはいずれも創作家としての眠りからゆり起こされ、なんとなく不安になるか、あるいは多少とも観念を真剣に考えようとすると、どうにもならぬ絶望感におそわれ、ことごとに白けた気持になり、胸に手をあてては、おのれの芸術の空しさをかみしめたのである。ヴァレリーは、恐るべき子供のような考察をもって二十世紀の意識をおびやかした（もちろん歴史に対する彼の辛辣な考え方もその一例だが）、しかし小説にくわえたこの考察以上に不穏なものはないし、目下、小説家たちのやましさをこれほどつのらせているものもない。（その証拠に『コンフリュアンス』誌最近の小説論特集号*をひもとくがいい。そこには例の爆薬のようなことばは引用されていないが、どの論説の核心にあるのもあの一句であると思われる。）眠れる者が目ざめたのだ。彼はもう眠りこむことはないだろう。ところで、かくも急激に意識が目ざめて、小説家が自己反省をするにいたったことは、十一時間目の労働者*のおくればせな配慮のようなものだが、そのために小説家は奇妙な冒険に巻きこまれることになる。

よく考えてみれば、一冊の小説を書くとは、まったくなんと奇妙なことだろう。「それに人生なんてたいした魅力のあるものじゃない」とジロドゥーの一人物は言う。「手が汚れれば洗わなきゃならんし、風邪をひけば洟をかまなきゃならんし、髪の毛は抜けほうだいというわけだ！*……」

こんなことを繰り返して三百ページにも渡りわれわれを煩わせようとするとは、なんと奇怪なサディスムのしわざだろう。一世紀この方、あまたの思慮分別ある人たちが、ますます数多く、小説に関心を寄せてきたというのは、どうしたわけだろう。そして、小説芸術は自分には「ほとんど不可解だ」と宣言するヴァレリーの立場が、まったく理不尽に思えるのである。ここで考察は行きづまるかに見える。小説には現在がない、だから未来はないというわけだ。しかしいま希望があらわれる。小説家の意図が、不可解なものでなくなるには、次の条件が充たされていればよろしい。つまり小説家は、実人生に似た事件の筋をつくるにあたり、筋それ自体を無償に構想するのではなく、ともかくなにか詩的、形而上学的、神秘的意味を伝達するべく構想すればいいのである。ここにおいて小説の企図は不条理でなくなるし、しかもいくつかの文句なしの成功によって証明ずみだから、あながち奇想天外でもない。ある作家たちは、この《小説を超えるような《トランス・ロマネスク》》志向を自作に与えようとして、飲む、食べる、眠る、恋するなどの、平俗な事がらを語りながら、日常の挙動や外見上ありきたりな経験、たとえば一杯のお茶を飲む*、パリの街々を歩く*などという経験を通じて、その志向をわれわれに気づかせるのに成功している。ただしその結果、小説はかつて本来の野望とも見えたこと、すなわち現実の再現という野望、本物まがいでわれわれの世界に相似で、現実世界につながりうる一世界を構成しようという野望から、永久にそれてしまうことになる。ますます小説は、《超小説《シュール・ロマン》》になろうとし、われわれをして小説の彼方に、もはや偶然の事件ではなく意味によってしっかりと結びあわされている構造をかいま見させるだろう。このような意味は、事件それぞれに相ついで付与され、詩のことばを凝結させる必然性にも劣らない強烈な必然性によって、相互に結合されているのである。ブールジェ流の《問題小説》〔たとえば『弟子』一八八九〕は、こういう趨勢の大ざっぱな直観から生まれたものかもしれない。

ところで、すべてをあげておのれを越える一つの意義に向かおうとするこの意志こそ、小説を最大の危機から救出しうるものだ。小説の最大の危機とは、内的必然性の欠如ということだが、そのために長い間、多少とも厳格な精神を持ちあわせている人たちは小説から遠ざかり、小説は三世紀に渡って最も不純な文学ジャンルになりさがっていた。もし人が、「侯爵夫人は車を呼び、五時に出かけた」と書き、ほんとうにそれだけを述べたいのだとしても、まず第一に意味しようとする事がらの偶然性により、第二に表現に使用された言語の偶然性により、あがきがつかなくなるだろう。小説が必死になって現実の相似というまったく奇妙な――約束《コンヴァンション》にしがみついてきたわけは、おそらくこの二重の偶然性から逃れるためだった。さもなければ作家は、数々の燕麦桶を前にしたビュリダンの驢馬の立場*に置かれ、身の自由が奪われたはずだから。

客観的ヴィジョンへの執着が、長い間、小説家に必然性の代用品を提供していたわけだが、もしこの代用品がなかったら作家は白紙のページの眩暈、つまり無限に可能なるものへのマラルメ的執念から逃れえなかったに違いない。おそらく同じ隠れた理由から、今日最も優れた作家、最も影響力のある作家たちでさえ、ますます窮屈になっていく約束《コンヴァンション》の網にとらえられ、とじこめられているようである。たとえばフォークナー、ジョイス、スティブン・ハドスン*（あるいはルイ＝ルネ・デ・フォレ*）などは内的独白の技法に、ドス・パソスは『U・S・A』のナレーション形式に、スタインベックは語彙を縮小し、すでにきわめて貧困化している言語を用いて故意に文章構成を単純化しようという技法に、それぞれとらわれている。と同時に彼らの小説作品は、ひとつの意味をはっきり荷なった作品でもある。ところで手法の厳密さへの配慮とメタフィジックな志向への意志が関連しているのは、当然だろう。なぜならこの二つの要求は、いずれも小説を様式化する必要、小説がたやすく従属しがちな未組織の現実からそれを強引にひきはなす必要、つまり小説を自立自足する文学形態につくりあげる必要に由来しているからである。

こうしたひそかな熱望のために、小説は観察と現実模倣を基本とするジャンルとしては、ついに自壊するにいたる。かかる熱望を表明しているのはアメリカ小説だけではない。二十年以上も前にふたりのフランス作家がそれに気づいていた。そのふたりはともに小説（すくなくとも当時の小説）に対して、「否《ノン》！」ということばを鳴り響かせたのである。『テスト氏』は断固たる《否小説《ノン・ロマン》》で、小説特有の要素がすべて無残にしりぞけられているが、その作品でヴァレリーは、小説を本質《エサンス》にまで大胆に還元していったらどうなるかを、われわれに示した。だから作品は、小説ではなくなっている。『贋金つかい』という典型的な《超小説《シュール・ロマン》》を書くにあたり、ジードも友人ポール・アンブロワーズ・ヴァレリーに劣らぬ決然たる態度で、小説ジャンルの伝統的な概念を拒絶した。ジードの『日記』に明らかなように、物語られている事件が全般的な意図からみて偶発的なものになり、事件と全体の意味をつないでいる絆がちょっとでもゆるんだりすると、つまりロマネスクなものが挿話的なものに堕したりすると、たちまち彼には小説が書けなくなるのだ。エドゥアールは、登場人物を観察したり、彼らの話や考えを聞いたりするにはなんの苦労も感じないが、「彼らに衣服を着せ、地位階級を与え、職業を定め、収入額を決め、ことに隣近所の関係をつくり、両親、家族、友人などを考えだしてやらなければならなくなると、早々に店じまいをするのである。*」エドゥアールの最大の関心事は、眼下にうごめいているこれらの生命の意味（彼には未知の意味）である。いずれ考察するが、この点に関してはエドゥアールの創造者で師父のジードも同様であった。矛盾した二つの野望の板ばさみにあって、ことばの古い意味での小説としても成功せず、超小説《シュール・ロマン》にもなりそこなっている『贋金つかい』は——真に革新的な小説の例*にもれず——失敗作であろう。失敗は、ジードの当初の意図が曖昧であったことにも由来しているが、彼の文学的個性の特質、彼が前作以来脱けきれないでいる悪習の責任でもある。しかしこのように半ば失敗作となったところに『贋金つかい』の比類を絶した歴史的意味があるのだろう。

2 遠方から帰ってきた人

ラフカディオが『贋金つかい』に登場していないことが、私にはどうにもなっとくがいかなかった。だから、ジードの『日記』を読みながら、作者自身もまたある時期は、私と同じような思いちがいをしていたと知り、またその後ベルナールとオリヴィエが半分ずつ受け持っている役割（とくにベルナールの役割）が、もとをただせば『法王庁の抜穴』の魅力的な主人公のものであることを知って、私はすっかり安心した。創作上の偶然的な諸事情により、はじめは当然登場するものと思えたふたりの人物が作品からしりぞけられている。ひとりはラフカディオ、もうひとりはジードのどの作品にも登場し、姿を見せずに遍在している主役であるが、その主役に関して批評家は（作者に代わって）いつか説明しなければならないだろう。つまりそれは悪魔*のことである。悪魔が不在の理由は、ラフカディオ追放の理由ほど明らかでないけれども、おそらく両者の根本は同じものだ。ふたりの人物はいずれも、あまりに現実性がとぼしくて、《ソチ》*以外に登場できないからである。ところがジードはこんどほんものの小説《ロマン》を書こうと決心したのである。もちろんラフカディオは、『法王庁の抜穴』の最もいきいきとした人物である。フルーリッソワールのような傀儡《かいらい》、プロトスやカロラのような粗描的人物にくらべれば、ラフカディオは立体的な厚みを持った主人公であり、まちがってソチのなかにまぎれこんでいるようにも見えたはずだ。そして彼の存在がソチを小説《ロマン》に変形しはじめていたのである。とはいえ、もしラフカディオを『贋金つかい』のいかにも現実らしい背景のなかに置いたら、やはりしっくりしないだろうし、また現実世界から借用しそれに符合する多様な諸事件のなかに置いたら、彼はブラファファスやアンティーム・アルマン＝デュボワに劣らず幻影じみて見えることだろう。

ジードが『贋金つかい』の制作にとりかかる決心をしたとき、二十年にも渡る作品や批評的考察が、自然の勢いとして彼を暗々のうちに小説《ロマン》に向かわせていた。『パリュード』から『法王庁の抜穴』にいたる過程は、彼が《ソチ》という名の下に制作してきた文学ジャンルから小説《ロマン》へと徐々に進化していく過程である。なお、そのソチが一九一八年以後の小説に及ぼした影響も、並み並みならぬものがある。もともとソチの機能は、ぜんぜん小説的《ロマネスク》なものではない。ソチとまったく対称的で、ジードが《レシ》*と名づけたもう一つのタイプの作品と同じように、ソチもまた《人生を模倣する》のが目的ではない。ソチはむしろある真実を証明しようとしているのだ。いやむしろ、（教訓は一般に好ましいものではなく、とくに象徴主義の風土に育まれた作家には好ましいものではなかったので、）ソチはなにかを単に表現するだけにとどめている。そのなにかとは、作者自身の定義によれば、「不条理による証明」であり、レシのなかでは陽画風に、《ソチ》のなかでは陰画風に表現されている。『狭き門』と次に『背徳者』でジードは継続的に二つの相反する倫理的態度、相容れない二つの倫理観をつくりだしているが、この継続性のおかげでジードは、（審美的な面で）その両者のいずれにも深入りしながら、けっきょくはそのいずれをも選択しないでいられたのだ。ソチではジードはほとんど逆の方法をとり、態度それ自体ではなく、その戯画を描き、それらの態度の表側ではなくて裏側を示そうとした。さまざまな態度を現実的な人物――メナルクやアリサは様式化されているにしろ――に血肉化するかわりに、ユベール、リシャール、『パリュード』の話者などのような傀儡《かいらい》を通じて、ジードは表現しようとしたのだ。そこでわれわれは『法王庁の抜穴』ではアリサのかわりに、信心家たちの戯画、フルーリッソワール、サンプリ伯爵夫人、回心後のアンチームなどの人物に出くわすことになる。また、さまざまな態度に人間的な現実性を付与して陽画風に提示するかわりにジードはその凹印だけを残し自足し自立する人物のかわりに、レシがそれぞれ破壊した滑稽な諸人物を登場させようとするだろう。こうしてジードのソチは、中世の諷刺劇に近づきその名にふさわしくなる。付言すれば中世諷刺劇から中世寓意劇が生ずることになるのだが、その諷刺劇は劇の仕組みからして公衆の面前では操り人形しか動かすことができず、真の劇の重みは聖史劇にゆだねざるをえなかった。ソチにおいて作者は傀儡《かいらい》しか登場させない以上、レシの場合のようには深入りしないですむ。レシはともかくも霊的な現実性を過度に荷なっているのだ――『狭き門』が遊びだと主張する人はよもやあるまい。ジードは『日記』の一節で、『法王庁の抜穴』のために書こうとしている序文のことにふれて、この作品は前作同様に小説《ロマン》ではないということを主張して、次のように述べている。「なぜぼくはこの作品をソチと呼び、なぜ前三作はレシなのか？　ほかでもない、それらの作品が小説ではないことに注意をうながすためだ。こうしてぼくは序文を書きあげた。《ソチにしろ、レシにしろいままでぼくは、諷刺的――乃至は批評的作品しか書かなかったが、それもおそらくこの作品で最後になるだろう。*》」ジードにとってソチとは、なによりも小説上の謝肉祭であり、登場人物、事件、とくに観念がまったく自由な発展を許されているのだ。ソチという形式のおかげで作者は、ふざけているようなふりをしながら、きわめてたいせつな諸問題、教育、家庭、自由などの問題を提出し、それらに茶化した解答を与えることができたのである。そして作者は、いかに高貴な人びとであろうと誰かれかまわずめちゃくちゃにその尻を足蹴にし、フリーメーソンの心理解剖家も正統派の小説家も容赦しない、それでいて作者はいっこうに、ある一つの党派に巻きこまれたり従ったりしないのだ――拒絶においてさえ作者は自由である。筋の発展に関しても、登場人物の性格に関しても、作者は《真実らしく見せかける》必要がないのだ。自然主義の悪影響をうけているため、あまりに真実らしからぬ事件をあえて語ろうとする小説に非を唱えがちな大衆を相手にしながら、ジードはソチのおかげで、ふたたび筋を自由奔放に展開しえたのだ。筋の奔放な発展ということは、モリエールからマリヴォーにいたるまで、つねに喜劇の特権であり、ジードもまた《騎士十字章》を要求する権利があったわけだ（運命を啓示する宝石は、『法王庁の抜穴』ではカロラのカフスボタン*であって、作品が岐路にさしかかるたびごとに都合よくでてくる）、同様に作者は、いい頃合に実の父親の財産を私生児のラフカディオに相続をさせてもいるが、その筋書はテスピス*の四輪馬車の片側の車輪の役をつとめているのだ。かりに読者がラフカディオの《無償の行為》や彼の生立ちの境遇を真実らしくないと判断したとしても、作者は作品の扉の文字、「これは小説《ロマン》に非ず」という文字を指させばすむのである。

　ところで、いかなる小説技法にもましてソチは、作者の仮面をつくりやすい技法であり、ジードはこの仮面にかくれて、内心をつき動かしているあらゆる問題を提起しえたのだ。しかもそれらは、ジードに解答の用意がない問題、早急に解答を得たいとも思っていない問題であり、彼はそれらすべての問題に触れようとしながらも、本心からひとつの確信に達しようとしていたのではなかった。整理の対象にはっきりした確信もないのに、こんな大っぴらに、しかも独断的に家庭や教育などを攻撃するとなると、事は重大である。まったくラフカディオの生立ちは、空想めいているし、ありそうにもない状況ばかりである。（にんじん*の言いぐさではないが、「誰もが私生児というわけにはいかない」し、）こんなにたくさんのいろいろとおもしろい「《伯父たち》を持つわけにはいかないのだ。だから、作者がラフカディオの生立ちを、実際に模倣できる手本として示したと、信じる人はいないだろう。同様にジードは、『法王庁の抜穴』で空想の倫理、つまり絶対自由の倫理を表現しえているが、別に彼はその倫理の責任を負ったわけではなく、自分に適した文学風土のなかで表現したにすぎなかった。また当時の彼は、その倫理にひかれてはいたものの、決定的に選びとるつもりもなかったのである。『狭き門』と『背徳者』という二つのレシで二つの倫理を対立させた後、もしいまジードが小説《ロマン》を書くとすれば、読者は当然、ジードが二つの倫理のいずれか一方を選択するか、少なくともそれらの倫理を実人生にひきもどしていくだろうと、期待するはずである。彼は結論を出さないでいることはできないかもしれない。ソチの場合だったらジードは、こうしたことはすべて遊びにすぎないと主張すればことたりるに違いない。つまりプロメテがダモクレスの追悼演説で述べているように、「私はなにも言わなかったことにしておこう」というわけである。

　時おりこの遊びがさらに微妙なものになることがある。ジードは彼にとって真に本質的な問題を扱う場合、まったく架空の人物、ソチの人物より現実性にとぼしい人物に頼る。こうして『パリュード』では、人間における性格とメタフィジックな宿命との問題を手がけようと、ジードは必死になる。この問題はあらゆる小説、フローベールの『ボヴァリー夫人』やバルザックの『幻滅』のような《客観的》小説までが暗に提出している重要問題である。つまりどの程度までわれわれの性格が宿命を形づくるのか？ それとも常識的に信じられているように、性格とは単に宿命によって形づくられるものにすぎないのか？ われわれの個性がわが身にふりかかった事件に、不思議な牽引作用を及ぼして、事件はわれわれに適応し、いわばわれわれに似たものになるということが、認められないだろうか？ ところでジードはこれらの問題をソチの人物、たとえばユベールやアンジェールなどには表立ってつきつけることはしなかった。彼はこの問題を語るために新しい人物ティティルを創造するだろう。ティティルというのは、話者が書いている作品の神話的な主人公であり、（話者の作品もまた『パリュード』という題だが、それは事をいっそう複雑にもつれさせるためである。）ティティルの創造を必要としたのは、この問題は具体的な人生にあまり密接に結びついているので、あれらの滑稽な人物では充分に問題を糾明しえないのだ。だから超傀儡《シューペル・ファントーシュ》的な人物を登場させてその重大問題に手をつけていく必要があったかのようである。バルザックは、リュシヤン・ド・リュバンプレ*が獄中で首を吊り、ヴォートラン*さえためらっていた自殺を成しとげる様を描いているが、その行為は、病人が持病の心臓障害から免れえないように、彼には避けがたい行為であった。ジードの場合、ただひとりティティルが登場して自分の沼地で日がな一日釣をしているが、なにも釣れはしない、誰も自己の宿命から逃れえないからである。『鎖をはなれたプロメテ』でも、自由の問題へのぎりぎりの結論をせまられたとき、作者が登場させたのは、主人公のコクレスやダモクレスでも、プロメテでもなく、例のティティル、影がうすくそれまで問題にもならなかったティティルである。ソチの人物たちは、作者が彼らに付与してくれる現実性の度合に応じて、等級をつけられている。『法王庁の抜穴』ではアンチーム、フルーリッソワール、ジュリウス（この男は時々血肉の人間らしくなることもあるが）などの傀儡《かいらい》の傍に、現実性をそなえた人物たちがいる、まずラフカディオ、それからその父親、おそらくカロラもそのなかに入るだろう。カロラは脇役にすぎないがけっして戯画化された人物ではない。ではプロトスはどうか？　彼は挿話的な不気味な人物であり、まったく思いがけない時に、まるで亡霊か悪魔のようにこつぜんといたるところに姿を現わす神秘的な人物だが、その彼は悪魔の化身なのだろうか？　『パリュード』以来、ジードはソチで異常に微妙な照明を用いている。この微妙な照明がマルタン＝デュ＝ガールにないことをジードは歎いており、彼にとっては絶対に必要なものであった。それがあったればこそジードは、（映画やラジオの技術用語の意味での）構成《プラン》を複雑に操作して、小説家のアリバイをつくりえたのである。皮肉や悔悟、「私はなにも言わなかったことにしよう」とか、『鎖をはなれたプロメテ』に見られるような、改詠詩形式*のエピローグなどと相まって、このアリバイによって、作者は矛盾した事がらを同時に語りながら、そのどれ一つをも犠牲にしないでいられたのだ。構成《プラン》の複雑さは、作品の意図そのものの多様性に呼応している。かかる複雑な構成が『パリュード』で必要とされたわけは、その作品が（ある批評家のことばを借りれば）「出発する人間と出発しない人間とを同時に皮肉ったもの」、つまり（話者の覚書に見られるように）いつも汲々として同じことを繰り返している生活の単調さを皮肉ったものだからである。またそれは、かかる単調さを嘲笑している人びとへの皮肉でもある。（なぜなら結局のところ誰もその単調な人生から逃れえないのだし、リシャールとその陰気な美徳をせせら笑っている主人公は、自分自身の生活もやはり陳腐で型にはまっていることに気づいていないからだ。）さらにそれは、旅行などという安易な解決によって人生の単調さから逃れうると思いこみ、例によって空想的な脱出計画を手帳に書きしるし、決行の日まで予定しているような人びとへの皮肉でもあるのだ。こんなふうに人物登場のパースペクティヴを変え、観念にあてる照明の《角度》を変えるには、きわめて巧妙な、映画作家のそれにも似た技法を必要とする。（ヴァレリーになじみのことばを用いれば）『パリュード』の《修練》は無駄ではなかったようである。なぜならジードは、この修練によって得た巧妙きわまる技術のおかげで、『贋金つかい』では思いのままに、たとえば直接叙述の構成、エドゥアールの日記の構成を用い、われわれの異議を招かないようにあらかじめ概念を検討しながら、一つのタイプの小説を実現しえたからである。その結果われわれは、しかじかのエピソードを作者の目で眺めているのか、作中人物の目で眺めているのか判然としなくなり、またしかじかの一句はエドゥアールの日記の一句なのか、ジードの日記の一句なのか、区別がつかなくなる。ソチは、技法に関するマルタン＝デュ＝ガールとの対話同様に、いわばジードの大小説のプレリュードの音階である。

バッハといえども、形式の枠にまるく収まったきりの『フーガ曲』を作曲することはできないだろう。『法王庁の抜穴』以来、ジードの小説の使命は知らず知らずのうちに明らかになり、人生がソチのなかに侵入して、ボール紙の舞台装置を破り、ソチを小説《ロマン》に変形しているのである。（おそらくだからこそジードは、作品を書きあげたとき、これがこのジャンルの最後の作品になるだろうということを知っていたのだ。）ジュリウスやフルーリッソワールのような傀儡《かいらい》が活気づき、われわれの眼下で生きはじめ、プロトスが詐欺の目的のために企てた悪ふざけとは異質ななにかが起こる瞬間が、少なくとも二度ある。それは、フルーリッソワールがカロラを相手にして肉体の愛と不倫を見出したときであり、またラフカディオがフルーリッソワールを窓から放り出したときである。私は、ラフカディオがほんとうにフルーリッソワールを殺害し、後者は実際に死んだのだと知ったときの、あのぞっとするような驚きを忘れることはできないし、その事件は熟知しているはずなのに、以後、作品を読みかえすたびごとに、その驚きがよみがえるのだ。中身の空っぽな人形を子供が切開してみると、ふいに人形が血をだし、本物の血を流しはじめたというぐあいである。われわれは、アカデミーに立候補しながら願いがかなえられないジュリウスのことは嘲笑するが、フルーリッソワール殺害に接して、怒りと憐れみの情にひき裂かれているジュリウスのことは、もはや嘲笑しない。犠牲に供されたフルーリッソワール、彼に関するすべてのことが、突然現実感をもってわれわれに迫ってくるが、その現実感こそ小説《ロマン》の人物にふさわしいのである。フルーリッソワールはグロテスクな人物ではなくなり、感動的な人物となった。彼は滑稽な操り人形から出世して、われわれの同類になったのである。ここにおそらく小説の美学的本質、その目的と手段からして小説《ロマン》をソチから絶対的にへだてているなにかがある、つまりそれは、読者と提示された作中人物との間に、ある種のコミュニケーション、あるいはことばの積極的な意味での共感を打ちたてることである。『鎖をはなれたプロメテ』におけるダモクレスの死にも、『パリュード』のティティルの不幸にも、われわれの心は痛まない。しかしフルーリッソワールの暗殺は、『贋金つかい』の終末で自殺に追いこまれたボリス少年と同じように、われわれとしても、まじめにうけとらざるをえない。これは推理小説作家たちがよく体験している困難な点である。つまり彼らが物語る過激な事件にわれわれが耐えられのは、作品をつつむなにか抽象的で非現実的な雰囲気のおかげである。また登場人物が暗殺されて、われわれがその死にいわば肉体的ともいえるショックをおぼえ、ロマネスクな幻想――文学の面から乱暴に引きずりだされないためには、その人物が死に値するならず者である場合にかぎる。死は、たとえ想像上のものであろうと、ふざけていられないなにかである。作者の意図に反して死は現実的になり、読者からまじめに受け取られかねない。さていったん幻想の網目が破れたら、もう修復することは不可能である。ふたたびソチの構成にひきもどして、滑稽な幻想をたてなおそうという努力にもかかわらず、『法王庁の抜穴』の結末は、われわれを失望させる。ばかげたものであれ滑稽なものであれ、事件を結末まで陽気に展開しつづけたところで無駄だ。(われわれの心も作者の心も)もはやそこにはない。プロトスは車中のラフカディオを言いくるめているが、それは悪ふざけにはじまり、脅喝に終わっている。われわれの笑いはふいに止まり、行為の諸結果が重くのしかかってきたために、ラフカディオの幻想も楽しいものではなくなる。『贋金つかい』に内在する必然性がけっきょくラフカディオを追放したのだとすれば、その社会的条件は軽いのに、文学的経歴が重すぎて、息苦しいようなものだったからだろう。フルーリッソワール殺害後のラフカディオは、どっちつかずの人間、ソチの人物でも小説《ロマン》の主人公でもない。ある時はソチもジードに役だった。彼にとってソチは、二重の分離を維持するための手段だった。まず第一に、作者と作者が共感をいだいている作中人物とを分離することである。(われわれはラフカディオとジードを同一視する気にはならないだろうが――エドゥアールの場合はどうか?)、第二に共感によってたえずひとつに融け合おうとする読者と主人公を分離することである。ところでかかる融合は、人間同士のあの共感を単に誇張したものにすぎないのだが、小説が読者と主人公との間に確立したいと望んでいるのはそれであり、その結果はジュール・ド・ゴーチェが「ボヴァリスム*」と名づけたものに至るだろう。古典悲劇ほどではないにしろ、それと同じように小説もまたわれわれと登場人物との間にある程度の距離を保つ必要がある。ボヴァリー夫人はわれわれではないし、われわれは自分をジェンニー・ド・フォンタナンやジュリヤン・ソレルと同一視すべきではない。ソチはわれわれと登場人物との間に滑稽な外壁を設けているので、一時ジードは、作者が作中人物に吸収され、読者が主人公に吸収されるといった二重の吸収を免れうると思っていた。かかる吸収にどの小説もおびやかされており、きわめて巧みな、きわめて客観的な作家でさえ、かならずしもその危険から逃れえない。用心し秘術をつくしてはみたものの、ジード自身、『贋金つかい』ではエドゥアールに吸引されたし、およそ偏向することがなく、きわめて古文書学校の卒業生らしいマルタン＝デュ＝ガールでさえ時おりはアントワーヌ・チボーに吸引されがちだった。

ひとつの文学作品ないし文学形式が及ぼした影響を正確かつ厳密に測定するのは、不可能である。見かけは論議の余地のない類似も、意識的か否かを問わずともかく模倣ではまったくない、というようなことがままある。周知のように科学史上、（まったく異なった方法により）発明発見がほぼ同時に、互いに独立し互いに知らないで研究してきた学者たちによって、行なわれたという例は稀ではない。ライプニッツとニュートンによる微積分の発明は、その最も有名な例である。文学においては客観的な検証はさらに困難である。たとえばモーリス・ブランショは、『アミナダブ』を書いていた当時まだカフカを読んでいなかったと主張しているし、ハックスリーは『対位法』で『贋金つかい』の方法を模倣しようとしたとは、おそらく認めないだろう。しかしジードのソチ、なかんずく『法王庁の抜穴』は、ダダの連中も高く評価したし、おそらく以下に述べる広範な運動に大いに貢献したのである。その運動は（一九一八年以後に胚胎し、今日にいたってようやくそのあらゆる結果の展開が見られるのだが）、レアリスム小説を越えようとし、小説を日常生活から強引にひきはなし、小説をしてわれわれの眼下の世界の正確な再現たることを免れさせている。もしジードのソチがなかったら、ジャン・カスーの『軍団』のような作品、詩情と諷刺が緊密にからみあっているような作品が書かれたかどうかは疑問である。そのことはレーモン・クノーの神話的諷刺小説についてもいえる。クノーの小説の人物たちは、グロテスクな影絵だったかと思うとふいに、ラフカディオとの車中の場面のプロトスにも似た、無気味で伝説的な様相を呈したりする。* 『法王庁の抜穴』の後裔に、さらに《様式変化率》の作品ともいえるような数多くの小説がつながるだろう。たとえばリブモン＝デセーニュの『青春』やギューの『黒い血』などである。それらの作品ではひとりの登場人物が、あるときは傀儡《かいらい》として、あるときは半ば夢想された存在として、あるときはわれわれが共感をそそられる人間存在として表現されている。リブモン＝デセーニュの場合はラット（Rate）とアース（As）だが、その名前そのものが様式化の意志を反映している。とはいえ作者は、いつもむらなくその意志に順応するまでにはいたっていない。ギューの場合は、クロポルトやびっこの女のような半ば幻想的な人物たちの傍にグロテスクな人物たちがいて、ある時ふいに人の度胆をぬくような人間らしい現実性を帯びるのだ。（たとえばクリピュールの娘マヤとか息子を殺されたリセの先生など。）またクリピュールのような人物の姿は、だいたいにおいて《人間的、あまりにも人間的》だが、終局的には神話の偉大さか、様式は異なるにしろ悲劇の偉大さにまで高まっている。ここには『法王庁の抜穴』の二つの方法がある。ひとつは作品の《段階的》構造であり、登場人物たちは様式化と図式化の度合に応じて等級を設けられるような仕組みになっている。もうひとつは一人物がロマネスクな照明をあびてさまざまに変化する仕組みである。もちろん私は、以上引用した小説家たちがじかに、しかも意識的にジードの感化を受けたと主張するつもりはもうとうない。ただ、ジードはソチによって小説の技法、まず第一に彼自身がその後書くことになる小説《ロマン》の技法を柔軟にすることに大いに貢献したことは、認めなければならない。

書くという作業には、かならずその報いがくる。ソチは長い間ジードにある程度までさまざまな便宜を与えてきた。しかしすべて特権とは高くつくものである。ソチによって作品に最も大きな影響を受けた人は、ジード自身である。ソチとは、小説《ロマン》の夏休みであった。『贋金つかい』でジードは、現実生活に帰らなければならない。だがそれは『肉体の悪魔』の主人公の場合と同じように、ジードにとっても困難な歩みである。けれどもジードには小説《ロマン》を書かざるをえない積極的な理由があり、『法王庁の抜穴』に胚胎したあの深い必然性によって、小説《ロマン》にかりたてられたのだ。つまり彼は自己の軽さにあきあきしたのである。一九一三年ジードは次のように書きしるす。「いままでぼくは正面切った作品はなにひとつ書かなかったし、自分の思想を皮肉な形でしか表現していないので、もしいまぼくが死んだら、わが天使さえもぼくとは気がつかないような自画像しかのこさなかったことになる、ときどきそんな気がするのだ。」ジードが『贋金つかい』の創作にあたって示した態度は、十年後にコミュニスムに執着した時のそれにいささか似ている。すなわちジードは、真実の自画像を表現し、実人生に参加したいと願ったのだ。しかも『イザベル』や『背徳者』のような、単一線的なレシでは満足できないので、いまや彼は自己の天性の多様で矛盾した欲求それぞれに同等なバランスを、同時的に（次次にではなく）与えざるをえなくなったのである。その点については、ラモン・フェルナンデスも引用しているように、ジード自身が一文で述べている。「自分は芸術作品を創作するよりしかたがないのだと思う時がしばしばあった。芸術作品によらなければ、ぼくはあまりに多様な要素を調和させることができなかったはずだし、またそれらの要素は相剋しあい、少なくとも内部で対話をつづけていたことだろう。*」『贋金つかい』にいたってジードは、一時に数多の方向において自己を実現しようと試みるが、今度はそれも皮肉にではなく、正面切って試みたのであった。しかし彼はソチの、消し去りにくいある種の痕跡はとどめておくだろう。『贋金つかい』はいくらか『法王庁の抜穴』の延長である。少なくとも当初の計画においてはそうだった。ラフカディオは『贋金つかい』にも登場して、悪ふざけの音頭をとるはずだった。『贋金つかいの日記』は、小説《ロマン》が次次と変化進展していく様を記録している。それから見るとある一部分は『秘密陰謀団員*』という題だったわけだが、それはラフカディオやプロトスが属している青年秘密暴力団《マフィア》からきた題名である。そしてプロトスは、ストルーヴィルーに代わり、しかも彼以上に手ぎわよく詐欺少年団を支配している。例の小説《ロマン》にはいつもこの類の焼き直しがあるのだ。

こういうふうにしてジードは、その登場人物たちを作者から完全に独立させている。小説《ロマン》の内部におけるエドゥアールの日記、『贋金つかいの日記』という別に発表された諸考察、ジード自身の日記のなかのこの小説に関するノートという三重の証言からみても、彼の意図の真剣さは疑うべくもない。しかしジードは成功せず、作中人物たちに彼ら自身の翼で飛翔させるまでにはいたっていない。その根本的な理由は、彼が作品から自己を追放しえなかったところにある。はじめジードは、エドゥアールという仮面をつけて登場するだけに甘んじていたが、たちまち飽きたらなくなり、身をもって介入せざるをえなくなった。ソチの場合ジードは、作中人物の背後にかくれてこっそりと登場し、読者大衆をひんしゅくさせ、傀儡《かいらい》どもを嘲り笑ったものだが、小説《ロマン》の登場人物は傀儡《かいらい》として扱うわけにはいかない。『法王庁の抜穴』でジードはわれわれに次のような注意をうながしている。ラフカディオは彼のかずかずの英雄的行為を作者が語ってくれるものと期待するべきではないというのだ。またジードはわざわざ意地悪く、ときならぬ歴史的考察によって、法王監禁の話、プロトスがギィ・ド・サン＝プリ伯爵夫人に語り聞かせようとしている話を、もたつかせている。そのために生じた効果はすばらしいものであり、こうした作者の介入は、『女房学校』の庭の前景にジューヴェが配置したシャンデリアにも比すべきものである。つまり作者が介入して、これらすべては喜劇にすぎず、現実の代用品ではないことを、われわれに思い起こさせているのだ。それに反して、もしひとつの小説《ロマン》で、作者が作中人物を冷静に評価した次のような一文を読んだら、読者はどんな気持になるだろうか？「パサヴァンやレディー・グリフィスなどといった連中に私はもうあきあきした。彼らはここへなにをしに来たのか？ 私はベルナールとオリヴィエにしか興味がなかった。*」彼らに興味をいだきはじめたちょうどその時に、この一文を読んだら、われわれ読者は冷水をぶっかけられたような気持になるだろう。物語の続きがふたたび始まろうとし、われわれもこれらの人物を愛しはじめ、現実の存在と感じだして、彼らへの共感が生まれたその時に、ふいにわれわれは陶酔からさめて、かくも素直に《追随してきたこと》がなにか恥ずかしくなるのだ。ジードは物語を現実から分離させ、それに作者にも未知な様式を与えようと望んだのである。おそらくジードは、小説の通常規則、しかし比類ない価値を持つ二つの規則を一様に無視するために、それらを打破したのだろう。そのひとつは、小説が現実の再現であることを要求する伝統的かつ偶然的規約であり、もうひとつは小説をわれわれの人間的共感につけこませる根本的法則である。このように作品に介入して物語を注釈で切断することにジードが明確な意図を持っていたことは疑うべくもない。しかし読者に及ぼす効果は不快の一語につきる。

したがって『贋金つかい』は、審美的現実面では不十分な作品である。一度ならずジードはラモン・フェルナンデスが語ったあのほとんど体質的な《軽さ》を作品で示している。その軽さを彼自身はどこかで《弾力性》と名づけているが、それの作用のおかげで、実人生ときわめて荒々しい接触をした後に彼は跳躍しえている。だが彼は——いかなる機会に恵まれても——深淵を底の底まで探索することはけっしてしない。深淵で身を持することがジードにはできないのだろう。それに彼の小説《ロマン》の魅力の一部分は、この皮相的な雰囲気からきているし、彼は——なによりも——踊り跳ねるような小説、つまり潜水人形のような小説を書きたかったのだ。他方ジードは、ドストエフスキーにも魅了されている。彼は雑報記事的な残酷さに惹かれているのだ。そこでジードは、実存の悲劇に言い寄らざるをえなくなるが——けっして充分には表現しえなかった。だから作品の末尾におけるボリス少年の死に、われわれは驚愕と痛恨の情をおぼえるにしろ、その死はこの魅力的な支離滅裂の雰囲気にそぐわない。『法王庁の抜穴』におけるフルーリッソワールの殺害と同様に、オリヴィエの自殺未遂にも、すでにわれわれは不安をおぼえ動揺した。しかし作者はきわめてドストエフスキー的なボリスの自殺には、逃げを打っている。すぐさま幕がおり、フィクションが大団円になっているのがその証拠である。ジードは『贋金つかいの日記』の終わりで、作品の発想をうながした二つの三面記事的事件に関する新聞切抜きを、わざわざ提示している。贋造貨幣事件に関しては、彼の物語のほうが現実よりもはるかにすぐれている。だが、ボリスの原型をなす不幸なネニーの自殺をわずかにかいま見るだけで、われわれはジードの作品とは比較にならぬほど遠くまで、人間の魂の曖昧な領域につれこまれる。おそらくその領域は、『悪霊』の作者ドストエフスキーだけが探索しえたところだろう。『贋金つかい』執筆当時のジードは、遠い遠いところから帰ってきた男である。とはいえ彼が、望みどおり自分の悪魔を『パリュード』の沼地のなかに永久に閉じこめえたとは確言できない。

3　芸術家としての批評家について

ジードが小説《ロマン》の創作にあたってめぐらした批評的考察は、小説史上、その結果として生まれた作品に劣らず重要なものである。その上、これらの考察の一部分は、エドゥアールの日記という技巧のおかげで、作品のなかにくり入れられている。エドゥアールは作家で、彼もまた『贋金つかい』という題の小説を書いている。ところでその批評的考察のすべてが、ジードの独創というわけではなさそうである。マルタン＝デュ＝ガールとの対話の反響がたびたび作品に見られるからだ。また、ヴァレリーの碑銘のように簡潔な一句が、ジードの思想のなかに広げた波紋もうかがわれる。さらに、それの批評的考察が、どの程度までリヴィエール、シュランベルジェ、あるいは（『贋金つかいの日記』を献げられた）ジャック・ド・ラクルテルの影響をうけているのかつまびらかではないし、ジードが影響を及ぼしたというより、影響を受けたのではないかという点も、つまびらかではない。ただし、ジードはやはりそれらの考察を通じて、ワイルドの有名な逆説、「想像力は模倣し、批評的な精神が創造する」という逆説をみごとに実践しようとしたのだ。

ジードの考察の中心主題は、《純粋小説》の観念である。小説を《小説《ロマネスク》》固有の要素（ロマネスクということばの意味はどのようにも解釈できるが）に還元し、詩、映画、伝記によっても表現できるものはすべて剝奪したのが、純粋小説である。*さて、『タルブの花々』のジャン・ポーランならおそらく次のようなことを気づかせてくれるだろう。ある小説《ロマン》が小説的《ロマネスク》でなければならぬと主張したら、その人は危険な気違い扱いにされかねないということだ。この考えに誤りはなさそうである。なぜならジードが小説純化のため洗い落とそうとしている余分の諸要素こそ、一般に小説固有の要素とほぼ見なされているものだからである。事実、『贋金つかいの日記』の文章や、ジードがエドゥアールに語らせたことばによれば、純粋小説とは様式化され、現実から強引にひきはなされた小説、つまり挿話的なものの鉱滓をぬぐい去った小説である。純粋小説では、かりに侯爵夫人が車を呼び五時に出かけたとしても、その行為の動機は、例によって偶然的な事件の単なる因果関係によるものではなく、さらに深いなにかの必然性、目指す審美的効果によるものだ。ついにエドゥアールは、彼自身もはっきり述べているように、《主題のない》小説、そしてほとんど筋のない小説を夢想している。「いままで一種の悲劇的なものが文学から洩れていたように思われる。小説は、運命をはばむ障害、運不運、社会的な諸関係、愛憎のかっとう、人間の性格などは扱ってきたけれども、存在の本質そのものはいっこうに扱わなかった。*」ヴァレリーは『テスト氏』で、この《存在の本質そのものを》追究する小説を試みたが、エドゥアールの考察は、友人ポール＝アンブロワーズ・ヴァレリーの意見にきわめて近いのである。登場人物に社会的な位置を与えざるをえない時に、エドゥアールがあれほど気づまりになるわけは、彼に物語の才能がないからではなく、そういうことは、彼の意図外なので、(彼自身のことばを借りれば) わずらわしいからだ。ジードも理論上は同様なわずらわしさを感じるはずだが、実際に書いている時には、思わず物語作家の才能に押し流されてしまうのである。こうしてわれわれは、半ば気を失ったローラが倒れるように腰を下した安楽椅子の不揃いな脚とか、エドゥアールに打ち明け話をする父親モリニエ氏の真赤な顔などを見、ヴァンサンといっしょに、レディー・グリフィスの家でトカイ葡萄酒を飲む。こういう細部はいずれも厳密に言って、小説のメタフィジックな構成上はおそらくなくてもすむものであろうし、別の場景に置きかえても支障はなさそうである。ジードの『日記』や『贋金つかいの日記』を読めば、どの程度まで彼が、人生が刻々とわれわれに提供する無償なもの、挿話的なもののすべてに魅惑されているか、よくわかる。ジードはたまたま車中できれぎれの会話を通して聞いた話を書き記している。彼はひとつのドラマをかいま見て、その話を自分の小説《ロマン》に組み入れようと一瞬思いたつ。実際彼は、偶然が提供したこれらのつまらない事がらのいくつかを、効果的に作品に用いるだろう。(リセの生徒の泥棒が出てくる場面は、そのひとつである。) 余計なものを剝ぎとり、色艶をつけるまいと意図しても、ジードにはテスト氏とその匿名の部屋は描けないだろう。彼は登場人物を詳細に語り、多少の肉づけをせざるをえないのである。ジードは小説家でありすぎて、夢想している《純粋小説》が書けないのだ。したがって《純粋小説》とはひとつの誇張《イペルボール》であり、神話であり、二重に非現実的でさえある。なぜならまず第一に、純粋小説を書きたがっているのはエドゥアールである(ジードではない)からだ。第二にそのエドゥアールでさえ、意図の実現に成功しないからである。純粋小説は架空の人物の夢としてしかありえないし、またそれ以外のものではない。エドゥアールにとって作品の主題のひとつは、夢と現実との相剋であった。ベルナールがエドゥアールに言う。「残念ながらあなたは現実に興味がないようですね。(エドゥアールはそれに答えて) そういうわけじゃないが、ぼくには現実がわずらわしいんだよ」*。『贋金つかい』執筆時のジードのドラマも、同じようなものである。あらかじめ彼は、目指す作品は、自分にも(誰にも)書けないということと、小説の概念は矛盾したものであることを知っていた*。しかし失敗の理由をあまりはっきりとわれわれに示そうともしなかった。つまり人びとの精神に、たとえ神話としてでも純粋小説の観念の種を蒔いておく必要があったのだ。そこから、エドゥアールという人物とジード自身との間の微妙なかけひきが生じている。『贋金つかいの日記』で純粋小説の理論を述べた直後に、ジードは次のように結んでいる、「こういうことはすべて、エドゥアールの口から語らせなければならないと思う。——そうすればぼくは、彼の考察がいかに正鵠を射たものであろうと、すべての点で彼と同意見であるとはかぎらないと、付言できるだろうから。*」さてわれわれは、小説《ロマン》のなかでそれと同一というよりは類似した理論をエドゥアールの口から聞くことになり、その理論にローラ、ソフロニスカ、ベルナールなどが効果充分な異論を唱えている。しかしその異論は、作者自身が『日記』で述べていた異論とはまったく違っている。他方ジードは、作中人物の巻きぞえをあまりくわないように気をつけ、彼とエドゥアールが同一視されないようにと用心これ努めていた。まさしくジードはエドゥアールを一種の贖罪山羊*にしたてあげるつもりだったからだ。そして彼は、純粋小説の企図が当初の見かけ以上の成功の見込みがある場合の出口をも考えだした。エドゥアールの失敗は、その企図がもともと不可能だからというだけではなく彼の性格にも責の一半はあるというふうに、作者は説明できなければならないだろう。「エドゥアールが作品を書けなくなった事情をぼくはなおざりにしてはならない。彼は多くのことを理解しているが、あらゆる人間、あらゆる事象を通じて自己追究ばかりしている。なにかに心底から献身するということが、彼にはほとんど不可能なのだ。彼は芸術愛好家だが、芸術家にはなりそこなっている。私は彼に自分の多くを貸し与えただけに、つくりあげにくい人物だった。彼をよく見るためには、彼を遠のけ、私からひき離さなければならない。*」こうしてエドゥアールは、小説《ロマン》の失敗を一身に背負った人物として登場する。ジードは理想の小説《ロマン》について熟考し、その小説を是が非でも書かなければならぬと思いながらも、その反面かかる小説は根本的に存在しえないことも承知していた。そこで彼は、作品の主人公に、失敗するにきまっている運命、しかし自分で背負う気にはなれない運命を、主人公に背負わせた。同様にスタンダールも、ジュリヤン・ソレルを断頭台に送り、ファブリスに溢れるばかりの情熱を委託した。エドゥアールの失敗の理由は、巧妙にぼかされたままだろう。(ジードは『贋金つかい』で、さまざまな技巧を千変万化ともいえるほど巧みに駆使しているが、これはそのうちでも、最も巧みな一例である。)エドゥアールが疑いようのない失敗を喫したその点で、ジードなら成功したとは確言できないし——また企図に失敗したはずだとも確言できない。実際にジードが夢想の純粋小説を首尾よく書いたと、ちょっと仮定してみよう。(事の真偽は大衆と神々のみが決するのだから。)前もってその作品は書けないものだと公言するのは、おかしなことではないか。この場合、エドゥアールの失敗は彼の性格によるものとしなければならない。また逆にジードが失敗した場合その理由は、エドゥアールが考えたのと同じ理由、つまり企図した仕事の矛盾した性格のためということになるだろう。ジードがこんなふうにいろいろとエドゥアールに責任を負わせるのは、いささか卑怯かもしれない。しかしジードはエドゥアールと異なり、可能性の作品を犠牲にして実際の作品をつくったのだから、その卑怯も雄々しいものではあるし、またその卑怯のすべてが作者の役にたったわけでもない。『贋金つかい』は、エドゥアールの小説《ロマン》と同様に成功しないだろう。（もちろん、それが実際に書かれたというだけで、すでに相当なことではあるが。）

小説《ロマン》の創作をジードにうながしたもうひとつの理由は、なにかを迎えいれようという彼の意志である。彼がこの文学形式に期待したのは、エドゥアールのことばを借りれば、その無法則性のおかげで彼に世界が与えられること、ひとつの鏡、あらゆる距離角度から事象を捉える精巧な光学装置が彼に与えられることだった。エドゥアール同様にジードもまた、作品のなかに彼の身辺に起きたすべての事件を注ぎこもうとし、*そのいくつかは実現している。実を言えばこの野心は、彼にとって新しいものではない。すでに『パリュード』の主人公は、友人としゃべったり、恋人を訪れたりするたびごとに、「ひとつこれを『パリュード』のなかに入れよう」とかならず独りごちるが、それはまさしく、ジードがリセの生徒の泥棒を前にして、「ひとつこれを『贋金つかい』のなかに入れよう」と考えるのと同じである。そして『贋金つかいの日記』のエピグラフとしてもいいような一文が、すでに――一八九五年に――例の『パリュード』の序文にある。「他人に自作を説明する前に、他人のほうからその作品を説明してくれるのをぼくは期待している。あらかじめ自作を説明しようとすると、たちまち作品の意味が限定されてしまうことになる。なぜならわれわれは、自分の言おうとしていることがなんであるか知っているにしても、われわれが語ったのはそれだけであるとは、かぎらないからである。――人は常にそれ以上のことを語るものだ。――ぼくの興味をひくのは、自分がそれとは知らずに表現した事柄である。――この無意識の部分を、ぼくは神の贈物と呼ぼう。――ひとつの作品とは常に共作である。筆耕の部分が少なく神のもてなしが大きいほど、作品は価値を増してくる。いたるところから事物の啓示を期待し、読者大衆からわれわれの作品の啓示を期待しよう。」この一文の逆説は、それがソチに関して、つまりきわめて狡猾に計算された作品に関して書かれたものだということ（もちろんそれは《不条理による証明》だが、証明であることにかわりはない）、またそれが現実の模倣から最も遠く、現実からの教訓を最も期待していない作品の解説として書かれたものであることに、もっぱら由来している。『贋金つかい』以前のジードのどの作品も、この小説《ロマン》を《予言している》と言えよう。なぜなら彼が『パリュード』、『鎖をはなれたプロメテ』、さらに『法王庁の抜穴』などに関して述べたほとんどすべてのことは、『贋金つかい』にいたってようやく真実となるからだ。こうして『鎖をはなれたプロメテ』のエピローグの表題は、次のようなことばとなる、「この作品はしかじかのものであると読者に信じこませようと努めはしたが、それは作者の責任ではない」。そして、ゴンクール兄弟の『日記』の一句、「書かれた作品は、作者の意図どおりのものではない」という一句が、その作品のエピグラフとしてふたたび用いられている。しかし、こういう思わせぶりも、これで最後である。わざと脈絡をなくし、矛盾するようにこれほど仕組んだ一作品を、ほんとうに作者の意図からまったくはずれ、作者の意に反して書かれたものと信じこむほど無邪気な読者がいるだろうか。逆に次のように言える、『贋金つかい』は実際に作家の手を脱しているし、その傾向はすでに『法王庁の抜穴』に見られたと。ジードの日記は、そのことをはっきり証言し、さらに例の作品の相対的な失敗をも宣告している。彼が心から神々と読者大衆の協力を希望している作品で――しかもある程度その協力をかちえている時に――もはやジードには贅言の要もなかったのである。だからジードは、『法王庁の抜穴』の序文を発表しなかったし、*『贋金つかい』に関しては、あらゆる《説明》を拒んだ。というのも、コクトーへの手紙に書いているように、「一作品の最良の解説は、次の作品であるべきだ*」という考えを、彼が尊重していたからだろう。もちろん生涯を通じてジードは、自作が彼自身と事象とを啓示してくれるのを望んでいたが、目的に達するためのやり方は好ましくないと、おぼろげながら感じていた。彼の以前の作品は、ソチにしろレシにしろ、見かけは小説的《ロマネスク》ではあるが、根本的には(ことばの悪しからざる意味での)トリックである。つまり作品に反映している現実は、ある一点からのものにすぎず、作者自身その偏向性を充分に承知して、読者に正直な注意をうながしているのだ。レシの場合には一人称で語ることにより、またソチの場合には、物語の事件の性格を故意に滑稽で珍妙なものにし、作者の意図が戸籍簿と張合う*ところにはないと、われわれに知らしめることにより、視点の偏向性を示しているのである。それにこれらのさまざまな作品は、現実世界よりもはるかに作者(ないし読者)の内的生活にかかわっているのだ。これらの作品は、なによりもまず、作者の自己確立に役だつべきもの、作家のなかのある態度を意図して清算したり創造したりするべきものであり、実物まがいの絵ではないのである。こういう作品に、神々の介入する余地はない。『贋金つかい』でジードは、そのときまで理論的なものにとどまっていた野望の実現に努めることになる。つまり彼は、初期の作品の過度に仕組まれた性格に反対して、作品と生命のままに運ばれて、現実に身を委ね、彼の個性からまったく独立した表現を現実に与えようと努める。現実はそういう表現を要求する権利があるのだ。ジードは現実の面で、エドゥアールは創造の面で、『パリュード』の主人公の企図を実現しようとするだろう。しかし神々は、常に人間の言いなりになるとはかぎらないから、こんどこの呼びかけに応えてくれるかどうか確かではない。

ところで、この新たな野望は、はじめのうち純粋小説の野望(これ自身矛盾したものではあるが)と密接につながっているように見えはしたものの、やがて根本的には相入れないものになってくる。エドゥアール(とジード)は、レアリスムに宣戦布告をしながら、同時に無条件降伏し、現実の啓示を期待してもいるのだ。この《現実》とは日常生活の現実ではけっしてないと反論する人もあろう。するとさらに深刻な難問があらわれる。つきまとってはなれない美学上の空しさから小説を救いだす唯一の手段は、ひとつの意味を提示し、その意味との関係によって正当化される事件だけを、語ることだろう。そのとき綿密細心な作家は、次の二つのうちいずれかひとつを選ぶよりしかたがなくなる。ひとつはヴァレリー流の《否小説《ノン・ロマン》》、つまりいっさいの挿話が剝奪された精神的伝記であり、もうひとつは『贋金つかい』が目指そうとしている《超小説《シュール・ロマン》》である。ところで、偶然的にこまごました事が、物語に超越するひとつの意味と関係して復権をとげるには、プルーストの場合のように、作家がその意味を充分に意識して、たえずそれが現前するように心がけ、いいかげんなエピソードさえも、その意味によって正当化されていなければならない。（もちろん、作者や読者がこの伝達意味を、明瞭に抽象して表現できなくてもかまわない。その実在は絶対に必要だが、その姿は隠れているのだから。）ソチにおいては万事がしごく簡単である。プロメテが鷲を食べてふとったにしても、それは彼が空腹だからではない、そういうできごとが物語のメタフィジックな構成を簡潔にするのに必要だったからだ。同様に『パリュード』において、ユベールならおそらくすばらしい釣をしたその場所で、ティティルが何も釣らないとしても、釣人の腕がいいとか悪いとかだけでは、説明がつかない。ソチで作者が伝達しようとしている意味は、否定的ではあるが、意識的なものだ。そのとき作者には、事実を「現実の場における以上に真理に適合するように」配列するのは、容易なことであり、『パリュード』の話者の言いぐさではないが、そういう配列が「良い小説を生む」のである。しかし、作者自身がどこへ行くか知らず、物語のままに導かれるような作品において、どうしてそういう配列が可能だろうか？　けっきょく『贋金つかい』は、ひとつの意味を創造することによって、正当化されるだろう。その意味は単に暗黙のものであるばかりではなく、じつは作品に不在のものでもあり、作者の呼びかけに応えることを頑強に拒み、具体化されることを拒んでいるのである。筋を構成する事件の連鎖は、（作者のひとつの意味に従って）執拗なまでに複雑多岐に渡り、最も深い考察をし、最も眼の利く読者でも、その筋の総和を得ることはできないのである。超小説《シュール・ロマン》はまずはじめに、純粋小説を実現する唯一の方法と思われた。しかしジードは、試みの遂行に性急すぎたがために、望みどおりの奇異な小説《他のいかなる作品にも似ていない》小説は書きえず、少なくとも外見はすでにわれわれになじみの作品と選ぶところのない作品を書いてしまった。その作品は、ことさら読みにくいわけでもないし、『失われた時を求めて』の最初の数巻のように読者を面くらわせるようなところもまったくない。けっきょくその作品の価値は、作者の野望が正確に実現されているところにはなく、

『モーヌの大将』や『風と共に去りぬ』などに見出されるのと本質的には相違のない諸特質からきているようだ。

第九章　小説の行きづまりと野望——実現

1 ロマネスクの花火 —— 2 思いがけぬ小説 —— 3 『贋金つかい』の意味 —— 4 《中心紋として置く》こと、あるいは超越の記号

1 ロマネスクの花火

あれほど数多くの考察を重ねた末、エドゥアールの小説《ロマン》とは異なり、『贋金つかい』がついに書かれたというのは、すばらしいことである。しかもそれが大いに読みうる作品であり、純粋小説や無償の行為などの問題に無関心な読者の心をもとらえうる作品だったのは、さらにすばらしいことである。その魅力をなす特質とはいかなるものだろうか？　この作品はまずロマネスクの小説《ロマン》であり、次に（根本的には同じことだが）おそらくわれわれが所有している最も真正な青春の小説だといえば、この特質を簡潔に定義しえたことになるだろう。

『贋金つかい』を読むとき、われわれは苦笑せざるをえない。一時ジードはここで筋のない作品、少なくとも筋などはどうでもいい作品を書こうとしたのだということが、われわれの頭にあるからだ。

先入観を持たずに読めば、眼下でたえず展開している事件の多様性と急激さに、われわれは茫然としかねないのである。時によってそれは、アメリカ映画のリズムを思わせる。（たとえば同じ一夜のうちに、オリヴィエは自殺を試み、エドゥアールはオリヴィエを愛していることに気づき、サラはベルナールの恋人になる。）ベルナールが自分の出生の秘密を発見したときから、ボリスの自殺にいたるまで、万事この調子である。人物や事件があまりに多様なので、はじめに前景にいた諸人物、たとえばヴァンサンやレディ・グリフィスなどの最終的な運命に注意を向けるくらいが関の山である。純粋詩に似て内容もなければ主題もない小説《ロマン》を夢想していた人にとって、きわめて緊密な推理小説にも劣らぬ完璧な筋書きを持つ作品を書くとは、とんでもない運命のいたずらだ。ジードは実作によって、構成されすぎた小説を、間接的に批評したいと思っていたのだ。彼は考察のはじめのころ書き記している。「他のどんな作品にも似ていない作品を書こうと決心し、（そういう作品にこうして惹かれているのに、）どうしてぼくは事件を動機づけたり、関連させたり、中心的な筋に糾合したりしたがるのか？　ぼくの選

んだ形式をもってすれば、そういう傾向を間接的に批評する手段が見つかるのではなかろうか？　たとえばラフカディオが事件の筋を複雑に仕組んだところで無駄だろう。なぜなら無用な人物や、無効な動作や、無益な談話などがあって、筋は発展しないだろうから。」* かかる思惑に反して、『贋金つかい』の筋は発展しているし、それもなまなかの発展ぶりではない。どんな些細な事件も、なんらかの反響はしている。優れた推理小説の場合と同様に、重要事件はきわめて巧みに遠くから準備されている。オリヴィエのパサヴァンへの訪問の終わりころ、パサヴァンは（それまでわれわれに未知な）ヴィクトール・ストルーヴィルーという人物の名刺を渡されるが、無駄なできごとではないのである。ベルナールがポケットからクリスタル・ガラスの貨幣をとりだしてエドゥアールに見せるとき、それはけっして《無効な動作》などではない。その動作がはじめてストルーヴィルーという人物、数日前サス＝フェに立寄った人物を、貨幣贋造団の行動に結びつけるからである。（さらにこのできごとは、多面的な役割を負わされている。つまりそれは、ベルナールとオリヴィエという相反した性格の持主を接合する口実となっているし、また小説の美学に関する長ったらしい論議を鮮かに打切ってもいる。このようにして小説の美学も筋に密接に結びついているのだ。）ジードは、作品の源泉をなすロマネスクな両極、つまり贋造貨幣団の少年たちの事件とネニーの自殺事件とを、及ぶかぎり緊密に融合することにさえ成功している。あるとき夢想したように、もしジードがいつかシムノンと共作するようなことがあれば、筋の強固な骨組みをつくりあげるのは、推理小説の本職のほうでないのは確かである。『贋金つかい』には無用な人物も、無効な動作も、無益な談話もない。どんな細部も、筋という観点からしてそれなりの存在理由を持っている。

　さて、逆説的に聞こえるかもしれないが、作品のすくなくも一つの意味は、まさしくその筋の過剰にある。『贋金つかい』はロマネスクの小説《ロマン》であり、アンリ・エルツがかつて『N・R・F』誌の書評*で述べたように、《小説の小説》である。この作品は、ロマネスクな因果関係を、戯画化することもなく、おもねることもなく、花火のような噴出と無限の反響をともなって非情に描き、終局も終局目的もないことをわれわれに示して、そのタブローを現実の人生に近いものにしているのだ。ベルナールは、置時計を直そうとして、簞笥のカバーを持ちあげ、十八年も前の恋文を発見するし、ボリス少年は巻末で自殺するだろう。ヴァンサンとローラは十八歳にして、もうすぐ死ぬと思っていた。オリヴィエはパサヴァンによって堕落させられ、サラはベルナールの恋人になるだろう。遊戯がはじまったかと思う間にたちまち、登場人物たちはこの地獄の旋風のなかに巻きこまれてしまう。ひとつの原子が爆発すると次から次へと反応し、ついには世界を潰滅させてしまうだろう。同様にロマネスクなものが繁殖し、たえ間ない動揺のうちに、掟もなければソチのしかつめらしい宿命にも支配されていない世界のただ中で反響する。こういうことが、《継続しうるだろう》*という言葉、エドゥアールが自作の最後の一句にしたいと思っていた言葉の、ひとつの意味である。ロマネスクなものの無限の爆発は、作者が最後のページの下に終わりということばを書きつけても、とどまることをしらない。つまり人生は続くのだ。こうしてジードは、彼の野望のひとつ、《汲めどつきせぬといった印象を与えよう》という野望を実現した。彼は、あらゆるところに群をなして開花し、《散乱し、解体して》*やまない小説《ロマン》を書いたわけである。

　したがって『贋金つかい』は、現実性の小説というよりは可能性の小説である。人も知るように、チボーデの次の一句が天啓のようにひらめき、ジードはそれを作品のエピグラフにもしかねないほどだった。「作家が小説で自己を描く場合、自分に似た人物、つまり生きた人物をつくりあげることは稀である。……ほんものの小説家は、自己の可能な生命を縦横無尽に展開して作中人物を創造する。まがいものの小説家は、作中人物を創造するにあたり、自己の現実的な生命一筋に頼る。小説の真髄は可能性を生かすところにこそあり、現実を再生するところにはない。」*この一文は、ジードが自己の内心に感じている牢固たる小説家の使命を明らかにし、その深い理由にまで触れている。つまりその使命とは、自己のあらゆる可能性を現実化し、かならず現実生活の犠牲になるはずのあらゆる方面に自己を実現し、同時に小説芸術の本質に達することである。以後ジードにとって小説とは、その本質からして可能性を掌握している文学ジャンルということになるだろう。だからこそ『贋金つかい』は、ロマネスクの小説《ロマン》であると同時に青春の小説でもある。青春は無限の可能性にみちた年頃であるばかりではなく、もっぱら存在の全本質がなおも可能性のなかに凝縮し、そのことに悩んでいる年ごろでもあるのだ。

　筋の多様な反響は、複雑な人間関係に呼応している。登場人物の複雑な関係は、どこかマリヴォーの劇にも似て、悲喜こもごもに入組んだ交錯ダンスみたいである。この小説《ロマン》が描いているのは、恋の青春、その羞恥、そのためらい、《感情的混乱》からくる無数の誤解である。エドゥアールはベルナールを秘書にするが、そのじつ彼が愛していたのはオリヴィエである。*またベルナールはサラを通じてローラを求めているのだ、しかし彼は永久にローラをものにできないだろう。こうしてジードは、われわれに仮装した人びとの世界を見せてくれるのだが、その世界の雰囲気は、シェークスピアの夢幻劇中のアルデンヌの森のようにこの世ばなれしており、エドゥアールはリュクサンブール公園を前者に劣らぬ夢幻的なものにしようと思っていた。*またジードは思い違いの喜劇も見せてくれる。たとえば恋をしている相手が少年なのか少女なのかわからないとか、それも恋の思いなのか友情なのかわからないといったぐあいである。（性の相異だけで問題を片づけようとするのは、単純すぎるだろう。）その雰囲気は、トーマス・マンの『トニオ・クレーゲル』の場合同様に混沌としており、コクトーの『恐るべき子供たち』の場合より、現実性があるだけに健全である。われわれがこの作品で出くわすのは、まさしく青春の本質そのもの、その感情の混乱、恋愛生活の無限の可能性であるが、その可能性は後日、性行為によってむざむざと狭められるものだ。あの魔法の世界を自分に回復するには、われわれは多少ともティレシアス*にならなければならない。ラディゲもコクトーもジードも（またおそらくは『ソネット』のシェークスピア、そして『お気に召すままに』に顔を出しているシェークスピアも）そうだった。ところで、そういう魔法の世界を堕落していると思うのは《大人たち》だけであり、夢想の面ではもちろんなく現実面で《年並みに》熱狂しきっている青年なら、かならずその世界に自分の姿を認めるはずである。『贋金つかい』の青年たちには真実性がある、なぜなら彼らを描いたのは、本質的に彼らに似ている人*、可能なるものに恋いこがれ、自分の不安定に夢中になり、いつか無限の自由を享楽できなくなる日がおそらくやってくると考えただけで、まるで十八歳の少年のようにぞっとなる人だからだ。青春は過ぎ去るけれども永遠であるというのが、『贋金つかい』のもうひとつの教訓である。この作品はわれわれに青年たちの壁画を展開して見せているが、その壁画の意味は以上述べたとおりである。オリヴィエの後にはジョルジュがおり、ジョルジュの後にはカルーブがいるだろう。この作品の最後は、エドゥアールの「ぼくはカルーブのことを知りたい」という一句である。この一句は、ジードが「終わり」という語の代りに用いたかった「続くこともありえよう」を小説的に転置したものであり、同時にまたそれは、『贋金つかい』が単に心理的な青春の小説にとどまらず、《メタフィジックな》、本質的な青春の小説でもあることを、確認してもいるのだ。つまり『贋金つかい』は、青年の小説というより青春の小説なのである。

2　思いがけぬ小説

小説《ロマン》について思いめぐらしていたころ、ジードの主要な関心を占めていたのは、物語をいかなる視点から語るべきかということ、とくに読者のために事件にあてる照明は一面的であるべきか、多面的であるべきかということだった。「まず第一に研究すべき重要な問題は、この作品の発展全体を、ラフカディオの動きに呼応するものとして表現できるかという点である。ぼくにはできそうに思えない。ラフカディオの視点はきわめて特殊だから、始終彼に重点をおくのは、好ましくないだろう。かといって、残部を表現できる方法がほかにあるだろうか？　単純な非人称叙述の物語をあくまで避けようとするのは、狂気の沙汰かもしれない。*」サルトルは、物議をかもしたある論文で*、モーリヤックを攻撃して次のように述べた。モーリヤックは、作中人物への照明のあて方を、自分の都合のいいように勝手に変え、あるときは彼らの内心のことばを語ったかと思うと、またあるときは没個性的な全知の観察者、いわば形而上学者たちのいう神にも似た視点から、語ったりもしている、というのだ。この点については、批評的考察がジードをたいへんに慎重にしていた。おそらくジードは友人マルタン＝デュ＝ガールと共に、小説の規約、それまであれほど無秩序で矛盾紛糾していた規約に一貫性を与えようと、系統立って考えてきた最初の小説家である。ナレーションとは、レシ、ソチ、小説《ロマン》を問わず、つねにだれかのナレーションであり、任意の人のナレーションなど想像できない。つまりそれは、必然的にひとつの主題、ひとつの目標を含んでいる。映画撮影に、位置づけられたカメラ、どこかに配置されたカメラが必要なのと同じことだ。しかもその位置は、抽象的で任意な場所、撮影の芸術的成果を度外視した場所であるわけがない。レシの特徴は、語り手が単一であること、《私》と言っている人物が概して事件を語っているところにあるといえよう。*ソチの場合、物語役は皮肉な人物であり、十九世紀作家たちの匿名の観察者、乃至そう自称している人物とは、ほとんど無縁である。われわれが話に夢中になって、彼の存在を忘れようとすると、かならず作者は気を配って、われわれと事件との間に皮肉な注釈を割りこませ、こうしたことはすべて悪ふざけにすぎないと気づかせている。小説《ロマン》の場合、こういうふうに視点を慎重に局限化することは、二重に難しくなるだろう。小説《ロマン》とは内的に豊かなものであり、もろもろの事件を唯一つの視点から語るのは難しいからである。「昨日は一日中、ラフカディオを通じて事件全体を表わすのは不可能だと考えながら過ごした*」と、ジードは『日記』の少し先のところに書きつけている。また、すべてを一人物のヴィジョンを通じて表現しようとすると、ある種の分析は排除され、作品は偏狭になりかねない。だがじつをいえば、そのとき読者は作家に協力せざるをえなくなるだろうし、それこそなによりもジードが望んでいるものだ。作者が自ら事件を語らないで、事件に関係している一登場人物に間接的に語らせる方法の利点は、事実が切断され変形されている以上、読者はどうしてもその事実を建て直し、構成し直さざるをえなくなるということだ。[*] おそらくジードの配慮に似ているのは、（なかんずく）当今流行の内的独白の理論であろう。作家はその理論から同じような利点を得ている。つまり作家は、受身にならない能動的な読者、作品を理解するためには熟考せざるをえない読者を持つことになるからである。だから『贋金つかい』に作者が顔をだすとき、それはけっして物語るためではない、解釈を加え、必要に応じて作中人物に現実性を与えたり、取り去ったりするためであるにすぎない。小説《ロマン》を書くにあたって、ジードが一切のレアリスムを断固としてしりぞけたのは、自然主義派の連中などには及びもつかない法外な野望によるものであった。その野望を過度現実性《イペルレアリテ》への意志とでも名づけようか。《人生と同程度に真実にする》ことなどどうでもいい、人生以上に真実であることがたいせつであり、戸籍簿と張り合うにしても、模倣なしで行なうことがたいせつなのだ。様式化は小説、演劇の二つのジャンルの本質にそうものであって、演劇の場合とは異なるにしろ小説にも絶対に必要なものである。その終局目的は、例の過度客観性《イペルオブジェクティヴィテ》の印象を生みだすところにあるはずだ。ますます小説は、現実の再現ではなく、現実そのものになろうと努めるだろう。写真の場合と同じように、小説もわれわれを《即自的な》客体の前におく、そして人間の網膜、意識がわれわれと客体との間に介入して、客体の変形を行なったりはしないというふうに見せかけるだろう。この野望はかなり新しく、十九世紀文学には見られなかったものである。バルザックもディケンズも平気で物語に介入し、われわれに話者ないしは作者の眼の存在を想起させ、真の客体をなす小説の素材（人物、事件、風景、挙動などの）をたえず知覚に変形し直している。他のところで述べたとおり、この超現実《シュールレアリテ》への意志は、現代小説と映画で並行して発展しているのだが、おそらく幾分かは映画の影響によるものだろう。[*] すでにプルーストの技法は、演出家の技法を思わせるものであり、ジードの手法はさらにその傾向が強い。『贋金つかい』の作者は、他の多くの領域でもそうだが、この点でも先駆者である。事実《超現実《シュールレアリテ》》を系統的に目指そうとする野望が、第二の世代の小説家たちの特徴となるだろう。

　しかしジードは、きわめて意識的だから、自分の生みだそうとしている印象が、根本的には幻影であり、要するに操作いかんにかかったものであることをよく、承知していた。ヴァレリーも書いているように、「……こうしたすべては表現に帰着する事がらであり、作家の幻影がいかに強烈で内密であろうとも、言葉や句に翻訳され、それらの語句は、抜きさしならず定着されるや、能動的たりうる一精神の視線や反応や操作の対象となる、この事実を認めないわけにはいくまい。[*]」まったく逆説的なことながら、それまで正反対の効果を生みだすために利用されていた《トリック》を用いて、ジードは超現実の幻影を与えようとする。彼は、ナレーションに作者が介入する技法を、十九世紀初頭の小説からひきつぐだろう。作品第二部の終章全体は、*《贋金つかいたち》のほんとうの話が始まるちょうどその前に、状況を測定し、登場人物めいめいの性格や行状などを評価することにあてられている。扱っているのは現実の人間たちであり、彼らに対して作者も読者も一つの意見を持つのがしごく当然であり、判断を加えるのがあたりまえであるかのようだ。ピランデッロのような作家は、登場人物たちにひきずられているのであって、ひきずっているのではないことを、ジードは力説している。「ローラ、ドゥーヴィエ、ラ・ペルーズ、アザイス……こういう連中をどうすべきか？　なにもすすんで彼らを求めたわけではなかった。ベルナールとオリヴィエを追っかけながら、偶然路上に見いだした彼らだ。だからといっていまさらしかたがない。これから彼らにも責任を持とう。*」きわめて巧みに、このテーマはエドゥアールの日記と*『贋金つかいの日記』で、ふたたび取り上げられ、強調されている。「プロフィタンディウは、徹底的に書きあらためる必要がある。彼が作品のなかに飛びこんできたとき、ぼくはまだ充分に彼を知らなかった。思っていたよりはるかにおもしろい人物だ。*」しかし結果は、作家の意図に応えていない。映画では、記録映画（ここでも解説者《スピーカー》の存在は、必要不可欠とはいえ、おおむねはわずらわしいものだが）を除いて、解説者が割りこんできて作中人物の行状を評価するというようなことはない。サッカレー、ディケンズ、スタンダールの場合、作者の介入が気にならないのは、その時代の小説はまだ自然以上に真実にしようなどとは努めていなかったからだ。ジードは、われわれに彼の肉声を聞かせるとき、効果的に作品を様式化しているが、あるべき方向においてではない。

彼が登場人物やその行為を提示するのに用いた方法のほうが、はるかに成功し、はるかに豊かである。それは、ヘミングウェイ、コールドウェル、*ダシール・ハメット*などのアメリカ作家たちの方法ほど厳密ではないが、極度に客観的で、いわば行動主義的ともいえる方法である。フランスではなかんずくアルベール・カミュが『異邦人』で、この方法を受けつぎ模倣している。ジードはどこかでつぎのように歎いている。彼には登場人物がすっかり見えるし、時折りは彼らの声音やことばの独特な抑揚も聞こえるのだが、彼らの考えをつくりだすことはどうしてもできないというのだ。*もちろんこういう告白には、どこか思わせぶりな響きがある。この小説家は、創造力がないと一般に考えられており、ありうべからざることながら、アリサからラフカディオにいたる《共感を呼ぶ》主人公たちと、次々に同一視されがちであったからだ。

しかし作中人物を実際に提示する際のジードの方法を分析すれば、彼の証言がまったく確かなものであることがわかる。いま私は手あたりしだいに一部を引用してみよう。（それは、べルナールがまだ会ったことのないローラのもとに忍びこむ場面である。）姿を見せぬ証人がこの場面に立ち会っていたとしても感知できないはずのすべての細部、つまり登場人物たちの言動以外の思考や、感情を括弧に入れてみよう。「だがローラは息切れがして、（気絶しそうな気持だった）。彼女はどこに腰をおろそうかと、あたりを見まわした。じっと彼女を見つめていたベルナールは、（そのまなざしを察した）。彼はベッドの足もとにある小さな安楽椅子のところへとんでいった。そして手あらくそれを彼女のそばまで押してきた。彼女はそれにぐったり体を落とした。」そのとき安楽椅子がぐらぐらして倒れ、ローラの下にひっくり返る。「彼女は突然、さっきのうめきとは似ても似つかない小さな叫び声をあげると、そのまま横に滑り落ちた。そして一瞬後には、駆け寄ったベルナールの腕にいだかれて、敷物の上に坐っていた。（きまりわるかったが、一方好奇心も手伝って）、彼は片膝を床につけていた。したがってローラの顔は、彼の顔とすれすれにあった。彼はローラが顔を赤らめるのを見た。彼女は立ち上がろうとした。そこで彼はローラを助け起こした。」それから直説叙述で語られる完全に客観的な文章がつづく。まず第一に気がつくことは、心理描写の文章はきわめて数も少ないし、短いものだということ、しかもそれさえ、とことんまで主観的なところはなにもないということである。それらの心理描写の文章が表明している感情は、うかがい知れない意識の内奥に閉じこめられているものでもなければ、神にしかわからぬもの、実際の体験者にしかわからぬものでもない。充分に眼の利く人には、それらの感情が見抜けるだろう。つまり、それらはかなりありふれた表情や態度を通じて表現されているので、誰もが似たりよったりの解釈を暗示されるし、それもまったく単純な表情・態度だから、長考熟慮するまでもなく、すぐさま解釈できるのだ。ローラは気絶しそうな気持だった、ベルナールはそのまなざしを察した、彼はきまり悪かったが、一方好奇心も手伝って、……こういう表現は、いまやまさに落ちんとする女の体の動き、衝撃のように理解し合う二つのまなざし、ベルナールの羞じらいの微笑などをすばやく記述する一方法、つまり純然たる行為のことばで描写したらまどろこしくてたまらなくなるような表情を、簡潔なスケッチで要約する一方法にすぎない。登場人物に想定される精神内面への手がかりとしては、ここでは速記術、物語に簡潔さと生気を与えるはずの速記術しかない。かりにその場面が語られるかわりに撮影されるとしたら、主観的な外見を持つそれらの細部は、残余の事がらと同時に、俳優によって演じられ暗示されるだろう。

ジードは——思わせぶりなところもなくはないが——読者以上の利点は持ちあわせていないというふうに、かなり装っている。たとえば、われわれ読者がたまたま路上で見かけた人物に関しては、作者も読者以上のことは知らないというふりをして、作者はわれわれの好奇心を刺激するために、この故意の無知を巧みに利用している。オリヴィエがパサヴァン邸に居あわせたとき、一枚の名刺がパサヴァンにもたらされる。われわれは、いかに好奇心にかられても、どんな名前が名刺に書かれているかは、ベルナールがちょっと部屋を離れざるをえなくなり、オリヴィエがその名刺に眼をやり、彼の好奇心とわれわれの好奇心を満足させるまでは、知る権利を持たないだろう。しかも、そのときオリヴィエが読む名前、ヴィクトール・ストルーヴィルーという名前は、彼にもわれわれにも同様に明らかでない。もちろんこれは故意のたくらみにすぎないのだが、このたくらみにジードが与えている重要性は、なかなか意味深い。従来の小説家は、全能なるが故に全知の創造者であり、また、諸人物をつくりだして配置し、その反応をすべて予見できる人、したがって諸人物を操る糸はなんでも心得ている人だった。小説のこういう在り方に、ジード以上にはっきりと反対意志を表明することはできないだろう。ジードは『贋金つかい』を物語るにあたって、われわれの観察代理人以上のものにはなるまいとしている。彼は読者同様に話を楽しみ、話に驚こうとしているのだ。われわれと同じように、彼もまた報告された事件の観客であって、事件の案出者ではないだろう。

三面記事的事件や重罪裁判などは、いつもジードの興味の的だったが、ここにもまたその傾向が見られる。『贋金つかい』の源をなす二つのまったく客観的な事件は、そっくり物語の筋に織りこまれている。しかもスタンダールにおける神学生ベルテの犯罪*ほどには、作家の創作的想像力による変形を受けていない。ジードは彼の小説《ロマン》に不在であるようなふりはしているけれども、もちろんいたるところに存在している。ただ彼は、自作への介入を照明とパースペクティヴの調整だけにとどめるだろう。たとえばジードは、ハックスリーが『対位法』*でしたようなこと、つまりわれわれに登場人物を分解して見せるようなことを、注意深く避けている。心理分析の専門家エドゥアールさえ、フィリップ・クォールズと異なり、時宜をえない分析はさしひかえるだろう。野猿の社会的・性的習性を研究しようとする動物学者のような慎重さで、彼は木かげにかくれて待伏せし、小説《ロマン》の登場人物たちのおもしろい素行をよく観察しようとする。ここにもジードの《自然主義的》な一面、動物への深い趣味が見られるが、たとえばそれはあの魅力的なディンディキ*にあらわれているものだ。

ジードは、『贋金つかい』の内部では、《出しゃばらない》ようにしている。だからオリヴィエにしろ、何事も見逃さぬベルナールにしろ、たまたま破局の到来に気づくというようなことがない。このように小説から自分の姿を消し、《控えめにすること》は、美学上の要請でもあり、また彼の気質からくる要求でもある。ジードには擬態の欲求があるが、おそらくそれは彼の根深い受動性に由来しており、彼の文学経歴が変転したゆえんをほぼ物語っている。彼が物語で《私》というとき、それは彼の演出した仮名の《私》である。『ナルシス論』の作者は、無節制に鏡にのぞきこむのを好まないのだ。彼は《にせの》一人称しか用いたがらないが、その動機は羞恥心である場合もあろうし、極端な柔軟性である場合もあろう、さらにまた自分以外のものしか、彼にはじつのところおもしろくないという理由の場合もあるだろう。ジードは告白している。「一人の登場人物に語らせるほうが、ぼく自身で意見を述べるより楽なことは確かである。創造された人物がぼくと相違していればいるほどそうなのだ。ラフカディオの独白や『アリサの日記』ほど、うまくしかも楽に書けたことはない。*」したがって、『贋金つかい』を貫く根本的な規約が、個人の視角、主役の一人の視角からつねに外れないことだとしても、さして驚くにあたるまい。作者のパースペクティヴは、誰かのパースペクティヴたらざるをえない。普遍的な立場に立つことが根本的には不可能である以上、自分は単にアンドレ・ジードにすぎないのだが、そう考えただけで彼はうんざりしてしまう。だから、小説への興味を失わないでいるためには、ラフカディオやベルナールの活発な共犯が彼に必要となるのだ。

もちろんわれわれもまた、小説を読みながら楽しみを味わい、一瞬一瞬が気晴らしになる。だがそれは代償をともなっている。時おりわれわれは、《戸口のところで足どめされ》すぎているような気がするし、作者も自己の立場をそのようなものたらしめようとしている。われわれは、登場人物たちの内部で起きていることについて、もう少し多く知りたいし、もう少し精しく事情に通じたいのだ。極度に客観的であろうとするため、ついに物語はどこか皮相的になる。とくに、通常は劇的になるはずの挿話の場合その傾向が強い。ボリス少年の自殺はその一例だが、われわれはいっこうに納得も満足もできないのである。

おそらくジードには、真に《ロマネスクの小説》たりうる作品を書くためには、そのような代償もやむをえなかったのだろう。自分の意図を裏切ってまで作者は、われわれが主人公たちの意識に立ち入りすぎるのを黙認できないのである。じつは作者自身も、そういう誘惑にかられることがしばしばあった。だから彼は、リセの生徒の万引を目撃した次第を『日記』で語りながら次のように付言している。「この話をもしぼくが使うとしたら、その子供自身が語ったほうが、はるかにおもしろいように思われる。そうすればおそらくややこしい事情も裏面も明らかにされるだろう。*」（彼は結局この事件を効果的に作品の筋に組み入れているが、当時はまだそれを使うべきか否か決しかねていたのだ。）小説では、一時的に作者になり変わったエドゥアールの眼を通して作者が実際に見たままに、その事件は語られている。念の入りすぎた分析をして、《ややこしい事情や裏面》に探りをいれることを、ボリス少年の自殺の場合と同様に、作者は好まなかったからである。さもなければロマネスクな展開は、ドストエフスキーの作品みたいに、ゆがみ停滞したことだろう。もしカメラが、あまりに長い時間、同一人物に向けられたまま、その顔の隅々まで詮索しようとしたら、全体の動きは遺憾ながら緩慢になってしまうだろう。大写しの連続では推理映画はつくれない。人間の魂の奥底まで入りこむために、しばしばドストエフスキーは、ロマネスクであることをやめている。《ロマネスクの小説》たろうとする作品にとって最適の位置とは、中位の距離、つまり《上半身写し》である。こうして、ジードが採用した客観的手法は、利点も不利な点もすべて含めて彼の根本的な企図につながっている。その技法はすでにバルザックが使っていたものではあるが、バルザックの場合はそれほど洗練されてもいないし、また意識的なものでもない。『贋金つかい』におけるジードと同じように、バルザックも登場人物を外部から眺めることからはじめる。すなわち彼は、人物たちをわれわれの前に置き、その行動を見つめ、物語の進行に余裕がある場合には、彼らを説明する。『捨てられた女*』の終末は、その目ざましい一例であろう。ごく簡単な説明がわれわれに与えられはするが、それも、いったん話の筋が終わり、われわれが（ド・ニュエィユ氏の自殺のような）事件から荒々しい衝撃を受けた後のことだ。また登場人物の行為に関して説明がぜんぜん与えられないこともかなりしばしばある。（モントリヴォーに危く焼印を押されそうになった後の、ランジェー公爵夫人の急変などはその一例だ*。）また、即座に説明が与えられる場合があっても、たとえば『田舎才媛*』で、しわくちゃなオーガンディのローブにまつわる重要な場面のように、その説明はまったく皮相的である。小説家は登場人物たちをわれわれに提示し、われわれの前に現出させればいいのであって、彼らを分解する要はないというのが、ジードのみならずバルザックの考えでもあるからだ。ところで、小説家は画家や映画作家のように直接的に表現に向かうことができず、つねに言語手段を介さざるをえないというところに、小説芸術の根本的な難点がある。小説家は、人物・事象をわれわれの眼下に提示するかわりに、それらを喚起しなければならないのである。その美学的目的は本来提示するということであるはずだが、事実上は語るということに帰着する。本質においては経験論的でありながら実現においては観念論的な小説は、元来矛盾したジャンルである。小説家のうちできわめて意識的な人たちが、行きづまるとしても不思議なことではない。

3 『贋金つかい』の意味

　ピカソの展覧会を観にいったある日、ジードは同行のジュリアン・グリーンに言った。「才能によって人は自分の望むことを成し、天才によって人は自分に可能なことを成す*」と。この定義に誤りがないとすれば、『贋金つかい』を執筆していたころのジードのなかでは、やはり天才が才能を上まわっていたことを認めなければならない。強力な独創精神の持主は自己に忠実たらざるをえないものだ、おそらくそんなことをジードはピカソのあまりにも多様な画布を前にして考えていたのであろうが、ジードにおいて天才が才能を上まわっていたわけは、彼が自己に忠実だったからというより、むしろ、才能だけではこと足りない企て、才能さえあれば後はすらすらと自然に運ばれるというふうにはいきそうもない企てに、身を投じていたからである。彼はエドゥアールに施してやったような冒険が自分にも到来するようにと願っていたのだ。作品の構想を練りはじめたころ、エドゥアールには表題しか作品の指標になるものがなく、その表題の周辺にきわめて茫漠として月並みな観念があてどなく漂っていたにすぎない。現実の生がその観念に前代未聞の途方もない内容を与え、観念を進んで明らかにしようとするだろう。ベルナールがエドゥアールに、小説の表題になる贋金つかいとは何者かと問いただすと、「そうね、わたしにもよくわからんのだ*」とエドゥアールは答える。彼は贋金つかいという表現に、同僚作家たちのなかの山師的な連中、たとえばパサヴァン伯爵のような連中への、彼自身のもやもやした怨恨をこめているにすぎないのだ。しかしこの無知の告白のすぐ後で、現実が抽象的な観念を具体化することになる。ストルーヴィール一味が造っている贋造貨幣、中味はクリスタル・ガラスの金貨がはじめて現われる。ベルナールがその朝サス゠フェーの食料品屋でそれを受け取ったのだ。現実の生がエドゥアールの呼びかけにこたえ、期待していたものを彼に与えたわけである。

　残念ながらここに見られるのは、小説家につきものの、架空譚による心の補償《コンパンサシオン》にすぎない。スタンダールは作品の主人公たちに美貌を与え、理工科学校生の制服を着せているが*、それは神々が彼に拒んだものである。それと同じようにジードはエドゥアールに、現実の生の協力によって望みの事がらを実現する可能性を与えはしたが、彼自身は他に協力してくれるものもなく、なしうることをしたにすぎなかった。

　というのも、彼の意図には深い矛盾があったからだ。その矛盾は、古代ではメガラ学派*の、近代では集合論*の二律背反に比しうるものである。『贋金つかい』は、本質的に矛盾しているので《成功》しえなかった。ある作品の《成功》ということが、作者の意図と、実際に書かれ印刷された作品、つまり作者の意図に関連して具体化されたもの、この両者の完璧な適合を意味

していると すれば、『贋金つかい』は、批評家たちも指摘しているように、失敗作であることを認めなければならぬ。(ただし作者の意図に関連して具体化されたものという言葉は、ここでは、文学作品に適用しうる唯一の明確な意味、一般的には物語の生成のなかに記されたなんらかの実現という意味で使っている。) ところで作者ジードの意図は、先に述べた両者がまさしく適合しないというところにあった。つまり彼は、希望どおりに首尾よく失敗したわけである。いま雄弁術の先生の有名な話が思いだされる。彼に新米弁護士の生徒がいたが、最初の訴訟に勝たなければ月謝が払えなかった。そこで先生は生徒の月謝を工面してやるために、このかけだし弁護士を相手どって裁判を起こさざるをえなくなったのである……。

その上、ジードは自分でも意味のわからない作品を書きたいと明言したとき、自分の意図には両義性があることを見通していた。その両義性は、内在的でもあれば超越的でもある意味という言葉そのものの両義性である。つまり意味とは、すべての登場人物の運命が集中的に向かう終局の事件のことであり、また作品から離れ作品とは別の面に位置しているメタフィジックな意義のことでもある。第一の語義に固執するなら、たしかにジードは、作品のはじめから、彼が解き放ったロマネスクの流れがいかなるコースを辿るかということを熟知していたし、物語の結末がボリス少年の自殺となることも熟知していた。ただ彼は、登場人物の自由が損われていないと見せかけるために、なにくわぬ顔をしているだけのことだ。要するにそれは、技巧であり、まったく正当なトリックでもある。ジードは『贋金つかいの日記』の終わりのほうで、次のように書いている。「ぼくが新しい作品を書こうと思うのは、けっして新しい人間を描きたいからではなく、それらの人間を表現するための新しい手法にひかれるからである。この現に書きつつある小説は唐突に終わるはずだ。それもけっして主題が涸渇したためではない、主題はむしろ汲めどつきせぬという印象を与えるべきだ。逆に主題の拡張によって、いわば主題の輪郭の腐蝕によって、作品は終わるだろう。主題はまとまったりしないで、散乱し、解体しなければならぬ。*」その時ジードが考えていたのは、なによりも筋の解放的性格であったように思われる。だがもっと先のところでジードが次のように付言したときには、おそらく別のことを考えていたのだろう。「なによりもまず財産目録を作ることだ。計算は誰かが後でするとして。ともかく整理しないでおくのは好ましくない。いよいよ小説ができ上がったら、ぼくは横線を一本引くだけにとどめ、演算の役割は読者に一任する。足し算しようが引き算しようがかまわない。ただぼくは、それはぼくのなすべきことではないと思う。怠惰な読者にはお気の毒だが、ぼくの求めているのは別の読者だ。不安を与えるのがぼくの役割なのだから。*」これはいささか厚かましい願いである。なぜならいかに意識的で、いかに考察力に富んだ読者でも、その確実な総計、小説を構成している一連の諸事件が集中していく《合計》、われわれが読書しながら一時的に不安になり、さらにどうにもならぬ当惑に見舞われて引き出してきた《合計》を、算出できないこともあるからだ。

根本的に二つの型の《超小説《シュール・ロマン》》がありうる。ひとつは《開かれた》超小説《シュール・ロマン》であり、もう一つは《閉ざされた》超小説《シュール・ロマン》であるが、これらの空間を現わす言葉には、『道徳と宗教の二源泉*』でベルグソンが使っているのにほぼ近い隠喩《メタフォリック》的な意味がある。いずれ考察するが、第二の型の超小説《シュール・ロマン》は、第二の世代の小説家たちにかなり広く見られるものであり、その世代の作家たちには、メタフィジックな野望を荷なった小説が多い。サルトルの『分別ざかり』やアルベール・カミュの『異邦人』などは、そのすばらしい例である。そういう型の小説の特徴は、作品を構成している一連の諸事件が、（数学的な意味で）収斂されていること、また作者が述べようとする意味は、抽象的かつ明確な知的用語で表現することができ、だいたい作者は書きはじめる前に、その意味を明瞭に意識しているということである。『存在と無』における自由に関する分析のいくつかを要約するか、あるいは作品のいくつかの文章をつなぎあわせれば、『分別ざかり』の意味はほぼ把握できるだろう。たとえば、イヴィッチとの最後のシーンでマチウが彼女にいったこと。「一人の役人が立ち上がった……」*ということばではじまる一文、それから、作品の最後のページなどをつなぎ合わせればいいのである。『異邦人』はどうかというと、作者自身が『シシュフォスの神話』でその小説と等価の哲学的著作をつくりあげている。だからその小説を、不条理の存在の具体的な例証、『シシュフォスの神話』の抽象的な証明に一語一語対応するものとして解釈するのはまったく正当なことである。カミュはそのエッセイのあるところで、カフカやドストエフスキーのような不条理の小説家たちを描いているが、そこに彼自身の肖像をかかげることもできただろう。さらに、それほど純化されていないいくつかの型の《閉ざされた》超小説《シュール・ロマン》を想像することもできる。そういう作品では、作者は自分の伝達しようという意味をさほどはっきりと意識しているわけでもないし、その意味が抽象的な言語でさほど厳密に明確化されうるわけでもない。しかしともかく意味一般が実在し、作品のどの瞬間にも存在しており、その意味を知的言語に翻訳する可能性も理論的にはあるということだけはたしかなのだ。それに反して《開かれた超小説《シュール・ロマン》》はそもそも、適当かつ充分に、ある知的な伝達意味に転置され要約されえないものである。その極端な例、ぎりぎりの限界までいった例が、カフカのいくつかの大作品である。（なかでもとりわけ豊かで具体的なのは、『城』であろう。）それらの作品を抽象的に解釈しようとすれば、かならず不当なまでに作品を貧しくし、歪曲してしまう。ジードが書きたかったのは、たしかにこういう型の小説である。しかし、『城』は精神を過度に刺激し、からっきし想像力のない読者、きわめて小心な読者の心をも誘って、次から次へと相容れない無数の意味を提出している。（その意味のひとつだけを選べば作品全体の意図を裏切ってしまうことになるから、けっきょくすべての意味を拒否せざるをえない。）ところが『贋金つかい』は、あまりにも多色な万華鏡であって、われわれを当惑させるだけである。『城』を読みすすめていくとき、内心われわれは、自然に湧き上がってくる抽象的な解釈を表明するまいとする。逆にジードの小説を読むとき、むしろわれわれはせめてひとつの明確な解釈に達しようと努力するだろう。われわれのなかに描かれるやや鮮明な唯一の印象は、《ロマネスクの花火》の印象、日常生活の様相を超現実的かつ具体的に再現しているという印象である。こういうわけで、『贋金つかい』は《ロマネスクのタウテゴリー》[*]だと言いうるだろうし、同様にカフカの作品は責任あるいは不条理なるもののタウテゴリー、つまり実存のある様相をそのまま芸術に転化したものと言えるだろう。この意味ということを除けば、おそらくジードは、自分の小説を風に吹かれて音をたてる一種のアイオロス琴のように、精神がひとりで呼吸できるほど融通無碍なもの、詩という網状の構造にも似たなにか、詩と同じように彼方に向かって開かれ、作者すら予見しなかったいくつかの意味を荷ないうるなにかにしたかったのである。ジードは神々が入りこむ余地を残しておきたいと思っていたが、意図は純粋であったにもかかわらず、不幸にして神々は彼にいっこう協力しなかったように見える。

4　《中心紋として》置くこと、あるいは超越の記号

ところでジードは、前から彼が得意とし、（さして巧みではないにしろ）幾度か用いたことのある方法をふたたび用いて、超《シュ》小説《ール・ロマン》を構成しうる基本的な手法の一つを発見したのである。その方法は、やや後のハックスリーの模倣によって確固たるものになっているが、ハックスリーもまた《なにかを意味する》小説をつくろうという野心にかりたてられていたのだ。

《開かれた超小説《シュール・ロマン》》の特質は、その可能なあらゆる意味が無限の総体を形成しているところにあるといえるだろう。それとは逆に、ロマン・ロランの『ジャン・クリストフ』やジュール・ロマンの『善意の人びと』などは、《閉され》ている。なぜならそれらの作品が持っている意味はただひとつではないにしても、解説しつくせないほど多様な意味があるとは感じられないからである。ところで数学には、対象が有限の総体であるか無限の総体であるか見分ける簡単な方法がある。ボルツァーノ――ヴァイエルシュトラスの規準[*]がそれだ。無限の総体は、次のような点から見わけがつく。無限の総体はまさにその一部である部分にどの項も正確に対応しうる、つまりその部分に適応し重ねあわさりうるのだ。こうして整数の総体は、そのなかに含まれている偶数の総体か、完全平方数の総体に適応しう

るのである。いかなる数であろうと、それに対応した倍数ないし平方数を書けば、それだけで、二つの数列のいずれの場合にしろ、可能なすべての項を吟味したことになる。ところでジードは一八九三年以来、この重ねあわせの方法、（光学的意味での）《反射》の方法を小説に適用しようと考えてきたし、また実際に『アンドレ・ワルテルの手記』、『恋の試み』、『ナルシス論』などで用いている。「ぼくは芸術作品のなかで、作品の主題そのものが、作中人物の位置にこんなぐあいに転置されているのを見るのが好きだ。これ以上に、作品の主題を明らかに照らしだすものもないし、全体の釣合を確実に安定せしめるものもない。こんなふうに、メムリンクやクァンタン・メツィスの画のなかには、くすんだ小さな凸面鏡があって、描かれている部屋の内部をその面に写しだしている。またヴェラスケスの『メニナス』の絵にも、（方法はやや異なっているにしろ）これが見られる。それから文芸作品を例にとると、『ハムレット』には劇中劇の場面があり、その他多くの劇にもこれがある。『ウイルヘルム・マイスター』には、操り人形や城の饗宴の場面があり、『アッシャー家の没落』には、ロダリックが小説を読みきかされる場面がある。以上の例はいずれも絶対に適切だというのではない。さらに適切で、ぼくが『手記』や『ナルシス』や『試み』などで意図したことをさらによく説明してくれるのは、一つの紋章のなかにさらにもうひとつの紋章を《中心紋として》置くあの紋章のつくり方である。」[*] この方法は、（すでに『パリュード』で略図が描かれ）エドゥアールの日記にも見られるものだ。エドゥアールは『贋金つかい』という題の作品を書こうとしている小説家であり、同じ題名の作品の中心に位置を占め、ジードにかなり近い抱負を持っている。またそれは、見かけだけのものにしろ、ハックスリーが『対位法』でフィリップ・クォールズの日記によって用いた方法でもある。文学のなかには、ジードが言及したのと別な例も見つかるだろう。たとえば『ユリシーズ』には、図書館でハムレットに関してかわす対話があるが、そこでは『ユリシーズ』という作品のいくつかの主要なテーマ、とくに霊魂と物質の二つの面から見た父性のテーマが、ジードのことばを借りれば、《中心紋として》置かれている。（ジョイスは、技術上の言葉をなんでも好きだったから、きっと紋章学から借りたこのことばも好んでいたことだろう。）さほど数学的類推に待つまでもなく、この方法が作品そのものの中心に、対応する無数の鏡、《内部の空間》を導入しているのは、直観的に誰の眼にも明らかだ。（これは、室内装飾家が狭すぎる部屋を内部から大きくして見せるための、鏡のたわむれにほかならない。）そこでわれわれは、魅惑され、メタフィジックな眩暈をおぼえて、突然足もとに開かれたこの反映の世界に身をかがめる。つまり、紋章学者が適切にも選んだ言葉、《中心紋》で構成されているこれらの物語は、必然的に神秘と深奥の幻影を生みだしているのである。ハックスリーもまた同じような方法を使ってはいるにしろ、彼の技法とジードの技法との相違は明らかである。むしろそれはかえってジードの意図をきわだたせているようだ。『ユリシーズ』や『贋金つかい』では、現実のきわめてモナド的な性格を表わすためのメタフィジックな方法（ジョイスの内的独白やホメロスとの照応*も、そのような意図によるもの）であったものが、『対位法』では、単なる技巧に堕し、物語には別の語り口もありうることを示しているにすぎない。しかもその語り口すらハックスリーの独創ではない。ところでジードの場合、エドゥアールの日記は、物語のうち、たとえば過去に属しているので、直接的なナレーションでは表わせない事がら（ローラの結婚に関することなど）を導入するのに用いられているときには、やはり前述の機能を持っている、しかし既知の事がらを別の照明のもとに提示するのに用いられているときには、事件の理解上欠くべからざるものともなっている。したがってエドゥアールの日記は、作品の筋そのもののなかにくりいれられ、筋にまったく同質化しているのだ。それに反して、フィリップ・クォールズの諸考察は、作者の性格どおり、どこまでも筋に並行しており、はじめから物語の欄外に位置したままで、筋に干渉してその流れを変えていくようなことは絶対にない、そして筋の外側にあってそれを説明しているのだ。《小説家の日記》という方法は、『対位法』の場合、理論的に、（しかもかなり抽象的かつ人工的に）小説を拡大するのに使われているにすぎない。『贋金つかい』の場合、作家の日記は作品に一種のメタフィジックな深みを与え、作品はその深みから唯一の超越的な意味をひきだしているのである。

フィリップ・クォールズは、音楽の類推から、小説のなかに小説家の日記を挿入しようと思いたった。ベートーヴェンがディアベリの月並みな楽句から変奏曲*を作ったように、フィリップ・クォールズは自作を、たとえささやかであるにしろ同一テーマの一連のヴァリエーションにし、対位法的に並行する一連の筋を展開させたかったのだ。そこで、ひとつの小説のなかにさらにひとつの小説を導入するという技巧が、彼に思いうかんだ。想像上の一作家の作品のさまざまな見本が、物語の別な語り方を例示し、テーマをいわば転調させてくれるだろう。しかし、それにしてもなぜ一人の作家にこだわるのか？（想像上の）第二の小説の内部にさらにもう一人別の小説家を配置し、こういう操作を無限に重ねていったらどうか？ たとえば、クェーカー・オーツの罐*には、一人のクェーカー教徒がひき割りにしたオート麦の罐を手に持ち、その罐の上にはもう一人別のクェーカー教徒がもうひとつ別の罐を持っており、その罐の上にさらに新しいクェーカー教徒がいる……というふうな模様が描かれているが、こういうぐあいにしたらどうか？ 十段階目にいたると物語を代数記号の術語、内分泌腺の術語、心理学の反応時間の術語などで物語る小説家がでてくるだろう。

ここにおいて、ジードとハックスリーの大きな相違が現われる。後者の場合には、新たな《考察》がでてくるたびごとに、物語が単純化され図式化され、こうした貧困化がヴァリエーションを構成している。ひき割りにしたオート麦の罐に描かれたクェーカー教徒が、だんだんに小さくなり、ぼやけてき、細部もはっきりしなくなるように。それらのヴァリエーションは、テーマとの関係から見て、側面的かつ傍注的であり、テーマを異なった言葉で翻訳したものである。それに反してジードの場合、エドゥアールの日記は、ジード自身の日記と同じほど複雑であり、メタフィジックな豊かさを具えている。それはベルナールやボリスの冒険譚につけ加えられる第二の小説みたいであり、ただ複雑さの質が異なっているだけだ。エドゥアールの日記が構成している小宇宙は、小説全体から成る大宇宙と正確に対応している。小宇宙は大宇宙を反映しながらも、大宇宙を貧弱化するどころか、あべこべに大宇宙を示すことによって、それを豊かなものにしている、エドゥアールの日記の仕組みは、別個にきりはなして見ても、直接叙述の物語の仕組みとまったく同じほど豊かなのだ。バルザックの場合にも同様なことがいえる。『赤い宿屋』で、善良なドイツ人が夕食後に語るドラマの主要人物の一人ターュフェールは、聞き手のなかにいる。そこで第二の物語がつくられて第一の物語に重ねあわされ、第一の物語の興味を倍加するが、しかし前者は後者なくしてはありえないものだろう。『ボエームの王様』で、ラ・パルフェリーヌの挙動が、田舎才媛ディナによって語られ、ディナがそこから一篇の中篇小説《ヌーヴェル》を編みだしていること、書き写された会話の話相手の一人がド・ロシュフィード侯爵夫人であって、彼女はこの会話からラ・パルフェリーヌに相当な興味を持つことになり、彼女の彼への情熱が『ベアトリックス』の大団円をもたらしていること、これらはいずれも等閑に付すべからざることだ。以上二つの場合とも、中篇小説《ヌーヴェル》の枠組みは無限に拡大している、しかも（外見はともあれ）『人間喜劇』の他の部分との関連からして外的に拡大しているというより、ジードが述べる「主題の自己自身への反作用*」のために、内的に拡大しているのだ。いま作品を全体として眺めるならば、バルザックは以上のような技巧を用いることによって、『人間喜劇』に緻密な構成を与えることができた。その構成は、『失われた時を求めて』にもまして隠微なものである。『失われた時を求めて』も、作品の《コンパスがあまりに大きく開きすぎている》ので、はじめての読者の手にはあまるのだが、バルザックの大建築のかくれた建築法は、さらに眼につきにくい。というのも、ひとつには全体が細分化されているように見えるからであり、またひとつには長い間の偏見から誰もバルザックにそんな技巧があろうとは思わないからである。われわれにとって重要なことは、その方法が『贋金つかい』におけるジードの方法と類似していること——それはこの方法の一般性の証《あかし》でもあるが——またそこから生じる作品効果が同じであるということだ。プルーストの場合、『スワンの恋』というエピソードは、《マルセル》の物語との関係から見れば、やはり《中心紋として》おかれており、前者は後者の主要テーマを予示している。ただそのエピソードが間接的ではなく直接的に語られているため、こういう性格がいささかぼやけているけれども、あるとき《マルセル》が述べているように、明らかにこの情事は彼がずっと後になってようやく知るにいたったできごとであり、彼としてはさまざまな会話を頼りにし、いろいろと事実を検討して構成し直さざるをえないできごとだったのだ。マルセルは、その情事を見聞したとおりにではなく、間接的な証言に則って、情事の経過をわれわれに語ることを選んだ。しかし彼は、例の対話形式、つまりジョイスが、ハムレットの解釈を示すために、またプラトンが《共和国》の主張を示すために選んだ形式を用いて、その情事をわれわれに語ることもできただろう。ジョイスの場合同様にプルーストにあっても、別のいくつかの方法が用いられて、われわれにライプニッツ的な印象を与えている。それは互いに組み重ねられはめこまれ、眼がくらむように反映しあっている一連のモナドの印象である。とくに文章の仕組みそのものがモナド的であって、ひとつの宇宙として完成している。プルーストの文章は、多様な挿入節*や関係節によって、表現しようとする現実にがんじがらめになり、どの瞬間にも話者は、彼独自の有限の視点に立たざるをえなくなるが、『贋金つかい』の文体は、途中でそういう挿入節や関係節にとらわれたりはしない。プルーストが小説の重要な個所に他の小説家の意識を導入しないですんだわけは、彼の作品の《ホメロス的な》性格によるものである。つまり作品の各断片は全体と同じ厚みを持ち、全体に匹敵する複雑さをそなえているのだ。プルーストは、ただ二度だけ、しかも明らさまにではなく《中心紋として置く》技法に頼っている。一度は『スワンの恋』を語るにあたって用いているが、しかしそこでは直接叙法によってぼかされている。また二度目は、『見出された時』の開巻にでてくるゴンクールの日記の真偽不明の断片の場合だが、そこでももじりと皮肉の表現法によってぼかされている。

先ほど述べたとおり、《中心紋として置く》技法の美学的効果は、拡大、深化、無限の複雑さの印象である。しかしその効用はこれだけにつきるものではない。この技法を用いた作品には、作品を越えたひとつの意味が本質的に付与されるように見えるからである。『失われた時を求めて』のどのフレーズをとってみても、プルーストのナレーションは話者の意識の働きによってひとりでに喚起され、話者の世界観のなかにふたたび織りこまれるが、そのナレーションはたえず話者の世界観から逃れて、一般的な箴言になろうとする。それは小説的断定につきものの弁証法によるものであり、すでにわれわれがシャルドンヌに関して（さらにラディゲに関して）言及したことである。最も才能に恵まれた小説家たちさえ、この弁証法の罠を避けえなかった。接続詞 que……でつながる文章の文体上の特徴の深い意味がそこにある。プルーストは、はずみがつくのをおさえるために、好んでそういう文体を用いている。

《中心紋として置く》方法にも、同じような意味がある。この方法は、いかなる存在者もその《メタフィジックな状況》、人間の条件、個別性などを完全に脱して、現実に公平無私な視線を向けることができないことを、たえずわれわれに想起させるのだ。エドゥアールはいくつかのできごとを報じながら、アフォリスムを述べる。われわれはそのアフォリスムをほんとうだと思いこむことはできない。われわれが彼の論述に説得され、いったんその視点が全面的に受けいれられると（つまりそれが一視点にすぎないことを忘れてしまうと）、日記は中断され、またしてもわれわれは直接叙述の物語のなかにくりいれられてしまう。そのときわれわれは、はっとしていやおうなしに次の事実に気づかざるをえなくなる、すなわち、（たとえばハックスリーの場合のように一作家自身が他の一作家の日記に登場し、その作家がまた……というふうなケースも含めて）かりにわれわれが一作家の日記のなかにもはやいないとしても、現実を元の姿にもどすことができるわけもないし、われわれは相変わらず一小説の内部、つまり想像世界にいるわけだから、けっきょく、登場人物たちの主張することをそのまま信じ、与えられた姿のままの彼らを素直に受けいれざるをえなくなるだろう。したがって作品からある種の真実を取り去るこの技巧は、同時にまた作品に意味をもたらす技巧でもあるのだ。

　すでにわれわれが純然たる技法上の観点から考察したもうひとつの方法にも、同様な効果がある。物語の流れに介入して、《構成《プラン》》やパースペクティヴを変えていくことは、「いっそう真実らしくしよう」とか、「さらに本物らしく見せかけよう」などということが目的なのではない。ジードはエドゥアールの口を借りてあらゆる野望をむきになって否認している。だがそういうふうに構成《プラン》やパースペクティヴを変えることによって、（ディオゲネスが歩きながらツェノンに反駁するように）* ひとつの幻想を暗々のうちに告発しているのだ。それは、通常の観察をゆがめる錯誤や限界の原因をいっさいを免れている《絶対の観察者》が存在しうるかもしれないという幻想の告発である。（ジード以前の）伝統的な擬似客観小説では、自分がまるっきり知らない想像上の人物たちの挙動を三人称で語り、彼らのことをまったく粉飾なしに伝えていると主張している神話的な人物がいる。そういう人物がかなり巧みに演じている役柄こそ、非現実的でもったいぶった絶対の観察者である。プルーストは、一人物の意識、自分のヴィジョンが限界のあるもの、特殊なもの、不備なものでさえあることを、自らすすんで主張している一人物の意識を通じて、十六巻に及ぶ作品を進行させている。* と同様にジードも、物語やきわめて貴重な考察の大半を虚構上の主人公の空しい思考として提出し、あらゆる断定は主観的で部分的たらざるをえないことを、けっしてわれわれに忘れさせない。つまり人間は、この世における彼の位置、時空の座標、ネッソスの下着*のように彼につきまとっている《状況》から離れてありえないということである。おそらくこれが、『贋金つかい』の終局的な意味であろう。その意味は、提示できても明確に表現できないものであり、一小説によって暗示され表示されはしても、客観化を試みたり、理論的に普遍性を持つ哲学的断定のごとき知的表明を試みると、たちまち矛盾したものになってしまうのだ。いわば消極的ながら同じような傾向が実存哲学にもあらわれ、ヤスパースはそれを《超越の記号》と呼んでいる。ジャン・ヴァールはその『キルケゴール研究』のなかで書いている、[*]「ヤスパース哲学が提起している問題は次のように要約できるだろう。語句の持っている哲学的価値とはいかなるものか？ 人は哲学しようとすればかならず、哲学用語では表明しえないような現実にはまりこんでしまう。また哲学用語で表明できないような現実にはまりこまなければ、哲学できない。さらに、哲学しようとすれば、かならず哲学用語では表明しえないような現実にはまりこんでしまう……」と。このようなヤスパース哲学の窮極の本質と《中心紋として置く》方法との間に類比関係があることは、一目瞭然である。クェーカー・オートの罐の譬は、比喩的な語句で表現できない現実の構造を表わすためのものにほかならない。

　個別的な哲学しかありえないのだ。ベルナールもエドゥアールもジードも、この点に関してはヤスパースと同意見であろう。その証拠に、ベルナールは治療法や養育法のあらゆる規則は、不思議なほど相互に矛盾していることに着目している。[*]ジード同様にエドゥアールも、観念は個性や性格と分離しえないもので、むしろ観念はそれから説明されるものだということを、承知している。[*]もちろん普遍的断定を下す彼自身の観念も例外ではない。『失われた時を求めて』の語り手も、そのなかに加えられるだろう。ジョイスはスティーヴンやブルームの内的独白をわれわれに委ねるだけであって、彼らの考えを客観化しないように気をつけている、というのも素朴な読者が彼らの考えを現実のものだと思いこまないためである。ただしおそらくだれしもがヤスパースと共に気づくだろう、「個別的な哲学しかありえない」という真理そのものが矛盾しているということを。なぜならその真理自体が個別的な意見にすぎないのに、一般的な命題になりすましているからである。これは、言葉の下手な（あるいはあまりにも巧みな）使用による詭弁ではない、存在の構造に内在するパラドックス、スキャンダルなのだ。おそらくジードの小説の本質をなしているこの真理を抽象的な言葉で表現しようとすると、かならず悪循環におちいって、超越の本質が表われ——われわれの足下に《中心紋》の深淵が開かれて、悟性でのぞきこもうとすれば、眩暈におそわれざるをえない。[*]《個別的な世界観しかない》ということは、普遍的な哲学がなければ意味を持ちえない命題である。したがってこのような真理を哲学は正当に表現しえない、それは小説の領域にぞくするものである。世界に関するさまざまな直観のこの対位法は、フーガの数々な声音と同じように、それぞれが同等な効果を持ち、実存への同等な権利を持っている。ジードが作中人物に照明をあてる場合、『タルチュフ』や『フェードル』

などの古典的な美学に即応して、人物の重要性に反比例するような方法をとっているのは、作中人物が現実に対して同等の権利を持っていることを、おそらく擁護するためなのだろう。ジードは書いている。「この小説の 作中人物のうち、最も重要な者は、あまり前章に——すくなくともあまり性急に——引き出してきてはならない。むしろ反対に、遠方に置き、登場を待たせるようにしなければいけない。彼らをあまり細々と描写せずに、読者がよろしく、彼らを想像せずにはいられないような仕組みにする。それに反して挿話的な役割だけしかない人物は、正確に描写し、はっきり浮きださせること。また、重要人物たちとの距離を及ぶかぎりへだてるために、挿話的人物は最前景に連れだしてくること。*」どんな視点も、たとえそれが小説家自身の視点であろうと、公平無私というわけにはいかないから、あらゆる視点には同等な正当性のあることを強調することによって、ジードは『贋金つかい』で、存在を構成する不条理の象形文字を、つまり、あの《超越の記号》を描いたのであった。そしてヤスパースのどの著作も、その記号が哲学に不可欠なものでありながら、不可能であることを論証している。*ほんとうのひとつの意味、たとい作者であろうと知的言語で表現できないひとつの意味を荷なったこの小説の秀抜なパラドックスは、ここにおいて理解されたことだろう。そして次の世代にいたり、カフカ以後はサルトルやカミュの小説によって、実存主義がその文学的成功を収め、きわめて大衆的な作品をうみだしたことも、理解されたことだろう。

第十章　小説の公理論*のために

1　小説と時間性――2　肉体を奪いとられた人間の小説『テスト氏』――3　ヴァレリー＝ワトスンとシャーロック＝テスト――4　帰謬法による証明

1　小説と時間性

エドゥアールが夢想する純粋小説というのは、実際には、ただひたすらひとつの魂の物語となるような小説のことである。魂が時間のなかで自己形成を行なうにあたって、その基礎をかたちづくるのはさまざまな歴史的転変であるが、そうした歴史的転変をいっさい除外したところで眺められた魂を描く小説のことなのである。「現在までのところ、文学には一種の悲劇的なものが、ほとんど取りおとされていたように思う。小説は運命の蹉跌、運不運、社会的関係、情念や性格の葛藤などに没頭してきた。しかし人間存在の本質については考えようとしなかった。*」この《純粋》小説を、この《存在の本質の》小説を、ヴァレリーは、『テスト氏』によって実現しようとする。だから、彼のその著書は小説であることをやめようとするだろう。

自分が既に実際に書いた小説を純粋化しようとするかぎり、ジードは、しだいに作中人物から肉体を奪いとり、小説ふうの皮を剝ぎとって、まったく内面的な現実だけしか作中人物に残さぬことになってしまう。そこで人びとは、彼の芸術の無味乾燥さを非難せずにはいられなかったし、彼の小説家としての才能をすべて否認するために、この好機を利用しようとさえしたのである。クレベール・エダンスは冗談まじりにこう書いている。「……《生きた人物》の創造ということは、普通むずかしいものだとされているが、じつは物語《レシ》の巧みな筋の運びと同じくらい、たやすいことなのである。生きた人物とは、たんに絵に描かれたような人物であるにすぎない。まっかな顔をし、酒を生のままガブガブ飲みほし、娘たちの尻を追いまわし、赤い格子縞のハンカチで洟をかむ老船長を考えてみたまえ。生きた人物がいるではないか。貪欲な百姓爺さんだとか、実業家だとか、恋を裏切られたブルジョワ女などは、すばらしい生きた人物である……。*」絵に描かれたようであるがゆえに《生きた》人物だというこうした安易さを、ジードが頑固にしりぞけたことは確かである。作中人物たちの個人としての姿がはっきり見え、個人としての声がはっきり聞きとれるような場合でさえ、その人物を社会的な人間として肉づけする上で、ジードが障害に出会ったことは、すでに指摘したとおりだ。さらにその上、彼は、自分のレシのなかに、作中人物について知っていることをすべて現わしてしまうのを避けて、いつも語りうることの手前でとどまろうと心を砕いていた。* その点ではまさしく古典的であり、そして緩叙法《リトート》に基礎を置く彼の美学は、痩せほそった人間の美学なのである。* 作中人物は骨と皮だけにしたいと、彼は望んでいる。なかば執念といってもよいような本質的な細部への嗜好だとか、単に付帯的であるにすぎぬもの、したがって挿話的でとっぴであるにすぎぬものに対する恐怖など、要するに、ほとんど貧寒さにまで達した無味乾燥さへの意欲が、彼の小説作品について、あれほどしばしば非難された明白な不毛さ——その最も肉づきの豊かな、最も果肉に富んだ部分（たとえば『法王庁の抜穴』あるいは『贋金つかい』）にさえ見うけられるあの不毛さの生まれる理由を、よく説明してくれるのである。ドストエフスキー、バルザック、ディケンズなどは、こうした半抽象という印象などいささかも与えはしない。彼らの作品においては（少なくとも外見の上では）、無駄な細かなことが豊富にあるからだ。彼らはちっともためらわずに、スメルジャコフはいつでも手を濡らしていたと言ってみたり、モーフリニューズ夫人の金髪について語ってみたり、サム・ウェラーのロンドン訛りをそのまま復原してみせたりするのである。* こうしてわれわれは、クレベール・エダンスの老船員や、その格子縞の大きなハンカチとほど遠からぬところにいることになる。そのために、われわれの眼には、彼らの主人公が、ジード的な作中人物に比べると、はなはだしく作者とかけ離れているように見えるのである。湿っぽい手だとか、金髪だとか、ロンドン訛りなどは、作家と作中人物との同一視をいっさい妨げてしまう。それに反して、ジードのどのレシを取り上げてみても、自伝ではあるまいかという推定的認定が、たちまちその上にのしかかってくるのだ——しかもたいていの場合、ほんのちょっとでもそのことに思いあたりさえすれば、その度合は信じがたいほどのものにまでなってしまう。それは、彼の語りくちが、無味乾燥さにまで達したいかにも自伝ふうの抑制をそなえているからであり、ただ外側からしか認知できぬ細部については、すべて極端な黙説法《レティサンス》を——羞恥心を捨てて本質的なものを明らかにすればするほど、ますますめだってくる黙説法を使うからである。『告白』や『一粒の麦もし死なずば』を読み終えても、われわれは、ルソーが金髪なのか褐色の髪なのか、ジードは背の高い男なのか低い男なのか、あまりはっきりわからないけれども、普通内的なものと考えられているさまざまな細部については、じつによく知っているのである。たまたま作家が自分の容貌をわれわれに提示しようと望むことがあるとしても、* それは、告白に小説的な興味を与えようと努めているからであり、自分自身にとってのありのままの姿だけではなく、他人の眼にはおそらくこんなふうに映るだろうと思う姿をもありのままに、われわれに示そうと努めているからなのである。このような方法と正反対のところにあるのがジードの方法であって、これはいつも小説を偽名の自叙伝という形におちいらせてしまうのだ。ここにおいて、彼の位置がどのようにユニークであり、どのように逆説的であるかが漠然と了解されるだろう。つまり、いまや彼が断固としてそう決心してしまっている以上、彼の才能も、彼の秘かな意図も、もはや《真の小説》を書くことを彼に許さないのだ。しかしながら、彼がソチという形式をまもろうと望んだときには、作中人物は、彼の意に反して、生きた人物になってしまったのである。そのとき、作者によってかたく禁じられていたにもかかわらず、作中人物はわれわれ読者の共感、憐憫、尊敬、非難などを要求した。そこで、われわれはフルリッソワールに同情したり、ラフカディオを非難したり、ジュリウスはまったく手がつけられぬと思ったりしたわけだった。こうして、ジードはそう望むときにも、望まぬときにも、ついにほんとうに小説らしい小説が書けずに終わってしまったのだ。それというのは、おそらく、《真の小説》とはひとつの神話であり、ひとつのイペルボールだからである。そうして、だれをもひとしく満足させるような小説、われわれ読者がそれぞれに小説に求めているものをただ一篇ですべて要約してしまうような小説、そんな異議をはさむ余地のない小説というものは、ありとあらゆる文学を探したところで、たったひとつの例すら見つけだせないだろう。『贋金つかい』が極度に興味ぶかいのは、この作品がジードの芸術の必然的に到達しなければならなかったはずの袋小路であり、同時にまた、小説が小説自身のことを考えたり、ほぼ理路整然としている美学を小説自身に与えようと試みはじめたりするやいなや、たちどころにはいりこまねばならなかったはずの袋小路でもある、ということに起因している。このような二重の袋小路の合致こそが、歴史的であると同時に形而上的な、比類のない意味をこの小説に付与しているのである。『贋金つかい』とそれに付随する『日記』が、批判まじりの影響をあれほどまでに及ぼしたのは、それがかなり多数の決定的に重要な問題を提出したからなのだ。ジード以後の小説の歴史は、自分がいちばんさきに気づいた難問から逃れるための努力、数々の小説家たちの意識的な、あるいは無意識的なさまざまの努力の物語になるであろう。

『贋金つかい』が出版されたとき、人びとは、この作品の歴史的な位置づけの曖昧さを非難した。作品の内容をなす事件は大戦前に起こったことなのだろうか？*（贋金貨の話がいかにもありそうなものとなるためには、これは必要欠くべからざることだった）。それともむしろ、あらゆる雰囲気がそう暗示しているように、休戦後に出現したあの熱狂的な無道徳の世代を、ほぼ同時代に描いた描写ではなかったのだろうか？　この書物は、「そう見せかけようと望んでいる外見よりもずっと現代的である」*と、アンドレ・テリーヴ*は書いた。そして彼はこうつけ加えた。「もしアルフレッド・ジャリに関する言及がなかったら、細かな風俗のどれひとつとして、正確な日付は一九二四年ではないのだ、つまり、たぶん書物が完成したと思われる日付ではないのだ、などと憶測させたりはしなかっただろう。」それにジード自身も、この小説の稿を進めていたとき、すでにこの難問に気づき、その重大さ、および真の意味をはっきりと認めていた。そこで、彼は『日記』のなかで自分にこう説ききかせたのである。「正確でありながら、同時にまた位置づけを行なわずにおこうなどとは望めない。私の物語が、戦前なのか戦後なのかという疑惑をおこさせるようなら、それは、私が抽象的になりすぎるからであろう。

たとえば、贋金貨の話はすべて戦前にしかありえない。なぜなら、現在のところ、金貨は通貨から一掃されているのだから。また同様にして、人びとの思想も、関心事も、戦前と戦後では同じでない。そして、もっと一般的な興味のあることを書こうと望むと、私は足場を失うおそれがある。*」

しかしながら、現実上の曖昧さを、不手際としてジードを非難する根拠はまずないだろう。『チボー家の人々』より以上に綿密でより以上に誠実をきわめた小説など、ほとんど想像もつかないものだし、さきほど私は《真の小説》の存在について疑念をいだくかに見えたであろうが、そのときにも、きっとひとりならずの読者が、マルタン＝デュ＝ガールの作品を私の前に対置してみたいという気になったことだろう。ところが、『チボー家の人々』の最初の数巻が出版されたとき、バンジャマン・クレミュー*のような達眼の批評家すら、こんなことを書いたのである。「だが、もしもそれが的を射ていれば、怖るべき批評となるような考察。つまり、この小説の発端には日付がないのだ。いったい大戦前のことなのか、大戦後のことなのか、それとも大戦中のことなのか？　こういう種類の循環小説《ロマン・シクリック》は、戦争を背景としないかぎり（私は、大戦中あるいは大戦いらいの《個人生活》という意味で言うのだが）、今日ではおそらく、正当なものとして承認されえないのである。しかるに、その八巻のなかで、R・マルタン＝デュ＝ガールは、主人公を一九一三年から一九二二年まで悠々と生きつづけさせているのだ。願わくは彼にバルザックを参考にしてほしいものだ。バルザックの作中人物たちは王政復古下に生きているものの、しかし一七八九年から一八八九年までの間、彼らがなにをしていたか（あるいは彼らの両親がなにをしていたか）、われわれにもはっきり了解できるのである。*」その後、もちろん、『一九一四年夏』が出版されて、『チボー家の人々』は、可能なかぎりはっきりした日付を記しづけられることになりはしたけれども、『父の死』にいたるまでのすべての部分を一気に読んだ人びとは、たしかに、バンジャマン・クレミューが表明した印象と類似のものを味わったことを思いだすだろう。そうして、その六巻にばらまかれたひとつかふたつの小さな歴史的標識に特別の注意を払わぬかぎり、この作品のできごとは戦前に起こったことなのか、それとも戦後に起こったことなのかを明確にしようとして、彼らはたぶんひどく困惑したことだろう。* こうした難問は、まさしくジードがぶつかったのと同一のものである。マルタン＝デュ＝ガールのように細心で、しかも自己の技術を完全に把握した小説家が解決しえなかったという以上、これはよほど深刻なものであるにちがいない。

　大ざっぱにいえば、この難問は次のような点に由来している。すなわち、小説は〈想像的なもの〉の面に位置していながらも、一方で〈時代《タン》〉を表現しようと欲する、ということである。小説というものは、ひとつの歴史のように、ひとつの発展のように、われわれに提示される。その核心はひとつの生成態であろうとする。小説がわれわれ読者に語ってくれるさまざまな事件は、アベコベに繰りひろげられるわけにはいくまい。そこで、作品は時代的に明確になろうとするであろうが、もしもそうしなければ、われわれに停滞という印象を与えたり、目的を逸したりしかねないわけなのだ。ところで、流れ去ったが最後二度と戻ってこない時間《タン》の印象をことばで表現するということは、最も困難なことがらのひとつである。とはいっても、（とりわけ）フローベールが『感情教育』で、モーパッサンが『女の一生』で、ヴァージニア・ウルフが『波』でみごとにやってみせたように、時間の持続《デュレ》の破壊的で壊乱的な活動ぶりを示すことが問題であるような、ああいう特権的な場合は別だけれども。しかし、時間に対するそうした深刻なペシミズムを持たぬ作家たちというものは、時間の荒廃作用の描写によって時間を暗示はするけれども、時間のもたらす種々の結果によって時間を否定的に現わすという手段を欠いているために、たいへん困惑するものなのである。そこで、彼らはほとんどつねに、万人によく知られた普遍的な事件にたよって、時間の推移を記しづけることを強いられる。要するに、客観的なめじるしに助けを求めることを強いられるのだ。* プルーストですら、ドレーフュス事件や一九一四年の宣戦布告にまつわる挿話といった、〈外的時間〉から借用した歴史的な日付を用いて、主人公の内面的な巡歴の歩調を刻みつけることを余儀なくされている。『見出された時』において、客観的な〈持続〉をいっそう厳しく排除するために、ぜがひでもその持続を登場させねばならなくなったとき、彼は、人物たちの外見や社会的な地位に現われた変化を利用せざるをえないだろう。われわれが（話者とともに）二十年以上の歳月が過ぎさったにちがいないと知るのは、白髪になりなかば耄碌したシャルリュスだとか、ゲルマント大公夫人に変わったヴェルデュラン夫人だとか、フォルシュヴィル姓になり、次にサン＝ルー姓になり、かつてオデット・ド・クレシと名乗っていた母親に、見まちがえるほどよく似ているジルベルト・スワンに再会するからである。しかし、マルセルは自分が変わったことを知らないし、彼の眼を通して見ているわれわれ読者もまた、彼が変わったことを知らない。〈時間〉との関係がかなり異なった作品を取り上げてみても、たとえばドス・パソスの三部作にしても事情はまったく同じなのだ。そこでもやはり、作中人物たちの発展は、客観的な事件の流れを人物と平行させて繰りひろげてゆく《ニューズリール》に象徴されつつ、歴史概説の時間との共存によって、可感のものとされているのである。

小説というものは、読者に時間を知覚させるために、時間を物質化したり、外部世界に援助を求めたりせざるをえぬものらしい（ときおりそれなしに済ませてたいへん得意がることもあるわけだが）、要するに、いくぶんか、納税者の富の《外的表示》にもとづいて課税する場合の収税人のようにふるまわねばならないらしい。――そして、われわれの内部の最も奥底にあると思われるものを表現するためでさえ、やはりそんなふうにふるまわねばならないのだ。文字盤の上を針が数回まわる時計だとか、一枚一枚と紙がすっかり剝ぎとられる暦だとか、あるいはスクリーンの上に次々に消えていく年代表示の数字の行列などを示すことによって成りたつ、あの映画の手法が思いだされるだろう。ある小説の内部に〈時間〉がたしかに現存することは、きわめて稀である。なぜならば、時間の実在性をはっきり可感なものとするためには、トーマス・マンが『魔の山』であれほど巧みに艶を消した技巧を凝らして使用しているもの、つまり冗長さ、緩慢さ、繰り返し以外には、作家はどのような美学的手段をもほとんど駆使できないからである。作中人物たちのさまざまな転変と変貌を、単一の構造のなかに統合しうるようなリズムが、小説というものには欠けているのだ。そういうリズムがないため、小説は、作中人物たちの体験した持続の代わりに、客観的・社会的な時間、カレンダーの時間、天文台の時間や歴史概説の時間という、あの哀れな代用品しか復原してくれないのだ。『贋金つかい』の巻末において、ベルナールとオリヴィエとは、もはやたしかに発端における姿のままではない。エドゥアールでさえそうではない。ローザンヌで生活するジャック・ボルティーが、クルイの感化院のジャック・チボーに似ていないのは、あまりにも明白なことである。しかし、エレア学派の矢の運動がじつは休止の連続にすぎないのと同じように、そうした推移はわれわれにとって、単に瞬間の連続継起であるにすぎなかった。小説家というものは、主人公の辿るさまざまな有為転変を、すべていちどきにではなく、そのうちのただひとつを、必要に応じて、われわれがじっと注視していられるようにしてくれる。その点では音楽家や詩人と違うわけだが（彼らの作品は本質的にリズムであり連続性である）、客観的な時間というあの堅牢な首輪からわれわれを一時的に解放してくれる固有のリズムや内的な持続をもちはこぶことは、小説家にとっては困難なことなのである。柱時計やカレンダーの介入がなければ、読者は、『エヴァ』のなかで時間が経過するのを感じない、とシャルドンヌはひそかに嘆いている。それに反して、『若きパルク』の持続は、まさしく、そうあるべきものそのままである。なぜなら、明晰な意識で不眠のうちに過ごされた一夜の持続なのだから。しかも、夜が明けそめたことをわれわれに知らせるため、詩人がやむなく鶏を鳴かせてみたり、鎧戸のあいだから太陽をさしのぼらせてみたりすることもないのだ。

しかしながら、小説がおかれている必然性、すなわち外的時間のなかにはいりこんで、自らを明確化したり、自らの位置を定めたりするために、歴史に援助を求めねばならぬというこの必然性から、ひとつの新しい難問が生ずることになるだろう。小説は自発的に自らを想像の世界に位置づけているのだけれども、しかし、また一方で小説がよりどころとせざるをえない社会学的な時間というものは、これは現実の世界に属しているのである。そこからして、作家は、自分がはっきりと希求した唯一のものたる虚構の内的な冒険とならんで、かなり多くの客観的要素をも物語の横糸に混ぜあわすことを余儀なくされた末、的確に選ばれた一連の漸進的推移によってそれらの客観的要素を連結しなければならなくなるだろう。現実的なものと想像的なものとの割合は、それぞれの作者に応じて変化するだろう。一方の極には幻想小説《ロマン・ファンタスティック》（カフカの『城』のようなもの）があり、他方には歴史小説がある（スコットの『ウェーヴァリもの』*やジュール・ロマンの『善意の人々』の型のもの）。後者の場合においては、ジャンルの本質そのものによって強制されているわけなのだから、連結の問題はより重要になってくるだろう。ロジェ・マルタン＝デュ＝ガールは、『チボー家の人々』の最後の数巻で、まことに巧妙に、しかもなんら不自然な作意なしに、この問題を解決している。それに反して、ジュール・ロマンがこの問題に対して与えた解答からは、『善意の人々』にときおり感じられるように、なんとも定義しにくい一種の不快感がたちのぼってくる。けれども、まずどんな場合でも（そして私がいま挙げた二つの作品では、これはまことにはっきりしているのだが）、小説作品の内部には、ある二元性が存在しているのだ。客観的な時間と照らしあわせなくても価値をもつ固有な意味での小説的な要素と、時代化され明確化された要素——つまり作中人物たちの個々の持続が、それを通じてより広大な生成態のなかへと包括されようと努める要素との二元性である。事件のなかへ人間を忍びこませることが作品の主題をなしている『ジャン・バロワ』においてさえ、融合は完全ではない。われわれ読者は、たとえ主人公の精神の冒険のなかにひきいれられたとしても、なおかつ、さながら邪魔っけな遮蔽幕のように自分とバロワの内的生活のあいだに介在するあのドレーフュス事件だとか、近代派の闘争などを呪いたくなる瞬間がたしかにあるのだ。結局、その本質それ自体においてまさしく歴史的であり、ほんのちょっとした変化を加えて他の時代に位置づけたりしたら、そこに語られた事件はとうてい想像もつかなくなるような小説、現代のものでは私はそういう小説作品をたった二つしか知らないと言ってもよい。ジョン・ドス・パソスの膨大な三部作『U・S・A』およびアラゴンの『現実世界』（とくにそのなかの二冊『バールの鐘』と『お屋敷町』）である。それは、ある一個の作中人物がある社会環境のなかに、あるいはある明確な歴史関係のなかに、いかにはっきりと参加しているとしても、この二つの作品とも、そういうある一個人の存在の小説であるというよりも、むしろひとつの時代の小説、ひとつの時期におけるひとつの大陸の小説、数多くの個人から成るあるひとつの集団の小説になっているからなのである。バンジャマン・クレミューは、『チボー家の人々』がひきおこす時代的な曖昧さという印象を、バルザックの厳密な年代記述に対比させた。だが、『人間喜劇』を《フランス史》のなかに挿し入れようというこのやり方を（彼はたしかにそれを実行したいと願っていたが）、バルザックがいつも首尾よく成功したかというと、それはさほど確実なことではない。だから、私が子供のころから何度となく読み返した彼の小説のうちある任意のものを思いだしても、『田舎才媛』や『ベアトリックス』はいったいルイ十八世治下のことなのか、それともシャルル十世治下のことなのか、はっきり述べることはできないだろう。『カディニャン大公夫人の秘密』をとってみても、大公夫人がダニエル・ダルテス*を誘惑するのはかなりあとだろう、と私は憶測する。なぜなら、この誘惑にさきだって夫人が長いあいだ社交界と疎遠にしていたのでなければ、彼女の態度はとても理解されないだろうから。しかし、私にはどうも歴史的背景がはっきり浮かんでこないのである。けれども、『田舎才媛』の女主人公ディナのひどく皺になりやすいオーガンディの衣裳だとか、『秘密』のなかの大公夫人のきよらかな衣裳だとか、白いヒースのような色の被りもののことなどになると、忘れようとしても忘れることはできないのだ。それはつまり、バルザックがより多くの現実性を付与しようとして、好んで作品を客観的な事件で取り囲みはしたのだけれども、その客観的な事件の文脈が、作中人物の本質にぴったり統合されていないからなのである。一方これに反して、バルザックの女主人公たちの衣裳は、彼女らの存在から切っても切り離せないものだ。こうして、あたかも〈時間〉の実在性つまりあのキリスト教の偉大なる啓示は、極度に緩慢な速度でもって（もっとも、これはあの啓示の結果に即応していたわけなのだろうが）、ようやく人間の意識のなかに取りいれられたにすぎないとでもいうような具合に、すべてのことが行なわれているのである。プラトンが漠然と予見したこの時間の実在性ということは、シェリング、ホワイトヘッド、ベルグソンを俟ってはじめて哲学のなかに滲透してくる。芸術となると、その発展はいっそう緩慢なものである。真に論理的かつ時代的な本質をもった小説というものは、やっと書かれうるようになりはじめたばかりなのだ。そもそも『赤と黒』のことをだれが『一八三〇年年代記』と考えるだろうか？

一九世紀の初頭いらい、あたかも小説の発展は矛盾する二つの衝動に従うものだとでもいうような具合に、すべてが進行してきた。その一方は、内面化の度合をたえず増してゆく方向へと小説を導き、ついには可能なかぎり肉体を剝ぎとられた精神の冒険の物語にすぎぬものにしようとする衝動である。これは、あのたったひとりの人物しかいない小説『アドルフ』によって代表される方向である。たったひとりしか人物がいないという意味は、けっきょく、エレノールの人格、もしくは性格が、ほとんど取るに足らぬものだからだ。つまり、彼女は唯一の現実的な人物たるアドルフの前に位置することによって、かろうじて小説的に存在しているにすぎない。もう一方の系列の小説家たちが描きたいと欲した個人は、しだいに明瞭に肉体化されたり、社会に参加させられたり、はっきり決定されたりしたあげく、ついにはさまざまな決定因子の十字路と化すことになるだろう。フローベールが、さらにそれ以上にゾラが、この系列のすぐれた代表者である。こうした二つの方向は、やがてプルースト*とともに、途方もない形で奇蹟的に結びつくことになる。たしかにわれわれが語り聞かされるのは、なによりもまず精神の冒険であるのだが、しかしこの精神の冒険というのは、可能なかぎり個体化され、ありとあらゆる限定を受けた人間によって体験されたものなのだ。しかもその際の限定たるや、その属する社会環境、健康、性格、生活上の諸事情、伝記的というかむしろ人間の性状からくるさまざまな偶発事、たとえば、嫉妬や不安という形のもとでしか愛することができぬという性格等等のために、ひとりの人間の身にふりかかってくることになりそうなあらゆる限定に及んでいるのである。このとき、小説は自らの美学的な使命をはっきり意識したように思われる。すなわち、人間の総体を、社会に参加した個人を、ガブリエル・マルセルの言いかたをすれば、《状況内存在》をわれわれ読者に提示すること。こうして、社会に参加した存在真理はあり得ない、という真理を小説ははっきり表現したわけなのだ*。けれども、普遍的な本質ではなくして具体的な個人である人間のあらゆる在りかたのなかで、小説的に表現するのが最も困難なのは、人間の具体的時間性なのである。

それというのは、詩人や音楽家と同じように、偉大な作家も、万人に共通の通常の時間から脱出することを熱望し、自分だけのものであるひとつの持続《デュレ》を創りだして、作品をそのなかに位置づけたいと願うからである。たとえば、ときとして眼が眩むほど速度の速くなるドストエフスキーに固有の時間があり、根拠なしに起こるカタストローフによって刻々ときざまれてゆくトーマス・ハーディーの時間がある。『僧院』のなかには、一八三〇年代のイタリアの民族主義運動とはなんら関係のないスタンダールの時間があり、『リュシアン・ルーヴェン』のなかには、ルイ・フイリップ時代の知事選挙後の幻滅とはなんら関係のないスタンダールの時間がある。それゆえ、天才的な小説家というものは、しばしばまるで予言者のように見えることがある。彼は一気に歴史概説の時間の外に腰を落ちつけ、一足跳びに展望台へと運ばれていってしまうからだ。その展望台で彼が発見するものは、いま自分が描いていると（あまりにも控えめに）思いこんでいるこの現在であるとともに、まだ存在していない未来でもあるのだ。バルザックはこうした予言の天賦を最高度にもちあわせていた人だが、ジードもまた、それほどはっきりした形ではないにせよ、そうした天賦の才を有していた。エドゥアールはあるところでこう語っているのである。「私の小説には主題がありません。ええ、私はよくわかってますとも。こんなことをいったら、馬鹿げたことに見えるでしょう。ではこういってみましょうか、ひとつの主題というものはないだろう、と……《人生の一片》と自然主義派は言いました。あの派の連中の大きな欠点は、その一片をいつも同じ方向、すなわち時間の方向に沿って、長さで切っていることなのですよ。なぜそれを幅で、あるいは深さで切らないのでしょうかね？ 私はどうかと言うと、私はぜんぜん切りたくないと思っているです。」こうした願望がみごとに具現されているという点では、ジョン・ドス・パソスの三部作『U・S・A』、とくにその第一巻に如くものはないだろう。あの『北緯四十二度線』は、どれひとつとして終わるはずとも思われぬ、平行して繰り広げられるじつに多様な筋だてのために、つまり風変わりな形式のために、一読しただけではひどく面喰らわされる作品であるけれども、そのエピグラフと本文が示しているとおり、エドゥアールが夢想するような幅と深さをそなえた《切断面》が、一大陸を横ぎりつつ具現されているという事実によって、この風変わりな形式も簡単に説明がつくものなのである。* ところで、一九四〇年の休戦後に、（ときとして《おしゃれ《ザズウ》》とか《すかした《スウィング》》とかいったことばでよばれた）ある世代の青年たちのことが、やかましく取沙汰されたものだったが、『贋金つかいの日記』の一〇一ページから一〇三ページ*には、さまざまな気どった風習やネクタイの結びかたにいたるまで、こういう連中のことが、たいへん正確に、いわばあらかじめ描写されているのが見つけだせるだろう。ジードがつねに未来の方を向いていたこと、眼に見える地平線を越えたかなたで、自分の探究するもろもろの現実の、時代を超越した永遠の構造とでもいうべきものに到達しよう、ここでは種概念として青春の永遠の構造に到達しようと専念していたことを考えあわせれば、その点では驚くことはなにひとつないだろう。《過去よりも未来のほうが私にはずっと興味がある。またさらには、昨日のものでも明日のものでもないものよりも、いつも〝今日のもの〟といいうるもののほうが、私にはずっと興味がある。*》作品のなかにおいてさえ、ジードは、完成するやいなや、たちまち書きあげたばかりの書物から遠ざかり、全身をあげて次の書物に没入していく。しかも、無意識のうちにそうなってしまうのだ。これはすでに私が指摘したことだが、いままでに書いたいくつかのソチのことを話しているつもりでいながら、彼のことばがいっこうそれらの作品に向けられないようなとき、じつは彼は、まだ考えてもいない未来の小説《ロマン》に前もって縛られているのである。ジードのこの予言者的性格がうまれる理由は、バルザックの場合と同じものである。アランはあるところで、バルザックの《宇宙論的に正確な》思想について語っているが、極端にいえば、その思想は《存在論的に正確》だとまでいえるかもしれぬ。マルクスが『人間喜劇』の作者のなかに、資本主義の本質と近代的経済組織が完全に存在するよりも前に、それをいちはやくこの上なくみごとに描きえた作家を認めて敬意を表したのは、金銭に関係するあらゆることがらについてのバルザックの見解が、時代を超越した永遠の深さをもっていたことに由来している。それと同じように、ジードが小説の将来の運命を予見しているのは、その思索によって彼が小説ジャンルの永遠の本質に到達することができたからであるが、こうして、歴史的かつ具体的なもろもろの作品は、単にその本質の推論的展開であり、その本質の《流出》*（とプロティノスならばそう言っただろう）にすぎぬということになるだろう。そしてひとたび主題と対比主題との二元性が提示されさえすれば、フーガの構造は潜在的にあきらかにされたと言ってよいわけだが、そのフーガの構造といくぶんか同じように、それによって、その後の小説の発展から、虚構の現実が閉めだされることなどはまったくないのである。

2　肉体を奪いとられた人間の小説『テスト氏』

フランスの小説家たちは、モラリストという国民的気質が容認するかぎりにおいて、たえずしだいに肉体化される度合の濃くなる人物をわれわれに提示してきたのだが、それにひきかえ、つねに不協和な存在たりつづけたヴァレリーは、社会的に、あるいは時代的に、可能なかぎり束縛されることの少ない人間、かりにそれがディオゲネスであろうと、デカルトであろうと、またレオナルドであろうと、その本質はまったく同一であるような人間についての（小説ではない）小説を著わした。『テスト氏』によって、彼は、逸話をいっさい厳密に取りのぞかれている本を書いた。逸話が取りのぞかれているので、主人公はあるときは結婚しているようにも見えれば、またあるときは独身であるようにも見えたりするのだが、そこには同じ程度の必然性が伴われているのである。

エドモン・テストの生存それ自体は、ふつう個々の人間の生存に汚点をつけている偶然性を、できるかぎり完全にまぬがれたものであり、話者によってあるがままに紹介され、話者がしばらく前から探究していたある種の夢想の、ないしはある種の省察の解答として、いわば代数方程式の根《こん》の解のごとくに話者によって措定されている。われわれが知っている偉大な人物というものは、《大衆がくれる酒手とひきかえに》、《他人に認めてもらうのに必要な時間を》交換してしまったのだから、彼らは世に現われでることを承認するという根本的を誤ちを、すでに犯してしまっているわけだ。そうである以上、世に知られた天才たちのイペルボールであり、しかも彼らより純潔で完全であるような天才、自ら意志的に無名のうちに過ごしている天才が、世のなかのどこかに生存しているはずである。このような要するにまったく観念的な必然性が、テストを創りだす。もしも予備的な思索がなかったなら、デカルトのように仮面をつけて歩いてゆくテスト氏は、ちょうど高等数学の問題の真の意味は手ほどきを受けたことのない人間にとってまるで見当もつかず、解答がふと見つかるはずもないのと同じことで、彼のありのままの姿を話者に認められることはできなかったであろう。経験論ふうにテスト氏の生存を探っていけば、それはダヴィンチ、デカルト、マラルメなどの生存によって保証されよう。また、彼の本質が矛盾をふくまず、しかも現世においても不完全な形で何度か実在したことをわれわれが知っているもの、つまり知性の偉大さというものをも最高度に具現しているという事実によって、それは保証されよう。テストの生存を証明するために、ここには存在論的な論証（彼の本質がひとたび的確に理解されれば、その生存はおのずから根を張ることになるのだから）と、人間の不完全さにもとづく証明（なぜならば、この完璧でかつ無名の天才の生存ということは、あまりに世に知られすぎた多数の天才たちの欠陥そのものによって必要とされるわけなのだから）との、いわば混合のようなものがある。これほど深く神学的な性質を帯びた証明に保証されたテスト氏は、父なる神と同じく、ことばの普通の意味での小説の人物ではありえないだろう。

外側から彼を眺める人にとって、テストの本質的な特徴とは、たとえそれがどんな点においてであるにせよ、独自な個になるのを拒否するという点にある。具体的な生活の糧となりうる仕事のうちで、最も抽象的なもののなかから選ばれた曖昧な仕事で彼は生活している。すなわち株式取引所《ブールス》での売買で暮らしているわけだが、知性にとってこの売買という仕事の現実性（換言するなら唯一の現実性）は、眼も眩むばかりの数字の行列の処理に化するところにあるのだ。この経済生活の天文学から、彼は生活手段をひきだしている。* だれひとり彼の名を知らない。彼の外見はこの上なくめだたぬ様子をしている。想像しうるかぎり最も特徴のない、苦痛を覚えるほど平凡な部屋に彼は住んでいる。「私はある任意のという印象を、これほど強くうけたことがない」、はじめて彼の部屋へ行ったとき、話者はそう述べている。「それはある任意の住居だった……。この部屋の主は、最も一般的な内部に住んでいるのだった。私は、彼がこの肱掛椅子ですごす時間のことを考えてみた。この純粋で、かつ平凡な場所でうまれるかもしれぬ無限の悲しみを思い、私は恐怖を感じた。」テストの創造者は、われわれ読者の眼に対し彼を個体化するおそれのあるものはすべて細心にしりぞけ、そうすることによって、小説の本質的な歓びのひとつである、人物との束のまの同化ということをあらかじめ不可能にして、彼とわれわれとの間の橋を切り落としてしまったのだ。

小説の美学の本質というものは、たしかに、ひとりもしくは多数の作中人物とわれわれの間にうみだされる共感に、一時の間は全的なものにさえなる共感に基礎を置いている。われわれがいま現に読んでいる物語に心を奪われているとき、われわれの個人的な特殊性は、もうひとつの別の特殊性のために退位させられることになる（ひとりの王が退位させられたと言うときに使われる意味で）。しかも、最初はどんなに逆説的に見えようとも、われわれが最もたやすく同化しうるのは、主人公が最大限に異質なものになっている場合である。だが、それに反して、われわれは、肉体を奪いとられた抽象的な人間に共感することはできないだろう。探偵小説の作家たちはそのことをよく心得ていて、彼らの作品が必要とする唯一の真の《主人公》、つまり探偵に対して（この共感をそそる人物は、一般にあまりにも早く姿を消してしまう犠牲者であるわけにもいかないし、また一般に最後まで姿を隠している背徳的な存在、つまり殺人者であるわけにもいかない）、ひとつまたはいくつかの好ましい卑俗な特色が与えられ、必要とあらばそれが戯画にまで拡大されるのである。たとえば、シャーロック・ホームズの部屋着や、ヴァイオリンや、プラヴァス式注射器のように。*ピーター・ウィムゼイ*における片眼鏡や、葡萄酒醸造学についての博識のように（オックスフォード訛りも忘れるわけにはいくまい）。さらにまた、レックス・スタウト*のネロ・ウォルフの肥満ぶりや、食道楽や、自宅から一歩も動くまいという決意のように。滑稽ではあるにせよ、とにかく人をほろりとさせるようなこれらの奇癖や偏執などは、探偵の人柄を強調する。そして探偵をわれわれ哀れな凡人と同類の人間にしたてた上、作者が仮定として探偵に付与せざるをえぬ知的な優位性に対して、われわれが屈辱感や恨みを伴う憎しみを抱くことを阻止するのである。あらゆる犠牲を払って探偵を個体化するというこのやりかたは、単に小説におけるまったく正当な方式を誇張したものにすぎない。われわれが最も強く関心をひかれるのは、最もわれわれ自身であるものなのだ。つまり、われわれ個人個人の差をつくりだすことになる趣味と偏執と奇癖の総体なのである。したがって、そのような個人差でもって本質的に限定されていないような他人に、われわれが同化することは不可能だろう。

ヴァレリーは、われわれがテストと同化することをまるで許そうとしない。われわれとその作中人物との間に、彼は、注意ぶかく一定の距離を保っておく。この《超小説《シュール・ロマン》》についても、彼はただその結果だけを残しておきたいと思ったのだ。すなわち、小説というものに特に必要な予備的部分をいっさいしりぞけて、わずかに物語の超越的な意味だけを残しておきたいと思ったのだ。そこで、われわれはこの小説を読みながら、彼が書こうと望まなかったこよなく魅惑的な小説のことを、つまりテスト氏の生涯の物語を夢想せずにはいられなくなる。現在われわれがテスト氏を見ている地点に到達するまでに、彼が経過してきたさまざまな段階の描写だとか、彼という人物を造りあげたさまざまな経験や出会いだとか、もしそういうものがあるなら彼の失敗や転落だとか、偶然に彼の身にふりかかったさまざまな偶発事件だとか、たしかにときには落ちこんだにちがいない袋小路のことなどを、夢想せずにはいられなくなるのである。要するに、時間のなかでの生成をかたちづくるあらゆるものが、われわれの夢想の対象となるのであり、しかも、こうした面での生成の跡は、テスト氏によって——あるいはその創造者によって——すこぶる綿密に消しさられてしまっているために、われわれにとっては、ほんのちょっとした暗示やあちこちでふと洩らされることばを通して（それは、しばしばあの《仮面をつけた哲学者》をいまいましいと思わせるデカルトの書簡のある一節と、同じくらい人をじらせるものである）、ヴァレリーも彼の被造物も説明を与えようとはしなかったエドモン・テストの発展の全体を、漠然と望見しながら、かろうじて推測することしか許されてはいないのだ*。テスト氏が光栄というものを請求しないのと同じように、ヴァレリーもまた、テスト氏に対する共感の賛成投票を要求しようとはしない。テスト氏は、他人のために生存することを断固として拒否する。彼はただひたすらに《対自》であるところの存在なのだ。そこで、もしわれわれが彼に近づきたいと望むならば、われわれもまた彼の生存の状態を経験しないわけにはいかぬことになるのである。

3　ヴァレリー＝ワトスンとシャーロック＝テスト

完全に首尾一貫しているテスト氏の立場は、この上なく安楽なものである。筆をおこすにあたって、対自としてしか生存しない人物をわれわれの眼前に出現させようと企てたヴァレリーの立場は、これは限りなく微妙なものである。しかも、より多くの実在性を主人公に付与しようと企てるにつれて、ヴァレリーの立場はますます危険なものになってくる。主人公を一種の形而上学的方程式の《根》として提示するのを止めて、『航海日記』の断片によって、彼の最も内面的なもの、つまり彼の思考を、内部に浮かびあがるがままの形で直接に示そうという気になったとき、とくにそれは危険になってくる。テスト氏は、最初はまず、あの象徴主義に染みこんでいる神話の新しい翻案であるかのように見える。すなわち、グールモンの『Th.氏』だとか、ヴィリエ・ド・リラダンの物語、休止符だけでできた楽譜をあたえられたシャポー・シノワ（銅製の笠に鈴を吊した古代の楽器）の達人に関する、あのひどく残酷な物語の発想のもとになった神話の翻案であるかのように……* 象徴主義の作家たちは、文学を極度に内面化しようと望んだがために、詩、物語、小説という多種多様な文学的秘蹟《サクルマン》を、結局はただひとつの秘蹟に、つまり祈祷に（作家の伝達しがたい内的経験と解していただきたい）帰してしまうという、いわば芸術作品のジャンセニスムに到達することになったのである。《偉大なるアルノー》* にとってそうであったごとく、彼らにとってもまた、ものを書くことというこの聖体拝受はすこぶる重大なものになっていたので、それを使用する度数はできるだけ少なくしなければならないのだ。皮相な観察者にとっては、テスト氏はまさしくそういう新しい宗教の教皇のように思われる。

けれども、作中人物をそういうところに追いこもうとしたのならば、ヴァレリーは、もっと容易な道を取ることもできただろう。つまり、動かしがたい決定的な文章、それだけでもって異論の余地なく天才を証しだてる文章を十ページ（あるいはせいぜい三行か二音綴くらい）書いたのち、残りの人生を終始沈黙のうちに過ごすことを選んだ人間を、その作中人物のなかに示すこともできただろう。散文と推論的知性のランボーのようにそういうことを敢行し、あのハラルの男と詩との関係に正確に対応するものをつくりだすこともできただろう。しかし、彼はあえてそれ以上のことをやってのけた。というのは、テスト氏は、沈黙と隠世を、つまり自己表明の拒否を選んだ場合のダヴィンチ、あるいはデカルトのような人物として、ただ単に否定的に限定されているわけではないからだ。テスト氏の確固とした実在性とは、自分の存存の証明をするために、なにひとつ（とくに『航海日記』は）書く必要がない、といったふうなものなのである。彼にとっては、《いささか注意力のある人間》、認識を真の本能にするほど自己に同化させうる人間、妻が彼のなかに見ている《神なき神秘家》になりさえすれば、それで充分なのだ。要するに、彼は天才である。きわめて高度に天才であるのだから、(至高の《頭脳《テスト》》)たる彼はおそらくものを書くこともできただろう。しかも書いたがために、われわれ読者の眼前で、もしくはその創造者の眼前で、地位を失墜することなど絶対にあるまい。

沈黙から証言にいたるまで、あらゆることを自由に行なうことができる自分自身についての証人。自我の内部にある証人。このとき、ヴァレリーは、出口のない企てのなかにはいりこんでいることになる(これはまさしくチャールズ・モーガン*が『スパーケンブルック』で失敗した企てと同じものだ)。すなわち、天才が自己を表現した具体的な達成をわれわれに見せずに、しかも断固として、われわれの前に天才を産みだすこと。そのために、ヴァレリーは、(とくにもっと下級のジャンルにおいて) 彼の才能の真価を発揮した方法を駆使する。サルトルはその方法をふざけて《ワトスン=シャーロック》技法と呼んでいるが、これは感嘆して眺める証人、すなわち無邪気な証人の眼を通して、偉大な人間の姿をわれわれに望見させるものなのである。ヴァレリーがその主人公テストを主題とする最初の二つの作品で用いているのは、まさしくこの方法である。大学総長、ジョージ、もしくはメアリなどを通してピアーズをわれわれに紹介し、主人公の登場しない会話のなかで、彼の研究の目的を定義してやるという世話を彼らに任せるとき、チャールズ・モーガンが使用しているのもまたこの方法である。われわれ読者の心を誘いこみ説得するに充分なほど、これらの素描が主人公の内面的現実を望見させてくれる場合に限って言えばこうした方式は認められるべきものだろう。ジャン・ポーラン*がフェリックス・フェネオン*にささげた堂々たるエッセイの唯一の欠点は、フェネオンの実在について、われわれの心に一抹の疑惑を残すところにあるのだが、このエッセイでたまたま生じるごとく、こうした方式は、暗示を与える度数が実際以上に多くなりがちだという利点を(あるいはそういう危険を)はらんでいる。この《ワトスン=シャーロック》技法なるものは、才能といえばいちじるしい思わせぶりしか必要としないのであり、しかもそうした思わせぶりは、たしかにヴァレリーには欠けてはいないのだ。だが、『虚無の岸辺』で、モーガンやコナン・ドイルと類似の技法上の問題に突きあたったドニーズ・フォンテーヌ*は(あらゆる女性と同じように)、そうした思わせぶりの才能を欠いた姿を、痛々しくも曝けだしてしまった。ヴァレリーは、たとえば間接話法だとか、あるいはまた、作中人物についてのさまざまな解釈——それも作中人物がまるで自分のこととして受け取ろうとしない解釈をわれわれにほのめかしてくれる暗示的看過法など、たくさんの他の技巧とつきまぜながら、この《ワトスン=シャーロック》技法という技巧を巧妙に用いている。テストの妻にテストのことを《神なき神秘家》

と呼ばせたかと思うやいなや（これは意味のない表現ではあるけれども、作中人物の理解のなかに最も深く踏みこんだものである）、ヴァレリーは、自分のいったことをすぐさま引っこめてしまう。こうして、哀れなエミリーは、懺悔聴聞僧からそういう矛盾した言いまわしを使うことを手厳しく叱責されるのだ。テスト氏は《天才》である、とわれわれに言うことをヴァレリーは差し控えているけれども、天才ではないという事実を強調しながらも、同時に次のような文章をわれわれの脳裡に刻みこむのである。《私は、（と話者は述べている）、銅像のたつ人物について世人が語るのと同じ筆法で、彼について語ることを遺憾に思う。彼と《天才》との間には、両者をへだてるものとして、大量の弱さが介在していることを私は強く感じるのである……》『パルメニデース』におけるプラトンのそれと同じくらい精緻な技巧でもって（根本的にかなり類似した理由からそうなっているのである）、ヴァレリーは、自己の思想のまわりにさまざまな見取図と投影図を巧みにあしらい、照明を調整し、そして主人公について述べたことは、すべて二重ないし三重の間接話法によるように配慮している。感嘆して眺めるボズウェル*ばりの人間を通してテストを紹介するだけではまだ充分でないとでもいうかのように、また自分自身がこのボズウェルの形質を帯びて書物に登場することによって、あまりにも書物に深いりしすぎることになったのではないか、したがって、彼の思想にあまりにも自分の態度を反映させすぎたのではないかと懸念しているかのように、ヴァレリーは、この著書に序文（英語訳を紹介するためのもの）をつけ、テストのことを述べる話者ばかりでなく、この物語の作者からも、さながら死滅した自己と別れるみたいに、できるかぎり決然と袂をわかつのである。彼としては、ただ単に想像の人物であるばかりでなく、同種の虚構の存在にとってはじめて観察の対象となりうるようなこのテストという人物の、二重に幻想的な性格をぜひとも明瞭にしなければならないのだ。

しかし、このような絢爛たる巧緻をつくしても、ヴァレリーが、自分に課された本質的な難問を解決しえているわけではない。彼はそれを上手にごまかしているにすぎない。《ワトスン＝シャーロック》の方法は、ひとつの欺瞞的な手段にとどまっている。というのは、この方法はそれによって描きだされる人物の内面にまで、われわれをはいりこませるわけではないのだ。それがみごとな成果に出会ったのは、風変わりな人間の描写、《奇人《キャラクター》》の描写においてであり、シャーロックやサミュエル・ジョンスンの場合である。これらの人物の特異性は、もっぱら外側からだけ眺められて、はっきり際だってくればくるほど、いっそう謎めいて見えるようになるものなのだ。ところが、テスト氏は、多くの真に教養ある人びとと同じように、風変わりな奇人とはおよそ正反対の人間である。主人公を間接に紹介するやり方は、われわれに深い印象を及ぼすかもしれぬある種の神秘の影を付与しつつ、作中人物を作為的に拡大することが問題になるような場合には、要するにモーガンがスパーケンブルックについて行なったごとく、作中人物を高い台座の上に据えつけることが問題になるような場合には、ある種の偽瞞を伴いはするけれども、まずまず好ましい成果を産みだすものなのである。しかし、テスト氏は神秘というものを嫌悪し、《銅像のたつ人物》になることを頑として拒んだ。だから、テスト氏をわれわれ読者に紹介するにあたって、ヴァレリーは、根本的にわれわれをテスト氏の本質にはいりこませる力もなく、しかも唯一のものたる方法を選ぶことになったわけだ。というのも、他の方法はすべて不可能だったのだから。

　ヘンリー・ジェームズは、どこかで――おそらく詩人ロバート・ブラウニングから示唆されたものと思われるが――孤独になって自分自身と向かいあうと、たちまち存存しなくなる男の話を物語っている。この男がたとえば静まりかえったホテルの自室に閉じこもると、だれかがうっかりドアをあけたとしても、彼の姿はもうだれの眼にもはいらなくなってしまう……*。テスト氏はそれとはまったく正反対である。自己自身に向かいあい孤独でいるときをのぞけば、彼はけっして完全に生存することがないのだ。他人が彼に対して抱く表象と溶けあうこともできなければ、その表象に歪められたままになっていることもできない。けれども、ジェームズの短篇小説のそれに類似する逆説によって、テストの存在を証明するためには、やはりだれかがいなければならないわけである。ジェームズの場合と同じように、主人公の非存在をわれわれに証明するためには、たとえそれが無意識のものであり、眼にとまらぬようなものであろうとも、とにかく他人の存在が必要なのだ。ただし、テストの真の性質について、いったい観察者がなにを認知できるのだろう？　考えているテストの姿を見ていたところで、いったいどの程度まで、彼の思考の内容がわれわれに明示されるのだろう？　理論的には、彼の妻がつよく断定しているとおり、そういうことはまったく不可能である。「私に対してあの人がどんな感情を抱いているか、私についてどんな意見を持っているかということになりますと、それは私の知らないことです。ちょうど私があの人については、眼に見えること、耳に聞こえること以外はなんにも知らないのと同じように」*。実際的には、テスト氏のその思索によって、われわれは主人公の内面について有効な推測をつくりあげることを許されるのだが、これは、彼の思索から行為やことばのなかに浮かんでくる外形上の痕跡をもとにした推測であり、キュヴィエ*流の博物学者の思弁だとか、家屋の形式にしたがってひとつの文明の本質を再構成する考古学者の思弁などと類似したものなのである。しかしながら、『テスト氏との一夜』と『エミリー・テスト夫人の手紙』で用いているこうした方法それ自体によって、ヴァレリーは、彼の主題の閾でとどまることを余儀なくされてしまっているのだ。

　たしかに、一個の存在において認識しうるもののなかには、二つの部分が弁別できる。すなわち、《対自》としてあるものと、《対他》としてあるものである。テスト氏は、《対他》の形式ではほとんど存在しないにひとしい。彼は《他人に喰われる》*ことが最も少ない社会人であり、内面の資本を交際費として濫費することがまるでない人である。彼の本質というのは、観察者に向かって彼がさしだす外面(あるいはうわべ)に最小限だけ表現されている。《ワトスン=シャーロック》の方法が唯一の可能なものであるというのに、テストにそれが適用される場合の奇妙な矛盾は、そうした点から生じてくるのだ。理想としては、黙説法を混じえず、身長も縮小させずに、彼をわれわれ読者の前に登場させうる技巧があるとすれば、それは内的独白だろう。しかし、自分自身の《天才》に思いをめぐらすテスト氏の独語を想像することは、まず不可能というものである。ベルナノスの小説において、《田舎司祭》やドニサン神父や、あるいは『歓喜』のシャンタル*の瞑想を、つまりそこから彼らの聖性が浮かびでてくる瞑想を想像するのが不可能なのと同じように。したがって、この点についてベルナノスの小説がわれわれに与えてくれる手がかりに関するかぎり、かならずいつも第三者を通じて示されているし、その上すこぶる慎重に、当の対象になっている人物の知らぬうちに表明されてしまうのである。たとえ、『田舎司祭の日記』でたまたまそうなっているごとく、第三者の語った判断をわれわれに告げてくれるのが、その判断の対象になっている人物だとしても、事情はやはり同じことだ。天才や聖性など、こうした超越的な《存在》の形式というのは、直接的に出現させることが不可能なものなのであって、あえてそれを強行すれば、かならず観察者の心に疑いの気持を、さらには笑いをすら呼びさまさずにはおかないだろう。そしてそれと同時に、テストの本質とは《対他》の形式ではまったく存在しないということだから、彼の天才の独特の性質というものも、彼の眼以外の眼をもってしては、絶対に認知されえないということになる。そこで、本の巻末で、ヴァレリーが、堂々と勝負を挑もうと試みようとして、思わせぶりをすべてかなぐり捨てるとき、そしてテストの内心のことばは欠けているのだから、せめて彼の内面経験から存続したものだけでも、『航海日記』抄という形式で提示しようと企てるとき——そのときにもやはり、われわれの期待はむなしく裏切られてしまう。そして、それは裏切られるより仕方なかったのである。

なにものの証人でもない純粋な知性テストという観念そのもののなかに、たしかに、ひとつの内在的矛盾があった。つまり、ヴァレリーが突きあたった難問は、単なる技術の面をはるかに越えているのである。聖性についてそういえるのと同じように、たぶん天才についてもまた、それは他人の意識を通って屈折することによってはじめて存在するのだ、ということができるだろう。自分自身とともにいる他ない人間、宇宙には自分しか存在していないというような人間は、聖者であることもできなければ、また同様に天才であることもできないだろう——ロマン派の個人主義がこの点について残していったさまざまな偏見、ちょっと考えさえすれば、ただちに自明のものと見えることにも、一時的に逆説の姿を与えてしまうあのさまざまな偏見にもかかわらず、である。聖性とは、いみじくも《諸聖人の通功》*とよばれている、ある一定の秩序に参加することに他ならない。だからして、聖性というものは、聖人たちの善行の転換性によって、すなわち個人が達成した霊的な進歩はすぐさま他人に伝達できるものだという事実によって、定められるわけである。こうして、ベルナノスの作品においては、ランブルの司祭の聖性は、ジェルメーヌ・マロティーに及ぼす彼の感化力によって、あきらかにされることになる。田舎司祭のそれは、彼が伯爵夫人を絶望から救いだしたり、シャンタルの反抗心を正しく教えみちびいたり、さらにはセラフィータのような悪い娘の魂に、霊性の光をほとばしらせたりすることができそうだという事実によって、測られるわけなのである。*

天才についても、事情は別ではない。天才の実在性というものは、彼の影響力によって、つまり多数のすぐれた精神のかたちづくる集団的歴史のなかに入りこみ、その参加でもって歴史の流れに変化をもたらす能力によって証明され、表面にあらわされる。諸聖人の通功というものがある以上、《諸天才の通功》について語ることも可能なはずである。とくにユゴーは、『東方の三博士』や『ウイリアム・シェークスピア』のなかで、この諸天才の運命的な共同体に一瞥を投げかけたのだが、ユゴーの場合、その直観は、個人を孤立させた上で、あらゆる社会的ないしは歴史的文脈の埒外で把握された、天才に関するロマン派的神話と混じりあって、かなり奇妙な形で形成されている。その点ではロマン派の立派な継承者だった象徴派の文学者たちが犯した誤謬は、天才とは単にひとつのエクシスにすぎぬのかもしれぬ、純粋な可能態にすぎぬのかもしれぬ、と思いこんでいたことである。じつは、天才とはなによりもまずひとつの現実態であるにもかかわらず……さらにまた、おそらく現実社会に組み入れられなければ、天才は存在しない。したがって、天才の本質がそこに具象化されていて、しかも歴史的に影響力を持ったり、ある文化の形成やある教養の発展などを変容する力を具えたりしていたはずの客観的な製作物を無視するとすれば、天才の本質を捉えるのはおそらく不可能になってしまうだろう。『テスト氏』において、作中人物の本質を表面に出す際にヴァレリーが犯した失敗は、私がこの章の第一節で素描したあの天才についての理論を、帰謬法によって証明するものである。彼がついにわれわれを天才と対決せしむるところまで漕ぎつけられなかったのは、たしかに手腕の欠如によるわけではない。それはおそらく、客体をしっかと差押える歴史＝社会学的観点のみが、この逃れやすい本質をいくぶんなりとも包囲しうる唯一の手段であるからなのだ。マラルメを扱ったモンドールの著作は、*マラルメの像を凹型に描きあげつつ、この主人公について想像しうる多種多様な外貌のすべてを、つまり教師、恋人、一家の父としての姿を——われわれの関心をひくただひとつのものである詩の作者としてのそれをのぞけば、ありとあらゆる外貌を――のこらずわれわれに提示してくれるのだが、小説めいたところのまるでないこの書物もまた、同じ意味あいの証拠を差し出すだろう。それというのも、マラルメの天才はその作品と不可分なものだからなのだ。彼が自己を結晶させたこの詩という形式の作品を（たとえそれがいかに不充分なものであろうとも）別にすれば、彼は存在しないのである（仮設としては、また実体としては、そうは言えないとしても）。そして、この一事によって、彼は（それがその意志に反していようとも）、フランスの詩のあるひとつの生成態に結びつくことになるのであり、もしこうした生成態の埒外にいたならば、彼にしたところでなにひとつ理解できはしなかっただろうし、そればかりでなく、もしこの生成態がなかったなら、彼はまったく存在を獲得できなかったであろう。マラルメはこうして好むと好まざるとにかかわらず、詩人たちの通功へと送りこまれることになり、完全にそのなかに繰りこまれてしまうのである。諸聖人の通功に加わったあのドニサン神父と同じように……。だから、聖人や天才を孤立した人間として小説のなかに指示するのは、ひとつの賭なのである。自分自身の眼から見ればだれも聖人ではありえないのと同じことで、人は対自として天才であるわけにはいかない。それは謙虚さという理由からだと思われるかもしれないが、じつはけっしてそうではなく、天才も聖性も（それにもっとつまらぬことでは、時間をまもらぬこと、詐欺、物乞いなどと同じように）、対自の秩序には属さないし、この秩序の内部では意味を持たぬからなのである。テスト氏の『航海日記』の断片をわれわれに手わたすとき、ヴァレリーは、スパーケンブルックの詩を幾篇かわれわれのために書いてくれたときのモーガンと同じくらいに大胆で、同じくらいに無謀な賭に応じたのだ。なぜかといえば、人に働きかける力を持つ、公に発表された現実的な作品だけでつくられている歴史的生成態のなかに、このような想像からうまれた文章を繰りいれることはできないからだ。したがって、こうした想像の文章というものは、まことの天才から放射されることはありえない。その人格を構成しているさまざまな客観的な行為、すなわち『飾画』と『地獄の季節』を書いたこと、財産をつくるためアビシニアに出かけたこと、そして沈黙してしまったことを除外すれば、ランボーとはなにものでもない。けれども、ペギーにしたがえば時代と関連する俗界の教理であるところの不正ということと、ランボーのそれらの行為に対して事件が付与したところの意味とを別にすれば（もっぱらその行為の現実性だけを根拠にして、そして実際的な効果を伴う歴史的な現実性だけを根拠として付与された意味であれば、それが偉大なものであろうとけちくさいものであろうと、いっこうにさしつかえないわけだが）、彼の行為もまたなにごとでもないだろう。「他人にとってのみ、人は美しかったり異様だったりするのさ」と、テスト氏はいう。が、さらにこうつけくわえる必要があるだろう。《他人にとってのみ、他人によってのみ、人は天才であるのだ》と。俗界における時代的なものの教理に参加することを拒み、歴史に屈することも、さらには（おそらく必然的帰結という道を通って）神への愛*の秩序に屈することをも拒む存在たるテスト氏が、天才であることはできないのだ。さまざまな小説の主人公たちの二次的な実在性に到達することすらできないまま、彼は依然としてひとつの神話にとどまっているのである。

4　帰謬法による証明

マラルメはある踊り子について——これはヴァレリーが好んで引用することばであるが——「あれは女性ではない、彼女は踊っていない」といった。同様に、天才の小説である『テスト氏』についても、「あれは小説ではない、主人公は天才ではない」ということができるだろう。けれども、その踊り子の姿を眺めることが、否定的な弁証法を通してであるにせよ、とにかく舞踊の本質および女性たることの本質をわれわれに示してくれるのと同じように、『テスト氏』に関する考察もまた、天才の本質と小説の本質のかなり遠くまでわれわれを導いていってくれるのだ。この人物を自分の存在のどの部分にだけ縮約しようと意図したのか、それをはっきりと表明するために、ヴァレリーは、すこぶる適切にテストという名をつけた上*で、この人物からことさらに、また可能なかぎり、肉体を奪いとったのである。『序文』で作者が語っているとおり、テスト氏は、なによりもまず「ほんとうに私の所有しているものだけに自分を還元する」ことに心を労し、社会的なもの、生理学的なものから生ずると思われることは、いっさい思考のなかから意志的に消去しようとする。ひとりの青年の思索から誕生した。彼はこんなふうに言う、「ところで私はといえば、そうしたことをうまく納得できなかったので、ひとつの掟をつくり、共同生活や他人とのいろいろなつきあいから生まれ、意志的な孤独のなかでは消えさってしまう意見や精神の習慣は、すべてくだらぬもの、軽蔑すべきものとひそかに見なしていた、いやそれどころか、苦痛や心配、希望や恐怖が人間のうちに産みだしあるいはゆり動かしたにすぎず、ものごとや自分自身の純粋な観察によって自由に生まれたものではないいっさいの思念や感情を、嫌悪を感ぜずに想うことができなかった』*。しかし、こういう態度そのものがすでに、疑問視されるものを前提としてふくんでいるのである。すなわち、いっさいの社会学的な要素、あるいは肉体的要素から独立した純粋思惟(これはたとえば現代の《実存主義者たち》が認めまいとするものである)がはたして存在しうるだろうか、ということである。テスト氏の人格は、もっぱら彼の知性の行使だけに縮約されてしまっているのだ。なにしろ、彼の崇拝者である友人は、存在全体を拘束していると思われるさまざまな偶発事のあるひとつに捉えられた彼の姿を、つまり恋をしていたり、悲しんでいたり、恐怖に戦いていたりするテストの姿を想像することは、とても不可能だと力説しているのだから。『エミリー・テスト夫人の手紙』のなかで、われわれの眼にかすかに瞥見させてもらえるのは、恋するテストではなく、結婚した夫としてのテストであり、この二つはまるで異なったものなのである。人間がそこにはいりこむことを拒めば、かならず矛盾を犯してしまうさまざまな状況(それというのも、この状況の本質そのものが、われわれがそこから逃れることは不可能だという点に存するからなのだが)、もしテスト氏がそういう状況の一つに捲きこまれたとすれば、彼の像は必然的に変化しなければならないはずだし、テストであることを止めねばならないだろうと思われる。だが、人間の条件というものは、形而上的な総体において考察すれば、本質的にそのような状況のひとつなのではなかろうか?「テスト氏が悩んだらどうなるだろう?——恋をしたらどんなふうにものを考えるだろう? 彼は悲しむことができるだろうか?——なにをこわがるだろう? どんなものが彼を戦慄させるだろう?——……私は探ってみた。私はこの厳密な人間の全映像をしっかり保持し、それをこうした疑問に答えさせてみようとした……すると彼の映像は変貌するのだった。*」主人公に《肉体を与えること》を目標とするこの実験を、ヴァレリーがあえて試みようとしたのは、もっぱら肉体の苦痛のためであった。すなわち、知性にとって最も不透明な状況のうちのひとつではあるけれども、にもかかわらず、少なくとも人間が思考力という部分を(したがって本質的な部分を)肉体の苦痛からひきはなしうる以上、かならずしも知性を排除するとはかぎらない、そんな状況のためであった。要するに、彼のボズウェルの願いにしたがえば、それは本来の特性として彼に属するものを、《彼の全精神の規則と形態》を、《なんでもない吐息やうめき声》に混ぜあわせることを、テストに許してくれるものなのである。が、この実験がたとえ実現されたところで、肉体の苦痛に汚されぬままのテスト氏の思考が、はたして彼の人間性によって、つまり彼が人間であるという唯一の事実によって、最初から深く歪められていはしなかったかということを、はっきり理解しなければならぬという問題は、依然として少しも解決されずに残されているのだ。要するに、否応なくなんらかの形で参加せしめられぬ人間や思想が、はたして存在できるかどうかという問題は、やはり残されているのである。彼がくらしているあの特徴のない部屋だとか、食事をとる株式取引所《ブールス》のそばのありふれたレストランなどがなくても、テスト氏はやはりああいう人間なのだろうか？ 彼のことをわれわれに語るに際して、たとえこの上なく抽象的なやりかたであるにせよ、ヴァレリーがなおかつ名前や、容貌や、年齢や、シルエットなどを（「話をするとき、彼はけっして腕や指をふりあげたりしなかった。彼は操り人形を殺してしまっていた」*のだが、しかし、消極的なものであるにせよ、これもまたひとつのみぶりにちがいない）、また生活上の習慣だとか、職業だとか、一種の生活様式を彼に与えざるをえなかったということ、要するに彼に《肉体を与え》ざるをえなかったということは、きわめて意味ぶかいことなのである。したがって、ここで次のような明白な矛盾に到達することになる。すなわち、一見最も《離脱している》人間が、なるほど普通の人間とは違うふうにではあるけれども、とにかくあの剝落ぶりと離脱ぶりそれ自体によってはっきり条件づけられている、ということである。たしかに、たとえそれが現実的なものであろうと、あるいは想像のものであろうと、ただひたすら内面的な精神の伝記を書くことの不可能性が、こんどこそは明瞭になるために、『テスト氏』はぜひとも書かれねばならなかった。バイロンを研究する際、彼のびっこのことだとか（さらにまた彼のびっこの神話だとか）、あるいは肥満への恐怖などを忘れてしまったら、バイロンをほんとうに理解するのは不可能だ、ということが明瞭になるためにも……。ところで、小説の意味というものは――少なくともそのさまざまな意味のひとつは――《純粋》思惟とはひとつの神話であり、現実的な価値を持つ効果のある思惟はすべて現実に参加した人間の思惟、《状況内存在》の思惟であるというあの真理に、血の通った肉体の衣を着せてやることなのである。その本質からして、小説とは実存主義的なものである。『贋金つかい』のなかで、ある瞬間に、エドゥアールは、ローラのことを語りながら、彼女の髪が褐色をしているのかそれとも金髪なのか、まだはっきり述べていなかったと自ら咎めている。そうして、作中人物のことを理解するにさきだって、まず彼らの姿を見たり、彼らが話すのを聞いたりするジードは、小説家が直面している不可能性、つまりその主人公の魂、その反応の示しかた、髪の毛の色、顔のかたち、生きている時代あるいは社会階級を見わける不可能性の上に、なんどとなくたち戻ってくる。ある状況から離脱していると思いこんでいるときくらい、人間がその状況に深くまきこまれていることはないのだが、すでにわれわれが見てきたとおり、小説という著作の最終の意味は、おそらく結局のところ、ある状況に対する人間の密着ぶりを描くことにある。『テスト氏』はいわば『贋金つかい』の逆刷りをなすものであり、ジードのそれとは正反対な意図のもとに行なわれたものでありながら、結局は同一の結果に達した実験をなしているものなのだろう。またわれわれは次の章で、『チボー家の人々』からも類似した結論がひきだされるのを見ることだろう。したがって、『贋金つかい』の原稿の欄外には、あの『日記』と平行的に繰り拡げられることになる二つの未刊の対話録を想像してみる必要があるだろう。ひとつは《ポール・アンブロワーズ・ヴァレリーとの対話》であり、もうひとつは《ロジェ・マルタン＝デュ＝ガールとの対話》であるが、残念ながらこれは形をとるにいたらず、わずかに若干の手がかりだけが、それを再構成することをわれわれに許してくれるにすぎない。そうして、ジードは小説《ロマン》を書くに際して、この二つの両立しがたい野望を一致させたいと望んだわけだったが、それが彼のふたりの友人によって、それぞれ別々に実現されたということは、すこぶる意味ぶかいことである。すなわちヴァレリーは、『テスト氏』によって、エドゥアールがときどき夢想したもの、あらゆる逸話をいっさい取りはらった《純粋小説》を、われわれに与えてくれたのであり、また、マルタン＝デュ＝ガールは、『チボー家の人人』によって、作者の意志とは独立した意味を持ち、かつ作者がある特殊な個人的な真理を表明させるため、無理に《でっちあげた》ということなどなしにある一定の意味を持つような小説、つまり《超小説《シュール・ロマン》》の傑作を、自分ではそれと気づかぬうちに、われわれに与えてくれることになるであろう。

第十一章　ロジェ・マルタン＝デュ＝ガール、表裏のない世界の限界

1　連鎖小説《ロマン・シクル》と小説大全《ソム・ロマネスク》*

一九三〇年という年、それはわれわれがすでにその区分についてあきらかにした二つの世代が、たがいに重なりあう時期にあたるという事実から、現代文学の発展における基点ということができるのであるが、同時に小説の運命の転換期ともなっている。《大河小説》とよばれ、あるときには文学の庭を席巻するかと思われた、小説という種属の、あの巨大な変種が出現し繁茂したのは、この時期なのである。《大河小説》というものが、その物量的規模、つまりその驚くべき冊数によって本質的に特徴づけられるものとすれば、それはとりたてていうほど新しいものではない。オランダの植物学者ド・フリースのいう意味での突然変異の結果というよりは、ラマルク＝ダーウィン的な進化の一帰結にすぎまい。すなわち、十九世紀末から二十世紀初頭にかけて、とりわけ英語国にその例が多いが、ともかく作品としてひとつのまとまりをみせている『チボー家の人々』最初の六巻に匹敵する量の作品は、ハンフリー・ウォード夫人の『ロバート・エルスミアー』*からハインリッヒ・マンの『臣下』にいたるまで、数多く知られているし、ヴィクトリア朝時代のすぐれた小説は、いずれにせよ、少なくとも三巻にはおよんでいる。フランスにおいてさえ、チボーデの名づけた《連鎖《ロマン・》小説《シクル》》は、今世紀初頭、この世紀の最も反響をよんだ小説のひとつ、ロマン・ロランの『ジャン・クリストフ』を世におくりだしたし、また十六巻にわたる『失われた時を求めて』こそ、一個人の内面の変遷をつうじてみた、ドレーフュス事件、第一次大戦をふくむフランス史の、印象ぶかい一断面以外のなにものでもあるまい。一九三〇年前後にあらわれた《大河小説》の特徴的な新しさは、その巨大症にあるというより、主題としてもはや一個人でなく（『クレーヴの奥方』から『ドミニック』にいたる小説の主題は、伝統的にそこにしぼられてきた）、個人をこえた現実、多くの場合、一家族の歴史そのものを選ん

だ、その異常な野心にあるといえよう。こうした傾向の最も代表的な作品がロジェ・マルタン＝デュ＝ガールの『チボー家の人々』であって、それはまた、読者大衆のあいだでの成功と文学者のあいだでの反響によって、大河小説を《世にだす》のに少なからず貢献したのであった。

チボーデは《連鎖小説《ロマン・シクル》》を七つほど綿密に検討し、自転車《シクル》ということばにかけて、それらを《七人の小説競輪選手《ロマンシエ・シクリスト》によるフランス一周選手権大会》にみたてている。* そこにあげられている作品に簡単に触れると、まず、レオン・ドーデも高く評価しているルネ・ベエーヌの『一社会の歴史』は、作者によって副次的な存在としてあつかわれている人物が、われわれの興味をとりわけ惹きつけるにもかかわらず、全体として、一個人の生活に無理に焦点があわされているきらいがある。ジャック・ド・ラクルテルの『レ・オー＝ポン』とジャック・シャルドンヌの『愛情の運命』は、前者が一家族の小説であり、後者が一夫婦の小説であるという特色を持っているが、いずれもその長さという点をのぞけば、それぞれの作者の他の作品とさして異なるものではない。アンリ・ベローの『サボラ年代記』は、ほとんど現代といってもいい時代の年代記というよりは、あきらかに回顧的な歴史小説の部類に属するものであろうし、とうのたった『モーヌの大将』といったふうな、ロベール・フランシスの『第三共和制下のある家族の歴史』は、風俗の記録もしくは絵巻物としてより、その詩的文体の斬新さによって価値あるものであろう。要するに、以上の小説はすべて、《大河的》なものとしてはほとんどその外観と長さしか持ち合わせていないのであって、その文学的価値も、読者がそこにみいだす興味も、大部分、作者の選んだ連鎖的な形式から生まれたものではない。われわれがその一巻を通読したところで、それに先だつものや続くものを知りたいという意欲――ときにはそうした気まぐれすら、それらは味わわせてはくれないのだ。好むままに独立した流れを切りとることのできるような大河とは、はたして大河とよびうるものであろうか。それらの作者が、流行とはいわないまでも、少なくとも時代の思潮のおもむくところに、あまりにもたやすく身をゆだねてしまったのではないかと、疑問に思わざるをえない。ジョルジュ・デュアメルの場合は、こうしたものとは区別される。その『サラヴァンの生涯と冒険』最初の三巻は、大河小説が問題となる以前に書かれ、つづいて第二次大戦まで毎年、古くからの友人であるユナニミストのジュール・ロマンの『善意の人々』とおなじように、定期的に『パスキエ家の記録』が一巻ずつ発表されてきたわけで、彼の場合、個人を主題とした連鎖小説《ロマン・シクル》のあとに家族中心のものがきているわけだ。しかし、発表されている最後の数巻では、小説をつらぬく緯糸と作品の創造されていく自律性にかなりのゆるみが認められるのであって、パスキエ家の父親のレーモン、とくに最初の数巻のなかで、非常に若く純真な人たちの眼をとおしてみられた彼ほどに、力づよい輪郭をもって描きだされるパスキエ家の息子たちはひとりもいない。つまり、『パスキエ家』は『チボー家の人々』や『善意の人々』*のような作品と比べると、とりわけ直線的にみえるのである。実際のところ、作品の焦点が、そこではもっぱら一家族の浮沈、しかも四散するにしたがって《社会的細胞》のていをなさなくなる一家族の浮沈にしぼられたままなので、たとえば、『チボー家の人々』の深遠な主題が、ジャックやアントワーヌの個人の運命を越えたところ、『一九一四年夏』のなかで劇的に示されるように、『チボー家』の構成するあの社会的現実さえ越えたところにみられるのと、それはまさしく対称的なのである。

『チボー家の人々』と『善意の人々』の深い独創性は、筋の構成といったいわば表面的なあらわれにさえ認められる。これまでの小説は、たとえばバルザックのものでもドストエフスキーのものでも、いかに複雑とはいえ、つねに中心となる唯一の筋を持っていた。『幻滅』や『うかれ女盛衰記』では、リュバンプレが《立身出世する》かどうか、『川揉み女』では、だれがジャック・オションの財産を相続するか、『セザール・ビロトー』では、香料商が債権者のかたをつけることができるかどうか、ということが問題だった。他のあらゆる筋は、いかに発展し多岐にわたろうとも、中心をなす本筋に従属するものなのである。『ゴリオ爺さん』のなかのボーゼアン夫人のエピソードは、ラスティニャックの社交界での生活の物語に欠くことのできないものであり、さらにそのラスティニャックの物語自身、ヴォートランの過去の一挿話にすぎない。これとは逆に、『チボー家の人々』や『善意の人々』には（すでに他の場所で『贋金つかい』についてみたことだが）、ひとしい重要性をあたえられどれひとつとってみても中心とはいいえない、同時にあらわれ交叉するいくつもの筋が実際に存在している。前者にあっては、全体の表題そのものすら誤解をまねくものといえるので、すでに正しく指摘されているように、『チボー家の人々』は、少なくともチボー家の武勲詩《ジェスト》であるとおなじくらい、フォンタナン家の歴史であり、そこでは、カトリックの家庭の年代記に、プロテスタントの家族の年代記が対置されているのである。

『チボー家の人々』と『善意の人々』は、それらを単なる連鎖的小説と区別する、少なくとも二つの特質において、類似しているということができる。それはまず、二つの作品が、いずれも《国際的読者層》を持っているということである。すなわち、『チボー家の人々』は、国内におけるよりも国外で大きな反響をよび、こうした国境の外ですでにかちえた名声を、ノーベル賞が神聖犯すべからざるものとしたのであった。ジュール・ロマンについては、この『ドノゴ＝トンカ』の作者が第二次大戦後、『善意の人々』の十九、二十巻を合衆国で出版するなどいかにアメリカナイズされたかは、すでに知られているところである、第二の点は、《連鎖小説《ロマン・シクル》》という名称よりむしろ、この二つの作品には、《小説大全《ソム・ロマネスク》》という名称のほうが似つかわしい、という事実にある。いずれの場合にも、作者はそこに人生体験の総体を定着しようと意図しているのであって、その努力は、われわれに世界について一時的であるにせよ、完全なヴィジョンをあたえ、現実のなかに、あの凝縮されている切断面のようなもの、つまり『贋金つかい』のエドゥアールが空間と時間のなかから削りとることを夢みていた、あの塊《ブロック》をつくりだすことにあったといえる。このような作者の意図は、むしろ外国の大作家に近いものである。ジュール・ロマンと似たような試みの例は、小説の伝統がつねに直線的な、さらにいえば、無駄のないものへの愛着をすてようとしなかったわが国に求められるべきではなく（《フランス小説》ということばを口にした場合、だれしもバルザックというより『クレーヴの奥方』や『ドミニック』を思いうかべるのだ）――ジョン・ドス・パソスの偉大なる三部作『U・S・A』や、その題名にもかかわらず個人の変遷についてほとんど語られていない、ウォルド・フランク*のあの驚くべき『デーヴィッド・マーカンドの死と生』に求められるべきであろう。そしてロジェ・マルタン＝デュ＝ガールに先だった人びととしては、むろん、『ルーゴン・マッカール叢書』を書いたゾラというよりは、ゴールズワージとトーマス・マン、ひとりはブッデンブローク家の人々を題材にし、もうひとりはフォーサイト家の人々を題材にし、いずれも一家族の歴史をとおして社会の歴史を描こうとこころみた、このふたりの名前をあげておこう。七人の『小説競輪選手《ロマンシエ・シクリスト》』のうち、小説大全《ソム・ロマネスク》を書きえたふたりだけが、また実際に国際的な読者を持ちえたということは、むろん偶然ではない。すでにチボーデは、『ジャン・クリストフ』のうちに、フランスというよりはライン地方の作品を認めて、どのように文学に精通していようとも外国人には近づきえぬ、フランス文学の《秘密の庭園》から、それを追放しようと図っている。大河小説の抱いているような宇宙的野心が、形而上学的頭脳を持たぬのをすすんで誇りとしているこの国にあって、どのようにとっぴなものとうつるかは、あえて説明するまでもあるまい。

2 『チボー家の人々』の絆と亀裂

『チボー家の人々』の深遠なる主題は、実際に検討してみると、宇宙的な、より簡単にいえば小説的な性格とでもいったものを持っているようだ。そこでは、一個人、さらに一家族を描くことではなく、現実の構造そのものを描きだすこと、かぎられた集団の歴史をとおして、社会、さらにほとんど存在そのものの歴史をつくりだすことが、問題とされている。とはいえ、この意図の広がりは、几帳面で誠実なこの芸術家のつつましさを当然とまどわせたにちがいないが、こうした意図について、作者が最初から意識していたとは思われない。彼のまぎれもない野心があきらかにされるのは、かろうじて『一九一四年夏』以後であり、その結果、それ以前の部分と比べてみた場合、そこには作品のなかの裂け目ともいえる変調がみいだされる。しかし、作者の意図の規模の大きさが、すでにみた『贋金つかい』もそうであるけれども、この小説がときおり連想させる、あの探偵小説のひとつを書く場合のような厳密さをもって、非常に綿密にその筋を構成することを、最初からひそかにマルタン＝デュ＝ガールに命じていたのである。あまりにも膨大な構成というものは、ときとして『善意の人々』にみられるように、背骨のない、もしくは脱臼した外観をあたえるおそれがある。同様に、『失われた時を求めて』の複雑さは、あるときは、その建築様式が持つ極度に鞏固なものをかくしてしまっている。だが『チボー家の人々』は、反対に、そのひきしまった筋のはこびと密度と緻密な性格によって、とりわけ印象的なものとなっているのだ。つまり、マルタン＝デュ＝ガールは、そのさまざまな筋をからみあわせ、事件の結び目をつくることにより、拡散の危険を避けているのであって、その結び目のところで、ほとんど同時に起こった多くの事件が、持続のある一点に重なりあわされ凝集されている、あるいは、結び目そのものが、（相対的に意味のない）現在のできごとをとおして、きたるべき重要な一事件を予告し予示している。こうして、独立したいくつもの運命は、時間と空間のうちに結びつけられるのである。

『美しい季節』は、その最初の方法（互いに孤立した一連の原因の空間的連帯性）の一例を示してくれる。すなわち、ジャックが高等師範学校《エコール・ノルマル》に受かった日の夜（その成功の予期しない反響は、ふたたび家庭という牢獄から彼を逃亡せしめることとなるのだが）、アントワーヌはジャックとパクメルのところで落ち会う約束をするが、そこにジャックとともにおもむくダニエルは、かつて彼の父ジェローム・ド・フォンタナンに誘惑され捨てられた小間使いリネットと出会うこととなる。しかも、アントワーヌはこの晩餐にはこられない。彼は車にひかれた少女をその場で手術しなければならなかったのだ。だがその娘の枕頭で、彼はその生涯の恋人となるラシェルに出会う。ジャックがこうして自分のまわりにみいだすこととなる、ただ肉体だけを求めあう二つの情事、ダニエルとアントワーヌのそれは、ジャックをその純潔の欲求にますますかたく縛りつけるとともに、情事に夢中のあまりひととき彼のことを忘却してしまう兄と友人との無関心は、彼をふたたび孤独のうちに追いやることとなる。このようにこの晩餐会は、ジャックの運命と『チボー家の人々』の筋のはこびとがむすびつく、まさしく決定的な瞬間のひとつとなっている。

この《結び目》は、また別のときには、現在のなかにある未来の事件のいと口によってつくられている。『美しい季節』のなかで、われわれはダニエルとジャックの共通の友人シモン・ド・バタンクールの結婚式に立ち会うこととなるが、その新婦のアンヌは、ラシェルの去ったのち、アントワーヌの愛人となる人である。おなじように『診察』のなかで、外交官のリュメルがアントワーヌのところに治療にかよってくるが、彼のおしゃべりというものは、あきらかに空疎な内容のものであるにもかかわらず、ともかくそれまであらわれなかった政治的状況という主題をひきだし、こうして『一九一四年夏』を準備するという意味で、やはり必要欠くべからざるものとなっている。『チボー家の人々』最初の六巻と『一九一四年夏』との間のむすびつきが弱いという事実については、のちに触れることとして、ともかく筋のはこびからみて無意味とも思われるリュメルのくだらない話は、作品のこの二つの部分にわたされた数少ない橋のひとつであり、わざわざ設けられたいくつかの機会にこのように結晶した伏線は、二つの部分をひきしめ、ひとつに押しつづめる上で、きわめて重要な役割を果たしている。それは、しばしば古典悲劇のあの高い密度を思わせ、たくまずして時の一致の法則*にしたがっているのだ。すなわち、『診察』は全体が一日のできごととして展開し、『美しい季節』の大部分は、ジャックが試験の結果を知る夕方の六時ごろから、アントワーヌとラシェルが昼食をとる翌日の昼までのあいだに含まれ、二十四時間すら必要とはしていない。しかもマルタン゠デュ゠ガールの手法は、そうしたことを人為的にも不自然にも思わせないのである。読者が夢中になって読みすすむかぎり、そのようなことに気づこうとは思ってもみないし、せいぜい読み終わってから、ちょうどギユーの『黒い血』が二十四時間のできごとを描いているということに気づくときのように、軽い驚きとともにそのことを思いだすにすぎない。『チボー家の人々』の構成は、このように、かえりみてはじめてあらわれるような極度の精緻さ、しかも気づかれぬかぎりなにごともあきらかにはせぬ、目にみえぬ精緻さを持つものなのである。これとは逆に、たとえば『善意の人々』では、はるかに明瞭に、巧妙なゆきとどいた建築様式をみいだすことができるのだが、筋の新しい展開をひきだす《準備》というものは、まったく別の性格を持っている。『善意の人々』のように、『チボー家の人々』を断片的に、いくつもの物語として読むことは不可能だという簡単な一事をもってしても、そのことはあきらかとなろう。すなわち、ジュール・ロマンが同時に展開していくいくつもの異なった筋は、相対的に仕切られたままなのであって、それらがたがいに交叉するのは例外的なことでしかなく、とくにそのような場合があっても、それらを物語る方法そのものは、前後の脈絡をたたれ孤立しているものにすぎない。一方、『チボー家の人々』のさまざまな作中人物の運命は、ときがたいほど縺れあい、分割描法を発明した新印象派ふうなジュール・ロマンの手法、永《アレ》続せざる仕事《ナ・シネ・カルセ》、とは正反対なものとなっている。要するに、このふたりの作家の世界観は、根本的に異なっているわけなのだ。その創造力をもってしても、ついに呼吸と生命を賦与された一個の有機体を再構成することができなかったほど、分析によって分割され、知性によって解体されたロマンの宇宙は、いくつもの巨大な塊からできているとしか考えられず、マルタン＝デュ＝ガールの、やがて悲劇的な絆がしっかりと結びあわせることとなる。世界とは、まさしく対蹠的な存在なのである。

しかしながら、『チボー家の人々』の場合、このように厳密に構成されねばならぬ書物にとって、きわめて致命的な事態が生じたのであった。つまり、作者が細心のあまり執筆におびただしい時間をかけすぎた結果、作品が、一九二九年にあらわれた『父の死』にいたるまでの、そのおのおのが比較的短い最初の六巻をふくむブロックと、『一九一四年夏』とその直後に世にでた『エピローグ』三巻を形成する、錯綜しながらも均質な一群とのふたつの部分に分割されてしまい、さらにそのおのおのの部分の美学と小説としてのおもしろさとが、出版の年月の違いが予想させる以上にちぐはぐなものになったことである。『一九一四年夏』が一九三六年にあらわれたとき、ロジェ・マルタン＝デュ＝ガールの愛読者すべてに衝撃をあたえたと思われる、この構成上の断絶は、もし一気に『チボー家の人々』を再読するならば、さらに印象ぶかいものとなろう。このふたつのブロックのあいだでは、芸術的雰囲気そのものすら異なっているのであるが、それは、時とともに増加する《思想に関する会話》をとおして、第二の群がしだいに侵入してくるためというよりは、ジャック、アントワーヌ、ジーズ、アンヌ、ジェンニーといった人物から、非人称の現実（それは地平線に横顔をみせる戦争、または諸国家の運命、さらには人類の運命に表現されているものである）、つまり、いまや個人の運命以上にこの書物の事実上の主題を形成する現実に、焦点が移動したためなのである。むろん、こうしたパースペクティヴの転換を可能にしたものは、ジャックの個性のうちに生じた変化なのであるが、それにしても、物語の美学的風土が、その本質において変貌した事実を忘れてはならない。文体においてさえも、うるおいのなさ、つつましさといったものは少なくなってくる。他の小説家に比べるとなおかなり厳格なその公平さが、依然として痕をとどめていなかったならば、叙述がしだいに客観的でなくなってきたということさえできよう。もっとも、測りえぬほどわずかにせよ、そうしたものの減少は、感じとれるのである。しかしともかく、この計画が開始されて以来はじめて、マルタン＝デュ＝ガールは、以前よりはるかにおのれを抑えるのに困難をみいだし、継起する事件について、以前ならわれわれに知らせるのを控えなければならなかった具体的な意見を、あきらかにしはじめたようにみえる。あるときは、彼が『灰色のノート』や『少年園』の時代に完全に黙らせることに成功していた、あの憤りの爆発を、われわれは彼にたいしてほとんど期待さえするのである。

　最初の数巻にみられた完全な明快さは、こうして変質してしまう。ジャックがパリに帰ってきて、アントワーヌに国際情勢について語る一章（『一九一四年夏』十五）を例にとってみよう。ジャックの話は、物語の歩みをいちじるしく遅らせないまでも、いかにも重苦しく教訓的なものにしてしまうのだが、作者は技法上こうしたことに意をとめてはいない。ともかく小説の構成上で、それはまったく無駄なものとはいいきれないのであって、あえていえば、この場面は、ふたりの兄弟の性格をさらに明確にし、その根本的な相違をよりはっきりと示すものとでもいえよう。とはいえ、われわれが知らなかったこと、推測しえなかったことを、別になにもそれがあきらかにしてくれるわけではない。たしかにその本質的関心事、書物の構成上のその存在理由は、そうした点にあるのではない。それはなによりもわれわれに、とりわけフランスに関する国際情勢の現状を伝えるために挿入されているのだ。すなわち《イド・エスト》、ジュネーヴの「本部」での会話が（すでにあれほど盛りだくさんだったが）真実みを欠いたためにほとんどあきらかにしえなかった、直接にはポワンカレの強硬政策に由来する戦争の危機に関して、つまり、もはやチボー家の息子たちについてさらに認識を深めることが問題ではなく、『一九一四年夏』、時の持続の、まさにこの瞬間における、あるがままの世界を認識させることこそ、問題なのだ。

　このエピソードは、全体を、少なくともことのはじめに構想されていた全体を、背後におしやってしまう。『診察』、『ラ・ソレリーナ』、『父の死』は、チボー家の変遷におけるいくつかの契機、全体にたいする配慮にしたがって描かれている、その変遷の諸相にほかならなかった。だが『一九一四年夏』以後、チボー家の人々は書物のまことの主題ではなくなる。彼らはそこではただ、読者の眼にあきらかにしようと作者が考えている宇宙的現象をとらえるために、わざわざ作者が選んだ視点にすぎないのであって、こうした現象をわれわれにじかに把握させるためには、もはや在来の小説手法に忠実であるわけにはいかなくなったのだ。それだけに、教訓的なものとなる危険を完全に避けるわけにはいかない、というより、避けることはほとんど不可能となる。この事実を認識したとき、作者はそれについて釈明する必要を感じるのである（彼の墨守するあの手法にしたがって、すなわち作中人物の口をかりて）。ふとジャックはアントワーヌに向かっていう。「なにか君に講義でもしているようだな。きまりわるいや。」（『一九一四年夏』十五）マルタン＝デュ＝ガールのめざすものは、いまでは最初のころとおなじものではない。客観的芸術家たろうとする当初の意志に裏うちされ、作中人物を介さずには、なにごとも示したり暗示したり断言したりすまいという彼の決意は、窮屈な拘束となりはじめてきた。彼の新しい野心は、自らに課していたあまりにもせまい枠を突きやぶることとなり、こうして彼の作品の美学上の純粋性を減少させる、ためらい、優柔不断が生まれてくる。しかしこのような噴出を望む以外に、彼としては、ほとんどいかなることも望みえなかったに違いない。

3　三次元の写真術

要するに、『チボー家の人々』最初の六巻の客観的手法は、いかに完璧なものであったにせよ、暗に限界をふくみ、その前提となる哲学的選択によって、ことばの最も物理的な意味で制肘されていたのである。それだけに、この手法は、マルタン＝デュ＝ガールがとくに考えてみたこともない、しかも、彼の思考の対象とならなかったにせよ、まぎれもなく存在している、おびただしい数の現実（たとえば霊的世界に属するあらゆるもの）を、まったくとりあげていないといって非難されなければならなかった。もっとも、彼の極端な職業意識は、これらの現実をいずれは考慮にいれるように彼をうながし、彼が（意識していたにしろ、いないにしろ）宇宙をそこに還元しようと努めていた方程式の一体系のなかに、（未知数としてであれ、誤りとしてであれ）ともかくもそうした現実が組みこまれることとはなるのであるが、彼の従来の描写方法をもってしては、ついにそれを正確に描きだすことは不可能であった。『灰色のノート』のなかで、少女ジェンニーの病を癒すためのグレゴリー牧師の出現が、この書物の最も拙劣な個所のひとつ、ともかく物語と心の動きがわずかながらはじめて調子はずれにひびく、唯一の部分となっているのは、むろん、そのためである。

いく人かのアメリカの小説家の試みとも異なって、なんのてらいもないひたむきなこうした客観性の追究は、ただたんに、われわれが情熱もなく、それを究めようとする別段の努力もせずに、眺めているままの現実があたえる印象を、小説によって再創造することをめざしているものにほかならない。したがって、小説家は、存在や事件の表面にとどまっていて、おのれ自身を見ることも、外観のかなたにわれわれ自身の姿をしめすこともあえて試みようとはしない。その叙述方法も、あらゆる事物にひとしい照明をあたえるだけのもので、照明器の巧みな操作によって、ふつうとは違ったパースペクティヴを暗示することなど、思いもよらないのである。こうして、強烈な情景を語り、混乱の瞬間を描きだすときでさえ、つねにマルタン＝デュ＝ガールの物語の失うことのない、あの静謐さと明快さの二重の印象が生まれてくる。さらにいえば、つねにみられる彼独特の方法にあっては、提示されるすべてのものはほとんど例外なくイメージとして表現され、舞台におけるような作中人物の動きについて、すこし離れたところにいる観客が感じることのできる以上のものは、けっして描かれないのであり、その結果、作者が作中人物の感情にたいして、注釈や心理分析や説明をおこなうことはまったく許されなくなってしまう。

手近な一節をとってみても（『少年園』十）、いかにこうした方法が細心に、ほとんど無意識とも思われるやり方でつらぬかれているか、あきらかとなろう。

「ある晩、食事の前に、アントワーヌは、自分あての郵便物のなかに、弟あての封をした手紙のはいっている、一通の封筒を見つけだして驚いた。筆跡には見おぼえがなかったが、ちょうどそこにジャックもいたので、彼は、ためらっているように思われてはいやだと思ってこう言った（この最後の文章は、いわばアントワーヌの内面の動きを描写しているものといえるが、それは、すぐれた俳優が身ぶりによって表現することのできぬようなものを、なにひとつ含んではいない、と私は思う）。

《ほら、君のだぜ》

ジャックは、いきおいこんでそばへ寄った。そして、顔をまっかにした。アントワーヌは、書物のカタログをひるがえしながら、その封筒を見もせずに弟に渡してやった。目をあげたとき、それはちょうどジャックが、手紙をポケットにおしこんでいるところだった。ふたりの目と目が合った。ジャックの目には敵意がみえた。

《なぜそんなに見つめてる》と、弟が言った。《ぼくには、手紙を受けとる権利がない？》

アントワーヌは、なにもいわずに弟を眺めた。そして、くるりと向きなおると部屋をでていった。」

こうした一節を読むと（それがいかに粗雑な読み方であっても）、マルタン＝デュ＝ガールにとって、『ジャン・バロワ』の極度に抑制された手法がいかに重要なものであったか、推し測ることができる。すなわち、『ジャン・バロワ』の手法というものは、まぎれもない力技なのであって、そこでは小説そのものが、作中人物の外見と位置に関するいくつかの簡単な《演出上》の指示によって、次々と補われていく対話の部分に、ほとんど完全に変えられてしまっているのだ。『チボー家の人々』最初の六巻においても、われわれが直面するのは演劇的客観性なのであり、それは、『贋金つかい』の《映画的》と呼びうる客観性とも（なおジード自身、その相違に注目することを忘れてはいない）、その物語が詩に内在する深い連続性にまでは高められていないという意味で、ほとんど《レントゲン写真的》ともいえるプルーストの客観性とも、美学的にみてまったく異なったものなのである。

こんどは『一九一四年夏』を開いてみよう。たんに調子のみならず手法そのものも、最初のページから変わってくる。われわれは、たとえばジャックの長い独白にぶつかるが、たしかにそれをそのまま舞台にかけることは、エリザベス朝の芝居においてさえ不可能なことであろう。しかもそれは、そうすることによって印象の主観性が減ずるわけでもないのに、あるときは、当然おかれるべき《私》を《彼》に変えただけの三人称で語られ（「彼はわずかばかりの日影をみつけだして、楽しい驚きにとらえられた……彼は原稿のことを考えていた……」二）、またあるときは、直接に一人称で描かれている（「《ふん》と彼は微笑しながら考えた。《おそらくこれが一八四八年代の言いまわしとでもいうんだろう。だが、考えてみれば、われわれにしたって今日たいしてちがわない口のきき方をしているんではないかしら？……》」二）。マルタン＝デュ＝ガールは、以前あれほど避けていたにもかかわらず、無名であるとともに全知の話者に物語をゆだねて要約し概括するという、十九世紀に広く用いられた回顧的手法をさえ使用している。「彼らは、このジュネーヴにあって、べつになんの収入もなく、そして現存するいずれかの結社に多少とも関係している若い革命党員の大きな集団を形成していた」（一）

このような、手法の純粋さを損うものの背後にすぐ認められるものこそ、あれほどの作者の腕をもってしても融けあわすことのできなかった、二つの平面、国際的事件の平面と個人の運命の平面との間における、小説の筋の果てしない動揺なのである。むろん、さまざまな人物の運命と平和の運命との間には、緊密な、客観的な連帯性が存在してはいる。しかしこうした依存関係は純粋に機械的なものであって、同一作品の内部における調子のあわぬ諸要素の融合がみごとに生みだしてみせる、あの有機的な一本の絆となることはできなかった。とはいえ、この作品が小説であるという事実が、この失敗と無縁ではあるまい。劇作品ならむろんこうはならなかったであろうし、事実、ジロドゥーは、『トロイ戦争は起こらないであろう』において、マルタン＝デュ＝ガールのなしえなかったことを実現している。いうまでもなく、小説にあらわれるものは、あまりにも具体化された運命であり、あまりにも個性化されたシルエットであるから、そこで作中人物がその役割を演ずる、とうぜん挿話的な筋だてと、フランス、平和、ヨーロッパ、愛国主義、社会民主主義、といった、歴史が生みだすあの偉大な抽象作用の未来との間には、いかなる結びつきも可能ではない。それに反して、演劇における人物は、あらかじめ様式化され、ほとんど図式化されているから（これを納得するためには、ジュール・ロマンの『独裁者』（一九二六）のような《歴史劇》と、そこに登場する人物の、欠くべからざる極端な単純化とを思いだせば十分であろう）、アンティゴネー*のように、簡単に正義そのものと一体となることができるとともに、オデュッセウス*のように、政治家のさけられぬマキャベリスムと次元をおなじくし、かくて、戦争、正義、運命といったものとおなじ平面上で、動き、対話することが可能となってくるのである。

　ふたたび『一九一四年夏』に別例をとろう。そこでは、フォン・シュトルバッハ大佐から書類を強奪し利用しようとする陰謀、じっさいはパイロットの仕組んだ陰謀に、およぶかぎりジャックを巻きこもうと試みられているが、それは惨めな結果に終わっている。パイロットこそ、作者がその神秘的な人格を具体的かつ生き生きと描こうとつとめ（情婦と恋の悩みさえあたえられ）、のちにはおそるべき重さをもってジャックの運命にのしかかってくる人物であるにもかかわらず（ジャックの死をもたらすのは、結局、パイロットの深いニヒリズムと、恋人の背信から生まれた絶望によって激化されたその《死の傾斜》なのだ）、それはなんの効果もあげていない。そしてわれわれがこのエピソードのあとで、ふたたびそれ以前の六巻の主人公たち、ジェンニー、アントワーヌ、シモン・ド・バタンクールと出会うとき、最もせまい通路だけで、前のものと連絡しているにすぎぬ、べつの小説を読みはじめた思いにとらえられる。いいかえれば、われわれには、気まぐれで唐突な幕間狂言ののちに、『チボー家の人々』のまぎれもない続篇をふたたびみいだしたように感じられるのだ。

　こうした失敗について触れたのも、マルタン゠デュ゠ガールにたいしてその不手際を責めるためではない。しかも、『エピローグ』では、部分的には『一九一四年夏』の野心の放棄によるものだが、ともかくこの失敗はほとんど償われているし、ふたつの平面の間の間隔は、前ほど大きなものではなくなっている（もっともそれは、ふたつのうちのひとつ、非人称的事件の重要性がかなり減少したという単純な事実によるものだ）。この小説大全《ソム・ロマネスク》最後の三巻のなかで、『チボー家の人々』の作者がとりくんでいる問題は、最初のころのものとはまったく異なって、少なくとも今日なお未解決のままである問題、すなわち、つねに《歴史小説》の提出する（それがより最近の時代をあつかえばあつかうほど、ますます焦眉の問題となるのだが）、現実と想像、史実と虚構、あえていえば歴史的現実と小説的現実の結合、という問題にほかならない。ジュール・ロマンも『善意の人々』のなかでおなじ問題にぶつかっているが、彼はマルタン゠デュ゠ガールとは異なって、サッカレーが『ヘンリ・

エスモンド伝』のなかでその理論を開陳すると同時に、はじめて創作に適用した方法や、『戦争と平和』のなかにみられるトルストイの方法に非常によく似たやり方で、この問題を解決している。* それは、史上有名な人物を背景に押しやって作中にはたまにしか登場させず、ただ単にそのシルエットを描きだすだけで、脚光に大きく照らしだされるのは、あきらかに想像上の人物にのみ絞るという、いわば、その人物の距離と照明の強度と輪郭の鮮明さが、彼の有名さに比例するように、つまり、第一の点に関しては正比例、他のふたつに関しては反比例するように、配置する方法なのである。

《漸層化》または《現実の遠近法》と呼ぶことのできるこうした方法をとることは、むろん、マルタン゠デュ゠ガールにとって、彼のめざすところが小説のあらゆる人物にひとしく均一の照明をあたえることであっただけに、容認しがたいものだった。このような立場の不都合さについて、ジードは『贋金つかいの日記』のなかで、正しく指摘している。「私はマルタン゠デュ゠ガールの物語のまとまりのないいき方を咎めたい。彼の小説家としての角燈は、ああして永年のあいだ動きつづけながら、観察する事件をかならず正面から照らしだしている。事件のひとつひとつは、順ぐりに前面へ押しだされてくる。相互の線が交叉することはけっしてない。それと同時に、影もなければ遠景もない。」(一九二一年一月一日)『チボー家の人々』の作者にとって、深刻だったのは、他の小説家がその力をかりていた手際よいあらゆる解決法を、彼の美学的要求がほとんど拒絶してしまったまさにそのときに、彼の野心がこの問題との対決を強いたことである。『一九一四年夏』の欠陥は、すでに『ジャン・バロワ』のなかにみられるのであって、そこでは平凡な人物に関する、非常に魅力的な小説としての物語が、ドレーフュス事件についての膨大な歴史的社会学的考証のなかに混ぜあわされ、その結果、絶えずひとつの平面から他の平面へと押しやられねばならない『一九一四年夏』の場合よりも、さらに長い期間、読者(むろん、作者自身も)と作中人物の接触は断ちきられてしまう。

想像上の人物の意識を通じて、大規模な非人称的事件を現出せしめようとすることは、ほとんど望みのない賭博《ばくち》にも比すべき試みであろう。それとも、あのあまりにも有名なワーテルローの会戦についてスタンダールがしたように、主人公自身の生活と、主人公自身に抱くわれわれの興味とをあくまでも中心にすえて、それをいわば付けたりのように描出すれば別ではあるが。『パルムの僧院』の作者は、ワーテルローの会戦のあとでも、一八一五年以後のイタリアの自由主義者の動きについて、講義することは避け、ファブリスの運命に関する叙述に必要なことだけをとりあげているにすぎない。外国の作家でもこの方法をとりいれているものは少なくなく、とりわけ作者によってつくりだされ、史実というより史実らしくみえる、それほど大規模でない事件に関して、それは広く用いられているように思われる。たとえば、ウォルド・フランクの『デヴィッド・マーカンドの死と生』の中心部をしめる争議や、スタインベックの『疑わしい戦い』がそれで、とくに後者にあっては、カリフォルニアの暗い渓谷での農業労働者の争議の場面で、マルタン＝デュ＝ガールが第一次大戦について果たしえなかったことがみごとに実現されているのだ。ドス・パソスが『U・S・A』三部作のなかで教訓主義を避けることに成功したのは、客観的歴史を物語ること、つまり提要的叙述を放棄して、作中人物によって実際に生きられ、新聞の見出し、流行歌の断片、たまたま街角で耳にした会話の一節などを媒介として、作中人物の内部に刻みこまれたそのままの、時代（正確には第一次大戦の時代）の政治的社会的雰囲気を、喚起するにとどめたからである。しかし、こうしたやり方も、マルタン＝デュ＝ガールにとっては、利用することのできぬものであった。彼は、読者に事件についての《鮮明な意識》をあたえることを望み、ドレーフュス事件や第一次大戦の原因にたいしても、『ラ・ソレリーナ』にみられたとおなじ《最強度の光》をあてようと試みていた。たしかに、『ラ・ソレリーナ』において、いっさいがすんだのち、『美しい季節』の最後にみられたジャックの唐突な出発にたいして、みごとな《最強度の光》があてられるのであるが、このとき、彼は、さまざまな、しかも相互に矛盾する視点に移動することによって、個人に関する一事件を膨脹させ、ついに神秘的現実のすべての重みをそこに再現することに成功したのであった。

物語がこのような地点にまでいかにして高められたか、ここで少し跡づけてみようと思う（とりわけ、その存在すら完全に忘れさられるほどの完璧さに到達したその手法が、そこではとくにはっきりと認められるだけに、ぜひ私はそうしてみたいのだ）。『美しい季節』を読み終わり『診察』を開くとき、われわれは、重態であることがしだいにあきらかにされるチボー氏の病気について、なにも知らされていないし、ジャックが失踪したことについても、同様になにも知らない。ただ、とくにアントワーヌにかかりきりのようにみえる物語にはさまれた、いくつかの挿話を通じて、すこしずつその事実を知っていくにすぎない。しかも、ジーズの態度は、われわれにはとらえがたいままなのである。ついで、アランならソルボンヌ教師《ソルボナーグル》とよぶような人物、ヴァルディウ・ド・ジャリクール氏から一通の手紙がまいこみ、『ラ・ソレリーナ』という題でジャックの書いた小説に、はじめて触れられることとなる。この小説についての意見が、部分的にせよ、それをわれわれが目にする前にあたえられたという事実は、けっして偶然ではなく、それは、アントワーヌがこの小説を読む場所（カルティエ・ラタンのビヤホール）や、小説のあいまあいまに加えられていく彼の注釈とならんで、きわめて重要な意味を持っている。ほとんど探偵小説的ともいえるこうした捜索、もっともその対象は想像上のものであり、それが過去の事件に関することであるとともに、たしかな証拠物件としては小説という虚構しかないという意味で、二重に不在なのであるが、ともかくこうした捜査にしたがいながらも、われわれはたえず現在につれもどされ、ビールのジョッキや玉突き台の勝負師たちの現実世界に呼びかえされてしまう。これとは逆に、たとえば『贋金つかい』のなかでは、ローラの結婚式のあいだ、いま目の前にあるのがエドゥアールの日記であって、事件そのものの物語ではないということを、われわれはあまりにもしばしば忘れてしまい、その日記を読むベルナールという仲介者の存在など、消えうせてしまったように思う。そして、ある物語が他の物語の内部にくいこんでいる、この鱗形模様をふたたび意識するためには、なんらかの衝撃（おそらくジードはそれを狙っていた）が必要とされるほどなのだ。そこに登場する人物や事件の性格そのものからみれば、欠くべからざるものにせよ、ともかくマルタン＝デュ＝ガールにあっては例外的ともいえる、事件や人物を間接的に提示するこの方法が、直線的に時間のうちに展開する物語の本筋と、一歩ごとにこのようにつなぎとめられているという事実は、まことに興味深い。彼の場合、説明しがたい仮説によって事物を提示するときでさえも、つねに同じ叙述方法がもちいられるのであって、たとえばアントワーヌをはじめて登場させたり、チボー氏の描写に終止符を打ったりするときとまったく同様に、ここでも、ほとんど分割描法ともいえる印象派ふうの手法にしたがって、一連の軽い筆触、そのひとつびとつが先だつものを正確に効果のないものとしていく表象を、並列させていくだけなのである。

『ラ・ソレリーナ』という小説は、ド・ジャリクール氏を通して、その出来不出来はいっこうに興味をひかぬ、それでも美学的判断の対象となることくらいはできる文学作品として、まずわれわれにしめされる。しかしアントワーヌにとっては、それはなによりも、われわれが彼とともにその究明にあたっている秘密を隠し持つものにほかならない。彼をモデルにしていると思われる人物の名前が、物語全篇を通じて、それほど頻繁にあらわれないということによって彼の味わわされる自尊心の傷手から、ジャックとの関係についてのあまりにも的確な指摘のもたらす、はるかに深い傷手に至るまで、われわれはまったくはしたない失望を彼とともにしながら、ついには、ジャックとの関係についての指摘のなかに見出される《秘密》こそ、彼の生涯のまさにこの瞬間において、彼にとって最も苦痛にみち、最も絶望的なものでありうるという重大な事実に思い至るのである。

このとき、物語全体は、われわれに明瞭なものとなる。そして、それにつづいて起こるできごとは、ジェンニーに対する恋と、ジーズに対して感じているほとんど近親相姦にも似た、官能的な心の傾斜との間を曳きまわされるジャックにとって、父にそむき、兄のうちに求めていたあたたかい愛情すらみいだしえなかったジャックにとって、可能な唯一のことであったと、はじめて納得させられるのである。とはいえ、アントワーヌがジャックに再会すると同時に、すべてはふたたび疑問となり、ともかく、ジャックとジーズの間に、とりかえしのつかぬ肉体的なものはたしかになにもなかった、ということを除けば、すべてはそれほど単純でもないことだけが、あきらかとなるにすぎない。ジャックの失踪は、その第三の次元ともいえる本来の神秘をふたたび身にまとうわけである。だが、彼の失踪についてのわれわれの解釈は、いずれも絶対的に誤っていたというわけではなく、それぞれ少なくともひとつの隠喩的価値は持っていたのであり、事件はこうして永遠に一種の深さを保ちつづけるとともに、小説家の介入なしに獲得されたその深さは、逆に、現実生活と均質でありながら、むろん、それより高度の現実性を、事件にあたえることとなる。すぐれて巧みな小説家というものは、このようにして二次元の世界のなかで、平面的な存在を活気づけ、それらに彫りと深みをあたえることに成功するのだ。ジードが『チボー家の人々』の原稿を『新フランス評論』にもちこんだとき、推薦するにあたって、「彼は芸術家ではない、野蛮人だ」と言ったという伝説がある。たしかに、ロジェ・マルタン＝デュ＝ガールには、ノルマンディー生まれ独特のたくましい性格のしめす、あらっぽさが認められるのであって、彼のふたつの田園笑劇『でぶの女』と『ルルー親爺の遺言』は、『古いフランス』の村の描写同様に、このことを十分にあかしてくれる。彼は、そのがっしりした身体のなかに、その作中人物の輪郭をくっきりと描きだし、端役にさえ忘れがたい存在を賦与する、あの旺盛な生命力を十二分に秘めていたのだ。しかし、ジードのことばは、彼が肯定していることについては正確であるが、彼が認めていない友人の資質に関しては、正しくない。透明そのものともいえる彼の文体（それはジードの文体をきざにみせ、ヴァレリーの文体をわざとらしくみせる）は、彼の作品のこうした一面を永遠におおい隠すおそれはあるが、ともかく、『ラ・ソレリーナ』の作者は芸術家であり、しかも完璧な芸術家なのである。一九三七年にマルタン＝デュ＝ガールがノーベル賞を受賞したとき、ドロシー・バシー夫人は、非常な明察をもって、『ニュー・ステーツマン』紙上に、この賞はフランス人の好みというより、国際的な消費にむいた作者にこそまったくふさわしいものであって、フランス人の舌が、香辛料のきいた文体の過剰のため鈍らされているとき、『チボー家の人々』のあきらかな文体の不在、その完全な明快さを正しく味わうためには、《外国の素人の損われていない口》が必要なのである、と書いている。彼が文体の技巧にもとめることを拒絶していた豊かさと繊細さというもの、これをマルタン＝デュ＝ガールが獲得しようとつとめたのは、ことばの水準ではなく、細部の記述相互の構成、物語の異なったエピソードの大規模な配列といった、より高い段階においてだった。彼の手法の極度の慎重さも、こうした洗練を無視することは許さなかったのである。しかし、彼の完璧さそのものが逆に作品の限界とならなかったかどうか、また、あまりにも細心にもちいられた叙述方法が、かえって現実のある種の要素を作者が表現するのを妨げはしなかったかどうか、問題は残されている。ひとつの手法を所有するということは、たんなるひとつの手段にすぎない。なんのためにそれがもちいられるか、このことを知ることこそ重要なのである。

4　悪魔の復讐

ここにおいて、その芸術家として非のうちどころのない誠実さにもかかわらず、マルタン＝デュ＝ガールがつねにその手法を効果的に駆使しえたかどうか、疑問に思わざるをえない。とりわけ、すでにおこなった分析にみられたように、それが神秘的なものや自由な思考をしめすのにも、具体的でほとんど物質的ともいえる現実の等価物をしめすのにも、ひとしく用いられているとなると、いささか不安となる。芸術家の野心、自己おおよびおのれの資質に対して、最大限のもの、さらにそれ以上のもの、自己の事柄をつねに要求する意志というものは、まさしく嘆賞されるべきではあるが、危険がないわけではない。ジュリアン・グリーンは、その『日記』（一）のなかでマルタン＝デュ＝ガールについて触れ、時ならぬ会話に乱されぬように、彼はいつも電話を鳴らしっぱなしにしていると記しているが、この話はほとんど異常ともいえる彼の性格の一端をうかがわせてくれるもので、おそらく良識ある人なら、こうした能力におどろくと同時に、当然眉をひそめることであろう。それは、プルーストをほとんど読んだことのない人びとによって、あれほど感嘆されているコルク張りの部屋や、フローベールの愛読者に非常に親しまれているクロワッセの孤独をも、はるかに凌駕するものと私は思う（音を武器とした機械の執拗さに比べれば、女中の不機嫌*やルイーズ・コレ*の手紙による非難など、ものの数でもあるまい）。しかしこうした美徳そのものはなにか法外な、あえていえば怪物めいたものを伴っている。あれほどの自己にたいする支配権は、常軌を逸したなにものかなしにはすまないのである。こうして、マルタン＝デュ＝ガール自身ほとんど信じなかったし、信じることにも同意しなかった悪魔の存在を、このなにものかのために想像してみたくなるのだ。

　ここで、それに関するジードの証言を引用したい（彼以上に、この問題に関しての権威者がいるだろうか）。彼は『日記』のなかで、その友人のすばらしい性格を賞讃したのち*、一日おいて、次のようにつけくわえざるをえなかった。「彼は自分の天性とは反対のある性質、たとえば神秘、影、異様さ、といったものを手にいれようと異常なばかりに懸念し、願っている。これらのものはすべて、芸術家が悪魔となんらかの関係を結んでひきだしうるものである。それから一時間以上、事件の間接的提示について語りあった。」（一九二二年一月三日）前節の分析とおなじように、この一文があきらかにするところからみても、彼の異常ともいえる性格と、ほとんど理解困難なこの世界のうちのあるもの、影の一面、神秘なもの、不可知なものへの傾斜、つまり、のちに《悪魔の為す部分》とよばれることとなるものの、正確な表現をめざす、小説家の努力との間に、あるつながりをみいだすことは、あながち無謀なことではあるまい。それにしても、ジードのことばは、しばしばわれわれの飢えをみたさぬまま、われわれをとり残していってしまう。この対話がなにについて語られたのか、それを究めるためには非常な努力が必要であろう。おそらくこの対話から、一方では『贋金つかい』のいくつかの技法が、他方では『ラ・ソレリーナ』のすばらしい手法が、生みだされたのではなかろうか。

　しかし、ひとつの手法を所有していても、それは描こうとするものについての実際的体験に、とってかわることのできるものではあるまい。存在や世界の神秘をくまどり表現しようと、マルタン＝デュ＝ガールが繰り返した絶望的な努力も、結局むなしいものにすぎなかった。彼には、悪の謎をさぐることはできなかったのである。つまり、彼はこの悪を動的な実際の現実のように信じてはいなかったし、たとえ信じていたにせよ、それは単なる善の不在、秩序を期待しているときの無秩序との遭遇としてであり、条理にかなった脈絡を心待ちしながら不条理を認めるにすぎなかった。最も手きびしい彼についての批評は（ジードはそれに言及することを忘れてはいない）*、彼をその作中人物のひとりアントワーヌと同一視し、この科学主義者で唯物主義者の医者の偏見にみられるとおなじ限界を、彼の小説家としてのヴィジョンにあたえ、それだからこそ、肉体的苦痛やおそらくは愚行といった、少なくとも理論的に除去しうるような悪しか、彼にあっては現実性を持たない、とするものであろう。ともあれ、アントワーヌがこの書物の中心人物となっていることは、けっして偶然ではない――もっとも、ここで中心人物というのは、その運命にとりわけ大きな注意と同情があつめられる人物ではなく、その目をとおして、大部分の事件があらわれてくる存在というほどの意味なのではあるが。彼が作者の精神的人格との間に持っている、ひそかな近縁関係こそ、美学的動機を越えた選択の隠れた理由なのである。

『チボー家の人々』のなかの現実的な人物のひとりとして、ぬきさしならぬほどの愚かもの、悪党、としてしめされているものはない。いるとしても、せいぜいジェローム・ド・フォンタナンのような気のよわい人か、結末でのダニエルやパイロットのように絶望的で堕落した人物か、シャール氏のようなおどけた影絵にすぎぬという事実には、注目しなければなるまい。ラシェルの恋人である謎の人物イルシュ氏にせよ、けっして《全身像として》登場しているわけではなく、ドーデのアルルの女のように、物語の脇役、いわば小説の筋のばねのひとつにすぎないのであって、ロジェ・マルタン＝デュ＝ガールの小説上の人物（小説上の《素材》と言いたくなってしまう）のなかに加えることはできない。

しかし、この宇宙には、ぬきさしならぬほどの悪者がいない代わりに、また無条件に善良な人物もいないのである。つまりここでは、人物をしめすにあたって絶対的な客観性というものが、とりわけ重視されている。マルタン＝デュ＝ガールは、ジョイスやバルザックとおなじように（彼らの場合、まったく異なった理由からではあるが）、作中人物のなかで彼の最も愛しているものに対してさえも、容赦なくささいな卑俗さをわけあたえている。『ユリシーズ』の作者にとっては、われわれに作中人物の形をなさぬ思想をしめすことが問題であったが、彼にとっては、無意識のよごれた下着を、われわれの目の前に広げてみせることなど、問題にもならなかった。ただ、作中人物の行為についての簡潔で綿密な、ほとんどきびしいともいえる描写で十分だったのであり、またそれが絶対的なものであった。フォンタナン夫人がアントワーヌと彼の父について話しているとき、そのカトリシスムはただちに彼女の反感をよびおこす。

「《そしてあなたは》と、夫人は、急に心配になってきてたずねた。《あなたは、ずっと信仰を実践しておいでなんですの？》

アントワーヌは、ちがうといった意味を身ぶりでしめした。夫人は、とてもうれしかった。そして、その顔は晴ればれと輝いた。」（『少年園』十一）

別のところで、ジャックははじめてジェンニーと、少しばかり打ちとけた話をすることに成功して、シモン・ド・バタンクールの結婚式のこと、その日シモンの家族のだれも祝電を打ってやらなかったので、シモンが泣いたことなど、話してきかせる。

「興奮しているジャックの調子は、そうした情景になまなましい感動をあたえて、ジェンニーは思わず、こうつぶやかずにはいられなかった。

《たまらないわね……》

ジャックは、自分が作者にでもなったような喜びを味わっていた。それはおそらく彼としてはじめての……」(『美しい季節』六)

すなわち、すばらしいフォンタナン夫人の輝くばかりの善意も、宗教上の熱情には勝てないのだし、反逆児ジャック、地上のいかなるものもその純粋さへの渇望をいやすことのできぬ彼ジャックも、文学的虚栄心には左右されるのである。世の中とはまさしくこのようなものであって、それに腹をたてることはできまい。彼らを、そして他のだれよりもその作者を、非難することなど思いもよらない。しかも、彼らのうちの(またわれわれのうちの)だれひとりとして、まさしくこのようであることによって、まちがっているわけでも、正しいわけでもないのだ。

父親のチボー氏に対して、フォンタナン夫人とまでは言わないにしても、息子のジャック、さらにある場合のアントワーヌと、われわれがおなじような気持をいだくのはごく自然であろうが、そのチボー氏の場合ですら、例外ではない。マルタン＝デュ＝ガールの文学上の公平さというものは、ジャック、テレーズといった《共感をよぶ人物》に対しては、すでにみたようにきびしく働くのであるが、ここではまさしくその逆に好意的に働いている。たとえば、チボー氏がふたりの息子に向かって、彼の名前を永続させるために、以後ふたりともオスカール＝チボーと名のる法律上の権利を持つことになると、厳粛に告げた日、アントワーヌはひやかし半分に喜ぶが、おどろいたことに、そうした兄を(そして同じ一撃でわれわれの邪な考えを)たしなめるのはジャックなのである。「彼は、兄のきたない手で、自分の心にさわられでもしたように感じた。」(『美しい季節』五)つまり、親不孝なこの息子は、はじめて父の誇りと、死後もなにかを残したいという父のとりみだした欲求に、共感をおぼえたのであり、こうしたジャックの苦痛に感動させられたわれわれは、突然、チボー氏が自分のためにみつけておいた、とるにたらぬ避難所を、もはやばかばかしいものとも、死に直面して彼をこれほどまでに無力にしてしまった、まったく形式的な彼の信仰を、もはや醜悪なものとも思わなくなる。

複雑な心理学の一体系全体が(さまざまな心理的要素が白日のもとにさらされ、表面的ではあるが、明瞭な行為あるいは魂の動きとして読者の前に提示されているのでなければ、それは精神分析とさえいえよう)、こうして作中人物のひとりひとりのほうへひきよせられる。読者には、あるものを愛し、また憎み、他のものに味方し、あるいは敵対することが許されている。ジェンニーを愛するものにとっては、あきらかにフォンタナン夫人は外見ほどりっぱな母親ではない。彼女は娘を理解していないし、真実のところ、それほど好いてもいない。要するに、彼女の心にあるのはダニエルひとり(そしてジェローム)、つまり一家の男性なのであって、ジェンニーはそのことを漠然と感じ、そのことで苦しまないわけにはいかない。ジェンニーがジャックの前でばかりでなく、あらゆるものの前で、あれほど臆病でひっこみ思案なのは、彼女がつねに誰からも愛されていないからなのだ。

ともかく、作者に非常に近いアントワーヌといえども、物語のよどみない非情ともいえる流れがそのことをはっきりと気づかせないだけで、しばしばまったく寛容さを欠いた目でみつめられている。彼が（われわれの誰とでも同じように）心のうちに持っていた地獄をかいまみるには、ひとつの事実を思いうかべるだけで十分であろう。彼は、同級生である友人のエッケの瀕死の子供に対して、最後まで安楽死を拒絶しながら（『診察』）、『父の死』のなかでは、チボー氏に思いきって注射をうち、父を苦しみから救うのである（ともかく、チボー氏は、生命に対する執着を最後まですてず、脳膜炎の嬰児とはちがって、安楽死の問題について明確な意見を持っていたのだが）。それもただ単に、父のたえまない苦しみを見ていることにうんざりしたためであり、おそらくは、彼が自由にすることのできる父の遺産についての以前の夢想とて、この決心とまったく無縁だったとはいいきれまい。

そのことについて、マルタン＝デュ＝ガールは、アントワーヌを肯定も否定もしていない。このような態度は、『古いフランス』のノルマンディーの村に住む怪物めいた人物に対しても見られるのであって（彼らはとりわけ、ゾラ、モーパッサン、またはベルナノスといった作家の見たフランス農民に似ている）、彼はそれらの人物をもけっして見はなすことはない。すなわち、彼の場合、こうした人物に内在する悪は、けっしてたしかな普遍的形態のもとに、抽象的に考えられてはいないのであり、それは特定の人に固有の、いわばその特殊性（いいかえれば、人間の条件）とむすびついた欠陥にすぎず、したがってその結びつきの性格について、概括的な理論があみだされることはたえてないのである。マルローや、彼についであらわれた《実存主義者》とよばれる作家たちにあって、中心的命題となる《人間の条件》といった概念は、マルタン＝デュ＝ガールの作品には欠けている。おそらく、それは彼の形而上学的宇宙において考えられなかったものではあるまい。ただ、それが、いかなる生命あるものをも、有無もいわせず肉体的苦痛と死にしたがわせてしまう、宿命という形式をとって、最も具体的で物質的な、ありふれた輪郭のもとにあらわれるとき以外には、考えられなかったにすぎない。このような条件を規定する他の（ヤスパースの用語をふたたびもちいれば）《限界状況》は、ここではまったく問題とはならなかったのである。

5　出口のない宇宙

『チボー家の人々』と『ジャン・バロワ』のきわめて特殊な悲劇的性質、さらにそのとりかえしのつかぬ残酷な性格というものは、こうしたことにその源を発している。マルタン＝デュ＝ガールの宇宙は、要するに、善意の人びとばかりでみたされているのではあるが、彼らに見られる悪意の根本的欠如は、彼らの理解や相互の親しみや幸福を、けっしてたすけるものではない（そのことは作者も確認している）。彼の小説の作中人物は、いずれもきびしくおのれ自身に拘束され、まるで自己のうちに壁をめぐらしているような、頑固で意思の疎通をかく人たちであって、つねにこの上もなく善良な意志を持ちながら、たがいに容赦ないはげしさをもってぶつかり合うことしかできない。こうした状況の象徴であり縮図であるものこそ、『一九一四年夏』の結末でむすばれた、ジャックとジェンニーの肉体関係であろう。

　しかし、母親の愛情（ジェンニーにたいするフォンタナン夫人のそれ）も、チボー氏のジャックにたいする（父親の）愛情も、弟にたいするアントワーヌのそれも、ジャン・バロワの妻にたいする関係も、これよりましなものではない。『診察』は、とりわけ平凡な、存在そのものの本質ともいえるこうした誤解の要約にほかならない。たしかに悪はあらゆる場所に、しかも最も物質的な形態だけをとって、存在しているのである。人びとは、細菌や癌が彼らに対していだく以上の、まことの敵意を持っているわけでもないのに、たがいに喰いあい、しかもそのことについて、だれひとりとして、神すらも（とはいえ、それも人のかたちをした虚構にすぎないのだが）、結局のところ責任があるわけではない。

　こうしたところから、悪の実体化であり、悪そのもののように避けがたく償いがたい肉体的苦痛が、マルタン＝デュ＝ガールの世界においては、極端な重要性を持つこととなる。ひとたび閉じられた書物が記憶のなかで再構成されるとき、『チボー家の人々』から生き残るものは、おびただしい病気と肉体的苦痛の思い出にほかならない。『灰色のノート』のなかで、少女ジェンニーをうちひしぐ脳炎（それに対して、グレゴリー牧師は《全的な犠牲》を果たすように、母親に厳命する）、アントワーヌとラシェルの邂逅の媒介となる大腿骨動脈の緊縛、『診察』のなかで、アントワーヌの目の前をすぎる貧民窟病の人たち、注射と灌腸と刺絡を伴う『診察』のなかでのチボー氏の癌、ニコル・エッケの子供の脳膜炎、アンヌ・ド・バタンクールの娘の股関節痛、そして最後に、『エピローグ』におけるアントワーヌの死に近づいていくゆるやかな苦痛。言いおとしたが、ともかく比較的あかるい空気にめぐまれた『美しい季節』のなかでも、リスベットの瘭疽、ジャックの疔、ノエミの臨終があったわけである。

作中人物の精神の危機すら、かならず肉体の苦しみと混ぜあわされ、ときにはそれがわれわれに感得させる唯一の方法だとでもいうように、そうした苦しみをとおして表現される。もっとも、それは正当な方法にはちがいなく、精神だけが独立して苦しむことはどのみち不可能なわけで、肉体の苦痛以外まぎれもない苦しみというものは存在しないという、深い真実がそこには含まれている。戦争の勃発と同時に、ジェンニーと別れスイスにもどったジャックは、アルフレッダに捨てられたメネストレルが、しだいに絶望のなかへのめっていくのを知る。しかしこの小説家は、すべてこうした打撃が彼にあたえた心理的結果についてはなにも語らず、ただ、ジャックがバーゼルへの十八時間の車中、歯茎の炎症に苦しんでいたことだけを述べるにとどめる。ジェンニーについても同様であって、彼女の父の死、フォンタナン夫人の不安、ジャックとの再会からうけた心の傷手、ふたりの恋の成就、そして最後に戦争勃発にさきだつ日々の世界的な不幸の総体、彼女はこうしたものを、窮屈で痛い靴や、待合室で彼女を責めさいなむあまりにも固い椅子のうちに表現される、彼女の疲労、彼女の不眠をとおして見、感じているのにほかならない。ロジェ・マルタン＝デュ＝ガールは、「ジェンニーは、ジャックを待っていた。彼女は、スイスに彼といっしょに出発すべきか、彼女の母のもとにとどまるべきか、わからなかった——」とは書かない。しかし彼はまちがってはいないのであって、この瞬間のジェンニーにはなにひとつ（彼女のためらいさえも）考えることはできなかった。彼女のために考えているものは、彼女の疲労であり、喉のしめつけるような感じであり、おちつきのない動作であり、つまりは彼女の肉体なのだ。彼女の意識の内容は《心理分析》の対象となるようなものではなく、ただ次のようなものが、彼女の全身をとらえているにすぎなかった。「息づまるような暑さだった。電車に揺られたあとでのこの革椅子の掛け心地の悪さで、体のふしぶしが痛んでいた。日の色は、目がくらみでもするようだった……ジェンニーは、ちょっと見るのをやめて、そばにおいたトランクを手にすると、それをテーブルの下にすべりこませた。やがて、彼女はそれをまた腰掛けの上にのせ、ふたたび外をうかがいはじめた。こうしたちぐはぐな動作からも、彼女のいらいらしていることがうかがわれた。」（『一九一四年夏』七十七）

悪の唯一の現実的形態として認識された、このような肉体的苦痛の頻繁な訪れは、当然、マルタン＝デュ＝ガールの本質的なペシミスム、彼の宇宙における希望の絶対的欠如というものをひきだしてくる。魂や精神は、つねに和解することを可能にする一種の弾力性を持っているが、肉体にあたえられた毀損は、とりかえしのつかぬものにほかならない。ジャックによって生きられた精神のドラマが、いかに激しいものであり、また激しいものであったとしても、彼が死ぬのはそうしたものによってではなく、ひとりの憲兵の放った拳銃の弾ゆえなのである。こうしたカタストロフがぬきさしならぬものであるのも、まさしくそれが純粋に肉体的なものであるからなのだ。ジャックの死は、彼が死について夢みていた意味、ライン河のほとりを散歩しながら、なすべきことに思いふけっていたとき、ついにそこに彼の存在の至高なる完成をみいだしたと信じた、あの意味、そうした意味など持ってぃはしなかった。「自分を投げだすあらゆる機会に、彼はいつも、自分のいちばんたいせつな部分をのこしておいた。自分に棄てるべき部分があれば、それをけちけち選りわけてから棄てるという、おどおどした素人らしい態度で人生をわたってきた。ところがいま、自分の全身をあげて、真に投げだすべきことを知らされたのだ……自ら求めて死ぬということ、それは棄権とはちがっている。それこそ、ひとつの運命に、花を十分咲ききらせることにほかならないのだ！」（『一九一四年夏』八十一）　このことばに対するこの上もない嘲弄こそ、死にゆくジャックに対して憲兵が放った最後のことば、「ちくしょう」であろう。人がおのれの死について抱く観念と、現実の死とを峻別するこのおそるべき間隙。アントワーヌの死も同様に、ぬきさしならぬ悲劇によって悲劇的なものとなっている。すなわち、彼の死を越えるものはなにもないばかりでなく、自らを「実現されうるものしか、けっして望まない男」と規定したアントワーヌ自身、なにかを実現するというその個人的可能性をいっさい奪われることによって、すべてを失うことになるからである。よしんば彼の神話（世界については国際連盟に、彼個人についてはジャックとジェンニーの子に、彼が託した希望）が、死にいたる苦しみをやわらげてくれるとしても。

悲劇的というのは、むろん、《出口のない》観念にほかならない。いかにしてそこから、人間的手段に訴えて脱出することができるか、その方法を見出しえぬとき、その状況は悲劇的となる。崇高なるものは、そのとき、別の世界からの声のように、この閉ざされた宇宙になだれこみ、突如として、与件にふくまれていなかった解決の可能性をあきらかにする。それは羽ばたきにも似て、作中人物をとらえ、不意に彼らを、空気を胸いっぱい吸いこむことのできる。また、自由が宿命についであらわれる、別の形而上学的な平面に連れ去っていく（これが、コルネイユの『エディップ』や『ポリュウクト』の結末である）。マルタン＝デュ＝ガールの世界は、きびしく崇高なるものを拒否し、その可能性を提示することを禁じ、こうしてそれは、悲劇的なものの内部に閉ざされてしまう。彼にその偉大さと絶望的性格を与えているものこそ、作者によって決定された、この《形而上学的閉鎖》であった。

6　神々の為す部分

彼の作品のパラドックスは、いうまでもなく、作品の失うことのないあの偉大さのなかにある。唯物主義者たらんとする彼の決意と、ときにわれわれをいらだたせ、いかなる場合にも読者との妥協やおもねりを排する、あの牢固たる否定的態度とにもかかわらず、そのことは言えるのである。マルタン＝デュ＝ガールのわれわれにしめす世界像が、われわれの目に単に絶望的のみならず、不毛で貧相で、論理的きびしさもひろがりも欠いているように見えればみえるほど、そう考えざるをえない。ジードがあるとき容赦なく指摘したように、作者自身の哲学は、彼の作中人物、しめされる事件の大部分がその目をとおして正確にうつされていく（しかも物語が進行していくにつれてますますそうなっていく）あのアントワーヌの哲学と、ほとんど一体をなしている。その哲学というのは、十九世紀末に流行した科学的唯物論であり、これに、全体の統一を損うことも意に介さず、作者はなんとかして《非宗教的倫理》を重ねあわせようと努力している。つまり、そうすることによって、人間に行動の規範と、行為を導きうる価値とをあたえ、死滅したキリスト教的倫理にかわるものの確立をはかったわけである。こうした近視眼的世界観が、もとより、論理的にきわめて鞏固なものであるはずはない。ジードは、その友人の立場を正しく批判すると同時に、それを忠実に要約して、相手に「穴の中の熊のように、彼の唯物論の中に蹲っている」と注意をうながした会話のあとで、次のように書いている。「彼は、警官のように見張っている神に対する怖れを除いては、人間がその本能の傾斜をころがり落ちるのを引き止めうるものはないという。ところが彼はそうした神を信じていないのだ。あらゆる道徳の基礎は、かならず宗教的なものであると彼は断言する。そして、生まれつきじつに誠実で善良な自分自身の簡単な表明が、自分の主張を否認するのをみて驚き、いらいらしている。」（『日記』一九二七年三月一日）

これほどまでに無味乾燥で平凡な、精神の欲求すらほとんどみたしえぬ立場が、ひとたび小説のなかに具現されるや、抽象的な形では当然幻滅を味わわせたであろう読者を、どうして感動させることができたのであろうか。

それは、マルタン＝デュ＝ガールがなによりも生来の小説家であり、その小説家としての資質が、世界観の限界を蔽い隠し、ひいてはその欠陥をうめあわせたからにほかなるまい。政治上王党派であったバルザックは、その時代の社会を、とりわけブルジョワジーの飛躍的発展を、マルクスも賞讃したようなことばでみごとに表現しているし、反教権主義者スタンダール*も、その作品のなかで、シェラン*、ピラール*からブラネス*にいたる、すばらしい司祭の肖像画のコレクションをしめしている。さらに信仰のない懐疑家メリメも、その最もすぐれた中篇小説の主題として、この世界のできごとのなかへの超自然的なものの介入をとりあつかっているのだ。このような現象について、すぐれた作家は、事物を彼が見たように（そしてむろん、事物のあるがままに）表現するのであり、事物がそのようだと彼が考えた（または知っている、もしくは知っていると思う）ようには表現しない、という以外に解釈のしようがあるまい。マルタン＝デュ＝ガールは、その深い芸術家としての誠実さによって救われたのだ。だからこそ、彼の現実描写は、偏見にとらわれることを避けえたのだし、過度に偏頗なものとさえなってはいないのである。ジードが彼について、自我をすてて作中人物のうちに没入することができたと賞讃しているが、さらにその讃辞を押しすすめていえば、彼は、ニーチェのように「おのれ自身に反して考える」とはいわないまでも、彼が見、感じたもののために、考えていたことを忘れさり、その考えを越えることができたといえよう。つまり、彼の小説家としての世界は、あらゆる場所で、とりわけ最初の数巻で、彼自身の哲学からあふれでているのである。

『チボー家の人々』における（全作品についてさえいえることだが）基本的ないくつかの主題は、唯物論とも科学主義とも関係のないものである。すなわちさまざまな恋愛の、本質的に近親相姦的な、もしくは同性愛的な《オモセクシュエル》（オモとは同類を意味するということばの語源的な意味において）性格についての、あの観念（といっても、さまざまな帰結を生む故に、きわめて曖昧で大雑把なものだが）の場合である。つまり、ここでは、恋愛とは、同類による同類の模索にすぎず、けっしておのれを補うものに対する渇望でも、他者の追求でも、ありえないように見えるのだ。『ラ・ソレリーナ』のなかで、主人公とアンネットとの兄弟愛として、とくに強調され詳細にしめされているこの観念は、『チボー家の人々』のオーケストラ全体によって、音をひそめ、より控えめにではあるが、ふたたびとりあげられる。すなわち、ジーズ＝アンネットとジャックをむすびつける相互の関心とは異なっているとはいえ、ジャックのジェンニーに対する恋も、彼らが愛しあっているのは、ジェンニーがあるとき言いあてたように、ふたりが非常に似ているからだという事実を考えれば、やはり近親相姦的なものといえよう。同類の模索としての恋愛という主題は、他の作品ではもっと明瞭な形であらわれており、『アフリカ秘話』では近親相姦そのものとして、『寡黙の人』では同性愛（ここでは文字どおりの意味である）として、いずれも非常に具体的に、生物学的観点から描かれている。しかし、こうした経験としての外観を持つ明証でさえ、作品の形而上学（とはいえこれは形而上学の不在、あらゆる状況の出口のない性格ともいえるのだが）に、われわれをつれもどしてしまうのだ。なぜなら、恋愛が、本質としてあたえられるこの性質のために、袋小路のうちに閉ざされてしまうからである。つまり、この恋愛では、他者をもとめていると信ずるところに、おのれ自身を発見するだけなのである（うまくいったところで、ラシェルと邂逅したアントワーヌのように、他の肉体を見出すにすぎない)。そして、たえず他者をいためつけるというのも、ジェンニーを傷つけることしかできなかったジャックの場合のように、彼があまりにも他者に似ているからなのであり、これをのがれるには、右手と左手のような完全な吻合《ふんごう》を望むよりほかあるまい。このように、ロジェ・マルタン＝デュ＝ガールがわれわれにあきらかにする人間の条件の諸相とおなじように、恋愛もまた、本質的に悲劇的な状況なのである。

『チボー家の人々』の描写は、なお多くの点について、驚くべき正確さをしめしているが、それは、彼の直観、彼の的確なヴィジョンから浮かびあがったもので、作者の哲学的確信からなにひとつ借りうけてはいない。だからこそ、家族関係に関する最も説得力ある弁証法を、われわれはたしかにマルタン＝デュ＝ガールのうちに見出す。なぜなら、その弁証法は、分析されることなく、ただ単に事実としてわれわれの目にしめされ、提示されるだけに、なおのこと反駁の余地ない明証性を具えていくからである。これとは逆に、シュランベルジェの『サン・サチュルナン』は、父と子の両義的な関係(ひそかな対抗意識と連帯意識)について、単にそれを対象のうちにしめすのではなく、対象の内部に入って語る手法にしたがって、透徹した考察力をみせている。とはいえ、ジャックとチボー氏との関係は、それがさまざまな性格を規定する中心に位置せしめられている点からいっても、シュランベルジェの場合のいささか図式化された関係と比べてみれば、はるかに複雑なものであることはあきらかであろう。シュランベルジェについていえば、アランがオーギュスト・コントにならって『思想と時代』の末尾で試みたような、一種の《家族社会学》を、そこにそのままあてはめることさえできるように思う。

ジャックは、まずチボー氏にとって、彼が欲しも望みもしなかった次男であり、しかもなお悪いことに、彼の愛した唯一のひと、その妻の身がわりとしてあたえられた子供であった。これはまさしくアントワーヌの場合とは正反対なわけで、アントワーヌは、《長男》としての特権的地位を持ち、夫婦の間の独立した現実、いわば第三人称として夫婦愛を具現し、それだけに両親のあらゆる愛情を汲みつくし完成する、愛の果実だったのである。つぎに、父と子の間には、血のつながりに由来する絆(憎悪と対抗意識の)が存在していて、それは、まさにその相似のゆえに衝突することしかできぬ、ふたつのあまりにも似た性格を、つねに対立させながらもむすびつけているのである。ジャックとチボー氏をわかつこの永続的な誤解は、ジャックとジェンニーとの間に存在する誤解と類似のものにほかならない。なぜなら、父にふさわしい子のジャックは、彼のように多血質で、はげしい気性と圧縮された感受性を持っていたからだ。しかし、ともかく烱眼な証人にほかならぬアントワーヌすら、この類似に気づくには、ついに一家の長の威光をうばわれた父を、普通の人として見なおすことが必要であった。父の死後、アントワーヌは父の書類をめくってみる。「彼は、ことによると、ジャックの冒険的な性格に対する父の嫌悪も、ふたりの、その性格的暗黙の類似によって強められているのではないかとさえ考えた。」(『父の死』十)

さらに、ジャックとオスカール・チボーとの間には、父親がその子に対して持つ、典型的な（だが両義的な）関係がある。すなわち、息子が父親にとりかわるという事実によって本質的に規定される関係である。したがって、父親は、息子に死後の存続についての希望を託すと同時に（父親が自身の生活に興味を失えば、それだけますますそうなるのだが）、彼が死を拒絶するかぎり、息子を憎まずにはいられない。それは、ネミのディアナ神殿の司祭が、神託によって自分を殺しその跡を継ぐこととなる、つまりその生存が自分の生存を本質的に否定する、自分の継承者を憎悪せざるをえないのと、まったくおなじことなのである。こうした感情（フロイドは、それを《エディプス・コンプレックス》から十分明確に区別しているとは思われないが）を、チボー氏はアントワーヌに対しても、ジャックに対しても抱いていた。むろん彼の長男は、父の死の直前に、父の遺産の使い方について思いめぐらしている事実が証明するように、こうした二重の感情について、まったく無意識でも、無知でもあったわけではない（さらに、これと正確に同質の、賞讃であると同時に嫉妬である、娘に対する母親の立場が存在するのであり、ジェンニーとフォンタナン夫人の表面はうまくいっている関係のなかにも、それはときどき、仄めかされている）。最後に、ジャックに対するチボー氏の態度には、保守主義者の反逆者に対する憎悪が、その事情はどうあれ、ともかく、反逆が父親の権威を本質的におびやかすものであるという事実によって、倍加されて介入してくる。ふたりの関係についてのこの性質は、他の四つとは異なって、それが成立するために、ジャックとオスカール・チボーをむすびつける父子の生物社会学的関係には依存せず（その性質はこの関係によってさらに悪化させられているとはいえ）、性格ないし個性の、純粋に個人的な対立の産物となっている唯一のものである。

さらに、多くの例をあげることができよう。ともあれ、以上の例は、『チボー家の人々』がどのような真実を内包しているか、マルタン゠デュ゠ガールの《新自然主義》的方法が、現実から把握しえたものはなにか、このことを正確にしめしてくれるという意味で興味深い。彼の方法は、外観を描くことのみに限定されているように見えるが、ともかく、いつわることも故意につくることもなく、その極度の緻密さによって、外観のかなたのものにまで達することに成功している。おそらく、こうした方法は、どんな場合でもおなじように説得力をもって用いられるとはかぎらないのであって、あえて表面にとどまった印象派ふうのものであったり（つまりゴンクール兄弟の場合のように）、また、詩的であると同時に視覚的であることによって

(つまりバルザックやバルベー・ドールヴィリー、さらに『大地』のゾラの場合のように)、それ自身欠陥となることもある。とまれ、『チボー家の人々』の読者といえども、作品をつうじてモデルに親しみを持つにしたがって、その肖像がしだいにモデルに似なくなる事実に気づくことがある。私にとって高等師《エコール・》範学校《ノルマル》は現実とはちがうものだったし(ともかく、幻滅に適応させるために遠景として描かれているのだが)、ヴァルディウ・ド・ジャリクール氏は、私が識ることのできた、青年の友であり反保守主義者である《偉大なる大学教授》とは、あまり似てはいなかった。

しかしそうしたことは、ともかく枝葉末節にすぎない。高等《エコー》師範学校《ル・ノルマル》も、ジャリクールも、物語のなかでは、これらの端役よりはるかに現実的なジャックの運命曲線を、完全に表現するために必要とされる、単なる《脇役》なのである。反対に、『チボー家の人々』は、私が噂や外側からしか知らぬ現実について、驚くべきほど正確なイメージをあたえてくれる。偉大な医師の《内面生活》について、十歳ちがいの兄弟の間の、つまり、弟を辱しめて年齢上の劣等感をさらに悪化させ、あらゆる親交をも断ってしまう、弟に対する兄の寛容と、兄と似ようとつとめ、つねに兄のカリカチュアをみせつけることによって、ただいたずらに兄をいらだたせる、《弟》の愚かしい賞讃との間に見られる、あの両義的関係についてなど。

しかし、これらの画面は(家族関係の弁証法のように、または恋愛の本質的に同性愛的な性格のように)、完全なペシミスム、出口のない世界の提示、というその意味によって、最後にはみごとに肉づけされるのである。マルタン＝デュ＝ガールの同郷人フローベールの、あの冗漫な描写を退屈から救っているものも、結局のところ、ときおりそれを活気づけにおとずれる唯一の強烈な感情、すなわち憎悪、自己と人類にたいする憎悪にほかならない。それこそ、『サランボー』におけるカルタゴの責苦や、『三つの物語』のジュリヤンによる獣たちの虐殺を、人類の最も高貴な試みがさらしものにされている『聖アントワーヌの誘惑』のお祭りさわぎや、ブーヴァールとペキュシェの人格のなかに見られるあの迷信と愚行の堆積とおなじように、感動的なものとしているのである。

7　越えることのできない虚無

この事実こそ、芸術家の痕跡が注意深く拭いさられている細部のつみかさねによって、世界をよみがえらせようとはかる、自然主義者の主張に対する断罪だと思う。自然主義作家の画面ほど、宇宙が日々われわれに示す実在の光景から離れているものはないのであって、それというのも、対象はけっして同時にあらゆる方向から、しかも熱情を欠いた目をもって、見られることがないからである。もしもまことに無関心であるとすれば、その目は開かれていないのであり、対象は気づかれず、認知されることもなく過ぎさるであろう。絶対的な公平さというものは盲目にひとしいものであるから、小説、あるいはある描写を読む者は、要するに、まったくなにも見ないこととなる。芸術がわれわれに提示することを機能としているのは、《現実》(とりわけ神話的な概念) ではない。逆にそれは、われわれのために仮象をよみがえらせねばならないのだ。こうしてみると、マルタン゠デュ゠ガールの作品は、結局のところ、彼の持っていた無意識の熱情、たとえば、その作中人物のいく人かに彼が抱かざるをえなかった同情によって、生命を獲得したことが理解される。バルザックの場合に見られるように、細部描写に人に訴える力をあたえるのは、細部の意味づけなのであって、このようにして幻想家が、小説家にとっての最大の暗礁たる退屈から、レアリストを救いだすのである。

『チボー家の人々』のさまざまな人物相互の関係の提示に、あのような重みと真実性をあたえているものは、簡単にいえば、あらゆる試みが (恋愛の試みも、行動や思索の試みも) あらかじめ判決を下されている、あの未来もなく出口もない世界を描くにあたって、作者のみせる執拗さにほかならない。たとえば、ジャックとアントワーヌとの間の誤解は、ジャックとアントワーヌの特殊な性格にのみ由来するものではなく、彼らにとって本質的な相互の状況から生まれている。おなじことは、ジャックとチボー氏、ジャックとジェンニーを対立させる、すべてのことについてもいえる。『チボー家の人々』が物語り列挙する、さまざまな家族的、ないし宇宙的 (おなじ事実も、第一次大戦によって新しい意味を賦与されている) 悲劇が避けられぬものであるのも、そのおのおのが、そのうちのひとつですでに十分だと思われるにもかかわらず、数多くの原因の収斂作用によってもたらされているからにほかならない。こうして、作中人物に重くのしかかる宿命、あのおびただしい顔を持った女神特有の、仮借ない性格が生まれてくる。部分的な奇蹟など、天地創造にあたってなにひとつ造りかえはしないし、個人の運命曲線をすら、曲げることはできないであろう。この世界を変えるためには、おそらく全面的な改鋳、さらにいえば、虚無こそが必要なのだ。

好きな小説の主題や筋に、少しばかり変更を加えてみるということは、造物主のたのしみと文学創造のたのしみとがむすびついた、つねに魅力あるあそびといえよう。それは同時に、その構造を検討してみようと思う作品に対する、精査ともなる。普通、小説については（ジードやヴァレリーの果たした役割についてはすでに触れたが）、その必然性の不在、形式のきびしさの欠如、そこにしめされる脈絡の中断、などが批判の対象となっている。しかし、著名な小説作品について、作者とは別のように構想してみるならば、それは作品についての検討となるばかりか、それによっていくつかの作品は、成長し強化されてあらわれてくるはずなのである。個々の作品の、とくに変更しうるような性格の、目にみえぬ必然性は、このおきかえ遊戯によって露呈され、もろもろの事実の展開は、もはや動機のないものでも、表面的なものでも、なくなってくるにちがいない。

　このようなやり方で『パルムの僧院』を検討してみれば、ファブリスが歌姫ファウスタのためにあえてする数々の愚行とか、あのジアンタへの帰還とか、いわば本筋からそれた事件も、けっして二義的な偶然の挿話ではなく、しだいにファブリスを浄化し、彼を、その生涯を賭けて探し求めていた愛を感じることの可能な、そして、その愛のもたらす恍惚を体験するにふさわしい者とする上昇作用（神秘主義者の場合に似た作用）の、いくつかの段階となっている。しかも、そうした挿話にみられる、すなわち、湖のほとりや鐘楼のなかでのファブリスの心の動きは、ブラネス師の予言や落雷で折れた自分の樹の凶兆とあいまって、のちのファルネーゼ塔のできごとをひそかに予告しているのだ。『赤と黒』においても同様であって、ジュリヤンは、そもそもの最初から難なく幸福を手にするが、彼はその幸福に値しなかったし、幸福の無限の価値を評価することもできなかった。彼が幸福をその輝きと豊饒のなかにふたたび見いだすにいたるまでには、レナール夫人のさまざまなかたちの愛に助けられて、数多くの試練を経なければならないのだ。すなわち、神学校の泥濘に足をとどめ（とくに身を汚すことはなかったが）、さらに危険なことに、自分をマチルドにむすびつけている偽りの恋のために、魂を失い、価値あるものに盲目とまでなり、虚栄心と野心と慢心の誘惑にまさに圧しつぶされそうになりながら、そのときはじめて、レナール夫人の手紙が、不吉な呪縛から彼を目ざめさせ、こうして愛の天空への飛翔が用意されるわけなのである。このようなスタンダールの主人公の数奇な運命の浮沈は、ある偶然の行為の逸話ふうなエピソードどころではなく、筋そのものよりも本質的な小説のまことの織り糸、作者にとって救いにほかならぬものへとファブリスやジュリヤンを導びいていく、精神の旅のあいつぐ宿駅を形づくるものにほかならない。したがって、ジュリヤンの打つピストルの一発も（作品の最初の部分から、すなわちジュリヤンがヴェリエールの新しい礼拝堂にはじめてはいったときいらい、それは予言されているのであるが）、ラフカディオの犯罪とおなじような意味で無償の行為なのであって、こうしたことは、スタンダールが『法廷時報《ガゼット・ド・トリビュノー》』から借りてきた刺激的な三面記事についてもいえるのである。*

バルザックの小説を規制するそののっぴきならぬ必然性は、また別のものである。それは、神秘的な旅路の数多くの段階をたがいにかみあわせる連続性ではなく、ひとつの世界のさまざまな部分を凝集する連帯性にほかならない。この世界では、すべてが関連しあい、社会的自然も、心理的、生理的自然も、ともにそれらを含むより大きな《自然》のふところのなかに、全体を変えることなくしてはいかなる細部も他とおきかえられないほど緊密に、位置づけられているのである。『暗黒事件』の多くの場面をつらぬく筋は、その連帯性についての驚くべき配慮をしめしてくれるであろう。おなじことは、『捨てられた女』、『田舎才媛』『ふたりの若妻の手記』といった作品（私はこの例を思いつくままにあげただけである）の結末にも見られるのであって、単に物語の内部に作者自身によってつみかさねられたあらゆる細部のみならず、『人間喜劇』全体を直接ささえている柱石すら、その結末にのしかかり、それを欠くべからざるものとしているのだ。それと反対に、『ボヴァリー夫人』の自殺は、あまりにも否定的で、十分な説得力を持つものとはいいえないのであり、われわれはシャルル・ボヴァリーにならって、それを明確な《宿命》のせいにするわけにはいかない。同様に、トーマス・ハーディにみられる非常にペシミスティックな結末も（たとえば『日陰者ジュード』のそれ）、性格とか事件とか状況に内在する必然性というよりはむしろ、作者の独断にもとづいているようにわれわれには思われるのである。

マルタン＝デュ＝ガールについていえば、彼は、修正も変更も不可能であると読者にみえる、ひとつの世界を表現することに成功したのであった。彼の宇宙の本質的に悲劇的な様相（ごまかしも独断もなくえられた、貴重なものなのであるが）というものは、『チボー家の人々』のなかで交叉するさまざまな運命を持った人物のためにどのような結末を想像してみたところで、作中人物のめぐっていく地獄の連鎖が、そのためにゆるめられるとは思われない、という事実からも推しはかられよう。たとえばジャックを救うことを考えてみよう。しかし、おなじように臆病で無口な、つねに衝突しあい、幼いころから恋するようになってまでも、相手のいるいないにかかわらず、傷つけあわずにはいられなかったジャックとジェンニー、あまりにも似すぎているこのふたりの間に、いかにして幸福な生活を期待することができようか。とはいえ、おそらく最も悲劇的な運命は、死んでしまった人たち、アントワーヌとジャックのそれではあるまい。最後まで生きのこり、偶然のできごとというよりは事物がそのようになっていたために、あれほどまで虐げられることとなった人びと、手足をもぎとられ、動きもとれなくなった彼らの生活の運命こそ、まさしく悲劇的なのである。『チボー家の人々』の『エピローグ』で、ジェンニーと再会するとき、療養院で、てきぱきと仕事をかたづけている素気ない彼女のなかに、最初の数巻にみられた、あの大人の眼をもった少女、やつれた顔をしてショパンのエチュードの三番を演奏している少女の面影を見つけだすことは不可能であり、われわれは、ジャックの屍体によって呼びさまされたものよりもはるかに深い、恐怖のまざりあった憐憫にとらえられてしまうのだ。ジェンニーがジャックについての思い出を、壁にかかった下手くそな肖像画に託している事実は象徴的である。いまや変わってしまったのはジャックのイメージばかりではなく、ジェンニーの肖像もまた、われわれのなかで形を変えてしまっているのである。

ダニエルについて、その不具は別としても、いとも簡単に想像されうる堕落の可能性に関しては、あえていうまでもあるまい。もはや若くも美しくもなく、ひとつひとつその欲望が消えさっていくのを目にするダニエルにとって、老残と倦怠はまぬがれえぬものだからである。結局のところ、マルタン＝デュ＝ガールは、作中人物のうち、男らしさとたくましさと生活力とをもって描きだされているいく人かに対しては、深い憐憫をしめしているといえる。形而上学的な土牢は、そこで現実的な牢獄に変えられるのだ。エッケの子供に安楽死を拒絶したとき、おのれの閉じこめられている世界をはっきりと意識したアントワーヌの場合がこれであって、彼は、論理的にこの拒絶を正当化しえず、自らを否定することなしにはひとつの立場をとりえないような、いわば信条なき人の出口のない立場に立たされてしまう。しかし、この《自らを否定することなしにはなしえぬ》ということのうちに、彼の態度に内在する矛盾があるわけで、つまり、彼が自らを否定することなしにこれこれのことをなしえぬという以上、当然、そこには彼がただ単に説明し引き受けることを拒んでいるだけの、ひとつの世界の所有が、前提とされていなければならない。それだけに、彼の意識の危機は、しだいに悲劇的な解決しえぬものとならざるをえぬ。彼が、ニーチェの「人間は問題ではなく、解決でなければならない」ということばについて再考するとき、彼はこのことばによってすでに断罪されているのである。なぜなら、彼は、まさに問題そのものでしかありえず、彼自身、自らを問題としてえらび、解決であることを拒んでいるからである。この主題は『エピローグ』で、さらにはっきりとした形であらわれてくる。彼の状況は、もはや救済手段を見出すことができず、わずかに国際連盟への希望と、ジャックとジェンニーの子の認知という、自らの否定にほかならぬ一時的な姑息手段にたよるだけのものとなってしまうのだ。

マルタン＝デュ＝ガールにあっては、歴史そのものは、作中人物をよりたくみに追いつめ、彼らの内部の宿命の力を宇宙的規模の運命の重みによって、さらに強化するために用いられている。普通、小説作品のなかで歴史の果たす役割というものは、バルザックの例も十分にしめしているように、おおむねこのようなものである。しかし、『人間喜劇』のなかで、特殊な事件が、ときには作中人物の知らぬまに、それを条件づけるより一般的な生成の浴槽にひたされるのは、すべてが終わったのち、その事件があらわれてからがつねである。そうしたものは、たとえば『暗黒事件』の大づめのあととか、標題からもあきらかな『現代史の裏面』に、見ることができる。筋の政治的側面は、ただ末尾に説明という形でしめされるにすぎない。それが最初から作中人物にのしかかり、自由についての幻想をわれわれが彼らに委ねることを、妨げたりはしないものである。

これとちょうど正反対なのが『チボー家の人々』の場合であって、ここには、いわば現代という時代がとりあげられているために、最も無知な読者さえ知っている事件やその結末が、作中人物の知らぬうちに、あらかじめ彼らをその万力の間にはさみこんでしまっているという、困難な事情が介在してくる。たとえ作中人物の個人的自由がどのように完全なものであろうと、彼らの運命が当然どのような流れをたどっていくか、われわれはあらかじめ知っているのである。ジロドゥーの戯曲を前にして、観客はひととき（じじつ、歴史を歪める劇作家の空想を信頼することによって）トロイ戦争は起こらないかもしれないと、希望を持つことができる。だが、第一次大戦が問題となる以上、そうはいかない。こうして、ジャックとジェンニーが、それでも平和は救われると信じようと試みつつ、熱にうかされてパリを歩きまわるとき、われわれ読者は、この希望も、そしてそれとともに彼らの恋も、むろん、彼らの生活そのものも、すでに決定されていることを知ってしまうのだ。純粋な恋の上におおいかぶさり、その恋によって物語におとずれえたかもしれない、わずかばかりのさわやかさを凋ませる、あの不吉な色どりが生まれてくるのは、ここからなのである。

読者はこのように、作中人物より未来について詳しく知らされているのであるから、当然、作中人物の意識と読者の意識との間には、一種のずれが生じる。しかし、読者の全知とそのために味わう彼の満足は、無力感の背後にあとかたもなく消えてしまう。バヴァリアのオベランメルガウの名高い受難劇を見て、その物語があまりにも悲しいものなので、結末まで見るよりはと思って、途中で出ていった婦人の話は有名である。ジャックとジェンニーが識らずしらず、戦争と死への道を歩んでいくとき、ちょうどメロドラマの善良な観衆が、柱のかげに待伏せている裏切者の姿を認めて、純情な乙女に叫んでやるように、われわれもまたふたりに「注意しろ」と、叫んでみたくなる。この小説家は、このようにわれわれに、その主人公の苦杯を彼ら以上に一滴ずつ味わって飲むことを強いるのだ。いいかえれば、マルタン＝デュ＝ガールは、電話のベルを鳴ったままにしておくときとおなじような頑固さをもって、われわれのものでありえたはずの特権的地位をわれわれに許そうとはせず、われわれに彼らの運命のあの閉鎖状態に参画するように強要するのである。

あらゆる角度から考察してみて、『チボー家の人々』の宇宙は、過去においても未来においても閉ざされ、その広がりにも高さにもいかなる《ゆとり》さえ存在せず、自由も崇高さとおなじように認められない世界としてあらわれている。いいかえれば、その宇宙はいわば非情な機械仕掛なのであって、人をうむもいわさず肉体的苦痛や死に導びいていく最も不実な歯車装置も、そこでは明確な目につきやすいものとはなっていないのである。ここで、『美しい季節』の終わりにちかく、フォンタナン夫人が、ジャックとジェンニーの恋を見ぬき、娘におとずれるであろう苦しみを予感しながら考えたことばを、そのままくりかえすこととしよう。「人が無限に神のほうへ向かって昇っていくとき……誰も彼もがひとりぽっちで、試練に試練を重ね、しかも、誰も彼もがしばしば誤りに誤りを重ねながら、永遠に自分のものとされている路の上を歩みつづけなければならないのだ。」(九) ともかく、最初の節を省き、存在のぬきさしならぬ孤独とその過誤に関するものだけを残して、むしろこの宇宙を、反対の意味で、支離滅裂な、結局なんの役にもたたぬ動きの総和、いいかえれば、外見は非常に複雑だが、計算してみればその総和が零にすぎない多項式のようなものとして認識したならば、このことばはそのままここにあてはまるのである。

8　小説が悲劇、したがってカタルシスとなる場合

彼の宇宙がおそらく小説的である以上に演劇的であるということを確認するのは、興味ないことではあるまい。この二つのジャンルの間には、必然的な不両立性といったものが存在しているわけではない。たとえば、二十年間、クロムウェルに関する悲劇を書く野心を捨てなかったバルザックは、よく知られているように、自分の作品について「あまり適切ではないが小説と呼ばれている作品」と語り、作品全体に「喜劇」という名が残されているように、個々の作品に「場景」という名をあたえるのを好んでいた。おなじようにヘンリー・ジェームズは、いわゆる散文の仕事にうつる以前に、その最もきびしい構成を持つ物語のいくつかを、芝居にしたてている。しかし、舞台の美学が、読まれるだけで上演されることのない作品に適用されるとき、やはり奇異の感をあたえずにはおかない。

ロジェ・マルタン＝デュ＝ガールが、日ごろ演劇に対してどのような愛着をしめしていたかは有名であり、彼は親しく交わっていたコポーのために、『でぶの女』と『ルルー親爺の遺言』という二つのすぐれた笑劇を書いている。初期に彼がもちいていた手法は演劇からきたもので、『ジャン・バロワ』を一読すれば、このことは十分あきらかとなろう。そして『古いフラン

ス』も、『チボー家の人々』とおなじく、物語の重大な契機がそこに結晶する、ほとんど戯曲的な対話を中心に、全体がしっかりと秩序づけられている。ジードは、競争者であり友人であるこの小説家の作中人物が、いかに演劇の場合とまったくおなじように、正面から、しかも均質に配分された間歇的な照明をあてられて描きだされているか、誤ることなく指摘している。そのジードはといえば、映画俳優にとっての《場面》の転換とおなじような、瞬時に消えさる連続性を、その作中人物にあたえることを試みていたのである。

この指摘をさらにおしすすめることは可能であろう。たとえば、《時の流れ》というものは、『チボー家の人々』のなかで、ことばそのものの意味においてはまったく認められないのであり、それが作品を完全なものとするのは、個々の挿話の外側、すなわち二つの巻の間においてなのである。われわれは、作中人物が目の前で変わっていくのを見ることはなく、ただ彼らが変わってしまったのを見出すのにすぎない。

その典型的な例が、『美しい季節』と『診察』を切りはなす三年間の《空白》であり、ジャックにせよ、ジーズにせよ、チボー氏にせよ、いずれも大きく変貌した姿しか、われわれにはみせない。こうしたやり方は、クローデルの『真昼に分割』にも見られるもので、われわれは第二幕の冒頭でアマルリックと生活しているイゼを見出すが、彼女が作品の軸ともいえるメザにいだいていた恋は、われわれには隠されている。それは幕合いに、舞台裏で起こったことなのだ。『マリアへのお告げ』でも、第二幕と第三幕との間に八年の歳月が流れるが、その間に、ピェール・ド・クラオンは癩病がなおり、マラはジャック・ユリーと結婚して一児をもうけ、母親は死に、モンサンヴィエルジュに隠遁したヴィオレーヌは、盲目となってしまう。こうした方法、すなわち、そのはげしさによって観客に不快の念をあたえかねぬできごとは、いかに重要なものであっても舞台にかけないという方法は、古典劇の規則とも一致することを忘れてはならない。『チボー家の人々』の美学が、たくまずして舞台の上のこの至上命令に忠実であったとしても、別に不思議はない。演劇におけるように、時の持続（原則として、現実と小説のなかには流れているものなのだが）も、ここでは観客の目にうつる一連の《事件の結び目》のなかに、凝縮されているのである。さらにこの作品は、演劇から、エリザベス朝演劇に好まれたコミックな肉づけの使用すら借用しているのであって、たとえば、シャール氏といったグロテスクな人物が、過度に心を痛めさせた場面のあとで、突然あらわれて読者の神経をほぐすのも、『マクベス』のなかで、酔いどれた門衛がでてきて、ダンカンの虐殺の悲惨さによって昂ぶった観衆を笑わせるのと、まさしく同工異曲なのである。

この小説家の客観性と歴史的配慮さえも、演劇的特質に属するものといわざるをえない。その純粋性、公平性によって、マルタン＝デュ＝ガールの美学は、サルトルがモーリヤックに対して投げつけた非難*に、先んじて答えている数少ないもののひとつである。すなわち、その作中人物の小説上の自由は十分かつ完全なものなのである。もっとも、歴史や遺伝（それらは異なった階梯にしたがう、また別の歴史的生成であると、われわれは控え目に考えている）を介入させることによって、その翼を切りつめてしまった形而上学的な自由は、いちおう別に考えることとしてなのだが。しかし、マルタン＝デュ＝ガールの主人公たちの荷なっている歴史という宿命の重みは、それ自体、演劇的性格を持つものに他ならない。二十世紀の観衆が、結末の予め知られている虚構（アンティゴネーやクリュタイムネストル*）を見ることを承諾するのは、ただ、それが舞台の上で展開されるからである。その運命におしひしがれたジャックやアントワーヌを、ともかくもわれわれが想像しうるのもまた舞台の上なのであって、われわれが彼らと一体になることや、作者自身が同情を示しすぎたりすることを避けようとして、作者の払う二重の配慮というものは、幕やフットライト、古代の仮面や衣裳、さらに『女房学校』の庭園の中心にジューヴェが据えた大胆な燭台、といったものの小説上のおきかえがそこに認められるならば、十分に報いられるわけなのである。したがって、マルタン＝デュ＝ガールが、これら出口のない生活の景観によって、われわれのうちに呼びさまそうとした恐怖や憐憫は、それがいかに激しいものであろうと、われわれ自身の生活からは切りはなされ、非人間的のままとどまらなければならないだろう。

9　小説における不偏不党性のパラドックス

最もたしかな小説家としての資質にめぐまれたマルタン＝デュ＝ガールによって、小説が他の芸術と平等なものとなろうと欲し、小説固有のものでない美学にしたがうほど変質したという事実は、けっして偶然のものではない。つまり、フランスでは（むろん、自然主義以来）、小説はその意味深い使命を裏切り、それがまだ文学の半ば除け者にすぎなかった十八世紀の、その上昇期の当初には小説固有のものにほかならなかった野心を、はやくも放棄していたからなのである。小説形式を破壊しようとする外観にもかかわらず、プルーストの作品は、たしかに小説的特質を所有しており、『薔薇物語』や「アーサー王系統」の冒険譚とおなじように、精神的巡礼のさまざまな段階を描きだしている。プルーストの作品とこれら中世の作品との唯一の相違は、その描写が少なくとも部分的にはレアリスムにしたがい、もはや純粋に寓意的とはいえぬ方法をとっている、という点にある。スタンダールのすぐれた小説、『赤と黒』、『パルムの僧院』、さらに『アルマンス』といった作品が、バルザックの『村の司祭』とおなじように、光明と救いをもとめての魂の上昇の物語であることをしめすのは、さして困難なことではあるまい。また、『人間喜劇』全体は、大規模なフレスコ絵画ともいえるもので、一種の「オデュッセイア」であるジョイスの『ユリシーズ』とおなじく、われわれが生まれおちると同時にはじめられる、あの魂の遍歴において、人類の味わうさまざまな苦悩がそこに跡づけられている。そして『アドルフ』は、ひとつの魂がついにその贖いを見いだしえなかった挫折を物語る以外のなにものでもない。『危険な関係』では、小説というかたちをとって、善と悪とのマネス教を思わせる闘いがおこなわれている、これについてはここでは触れまい。『ペルシア人の手紙』のモンテスキュー、『コント』のヴォルテール、『新エロイーズ』のルソーは、いずれも小説をその思想を広めるための手段とみなすことによって、ルネッサンス以前に小説固有のものであった機能と、それと相関関係にある品格を、無意識のうちにふたたび小説にあたえたのであった。その多様な宇宙がいかに精神化されていないにせよ、これらの作家が小説に、少なくとも、筋の単なる流れを越えたひとつの意味を賦与したことは認めねばなるまい。彼らによって小説は、ふたたびなにものかを目指す、ひとつの意味を持つ物語となったのである。

『チボー家の人々』という小説は、最後にそれに先だつすべてを否認するあのはかない希望を別とすれば、なにものも目指してはいない。容易に理解されるように、それは、時間が実際に流れることのない、静止したひとつながりの画面に、分解されるものなのである。まことの時間というものは、（老衰と死にむかう以外、いかなるものも目指すことのできぬ）ある有機体の生理的発展に区切りをつけて知らせるものでもない。また、さまざまな環境のなかでおのれをすりへらすことによって、ある存在が獲得することのできる心理的《体験》の、最大量もしくは最小量を記入していくものでもない。それはただ、（たとえばプルーストの作品にみられるように）精神の成熟の過程を規制していくものにほかならない。『パルムの僧院』の結末で、ファブリスをまったく変わった人間にするのも、ブザンソンの牢獄につながれたジュリヤンを、しだいにその過ちと罪から身を浄めていく存在とするのも、この時間なのである。バルザックではそれは、ルイーズ・ド・ショーリュー*、リュシアン・ド・リュバンプレといった修正することのできぬ人物や、『谷間の百合』の最後におけるモルソーフ夫人のような、絶望のなかにのめりこんだ人たちの運命に、それが別のようでもありえたかもしれないと思わせることによって、悲壮感をあたえるものとなっている。『サランボー』はいうまでもなく、『ボヴァリー夫人』にも欠けているものがこれなのであって（それがいかに滑稽に思われるにせよ、シャルル・ボヴァリーだけにはいくぶんか存在しているのだが）、それは『ジュリヤン聖人伝』の印象を希薄にし（バルザックは『村の司祭』のなかで、ヴェロニカの贖罪を感動的なものとすることに成功している）、さらに、それがはっきりと認められるほとんど唯一のフローベールの作品『感情教育』では、豊饒と成熟への発展としてではなく、風化、崩壊、腐敗といった力として、いわば逆の形で表現されているのにほかならない。ボードレールは、その『危険な関係』についての試論のなかで、ラクロはバルザック、スタンダール、サント＝ブーヴとならんで、その分析をつうじて進化を表現しえた数すくない作家のひとりだとしているが、少なくともヴァルモンに関するかぎり（メルトゥユ侯爵夫人は、堕天使リュシフェールのように永遠で不動な存在ではあるが）、私は彼とまったく同意見なのである。本質的に小説固有のものであるこの特質について、『ロマン派芸術論』の作者は、『ボヴァリー夫人』に関する批評のなかでは、その賞讃にもかかわらず、まったく触れていない。彼が『チボー家の人人』にそうしたものを認めえたかどうか、私は疑問に思う。

マルタン＝デュ＝ガールの作中人物は、生活をともなった持続というものを持っていない。したがって彼らの運命は、精神的特質を持たず、ただ彼らの外側に存在しつづけるように定められているにすぎない。そして実際にそれ以外のあらわれ方はしていないのだ。ジャックやアントワーヌをなぎたおすカタストロフも、外部からもたらされたものであって、それだけに彼ら固有の性質はほとんど反映していないし、オイディプス*の罪と不倫、オレステス*の母親殺し、ヘクトル*の最期と同様、ほとんど内面的要因に由来するものではない。こうして、ふたたびわれわれは演劇の世界につれもどされる。そしてこの書物を読みすすむあいだ、劇の主人公をまちうけている罠について、舞台を前にしながら知らせてやることも救いにかけつけることもできない観客のように、われわれは、作品に対してまったく受身の立場におかれてしまう。むろん、たとえば、サンセヴェリーナ公爵夫人*に恋慕したり、コランタン警部*を呪咀したり、アドルフにあててエレノールにもうすこし優しくするように書きおくったり、さらにジル・ブラースに向かってグラナダの大司教にはいっそう慎重にふるまうよう進言したり、こうしたことをわれわれにさせるようなものが、すぐれた小説の不可欠の条件であるなどというつもりはない。しかしながら、オスカー・ワイルドは、彼のことばによれば、リュシアン・ド・リュバンプレの自殺について、どうしても諦めきれなかったのである（彼がヴォートランの好みをもっていたのも事実だ）。だが、フローベールの崇拝者のうち、ボヴァリー夫人の負債を払ってやろうというものが、かつてひとりでもあったろうか。これに反して、ルソーの『エミール』の女性読者は、彼女自身の乳で子供を育てはじめたし、ポーランドやドイツでは、バルザックふうの家具が大流行したし、さらに、トゥルヴェル法院長夫人の誘惑以外のあらゆる誘惑についても、『危険な関係』のヴァルモンが責任を負わねばならなかったのではないかと、心配さえしたくなるのだ。いいかえれば、悲劇と異なって小説は、必然的に、その表現している行動の模倣に読者をかりたてるものであり、それだけに、説教師や道徳家があらゆるときに、小説の危険性を告発しつづけるのも、もっともなことなのである。小説は、生活と人間性に十分みたされていれば、当然、行為への誘いとなる。そうでない小説とは、問題小説か、せいぜい宣伝小説にすぎまい。ドストエフスキーやベルナノスやマルロー、さらにセリーヌの『夜の果てへの旅』、ユゴーの『レ・ミゼラブル』を、深く傷つけられることなく読むことができるとは考えられない。しかし、『一九一四年夏』三巻において、諸事件が公平に描かれているとはいえ、作者に十分な確信があるとは見てとれないので、ジョレスについてはいわないまでも、そのためにジャックが死ぬこととなった脈動する一群の高貴な思想のうち、ひとつでもほんとうにわれわれに迫ってくるものがあるかどうか、私は疑問に思わざるをえない。

たしかに、小説家がゆきずりの読者に、彼自身の見解のゆがみや心理的特殊性を押しつけないためにも、非主観性というフローベールの定言命令を適用するのはよいことであろうが、他の人の場合とおなじく小説家にとっても、思想を持つ以上、それを告白し、さらに、小説が文学の《偉大なるジャンル》となって以来、ルソーの『新エロイーズ』からバレスの『兵士に告ぐ』まで、小説固有のものにほかならなかった機能、すなわち宣伝ではないまでも刺激、もしくは行動への呼びかけという機能を、作品に要求することは、これまた当然の義務なのである。このことは、偉大な小説家がふたつの信仰告白の間にはさまれながら、細心の正確さをもって世界を描きだすことを、けっして妨げるものではない。バルザック、スタンダールといった作家が、彼らの理論と矛盾する世界の様相をそのまま描きだすことによってみせた、ほとんど無意識的な公正さというものが、十分そのことを証明してくれる。マルローが最も尖鋭なコミュニストであった時期にさえ、彼の小説におけるヴィジョンは、本質的に貴族的なものにほかならなかった。

くわえて《客観性》というものは、大部分神話的な、認識論的に明確化しうる内容をほとんど受けいれることのできない概念のように思われるのであるが、ロジェ・マルタン＝デュ＝ガールは、十九世紀が彼に委ねた他の知的遺産とともに、批判することなくそれをそのまま相続したのである。新しい世紀の黎明期に、カントのそれと類似した批判的思想構造の出現をうながすことのできる、（ルナン、テーヌ、ベルトロといった充足した科学主義者、自己満足におちいったニヒリストとはまったく異なった）まことの意味における破壊者ヒュームのごとき存在を、いうまでもなく十九世紀は持たなかった。といっても、ここは、ガブリエル・マルセルが的確に「絶対的観察者の幻影」と呼んだところのものについて、論ずべき場所ではない。ただ、世界を《おのれをむなしくして》描こうとする野心、つまり、ひとつの状況にとらえられ、歴史的、生物的、社会的に条件づけられ、したがって当然なんらかの党派的立場に立たざるをえぬ個人、あたかもおのれがそのようなものではないかのように世界を描こうとする野心というものは、相対性原理と量子力学の時代にあっては、科学的にみえるにせよ、むなしいものにほかならぬ事実を指摘するにとどめよう。

こうした野心は、小説という角度から眺めるかぎり、不毛のものなのである。『チボー家の人々』の『エピローグ』以後のマルタン＝デュ＝ガールの沈黙は、いうまでもなく、彼の世界像と美学が、彼をそのなかに閉じこめてしまったこのゆきづまりについて、どの程度彼が意識していたかをしめしてくれるものであろう。彼の小説作品は、『チボー家の人々』さえ、明瞭に回顧的性格を持つものとなっている。『一九一四年夏』のなかで、フィリップ博士は言う（いささか演説めいた口調で）。「ぼくは、一生に、三つの暗い日づけを持ったことになるだろう……第一の日づけ、それは、ぼくの青年期に革命をもたらした。第二の日づけ、それは、ぼくの壮年期をひっくりかえした。第三の日づけ、それは、ぼくの老年期をだいなしにしてしまうにちがいない……　第一の日づけ、それは地方の敬虔な少年であったぼくが、ある晩、四福音書を次から次へと読みながら、それが矛盾だらけのつぎはぎにすぎないことを発見したとき……　第二の日づけ、それは、あのエステラジーと称するけしからん男が、「明細書《ボルドロー》」と呼ばれるインチキ文書をたしかにでっちあげておきながら、しかも人々は、彼をやっつけるかわりに、その身代わりとして、無実な男、だがユダヤ人だった男を、しゃにむにいじめつけたときだった……」（六十九）最初のふたつの「暗い日づけ」は、『ジャン・バロワ』の主題となっている。宣戦布告というより、フィリップに、「各国の民衆が、破滅の火の粉をかぶろうとしていることがわかったとき」（同上）にほかならぬ第三の日づけは、『一九一四年夏』の主題である。こうして、マルタン＝デュ＝ガールの小説は、年代的にはたしかに最近である過去のなかに、それも、あたかも作者がそこから自由になることができぬかのように、ほとんど受身ともいえる方法で身をしずめている。彼の小説はあらゆる期待に反して、現存する困難の解決ではなくとも、せめて現実の事件を理解するための鍵をそこに見いだそうという空しい希望を抱いて、その過去を凝視しつづけている。たしかにバルザックも、『みみずく党』から書きはじめた。しかし、本質的に近代的で実証的な彼の作品は、最近とさえいえる過去（貴族社会の没落のとりかえしのつかぬ完成、とでもいおうか）のほうに傾斜しているというより、未来に向けられている。あえていえば、未来へと力づよく方向づけられているのだ。その未来こそ、統領政府時代の国有財産の買手となった農民から、ルイ・フィリップ治下の巨大な都市資本主義の飛躍的な発展にいたるまでの、小市民階級の漸次的上昇のうちに形象化されるものにほかならない。ロジェ・マルタン＝デュ＝ガールが、あれほどまでに、近代社会や現代の問題について、なにひとつ理解していない人のようにみえるのも、それらの問題が彼と同時代のものだったにせよ、結局、彼がそれらを理解しなかったからなのである。彼の場合、その眼は過去の価値、ヴァルディウ・ド・ジャリクールの師ルナン氏の価値や、テーヌ＝ベルトロの科学主義の価値に向けられていて、これらの問題に関して、彼は受身の立場で受容することに終始したといえるのであり、その受動性は、もう一度、マルクスのあの明快なことばの引用を思いたたせるていのものなのだ。「哲学者は、これまで、さまざまな方法で世界を解釈してきたにすぎない。いまや、世界を変革することが問題なのだ。」

その主人公アントワーヌの死の瞬間に、マルタン＝デュ＝ガールの時計はとまり、一九一八年以後、彼はもはや精神的に進化することがなくなってしまう、いいかえれば、その本来の意味における発展というものにおそらく興味を失って、彼は発展していく世界の追求やめてしまった、そう思われるのである。

こうして、以後、マルタン＝デュ＝ガールは、その資質によっても、極端に知的な誠実さによっても、ついに救いようのなかった凡庸な小説家の一世代を代表する、戦後の時代おくれの自然主義作家としてあらわれることとなる。彼の作品ののっぴきならぬ悲壮さというものは、アントワーヌ・チボーの死の悲壮さと同じ種類のものなのだ。すなわち、すべてを再検討することをはじめて強いられながらも、アントワーヌ自身のことばを借りれば、「形而上学的な罠のうちに落ちこむ」こともなく、つまり、おのれ自身を否認することもせず、したがって避けえない問題に解決をあたえることもできなかったためなのである。「かつての日々のこと、すなわち患者たちのためにあらゆる努力をつくし、義務の遂行にあたってはたえず厳格さを心がけていたことを思うとき、おれのようにあらゆる道徳的な規律から解放されている人間でありながら、いったいなんのためにああした、模範的とも呼べる生活ができたのだろう。」(『エピローグ』アントワーヌの日記・八月十五日）まさしくこの瞬間、彼が自分のうちに宿命のようにつねに抱いていたあの悲劇的なものが、一気に堰を切ってあふれでたのだ。この悲劇的なものは、それまでは、たとえば「診察」の夜、または、ラシェルとのあの情事によってたちまちもたらされた閉塞、出口なき状態（表面上は、それが約束だったということになっているが）といったもののなかに、彼自身にはほとんど気づかれず、かろうじて顔をみせるだけだったのである。しかし、先験的世界がアントワーヌの眼前にひらかれたときでさえ（たとえば大地への愛や隣人愛という形で）、彼はその意味を認めることはできなかった。華々しさも輝かしさも欠けている暗い悲劇に捧げられた彼は、悲劇の世界の代表者でありながら、自らをそのようなものと考えることのできぬ唯一の人物だった。彼の無意識こそ、その宿命の欠くべからざる部分にほかならない。彼は、あらゆる倫理、あらゆる形而上学、すなわち、彼が強いてあるがままに（または、そう思われるままに）とらえようとした世界についての、首尾一貫したあらゆる建設的な省察を拒否したために、あの唯一の絶望の叫びとともに死ななければならなかった。「ところがおれは、おれ自身についても――またこの世界についても――たいしたことも知らずに死んでいかなければならない人間なのだ……」(『エピローグ』アントワーヌの日記・八月十五日）このことばは、作者マルタン＝デュ＝ガールの墓碑銘とも、また、ひとつの文学的時代を代表する、さらにいえば（アントワーヌのことばにならって）《模範的》な小説作品として考えられる、『チボー家の人々』についての最終判決ともしたくなるものである……　おなじような運命をたどった作者と作中人物とを、最後にこのように混同してしまうことこそ、この《客観》小説の最大の失敗にほかならない。

注

第一章　受身の時代

ページ　段　行

七　上　14　ポール・アザール（一八七八―一九四四）は、文学史・比較文学研究の碩学でコレージュ・ド・フランスの教授等を歴任した人物。とくに、十八世紀の文学、思想に関する著述が多く、『一六八〇年から一七一五年までのヨーロッパ思想の危機』（一九三五）は、一七世紀から一八世紀への移行の時期に見られた思想史的屈折の姿を分析したもので、彼の代表的な名著のひとつである。

七　下　15　『シチュアシオン』II、p. 42（原注）

八　下　11　バルザックは一八五〇年に死亡しており、マニーのこの書物の初版は一九五〇年に発行されているから、バルザックの死後、ちょうど百年が経過した事実にひっかけて書かれた記述である。

一一　上　1　聖イレネ（一三〇年頃―二〇八年頃）。トルコに生まれ、一五七年頃からゴール地方に派遣され、その後リヨンの司教としてキリスト教の伝道に尽力した聖職者。二〇八年頃殉教者として死んだと伝えられ、聖人に列せられた。

一一　上　1　聖ジャンヴィエ。イタリア名ジェンナーロ（二五〇年頃―三〇四年頃）。ナポリ市の保護聖者であり、とくに、彼の凝固した血液が信者の祈りによって液化するという〈聖ジャンヴィエの奇蹟〉によって有名である。

一一　上　3　主として聖ヒエロニュムス（三四二年頃―四二〇年頃）によってラテン語に翻訳された聖書。とくに宗教改革の時代など、改革者の側から多くの否定的な意見が提出されたが、古くからカトリック教会では、これを正式のラテン語聖書として認定している。

一一　上　13　サン＝テヴルモンには、『オカンクール元帥とカナイユ神父との対話』と題する著述がある。

一一　下　7　一九三一年に出版されたフォークナーの小説。

一一　下　7　一八九四年十一月に、「小曲」（Petit Air）I としてはじめて発表されたマラルメの詩。

一三　下　4　ここのところで、聖イレネのライオンの話は著者の想像にすぎないわけではなかった、ということがわかるであろう。（原注）

一三　下　19　『クリオ』（ガリマール版）p. 27（原注）

一三　下　20　『クリオ』（ガリマール版）p. 29（原注）

一四　上　3　ヴィクトル・ベラール（一八六四―一九三一）。フランスの政治家、ギリシア学者。ギリシア学者としての仕事はホメーロスに関する仕事が多く、とくに『オデュッセイア』については優れたフランス語訳（一九二五年）があるほか、ホメーロスの作品に現われた地名についての調査、いわゆる「オデュッセイア地図」の研究に大きな功績を残した。

一四 上 11　ジョン・ミドルトン＝マリ（一八八九—一九五七）。イギリスの文学批評家。

一四 上 15　クローデルは、アイスキュロスの『供養する女たち』のフランス語訳を刊行した。

一四 下 23　『全集』第二巻（ガリマール版）の序文（原注）

一六 上 6　アンリ・ゲオン（一八七五—一九四四）。新トマス派に属するカトリック作家、批評家、劇作家。『新フランス評論』誌の初期の協力者。

一六 上 16　『新フランス評論』誌、一九一四年一月号。（原注）

一七 下 9　『フランス人の趣味と鑑識力についての観察』（原注）

二一 下 9　モーリス・サックス（一九〇六—一九四五）。フランスの小説家。彼の著書『魔女の饗宴』は、一九四六年に出版されたが、実際に書かれたのは一九三九年以前と推定される。

二二 下 11　チボーデ『フランス文学史』（ストック版）p. 543（原注）

二二 下 18　スイスの古伝説中の人物で悪代官。自分の帽子を街頭にかかげ、通行人に敬礼を強要した。シラーの戯曲『ウィルヘルム・テル』によって有名である。

二三 上 5　たとえば、小説形式の魅力、文体の平易さ、そしてもっと一般的に言うなら、あらかじめ嚙み砕かれ、消化し易くされた知的栄養物を読者に与えようとする偏見によって。（原注）

二三 上 5　アリエル、ディスレリー、バイロンの伝記を書いたモーロワが、《小説的伝記》の流行に関して、大方の責任を負っていることは周知のとおりである。（原注）

二三 上 6　このような見方については、モーロワとシャルル・デュ・ボスの『バイロン伝』を比較するだけで充分である。（原注）

二三 下 11　『嘔吐』の中でサルトルが引き合いに出しているのは、グラックスではなくて、クロムウエルである。

二四 上 2　ガブリエル・マルセル（一八八九—）現代フランスの哲学者・劇作家、キリスト教の基盤を踏まえた実存主義の主張者として著名である。

二五 上 14　たとえば、モーリス・ブデルやモーリス・デコブラ、フランシス・ド・クロワッセ、ピエール・ブノワ等々がなしていること。（原注）

二五 下 9　いみじくも、ジョルジュ・バタイユの言うごとく。（原注）

二七 上 1　バルザックの「人間喜劇」の作中人物。『名士ゴーディサール』（一八三三）、『セザール・ビロトー』（一八三八）、『従兄ポンス』（一八四七）などに登場する。

二七 上 19　国家的偉人、功労者を祭るための墓廟。パリのパンテオンには、ヴォルテール、ルソー、ユゴー、ゾラなどが葬られた。

二七 下 17　モーリス・エマニュエル（一八六二—一九三八）フランスの作曲家、音楽理論家。一九〇七年から一九三六年まで、パリ国立音楽院で音楽史の

講座を担当。主著『音楽言語の歴史』(一九一一—一九二八)。

二八 上 1 ヨハン・フリードリッヒ・ロッホリッツ(一七六九—一八四二)。ドイツの音楽評論家。

二八 下 19 これらの例や、それに基づいた論証は、現代イギリスの歴史家アーノルド・トインビーの労作『歴史の研究』(オックスフォード大学出版部)から借用した。原典はひじょうに詳細なものなので、ここでは、主要な論題の一端を、(われわれの意図に合わせて改め)要約することしかできない。(原注)

二九 上 12 ヴァレリー・ラルボー(一八八一—一九五七)、ポール・モーラン(一八八八—)両者は、世界諸国を歴訪したコスモポリタンであり、海外の文学をフランスに紹介し、フランス文壇の視野を拡げた功績は大きい。

三〇 上 6 ジュリアン・バンダ(一八六七—一九五六)の著書。『聖職者の背任』(一九二七)、『ビザンチンふうのフランス』(一九四五)。

三〇 下 23 『埋葬拒否』。フランスの死に際して出版されたシュールレアリストのパンフレット『死骸』より抜粋。モーリス・ナドー編『シュールレアリスム資料』(スイユ版)所収、p 13(原注)

三二 上 6 アナトール・フランスの小説『現代史』(一八九六—一九〇一)の主人公。

三二 上 8 『死人の横面をなぐったことがおありですか?』『シュールレアリスト資料』(原注)

三二 下 8 『コメディア』紙(一九二五・六・十七)に載ったクローデールのインタビュー記事に反駁し、ブルトン、アラゴン以下二十八人のシュールレアリストの連名によって出された公開抗議文(一九二五年七月一日付)。

三二 下 16 アンドレ・ブルトン『正当防衛』(『シュールレアリスト資料』p. 61(原注)

三二 下 16 『シュールレアリスト資料』p. 26(原注)

三二 下 17 『シュールレアリスト資料』p. 237—p. 238(原注)

三三 下 11 『シュールレアリスト資料』p. 43(原注)

三三 下 21 『シチュアシオン』II、p. 221(原注)

三三 上 9 サルトル『シチュアシオン』II、p. 219(原注)

三三 下 11 『シュールレアリスト資料』p. 75 以下。(原注)

三三 下 16 ペトリュス・ボレル(一八〇九—一八五九)。フランス・ロマン派の作家。ネルヴァルやゴーチェの結社に出入りし、自ら狼狂患者と名のって、スキャンダルをまきちらした。シュールレアリストたちによって高く評価されている。

三三 下 23 『文体論』(ガリマール、一九二八)p. 59—63(原注)

三四 上 6 ポール・クローデルのこと。ただし、クローデルが『ランボー全集』の序文を書いたのは一九一二年であり、彼が駐米大使となったのは一九二七年である。

三四 上 8 シャルル・シャセ(一八八三—)。フランスの作家。『十九世紀芸術における象徴主義運動』(一九四八）のほか、ゴーチェやマラルメに関する著書がある。

三四 上 11 『文体論』（ガリマール社刊、一九二八）p. 79（原注）

三四 下 5 アントナン・アルトー『真夜中に、もしくはシュールレアリストの法螺』（一九二七年六月）、ナドー『シュールレアリスト資料』所収、p. 116（原注）

三四 下 10 ジョルジュ・アルマン・フーレ（一八六七—一九四五）。詩人、作家。滑稽で大胆なパロディーふうの詩を書いた。詩集『卵生のゼラニューム』のほか、『サチュロスのためのコント集』がある。

三五 上 1 『放縦』（一九二四）、『パリの農民』（一九二六）は共にアラゴンの作。『ナジャ』（一九二八）はブルトン、『処女懐胎』（一九三〇）はブルトン、エリュアールの共著。

三六 下 3 トリマルキオは、ペトロニウスの小説『サチュリコン』（一世紀）中の挿話『トリマルキオの饗宴』の作中人物。ネロをモデルにしたといわれる、野卑極まる暴君で、奴隷出身の成り上がり者。似而非詩人。淫猥、驕奢な招宴を催す。

第二章 小説の暦

三七 下 15 Vデー、第二次世界大戦戦勝記念日。

三八 上 20 エミール・リットレ（一八〇一—一八八一）。十九世紀後半のフランス思想界を支配した実証主義の立場にたつ言語学者、哲学者。とくに尨大な『フランス語辞典』の著者として有名である。

三八 下 18 エミール・デュルケム（一八五八—一九一七）。フランス社会学の創始者と目される学者で、社会的事実は個人の意識を超越したところにあるという認識を、その学説の中心に置くいわゆるデュルケム学派の基礎を築いた。

三九 下 23 ドメニーコ・チマローザ（一七四九—一八〇一）。イタリアの音楽家。

四〇 下 5 一九三一年度のゴンクール賞を受けたジャン・フェヤールの小説。

四一 上 4 一九一八年の意味はおのずから了解されよう。一九一三年には、『法王庁の抜穴』、『スワン家の方へ』、『バーナブース』、『モーヌの大将』、などが時期を同じくして刊行されたが、この年、ゴンクール賞の審査員たちは、以上の作品よりも、フラン・コントワ・ペルゴーの『狐からかささぎまで』のほうを選んだ。（原注）

四一 上 6 オットー・ロレンツ（一八三一—一八九五）。ドイツに生まれフランスに帰化した書誌学者。

四一 上 18 アーノルド・ジョゼフ・トインビー（一八八九—）。イギリスの歴史学者。

四三 上 3 メガラ人エウクレイデスの創立した学派。小ソクラテス学派のひとつで、とくに反対説の論駁による間接論証を用いて、ソフィストに近似した議論を特徴とする。

四三 上 4 『文学についての考察』、p. 121—123（原注）

四三 上 8 ジャン＝ガブリエル・タルド（一八四三—一九

〇四）。フランスの社会学者。人間の精神の相互関係によって社会現象を説明するために、相互心理学を提唱した。

四二　上　8　ヴォルフガンク・ケーラー（一八八七—）。ドイツの心理学者で、ゲシュタルト学派の創始者のひとり。

四二　下　6　また同じく、クールノとタルドの弟子マントレが、社会的世代についての学位論文のなかでやっているように。（原注）

四三　上　17　『文学についての考察』、p. 157（原注）

四三　上　20　「デ・ゼッサントのための散文」はマラルメが一八八五年にはじめて発表した詩で、マラルメの後期を代表する詩法の詩である。デ・ゼッサントは、当時とくに象徴派の作家に好まれたユイスマンスの小説『さかしまに』の主人公の唯美主義者。

四三　下　3　白状しておくと、この有名な例は、マサチューセッツ州ケンブリッジ（ハーヴァード大学）の天文台から、ジャン・ポール・サルトルの磨いたレンズを通して——「レンズ磨き工」として名を挙げるのならば、スピノーザのほうがずっと適切であったはずなのに——フランス文学を見ている、最近そう非難されたばかりの私の心を、少しばかり慰さめてくれる。（原注）

四四　上　20　イペルボールということばは、マラルメが重要な意味を託した語で、前出の「デ・ゼッサントのための散文」は、「イペルボールよ」という呼びかけではじまる。マラルメはこのことばにとくに語源的な観念を含ませて使用し、実在の彼方に投ぜられた、より理想的なイメージを指示した。マラルメの深い影響を受けた世代にとっては、このことばはとくに重要な意味を帯びたものとして使われている。

四四　下　2　『文学についての考察』p. 158（原注）

四五　上　13　ジョルジュ・リブモン＝デセーニュ（一八八四—）は、ダダやシュールレアリスムの運動の一員で、詩、小説、演劇の各ジャンルにおいて斬新な試みをしている。詩集『この人を見よ』（一九四五）はよく知られている。

四五　上　13　ルイ・ギユー（一八九七—）は、あくことない苛酷さで現代のデカダンスをえぐっている小説家。『黒い血』（一九三五）は、クリピュールという人生に敗れた哲学者を主人公とし、現代人の不幸と悲惨を描いた小説。批評家のなかにはこの作品を今世紀指折りの傑作と評している者さえある。

四六　下　9　スイス南部にあるアルプス山脈に属する山塊で、ライン河、ローヌ河、チチノ河等々多くの河川の水源がこの地域に集中している。

四七　上　9　チボーデ『フランス文学史、一七八九年より現代まで』p. 522（原注）

四八　上　15　モーリス・デコブラ（一八八一—）が一九二五年に発表した小説。

四八　下　1　拙著のこの第一巻においては、こうした幾つか

の傾向のうちの主要なものを、ひとつの偉大な名のまわりに集めてみようと試みた。(原注)

三一〇 上 9　ポール・モーランの作品。たとえば『ただ地球のみ』だとか、ドルジュレスの『らくだのいない隊商』だとか、フランシス・ド・クロワッセの『セイロンの夢幻境』などはこうした態度をかなりよく要約している。(原注)

三一〇 下 4　一九一九年十一月、第一次大戦後初の下院総選挙が施行された際、《民主同盟》(Alliance démocratique) を中心として保守的共和諸派の団結が唱えられ、「国民連合「が形成された。これはむろん左翼諸派の進出を牽制するためのものであったが、左翼諸派の分裂に乗じて、この保守派の統一戦線は選挙に圧倒的な勝利を収めることになった。こうして成立した保守的な下院議会のなかには、多数の在郷軍人がいたことから、一九一九年十一月に成立したこの議会は軍服議会と呼ばれた。

三一一 下 5　『暗黒のユーモア選文集』に収められた文章を参照のこと。(原注)

三一一 下 18　この時期の小説の年代を書きこもうとするときに味わう困難さ、それについてはまたのちほど触れることになるだろうと思うが、その困難さのもつ深い意味のひとつはたぶんそこに存するのであろう。(原注)

三一三 上 13　カトリックの用語で、現世において悪を征服し天国に在る聖者たちのことを指す。地上で悪と戦う信者たちを指すものとして用いられる《戦いの教会》に対応することば。

三一三 上 23　マルクス『フォイエルバッハに関するテーゼ』の十一は、次のようなことばから成っている。すなわち――「哲学者たちは世界をただいろいろに解釈しただけである。しかし、だいじなのはそれを変革することなのである。」

三一四 上 2　フランス南西部のバッス・ザルプ県の小さな町で、ジャン・ジオノの生地。

三一四 上 19　シュールレアリスムの運動の機関誌の役割を果たしていた『シュールレアリスム』誌は、一九三〇年から『革命に奉仕するシュールレアリスム』と改題されて刊行されるようになった。

三一四 上 20　一九三二年三月、反ファシズム・反戦・文化擁護を標榜して結成された芸術家の団体。

三一四 上 20　一九四五年十月、サルトルは雑誌『現代《レ・タン・モデルヌ》』を創刊してその巻頭に創刊の辞を執筆し、政治に参加する文学という基本的な志向を明示した。

三一四 下 6　ドイツの俳優、第一次大戦前後にかけて舞台、映画で活潑な活動を示した(一八八四―一九五〇)。

三一四 下 7　フェルナンド・サーカス、パリ・サーカス等と並んで、第一次大戦前後のパリで人気を集めていた曲馬団。

三一六 上 1　正規修道者《レギュリエ》とは修道院において教団の戒律のもとに生活する修道士を指し、俗人《セキュリエ》とはその反対語で、修道院の外で修道院の戒律に制約されずに生活する司祭等をも含めて、俗世間で暮らす人間を指す。ジュリアン・バンダは、本来は宗教的なこの二つの語を比喩として用い、人間は二つの精神的種族に分かれると説いた。すなわち、《聖職者》または《正規修道者》とは理性の光に照らして真理を追究する人間であり、知識人の本来的な役割はこうした《聖職者》としての任務を遂行するところにある。それに反して、《俗人》または《俗衆》laïc séculier とは、ブルジョワジー、一般大衆、政治家等、現在の実利目的を追求することに人生の意味を見出す人種であるとされる。『聖職者の背任』は、十九世紀末いらい、知識人が聖職者としての任務を離れて、政治的情熱や階級的情熱に捉えられはじめた傾向の排撃を主要なテーマとしている。著者マニーはこのバンダの思想を踏まえて、現実を断絶した純粋に文学的な価値だけを問題とする作家を《正規修道者》と呼び、政治的・社会的現実を最重要視する作家を《俗人》と称するわけである。

五六 上 13　ギリシア神話の女神。もと大地を意味する語であったことから、それを擬人化した女神の名称となり、あらゆるものの原初とみなされている。

五六 上 13　ギリシア・ローマの神話における大地女神。前記ガイアと混同されることもあり、またガイアがウーラノスとのあいだに設けた娘と考えられることもある。

五六 上 19　ジードの妻マドレーヌの実家の別荘で、ジードは生涯パリとその地のあいだを往復し、またN・R・F派の作家もこの別荘をしばしば訪れた。

五六 下 9　それでもプルーストには、たとえば話者がもちだして売ってしまう伯母のシナの陶器の花瓶だとか、アルベルチーヌのドレスだとか、ヨットの設計だとかといった物質的な細かなことがらがあるにはある。しかし、それらは例外であり、筋だての上での《端役》ではないとしても、それらの価値は現実的というよりはむしろ詩的なものなのである。（原注）

五六 下 15　とはいうものの、ラルボーの『バーナブース』、この百万長者（それも百万長者として敬意を払われている百万長者）の小説だとか、リュシアン・ファーブルの『ラブヴェル家の人々』の三部作や（これは金融界の人間を書いたバルザック的小説である）、さらにはジャック・シャルドンヌの『リモージュの陶器』、ジャック・ド・ラクルテルの『レ・オー＝ポン』を挙げることもできよう。（原注）

五六 下 17　ルイ・カレット『ミネルヴァの誕生』p. 72（原注）

五七 上 7　ジロドゥーのプラトニスムの証明については、『気取り屋ジロドゥー』と題する私の評論を参照されたい。（原注）

五七 下 4　『文学についての考察』中の「マルセル・プルーストとの対話」。「私はただこの超俗的態度の性質だけを、この超俗的態度の逆説的な鋭い意味だけをとくに強調しておきたいと思う。それはプルーストの日々の生活における逸話を通してわれわれの前にあきらかにされるものであり、心理学者が彼のスノビスムのなかに見出しているものであり、批評家が彼の作家としての本性の条件そのものであり、基本的な要素であると認めているものなのである。」（原注）

五八 下 18 アンリ・ブレモン（一八六五―一九三三）の著書『純粋詩』は一九二六年に、『詩と祈り』は一九二七年に出版されたが、とくにこの二冊の書物をきっかけにして、純粋な詩とはなにかという問題をめぐって、激しい論争が捲き起こされた。この論争でとくに大きな役割を演じた人には、著者ブレモンのほか、ヴァレリーなどがある。

五九 上 15 『タルブの花々』。p. 17（原注）

六〇 上 21 一八九八年、ドレーフュス事件の際に生まれた思想団体で、創立当初から国家主義的理念のもとに運動をつづけていたが、二十世紀、とくに第一次大戦後になってから右翼的な傾向をいちじるしく強化して、しだいにファシズムに接近していった。

六一 上 9 『文学についての考察』p. 159（原注）

六一 上 10 ビュッフォンの有名なことば、「才能とは長い忍耐に耐え得る資質のことにほかならない」をもじったものと思われる。

六一 上 14 『コンフリュアンス』誌の「小説の諸問題」特集号（一九四二年）に収められた「人間と死刑台」。（原注）

六二 下 18 ジュール・グレヴィ（一八〇七―一八九一）は第三共和国の第三代大統領として一八七九年から一八八七年までその職にあった政治家。エミール・コンブ（一八三五―一九二一）は一九〇二年から一九〇五年まで共和国議会の議長を勤めた。

六二 上 1 ルイス・ゴンゴラ（一五六一―一六二七）。スペインの詩人で華麗な凝った詩風に特色を有し、いわゆるゴンゴリスムの祖となった。

六二 上 2 ジャン＝パウル・リヒター（一七六三―一八二五）。ジャン＝パウルと通称されているドイツ・ロマン派の詩人。

六二 上 21 カレット前掲書 p. 82―83（原注）

六二 下 12 かくして彼のレカンティ訪問記は、紀行文とレオパルディー論とのあいだでぐらぐらするようになり、あのすばらしい『カフェ・マルケージの鏡』は詩としてはじまり、中篇小説として終わることになる。さらに『アレン』の対話についてはどう言えばよいだろうか？（原注）

六二 下 13 コレットの最も重要な作品たる『シェリー』、『シェリーの最後』、『言いあい』、『牝猫』などにたいし、拙論においてはごく限られた場所しか与えられていないが、それというのもまた、それらの作品がどちらかというと引きのばされた中篇小説《ヌーヴェル》の範疇に、さらに詩の範疇に属するからなのである。同様にして『暁の誕生』は『一粒の麦もし死なずば』式の自叙伝に類似している。（原注）

六四 上 13 ボーヌ街はガリマール社が社屋のあった場所

で、ここではN・R・F派ふうの文体というほどの意味であろう。

六四 上 16 批許家クロード・モーリヤックは『地獄の神秘学序論（ジュアンドーの作品）』と題する評論を一九三八年に発表している。

六四 上 18 ジュアンドーの作品に妻として登場する女性の名。

六七 上 12 カレット前掲書。p. 82（原注）

六七 下 12 フォルスタッフはシェークスピア『ウインザーの陽気な女房たち』の、ゴーディサールはバルザックの、ブヴァールとペキュシェはフローベールの同名の小説の作中人物。

六九 上 3 『幻滅』第二部のパノラマ・ドラマティック屋の章参照。

第三章　モラリストの小説家

七三 下 8 N・R・F派の出版社であるガリマール書店の本の装幀。

七四 下 4 コレア書店版。p. 115（原注）
一九二二年十二月三日（プレイヤード版）p. 746（原注）

七四 下 18 ついでにいっておくが、こういう野心をもったのは彼が最初ではなかった。リヴィエールのことはいうにおよばないとして、一世紀前には『アルマンス』のスタンダールがいた。しかしそのことはあとで触れよう。（原注）

七五 上 1 先に引用したラディゲの「愛とはなんと微妙なエチュードか！」と比較されたい。ここには同じような自己満足が目だっている。一方は、自己の才能に対する作者の自己満足であり、他方は、自己の性格に対する主人公のそれである。（原注）

七六 下 20 一九二二年十月十日の『日記』（プレイヤード版）p. 743（原注）

七九 上 4 ガリマール社。（原注）

七九 下 3 ヴォーヴナルグの省察は、観察の確証と要約であるどころか、ほとんどつねに行為と原型の規準である。——「気性がしっかりし、反省が柔軟であるのは良いことだ。」または次のもの、（その格言的性格は前例ほど明白ではないが、やはり確固たるものである）「悪徳は戦争をけしかけ、美徳は闘争をけしかける。」（これは次のごとく解すべきである——「美徳とは戦うものである」とは「美徳は戦わねばならぬ」に等しいものとして。）（原注）

八〇 上 18 「誠意とは心をひらくことである。これはごくわずかな人にしか見出せない。われわれが通常目にするところの誠意は、他人の信頼をかちうるための狡猾な偽装にすぎぬ。」（原注）

八〇 下 19 『踏みはずし』（ガリマール社刊）に集録された評論のなかで。（原注）

八一 上 6 『踏みはずし』p. 278（原注）

八一 上 18 同書 p. 280（原注）

八一 上 19 しかもアフォリスムの病は最も伝染しやすいものだ！（原注）

八二 上 16 『エヴァ』p. 132（原注）

八二 下 1 『踏みはずし』p. 281（原注）

八三 上 22 『エヴァ』p. 136—137（原注）

八五 上 20 『エヴァ』p. 128（原注）

八五 下 15 『十七・十八世紀におけるフランス文学一覧』（原注）

第四章 モラリストの小説家（つづき）

九一 上 11 シャルル・デュ＝ボスが当時執筆したシュランベルジェ論のなかでとった見解は少なくともそうであった。（原注）

九二 上 1 「……私が欲しているのはまさに苦《にが》さなのだ！」と、私は叫んだ。「あなたは私を幸福にしてくれた。あなたは愛情の中で私を息づまらせた……。でも私は自分をだますまいとして以来、自分のうちに一つの欲望しか見出さない——だがこの欲望は実現できないのだ。自分がなにに値するかを判断するため、自分の力を試すため、自分が愛するとき、それがほんとうの自由な選択によってであることを確信するため、金も持たず、私を愛してくれるどんな人の支えもなく、独りで、数か月間たった独りでいて、熟慮反省し、自分を取り戻したいという欲望……」（原注）

九二 上 5 「遠くにいること、自分の手で仕事をすること、自己とふたりっきりでいること、そしておそらくもはや愛されないこと」（原注）

九二 上 8 ジェロボアムという大きな西洋杉の挿話の意味はこのようなものである。そこにおいて、話者は破壊によって過去の永遠のなかに身を沈める。「私のなかにつくられたこの空しさはなにか永遠なもので充たされなかっただろうか？」（原注）

九三 上 22 シリルは言う。「あぁ！ お父さんが死ななかったとしても、お前の青春をそんなふうに台なしにしてしまうのは、お父さんではありませんよ……だって、あの人は臆病ではなかったし、わずかなものでは満足しなかったのですもの……そして、自分が愛している人たちの凡庸さも許さなかったんです……」（原注）

九三 下 12 この主題については、ジロドゥーに関する第六章、第三節、一四二ページを参照せよ。（原注）

九四 上 11 「家族の全生命は私のまわりに結びつけられていた」と、ブレーズは言った。「二つの世代の体験はたがいに矛盾し、繰り返され、補い合っていた。このような論争はけっして閉じられない。お前は私が残す論争を取り上げるだろう——あるいはお前の子供たちは、お前に反抗して、それをまた取り上げるだろう。」（原注）

九四 上 12 したがって『サン・サチュルナン』の終わりで、長男のルイがいつかは父となるという怖れに実際悩まされていることをわれわれは見るであろう。彼が弟のニコラに無理矢理させる約束はこの点に由来する。（原注）

九六 上 13 この問題に関しては特選作叢書（フォンテーヌ社刊）中の『アルマンス』の最新の重版に載って

いるジョルジュ・ブランの優れた序文を見られたい。(原注)

九九　上　19　「彼（ジャック）は無器用だった。愛する人は愛さない人をいつもいらだたせる。ジャックの愛はつねに彼女よりも強かった。」あるいは「……何度も、他人はわれわれを兄妹と思った。われわれのうちに、恋が成長させる類似の芽が存在するからである。しぐさや声の抑揚が遅かれ早かれ、どんなに慎重な恋人たちをもそれとわからせるのである。」(原注)

一〇九　上　4　これは間違っていなかった。なぜなら彼は、自分に（ごく普通の意味で）貞節であるよう切願して彼女に次のように言っているからだ。「あなた自身の愛のために、できることならぼくへの愛のために、あなた自身を抑えてください。」(原注)

一〇九　下　5　ここではまた、コルネイユがその悲劇のなかで、《とっぴ》であるように見えるに違いないと感じたことにたいする保証として、あくまで歴史の認証を要求することを一度も止めなかったことを思いださざるをえない——これに反して、ラ・ファイエット夫人は、もっと野心的であって、女流小説家の唯一の方法を用いて、女主人公の心理学を「大いに売りだすこと」を企図している。疑いもなくこの点に、彼女が歴史的背景を選んだ一つの理由があるわけだが、クレーヴの奥方やヌムールの人格だけは歴史に属していない。ラディゲもリヴィエールも、コルネイユがたとえばその『劇詩の効用と役割に関する序説』のなかで次のように書くとき、歴史の保護を求めることができないのである。

「……情熱を激しくゆさぶる偉大な主題は……つねにほんとうらしさを超えねばならぬ。また絶対的に聴衆を納得させる力を持っている歴史の権威に支持されてなければ、彼らのなかにいかなる信頼をも見出さないであろう……」(原注)

一一一　上　14　『十七・十八世紀におけるフランス文学一覧』参照。彼にとって、告白は「軽率な行動」としてしか説明されえないようであるが、この説は、彼の本を読んだ人にとっては容易に支持され難いものである、と付け加えておこう。(原注)

第五章　静寂主義《キュイエティスム》の小説家——フランソワ・モーリヤック

一一四　表題　カルヴァン派の人びとがルター派の信仰態度を指してキュイエティスム（静寂主義）と呼んだ。人間は自力や克己や禁欲によっては救われず、信仰によってのみ救済されるというルターの考えから、世界改善のための努力や責任を問わず、ただ不正に対する受動的な忍従のみを説くという傾向が生まれた。

一一四　下　16　シェイクスピアの『ハムレット』第Ⅲ幕第二場、二四〇行。

一一五　上　19　ジョイスの友人であり画家。ジョイスとの対話をもとに『ジェームズ・ジョイスとユリシーズの創作』（一九三四）を書いている。

二六 上 11　ジャン・ペルエイルは『癩者への接吻』、フェルナン・カズナーヴは『ジェニトリックス』の主人公。

二六 上 23　ジャック・マリタン（一八八二―）フランスの神学者、哲学者。ネオトミスムの闘士。モーリヤックは『小説論』（一九二八）の中で、「小説家は、対象と馴合いにならずに対象を描くべきであり、また主題と堕落を競うようなことがあってはならない」というマリタンのことばに触れ、「もし対象と馴合わぬとすれば批判や干渉があることになり、作品は失敗するであろう」と述べている。

二七 下 21　テレーズが主人公として登場する長篇は、『テレーズ・デスケールー』（一九二七）、『夜の終わり』（一九三五）、中篇は『医師の家のテレーズ』（一九三三）と『ホテルのテレーズ』（一九三三）である。後の三篇は作品集『沈潜』（一九三八）に収められている。なお『失われたもの』の出版されたのは一九三〇年。

二八 上 5　ダナイデス――アルゴス王ダナオスの王女たち。五十人の王女はアイギュプトスの王子五十人に嫁いだが、結婚の当夜夫たちを殺したため、死後、地獄に落とされ、ふるいで水を汲むことを命ぜられた。

二八 上 5　シシュフォス――コリュントス王。地獄で、何度でも転げ落ちる岩を山頂に押し上げる刑罰を受けた。

二八 上 19　サルトルは『フランソワ・モーリヤック氏と自由』（一九三九）の中で、モーリヤックが、神のごとき特権者の見地から作中人物に接している自己中心的態度を非難し、小説家は、作中人物の共犯者か観察者か、どちらか一方の立場にしか立てないことを指摘している。

二九 上 12　マタイ伝二十章一節―十六節に述べられた寓話による。十一時間目に仕事についたぶどう園の労働者は夜明けから働いていた労働者と同じ賃金を受ける。この寓話をもとにした比喩で、この場合は人生をあらかた悪の汚辱の中で過ごした人間でも、どたん場の瞬間に神意を体得すれば得られる救済を意味する。

二九 下 1　『N・R・F』誌一九三〇年三月号所載『モーリヤックからその作品へ』。

二九 下 12　逆に、実際に犯された罪を描くと（たとえばガブリエル・グラデールの場合のように）説得力が弱まる。『黒い天使』の欠陥の一端はそこにある。モーリヤックの技巧は空想された大悪や、消極的な（たとえば彼が得意とする吝嗇のごとき）罪、または純粋に精神的なサディスムを描くときにしか効果がない。（原注）

二九 下 23　『ゴリオ爺さん』等に登場する、バルザックの『人間喜劇』の主人公のひとり。

三〇 上 18　《マリア・クロスが彼のことをあれほど夢に描き、悶えていた日々の後で、当のレイモンがやって来たのは不運だった。彼を一目見た時、あの限

りない胸の乱れとその原因となった男との間の空隙を埋めることができず、彼女は焦心した。》（原注）

三〇 下 10 アティスはフリジア地方の神話の神。シベールは大地、動物を司る女神。モーリヤックはこのふたりの遂げられぬ愛をテーマにして、詩集『アティスの血』（一九四〇）を編んだ。アティスは神のもとにある魂を、彼を慕うシベールは地上にとらわれた肉体を、それぞれ表わしている。

三〇 下 11 彼女は次のように言っている。「私たちが選んだ人、あるいは私たちを選んだ人間と共に送る生活は（この二つを同一のこととして言うのがふつうなのに、ここでは切り離していることに注意）、日盛りの長い午睡、果てしない休憩、獣のやすらぎのようなものでなければならないのですわ。そうね……すぐそこの手の届くところに、心が融け合いすべてを捧げつくし満ち足りたひとりの人間がいる、その人も私と同じように他の場所にいたいとは思わない、そういう確信を持つこと……」（その人間が今いる場所に積極的に留まりたいと願うことなど考えられない。彼に求め期待できるせいいっぱいのことは、他の場所にいたいとは思わないということぐらいなのだ。）（原注）

三〇 下 21 ルターはメランクトンに「もし罪を犯したいと思うなら、堂々と犯せ」と言った。魂に勇気を持つことを要求し、罪人に希望を与えることばとして知られている。

三一 上 7 モーリヤックは『ジャン・ラシーヌの生涯』（一九二八）の中で『フェードル』を論じている。

三一 上 11 スペインのアヴィラに生まれたカルメル会の改革者、神秘主義者（一五一五―一五八二）。モーリヤックは『蝮のからみあい』の巻頭に、次のような彼女のことばを掲げている。「……神よ、私どもは自分自身が分からないのです。自分が何を望んでいるのか知らないのです。こうして私どもは自分たちの求めているものから、かぎりなく遠ざかってしまうのです。」

三一 上 21 ジョゼフ・ジュベール（一七五四―一八二四）。フランスのモラリスト。マルモンテル、ディドロ、ダランベール等と交友があった。大革命の際には推されて治安判事をつとめたこともある。死後、友人のシャトーブリアンの手により『瞑想録』の抜粋が出版された。そこには「プラトン以上のプラトニシャン」と自称する彼の思想が、簡潔な鋭い文体で箴言ふうに表わされている。

三二 上 1 モーリヤックに同名の三幕劇がある。一九三八年執筆、一九四五年初演。

三二 下 19 プルーストの『失われた時を求めて』の第五巻『囚われの女』で、語り手マルセルとアルベルチーヌの同棲生活が描かれている。

三三 上 11 マルローの仏訳した『サンクチュアリ』の序文（『N・R・F』誌一九三三年十一月号掲載）。

三三 下 12 モーリヤックに同名の小説（一九四一）がある。

一二五　上　16　モーリヤックは、この残酷さを主人公たちに与えながら、その態度の残酷さには少しも気づいていない。あの淳朴で貧相なジャン・ペルエイルは、妻が彼の体を嫌ったために、森へ出かけ、ドングリをたら腹詰めこんだ罪のない山鳩を殺して楽しむ。『癩者への接吻』の終わりのほうで彼が死にかかった時、彼の食欲をそそろうと召使いの息子が小さな頬白を罠で獲りに行く。そしてその小鳥をもっとふとらし肉を柔らかくするために目をえぐってしまう。あるいは『蝮のからみあい』の中には、猟から帰って来た息子のユベール（訳注――猟から帰ってきたのは息子のユベールではなく、甥のリュックである）を愛しく思うくだりがある。《血まみれな鼻面をした獲物の耳をしっかりと握りしめ、ぶどう畑の広い畦道で嬉しそうな様子をしているあの子の姿がまだ目に浮かんでくる。》p. 79（原注）

一二五　下　14　『神とマンモン』p. 123（原注）

一二五　下　18　『イエスの生涯』p. 79（原注）

一二六　上　2　『イエスの生涯』p. 76（原注）

一二六　下　22　『神とマンモン』p. 102（原注）

一二七　上　7　『神とマンモン』p. 97（原注）

一二八　上　3　一九〇一年生。最初シュールレアリストのグループに属していたが、のちにそこを離れ（一九二九）、しだいに土俗学に近づいていった。しばしばアフリカや西インド諸島、あるいは中共を訪れ、日記体のドキュメンタリーを書いている。

『男ざかり』（一九三九）には「闘牛と考えられる文学について」という序文がつけられている。

第六章　小説のニジンスキー――ジャン・ジロドゥー――

一二九　表題　ニジンスキー（Nizhinskii Vaslav 1890—1950）ロシアの生んだすぐれた男性舞踊家である。はじめ、当時の偉大な興業師であったディアギレフに見いだされて《ロシアン・バレー》に参加し、ヨーロッパ各地の舞台で踊ったが、とくにパリでは空前の大好評を博し一躍有名になった。彼のみごとな跳躍は観客を圧倒し、今日にいたってもなお伝説的に語り伝えられている。のちドビュッシィの『牧神の午後』などの振付もしたが、彼のもっぱら得意としたレパートリーは『ペトルゥシュカ』、『バラの精』などである。その後、ディアギレフから独立して自らバレー団を組織し、各地を巡業したがいずれもあまりふるわず、戦後ロンドンで病歿した。

一三〇　上　8　ここはジロドゥーの小説『ベラ』の以下に引用した部分を意味している。「(ベラの)墓のそばで、鼠のにおいをかいだ犬が土をほじくろうとしていた。このときフォンランジュは、ジルベール（犬の名）が自分の亡くなった主人を探しているのではないかとふと思った。それは、フォンランジュの頭のなかで、生まれてはじめてひらめいた隠喩であった。……ジルベールは穴のなかから平たい小石を掘りだしてきた。フォンランジュは、ベラは深い地底に埋もれる前に、あの小石だらけのパリの土のなかに隠遁しているのだと思った……そこでもまた、それが直喩であることは疑いなかった。」……(《Bella》Grasset 版第九版 p. 224 より引用)

一三〇 上 12　これは、ジロドゥーの小説作品において《pour la première fois…》(彼は)はじめて(～した)とか、《…pour la dernière fois…》(彼は)これを最後に(～した)、などといった描写が実にしばしば使われていることを指している。

一三〇 上 16　ベラを埋葬するとき、ベラの父であるフォントランジュは、ルバンダール家に彼女を嫁にやったその日のミサを回想する。また、それにつづいてやがて彼は、「ベラが生まれたその朝、彼女を一時間も両腕に抱いてやったことを思い出す」のだ。

一三二 下 7　『シュザンヌと太平洋』のふたりの登場人物。マドモワゼルはシュザンヌの家庭教師。

一三三 上 7　こうした相似《パラレル》の存在論的(そして実践的)価値が示されているのは(作者にとって倖せなことに)、『ベラ』ではなく『エグランチーヌ』のなかでである。作者は言う。「商売やお金のことについてしゃべったり、洗練された教養をひけらかそうとするとき、擬人法は無力であろうけれど、相似《パラレル》なものをもってきて、人間や意見を二つの面から均等に検討するとなると、それによってどれほど対象への接近が容易になるか、諸君にはわかるまい。」(原注)

一三四 上 1　小説『エグランチーヌ』は、若き娘エグランチーヌと、初老のふたりの男、フォンランジュ、モーゼの間でかわされる愛情の推移を描いた一種の気どった恋愛小説である。ジロドゥーはそのなかで、「モーゼとフォンランジュの、東洋と西洋の間をめぐるエグランチーヌの、気どった愛情の探索の物語」と書いているが、主人公があるときはフォンランジュと、またあるときはモーゼとめまぐるしく心を通わすそのさまを、マニーはバレーのパ・ド・トロワにたとえたものだろう。

一三四 上 3　旧約聖書サムエル書、下の第六章。

一三四 上 5　『エグランチーヌ』の冒頭で、朝、自室でめざめたフォンランジュは、そこにエグランチーヌがいることに気づくのだが、わざとまた眠っているふりをして、エグランチーヌの様子を薄目をあけてひそかに観察する。……そうした毎朝がしばらく続くのだが、ある日、夜明け近くに帰宅したフォンランジュは、ふとエグランチーヌの部屋の扉が細目に開いているのに気がついて、思わず彼女の部屋に入りこみ、そこで今度は彼のほうが、眠ったふりをしているエグランチーヌを眺めるのである。そしてその日から、彼は毎日夜おそく、いや、朝早くならねば帰宅せず、通りすがりに、眠ったエグランチーヌを訪れるのであった。「互い違いの形で交互に踊り」は、その有様を語っているのだろう。

一三四 上 18 シャッセ・クロワゼとは、クイック・ステップ、あるいはワルツを踊るとき、百八十度方向を転換する際に用いられる技術のこと。

一三五 上 7 『リムーザン人、ジークフリート』では、主人公ジークフリートは負傷していっさいの記憶を失い、その上、ドイツ兵の負傷者とまちがえられてドイツに連れてゆかれる。そしてそのまま、彼はやがてドイツの指導者になってしまうが、のちにまた、ふたたびもとの記憶を回復する。

一三七 下 7 ルナール Jules Renard (1864—1910) の代表作のひとつである『にんじん』の主人公。

一三七 下 13 ジャン・パウル・リヒター Jean (Johann) Paul Friedrich Richter (1763—1825) ライプチッヒで神学を学んだ彼は、ゲーテ、シラーらと同時代の作家でありながらその作風を異にし、豊かな感性と詩的空想と知性が混沌と調和した独特な作品を多く生みだし、当時のドイツの上流階級の婦人たちに大いにもてはやされたが、また同時に、のちのロマン主義、写実主義の作家たちに多大の影響を及ぼした。

一三七 下 14 エドモン・ジャルー Edmond Jaloux (1878—1949) 文芸批評家ならびに小説家。小説『ある美しい日の終わり』でアカデミー賞を受けたが、批評家としては英独文学に精通し、とりわけリルケやドイツの作家たちの紹介に力をつくした。かつて、『ヌーヴェル・リテレール』紙の批評を担当したこともある。

一三八 上 2 『五年級教師・フィクスライン』《Leben des Quintus Fixlein》(1796) はジャン・パウルの作品。

一三八 上 8 この引用は、前の二つと同様、ドイツロマン主義に関する『カイエ・デュ・シュッド』誌特集号のリヒターに捧げられたエドモン・ジャルーの論文の抜粋である。(原注)

一三八 下 3 ノヴァーリス Novalis, Freiherr Friedrich von Hardenberg (1772—1801) はドイツロマン派の代表的詩人。夜と死に魂の深い郷愁を感じ、神秘な超自然的世界をうたった。自然と歴史のいっさいを詩に合一せんとする《魔術的観念論》を唱え、同時代、ならびにのちのロマン派の作家たちに大いなる影響を与えた。

一三八 下 7 ノヴァーリスの小説《Heinrich von Ofterdingen》(1800) の主人公。

一三九 上 2 神がヘブライ人に約したカナンの地。

一三九 上 7 ティーク Ludwig (Tieck 1773—1853)。シュレーゲル兄弟とならぶ初期ドイツロマン派の代表的作家。

一三九 下 4 フレデリック・シュレーゲル Friedrich von Schlegel (1772—1829) ティーク、ノヴァーリスとならび称せられるドイツロマン派の理論的指導者で、兄とともに雑誌『アテネーウム』を発刊しドイツロマン派の発展に寄与した。作家としてはむしろ凡庸であったが、ギリシア、ローマ文学の研究家として功積があった。

一三九 下 21 『ルツィンデ』《Lucinde》(1799) は、前記シュレーゲルの小説で、恋人ドロテーアー（のちに彼の妻となる）との恋を主題にしたもの。

一四〇 上 21 ネルヴァルの幻想詩篇《Les Chimères》(1854)のこと。この詩篇は小説『火の娘』の巻末に付せられた十二のソネから成っており、「これらのソネは、ドイツ人のいういわゆる超自然主義的な夢想の状態で創作された」と作者は語っている。

一四一 下 2 ここではプラトン主義のうちの想起説を指している。これはプラトンの認識についての説の重要概念で、イデアを想起し、真の認識を確立することを言う。

一四一 下 3 一名、プロティノス派ともいわれ、プロティノスのあとをついだアレクサンドリア派のこと。

一四一 下 5 不可知の最高存在（神）からさまざまな存在が生みだされ、ついには悪や不完全を含む現実世界にいたる過程を指していわれたこと。この説は新プラトン主義、ならびにグノーシス派にうかがわれる。

一四一 下 8 フーケ Friedrich de la Motte Fouquet (1777—1843) の『ウンディネ』《Undine》(1811) をさす。

一四二 下 7 妻を奪われたエルペノールについていえば、彼は夢のような生活、いや夢そのものの生活しか持ちえない。(原注)

一四二 下 17 メッサリーナ Valeria Messalina (B. C 25-48) ローマ皇帝のラウディアスの妃で、ブリタニキュスの母。当時の政治に多大の影響力を持ち、また愛人カイウス・シリウスと通じ、陰謀を企てたことが露見して死刑に処せられた。

一四二 下 18 セルビアの女王。若くして夫に死別し、ナタリー女王につかえていたが、フランスに行ったときビアリッツでアレキサンドラ皇帝に見染められ、一九〇〇年に皇帝と結婚した。のち、多くの憎しみをかい、一九〇三年にベオグラードで暗殺される。

一四三 下 18 クリスチーナ Alexandra Christina (1626—1689) スウェーデンの王、グスタフ二世の娘で、王の死後即位したが、豊かな教養と才気に満ち、従兄カルル十世に王位を譲ってからナポリ及びポーランドの王位につこうとして失敗した野心的な女王である。

一四三 下 19 マリー・ワレウスカ Marie Walewska (1789—1817) ナポレオン皇帝に愛されたポーランドの伯爵夫人。

一四三 上 20 ジロドゥーの小説『ジェローム・ヴァルディニの冒険』《Aventures de Jérôme Bardini》(1930) の主人公。

一四四 下 8 ジャン・バール Jean Bart (1650—1702) 十七世紀に盛名をはせたフランス海軍の軍人。

一四四 下 12 グルーシィ Emmanuel Grouchy (1776-1847) ナポレオン紀下の勇将として知られた、フランスの陸軍元帥。

一四四 下 12 バゼーヌ Achille Bazaine (1811—1888) フランスの陸軍元帥。一八七〇年の独仏戦争の敗戦でとらえられ、死刑を宣せられてサント・マルグリット島にとじこめられたが、のち脱出し、マドリッドで客死した。

一四五　下　17　カロリーネ・シュレーゲル Karoline Schlegel はドイツ前記ロマン派のウィルヘルム・シュレーゲル August Wilhelm Schlegel (1767—1845) の妻であったが、一八〇一年に夫と離婚した。

一四五　下　17　ベッティーナ・フォン・アルニム Elizabeth Brentano (1785—1859) 彼女は、幻想的なドイツロマン派の詩人にして小説家、アルニムの妻で、詩人クレメンス・ブレンターノの妹でもある。若き日にゲーテに心酔し、世に著名なゲーテとの往復書簡を残している。同様にベートーヴェンとの書簡も残されている。生涯の終わりになって社会問題の研究に没頭し、工場労働者の実態を書いた恐らく最初の人である。

一四六　上　2　《Jamais Douce Coule N'Etancha Gosier》《Rabelais, Livre VI》実際にはラブレーは『第六の書』は書いていないので、『第四の書』の誤りか、あるいはマニー自身のもじりとも思われる。

一四六　下　2　こうした批評は、特に一九四四年の『コンフリュアンス』誌の『ジロドゥー特集号』に非常に顕著にあらわれている。(原注)

一四六　下　8　ナタリー・エヴァンジェリスタ。バルザックの小説『夫婦財産契約』《Contrat de Mariage》の主人公。彼女は、さる金持の相続人で、その彼女をめぐって物語が展開する。

一四六　下　9　フェリシテ・デ・トゥーシュ。これもやはりバルザックの数多くの小説に登場する作中人物で、社交会に出入りする金持の貴族の娘である。『幻滅』《Illusions perdues》、『ベアトリックス』《Béatrix》『オノリーヌ』《Honorine》などの小説に登場する。

一四六　下　14　『悲痛な男、シモン』p. 121 (原注)

一四六　下　15　同、p. 125 (原注)

一四六　下　18　同様に、(『無関心な人たちの学校』)の弱虫のベルナールの物語の末尾を参照のこと。「それは、田舎のどんな家庭でも生徒たちのどんな寝室でも、頰を輝かした青年が驚いてとび起き、窓にかけよる時刻だった。」(原注)

一四七　上　4　パ・ド・カレー県の中心地。

一四七　上　5　バス・ザルプ、ユベイ地方の主要な中心地。

一四八　下　1　『リチャード・カート』(一九一九年)は、スティーヴン・ハドソン Stephen Hudson (?—1944) の小説。彼の本名はシドニー・シフで、プルーストと親交があり、美術の愛好家であった。カート一家を舞台にした一連の自叙伝風の小説がある。

一四八　下　1　『ある真実の物語』ガリマール社刊。(原注)

第七章　プルーストあるいは閉鎖性の小説家

一五〇　上　8　あるいは一世紀前からとさえいうことができるかもしれぬ。——もし、詩を、レトリックというむかしの姿から、ある精神的体験の報告書へ、そしてその体験を獲得する方法へと変貌させた文学的動向をロマン主義と呼ぶことを人が認めるならば。ロマン主義をこのように定義すれば、それはドイツ・ロマン主義に、そしてそれ以後ではキーツやコールリッジのような詩人たちに、とくにみごとに適合するだろう。反対に、フランスにおいては、ユゴーとヴィニーを例外として、学界が伝統的にロマン主義の詩人と名づけている詩人たちには、あまりうまく適合しない。(原注)

一五〇　上　12　魂の修練 exercice spirituel カトリック神学の用語で、ふつう《心霊修業》または《霊操》と訳されている。カトリック神学では、回心に、少なくとも完徳への努力に導き、聖寵の助力をもって強い内的経験を味わせてくれる黙想、——あらゆる地上的なものからひとを解放し、神的なものに一致させてくれる黙想をいう。もちろんここでは、このような神学的意味をふまえて、ひろく、形而上学的絶対へと到達するための内的努力という意味に用いられている。

一五〇　下　6　三一二ページ上段の訳注を参照のこと。

一五〇　下　12　ここで、マルローが『映画の心理学についてのエスキス』のなかで語った「私はここで、人間同士間の、または人間とものとの間の、未知ではあるが充分に人をうなずかせる関係の表現を、芸術と名づける」という定式が思いだされるだろう。(原注)

一五一　上　4　『マルセル・プルースト頌』のなかで、プルーストの作品の心理学的啓示という面にささげられた多くのエッセーを参照のこと。私は、以下の本論で、この心学的啓示の面に立ち戻るつもりはない。ただ、プルーストが、たとえば心情の間歇を分析するときに用いた方法と、最近の自然科学が、研究対象である現象を、一挙に抽象的なものにしてしまうやり方で、単純化し、また拡大するために用いている方式とのあいだに類似点があるという事実を指摘するにとどめよう。(原注)

一五三　上　7　本文二三六ページ上段の記述、およびそれに関する注(三五二ページ下段)を参照のこと。

一五三　上　14　私は、ここで、また、この章の以下の部分において、マルタン＝ショフィエ氏の提出した『失われた時を求めて』の四人の主役の区別を採用している。四人の主役とは、(1)話者マルセル——彼は《私》という。(2)主人公マルセル——彼は《私》である。(3)作者プルースト——彼は筋書のすべてを導く。(4)生活者プルースト——彼のさまざまな体験、つまり彼の伝記が、ゆたかな素材を供給し、それをやがて作品が変貌させることになるのだ。(原注)(ここで言及されているマルタン＝ショフィエの論文とは、『コンフリュアンス』誌特別号《小説の諸問題》(1943)に掲載された『プルーストと四人の人物の二重の《私》』のことである。鈴木道彦氏によるこの論文の翻訳が、筑摩書房版世界文学大系『プルースト』に収録されている。)

一五三　上　7　『消え去ったアルベルチーヌ』第三章において（プレイヤード批評版によれば、『逃げ去る女』第三巻六四一―六五六ページ）、ヴェネツィア滞在中の話者は、死んだはずのアルベルチーヌから電報を受けとる。しかし、受けとった瞬間、話者は、かつてアルベルチーヌの死を知ったとき、彼を絶望的なまでに苦しめた愛と嫉妬の苦悩から、自分が完全に解き放たれてしまっていることを確認した。そして、ヴェネツィアを去る日、この電報が、じつは、電報局員がジルベルトをアルベルチーヌと読み誤ったものだということがわかる。

一五三　上　23　ロレダーノとは、十六世紀のヴェネツィアの統領ピエトロ・ロレダーノのこと。「たとえば、アントニオ・リッツオの手になる統領ロレダーノの半身像では、頰骨の尖りから眉毛の曲がりにいたるまで、彼の馭者レミといまいましいほど似ていることを、ギルランダーヨの彩色画では、パランシー氏の鼻を、ティントレットのある肖像画では、頰ひげがはじめて生えて頰の脂肪のふくらみ具合や鼻の溝や見透かすようなまなざしや瞼の充血が、デュ・ブールボン医師とそっくりなことを見出した。」（『スワン家の方へ』プレイヤード版第一巻二二三ページ〔以下 I. p. 223 と略記する〕）。なお、以下『失われた時を求めて』よりの引用は、原著では十六冊本普及版によっているが、この版は現在では行なわれていないし、また、プレイヤード叢書批評版の刊行により、訂正された個所もかなりあるので、著者マニーの論旨に影響のないかぎりすべて同版に従って訳し、ページ付もその版のものを記した。また、引用の翻訳にあたっては、新潮社版邦訳を参照したが、訳文の前後の都合上、その他の理由で、既訳そのままでないことが大部分なので、あえて新潮社版の訳者のかたがたのお名前は省かせていただいた。）

一五三　下　13　『花咲く乙女たちの蔭に』（I. p. 533）

一五四　上　16　『囚われの女』（III. p. 188）（原注）

一五五　下　5　ヴァレリーは『スタンダール論』（『ヴァリエテII』所載）において、「自己という役割を演じることに存する」スタンダールの《文学的エゴチスム》、つまりスタンダールの誠実さのもつ俳優性を分析している。

一五六　上　3　『囚われの女』III. p. 187（原注）

一五六　下　4　引用は、アラン『文学語録』第七十三章。p. 161（原注）

一五六　下　12　ミダス王はギリシア神話中の人物。手に触れるものすべてが黄金となる力をさずけられた。

一五七　上　13　ボーセルジャン夫人は、『失われた時を求めて』の作中人物。ゲルマント公爵（バザン・ド・ゲルマント）の伯母で、ヴィルパリジス侯爵夫人やアノーヴル大公夫人の姉。ゲルマント家の人びとの生活を記録した『ボーセルジャン夫人の覚え書』は、話者の祖母の愛読書だった。

一五八　上　18　フォルナリーナ。ラファエルロの愛人マルガリータのこと。彼女は非常な美人で、ラファエルロのためにしばしばモデルとなった。彼女を描いた代表作は、現在バルベリーニ画廊にある肖像画『フォルナリーナ』である。彼女はパン屋（イタリア語でフォルナリーノ）の娘だったので、この名前がついた。

一五八 上 21　マネの絵……云々は、著者の記憶ちがいと思われる。スワンのモデルとなった人物はシャルル・アースだが、彼を描いた有名な絵で、彼が画面の右に出ているものとしては、ティッソの絵しかない。

一五八 下 14　しかし、詩に関していえば、特権的主題からの解放は完全なものではなかった。おそらくそこに、こんにちの詩の危機の理由のひとつがあるだろう。ルコント・ド・リールと高踏派が、ボードレールの改革の利得のすべてを、詩に失わさせてしまった。そして、この点に関しては、マラルメもヴァレリーも、他の多くの点では彼らの師であったこの詩人の努力を継承しなかったのである。(原注)

一五八 下 21　ボワロー『詩法』第三歌冒頭の句。

一五九 上 11　「現代の高雅な粋を代表する家庭、美しい装い、そうしたものの持つ詩《ポエジー》は、後世の眼から見れば、コットやシャプランによるサガン大公夫人やラ・ロシュフーコー伯爵夫人の肖像画のなかよりも、ルノワールの筆になるシャルパンティエ書店主のサロンのなかに見出されるのではあるまいか。高雅さの最も強い視像をわれわれに与えてくれた画家は、その時代に最も粋をうたわれたというわけではなかったような人たちから、そういう視像の要素を汲み取ったのである。」『見出された時』III. p. 722

一五九 下 22　「俺はこんなふうに書くべきだった。俺の近ごろの作品は無味乾燥だ。上へ上へといくつも絵具を塗りかさね、俺の文章の一句一句をりっぱなものにすべきだった。この黄色の小さな壁のように。」『囚われの女』III. p. 187（原注）――これは瀕死のベルゴットが、フェル・メールの『デルフト風景』を展覧会で見たときの独白である。なお、〈マチエールの古びたつや〉と訳した原語は patine（錆、古色の意）だが、この引用文およびその前後には patine という語は出てこない。おそらくマニーは、『スワン家』刊行の直前に《ル・タン紙》に載ったインタヴュー中の次のようなことばを念頭においているものと思われる。――「時間というものの眼に見えない実体、私はそれを取り出そうと努めたのです。第一巻では非常に異なった社会に属しているさまざまな人物が出てきますが、書物の終わりになると、それらの人物たちの間で、ある小さな社会的事実が起こります。その小さな事実が、時の経過したことを説明してくれるだろうと思います。あのヴェルサイユの錆びた鉛 (plombs patinés) は、まるで時の経過がもとの鉛をエメラルドのさやのなかに収めてしまったような美しさを見せていますが――そんな効果を、その小さな事実で出せたらと思うのです。」

一六二　上　2　『時評集』ガリマール版 (p. 190)（原注）

一六二　上　5　ヴァレリーの『海辺の墓地』の次の一節のことである。

ひかり輝く牝犬よ、しりぞけよ　偶像を拝むものを！
ただひとり、牧人の微笑をうかべて、
神秘な羊たち、静かな墓石の白い群を、
私がながく時かけて牧養するとき……（原注）

一六二　上　9　第八節 p. 186-7 の引用を参照のこと。

一六二　上　11　『時評集』p. 188（原注）

一六二　上　17　『時評集』p. 236（原注）

一六二　下　4　プルーストの、表面にあらわれないプラトニスムについては、多くの証拠があげられるだろう。たとえば、芸術の客観性に対する彼の信仰（『スワン家の方へ』）あるいは、芸術家は真理や美についてある観念を自己の内部に所有していて、作品をつくるためには、ただそれを、できるだけ入念に模写し、描写しさえすればよいという理念、プラトンのいい方を借りれば、芸術家は自己の内部に所有している非時間的な原型を模倣しなければならぬという理念である。（原注）

一六二　下　19　『ゲルマント家の方』II. p. 421（原注）

一六二　下　23　十六冊というのは旧普及版の冊数であり、現行の普及版は十五冊。

一六三　上　17　プラトンは感覚的事物の知覚をドクサ〔臆見、感性的な、したがって主観的な低い認識〕となして、これを真の認識、超感覚的真理の認識〔ノエシス〕と対比させている。そして、感覚的事物の映写した映像を見て、それを真とする最低度の知をエイカシアという。エイカシアという語の訳語としては、「映像」「映像による認識」「推測」などがあたる。プラトン『国家論』のなかで、精神機能の四段階を述べている個所に、この語が詳しく説明されている。

一六三　上　21　言うまでもなく、ここでは有名なプラトンの「洞窟の比喩」が援用されている。

一六三　下　15　原文は de la petite madelaine du début jusq'aux trois marches et à la sonnerie de l'hôtel de Guermantes である。しかし、プルーストの原文では、話者の啓示のきっかけとなったゲルマント大公邸の入口の不揃いな鋪石について trois marches という言い方はなく、l'inégalité de deux marches（ふたつの足場の不揃い、III. p. 878）といういい方があるだけなので、このように訳した。おそらく著者の記憶の誤りであろう。また、sonnerie に関していえば、ふたつの解釈が考えられる。(一) この部分は、いわゆる《特権的瞬間》の契機となった事件を、アルノー・ダンディユの『マルセル・プルースト』の所論を援用しながら分析したものと思われる。とすると、「冒頭のプチット・マドレーヌから……」という文章は、特権的瞬間の契機となった事件を列挙したものとなる。ところで、ダンディユの著書に挙げられた例には、（また、多くのプルースト論で《特権的瞬間》と見なされているものには）sonnerie に相当するものはない。あえて近いもの探せば、主人公マルセルがゲルマント大公邸の二階で耳にした「給仕が匙を皿にかちあてた音」le bruit de la cuiller sur l'assiette だろう。しかし、この音について sonnerie という言い方をした部分は、プルーストの原文にはない。せいぜい「金属性の音」bruit métalique（III. p. 873）であるが、それを sonnerie（鈴の音）と書くのはあまりにちがいすぎるように思われる。㈡ マニーはこの部分で、ダンディュの所論を参照しているが、《特権的瞬間》をダンディュの挙げる九つの例にかぎらず、それにさらに、『見出された時』の巻末、つまり、『失われた時』全篇の終結部で、かなり重要なものとして述べられている鈴の音――作品に着手する決意を話者が固めたとき、彼の耳に再び聞こえてきたコンブレの家の門の鈴の音――を加えていると解釈することもできる。この巻末の《鈴の音》は、いわば幻聴のような神秘的体験であり、天職の啓示と、特権的瞬間の与える幸福感と、作品着手の決意という『見出された時』の重要なテーマのすべてを含んだ最後の特権的瞬間ともいえるものである。また、そこに、作品の冒頭《コンブレ》における話者の少年期の体験と呼応して作品全体をひとつの円環として完成させ、作品の構造に連続を与えようとする企図を見ることもできよう。その意味でこれを重要視するのは興味深いが、それにしては、『見出された時』の巻末で長々と語られるこの《鈴の音》について、その引用も言及もまったくないのは解せない。

一〇二 下 19　この《さんざしの体験》は、ダンディュが特権的状態への契機のひとつとしてあげている『花咲く乙女たちの蔭に』のなかのそれ――マルセルが女友だちと散歩中に花の落ちたさんざしの茂みを見出したときの体験――ではなく、『スワン家の方へ』のなかで、マルセルが祖父や父とともに行った散歩道《メゼグリーズの方》の道辺でさんざしを見出して、彼がその魅力を究めつくせず困惑した体験をいう。

一〇三 上 1　ダンディュは、その著『マルセル・プルースト、その心理学的啓示』において、プルーストにおける隠喩の意味するものを、「聖なる行動」action sacrée という語で語っている。この語は sacrifice という語の曖昧さをさけるため、ロワジーによって提案された語で、「信者を神と交流させるための宗教儀式的行動」を意味する。

一〇三 上 21　『見出された時』III. p. 872—873

一〇三 下 13　『見出された時』III. p. 912

一〇四 上 6　『見出された時』III. p. 879

一〇六 上 8　原文は la《Miss Sacripant》de la photo d'Elstir だが、これはマニーの誤りである。マルセルは、㈠ スワン氏の部屋で見た、スワン夫人となる以前のオデットの古い写真。（『花咲く乙女』I. p.

617) (二) エルスチールのアトリエで偶然発見した「ミス・サクリパンの」肖像画と(一)の古い写真との類似。(I. p. 848, 860) (三) シャルル・モレルがもってきてくれたアドルフ大伯父所有の写真中にあった「エルスチールが書いたミス・サクリパン肖像の写真」(『ゲルマント家の方』II. p. 266)という順序でスワン夫人の前身を知る。ちなみに、オデットはエルスチールの愛人でもあったのであり、スワンの死後フォルシュヴィル夫人となり、さらにゲルマント公爵の愛人となる。

一六六 下 1 原文は la Mademoiselle Vinteuil qui crache sur la photo de son père だが、これはマニーの誤り。しかし、同性愛の関係にあったヴァントゥイユ嬢とその女友だちのふたりは、「いわゆる両ヴァントゥイユ嬢」 (『囚われの女』III. p.222) と呼ばれることもある。

一六六 下 12 「私の精神がそのとき追求しているものは——たとえばさまざまな時と場所とに共通するヴェルデュラン家のサロンの同一性は——なかば深まったところ、現象の表面そのものから彼方の、やや後退した圏内にあった。〔傍点はマニー〕だから、いろいろな存在の表面にある、模写できるような美は、私の眼にとまらないで消え去ってしまう。なぜなら、女のなめらかな腹のなかに、それを蝕む内臓の疾患を見抜いてしまう外科医のように、私にはそんな表面の美だけに足を停めてしまうことはできなかったからだ。よその晩餐に行ったところでなんの益もなかった。私は会食者を見てはいなかった。眺めているつもりでも、じつはそのときレントゲン線をかけて透視しているのだった。……だが、個々のものとして描かなかったからといって、私の描いた肖像画が全然価値のないものであったろうか。」『見出された時』III. p. 718—9 (原注)

一六七 上 10 聖徒の交わり communion des saints カトリック用語としての定訳は「諸聖人の通功」。「聖なる教会」を構成するすべての人びとの間に存在する連帯をいう。地上、煉獄、天上のすべての人びとの間で、功徳と恩寵とが互いに交換される。これを支えているものが、「善行の転換性」——ある信者の獲得した功徳が、他の信者へも適用されること——である。なお、本文二六三ページ上段の《諸聖人の通功》に関する叙述、および同部分に関する訳注 (三五九ページ) を参照のこと。

一六七 下 16 それにまた、次のことは注目に値する。すなわち、プルーストは、シャルリュスとかモレルとかアルベルチーヌといった作中人物のだれかひとりの眼をとおして、ヴェルデュラン家のサロンを見ようとはせず、ゴンクール兄弟をとおしてそれを見ようとした。まるで、文学というものの提供するこのすっかり構築された観測所が、プルーストにとっては、この社交界を知覚するためには不可欠のものであったかのように。このような無能力の投影が、エルスチールのなかにも見出されるだろう。エルスチールは、ヴェルデュラン夫人が生けてくれた花、いわばヴェルデュラン夫人の手ですでに絵となるように配置された花でなければ、描くことができないのだ。また、この無能力の投影は、マルセルの祖母が、彼と事物との間に、絵や読書の想い出を介在させようとする配慮にも、見出される。(原注)

一六七　下　19

『失われた時を求めて』の全体に、このゴンクール兄弟の日記の模作を光線として当てて再読するとき、ゴンクールの日記の場合と同じ方向にむかう指示を見出すことができる。たとえば、『ソドムとゴモラ』第二部第二章のなかで、プルーストが《マルセル》の名で、ゴンクール兄弟の日記の場合と同じように、ヴェルデュラン夫人に対するある種の独立と批判的判断を、ヴェルデュラン氏に賦与しようとしている。二つのくだり(II. p. 900 および p. 902)を参照のこと。(第二の例のほうがずっと明瞭であり、第一の例は、かなり曖昧で、ゴンクールの日記の模作をとおしてでなければ、その意味するところのすべてはつかめない。)第二の例を引けば――「ヴェルデュラン氏がブリショについていったことは皮肉なのだ、ということが、そこではじめて、私にわかった。そして私は、(ずっとむかしのころこの話を聞いたことがあるが)そのむかしのころから、ヴェルデュラン氏は妻の監視を揺すぶってきているのではないかと自問した」これらの文は、筆者が本文中で挙げた《資料》というものの一部をなすだろう。(原注)(マニーは第二の例のみで、第一の例は引用していないが、おそらく次の文を考えているものと思われる。「それを聞いていると、まるで、三十年来の友人の死を悲しむには、一種の精神錯乱が必要なのだというふうだった。そして他方、ヴェルデュラン氏と妻とのたえざる和合も、氏のほうからすれば、いつでも夫人を批判し、また夫人にはたびたび苛立たされているという事実が伴っている、――そんなことで読み取れるのだった。」)

一六八　上　6

コタールは医者、《スキー》はポーランドの彫刻家ヴィラドベッツキーのこと、《ティッシュさん》はヴェルデュラン家のサロンにおける画家エルスチールの通称(《ビィッシュさん》とも呼ばれる)、いずれもヴェルデュラン家のサロンの常連である。

一六八　上　19

ルイ・カレット『ミネルヴァの誕生』p. 81 参照。(原注)

一六八　下　17

たとえば、アルベルチーヌへの愛が薄れたとき、彼は、この心変わりの理由となったもののひとつとして、そのころたまたま彼女の顔に吹出物が出ていることを挙げる。だがじつは、彼によれば、美しさや肉体的魅力は、愛を感じるという事実においては、なにものでもないのだが。(原注)

一六八　下　23

あるひとつの行動について、いろいろな解釈が可能であり、しかもそのなかのどれかひとつを選ぶことができないという、この奇妙な無能力ぶりの例としては、たとえば、バルベック到着のときの、エレヴェーター・ボーイの沈黙のくだりを参照のこと。「しかし、彼は私に返答しなかった。私のことばに驚いたのか、仕事に注意をそそいでいるのか、エチケットを守ろうとしたのか、耳が遠いのか、場所がらをわきまえてか、危険を恐れてか、頭の働きがにぶいのか、支配人にとめられているためか」『花咲く乙女たちの蔭に』I. p. 665 (原注)

一六九 上 9 『目標点』(『アプロクシマション』第二巻 p. 166 (原注)

一六九 上 14 このほかにも、プルーストの世界像をライプニッツの世界像に近づける特徴がいろいろとある。たとえば、ひとつひとつの章句が作品全体を孕んでいるような、プルーストの世界像の《モナディスム》。細部を汲みつくすことは不可能であるという感情をともなった、細部の無限性へのきわめてライプニッツ的な志向。人格の実在性についての感情の欠如、等々……(原注)

一六九 下 21 『スワン家の方へ』I. p. 84 (原注)

一七〇 上 9 同前 I. p. 184 (原注)

一七〇 上 13 同前 I. p. 184—5 (原注)

一七〇 上 14 アルノー・ダンディユ『マルセル・プルースト』がそうである。(原注)

一七〇 下 21 たとえばサルトルの次のようなことば。「フッサールはひとつの新しい情念論に対して明確な場をつくった。その情念論は、《ぼくらが女を愛するのは、彼女たちが愛らしいからだ》という、こんなに単純でありながら、お上品な連中からはまるっきり誤解されていた真理に着想を得たものといえよう。いまやわれわれは、プルーストから解放された。同時に《内的生活》からも解放された。アミエルのように、自分の肩を抱きしめる子供のように、われわれの親密さ《アンチミテ》の愛撫や甘やかしを求めてもむだだろう。」『フッサールの現象学の根本的理念』『シチュアシオン』I p. 34

一七一 上 9 このことは、ガブリエル・マルセルによって、その『形而上学的日記』のなかに、はっきりと描かれている。(『存在と所有』p. 152—3 参照)(原注)

一七一 下 1 三三六ページ下段の《聖徒の交わり》に関する注を参照のこと

一七一 下 19 この点で、彼をサドあるいはバンジャマン・コンスタンにくらべるのは興味があるだろう。(原注)

一七三 下 4 あらためて説明する必要もないかもしれないが、著者はここで、パスカルの有名な一句「心を安んぜよ。汝がわれを見出さなかったならば。汝はわれを求めなかったであろう。」(『パンセ』イエスの秘儀)をふまえている。

一七三 下 6 たとえば、『花咲く乙女たちの蔭に』に関してポール・スーデーに宛てた一九一九年十一月十日付の手紙を参照のこと。「それにまた、『失われた時を求めて』の建築は、『スワン』においてと同様にこの本でもそれほど感じられないのではないかと思っています。私が勝手に偶然的な観念連合によって自分の生涯の物語を書いているのだ、と考える読者が眼に見えます。構成は覆いかくされているのです。そしてそれは遠大なスケールの上に展開するだけに、そう早くは眼につきません。〔……〕しかし、その構成がいかに厳密なものであるかを知るためには、私はあなたの批評を想い起こせばいいのです……」（以下、『スワン』にあるヴァントゥイユ嬢とその女友達との間に行なわれる光景の説明がつづく。それが、『ソドム』の巻を閉じる事件を準備するものとしてなくてはならなかったというのだ。）『書簡全集』III p. 69 また、『見出された時』の終わりの部分に、こんなことばがある、——「偉大な法則を探求しているのに、私は重箱の隅を楊枝でほじくっていると言われたものだ。」（III p. 1041）（原注）

一七四 上 12 『消え去ったアルベルチーヌ』III. p. 482(原注)

一七四 上 15 バルベックやヴェネチアとの最初の接触、あるいはアルベルチーヌの頰への最初の接吻などのよく知られた例を参照のこと。（原注）

一七四 下 15 『花咲く乙女』I. p. 932（原注）

一七四 下 16 「階段の踊場からアルベルチーヌの部屋までの数歩、もうだれも停めることのできないその数歩を、私は、まるで新しい元素のなかに浸っているように快い喜びを感じながら、まるで前進しながらゆっくりと幸福感を移動させているかのように慎重に、そしてそれと同時に、これまでは知らなかった全能であるという感情と、いつでも私のものだったはずの遺産をやっと手に入れるという異様な感情とを抱きながら、ふみしめた。」『花咲く乙女』同前ページ。（原注）

一七四 下 16 「私は歓喜におどりあがり、途中に立っていたフランソワーズをほとんどつき倒さんばかりにした。私は眼を光らせて、女友達の部屋に駆けていった。」『花咲く乙女』同前ページ。（原注）

一七五 上 2 『花咲く乙女』I. p. 933—4（原注）

一七五 上 12 たとえば次の文に語られている。「それに、私の最も愛した恋人たちも、彼女らに対する私の愛とぴったり一致したことはなかった。〔……〕彼女らを眼に見るとき、彼女らの声を耳に聞くとき、私は彼女らのなかに、私の愛に似たもの、私の愛を説明することのできるものを、なにひとつとして見出さなかった。」『ソドムとゴモラ』II. p. 1126 また、アルベルチーヌの頰にようやく接吻できたときにかえって失望を感じたという、有名な例がある。（原注）

一七五 上 13 《錯誤の喜劇》（あるいは《取りちがえ喜劇》）comédie des erreurs という表現は、第四章第三節において、チボーデがラディゲの『ドルジェル伯』を評したことばとして引用されているが、*La Comédie des Erreurs* というのは、シェークスピアの *Comedy of Errors* の仏訳名でもある。

一七五 上 22　ここでマニーが「十二冊」といっているのは、彼女がこの論文で参照している十六冊本の旧版『失われた時を求めて』を基準にしてのことである。旧版では『スワン家の方へ』『見出された時』がそれぞれ二冊で、その二つの部分にはさまれた『花咲く乙女』から『消え去ったアルベルチーヌ』にいたる部分は十二冊という勘定になる。

一七五 下 10　「実際は、読書中は、読者のひとりひとりが自分自身の読者なのだ。作家の作品とは、その書物がなかったらおそらく読者が自分自身のうちに見落としてしまうものを読者に見わけさせるために作者の提供する、いわば光学機械にほかならない。」『見出された時』III. p. 911

一七六 上 1　「私は、恋愛が、恋をしている当人にしかないものを、その相手の人間のうちに移し置くのを見た。そうした事情は、私が、客観的現実と恋愛との間の距離を、極端なまでに引き延ばしてしまっていたので、それだけよく、私に理解されたのだった。」『見出された時』III. p. 912

一七六 上 19　「〈夢〉が私を幻惑させたのは、おそらく、それが〈時〉を相手に演じる驚くべきたわむれのためであろう。遠い遠いむかしの時間が、ある一夜のうちに、全速力でわれわれに飛びかかり、そういうむかしの時間に密接した感動や衝撃や光輝をわれわれに与えながら、むかしわれわれのためにしまい込んでおいたもののすべてをふたたびわれわれの眼前に繰り拡げるのを、私はなんども見たのではなかっただろうか。――だが、ひとたび眼をさますと、こうしたはるかな時間は、奇蹟のように飛び越えてしまった距離を、一気に駆けもどってしまうのだ……」『見出された時』III. p. 912

一七七 下 3　『スワン家の方へ』I. p. 172（原注）

一七七 下 10　『見出された時』III. p. 808―809（原注）

一七八 上 16　『見出された時』III. p. 989―990（原注）

一七八 上 18　プルーストのこのような思考の歩み方の例は、ただ単に、彼独特の文章の内部に見られるだけではなく、もっと大きなスケールでいえば、この作品における主要な運命の急変のなかにも、いくつも見出されるだろう。とくに、次のふたつの枢要な体験は、この弁証法的な型の上につくりあげられている。『ソドムとゴモラ』の末尾で、自分はアルベルチーヌに倦きたと思ったマルセルが、彼女との結婚を心からしりぞけたまさにその直後に、新たな事件が生起して、これまでよりはるかに激しく、彼女への愛と嫉妬の感情をよみがえらせるのだが、じつは、そのような激しい感情のよみがえりは、ただそんなときだけのことではなく、彼が未来のために立てた決意と計画（浮薄な生活を棄てて、ヴァントゥイユの音楽を聞こうとすること）にも緊密にむすびついているのだ。『見出された時』のトーンの異なる二つの部分の、いわば蝶番の役をつとめている個所についても、同様のことがいえる。すなわち、マルセルが、文学の空しさと人間存在の虚無とをめぐって悲しい想いに沈みこんでいたからこそ、彼はあやうく車に轢かれそうになってすばやく後退りした拍子に、不揃いな敷石につまずき、その感覚が彼に突然ヴェネツィアを想い起こさせる、というわけなのだ。

文章の地平に見られるものとしては、偶然ひらいたページにあった次の例を参照されたい。「二度目のバルベック滞在のはじめのころ、私が、上げ潮のほのかに青い流れのあいまにオーケストラのヴァイオリンの音を聞いたのも、そんな天気の日であった。あのころにくらべて、いまはどんなに深くアルベルチーヌをわがものにしていることだろう。」(『囚われの女』Ⅲ. p. 83—4) だが、まさに悪魔祓いの祈禱文ともいえるこのことばを口にしたその瞬間に、彼は、ふたたびアルベルチーヌを所有するばかりでなく、彼女とともに、海を、バルベックを、花咲く乙女たちも所有するのである。(原注)

一七九 上 5 『見出された時』Ⅲ. p. 839 (原注)

一七九 上 20 『花咲く乙女たちの蔭に』Ⅰ. p. 864

一七九 下 5 「この少女の背後には、ちょうどバルベックで、楽団のコンサートがはなやかに開始されるころ、私の部屋のカーテンの足許に緋色の光線が落ちかかってくるそのむこう側に見えたように、海のほのかに青いうねりが真珠色に輝いていた。」『囚われの女』Ⅲ. p. 67 (原注)

一七九 下 7 『囚われの女』(Ⅲ. p. 116—9) を参照のこと。

一七九 下 15 (原注)

フォルトゥニー作のドレスと、ゲルマント公爵夫人およびアルベルチーヌとの関係については、『囚われの女』(Ⅲ. p. 33 および p. 368—9) の部分を参照のこと。ただし、このふたつの叙述には、矛盾したところもある。

一八〇 下 8 『パリュード』の序文でジードは次のように語っている。「ぼくたちは、なにを自分はいいたかったかは承知していても、はたして自分がそれをいったかどうかは知らない。——人はいつでも「それ」以上のことを言うものだ。——そして、この本でとくにぼくに興味あるのは、ぼくが知らずにもたらしたものなのだ。——この無意識の関与する部分、それをぼくは神の為す部分と呼びたい。」

一八一 下 2 《精神連盟》出典不明。ただしマニーがここでこの表現にこめている意味は一九四〜二〇〇ページの部分に明瞭であり、二六三ページ上段の《諸天才の通功》《諸天才の運命的な共同体》あるいは三五九ページの原注における《諸精神の通功》などの表現も、同じ文脈においてとらえるべきであろう。

一八一 下 12 『見出された時』Ⅲ. p. 907 (原注)

一八一 下 18 同前 Ⅲ. p. 1046 (原注)

一八二 上 3 同前 Ⅲ. p. 895 (原注)

一八二 上 11 『スワン家の方へ』Ⅰ. p. 73 (原注)

一八三 下 1 『花咲く乙女たちの蔭に』Ⅰ. p. 446 (原注)

一八三 下 18 『見出された時』Ⅲ. p. 895 なおプルーストは、『新しい希望』を書いたノワイユ夫人を賞讃して、「個人的であればあるだけ、永遠の文体」ということばを贈っている。(『マルセル・プルースト書簡全集』Ⅱ. p. 116) (ただし、この部分には、マニーの引用している戦前の普及版とプレイヤード版とでいくらかの差異がある。ここではプレイヤード版にしたがって訳した。)

一八四 上 7 「男色家であるプルーストは、オデットに対するスワンの恋を描こうとしたとき、自分の知った同性愛の体験を利用できるものと考えた。ブルジョワである彼は、金と暇のある一ブルジョワ(スワン)が囲いもの(オデット)に対して持つこの感情を、恋愛の原型として示している。つまり、彼は普遍的情念の存在を信じているのであって、この情念のメカニスムは、それを感じる個人の性的性格や社会的条件、またその国や時代を変えても、たいして変化していないと思っているのだ。〔……〕われわれは、倒錯者の愛情が異性愛を感じるものの愛情と同一の性格を示すなどと信じることを拒否する。前者の持つ世をしのぶ禁断的な性格、黒ミサを思わせる様相、同性愛の秘密結社の存在、倒錯者が相手をともども引きずりこむと意識しているあの地獄の責め苦、これらの事実は、いずれも、この愛という感情の全体に、その進展のすみずみにまで影響を及ぼすものとわれわれには思える……」J・Pサルトル「『現代』誌創刊の辞」『シチュアシオン』Ⅱ (p. 20—21)

一八五 上 13 「すると、文学に関するそのような気がかりからまったくはなれ、いかなる点でもそれとは無関係に、突然、ある屋根が、石の上の陽だまりが、道の匂いが、私にある特別な喜びを与えて、私の足を引きとめるのだった。それはまた、私に取りにくるようにとさそっているのにどう努力しても私の発見できないあるものを、そうしたものが、私に見える姿の背後に隠しているように思われたからだった。そういうなにかがそれらのもののうちにあると感じたので、私はそこにじっと立ちどまったまま、眼をみはり、息をはずませ、映像や香りのかなたへ、私の思考とともに進もうとつとめた。」『スワン家の方へ』Ⅰ. p. 178 (原注)

一八五 上 14 『スワン家の方へ』Ⅰ. p. 179–182 を参照のこと。

一八五 下 8 『スワン家の方へ』Ⅰ. p. 179 (原注)

一八六 上 1 後出(一八六—八ページ)のエルスチールの隠喩的技法について述べた引用文を参照のこと。

一八六 上 5 第四節一六一ページのエルスチールついての引用文を参照のこと。

一八六 上 19 『見出された時』Ⅲ. p. 889 ただし、プレイヤード版では、「こうして……連絡する」の部分はない。校訂者は、原稿を点検の結果、この部分はプルーストが削除を意図したものと判断している。事実、普及版でのこの部分は、かなり混乱した、わかりにくい文であり、マニーもその点について、次のような注をつけている。
僭越かもしれないが、この文章の最後の句について、〈いいあらわしがたい〉indescriptible というかわりに、〈破壊できぬ〉indestructible と読んだほうがよいのではないかと示唆させていただきたい。(著者の死後に刊行されたものであるという『見出された時』の性格故に、こうした訂正は許されるだろう。) 次に、この文章の末尾の部分で、区別するのが正しいふたつのことがら――厳密な意味でいった〈時〉を排除すること(〈時〉は感覚に対しては作用することができるが、事物それ自体に対しては作用できない)と、ものの閉鎖性を除去すること――をプルーストが混同してしまっているという事実に注意していただきたい。(原注)

一八六 下 6 「ひとり残された私の、その眼の前にある緑のかたまりのなかに、ひとつの教会の姿を認めるためには、心のなかで教会という観念をいっそうはっきりとさせる努力が必要だった。〔傍点はマニー〕実際……ひとめでそれとわかる鐘塔の前でなら、そんな教会という観念はほとんど私に必要ではないのだが、いまはその観念にたえず呼びかけながら、ここの常春藤《きずた》の茂みのアーチは、尖頭式の焼絵ガラス窓のアーチにあたる、あそこの葉の突出は、柱頭部の浮彫のせいだ、などということを忘れないようにしなくてはならないのだった。」『花咲く乙女たち』I. p. 115 (原注)

一八六 下 13 『マルセル・プルーストの哲学』p. 161 (原注)

一八六 下 17 「しかし、そうしているうちに、少し風が吹いてきて、動く玄関をわななかせ、渦巻が、光のようにふるえながらその上を拡がっていった。葉ごもりはかさなりあうように砕け散り、植物の生い茂る正面は、おののきながら、波うち、愛撫され、逃れ去る円柱を、道づれに引っぱってゆくのだった。」(原注) (前ページ下段の引用の続きの部分)

一八七 上 5 『花咲く乙女たちの蔭に』I. p. 835―6 (原注)

一八七 下 22 『花咲く乙女たちの蔭に』I. p. 717―9にある、「バルベックの三本の樹」について述べた部分を参照のこと。(原注)

一八八 上 17 『ノワイユ伯爵夫人への手紙』(『マルセル・プルースト書簡全集』II. p. 86―87) 普遍的な閉鎖性を解消させるこのような透明画法のすばらしい効果が、ノワイユ夫人の『感嘆する顔』のなかに見られると、プルーストは、この手紙で断言している。ノワイユ夫人のこの作品が、彼にとって、この引用に示されたような信条《クレド》の霊感の源泉となったのだ。(なお、〈透明画法〉――glacis〈グラシ描法〉ともいう。マニーは glacis transparent と書いている――は、下描が乾いたのち、白を混ぜずに油で溶いた透明または半透明の絵具の淡い層をかけ、画面に深みを与える描法をいう。レンブラントなどが愛用しているといわれる。)

一八八 上 18 三三三ページ下段の『囚われの女』からの引

用、およびその次の訳者注を参照のこと。

一六八 下 10 『花咲く乙女たちの蔭に』I・p. 673—4（原注）

一六八 下 22 「また私は、〈瞬間〉とはなにかということのあるひとつの様相を、神話を題材とした幾枚かの水彩画のなかに認めた。それはエルスチールの初期に属するもので、〔……〕たとえば、いまは化石化した種に属しているが、神話の時代には、夜になると、ふたりまた三人と連れだって山の小径づたいに通るのを見るのは稀ではなかったような人間たち——そんな人間を描くように、美の女神たちを描いてあった。〔……〕ほかのひとつならずの絵では、広大な風景（そこでは神話的な場面や神話の物語に登場する人物などは、ごく小さい位置を占めているだけなので、ほとんど見落とすほどだ）が、山頂から海まで精密に表現されていて、その精密さは、太陽の正確な傾斜度や影の移ろいを忠実に描いているために、いまが何時何分であるかまではっきりと示されているのだった。こういうやり方で、この芸術家は、神話の物語の象徴を、瞬間においてとらえて描くことによって、それにいわば生きられた歴史的実在性のようなものを与えるのである。」『ゲルマント家の方』II. p. 421—2

一六九 上 9 『スワン家の方へ』の次の個所を参照のこと。（I. p. 183）「私がいまはいりこんだこの悲哀の圏は、ついさっき喜び勇んで跳びこんでいた圏とは、ちょうど夕焼けの空で、薔薇色の地帯が、まるで一本の線がひかれて、緑色の地帯や黒色の地帯からはなれているように、はっきりとかけはなれていた。……さっき私につきまとっていた欲望、ゲルマントへ行きたい、旅をしたい、幸福になりたいという欲望から、いまはすっかり外にでてしまったので、いまさらその欲望がみたされても、私は少しもうれしくはなかっただろう。」（原注）

一七〇 上 9 『見出された時』III. p. 867（ただし、この部分は普及版とプレイヤード版との間に、かなりの差異があるので、一応後者に従って訳したが、このプレイヤード版でも若干の校訂上の疑点、あるいは文章の混乱があるように思われる。〔 〕は、普及版にあり、プレイヤード版では削除されている部分を示す。（訳者付記））一九九ページに引用された一節——プルーストが、芸術作品の内部では、自分の個人的体験は不可避的に読者によって消費されてしまうということを、悲痛な想いをこめて、しかし毅然と受け入れている、勇気にあふれた一節を参照されたい。

一七〇 下 13 『花咲く乙女たちの蔭に』で話者のバルベック到着をめぐって、習慣と苦悩とが演じる役割が、明瞭に語られている。「死を宣告された古い自我のいろいろな部分が——ひとつの部屋のひろさや雰囲気へのひそかな愛着といったような、きわめて脆弱な部分でさえ——はじめて接する新しいものに対して驚愕と拒絶とを示すのであって、そういう反逆のうちに、死への抵抗、われわれの一生の全持続のなかにわりこんでくるような、断片的でしかも連続した死への、長い、毎日の、必死の抵抗の、ひそかな、局部的な、感知できる、真の一様式を認めなければならない。」I. p. 671（原注）

一九〇 下 13 「……というわけは、サン・マルコ寺院の丸天井にも書いてあるように、また、死と復活とを同時に意味する鳥が、ビザンチン式柱頭に飾られた大理石と碧玉の壺から水を飲み、高らかに唱えているように、〈すべてはふたたびめぐりこなければならぬ〉のだから……」『囚われの女』III. p. 369（原注）

一九〇 下 18 すこし前に（一八九ページ下段——一九〇ページ上段）引用された『見出された時』中の一文を参照のこと。（原注）

一九〇 下 21 『ソドムとゴモラ』II. p. 757（原注）

一九一 上 22 『花咲く乙女たちの蔭に』I. p. 815（原注）

一九一 上 23 たとえば、『見出された時』の恍惚状態の瞬間において「この人間（〈時〉を見出したばかりである人間）は、その喜びに信頼を置いているということ〔……〕死という語が、その人間にとって意味がないということがわかる。時間のそとに存在する身であってみれば、未来についてなにを恐れよう。」III. p. 873（原注）

一九一 下 11 『花咲く乙女たちの蔭に』I. p. 815—6

一九二 上 3 第七節一七四ページ下段を参照のこと。

一九二 上 12 『ノワイユ伯爵夫人への手紙』（『マルセル・プルースト書簡全集』II. p. 116—7（原注）

一九二 上 21 『ゲルマント家の方』II. p. 383

一九二 上 22 『見出された時』III. p. 871 なお、プルーストがアントワーヌ・ビベスコに宛てた手紙にある次の一節を参照のこと。「芸術家がその作品の基礎となる素材を求めるべきは、ほとんど無意志的回想でしかありえないと私は考えています。〔……〕無意志的回想は、あるひとつの感覚をまったくべつな状況のなかでわれわれに味わわせてくれるので、その感覚をどんな偶然性からも自由にし、われわれに超時間的な本質を与えてくれます。」『アントワーヌ・ビベスコへの手紙』p. 176—7（原注）

一九三 下 1 『見出された時』III. p. 872—3 を参照のこと。（原注）

一九四 上 12 マラルメ『音楽と文芸』（プレイヤード版全集）p. 647

一九五 上 4 『見出された時』III. p. 735—6（原注）

一九五 下 18 リルケ『新詩集』中の詩「オルフェウス、エウリュディケ、ヘルメス」をいう。

一九六 上 11 後出の原注にある『ソドムとゴモラ』よりの引用「すると、まさにそのとき……」を参照のこと。

一九六 上 13 ルイ・マルタン＝ショフィエ宛の手紙にあることば。

一九六 下 8 『ソドムとゴモラ』第三章の終結部（II. p. 1108—12）を参照のこと。（原注）

一九六 下 21 『ソドムとゴモラ』II. p. 1111（原注）

一九七 下 6 『ソドムとゴモラ』II. p. 1130

一九七 下 16 「すると、まさにそのとき、私は、この私の最も強い苦悩から、ほとんど誇らしいまでの感情、ほとんど喜びにも似た感情を受け取ったのだった。それは、自分の受けたショックに跳び上がって、どんなに努力してもとどかないと思われた点にふと達した、そんな人間の感情だった。」『ソドムとゴモラ』II. p. 1115（原注）

一九八 下 5 フィリップ・サッソン卿に宛てた手紙のなかに、こういうふるまいのきわめて意味深い例が見られる。（『マルセル・プルースト書簡全集』第五巻 p. 136（原注）

一九九 上 6 第三節一五九ページ下段、およびその部分に対する注を参照のこと。

一九九 下 9 『見出された時』III. p. 902（原注）

一九九 下 18 前ページ下段に引用された「アントワーヌ・ビベスコ宛の手紙」を参照のこと。（原注）

二〇〇 上 9 『見出された時』III. p. 905（原注）

第八章 小説の行きづまりと野望——意図

二〇一 上 6 ヴァレリーが十九世紀的な小説への不信を表明した言葉として有名。アンドレ・ブルトンの『シュールレアリスム宣言』のなかで、ヴァレリーの言葉として記されている。

二〇一 下 10 『コンフリュアンス』はリヨンで発行された文芸雑誌。その一九四三年の二一—二二号が小説論特集号である。

二〇一 下 15 一一九ページの上段に対する注を見よ。

二〇二 上 5 ジャン・ジロドゥーの戯曲『オンディーヌ』（一九三九）の第三幕第三場で、騎士ハンスが述べる台詞。「神が人間に与えたものがどだい、たいしたものではない。天国と地獄の間、高さ二メートルの地面だからな！」この後につづく台詞。

二〇二 下 1 プルースト（マドレーヌ菓子をお茶に浸すくだり）。（原注）

二〇二 下 1 ジュール・ロマン『善意の人々』におけるジャレの散歩）（原注）

二〇三 上 3 一時に両方のものに同様な要求を感じながら、一方の要求を充たせば、他方が得られなくなるような二律背反的な立場。

二〇三 上 12 （一八六九？—一九四四）イギリスの小説家。本名はシドニー・シフ (Sydney Schiff) といい、プルーストの親友で美術愛好家として知られ、五十歳を過ぎて小説の筆を取った。『リチャード・カート』（一九一九）以下の作品はすべてカート家の人物を描いた自叙伝的なもの。

二〇三 上 13 ルイ＝ルネ・デ・フォレ（一九一八—）現在なおも活躍中の小説家。主要作品に、『乞食』（一九四三）、『饒舌な男』（一九四六）、『子供たちの部屋』などがあり、その技法はジョイスやフォークナーの内的独白を思わせる。

二〇三 下 22 『贋金つかいの日記』N・R・F版 p. 64 これ

はジードがエドゥアールに言わせようと思っていたことばである。しかし意味深いことにかわりはない。（原注）

二〇四　上　5　「彼らは『贋金つかい』が失敗作だと言いはる。人々はフローベールの『感情教育』やドストエフスキーの『悪霊』についても同じようなことを言ったものだ。今日ぼくの小説において非難されている点が、じつはその長所であることを、二十年もすれば認めるであろう。ぼくはそれを確信している。」（ジードの『日記』一九二七年三月五日――プレイヤード版 p. 832）（原注）

二〇四　下　14　「ぼくは、この小説のなかを人に知られずかけめぐる人物（悪魔）を描き出したいと念願している。読者がこの悪魔の存在を信じなければ信じないほど、いよいよその実在性がはっきりしてくるような存在だ。」（『贋金つかいの日記』N・R・F版 p. 39）

ジードの作品における悪魔の役割（このエッセイのなかでは詳説できなかったが）に関しては、『悪魔』と題する『カルメル修道会研究雑誌』の一巻に掲載された『現代文学における悪魔の部分』という拙稿を参照していただきたい。（原注）

二〇四　下　17　ジードは彼の作品のうちで、『パリュード』、『鎖を離れたプロメテ』、『法王庁の抜穴』などをソチ（sotie）と呼んでいるが、ソチとは中世において高僧、貴族、裁判官などの権力者をあてこするために作られた諷刺劇のことで、人生を喜劇的な面からのみとらえて滑稽化した作品にジードはこの呼称を与えた。

二〇五　上　17　ジードは彼の作品のうちで、『背徳者』、『狭き門』、『イザベル』、『田園交響楽』などをレシ（récit）と呼んでいるが、ソチが人間の演ずるドラマの喜劇的な面を強調しているのに反して、レシはその悲劇的な面を抒情的に歌いあげたものである。レシとはいわゆる物語を意味する。

二〇六　上　11　『日記』（一九一四年七月十二日）――プレイヤード版 p. 437（原注）

二〇六　下　7　ラフカディオは同棲していた情婦のカロラに妙なカフスボタンを買ってやって追い出す。その後このカフスボタンは、騎士物語で騎士の胸を飾る十字章のように、物語の進行に重要な役割を演ずる。

二〇六　下　10　紀元前五三四年頃活躍したギリシアの詩人。イカリアの人。合唱隊とは別に俳優として登場した最初の人で、悲劇にプロローグを導入した。アッティカ悲劇の祖と称される。

二〇七　下　20　バルザックの小説『幻滅』（一八四三）の登場人物。パリでその詩才と美貌をうたわれながら、意志薄弱のために、享楽生活に身を滅ぼす。

二〇七　下　21　バルザックの小説『ゴリオ爺さん』の登場人物。元貿易商というふれこみだが、実は脱獄徒刑囚の凶漢。

二〇八　下　1　先の詩で語られいる事柄を後の詩で否定する形式。ジードは好んこの形式を用いている。

二〇　下　10　フローベールの小説『ボヴァリー夫人』(一八五七)の女主人公のような精神的傾向を言う。つまり感情生活、社会生活上の不満が引き起こす内的傾向。この呼称を考えだしたのはジュール・ド・ゴーチェであり、彼は一八九二年の短いエッセイでこの呼称を用い、一九〇二年の著作で表題にしている。彼によれば、人間は自己のあるがままの姿を認めたがらず、常に自己を現状とは別なものとして空想するという。

二一　下　5　『泥土の子供たち』の終わりでピュルピュランは変貌するが、プロトスの場合とまったくよく似ている。ただ前者のほうが一段と進んでいるようだ。ピュルピュランはまさしく悪魔であり、いままでレアリスム小説のただなかにいたように見えたのに、実際、魔法みたいに姿を消してしまう。それに比してプロトスの悪魔的な面はジードが暗示するだけで、われわれはメタフォリックにその悪魔性を理解するにすぎない。それに『泥土の子供たち』は、クノーの全小説のうちで、最も『法王庁の抜穴』に似ているし、ソチの名にいちばんふさわしい作品である。この小説もまたえたいのしれない真理を、「不条理と化すことにより」検証しているのだ。この検証によって、(政治その他の)すべての対立、すべての党派のいずれかがよしとされるわけではない、そして、ド・シャンベルナック氏とその「文学狂たち」のうちどちらのほうが愚なのか、主イエス・キリストと共にあるアネェス、娘っ子たちと共にいるアストルフ、聖アントワーヌと共にあるグラミニのうちどちらが愚なのか、判然としなくなる。(原注)

二三　上　23　『日記』(一九一三年六月二六日)――プレイヤード版 p. 388 (原注)

二三　下　13　『一粒の麦もし死なずば』N・R・F版 p. 22 ラモン・フェルナンデスの『アンドレ・ジード』(一九三一)は、ジード研究に先鞭をつけた古典的名著であり、このなかで本文のことばが引用されている。

二三　下　22　『贋金つかいの日記』(一九一九年九月九日)――p. 32 (原注)

二三　下　9　『贋金つかい』第二部の終章『作中人物についての作者の批判』において作者ジードは登場人物に手厳しい批判を加えている。

二五　下　2　「特別に小説と深い関係のない要素は、すべて小説から追放してしまうこと」――『贋金つかいの日記』p. 71 (原注)

二五　下　21　『贋金つかい』第一部第十三章――エドゥアールの十一月九日の日記――N・R・F版 p. 160

二六　下　13　『贋金つかい』第二部第三章におけるベルナールとエドゥアールとの対話――N・R・F版 p. 246

二六　下　16　「時どきぼくには、この作品の観念そのものがばかげており、いったい自分が何を望んでいるのか分からなくなる。」――『贋金つかいの日記』N・R・F版 p. 55 (原注)

二七　上　3　『贋金つかいの日記』――N・R・F版 p. 74

二七 上 10 （原注）

ユダヤ人の間では、贖罪の祭りの日に大司教のもとへ一匹の山羊を連れていく習慣があった。大司教はその山羊の頭に手をかざし、呪咀をこめてイスラエルのあらゆる不正の罪を山羊に負わせ、この山羊は全民衆の呪咀の叫びのうちに砂漠に追いやられた。この故事から自分の罪を他に荷担することを言う。

二七 上 23 『贋金つかいの日記』――N・R・F版 p. 75（原注）

二八 上 11 「わかって下さい。ぼくはその小説のなかに、すべてを入れようと思っています。……すでに書きだしてから一年以上になりますが、自分に起こったことをすべてそのなかに入れています。何から何まで入れてみようと思っています。自分の見るもの、自分の知っているもの、他人の生活、また自分自身の生活によって教えられるありとあらゆるものを……」（『贋金つかい』N・R・F版 p. 238）

そしてジードは言う、「ぼくは、最近数か月にわたって自分が見聞した事柄、自分の一身に起こった事柄を、ありったけ、この小説のなかへぶちこんで、この作品をこみいった豊かなものにするのに役だたせようと思っている。」（『贋金つかいの日記』p. 33）

二九 上 12 この序文は『全集』と『日記』だけに収録されている。（原注）

二九 上 15 『アンシダンス』（邦訳名『文芸余論』）p. 66――公開状『ジャン・コクトーに与う』（原注）

二九 下 2 バルザックのレアリスムを支える根本理念。彼は自分の全小説に与えた総題『人間喜劇』の序文においてこのことばを公言している。

第九章 小説の行きづまりと野望――実現

三三 上 5 『贋金つかいの日記』（一九一九年八月五日）――N・R・F版 p. 30（原注）

三三 下 10 『N・R・F』一九二六年三月号 p. 349「むしろこの作品はロマネスクの小説、小説の小説である。」

三四 上 2 「《継続しうるだろう……。》このことばでぼくは『贋金つかい』を完結したい」（『エドゥアールの日記』）――『贋金つかい』N・R・F版 p. 425（原注）

三四 上 9 『贋金つかいの日記』――N・R・F版 p. 109（原注）

三四 上 20 ジードはマルタン＝デュ＝ガールからこの一句を教えられ、『贋金つかい』の巻頭に、序文の代わりに掲げたいと思った。――『贋金つかいの日記』N・R・F版 p. 113

三四 下 13 「最初からトランプ札の配りちがいがあったのだ。ほんとうは、エドゥアールはオリヴィエを拾いあげるべきだったのだ。その上、彼が愛していたのも、じつはオリヴィエだったのだから。」（『贋金つかいの日記』N・R・F版 p. 78）（原注）

三四　下　20　『贋金つかいの日記』N・R・F版 p. 88—9参照。

三五　上　8　ギリシア神話の有名な占者。彼はアテネの水浴している姿を見たが、アテネは彼の母と親しかったので彼を殺さず盲目にし、代わりに予言の力を授けたという。また交尾している二匹の蛇を杖で打ったら自分が女になり、のちふたたび同じことをして男に戻ったともいわれる。また男女のいずれが愛の喜びを余計に受けるかというゼウスとヘラの論争で、女と答えたためヘラの不興を招き盲目にされたが、ゼウスは彼を憐んで予言力と長生を与えたともいう。

三五　上　16　ラモン・フェルナンデス『アンドレ・ジード』（一九三一）三一ページ参照。「永遠の青年、永遠の新進、だが一般の青年たちが持ちあわせていない洞察力と不信を身につけている人、ジードは一歩一歩、人生を再構成していく。」（原注）

三六　上　12　『贋金つかいの日記』N・R・F版 p. 25

三六　上　12　『フランソワ・モーリヤック氏と自由』（一九三九）

三六　下　9　『狭き門』、『背徳者』など。（原注）

三六　下　19　『贋金つかいの日記』N・R・F版 p. 14（原注）

三七　上　4　『贋金つかいの日記』N・R・F版 p. 26

三七　下　9　拙著『アメリカ小説の時代』（スーユ社）・第一部・『小説と映画』（原注）

三七　下　22　『コンフリュアンス』誌・小説論特集号。（原注）

三八　上　4　第七章（原注）

三八　上　15　『贋金つかい』N・R・F版 p. 284

三八　上　16　たとえば『贋金つかい』N・R・F版 p. 425（原注）

三八　上　20　『贋金つかいの日記』N・R・F版 p. 100（原注）

三八　下　9　アースキン・プレストン・コールドウェル（一九〇三―）。アメリカ南部の小説家。代表作に『タバコ・ロード』（一九三二）、『神様の小さな土地』（一九三三）があり、アメリカ南部の白人の土地への執着、その狂信的な生活をユーモアをもって描いている。

三八　下　9　ダシール・ハメット（一八九四―六一）アメリカのハード・ボイルドの作家。主要作に『赤い収穫』（一九二九）、『マルタの鷹』（一九三〇）、『やせた男』（一九三二）などがある。ジードは彼の作品を『日記』で激賞している。

三八　下　16　『日記』一九二四年十一月十一日――プレイヤード版 p. 749「ぼくは作中人物に耳を傾ける。すると彼らの言うことが聞こえてくる。だが彼らの考えていることは？　彼らの感じていることは？　ぼくがそこに推論を加えだすと、彼らをぼく自身のほうに引き寄せてしまうことになる。ベルナールが独言をいっているかぎり、ぼくはただ彼のことばに耳を傾けていさえすればいい。しかし黙ってしまうと、もうぼくにはとらえられなくなり、なんのことやらわからなくなってしまう。」（原

注）

三〇 下 1 『赤と黒』のモデルとなった事件。一八二七年七月二十二日、スタンダールの故郷グルノーブルに近いある村の御堂で、ミサのまさに終わらんとするとき、アントワーヌ・ベルテという青年が、地主の妻ミシウ夫人を撃った。貧しい村の鍛冶屋の倅として生まれた美少年アントワーヌは、その才知によって地主ミシウ家の家庭教師となったが、夫人と恋に落ちたため、そこを出なければならなくなっていたのである。スタンダールはこのアントワーヌ・ベルテをジュリヤン・ソレルのモデルにしている。

三〇 下 5 一九二八年のハックスリーの代表作（邦訳名『恋愛対位法』）。ジードの『贋金つかい』と構成においてきわめて似た作品であり、フィリップ・クォールズという小説家が登場してエドゥアールのような役を演じている。

三〇 下 13 ジードがコンゴ旅行の途中でとらえた動物で、夜猿の一種。学名を perodictique potto と言い、現地ではディンディキと呼ばれている。ジードは愛玩用動物としてこれを飼育していた。「この小さな動物は、霊長類にぞくしているとはいえ、猿らしいところはほとんどもっていない。それはむしろ柔らかい毛をした針ねずみ、或はポケット熊とも称すべき非常に小さな熊を想わせる。」（ジード『秋の断想』メルキュール版 p. 59）

三一 上 9 『贋金つかいの日記』p. 86（原注）

三一 下 15 『贋金つかいの日記』p. 46

三二 上 15 バルザックの『人間喜劇』第一部『十九世紀風俗研究』のなかの『地方生活情景』の一篇をなす作品（一八三三）。

三二 上 21 『パリ生活情景』の一篇をなす『ランジェー公爵夫人』（一八三四）。ランジェー公爵夫人は典型的な浮気女、モントリヴォーは彼女に夢中になっている男。

三二 上 22 『地方生活情景』の一篇をなす『田舎におけるパリっ児たち』の第二話（一八四三年）。第一話は『名士ゴーディサール』（一八三三）。

三三 上 4 ジュリヤン・グリーン『日記』プロン版第一巻 p. 92

三三 下 1 『贋金つかい』N・R・F版 p. 244

三三 下 13 周知のようにスタンダールは容姿の点で劣っていたし、一七九九年理工科学校《エコール・ポリテクニック》受験のためと称してパリに出てきたのだが、学校には入らず、観劇と劇作に日々を送っていた。

三三 下 19 メガラのエウクレディスがこの派の創始者。ソクラテスとエレア学派の影響をつよくうけていて論争が得意なので、この派の人々は弁証家、論争家と呼ばれていた。エウブリデスやディオドロス、クロノスなどの有名な天才的詭弁はこの派の特徴を示すものである。さらにこの派で有名な人にスティルポンがいる。彼らの議論は常に二律背反的であった。

三三 下 19 カントールによって創設された数学の一分科。

集合とは、われわれの思考ないし直観の対象を一つのまとまった全体として捉えたもので、その対象を集合の元という。「Xは自然数である」という命題を真ならしめるXの全体が自然数の集合を定義するように、一般にXに関する命題P(X)によって一つの集合Pが定義される。ところでカントールの作った集合論の集合の定義が不明確であったため、これをむやみに拡張したことから前世紀末から今世紀初頭にかけて、リシャールの二律背反、ラッセルの背理など多くの背理が提出され、集合論の基礎が動揺し、これを救うためにヒルベルトの形式主義（証明論）、ラッセルの論理主義、ブラウワーの直観主義が出現した。

三三四　下　11　『贋金つかいの日記』一九二五年三月八日——N・R・F版 p. 108—9（原注）

三三四　下　21　『贋金つかいの日記』N・R・F版 p. 111（原注）

三三五　上　7　ベルグソンの一九三二年の著作。人間における「閉ざされたもの」と「開かれたもの」、静的なものと動的なものの意義があきらかにされている。知性は人間に物質を支配することを教えるが、反面利己主義を教えて社会生活を危殆におとしいれ、また死の不安を意識させて生の活動を沈滞させる。このような危険の保証として自然発生するものが、威圧的な「閉ざされた」社会であるから、集団はつねに排外的抗争にみちびかれ、また内部的には停滞におちいらざるをえない。しかし史上あらわれた聖者の例が示すように、ふかく創造的生命の根源に沈潜し、神と合一する例外的個人は、「開かれた」道徳を創造し、動的宗教を実現する。かかる「開かれた」魂のよびかけに、多くの「閉ざされた」魂が憧憬し、反響することによって、「閉された」社会は全人類へと「開かれる」のであり、創造的愛は、集合的人間の種的停滞を超えて躍進する。このような愛の飛躍こそは、キリスト教的神秘主義の本質である、というのがベルグソンの結論。ところでマニーは「開かれた」「閉ざされた」ということばをベルグソンの思想に直接関連させているのではなく、メタフォリックに使っているにすぎない。

三三五　上　21　これはたぶんマニーの思いちがいで、原文は「マチウは立ち上がった、そして」という文章であると思う。『分別ざかり』p. 262 16行目（原書）の個所にある。

三三六　上　11　このタウテゴリーということばは、シェリングから借用したもので、アレゴリーということばと正反対でしかも相称的な意味を持っている。アレゴリックな作品とは、作品自体とは別な、外部に位置する意味に向かう作品である。それに反して「タウテゴリックな」作品とは、まさしくその作品が述べていること以外の事は述べようとしない作品である。したがってタウテゴリックな作品の意味は、作品に内包されており、意味伝達の手段から勝手に区別分離できない。（原注）

三三六 下 17 ボルツァーノ（一七八一―一八四八）。オーストリアの哲学者、数学者、論理学者。ヘルバルト学派を介してライプニッツ哲学をもととし、ドイツ観念論に反対する立場から、純粋客観主義的、非歴史的論理学を建てた。またカントール以前に集合論への第一歩を踏みだし、フッサールにも影響を与えている。

ヴァイエルシュトラス（一八一五―九七）。ドイツの数学者。解析学の基礎に厳格な反省と批判を加えた。一八六〇年代に無理数をうちたて連続函数の諸性質の反省的確立につとめた。解析接続にもとづく解析函数の大域的理論に着眼し、函数論の一つの主流を創設し、また楕円函数論を体系化した。変分学、微分幾何学における研究もいちじるしい。（平凡社『哲学辞典』による）

三三七 上 23 『日記』一八九三年――プレイヤード版 p. 41（原注）

三三八 上 4 『ユリシーズ』の各エピソードは、ホメーロスの『オデュッセイア』の各章に該当している。

三三八 下 4 ディアベリ（一七八一―一八五八）。オーストリアの作曲家。彼の作曲したものは、ピアノ曲にしろ、歌曲にしろ、円舞曲にしろ通俗的なものであったが、ベートーヴェンは彼の円舞曲の一つを主題として『ディアベリ変奏曲』（一八二三）を作曲した。

三三八 下 14 オート麦で、クェーカー教徒を商標にしている品がある。ここで述べているのはその商標のデザインのことである。

三三九 下 7 前に引用した一文のつづきをなす一句。「主題の自己自身への反射作用に、いつもぼくは心をひかれてきた。これこそは典型的な心理小説である。怒った人間が一つの物語を物語る。これが一つの作品の主題となる。あるひとりの人間がただ物語を語るだけでは充分でない。その人間は怒っている人間でなくてはならぬ。そしてその人間の怒りと、語られる物語との間には、不断の関係がなければならぬ。」（『日記』プレイヤード版 p. 41）

バルザックは、ヌーヴェルを拡大するためにいつもこの方法を用いている。『ボエームの王様』では、われわれが読む物語は、ディナによって書き記されたものであり、ディナのルストーへの立場は、クローディーヌのラ・パルフェリーヌへの立場に、さらにデュ・ブリュエルのクローディーヌへの関係にまったく類似している。『続女性研究』では二つの主題がある。デュ・マルセーが語る物語と、その物語の聴衆に加わっているデルフィーヌ・ド・ニュシンゲンの反応がそれだ。

三四〇 上 17 第七章参照（原注）

三四一 下 5 ツェノン（エレアの）（紀元前四九〇―四三〇）。エレア学派の開拓者パルメニデスの高弟で、パルメニデスの「唯一不動の存在」論を独特な弁証法で弁護し、「存在が唯一であり、かつ静止している」ことを証明するために、「存在はなぜ多でなく、運動しないか」という逆説的論証をもってした。その主なものをあげると、「アキレスは亀を追い越すことができない。なぜならば、アキレスが亀のところに達する間に亀はその少し先へ進み、これを無限に繰り返す。こうしてアキレスは亀に無限に近づくが、けっして追い越すことはできない。」(アキレスの議論)、あるいは「物は自分自身とひとしい空間を占めているとき、静止している。飛んでいる矢は、各瞬間に、自分とひとしい空間を占めているから、飛んでいる矢は静止している。」(飛矢静止論)

ディオゲネス(シノペの)(紀元前四〇〇―三二三)。いわゆるキニク学派の代表的人物。なんの不足もなく、なにも必要としないのが神の特質で、必要なものが少なければそれだけ神に近いことになると説いた彼は、簡易生活を理想とし、原始的反文明の思想を生涯身をもって実践した。ある日ツェノンの運動否定論に聞き入っていたディオゲネスは、やにわに立ち上がって歩き出し、その行為によってツェノンの説に暗々のうちに反駁したと言われている。

二四一 下 16　『見出された時』I. p. 37 参照。これはプルーストの章にすでに引用されている。

二四一 下 21　ギリシア神話に出てくる半人半馬の怪物。エウエーノス河の通行権を神々から授かったと称し、ヘラクレスの妻デイアネイラが河を渡っているとき、彼女を犯そうとしたので、ヘラクレスの怒りをかい、殺されてしまった。いまやまさに命はてんとするとき、ネッソスはデイアネイラに自分の血を与え、彼女に言った、もし夫のヘラクレスがあなたに不実を働くような事があったら、この血を用いよ、と。後日デイアネイラは、夫のヘラクレスにネッソスの血を塗った下着を着せたので、彼は激しい痛みをおぼえ、オイテーの山の火葬壇に身を投げた。この故事から、「ネッソスの下着」という言葉は、人がいかにしても逃れることのできない病を意味する。

二四三 上 7　ジャン・ヴァール(一八八年—)パリ大学文学部教授。『英米の多元論的哲学』(一九二〇)、『デカルト哲学における瞬間の役割』(一九二〇)、『ヘーゲル哲学における意識の不幸』(一九二九)、『具体的なものへ』(一九三二)、『人間的実存と超越』(一九四四)、『詩集』(一九五一)、『実存の思想』(一九五一)などの著作がある。『キェルケゴール研究』は、一九三八年の著作で、この引用文は同著 p. 551 ノートI。

二四三 上 21　「ぼくは幾日も前から」と彼はローラに言った、「エドゥアールのようにノートをつけています。何か意見を述べたいことがあると、右のページにそのことを書き、反対意見を、それと向かいあった左のページに書きます。ほら、たとえばこの間の晩、ソフロニスカは、窓を開け放したままボリスとブローニャを寝かせるって言いましたね。…ところが昨日、喫煙室で、ここへ着いたばかりのドイツ人の教授が、それと反対の説を唱えているのを聞きました。じつのところ、そのほうがずっと合理的で、ずっと根拠がしっかりしているように思われました。」(『贋金つかい』N・R・F版p. 250)(原注)

二四二　下　1　「人物の気質及び性格の作用として以外、けっして思想は述べないこと。この事はぜひ作中人物のひとり(小説家)の口を借りて言わせる必要がある。」――「個人を離れて、意見は存在しえないと知らなければならない。世間の奴らが、われわれの癪にさわる理由は、彼らがその主張する意見を、自ら自由に受け入れたり、選択したりしたものだと信じているためだ。しかし、意見なるものは、彼らにとっては、その髪の毛の色合いやその息の匂い同様、宿命的な、のっぴきならないものなのである。」(『贋金つかいの日記』N・R・F版p. 12)(原注)

二四二　下　17　明らかにハックスリーは、この中心紋の存在に気づいていなかったように見える。だから、結局フィリップ・クォールズが考えている小説家は生物学者なのだ。エドゥアールはジードに同質的な連帯によって結ばれていたが、フィリップ・クォールズはそんなぐあいにハックスリーに結ばれていない。作者は作品のただなかに存在して、作中の小説家を自分から引き離し、自分の前に置いて眺めるのだ。それに反してジードの諸人物は、ある一面で作家につながっている。たとえていえば、ロダンの彫像がその素材をなす大理石に半ばつながっているように。このようにしてジードの諸人物は、人間は現実に対して絶対的に公平無私な見解を抱きうるものではないことを表明している。ところがハックスリーは明らかにこの可能性を信じている、そして事象をあくまでも没個性的に眺めうると信じているのだ(『目的と手段』がそのことを充分に証明している)。この点からして、ハックスリーが現代の認識論に一脈相通じるところがあると自分で思っているにしても、彼の立場からすれば、別段異とするにあたらないだろう。(原注)

二四三　上　12　『贋金つかいの日記』N・R・F版p. 70—71(原注)

二四三　上　18　ヴァール『キェルケゴール研究』p. 552「彼(ヤスパース)はスコラ哲学者について次のように語っている、彼らが表現しなければならなかったものは、記号による以外表現できないようなものだった。ところでヤスパースの努力は、記号の必要性を記号なしで表現すること、さらに記号による以外は表現できないものを表現するところにある。」

第十章　小説の公理論のために

二四四　表題　数学においては、ある一つの理論の基礎をなす公理の全体を公理系と呼び、その理論を公理系の上に純粋に理論的に構築する方法を公理論もしくは公理的方法と称する。すなわち、ある一つの理論を展開する場合に、まずその前提となる公理を明確にし、さらに公理のあいだの関係を厳密に究明することによって、その理論の構造を明確にする方法が公理論である。また、あらゆる数学的理論は厳密な公理論で構築すべきだという主張は、ふつう公理主義と呼ばれているが、たとえばD・ヒルベルトがこの主張を強く唱えて、とくにユークリッド幾何学の公理系をあげて、種々の公理間の関係を鮮明したことは広く知られている。（『岩波数学辞典』に拠る）

二四四 上 11 ジード『贋金つかい』の第十三章「エドゥアールの日記」（続）の一節。

二四四 下 14 『小説についての逆説』p. 36（原注） 一九六四年に刊行された同書の新版では、引用個所はp. 44になっている。

二四五 上 5 一九一一年十二月二十一日の『日記』を参照のこと。「『抜穴』。衣服の下の裸体をダヴィデのように描かねばならぬ。そして、さまざまな作中人物については、私が使うはずのないものまでも——少なくとも、外面に現われるはずのないものまでも、熟知していなければならぬ。」（原注）

二四五 上 7 『日記』。「（『ヌーヴェル・リテレール』紙における）、『肥っちょの勝利』の作者アンリ・ベローの激越な攻撃。彼は私の痩せこけたすがたを許そうとしない」（訳注、これは一九二三年四月二六日付の日記の一節である）。（原注）

二四五 上 22 スメルジャコフ＝『カラマーゾフの兄弟』の登場人物。モーフリニューズ夫人＝バルザック『人間喜劇』の登場人物のひとりで、とくに『骨董室』、『うかれ女盛衰記』、『カディニャン大公夫人の秘密』などで重要な役割をはたす。もとディアーヌ・デュクセルという名で、はじめモーフリニューズ公爵と結婚し、のちにカディニャン大公の妻となる。サム・ウェラー＝ディッケンズ『ピックウィック・クラブ遺文録』の登場人物。

二四五 下 20 たとえばミッシェル・レーリスが『男ざかり』の冒頭でやっているように。しかし、これは古典的伝統にのっとった純粋で単純な自叙伝ではなく、心理的ドキュメントという新しい種類のものであり、そこで作者は、自分自身にとってのありのままの姿とともに、他人が見たありのままの姿をも示そうと努力している。（原注）

二四六 下 16 もちろん一九一四年—一九一八年の大戦のことである。（原注）

二四六 下 22 『当代の歩廊』p. 51（原注）

二四六 下 22 現代フランスの批評家、小説家（一八九一—）。とくに一九三〇年ころ《ポピュリスム》の文学運動を唱えたことで著名である。

二四七 上 15 『贋金つかいの日記』、七月十四日付。（原注）

二四七 下 1 フランスの批評家（一八八八—一九四四）。第一次大戦後の新文学の普及に果たした役割は大きく、主著に当時の新しい作家に関する評論集『二十世紀』（一九二三）、戦後文学を精密に展望した名著『不安と再建』（一九三一）等がある。

二四七　下　15　『新フランス評論』一九二二年。(原注)

二四八　上　1　それに私は次の第十一章で、『チボー家の人々』の二つの部分、すなわちチボー氏の死までのブロックと、『一九一四年夏』および『エピローグ』との間に作りだされた断絶のことにたちもどるつもりである。二つの部分のそれぞれにおいて、時代をはっきりさせるために物語を挿しこむやり方が相違するのは、二つの部分の間で突然に起こった、マルタン＝デュ＝ガールの小説美学と小説作法のいちじるしい変化を示す相のひとつにほかならない。(原注)

二四八　下　6　第三章で引用した『エヴァ』の文章を参照すること。(原注)

二五〇　上　18　ウォルター・スコットの一連の歴史小説に与えられた名称。『ウェーヴァリ』(一八一四)にはじまり、『アイヴァンホー』(一八二〇)など二十七篇の作品をふくむ。

二五一　上　18　ダニエル・ダルテスは『人間喜劇』の登場人物のひとりで、とくに『幻滅』の主要人物である。『カディニャン大公夫人の秘密』は、このダルテスと、もとモーフリニューズ公爵夫人だったカディニャン大公夫人との恋愛の経緯を主題にした作品。

二五二　上　13　彼以前には、そう、ユイスマンスがいた。あるいはふたりのユイスマンスがいた。すなわち『ヴァタール姉妹』のユイスマンスと、『彼方』、『途上で』、『修練者』のユイスマンスとが。(原注)

二五二　下　4　いわゆる対話体の《観念小説》である、マルタン＝デュ＝ガールの『ジャン・バロワ』では、対立するさまざまな形而上的態度がつねに現実の人物たる主役によって喚起されながら、それらのものが抽象的には相互に激突されることはないのであるから、この作品もまたぶんこうした真理を示す一例になっている。(原注)

二五三　上　22　スタインベックの『怒りの葡萄』も、おそらく、ジードを二倍に増幅して補ったものである。ドス・パソスの場合と同じように、同時に幅と長さと深さにおいてひとつの切断面を具現することにより、ということは、要するに《ぜんぜん切らないこと》、少なくともできるだけわずかしか切らないことにより、さらにまた自然にあの叙事詩的な調子を帯びることによって、ジードを補ったのである。ジードはこうした叙事詩的な調子というものを夢想しながら、『贋金つかい』にはそれをあえて添加しなかったか、あるいは添加できなかったのであるが、彼にとってはそれのみが「小説《ロマン》をレアリスムの轍から救いだし」(『贋金つかいの日記』、一九二一年八月の一節)うるものなのだ。(原注)

二五三　下　3　これはもちろん『日記』の原書(普及版)のページづけであるが、日付の上でいうと、ここに言及されているくだりは、一九二四年八月十日の個所である。

二五三　下　14　『贋金つかいの日記』p. 15 (原注)(訳注、一九一九年六月一九日付の個所の一節)。

五四　上　12　新プラトン学派に属するギリシアの哲学者（二〇四または二〇五—二七〇）。プロティノスによれば、神は世界を超越する「善にして一なる」絶対的実存者であり、万物はこの絶対無限の本質から流出するものと考えられている。

二五五　下　14　《テスト氏は金の話をした……低まりゆるやかになった彼の声がきこえ、莫大な数字を彼が退屈そうに引用していくにつれて、ふたりの間で燃える一本の蠟燭の焔は、その声のためにゆらめくのだ。八億一千七万五千五百五十……私は計算のあとを追わず、この未曽有の音楽に耳をかたむけていた。彼は株式取引所《ブールス》の変動を私に伝え、数字の長い行列が、一篇の詩のように私の心を捉えたのだった……》『テスト氏』p. 55（原注）（訳注、これは『テスト氏との一夜』の末尾に近い部分の一節である）。

二五六　上　23　フランスの整形外科医シャルル・プラヴァス（一七九一—一八五三）がはじめて考案した注射器をいう。現在の注射器の原形となすもので、シャーロック・ホームズの時代にはすでに骨董的なもの。

二五六　下　1　イギリスの女流推理作家ドロシー・L・セイヤーズ（一八九三—一九五七）の作品に登場する探偵。

二五六　下　3　アメリカの推理小説作家（一八八六—）。

二五七　上　19　たとえばこういう暗示的なことば《むかし——そう、二十年も前のことになるが——誰か他人のやりとげた、並みはずれたすべてのことがらが、ぼくにはそのひと個人の敗北と見えたものです。かつてのぼくは、自分のものである思想しか見ていなかったのです……》（原注）（訳注、これは『テスト氏との一夜』の一節で、夜道を歩きながらテスト氏が話者に語ったことばとして書かれたくだりである。）

二五八　上　18　リラダン『残酷物語』の一篇「上代楽の秘密」を指す。

二五八　下　2　一七世紀の神学者、宗教論争家でジャンセニスムの確立に偉大な貢献をはたしたアントワーヌ・アルノー（一六一二—一六九四）のこと。

二五九　上　11　チャールズ・モーガン（一八九四—一九五八）がこの小説を発表したのは一九三六年である。

二五九　下　6　フランスの批評家（一八六一—一九四四）。この一世紀のあいだのフランスの文学者のなかで、最も神秘主義的な人物という定評を与えられている。

二五九　下　6　批評家ジャン・ポーランはフェネオンの業績をきわめて高く評価し、彼の作品集を編纂している（一九四八年刊行）。この作品集にも序文としてすぐれたフェネオン論が寄せられているが、ここでマニーが言及しているのは、おそらく一九四五年に発表された『F・Fあるいは批評家』と題する評論のことだろうと思われる。

二五九　下　16　現代フランスの女流作家で、『虚無の岸辺』は彼女が一九三三年に発表した小説である。

二六〇　上　19　ジェームズ・ボズウェル、一八世紀のイギリスの法律家、伝記作家（一七四〇―一七九五）。最初の特異な『英語辞典』の著者として知られるサミュエル・ジョンスンに傾倒し、『ジョンスン伝』の著者として文学史に名をとどめている。

二六一　上　16　ヘンリー・ジェームズは、アメリカに生まれ、のちイギリスに帰化した小説家（一八四三―一九一六）。なお、ここで言及されている短篇小説は『個人生活』（一八九三）である。

二六一　下　12　『テスト氏』p. 97（原注）これは『エミリー・テスト夫人の手紙』の一節。

二六一　下　16　ジョルジュ（一七六九―一八三二）フランスの博物著者、古生物学者。

二六二　上　2　これはオペラ座の観客たちを描写する際に、テスト氏が用いている表現である。《他人にとってのみ、人は美しかったり異様だったりするのさ！この連中は他人に喰われてしまっているのだ！》（原注）

二六二　上　14　ここで言及されているのは、(1)『田舎司祭の日記』（一九三六）の主人公であるアンブリクールの若い司祭、(2)『悪魔の陽の下に』（一九二六）や『新ムーシェット物語』（一九三七）等に現われる神父、(3)『歓喜』（一九二九）の女主人公のことである。

二六三　上　4　カトリック教会の信仰箇条のひとつ。「救霊の聖寵と信仰と愛との享持に根ざし、そこより強度と効果とを決定される地上↓煉獄↓天国の↓キリストの神秘体の肢をなす、あらゆる信者の超自然的運命共同体」をさす（『カトリック大辞典』による）。すなわち、カトリックの教義によれば、教会の霊的な善とは、イエス・キリストを頭とする神秘体である信者のすべてに共有される。そして霊的な善の内容はキリストや諸聖人の功徳であり、信者たちの祈りと善行である。こうして天国、煉獄、地上のキリスト教徒のあいだにつくられる超自然的な運命共同体を《諸聖人の通功》とよぶのである。

二六三　上　14　ランブルの司祭とは前記のドニサン神父のこと。ジェルメーヌ・マロティー（なお著者マニーはマロリーと記しているが、これは誤植か書き誤りと思われる）はムーシェットとも呼ばれ悪魔の誘惑に陥った娘で、『悪魔の陽の下に』および『新ムーシェット物語』の作中人物。《田舎司祭》はもちろん『田舎司祭の日記』の主人公であり、シャンタル、セラフィータはいずれもこの小説の登場人物であるが、ここにもマニーの書き誤りと思われる個所がある。すまわちマニーは侯爵夫人と記しているが、『田舎司祭の日記』に出てくるのは村の館に住む伯爵夫人（シャンタルの母）である。

二六三　下　21　アンリ・モンドールの著書『マラルメ伝』（一九四二）をさすものと思われる。

二六五　上　4　テスト夫人の懺悔聴聞僧はテスト氏のことをこ

んなふうに語っている。《あのかたのうちに、魂の不安も内面の影も想いえがくことはできません。それに、恐怖の、または渇望の本能に由来するような、なにものも……。だがまた、神の愛に向かうようななにものも。》

才能ある人たると、才能のない人たるとをとわず、彼らが《賭けること》に、すなわち、書き、発表し、提出することに同意しさえすれば、あらゆる作家の保護者となってくれる聖イレネの殉教について、私が第一章で述べたことに想いをいたしてもらえば、この文章は明確なものとなろう。テスト氏は、それが巧妙きわまる形においてであるにせよ、結局、魂の吝嗇さによって罪を犯しているのである。彼は他人に裁かれることにも、他人に仕えることにも同意しないのだから。さながら主《しゅ》の小麦のように、他人という怖るべき動物どもの歯に噛み砕かれるのを拒否しつつ、彼は、自ら意志的に、永遠なる《諸精神の通功》（さまざまな優れた精神のかたちづくる共同体）の外に身をおき、虚構の上でとしても、とにかく歴史によって破壊されもしなければ、逆立されもしないということになるだろう。（原注）

二六五 上 13 テストという名は、頭悩（tête）の古い綴字法(teste) に由来している。

二六六 上 7 『テスト氏』p. 13（原注）

二六六 下 12 『テスト氏』p. 35（原注）（これは『テスト氏との一夜』の一節である。）

二六七 上 14 これは『テスト氏との一夜』の一節である。

第十一章 ロジェ・マルタン＝デュ＝ガール、表裏のない世界の限界

二六九 上 1 トマス・アクィナスの『神学大全』という題名のもじり。

二六九 下 3 ハンフリー・ウォード夫人（一八五一—一九二〇）の『ロバート・エルスミアー』は、宗教的色彩のこい風俗小説で、当時の英国でひじょうにもてはやされた。

二七〇 上 8 チボーデ『フランス文学史』第五章第三節。

二七三 上 16 ウォルド・フランク（一八八九—）は現代アメリカの批評家で小説家。『デヴィッド・マーカンド』はその代表作である。

二七四 下 4 古典劇ではふつう三一致の法則にしたがうことが定められていたが、そのうちの一つが時の一致で、それは、全体が二十四時間以内の出来事でなければ、舞台にかけてはならないとする法則である。

二八〇 上 8 ギリシア神話の女性。ソポクレスの悲劇では、神の命ずるところにしたがい、いっさいの妥協を拒み、ついに殺される運命をたどる。フランスでは、ラシーヌが『テバイード』で、さらに現代では、ジャン・アヌイが『アンチゴーヌ』で、彼女の運命を劇化している。

二八〇 上 9 ギリシア神話の英雄。ラシーヌの悲劇『イフィジェニー』では、娘を生贄にすることをためらう

アガメムノンにたいして、国家のためと訴える政治家の役割を、ジロドゥーの『トロイ戦争は起こらないであろう』では、トロイとの和平使節としての役割を、あたえられている。

二八一上 4 この方法を、バルザックは『暗黒事件』で、スタンダールは『赤と黒』(密書のエピソード)と『パルムの僧院』(ワーテルローの会戦)で、すでに用いていた。(原注)

二八六 上 1 一九〇六年から一九一九年まで、プルーストはオースマン通り一〇二番地のアパルトマンに住み、外部の騒音を防ぐために、この部屋をコルク張りにしていた。また、一九一三年以来彼の死にいたるまで、プルーストの身のまわりの世話から原稿の清書まで、いっさいのことをひきうけていたのが、セレスト・アルバレという忠実な女中だった。

二八六 上 1 一八四六年以来十年間、フローベールの愛人であった女性。彼女はフローベールより十三歳年上であり、その親密な関係にもかかわらず、クロワッセを訪れることは許されなかった。今日、ふたりのあいだの書簡は、フローベールを知るうえでの貴重な文献となっている。

二八六 上 10 「私の見るところでは、マルタン＝デュ＝ガールは、野心の最も高度にして最も高貴な形式の一つを具体化しつつある。つまり、自分自身を完全にしよう、自分に可能なかぎりのものを要求し手にいれようという、不断の努力にともなわれる野心のことである。私は、最も美しい天禀以上に、執拗な忍耐を讃美しているのであろうか。」(一九二二年一月一日)(原注)

二八六 下 16 一九二七年三月一日の『日記』。「ロジェ・マルタン＝デュ＝ガールとながいあいだ話しあう。彼は、穴のなかの熊のように、その唯物主義のなかにうずくまっている。ル・ダンテックとテーヌが彼の福音書だ。私がなにか反対すると、彼はどうしてもそこに、私のキリスト教的遺伝のあらわれを認めようとする。しばらくするうちに、彼のなかにチボー家の人々のひとりが住んでいるように思えてくる。喋っているのは、ロジェよりむしろアントワーヌなのだ。それはすこし、といっても、まことにわずかだったが、私を安心させてくれた。なぜなら、ここでは、作者がその人物をまったく支配しているようにみえないし、そこから脱けでることができるようにも思われないからである……」(原注)

二九三 下 21 『赤と黒』にでてくるヴェリエールの司祭。

二九三 下 21 『赤と黒』にでてくるブザンソンの神学校校長。

二九三 下 21 『パルムの僧院』にでてくるジアンタの司祭。

三〇〇 上 2 一八二七年六月二十二日、アントワーヌ・ベルデなるものに『赤と黒』の結末とおなじ事件が起こり、この事件について、その年の末の『法廷《ガゼット・ド・》時報《トリビュノー》』が報じた。スタンダールの『赤と黒』はこの三面記事に刺激されて構想されたのである。

三〇五 上 1 サルトルは、『モーリヤック氏と自由』(『シチュアシオン』I所載）なる論説において、モーリヤックの小説では、作者がしばしば神と同一の視点にたつことによって、作中人物の自由がまったく奪われてしまっている、と非難したのである。

三〇五　上　11　ギリシア神話の人物。アガメムノンの妻。娘イフィゲネイアを夫が生贄としたことから彼を怨み、夫がトロイ戦争から帰還したとき、彼を刺す。しかしその子オレステスが成人するや、父の復讐をとげようとするオレステスの刃にかかって、情人のアイギストスとともにたおれる。ラシーヌの『イフィジェニー』にも登場するが、二十世紀になってからは、ジロドゥーの『エレクトラ』のなかで、大きな役割をあたえられている。

三〇六　下　10　『ふたりの若妻の手記』の主人公。

三〇七　上　18　ギリシア神話の人物。オイディプスは生まれおちると同時に、神託により、父を殺し母を娶るだろうと告げられる。そしてじじつ、その神話どおりの運命をたどった。

三〇七　上　19　ギリシア神話の人物。オレステスはアガメムノンの子で、幼時から父を殺した母クリュタイムネストラに復讐することを神から命ぜられていた。

三〇七　上　19　ギリシア神話の人物。ヘクトルはトロイ戦争においてトロイ方の総大将であったが、アキレウスと一騎打ちをして殺された。この最期は、天上にあったゼウスがふたりの運命を秤にかけ、ヘクトルのほうがすこし重かったので、彼を見すてたためにもたらされたものである。

三〇七　下　3　『パルムの僧院』の女主人公。

三〇七　下　3　バルザックの『みみずく党』、『暗黒事件』、『うかれ女盛衰記』に登場する密偵。

解説

これは、Claude-Edmonde Magny 著 Histoire du roman français depuis 1918 (Ed. du Seuil) の全訳である。私の持っている一九五〇年の初版本には、第一巻と記されているので、当然第二巻以下の続刊が期待されたのであるが、いままでのところ刊行されたのは第一巻だけである。数年前に、アラン・ロブグリエが来日したとき、私は彼にマニーの消息をたずねてみた。ロブグリエの答えはじつに意外であり、私を呆然とさせた。マニーは、アルコール中毒で入院中だというのである。マニーの名を雑誌などで見かけなくなってからすでに久しく、舞台からの突然のこの失踪を私たちはいろいろと解釈していたのだったが（たとえばランボーのように筆を絶ったのではないかと想像した者もいる）、アルコール中毒患者になったことは私たちの予想外であった。現在、どのような状態か知る由もないが、全快の一日も早からんことを祈らずにはいられない。

マニーの経歴はきわめて輝かしいものである。彼女の生年は定かでないにしても（アメリカの女流作家は年齢を隠さないようであるが、フランスでは当事者が生存中、辞書さえも年齢を記載しない。もちろんボーヴォワール女史のように例外はあるが、例外はまさに例外である）、一九一二年前後の生まれではないかと推定される。この推定の根拠は、高等師範学校時代の同窓である一歴史学者が、同窓生のなかにマニーの名を数えていたからであり、この歴史学者が一九一二年の生まれであったからだ。評論集『エンペドクレスのサンダル』のサルトル論のなかで、サルトルから、『存在と無』を原稿で読ませてもらったという記述があるが、マニーは、高等師範学校哲学科のサルトルやボーヴォワールの後輩にあたるわけである。高等師範学校を卒業後、彼女は、ケンブリッジ大学で数理哲学を教え、プリンストン大学でフランス文学を講義し、その後パリにもどって、教職につきながら評論活動をつづけた。現在まで彼女が刊行した単行本は六冊に上るが、その前に小説を書いた。『気取り屋ジロドゥー』の冒頭に、「ジロドゥーが死んだことを知った日、私はすぐには、書きあげたばかりの小説を忘れはしなかった」と書いているその小説がそうなのだと思うが、『ヤスパースとグレタ・ガルボ』という奇抜な題を持った、推理小説ふうのこの作品が、印刷されたのかどうかは判然としない。ジロドゥーが死んだのは一九四四年のことだが、ともかく彼女の唯一の小説は、現在の著作目録には載っていないのである。次に、この『小説史』以外の彼女の著書の標題を掲げる。

☆Les Sandales d'Empédocle (Ed. de la Baconnière) 1945 (『エンペドクレスのサンダル』)
☆Précieux Giraudoux (Ed. du Seuil) 1945 (『気取り屋ジロドゥー』)
☆L'Age du roman américain (Ed. du Seuil) 1948 (『アメリカ小説時代』邦訳題名『小説と映画』)
☆Lettre sur le pouvoir d'écrire (Ed. Seghers) 1951 (『書く能力に関する手紙』)
☆Rimbaud (Ed. Seghers) 1952 (『ランボー』)

右のうち、『アメリカ小説時代』は一九四八年度のサント・ブーヴ賞をえた。また、アンドレ・マルロー、ロジェ・ニミエなどを論じた文章が、エスプリ誌その他の雑誌に載ったが、恐らくこれは『小説史』第二巻以降の原稿になるはずだったと思われる。なお、私事にわたって恐縮であるが、マニーの著書のなかで『気取り屋ジロドゥー』だけがどうしても手に入らなかった。たまたま国際ペンクラブ大会が東京で開催され、クララ・マルローに会う機会があったとき、マニーの話をすると、この本を持っているという。数ヵ月後帰国したクララ・マルローから本を送ってもらい、清水徹君が写真にとった。こうして、たぶん本国では絶版になった本の写真版が、数冊東京にあるはずである。そして私の写真版には、安東次男君の好意で美しい装丁がつけられた……

マニーは、アンリ・クルアールの綿密な『現代文学史』(一九四九年)にはまだ顔をだしていない。ピエール＝アンリ・シモンの本には、「文学技法を解明し、影響を測定するのに巧みなマニー」というきわめて短い評語があるだけである。『現代小説の歴史』を書いたアルベレスも、マニーの文章をいくつか引用しているが、マニーに対する評価をうかがわせるに足るものはない。ピエール・ド・ボワデフルの新しい『文学史』にもマニーは、形而上的批評家のひとりに数えられているにすぎない。ガエタン・ピコンは、『新しいフランス文学の展望』の一九六〇年版で、漸くマニーに言及し、マニーの研究が、「きわめて精緻で、首尾一貫している」と一応褒めながらも、「あらゆる文体の背後に形而上学がある」というサルトルの原理の影響下にあることを強調する。ロブグリエはマニーについては知っていたが、この『小説史』のことは知らなかった。ロブグリエの無知を責める前に、フランス文壇におけるマニーの在り方がわかる気がする。つまりマニーは、その博識と独創的な見解にかかわらず、フランスの戦後文学を代表する評論家としてまだ十分に認められてはいなかったのであり、さらに、病気による執筆停止が彼女の活動を制約したことは前に述べた通りである。このような事情にかかわらず、少なくとも私は、この『小説史』を画期的なものだと考えている。ここには、見方によれば、やや偏狭とみられる主張がないでもないが、たとえばルネ・ラルーの著書のように、羅列的、総花的でないところに大きな特質がある。マニーは、十九世紀小説に対する批判者として、また、そのような批判に依拠しながら物を書いた文学者として、プルースト、ジード、ヴァレリーの功績を高く評価する。

「自然主義の誤謬は、語り手が中立的になり、非人称になればなるほど、物語は客観的になると信じていたことなのである」(『アメリカ小説時代』)という文章などは、『文学とはなにか』におけるサルトルの主張の焼き直しとみられないこともないが、自己を売りだすに急なあまり、プルーストやジードやヴァレリーを頭から否定し去ったサルトルの性急さはここにはない。マニーがサルトルの言葉をしばしば引用し、ボードレールの「批評家は党派的であってよい」という主張に同感を示すところから、彼女を実存主義者と見なす批評家もいるのだが、それほど明確な思想的態度を構築したとはいえないだろうし、万一、サルトルとの類似がいわれるとすれば、それは政治意識を抜きさったサルトルとの類縁というべきであろう。マニーは、マルローやカミュにも親近感を持っているらしいが、この場合でも政治はいっさい関係しない。彼女の下す評価はあくまで文学の領域にとどまるのである。その意味では、一九三〇年代のサルトルの文学観を引きついでいるといえなくはない。サルトルは当時、『モーリヤック氏と自由』でモーリヤックを、『ジャン・ジロドゥーとアリストテレスの哲学』でジロドゥーを真正面から攻撃した。サルトルは最近、彼のモーリヤックに対する攻撃が過度であったことを認めているが、この二つの批評が一九三〇年代のフランスで最も人気のあった作家にむけられたという事実に注目しなければならない。サルトルの批判は、モーリヤックやジロドゥーへの個人攻撃とうけとられる危険もあるが、彼の真の意図は、小説形式の固定化と、固定化に安住している作者と読者に反省を強いる点にあった。サルトルのこの見解は戦後に発表された『文学とはなにか』のなかでより明確な形をとるのである。一方、マニーはいう。

「フランスの小説は十九世紀末において、二つの伝統のなかに安住していたように思われる。一つは、非常に飾り気のない、外見的にはほとんど自叙伝風の直線的物語(『アドルフ』あるいは『ドミニック』の型)の伝統である。もう一つは、前者に比べればずっと新しく、ずっと複雑で、殊さらに客観的で非人称の作品の伝統であり、フローベール、モーパッサン、ゾラたちは、この伝統に則ったさまざまの範例をもって、ツルゲーネフからモームに至る外国作家たちの尊敬に答えたわけである。ところが一九四四年の現在、この同じフランス小説が全面的な危機に瀕している。」(『アメリカ小説時代』)

この危機意識から出発してマニーは、安穏と日を過ごしている作家たちに鋭い警告を発したのだ。それが『アメリカ小説時代』であり、この『小説史』であった。だからここでは、半ば神格化されているリヴィエール、マルタン=デュ=ガール、シャルドンヌなどにかなり痛烈な批判が加えられている。これもまた個人攻撃というより、十九世紀的な小説に対する不信感から発したものといえるだろう。時代が変わったからといって文学がすぐに変わるわけはない。十九世紀的な残滓は文学の世界にも色濃くあった。これを払拭しようとする彼女の根本的立場は次のようなものである。

「人間に対して、十九世紀があまりに性急に合体させた、真理と絶対との二つの価値をもう一度分解するように教え、相対主義は必ずしも懐疑主義の同意語ではないことを認めさせるためには、哲学においてはエディングトンやレーモン・アロンの科学批判的な考察、形而上学においては実存主義のすべての潮流が必要だった。」(『アメリカ小説時代』)

ここでも、サルトルが、アインシュタインの相対性理論を文学の世界に移入しなければならないといったあの主張を思いださざるをえないのであるが、マニーの最も独創的な思想は、この『小説史』のプルーストの章にみられるであろう。彼女はそこで、『失われた時を求めて』が、小説として、はじめて神秘的機能を獲得し、《魂の修練》になったというのである。そしてこの神秘的機能なるものは、ボードレール、ランボー、マラルメが五十年前から詩によって引きうけてきたのであった。象徴主義の詩人たちからプルースト、ジード、ヴァレリーへ《魂の修練》たるべき文学の伝統がうけつがれたという図式は、大胆なものではあるが、十分に私たちを納得させるに足りる。彼女の個性的で鋭い見解は、この『小説史』のなかで、まことに鮮かな展開をみせるであろう。文学には娯楽的要素が無くてはならないが、娯楽品そのものとは区別されるべきなにかがあるはずである。文学を文学たらしめるもの、その点に注目して(チボーデのまねをしていえば、この「唯一のもの」に注目して)、マニーはこの『小説史』を書いた。ときには衒学的と思われる博識、見事な論証や暗喩、これらは、たとえばボーヴォワールに比べると社会的視野に欠けるところがあり、自己閉鎖的ではあるが、別種のある深さに到達しているといえるのではあるまいか。

チボーデの分類した批評の型によれば、マニーは創造批評家のひとりに数えられよう。これは彼女自身が自覚していることでもあって、『書く能力に関する手紙』のなかで、「批評家と創造者とを区別する古い考え方を私はほとんど信じていない」という言葉にそれがうかがわれよう。この『手紙』は、スペイン人の仲のよい、文学青年である男友だちにあてて書かれたという体裁をとるが(あるいはじっさいに書かれたのかもしれないが)、マニーの基本的文学観を明確に語っているものである。そのスペイン人はフランス語で小説かなにかを書いているのだが、依然として習作の域をでない。その理由の一つは、文法的にスペイン語とフランス語はよく似ているにかかわらず、フランス語は青年の「幼年時代も、祖先も知らず」、青年の「魂がそこに根を下ろしていない」からであり、理由の二つは、青年が自己の体験や感動を十分に客観化しえていないからである。バルザックがそのよき例である。あれほど失敗作を書きつづけたバルザックが急に傑作を発表するようになったのは、ランボーの沈黙やラシーヌのカトリシスムへの帰依とともにフランス文学の大きな謎であったが、ド・ベルニー夫人に出会ったことで、苦渋に充ちた幼年時代から、より正確にいえば幼年時代の思い出から解放され、自由になれたのがバルザックに幸いしたのである。人間はめいめい己れのうちに独自なもの、個性的なものを持っている。それがそれぞれの体験となって積み重なるわけであるが、この体験にあまり密着しすぎるとよき作品は書けないものである。感性に頼る女流作家がしばしば失敗するのは理由のないことではない。だが、知性だけでも傑作は書けないのであって、バルザックがそうしたように、全的存在をもって書かなければならぬ。

　批評は文学のなかで最も謙虚な、最も創造的でないジャンルに属するといえようが、それでも「自己に密着しないこと」が必要不可欠な条件となる。「ナルシスは、あるがままの己れを見ることも、他人を認識することもできない。彼の映像は、世界と彼とをへだて、彼と彼とをへだてるスクリーンである。」サント・ブーヴがその適例である。彼はバルザックを見損ったが、それは作品や人間を正当に判断する清澄な視線が、「彼の魂のなかに残存している不純なもの、欲望や秘密の欠陥」によってかき乱されるからである。彼が大作家になれなかったのと同じ理由によって、批評家として失敗することがときどきある。これに反してジードが、比較を絶した明晰な批評家になれたのは、魂のなかにある濁りから自由になることができたからだ、とマニーはいう。このような批評家としての毅然たる態度が、マニーに『小説史』の如き画期的な評論を書かせたのであろう。

　この本の訳者の分担はつぎの如くである。

第一章　白井浩司
第二章　菅野昭正
第三章　佐藤　朔
第四章　望月芳郎
第五章　若林　真
第六章　高畠正明
第七章　清水　徹
第八章　若林　真
第九章　若林　真
第十章　菅野昭正
第十一章　渡辺一民

佐藤朔および白井浩司は、それぞれの訳文を検討はしたが文体の統一には特に留意しなかった。誤訳や意味の取ちがえがあれば、それは私たち二人が責任を負うべきものであろう。マニーの驚くべき博識を前にして、私たちの無知をつくづく思い知らされたのであるが、大方の忌憚なき御叱正を賜われば倖せである。

昭和四十年立秋　白井浩司

書　名　索　引

ア

愛情の運命　Les Destinées sentimentales *271*
愛,愛をはるかに越えるもの L'Amour, c'est beaucoup plus que l'amour *80〜85, 110*
愛の砂漠　Le Désert de l'Amour *120*
愛の書　Le Livre d'Amour *73*
愛欲　Volupté *11, 65*
赤い宿屋　L'Auberge rouge *239*
赤い百合　Le Lys rouge *89*
赤と黒　Le Rouge et le Noir *37, 100, 148, 251, 299, 305*
悪の華　Les Fleurs du Mal *152, 159*
悪魔との対話　Colloque avec le Démon *117*
悪魔の太陽の下で　Sous le Soleil de Satan *24*
悪霊　Les Possédés *214*
アッシャー家の没落　La chute de la Maison Usher *237*
新しき糧　Les Nouvelles Nourritures *53*
アティスとシベール　Atys et Cybèle *120*
アドルフ　Adolphe *17, 37, 65, 252, 306*
アミナダブ　Aminadab *58, 211*
アフリカ秘話　La Confidence africaine *294*
アルマンス　Armance *96, 101, 111, 305*
暗黒事件　Une Ténébreuse Affaire *300, 302*
アンドレ・ワルテルの手記　Les Cahiers d'André Walter *237*

イ

イヴ　Ève *13*
イエスの生涯　Vie de Jésus *125*
イザベル　Isabelle *64, 212*
イジチュール　Igitur *195*
一指導者の幼年時代　L'Enfance d'un chef *69*
一社会の歴史　L' Histoire d'une Société *270*
一婦人の肖像　Portrait d'une Dame *112*
田舎才媛　La Muse du Département *69, 232, 251, 300*
田舎司祭の日記　Le Journal d'un Curé de Campagne *262*
異邦人　L'Étranger *54, 150, 228, 235*

ウ

ヴァスコ　Vasco *40*
ウイーヌ氏　Monsieur Ouine *19*
ウイリアム・シェークスピア　William Shakespeare *263*
ヴィルヘルム・マイスター　Wilhelm Meister *237*
ウェーヴァリもの　Waverly Novels *250*
うかれ女盛衰記　Splendeur et Misère des Courtisanes *271*
失われた時を求めて　A la Recherche du Temps perdu *61, 73, 148, 150, 152〜156, 157, 160, 161, 164, 171〜173, 180, 189, 198, 220, 239, 240, 242, 269, 273*
失われたもの　Ce qui était perdu *118*
疑わしい戦い　En un Combat douteux *282*
美しい季節　La Belle Saison *273, 274, 282, 290, 303, 304*
海への道　Les Chemins de la Mer *116*

エ

栄光の人ステファーヌ　Stéphane le Glorieux *89*
英国人への手紙　Lettres aux Anglais *53*
エヴァ　Eva *66, 73, 81, 82, 84, 85, 87, 249*
エグランティーヌ　Églantine *115, 134, 136*
エディップ　Œdipe *292*
エピローグ　Epilogue *275, 280, 290, 300, 301, 309〜311*
エミリー・テスト夫人の手紙　Lettre de

Mme Emilie Teste *261, 266*
エミール Emile *307*
エーメ Aimée *66, 69, 73, 74, 75, 76, 77, 101, 107, 110*
エッフェル塔での祈り Prière sur la Tour Eiffel *148*
選りぬきの女たち Choix des Élues *131, 132, 142*
演劇とその分身 Le Théâtre et son Double *35*

オ

嘔吐 La Nausée *23, 54, 69, 150, 194*
お気に召すままに Comme il vous plaira *225*
屋上席の旅行者 Voyageur de l'Impériale *36*
恐るべき子供たち Les Enfants Terribles *21, 225*
夫の年代記 Chroniques maritales *64*
オデュッセイア Odyssée *14*
男の国のジュリエット Juliette au pays des Hommes *129*
オーベルマン Obermann *37, 65*
お屋敷町 Les Beaux Quartiers *53, 250*
オラース Horace *18*
オーレリアン Aurélien *36*
オロント河畔の庭 Un Jardin sur l'Oronte *50*
恩寵 La Grâce *64*
オンディーヌ Ondine *141*
雄鶏とアルルカン Le Coq et l'Arlequin *37*
女の一生 Une Vie *248*
女の学校 L'École des Femmes *64*

カ

飾画《イリユミナシオン》 Les Illuminations *14, 43, 96, 265*
風と共に去りぬ Autant en emporte le Vent *221*
カディニャン大公夫人の秘密 Les Secrets de la Princesse de Cadignan *251*
神とマンモン Dieu et Mammon *114, 125*
寡黙な人 Un Taciturne *294*
空っぽのトランク Valise vide *21*
川揉み女 Rabouilleuse *271*
歓喜 La Joie *262*
感情教育 L'Education sentimentale *79, 81, 248, 306*

キ

消え去ったアルベルチーヌ Albertine disparue *153*
危険な関係 Les Liaisons dangereuses *69, 112, 115, 306, 307*
虐殺のためのよしなし事 Bagatelles pour un Massacre *53*
虚無の岸辺 Les Rivages du Néant *259*
キリスト教徒の苦悩と幸福 Souffrances et Bonheur du chrétien *114*
キルケゴール研究 Etudes Kierkegaardiennes *243*
五年級教師・フィクスライン Quintus Fixlein *138*
鎖をはなれたプロメテ Prométhée mal enchaîné *208, 209, 218*

ク

供養する女たち Les Choéphores *14*
クリオ Clio *12*
クレーヴの奥方 La Princesse de Clèves *14, 38, 72, 74, 77, 79, 80, 88, 95, 96, 101, 102, 108, 109, 110, 111, 112, 269, 272*
黒い血 Le Sang Noir *45, 53, 81, 211, 274*
黒い天使たち Les Anges noirs *119*
軍団 La Légion *211*

ケ

ゲルマントの方へ Le Côté de Guermantes *152, 173*
見者の手紙 Lettre du Voyant *112*
現実世界 Le monde réel *250*
現代史の裏面 L'Envers de l'Histoire contemporaine *302*
幻滅 Les Illusions perdues *56, 148, 207, 271*

コ

恋の試み　La Tentative amoureuse　*237*
恋の悩み　Mal d'amour　*40*
恋のヨーロッパ　L'Europe galante　*21*
航海日記（テスト氏の）　Log-book　*258, 262, 264*
公言集　Avowals　*65*
交錯した時　Les Temps Mêlés　*151*
幸福な男　Un homme heureux　*63, 73, 94*
告白　Confessions　*245*
心の痛手　Coups de Couteau　*122, 128*
心の間歇（失われた時を求めて）　Intermittences du Cœur　*80*
ゴリオ爺さん　Le Père Goriot　*37, 271*
コリドン　Corydon　*51*
コリーヌ　Corinne　*65*
コルネイユのたのしみ　Plaisir à Corneille　*90*
ゴンクールの日記　Journal des Goncourt　*157, 218*
コント　Contes　*306*

サ

サボラ年代記　La chronique de Sabolas　*270*
サラヴァンの生涯と冒険　La Vie et les Aventures de Salavin　*270*
晒台　Pilori　*53*
サランボー　Salammbô　*297, 306*
サンクチュアリ　Sanctuaire　*11*
サン・サチュルナン　Saint-Saturnin　*63, 66, 73, 91, 93, 94, 295*

シ

シェリ　Chéri　*51*
死骸の学校　L'École des Cadavres　*53*
ジークフリート　Siegfried　*21*
地獄の季節　Une Saison en Enfer　*96, 264*
シシュフォスの神話　Le Mythe de Sisyphe　*235*
自省録　Pensées　*79*
思想と時代　Idées　*295*
詩の危機　Crise de Vers　*193*
詩の境界　Frontières de la Poésie et autres essais　*59*
シメール　Les Chimères　*140*
社会制度との関係において考察した文学について　De la Littérature dans son rapport avec les Institutions Sociales　*39, 40*
シャルルロワの喜劇　La Comédie de Charleroi　*21, 51*
ジャン・エルムランの不安な生活　La Vie inquiète de Jean Hermelin　*66*
ジャン・クリストフ　Jean-Christophe　*236, 269, 272*
ジャン・バロワ　Jean Barois　*250, 278, 281, 290, 303, 309*
祝婚歌　L'Épithalame　*73*
宿命　Destins　*118, 122, 128*
宿命詩集　Les Destinées　*37*
シュザンヌと太平洋　Suzanne et le Pacifique　*43, 62, 138*
17・18世紀における文学一覧　Tableau de la Littérature Française aux XVIIe et XVIIIe siècles　*79, 112*
十八歳の目　Les Yeux de Dix-Huit Ans　*90, 91*
ジュリヤン聖人伝　La Légende de Saint Julien　*306*
シュレナ　Suréna　*18*
書簡集（プルーストの）　Correspondance　*173*
省察と箴言　Réflexions et Maximes　*79*
小説家と作中人物　Le Romancier et ses Personnages　*114*
小説論II　Réflexions sur le Roman, II　*24*
少年園　Le Pénitencier　*276, 278, 287*
処女懐胎　L'Immaculée Conception　*34*
叙品式　L'Ordination　*79*
序文（テスト氏の）　Préface　*265*
ジルベルマン　Silbermann　*66, 73*
城　Le Château　*152, 235, 236, 250*
新エロイーズ　La Nouvelle Héloïse　*151, 306, 308*
臣下　Der Untertan　*269*

神曲　La Divine Comédie　*152*
箴言集　Maximes　*72, 80, 85*
診察　La Consultation　*274, 276, 282, 290, 304*
寝台車のマドンナ　La Madone des Sleepings　*48*

ス

捨てられた女　La Femme abandonnée *232, 300*
スパーケンブルック　Sparkenbroke　*259*
スワン家の方へ　Du Côté de chez Swann *16, 154, 155, 175, 177*
スワンの恋　Un amour de Swann　*239, 240*

セ

聖アントワーヌの誘惑　La Tentation de Saint Antoine　*297*
青春　Adolescence　*211*
聖職者の背任　La Trahison des Clercs *30, 55*
正統派思想家の大いなる怖れ　La Grand Peur des Bien-Pensants　*53*
セザール・ビロトー　César Birotteau　*271*
狭き門　La Porte Etroite　*205〜207*
千一夜物語　Mille et Une Nuit　*177*
善意の人々　Les Hommes de Bonne Volonté *38, 236, 250, 270, 271, 273, 274, 280*
1918年以降のフランス小説史　Histoire du roman français depuis 1918　*10*
1914年夏　Été 1914　*247, 271, 273, 274, 276, 277, 279〜281, 290〜292, 308, 309*
戦争と平和　La Guerre et la Paix　*281*

ソ

ソドムとゴモラ　Sodome et Gomorrhe *152, 173, 196*
ソネット　Sonnets　*225*
ソヴィエトより帰りて　Retour d'U.R.S.S. *53*
存在と無　L' Etre et le Néant　*9, 194, 235*

タ

第三共和制下のある家族の歴史　L'Histoire d'une Famille sous la Troisième République　*270*
大地　La Terre　*297*
谷間の百合　Le Lys dans la Vallée　*306*
ダブリン市民　Gens de Dublin　*65*
タルチュフ　Tartuffe　*242*
タルブの花々　Les Fleurs de Tarbes　*58, 133, 215*
タンド伯爵夫人　La Comtesse de Tende *107*

チ

小さい老婆たち　Les Petites Vieilles　*159*
父の死　La Mort du Père　*248, 276, 277, 296*
地の糧　Les Nourritures terrestres　*91, 117*
チボー家の人々　Les Thibault　*46, 66, 68, 69, 247, 250, 251, 268〜271, 273〜276, 279〜281, 284, 287, 290, 294〜298, 300, 302, 304, 306, 307, 309, 311*

テ

ディスレリー伝　La Vie de Disraëli　*63*
泥土の子供たち　Les Enfants du Limon *45*
デーヴィッド・マーカンドの死と生 Autobiographie de David Markand *272, 282*
Th. 氏　M. Th.　*258*
弟子　Le Disciple　*202*
テスト氏　Monsieur Teste　*62, 69, 86, 215, 244, 254, 263, 265, 268*
テスト氏との一夜　La Soirée avec M. Teste　*261*
デ・ゼッサントのための散文　Prose pour des Esseintes　*43*
でぶの女　La Gonfle　*284, 303*
天路歴程　Pilgrims Progress　*152*

ト

ドイツ論　De l'Allemagne　*39*

道徳と宗教の二源泉　Les Deux Sources de la Morale et de la Religion　*235*
東方の三博士　Les Mages　*263*
東方の認識　Connaissance de l'Est　*44*
独裁者　Le Dictateur　*280*
年老いたライオン　Le Lion devenu Vieux　*90, 95*
トニオ・クレーゲル　Tonio Kröger　*225*
ドノゴー＝トンカ　Donogoo-Tonka　*271*
ドミニック　Dominique　*65, 168, 269, 272*
囚われの女　La Prisonnière　*152, 178, 179, 184, 195*
ドルジェル伯の舞踏会　Le Bal de Comte d'Orgel　*21, 73, 74, 95, 98〜110*
トロイの戦争は起こらないであろう　La Guerre de Troie n'aura pas lieu　*279*
泥棒かささぎ　La Pie voleuse　*48*

ナ

なしくずしの死　Mort à crédit　*53, 159*
ナジャ　Nadja　*34*
謎の男トマ　Thomas l'Obscur　*57, 58, 150*
何やら惹かれた寂しさが　Quelconque une solitude…　*11*
波　Les Vagues　*248*
ナルシス論　Traité du Narcisse　*230, 237*
爾も亦　Numquid et tu？　*51*

ニ

肉体が屈するとき　Quand le chair succombe　*54*
肉体の悪魔　Le Diable au Corps　*64, 65, 73, 76, 95, 96, 99, 100, 102〜104, 212*
肉体の神　Le Dieu des Corps　*49*
贋金つかい　Les Faux-Monnayeurs　*49, 66, 69, 73, 89, 201, 203〜205, 209〜212, 214〜220, 222〜227, 230〜236, 236〜243, 245, 246, 249, 268, 272, 273, 279, 283, 286*
贋金つかいの日記　Le Journal des Faux-Monnayeurs　*212〜216, 218, 228, 234, 246, 247, 253, 281*
にせ旅券　Les Faux Passeports　*53*
日記（J. グリーンの）　Journal　*285*
日記（コンスタンの）　Journal　*86*
日記（ジードの）　Journal　*17, 74, 203, 204, 206, 209, 216, 217, 219, 226, 231, 286, 293*
日記（デュ・ボスの）　Journal　*74*
日記（モーリヤックの）　Journal　*114*
女房学校　L'Ecole des Femmes　*213, 305*
人形劇団　Guignol's Band　*53*
人間喜劇　La Comédie humaine　*147, 239, 251, 254, 300, 302, 305*
人間の条件　La Condition humaine　*124*
にんじん　Poil de Carotte　*137*

ハ

灰色のノート　Le Cahier gris　*276, 277, 290*
背徳者　L'Immoraliste　*205, 207, 212*
ハインリッヒ・ドフターディンゲン Heinrich d'Ofterdingen　*141*
パスキエ家の記録　La Chronique des Pasquier　*270, 271*
花咲く乙女たちの影に　A l'Ombre des Jeunes Filles en Fleur　*40*
ハムレット　Hamlet　*237, 240*
薔薇物語　Le Roman de la Rose　*152, 305*
パリの農民　Le Paysan de Paris　*34*
パリュード　Paludes　*205, 207〜209, 214, 218〜220, 237*
バールの鐘　Les Cloches de Bâle　*250*
バルブジユーの幸福　Le Bonheur de Barbezieux　*25*
パルムの僧院　La Chartreuse de Parme　*100, 110, 148, 176, 252, 281, 299, 305, 306*
パルメニデース　Parménide　*260*

ヒ

ピエールの面《つら》　Gueule de Pierre　*58*
日蔭者ジュード　Jude l'Obscur　*300*
ビザンチンふうのフランス　La France byzantine　*30, 60*

悲痛な男シモン　Simon le Pathétique *130*
人さまざま　Les Caractères *72, 77*
一粒の麦もし死なずば　Si le grain ne Meurt *245*
火の河　Le Fleuve de feu *120*

フ

不安な父性愛　L'Inquiété Paternité *89, 92*
風土　Climats *40*
フェードル　Phèdre *242*
フーガ曲　Art de la Fugue *209*
不実な仲間　Le Camarade infidèle *90*
ふたりの若妻の手記　Mémoires de deux jeunes mariées *300*
腐肉　La Charogne *159*
船が　Quand le navire… *49*
踏みはずし　Faux Pas *59*
古いフランス　La vieille France *284, 303*
プルースト頌　Hommage à Proust *77*
プレセアンス　Préséances *119*
プロヴァンシアル　Les Provinciales *129*
フロントナック家の秘密　Le mystère Frontenac *127*
文学史　（チボーデの）Histoire de la Littérature *31, 41, 46*
文学とは何か　Qu'est-ce que la Littérature ? *8*
文学についての考察　Réflexions sur la Littérature *46*
文学の国営化　La Nationalisation de la Littérature *7*
文学論　Littérature *126, 140*
文体の練習　Exercices de Style *58*
分別ざかり　L'Age de raison *235*

ヘ

ベアトリックス　Béatrix *239, 251*
兵士に告ぐ　L'Appel au Soldat *50, 55, 308*
ベラ　Bella *21, 115, 139*
ペルシア人の手紙　Lettres persanes *306*
弁神論　Théodicée *169*
ヘンリ・エスモンド伝　Henry Esmond *280*

ホ

ボヴァリー夫人　Madame Bovary *72, 159, 207, 300, 306, 307*
法王庁の抜穴　Les Caves du Vatican *45, 67, 69, 204〜214, 218, 219, 245*
放縦　Le Libertinage *34*
放蕩息子の帰宅　Le Retour de l'Enfant prodigue *91*
ボエームの王様　Un Prince de la Bohême *69, 240*
北緯四十二度線　Quarante-Deuxième Parallèle *253*
牧神の午後　L'Après-midi d'un Faune *31, 43*
ポトマック　Le Potomak *23*
ポリュウクト　Polyeucte *18, 94, 109, 292*
ポール・クローデールへの手紙　Lettre à Paul Claudel *31*

マ

マクベス　Macbeth *304*
魔女の饗宴　Le Sabbat *48*
魔の山　La Montagne magique *249*
真昼に分割　Partage de Midi *304*
幻を追う人　Le Visionnaire *48*
蝮のからみあい　Nœud de Vipères *119〜123, 128*
マリアへのお告げ　L'Annonce faite à Marie *304*
マルス，または裁かれた戦争　Mars ou la guerre jugée *51*
マルセル・プルーストの悲劇　Le Drame de Marcel Proust *171*
マルドロールの歌　Les Chants de Maldoror *33*

ミ

見出された時　Le Temps retrouvé *68, 152, 157, 162〜164, 167, 175〜177, 180, 181, 186, 198, 199, 240, 248*

三つの物語 Trois Contes *118, 297*
みみずく党 Les Chouans *309*

ム

無関心な人たちの学校 L'École des Indifférents *130, 138*
村の司祭 Le Curé de Village *305, 306*

メ

名士ゴーディサール L'illustre Gaudissart *27, 168*
瞑想詩集 Les Contemplations *37*

モ

盲人 Les Aveugles *159*
模作と雑文 Pastiches et Mélanges *68, 112*
モーヌの大将 Le Grand Meaulnes *21, 65, 220, 270*
モンパンシエ公爵夫人 La Princesse de Montpensier *107*

ヤ

山師トマ Thomas l'Imposteur *21*

ユ

U. S. A. *250, 253, 272, 282*
友人たち Amis *139*
ユリシーズ（ジョイスの） Ulysse *14, 101, 111, 237, 238, 287, 306*

ヨ

夜の果てへの旅 Voyage au bout de la nuit *53, 308*
夜とざす Fermé la nuit *21*
夜の終わり La Fin de la Nuit *117, 118*
夜ひらく Ouvert la nuit *21*

ラ

癩者への接吻 Le Baiser au Lépreux *120*
ラシーヌとシェークスピア Racine et Shakespeare *17, 39*
ラ・ソレリーナ La Sorellina *68, 73, 276, 282〜284, 286, 294*
ラ・フォンテーヌの五つの誘惑 Cinq Tentations de La Fontaine *130*
卵性のゼラニューム Le Géranium ovipare *34*

リ

リア王 King Lear *14*
リチャード・カート Richard Kurt *148*
リモージュの陶器 Porcelain de Limoges *89*
リュシアン・ルーヴェン Lucien Leuwen *100, 252*

ル

ルーゴン・マッカール叢書 Les Rougon-Macquart *272*
ル・シッド Le Cid *19*
ルツィンデ Lucinde *139, 141*
ルルー親爺の遺言 Le Testament du Père Leleu *284, 303*

レ

レ・オー＝ポン Les Hauts-Ponts *73, 80, 270*
レ・プレイヤード Les Pléiades *110*
レ・ミゼラブル Les Misérables *308*
恋愛対位法 Contrepoint *211, 237, 238*
恋愛論 De l'Amour *79, 96*

ロ

ロドギューヌ Rodogune *18*
ロバート・エルスミアー Robert Elsmere *269*
ロボットどもに抗するフランス La France contre les Robots *53*
ロマン派芸術論 L'Art romantique *307*

ワ

若きパルク La Jeune Parque *249*
若き娘たち Les Jeunes Filles *73*
わが友ピエロ Pierrot, mon ami *58*
われらの祖国 Notre Patrie *14*

人名索引

ア

アイスキュロス　Aischylos　*14*
アザール，ポール　Hazard, Paul　*7, 150*
アブー，エドモン　About, Edmond　*65*
アラゴン，ルイ　Aragon, Louis　*30, 33, 34, 35, 53, 62, 64, 67, 68, 73, 250*
アラン　Alain　*51, 60, 125, 156, 253, 282, 295*
アラン＝フルニエ　Alain-Fournier　*63*
アリストテレス　Aristote　*44*
アルトー，アントナン　Artaud, Antonin　*10, 35, 106*
アルノー，アントワーヌ　Arnauld, Antoine　*258*
アルラン，マルセル　Arland, Marcel　*51, 64, 112*

ウ

ヴァイエルシュトラス，カール　Weierstrass, Karl　*236*
ヴァール，ジャン　Wahl, Jean　*144, 242*
ヴァレリー，ポール　Valéry, Paul　*23, 25, 34, 38, 40, 47, 52, 56, 57, 60〜63, 69, 77, 86, 155, 162, 201〜203, 208, 215, 216, 220, 227, 244, 254, 256〜267, 284, 299*
ヴァン，ゴッホ　Van Gogh　*159*
ヴィニー，アルフレッド・ド　Vigny, Alfred de　*27, 37, 140*
ヴィリエ・ド・リラダン　Villiers de L'Isle-Adam　*258*
ヴェラスケス　Vélasquez　*237*
ヴェルレーヌ，ポール　Verlaine, Paul　*26, 111*
ヴォーヴナルグ　Vauvenargues　*62, 63, 74, 78*
ウォード，ハンフリー　Ward, Humphry　*269*
ヴォルテール　Voltaire　*63, 80, 306*
ウルフ，ヴァージニア　Woolf, Virginia　*248*

エ

エダンス，クレベール　Haedens, Kléber　*244*
エピクテートス　Epictete　*79*
エマニュエル，モーリス　Emmanuel, Maurice　*27*
エリオット，トーマス＝スターン　Eliot, Thomas-Sterns　*111*
エリュアール，ポール　Eluard, Paul　*35*
エルツ，アンリ　Hertz, Henri　*223*

カ

カイヨワ，ロジェ　Caillois, Roger　*31*
カスー，ジャン　Cassou, Jean　*63, 211*
カフカ，フランツ　Kafka, Franz　*44, 58, 65, 152, 211, 235, 243, 250*
カミュ，アルベール　Camus, Albert　*54, 55, 61, 228, 235, 243*
カレット，ルイ　Carette, Louis　*66, 67*
カント，エマヌエル　Kant, Emmanuel　*84, 308*

キ

キーツ，ジョン　Keats, John　*172*
ギユー，ルイ　Guilloux, Louis　*45, 53, 62, 67, 68, 81, 151, 211, 274*
キュヴィエ，ジョルジュ　Cuvier, Georges　*261*
キュヴィリエ，アルマン　Cuvillier, Armand　*79*
キルケゴール，ゼーレン　Kierkegaard, Sören　*29*

ク

クノー，レイモン　Queneau, Raymond　*34, 45, 58, 64, 67, 68, 73, 151, 211*
グリーン，グレアム　Greene, Graham　*112, 114*

グリーン，ジュリアン　Green, Julien　*48, 233, 285*
クールベ，ギュスターヴ　Courbet, Gustave　*159*
グールモン　レミ・ド　Gourmont, Rémy de　*258*
グレヴィ，ジュール　Grévy, Jules　*62*
クレミュー，バンジャマン　Crémieux, Benjam in　*247, 251*
クローデル　ポール　Claudel, Paul　*23, 29, 126, 155, 304*

ケ

ゲオン，アンリ　Ghéon, Henri　*16*
ゲーテ，ヨーハン・ヴォルフガング・フォン　Gœthe, Johann Wolfgang von　*86*
ケーラー，ヴォルフガング　Köhler, Wolfgang　*42*

コ

コクトー，ジャン　Cocteau, Jean　*21, 23, 37, 50, 51, 54, 63, 98, 99, 219, 225*
ゴーチェ，ジュール・ド　Gaultier, Jules de　*210*
ゴーチェ，テオフィル　Gautier, Théophile　*195*
ゴビノー，アルチュール・ド　Gobineau, Arthur de　*110, 113*
コペー，フランソワ　Coppée, Francois　*111*
コポー，ジャック　Copeau, Jacques　*303*
ゴールズワージ，ジョン　Galsworthy, John　*272*
コールドウェル，アースキン　Caldwell, Erskine　*228*
コルビエール，トリスタン　Corbière, Tristan　*111*
コルネイユ，ピエール　Corneille, Pierre　*16, 18, 19, 26, 38, 80, 90, 93, 94, 109, 110, 111, 112, 292*
コレ，ルイーズ　Colet, Louise　*286*
コレット，シドニー＝ガブリエル　Colette, Sidonie-Gabrielle　*47*、*56*
ゴンクール兄弟　Les Goncourt　*157, 167, 168, 218, 296*
ゴンゴラ，ルイス・ファン　Gongora, Luis van　*63*
コンスタン，バンジャマン　Constant Benjamin　*62, 72, 86*
コント，オーギュスト　Comte, Auguste　*41, 295*
コンブ，エミール　Combes, Emile　*62*

サ

サッカレー，ウイリアム　Thackeray, William　*228, 280*
サックス，モーリス　Sachs, Maurice　*21, 48*
サド侯爵　Sade, marquis de　*118, 125*
サルトル，ジャン＝ポール　Sartre, Jean-Paul　*7, 8, 9, 23, 32, 54, 55, 59, 67, 68, 69, 73, 116, 118, 123, 151, 170, 184, 194, 200, 226, 235, 243, 259, 304*
サン＝シモン　Saint-Simon　*23, 68, 71*
サン＝テヴルモン　Saint-Evremond　*10, 16, 17, 18, 29*
サント＝ブーヴ，シャルル・オーギュスタン　Sainte=Beuve, Charles-Augustin　*11, 69, 73, 307*
サンドラルス，ブレーズ　Cendrars, Blaise　*40, 48*

シ

ジェイムズ，ヘンリー　James, Henry　*112, 261, 303*
シェークスピア，ウイリアム　Shakespeare, William　*14, 114, 224, 225*
シェリング，フリードリッヒ・ヴィルヘルム・ヨゼフ・フォン　Schelling, Friedrich Wilhelm Joseph von　*251*
ジオノ，ジャン　Giono, Jean　*53, 64*
ジード，アンドレ　Gide, André　*10, 23, 25, 38, 40, 43, 47, 49, 51, 52, 53, 56, 57, 60, 61, 62, 63, 64, 66, 67, 69, 74, 76, 77, 90, 110, 117, 201, 203〜239, 241〜248, 252〜254, 267, 279, 281, 283, 284, 293, 294, 299, 304*
シムノン，ジョルジュ　Simenon, Georges　*223*

シャック，ポール　Chack, Paul *40*
シャッセ，シャルル　Chassé, Charles *34*
シャトーブリアン，フランソワ＝ルネ　Chateaubriand, François-René *29*
ジャリ，アルフレッド　Jarry, Alfred *34, 35, 246*
ジャルー，エドモン　Jaloux, Edmond *137*
シャルドンヌ，ジャック　Chardonne, Jacques *25, 40, 48, 51, 63, 64, 66, 72, 78, 80, 81, 82, 85, 86, 87, 89, 101, 111, 112, 240, 249, 270*
ジャン＝パウル（リヒター）　Jean-Paul, Richter *63, 137, 138, 139*
シャンフォール，ニコラ＝セバスチャン・ロシュ　Chamfort, Nicolas-Sébastien Roch *38. 62, 73*
ジュアンドー，マルセル　Jouhandeau, Marcel *51, 64*
シュヴァイツァー，アルベルト Schweitzer, Albert *27*
ジューヴェ，ルイ　Jouvet, Louis *213, 305*
ジュベール，ジョゼフ　Joubert, Joseph *121*
シュランベルジエ，ジャン　Schlumberger, Jean *38, 49, 51, 56, 63, 66, 72, 89〜95, 110〜112, 215, 295*
シュリー＝プリュドム　Sully-Prudhomme *111*
シュレーゲル，フレデリック　Schlegel, Friedrich *139*
ジョイス，ジェイムズ　Joyce, James *14, 29, 44, 65, 115, 203, 237, 238, 240, 242, 287, 305*
ショパン，フレデリック　Chopin, Frédéric *301*
ジョレス，ジャン　Jaurès, Jean *308*
ジロドゥー，ジャン　Giraudoux, Jean *25, 35, 36, 43, 47, 48, 49, 57, 58, 61, 62, 63, 67, 70, 81, 112, 115, 126, 129〜149, 202, 279, 302*

ス

スコット，ウオルター　Scott, Walter *111, 250*
スーザ，シビル・ド　Souza, Sybil de *186*
スタインベック，ジョン　Steinbeck, John *203, 282*
スタール夫人　Staël, Mme de *39*
スターン，ローレンス　Sterne, Laurence *68*
スタンダール　Stendhal *17, 19, 20, 25, 26, 29, 39, 61, 71, 78, 81, 96, 100, 101, 109〜111, 113, 115, 148, 155, 197, 217, 228, 230, 233, 252, 281, 239, 299, 300, 305, 307, 308*
スピノーザ，　Spinoza, *194*
スーポー，フィリップ　Soupault, Philippe *31, 33*

セ

セリーヌ，ルイ＝フェルディナン　Céline, Louis-Ferdinand *53, 55, 61, 64, 151, 308*

ソ

ゾラ，エミール　Zola, Emile *38, 72, 116, 252, 272, 289*

タ

ダーウィン，チャールズ　Darwin, Charles *34, 269*
ダ・ヴィンチ，レオナルド　Da Vinci, Lionardo *254, 255, 258*
ダビ，ウジェーヌ　Dabit, Eugène *53, 62*
タルド，ジャン＝ガブリエル　Tarde, Jean-Gabriel *42*
ダンディユ，アルノー　Dandieu, Arnaud *10, 163, 171*

チ

チボーデ，アルベール　Thibaudet, Albert *21, 22, 23, 24, 31, 40, 41, 42, 43, 44, 46, 47, 56, 57, 61, 62, 63, 73, 103, 225, 269, 270, 272*
チマローザ，ドメニコ　Cimarosa, Domenico *39*

ツ

ツェノン　Zénon *241*

テ

ディアベリ，アントン　Diabelli, Anton *238*
ディオゲネス　Diogene *241, 254*
ティーク，ルドウィッヒ　Tieck, Ludwig *139, 141*
ディケンズ，チャールズ　Dickens, Charles *168, 227, 228, 245*
ディドロ，ドニ　Diderot, Denis *63*
デカルト，ルネ　Descartes, René *23, 26, 29, 80, 94, 254, 255, 257, 258*
テーヌ，イポリイト　Taine, Hippolyte *7, 309, 310*
デフォレ，ルイ＝ルネ　Des Forêts, Louis-René *203*
デュアメル，ジョルジュ　Duhamel, Georges *270*
デュ・ボス，シャルル　Du Bos, Charles *10, 74, 75, 92, 169*
デュルケム，エミール　Durkheim, Emile *38, 42*
デュルタン，リュック　Durtain, Luc *44, 48*
テリーヴ，アンドレ　Thérive, André *246*

ト

トインビー，アーノルド　Toynbee Arnold *28, 41*
ドストエフスキー，フョードル　Dostoïevski, Fedor *115, 214, 231, 232, 235, 245, 252, 271, 308*
ドス・パソス，ジョン　Dos Passos, John *203, 248, 250, 253, 272, 282*
ドーデ，レオン　Daudet, Léon *34, 270*
ド・フリース，フーゴー　De Vries, Hugo *269*
ドライザー，テオドール　Dreiser, Theodore *65*
ドリュ・ラ・ロシェル，ピエール　Drieu La Rochelle, Pierre *21, 48, 51, 54*
トルストイ，レオ　Tolstoï, Léon *281*

ニ

ニザン，ポール　Nizan, Paul *53, 62*
ニジンスキー　Nijinsky *129*
ニーチェ，フリードリッヒ　Nietzsche, Friedrich *29, 35, 294, 301*
ニュートン，アイザック　Newton, Isaac *211*

ネ

ネルヴァル，ジェラール・ド　Nerval, Gérard de *33, 140, 151*

ノ

ノワイユ，アンナ・ド　Noailles, Anna de *160*
ノヴァーリス，フリードリッヒ・フォン・ハルデンベルク　Novalis, Friedrich von Hardenberg *138, 141*
ノリス，フランク　Norris, Frank *65*

ハ

ハイデッガー，マルティン　Heidegger, Martin *59*
バイロン，ジョージ＝ゴードン　Byron, George-Gordon *43. 267*
ハウプトマン，ゲルハルト　Hauptmann, Gerhart *65*
バザン，ルネ　Bazin, René *114*
パスカル，ブレーズ　Pascal, Blaise *26, 78, 80, 114, 158*
バタイユ，ジョルジュ　Bataille, Georges *31, 150, 151*
ハックスリー，オルダス　Huxley, Aldous *211, 226, 230, 236〜238, 241*
バッハ，ヨハン＝セバスチャン　Bach, Johan-Sebastien *27, 209*
ハーディ，トーマス　Hardy, Thomas *115, 252, 300*
ハドソン，スティーヴン　Hudson, Stephen *148, 203*
ハメット，ダシール　Hammett, Dashiel *228*
バルザック，オノレ・ド　Balzac, Honoré de *8, 23, 25, 27, 38, 39, 43, 63, 65, 66, 68, 69, 71, 72, 81, 94, 111, 115, 124. 146, 147,*

148, 168, 207, 227, 232, 239, 245, 247, 251～254, 271, 272, 287, 293, 297, 300, 301, 303, 305, 309
バルビュス，アンリ Barbusse, Henri 31, 40, 50, 51
バルベー・ドールヴィリー Barbey d' Aurevilly 297
バレス，モーリス Barrès, Maurice 14, 25, 26, 30, 31, 50, 55, 60, 308
バンダ，ジュリアン Benda, Julien 52, 54, 55, 60, 78
バンヤン，ジョン Bunyan, John 152

ヒ

ピカソ，パブロ Picasso, Pablo 233
ビュシイ＝ラビュタン Bussy-Rabutin 108
ヒューム，デイヴィッド Hume, David 308
ピランデッロ，ルイジ Pirandello, Luigi 228

フ

ファレール，クロード Farrère, Claude 48
フイエ，オクターヴ Feuillet, Octave 89
フェヌロン Fénelon 39, 80
フェルナンデス，ラモン Fernandez, Ramon 212, 214
フォークナー，ウイリアム Faulkner, William 11, 123, 124, 203
フォルトゥニー，マリアーノ Fortuny, Mariano 179
ブデル，モーリス Bedel, Maurice 48
ブノワ，ピエール Benoit, Pierre 40
ブラウニング，ロバート Browning, Robert 261
プラトン Platon 61, 135, 147, 162, 240, 251, 260
フランク，ウォルド Frank, Waldo 272, 282
フランシス，ロベール Francis, Robert 270
フランス，アナトール France, Anatole 10, 22, 25, 26, 30, 31, 62
ブランショ，モーリス Blanchot, Maurice 55, 57, 58, 59, 80, 81, 82, 211
プリニエ，シャルル Plisnier, Charles 53
ブールジェ，ポール Bourget, Paul 72, 89, 202
プルースト，マルセル Proust, Marcel 10, 16, 18, 19, 23, 24, 26, 36, 40, 43, 44, 45, 47, 49, 51, 52, 56, 57, 60, 62, 63, 65, 67, 68, 69, 71, 73, 80, 111, 112, 115, 122, 136, 148, 150, 151, 154～164, 167～173, 176～178, 180～186, 188～191, 193～200, 220, 227, 239～241, 248, 252, 279, 285, 305, 306
ブルトン，アンドレ Breton, André 10, 14, 30, 32, 34, 35
フーレ，ジョルジュ＝アルマン Fourest, Georges-Armand 34
プレヴォー，ジャン Prévost, Jean 54, 119
ブレモン，アンリ Bremond, Henri 58
フロイド，ジークムント Freud, Sigmund 29, 34, 296
プロティノス Plotin 254
フローベール，ギュスターヴ Flaubert, Gustave 26, 38, 65, 67, 69, 70, 72, 81, 114, 158, 186, 207, 248, 252, 285, 297, 306～308
フロマンタン，ウジェーヌ Fromentin, Eugène 62, 168

ヘ

ペギー，シャルル Péguy, Charles 12, 13, 14, 18, 19, 25, 29, 109, 264
ヘーゲル，ゲオルク・フリードリヒ・ヴィルヘルム Hegel, Georg Friedrich Wilhelm 28, 136
ベートーヴェン，ルートヴィヒ・ファン Beethoven, Ludwig van 238
ベエーヌ，ルネ Béhaine, René 271
ヘミングウェイ，アーネスト Hemingway, Ernest 228
ベラール，ヴィクトール Bérard, Victor 14
ベルグソン，アンリ Bergson, Henri 18, 41, 42, 55, 57, 167, 199, 235, 251

ベルトロ，マルスラン　Berthelot, Marcelin *308, 309*
ベルナノス，ジョルジュ　Bernanos, Georges *19, 53, 54, 55, 61, 114, 116, 121, 262, 263, 289, 308*
ベロー，アンリ　Béraud, Henri *40, 270*

ホ

ボーヴォワール，シモーヌ・ド　Beauvoir, Simone de *145*
ボシュエ，ジャック＝ベニーニュ　Bossuet, Jacques-Bénigne *39, 80, 129, 155*
ボッティチェリ，サンドゥロ　Botticelli, Sandro *153*
ボードレール，シャルル　Baudelaire, Charles *15, 26, 27, 34, 81, 106, 111, 120, 150, 158〜160, 180, 307*
ホフマン，エルンスト・テオドール・アマデーウス　Hoffmann, Ernst Theodor Amadeus *68, 141*
ホメロス　Homēros *14, 238, 240*
ポーラン，ジャン　Paulhan, Jean *58, 59, 63, 215, 259*
ボルツァーノ，ベルンハルト　Bolzano, Bernhard *236*
ボレル，ペトリュス　Borel, Pétrus *33*
ホワイトヘッド，アルフレッド・ノース　Whitehead, Alfred North *251*
ボワロー，ニコラ　Boileau, Nicolas *24, 39, 158, 201*
ポワンカレ，アンリ　Poincaré, Henri *48*

マ

マシス，アンリ　Massis, Henri *47, 171*
マッコルラン，ピエール　MacOrlan, Pierre *48*
マネ，エドゥアール　Manet, Edouard *158*
マラルメ，ステファヌ　Mallarmé, Stéphane *11, 19, 31, 43, 44, 111, 146, 150, 151, 193〜195, 200, 203, 255, 263〜265*
マリ，ジョン・ミドルトン　Murry, John Middleton *14*
マリヴォー，ピエール・ド・シャンブラン・ド　Marivaux, Pierre de Chamblain de *57, 113, 206, 224*
マリタン，ジャック　Maritain, Jacques *59, 111*
マルクス・アウレリウス　Marc Aurèle *79*
マルクス，カール　Marx, Karl *29, 53, 254, 293, 310*
マルセル，ガブリエル　Marcel, Gabriel *24, 170, 171, 252, 307*
マルタン＝デュ＝ガール，ロジェ　Martin du gard, Roger *10, 38, 46, 47, 49, 56, 57, 61, 62, 67, 68, 69, 73, 89, 115, 208〜210, 215, 226, 247, 248, 250, 268〜270, 272〜298, 300〜305, 307〜311*
マルロー，アンドレ　Malraux, André *28, 53, 55, 61, 69, 123, 168, 289, 308*
マン，トーマス　Mann, Thomas *225, 249, 272*
マン，ハインリッヒ　Mann, Heinrich *269*

ミ

ミシュレ，ジュール　Michelet, Jules *7*
ミュッセ，ポール・ド　Musset, Paul de *26, 140*
ミュレール，シャルル　Muller, Charles *82*
ミンコフスキー　Minkowski *171*

ム

ムーア，ジョージ　Moore, George *65*

メ

メツィス，クァンタン　Metzys, Quentin *237*
メムリンク，ハンス　Memling, Hans *237*
メリメ，プロスペル　Mérimée, Prosper *293*

モ

モーガン，チャールズ　Morgan, Charles *259, 264*
モーツァルト，ヴォルフガンク　Mozart, Wolfgang *27, 39*
モーパッサン，ギー・ド　Maupassant, Guy de *65, 89, 248, 289*

モーム，サマーセット　Maugham, Somerset *65*
モーラス，シャルル　Maurras, Charles *31, 55*
モーラン，ポール　Morand, Paul *21, 29. 40, 48*
モリエール　Molière *188, 206*
モーリヤック，フランソワ　Mauriac, François *10, 22, 23, 40, 56, 67, 112, 114～128, 226, 304*
モーロワ，アンドレ　Maurois, André *22, 23, 40, 48, 51, 63*
モンテスキュー　Montesquieu *306*
モンテルラン，アンリ・ド　Montherlant, Henry de *40, 50, 54, 61, 63, 73*
モンドール，アンリ　Mondor, Henri *263*

ヤ

ヤスパース，カール　Jaspers, Karl *242, 243, 289*

ユ

ユイスマンス，ジョルジュ・シャルル・マリー　Huysmans, Georges Charles Marie *55*
ユゴー，ヴィクトール　Hugo, Victor *25, 37, 263, 308*

ラ

ライプニッツ，ゴットフリート・ヴィルヘルム　Leibniz, Gottfried Wilhelm *170, 177, 211, 240*
ラクルテル，ジャック・ド　Lacretelle, Jacques de *57, 63, 64, 66, 72, 78, 80, 88, 89, 215, 270*
ラクロ，コデルロス・ド　Laclos, Choderlos de *57, 69, 72, 115, 307*
ラシーヌ，ジャン　Racine, Jean *26, 57, 60, 80, 90, 107, 112, 114, 121, 129*
ラディゲ，レイモン　Radiguet, Raymond *21, 51, 56, 57, 61, 64, 72, 74, 75, 76, 89, 95～100, 102～113, 225, 240*
ラ・ファイエット，夫人　Lafayette, Mme de *21, 61, 62, 73, 74, 75, 76, 78, 85, 90, 95, 96, 97, 99, 101, 102, 106, 107, 108, 109, 110, 111, 113*
ラファエロ　Raphaël *158*
ラフォルグ，ジュール　Laforgue, Jules *111*
ラ・フォンテーヌ，ジャン・ド　La Fontaine, Jean de *115, 188*
ラ・ブリュイエール，ジャン・ド　La Bruyère, Jean de *21, 38, 71, 77, 78, 87, 99*
ラブレー，フラワンソワ　Rabelais, François *146*
ラマルク，ジャン・バチスト・ド　Lamarck, Jean Baptiste de *269*
ラマルチーヌ，アルフォンス・マリ・ルイ・ド　Lamartine, Alphonse Marie Louis de *39, 43*
ラルボー，ヴァレリー　Larbaud, Valery *11, 29, 48, 63*
ラ・ロシュフコー　La Rochefoucauld *21, 38, 62, 74, 78, 81, 82, 83, 85, 87, 99, 111*
ランベール，ジャン　Lambert, Jean *89, 90*
ランブール，ジョルジュ　Limbour, Georges *48*
ランボー，アルチュール　Rimbaud, Arthur *14, 19, 27, 33, 35, 43, 44, 96, 105, 107, 111, 112, 148, 150, 151, 258, 264*

リ

リヴィエール，ジャック　Rivière, Jacques *10, 14, 21, 57, 63, 69, 72, 73, 74, 75, 77, 78, 89, 97, 113, 215*
リトレ，エミール　Littré, Emile 38
リヒター→ジャン＝パウル
リブモン＝デセーニュ，ジョルジュ　Ribemont-Dessaignes, Georges *45, 211*
リルケ，ライナー・マリア　Rilke, Rainer Maria *29, 63, 172, 195*

ル

ルイ・フィリップ，シャルル　Louis-Philippe, Charles *115, 309*
ルソー，ジャン＝ジャック　Rousseau,

Jean-Jacques *80, 87, 151, 245, 306～308*
ルター，マルティン　Luther, Martin *120*
ルナン，エルネスト　Renan, Ernest *308, 309*
ルネヴィル，ロラン・ド　Renéville, Rolland de *59*
ルノワール，オーギュスト　Renoir, Auguste *159*
ルブー，ポール　Reboux, Paul *82 236, 268*

レ

レス　Retz *71*
レーニン，ウラジミール　Lenin, Vladimir *23*
レーリス，ミシェル　Leiris, Michel *128*

ロ

ロダン，オーギュスト　Rodin, Auguste *172*
ロチ，ピエール　Loti, Pierre *30, 48*
ロートレアモン　Lautréamont *33*
ロベスピエール，マキシミリアン＝フランソワ　Robespierre, Maximilien François *23*
ロマン，ジュール　Romains, Jules *38, 49, 236, 250, 271, 272, 275, 280*
ロラン，ロマン　Rolland, Romain *31,*
ロレンツ，オットー　Lorenz, Otto *41*

ワ

ワイルド，オスカー　Wilde, Oscar *215, 307*

本書の初版は1965年に小社より刊行された

現代フランス小説史《新装復刊》

二〇〇六年八月二五日 印刷
二〇〇六年九月一〇日 発行

訳者 © 佐《さ》藤《とう》朔《さく》
白《しら》井《い》浩《こう》司《じ》
菅《かん》野《の》昭《あき》正《まさ》
望《もち》月《づき》芳《よし》郎《ろう》
若《わか》林《ばやし》真《しん》
高《たか》畠《ばたけ》正《まさ》明《あき》
清《し》水《みず》徹《とおる》
渡《わた》辺《なべ》一《かず》民《たみ》

発行者 川村雅之
印刷所 株式会社三陽社
発行所 株式会社白水社
東京都千代田区神田小川町三の二四
電話 営業部〇三（三二九一）七八一一
編集部〇三（三二九一）七八二一
振替 〇〇一九〇—五—三三二二八
郵便番号一〇一— 〇〇五二
http://www.hakusuisha.co.jp
乱丁・落丁本は、送料小社負担にてお取り替えいたします。

松岳社（株）青木製本所

ISBN4-560-02756-0
Printed in Japan